黑虎山风云录

曹玉和 —— 著

中国文史出版社

图书在版编目（CIP）数据

黑虎山风云录 / 曹玉和著. -- 北京 ： 中国文史出
版社，2022.7

ISBN 978-7-5205-3991-3

Ⅰ．①黑… Ⅱ．①曹… Ⅲ．①长篇小说－中国－当代
Ⅳ．①I247.5

中国版本图书馆CIP数据核字(2022)第240262号

责任编辑：卜伟欣

出版发行：**中国文史出版社**

社　　址：北京市海淀区西八里庄路69号院　　邮编：100142

电　　话：010—81136606　81136602　81136603（发行部）

传　　真：010—81136655

印　　装：廊坊市海涛印刷有限公司

经　　销：全国新华书店

开　　本：16开

印　　张：36.75

字　　数：370千

版　　次：2023年3月北京第1版

印　　次：2023年3月第1次印刷

定　　价：78.00元

序言一

　　这是一个小麦抽穗儿，桐花飘香的时节，剧作家赵伟先生打来电话，要我为英年早逝的苏茂成先生的未竟力作《黑虎山风云录》，进行修整并能后续些章节。我听后短暂沉默，实在是不愿贸然承接这一重任。

　　但在赵先生一再敦促下，我最终还是应承下来，但心中却忐忑不安。说实话，我与茂成先生素不相识，从未谋面，根本没有拜读过他的作品。还因我正赶写着自己的长篇小说，无暇关注身外那已逝的和正在发生的世态万象。我担心要是处理不好，会让其已经在网上受到追捧的力作失去了热读的原味，倒了千万点击者的胃口，抑或让圈内的朋友大失所望，故而不敢草草接手。

　　但在一番沉思下，我还是放下了自己的作品，专心致志地对《黑虎山风云录》进行了反复阅读。通过三遍以上的精心研读，使我很快感知到茂成先生，他是一个秉性耿直，疾恶如仇，却又感情细腻，敢爱敢恨，勇于担当的一个铁骨铮铮的汉子。

　　茂成先生的《黑虎山风云录》是一部微观历史，在以黑虎山为中心的故事中，他将细腻、深刻的笔触，伸向贫民草根阶层的生活，向读者展现鲁西南的风土、人情、社会、文化，由一个小人物的崛起，揭示出一个社会横断面的生活状态，透视出一种社会现象。

　　茂成先生用诙谐幽默、庄谐杂出的笔法，渊美雅隽、精警洗练的叙事语言，随意漫笔，不时针砭时弊，直面人生。他笔下的一个个人物，有血有肉，性格鲜明。在他那四十多万字的作品中，有许多妙语连珠，让人动容的篇章，三言两语是无法面面俱到的。

　　人生如戏，世事无常。茂成先生没能实现他的未竟之志，就那样脚步匆匆地走了，留下了还未来得及杀青的作品。遗憾的是其故事还没有结尾，这不能不说是个残缺。

对此，我首先是为渲染和烘托作品主题，在一些重要章节添加了约三万字的文学描写。其次，对文中的字句、标点符号、人物先后不一的姓名，连同重复标题、段落进行数遍修整。在这基础上，又根据其作品的脉络、走向，反复进行揣摩、推断，从而确定延续的方向和着墨点。

茂成先生由于走得匆忙，其作品中留下的悬念较多，比如小黑熊去向，运昌奶、爹的身世，以及运昌奶与谢广田、马占彪、谢子龙和朱恒山，那错综复杂的关联，都成了一个个谜团。

小黑熊是茂成先生花费了较多笔墨的，不少篇章有着他的得意之笔。但对于这样一个重数百斤，站起一两米高的熊瞎子该如何处理？送动物园或放其归山，那未免有些处理草率；将其宰杀，取用熊掌、熊皮，那又不在情理之中，但总不能老喂养着吧。我沉思再三，就从小黑熊的归宿作为后续的切入点。让小黑熊嗅到那柄封存了多年的钢叉上猎杀母亲的血腥味后，使其顿时恢复记忆，兽性大发，从而展开了后续故事。

小黑熊狂奔山林后，伤势严重的谢广田住进了医院。通过其高烧梦游，交代出运昌奶母子的身世，同时，也明晰了运昌奶与马占彪、谢子龙和朱恒山之间的关系。再是，通过朱恒山拜谒战友墓碑，揭示出马占彪将军英勇殉国的悲壮场面和运昌奶那短暂的缘分。

茂成先生戛然停笔，其作品最后交代的是，谢运昌与张晓娟回归了山林。对此，让人感到迷茫，素怀鸿鹄之志的热血青年谢运昌，怎么会那样心安理得地隐居山林呢？他理应会干出一番宏伟大业的。因而，在续的最后片段写道，谢运昌愤然离开了县政府回到了谢家坡，为村民修好了半拉子工程的盘山公路。当闻听女友——警官张曼玲，在追捕毒枭时不幸中弹陨落，他大病一场，但很快又坚强地站立起来，先是同村霸谢老黑进行了一番番不屈的抗争，最终在省委纪委书记罗杰正义力挺下，严惩了坏人。而后，他又和昔日女友张晓娟及谢福运，兴建起山南公路机械集团公司，并把黑虎山打造成了满山葱茏，瓜果飘香的金山银山，从而，圆了谢运昌造福众山民的梦想。

尽管自己悉心对其作品进行了一番修整和后续，难免还会出现一些不尽如人意的地方，敬请众多文友予以斧正，谢谢！

凡夫

2020 年 11 月 9 日

序言二

《黑虎山风云录》这部长篇小说，在 2017 年 10 月份已在天涯论坛"舞文弄墨"板块连载 226 期，计约 43 万字，网络点击阅读量飙升至近 1100 万人次。正在热榜之时，网友、粉丝惊闻作者病逝，纷纷发帖，表示哀悼和遗憾，让人唏嘘叹惋！

近日欣闻《黑虎山风云录》在中国文史出版社的大力匡扶下，即将付梓，真是感慨万千，口有欲言，求吐为快，烦请读者听我们一作唠叨：

《黑虎山风云录》的原作者是苏茂成先生，所用笔名"曹玉和"。苏茂成先生，男，1974 年 5 月生于山东兖州漕河镇谢家楼村，生前曾担任山东济钢集团的车间党委书记。2014 年他从济钢来到兖州，帮助胞兄苏茂忠在家乡发展路桥建材企业。兄弟俩胞衣情深，相互包容，取长补短，企业做得风生水起，在漕河镇乃至鲁西南的济宁 12 县市区颇有影响。在做企业的同时，苏茂成更多的是把精力投入到他热爱的文学事业之中，哥哥苏茂忠也尽可能多承担公司的事情，在公司为弟弟布置了专门写作会友的场地，让其构思谋篇。茂成则骋怀笔耕于故事演绎的王国，坚持进行长篇小说《黑虎山风云录》的创作。

《黑虎山风云录》得到有关方面的高度青睐，自 2015 年 1 月 1 日开始在天涯论坛上线，连载长达 34 个月份，网络回复 18300 多条。正当扬帆高歌之际，2017 年 9 月 28 日，曹玉和突发疾病，怀抱着对未竟文学事业的无比热爱和对美好生活的无限向往撒手人寰，只有 43 岁，可谓英年早逝，文星早陨！

时节如流，岁月不居。转眼间茂成离开我们都快五个周年了。茂成去世后，其兄苏茂忠先生沉浸在对胞弟的无限哀思和怀念之中，为了完成弟弟未了心愿，多方联络，寻找文友续写该书。

现在，可以告慰茂成先生在天之灵的喜讯是：作家范夫平先生担纲续著了《黑虎山风云录》。范夫平，笔名"凡夫"，男，汉族，1952年8月出生于山东兖州县谷村镇高家庙村。范先生自幼爱好文学，是当地一位创作颇丰的文化名人，曾在《中国青年报》《大潮》等国家或省市级报刊发表文学作品三十多篇，其报告文学《黄土地的裂变》《弯弯创业路》《他从黄土地上走来》《群雁高飞头雁领》先后入集于《神州儿女丛书》，并收编于《冲出万仞宫墙》刊物。

抚今追昔，回想茂成先生生前，以诚待友，人缘修好，一时间文友高朋多喜与之欢聚；茂成也通过和文友的交流叙话，获得启发与教益。《黑虎山风云录》以开阔的思路，跌宕起伏的情节，展现了鲁西南大地绵延数十年波澜壮阔的长篇历史画卷。刻画了一位乡野少年——谢运昌敢于正视残酷现实、勇于挑战自我、不断进取的精神。虽然小说场景人物出自虚构，但其实他是饱蘸浓墨、满含深情地在写自己对家乡故土和祖辈亲人的怀恋，是写自己对那段历史的思索和见解，以及自己对社会人生爱情的深刻感悟。

《黑虎山风云录》自发布以后正面反响不断攀升，经常被编辑到天涯论坛首页，被作为天涯佳作重点推荐，列为天涯文学的头条，引起文学界、读者层面的双向广泛关注，点击数超千万。

范夫平先生对《黑虎山风云录》的续著，完善了作品的间架结构和脉络递展，丰满了故事情节人物，不乏亮点，华章可洞。全书一遍读来，方知更可再读。

死者长已矣，生者当勉励。茂成先生一生执着于文学事业，并为此劬劳而为的精神值得赞誉和学习。而今，《黑虎山风云录》在苏茂忠总经理的精心筹措下、在多位朋友的共同努力下即将出版。相信《黑虎山风云录》定能在广大读者中再度引起好反响、好评价，为兖州文苑再添浓墨重彩。

是权为记。

济宁市兖州区文联党组书记、主席　张金鹏

济宁市家庭文化促进会副会长　高洪志

2022年2月

目　录

下篇

上篇

少年幽梦

万虎山的余脉黑虎山。

春天来得很早，伴随着几场温暖的春雨，迎春花、蒲公英、牵牛花等野花将东水河边的湿地和山冈装点起来，再加逶迤的山峦上苍松翠柏的点缀，更给黑虎山注入了蓬勃的青春气息。春耕已快要结束，湿润的土地饥饿似的等待着人们把它翻开并播撒上种子，辛勤的农人们正在不失时节地进行着春播。

这一天，狗蛋起了个大早，围着小树林跑了一圈，满脸是汗，浑身舒坦。

"狗蛋啊，一大早你跑哪去了？"回到家，奶奶颠着小脚正费力地提着桶准备向猪槽里面倒猪食，看见狗蛋问了一句。

两只小猪正哼唧哼唧地打着转儿，闹着要饭吃。

"我今儿个起了个大早，去跑步锻炼身体了，围着小树林跑了一大圈，奶，做饭了没？"谢狗蛋伸手从奶奶手里接过猪食桶倒入猪槽，嘿嘿一笑。

奶奶疼爱地抚摸了一下狗蛋的脑袋，"做好了，快去吃吧！你娘去北坡棒子地里锄草去了，临走前交代要你去放羊。可要好好地放啊，还指望着这两只羊给你交学费呢。"

放羊是个好活，比在家里做作业要轻松得多，当然了，放羊的时候要顺便把猪草也割回来，天天都割，这个挺讨厌。

别人放羊是赶着羊到处走，哪儿草肥往哪儿去，他不，狗蛋喜欢去将军碑附近放。吃过早饭，狗蛋牵着两只羊便慢慢地向将军碑方向走去。

到那儿后，通常狗蛋把羊拴在树上，摘一堆树叶下来放到羊跟前，吃完了再给它们摘，羊吃饱了围着树转圈就行了。

万虎山绵绵百里，黑虎山是它的余脉。

黑虎山的半山腰上一片平坡，坐北朝南竖立着一块大石碑，那是抗日英雄马占彪的纪念碑，周边散落着一些坟茔。

奶奶打小就揪着耳朵告诉他，不要随便去将军碑附近玩耍，那儿是个乱葬岗子，邪气大、阴得很。

抗日战争的时候，八路军万虎山军区司令马占彪遭遇日军埋伏，牺牲在黑虎山上，后来就埋在了那里，周边那些坟茔，埋的都是当年一起杀鬼子时牺牲的八路军将士。

听说这位将军当时不仅仅带队伍打鬼子，还给老百姓做了很多实实在在的好事，老百姓说他是包青天再世，没想到英年殉国，感恩于他的热血和清廉，人们竖起来一块高大的石碑，上面雕刻着他的历史功绩和头像。

村里人传言，每到夜半三更的时候，将军碑附近经常传来阵阵的喊杀声，还有部队集合后训练的口号声、正步声，那是将军在操练部队哩。

谢狗蛋喜欢来这里放羊，图的是这儿清静，除了逢年过节这儿热闹一阵子以外，平时见不着一个人。别人来这儿感觉的是冷飕飕、阴森森，他来这儿心底却自有一番平静。

围着将军碑转了一圈，看着碑上雕刻的将军头像，狗蛋总有股莫名的亲切，心里浸满了热血和激情。

马蜂菜、姜姜芽，这些都是猪爱吃的草，将军碑附近有的是，一会儿工夫就割满了一粪箕。

站在将军碑下往南望去，东水河沿黑虎山脚滚滚东流，树木森森，几个村庄坐落其间，清晰可见。远远传来耕牛哞哞的叫唤声，三五个农夫正在犁田点种，山坡上，杜鹃花开出一片火红。

此时，太阳高照，知了亮起了高嗓门开始比赛歌唱，狗蛋躺在一个大树底下，凉风吹来，一阵舒服，禁不住闭上双眼进入梦乡。

蒙眬中，他仿佛变成了年轻时的马占彪，带头抄了地主西霸天的家，然后被西霸天的儿子带队伍追捕，随后参加了红军。在红军队伍中，自己紧跟着那个说话有水平，打仗有办法的领路人，由战士到班长再到连长，一仗一仗地玩儿命打，一步步干到了红军独立师长，紧跟着就是战略大转移，四渡赤水、转战云贵，爬雪山，过草地，历经艰难，到了一个有宝塔的地方。

在那个有宝塔的地方，领路人命令他背起背包外加一个小板凳走进了一所学校。在那里，他跟那伙老战友一起打球、一起吹牛、一起认字学文化，好像，还有个女学生经常邀请他坐在黄土高坡上看夕阳。

接下来的片段是，日本鬼子进关了，到处烧杀抢掠，神州一片凄惨。一声令下，自己带一班人马来到了山南万虎山，从无到有，从小到大，滚雪球般，几年间带出一支上万人的队伍，自己成了军区司令员。

在那个年代，自己和政委朱恒山合作愉快、亲密无间，在东水河畔、万虎山脉，建立了很大的根据地，打伪军、捉汉奸，死死地将日军一个多师团牵制在万虎山，畏缩在周边几个小县城里不能动弹。

在抗敌之余，马占彪不忘根据地建设，虎头大曲就是那时候建酒厂酿造出来的，那味道甘醇、清冽、够劲，销路直达江南国军腹地，人称"八号酒"，风靡整个江南。

那时候，马占彪和朱恒山，趁休整时机，分头组织部队协助老百姓疏通河道，东水河不再泛滥；黑虎山脚下的铁板桥得到了加固，路过铁板桥时，两侧的十八个龙头总欢快地流淌着汩汩清水。

那个战火纷飞的年代，自己正横刀立马，气势非凡，身边硝烟弥漫，喊声一片，正是遇敌而战，杀声震天。迷糊中，几发炮弹突然袭来，感觉自己正躺在朱恒山的怀里，周围人一阵忙乱。

狗蛋被噩梦惊醒，一身冷汗。此时，正值中午，凉风习习，四周悄无声息。

那个闹哄的地方，不是谢家坡，因为那边没有黑虎山。有宝塔的地方，课本上读过、电影里看过，那是延安。政委朱恒山，这个名字怎么那么熟悉？好像是中央的大领导，村里报纸头版上见过照片，一个温和儒雅的白发长者。

狗蛋躺在地上仔细琢磨梦中的场景，自己竟然在梦里成了碑上的将军，莫非自己与墓中的将军有某种关联？不然自己怎么就是感觉来这儿如回家般温暖？

　　擦了下额头上的冷汗，摸了摸心口，还好，扑通扑通跳得正欢，扭头看，羊吃得正香。

　　夕阳已经沉到地平线以下，大地边缘那抹红霞已褪成了淡红色的暮霭。天空渐渐由浅蓝变为鹅蛋般淡淡的青绿，薄暮中的田园也悄悄变得宁静起来。朦胧夜色把村庄笼罩起来了。那些刚刚出土的大片碧绿禾田和山村边凸起的花岗岩，也很快失掉了神奇的血色而变成平凡的褐色土地了。山路上，庄稼把式正撑着牲口拉动的拖车朝村里走去，忍辱负重了大半天的黄牛、骡马，似乎早已忘记了犁地拉耙的劳累，都把头颈昂起来近乎是一路小跑着下山，等待着被赶回牛屋去享受那并不精细的晚餐。

　　谢家坡有一千多人，坐落在黑虎山下，东水河畔，依山傍水，环境优美。这里的人们依旧按部就班地沿袭着老辈人的规矩，日出而作、日落而息，倒也是另有一番宁静。在村东南角那棵数百年的老槐树上，挂着一个半米多长的钢轨截子作为出工钟，生产队长马三亨每天三遍地打钟。每当钟声响后，社员们都会匆忙带上所需的劳动工具，从各自的家里鱼贯而出，有说有笑地会集到生产队办公处前，由马三亨安排完活后，大家才赶大集般陆续通过铁板桥去坡里干活挣工分。

　　铁板桥，在谢家坡的东边，横跨东水河，周边树高林密。这是一座明代修建的古桥，有四五百岁了。桥的两侧各有九个龙头，传说桥面上铺着的是一块块重几百斤的大铁板，下面藏着的镇桥之宝是几斤重的金灿灿的金元宝。

　　在两百多年前，铁板桥是中原地区跨越东水河、通过京城的必经之要道，享受了无数繁华，经历了万千风雨，虽已满目沧桑斑驳萧条，桥身依然挺拔屹立，威风凛凛。

　　村里老人常说，半夜三更的时候，常常会有两个白胡子老头坐在铁板桥头喝茶下棋，公鸡一打鸣，老头就会骑着一头小毛驴悄声离去，那是曹国舅和张果老博弈的地方。不过现在铁板早就没了，桥面上铺的是碎石，龙头犹在，金元宝呢，据说早已被人盗走。

村里老人还说，夜晚有事路过东水河滩时，经常见到两只白羊在河滩戏水、吃草，靠近了就钻入地下，或者踏着水面飞逝而去。传说，那是铁板桥上的金元宝幻化而成。两只羊不舍得离开黑虎山，数百年来一直保佑着这一方平安。

还有的说，谢家坡地下真的藏着宝，百年前德国鬼子就钻探过，东水河边，还留有深深的勘探井眼。

二十世纪七十年代初，谢狗蛋出生在谢家坡，是听着这些传说的故事慢慢长大的。

其实狗蛋有大名，大名叫谢运昌。出生后，奶奶说别人家的孩子有叫狗剩有叫孬蛋的，咱起个小名叫狗蛋吧，人嫌狗不嫌，好养活，于是就叫狗蛋了。

狗蛋打小没见过爷爷，也轻易见不到爹一面。奶奶一提起爷爷就落泪，娘一提起爹来就沉默不语。

听村里的老头儿闲聊的时候偶尔说起，爷爷去了南边那个小岛，至今杳无音信。也有人私下絮叨，爷爷当过红军的大官儿，是被日本鬼子的炮弹给炸死的，反正狗蛋搞不明白，奶奶也不告诉他。

爹呢？留着山羊胡，一年到头见不到一面，偶尔回来一次，还是偷偷摸摸，眨眼就不见了人影。

娘累的时候就说爹是烂泥扶不上墙，不是个爷们。狗蛋就怕娘发脾气，娘一发脾气，自己就免不了挨揍。

他也怕惹奶奶生气，奶奶一生气就坐在那儿抹眼泪，边哭边唠叨，"你撒手一走倒是怪好，你可知道俺娘们这些年受的那些罪！"

打小，狗蛋就在谢家坡那一带比较有名。

他小学一年级的时候，在一个月朗星稀的夜晚，因为和老秋、二蛋那几个伙伴玩得太疯，回家就兴奋地睡不着了，索性半夜爬起溜出家门，来到铁板桥头，坐在那等两位白胡子老头出来下棋，顺便也想拔草喂喂那两只小白羊。

一直等到很晚很晚，也没见老神仙露面，结果，他就趴在石板上睡着了。半夜狗蛋不见了，可把他奶和娘吓坏了，找遍了半个黑虎山，好多人折腾了好久，才在铁板桥边河滩的草丛里找到他，正流着哈喇子，睡得很香。

狗蛋醒来后就一句话，"奶奶，老神仙咋没来下棋呢？小白羊俺也没见着。"

这事很快就传遍了东水河沿岸的好多村庄。

时间飞快，这不，狗蛋已长成清秀少年，在乡中学读书已超过一年。

暑假的一个上午，狗蛋做了会儿暑假作业，就像往常一样背着背篓，拿起镰刀走出了家门。没办法，家里喂着两只羊，两头猪，奶奶年纪大了，娘实在忙不过来，他要每天割上一次猪草，不然家里的粮食就不够吃的了。

刚走到家门，迎面碰到了娟子。娟子的大名叫张晓娟，跟他家住对门，打记事儿起就喜欢跟狗蛋在一起玩耍，对别的男孩子全都不屑一顾。娟子从不像别人那样叫他狗蛋，都是运昌哥运昌哥地称呼他。

屁大点小事，娟子就蹦跶着跑来告诉狗蛋，哥哥长哥哥短地叫个没完，有时狗蛋嫌她是娇小姐、跟屁虫，没少惹她哭鼻子，可隔天，娟子又出现在狗蛋面前。

眼见着娟子就由一个常流鼻涕的小丫头变成了清秀、淳朴又可人的俏妮子，知道害羞了，见到了狗蛋有时还会脸红，可她还是小时候那个脾气，有机会就喜欢跟狗蛋在一起，还喜欢听狗蛋讲故事，不管他讲的啥，娟子都听得津津有味。

娟子问："运昌哥，你又要割草去？"

"是啊，你不在家待着泡豆芽，在这街口上瞎转悠啥，也不怕山里那条大灰狼溜达出来，把你背跑了当媳妇？"狗蛋逗她。

"哼！俺才不怕大灰狼来，这几天俺有点烦，出来溜达溜达。要不，俺跟你去割草吧。"娟子说。

"小孩子家家的，有啥烦心事？有欺负你的不？跟哥说，哥帮你出气！"狗蛋劝她，"回家吧，我自个去割草就行，要不回头你奶知道了，又要嫌你不听话。"

"运昌哥,俺家这几天事多着哩,俺奶顾不上我呢。"娟子的语气里就透露着不开心。

打小她就这样,高兴起来跟狗蛋便闹得不可开交,可也是动不动就爱在狗蛋面前抹鼻子掉眼泪的,狗蛋也就没放心里去,"那好吧,咱去铁板桥那边割去,那边的草肥,还嫩。"

两人说说笑笑,很快就到了铁板桥边。狗蛋在前面割草,娟子在后面忙着收捡,不长时间,粪箕里就满满的了。

"去东水河滩歇一会儿,看我能不能给你逮条大草鱼,拿回去让你奶炖了给你吃。"狗蛋说。

河里的水很清,两人坐在河滩上,把鞋子脱了,脚放在水里,凉飕飕的,小鱼儿小虾儿围着两人的脚丫子乱转悠,痒痒的,偶尔还有条大红鲤鱼跃出水面,然后摆个优美的姿势扑通一下再落入水中,溅狗蛋和娟子一脸水,感觉爽极了。

娟子偷偷从兜里拿出块水果糖,剥开了,对狗蛋说,"运昌哥,闭上眼睛,把嘴张开。"狗蛋不好意思地笑了,闭上眼睛,张开了嘴,一股清香一份香甜顿时涌满全身,比在河里脱个溜光地游泳那可是舒服多了。

娟子掏出手绢,擦了擦狗蛋脸上的泥污,说:"哥,哪天你领俺去白龙泉那儿逛逛?"

"啊,白龙泉可在大山里面老远呢,听说那附近经常有黑瞎子逛游,还有人听到过老虎叫,咱俩去那儿,真把你弄丢了咋办?"其实狗蛋也想去山里面转转,可带着娟子一起去,还真有点不敢。

"俺不管,你要去那儿,就一定要带上俺。"娟子噘起了小嘴,狗蛋怕她眼泪又落了下来,忙说,"那行,等哪天有机会,咱就去白龙泉,好吧?"

"嗯,俺听你的,运昌哥。"娟子开心地笑了。

阳光温暖而柔和，山野无边的春色在尽情展现着。大路旁早已拱破地皮的一丛丛的牵牛花，正在春风中蓬勃向上地疯长，把冬天雨水冲洗下来的沟壑都淹盖起来了，而那些从沙土中凸露出来的花岗岩卵石已披上嫩绿，周围是淡黄色的野菊花。东水河岸林木葱茏的山崖上，开满了五颜六色的各种野花，仿佛残雪还在万绿丛中恋恋不舍。满树的娇艳杏花正迎风怒放，开始由俏丽的粉红转为繁盛的雪白，不时有花瓣儿不情愿地随风飘飞。在树下闪耀着光斑的枯松枝间，竞相开放的野菊花编织成了一张灿烂的金黄色地毯。微风里掺和着山林和野花的淡淡清香，整个世界都秀色可餐了。

太阳偏西了，狗蛋背起粪箕，娟子跟在身后，两人边说边笑着往家里赶，路过村头的小树林时，娟子便抿起嘴偷偷地笑。

狗蛋有点纳闷，"你笑啥？"

"嘻嘻，俺在想小时候的事，咋？你都忘啦？"小树林看来是给了娟子美好的回忆。

"嘿嘿。"童年的往事，狗蛋不堪回忆，真若想起，还真有点不好意思。

村口山坡下，一片树林，林子里还有一块瓜地，那是谢家坡的经济林。树林里，有一间护林员小屋，屋里面住着村里的护林员谢广田。

小的时候，经常和小伙伴们窝在小树林的看瓜棚里，或者在街上刚建了半大拉子的土坯房里玩过家家，大伙儿捉迷藏、丢沙包、跳大绳，一般都疯玩到爹娘老子满大街地找，然后挨个地被揪着耳朵回家睡觉。

那个炎热的夏日，娟子躺在瓜棚内脏兮兮的床上，怀里抱着块砖头当娃娃，狗蛋手忙脚乱地点了一堆火，模拟着给娃娃妈烧水做鸡蛋挂面，二人装模作样地吃饱喝足。

两人玩儿得正欢，瓜棚地面上那堆火却已经蔓延开来，眼见将要将看瓜棚点燃。

护林员谢广田，突然夺门而入，拼命将二人拽出瓜棚，然后手忙脚乱地将火扑灭。

老头厉声对他们说："你们这两个小熊孩子，光知道玩儿了，没看见瓜棚快要失大火了吗？那可就要了命啦。"吓得二人夺路而逃。

回头看，娟子脸羞红羞红的，忙咳了一声，挺了挺腰板，迎着夕阳往家赶。

多管闲事的老头子，是狗蛋给村里的护林员谢广田的一个外号。你说你也就是个护林员，俺在林子里再怎么瞎胡闹也就是领着那帮人爬爬树逮只鸟啥的，一没砍树二没偷瓜，不招你不惹你，动不动就跑到家里给俺娘告状，真是多管闲事。俺娘那大手落到屁股上可是一下就五个手印的，想起来就后怕。

谢广田那时快六十岁了，孤零零的一个人住在村口小树林子里面的护林房里，除了看护树林以外，捎带着也要看管生产队里的菜园子。

其实狗蛋家就在村口，走出门外不多远就能走进小树林。老人浑身没有多少肉，干瘦得像老了的鱼鹰，那晒得干黑的脸上，一对深陷的眼睛特别明亮，短短的花白胡子也显得特别精神，说起话来，声音像洪钟一样雄浑有力；走起路来"噔噔噔"飞快，一般人是追不上的。

也不知为啥，谢广田就那么的在意盯梢谢狗蛋，狗蛋做好事他看不到，调皮捣蛋做一次出格的事，他都能看到，娘就好几天不给狗蛋好脸色。

那时，还没有分田到户，生产队里新砌了个氨水池，氨水是队长马三亨开着村里面唯一的拖拉机，从几十里路以外中州县化工厂求祖宗告奶奶买来的，是狗蛋领着一帮小伙伴在装氨水的软皮胶囊上蹦跶着灌进了氨水池。队里的人开心得不得了，这下来年可有好收成了，都夸马三亨能干，队长的腰板一下子挺了老高。

一天中午，狗蛋看放氨水的软皮管很好玩，趁周边没人，试着就鼓捣开了，结果怎么也绑不住了，这下好了，满池子氨水都放沟里去了。

狗蛋看到惹大祸了，以为没人知道，偷偷溜回家，刚躲屋里装着做作业，娘就气急败坏地进了家门，娘后面，跟着的就是这个多管闲事的老头子，还有脸色发青的队长马三亨。不用问，肯定是他告的黑状。

为这件事，马三亨把娘那个月的工分都快扣光了，还好，偶尔几次狗蛋看到谢广田往家里送半袋粮食过来，狗蛋认为是奶奶找他借的，不然，连饭都要吃不上了。

那次狗蛋在小树林里闲逛，见生产队建房子的石灰那么白，心想今儿个不用去东水河洗澡了，把石灰抹满全身会是啥感觉？要是抹脸上，是不是像大孟年会上唱大戏的那个大白脸？咿咿呀呀的非常威风！

谁知越涂抹越痒痒，越痒痒狗蛋就涂抹得越多，却感觉火辣辣的生生作疼，正琢磨为啥会这样的时候，谢广田也不知道从哪冒出来的，一把就抱起狗蛋往家里面跑，也不管狗蛋在怀里连踢带蹦瞎咋呼。

到家后大声催着狗蛋奶赶紧拿布给狗蛋擦身子，石灰擦干净了，身上不疼了，只剩下痒痒了，娘下坡回家后知道了，立马扬起大手，狗蛋赶忙撅起屁股趴在凳子上，他知道，主动点，能少挨不少巴掌。可心里头恨死了这个多管闲事的老头子。

二蛋是谢狗蛋的小跟班，大名谢显武，胖墩墩的，一脸憨厚，比他小一岁，一般出去玩的时候，狗蛋背着手走在前面，二蛋背上挎着个树杆子当步枪雄赳赳地跟在后面，那是警卫员的角色。两人只要出现在小伙伴面前，众人便起哄，"胡汉三、小跟班，一胖一瘦傻乎乎"，二蛋就端起步枪瞄准他们装腔作势一番。

狗蛋想着报复谢广田，就找到了二蛋。

"二蛋，护林员的小屋，我侦察了好几次，那个门锁着呢，很难开，可那个窗户好开，也好爬。这个老头子实在可恨，你找一下老秋、蝎虎子，再喊上三豁子，明天咱搞他一把。"二蛋对狗蛋的吩咐一般都是无条件地服从，这次也这样，马上点头。

第二天中午，趁谢广田在林子瓜棚里睡觉，他们几个偷偷地爬窗户摸进了护林员小屋。屋里面没啥好东西，一张破桌子，一张床。床上两床被子，床底下一个尿罐儿，还有几张打鱼的渔网。

狗蛋告诉他们，"这次咱对他只是个警告，不能拿屋里面的东西，不然让村里的民兵查出来咱偷东西，还不捆着咱们游街啊！老秋，你把尿罐儿拿出来，我们每人尿一泡。蝎虎子，等会儿你把尿罐儿给他塞到被子里面去，注意点儿，不要把尿罐儿给弄翻了，要让他看不出来。明儿一早大伙潜伏在小屋南边的大沟边上看老头子晒被子，要是那尿罐儿也摔碎了就更好了。"

几个小家伙哈哈大笑，猛夸狗蛋主意高，动作很利索，完事后赶紧从窗户里爬出去溜之大吉。

第二天，他们几个天还没亮就偷偷地溜出家门，埋伏在护林员小屋边上的大沟里观望。

小屋的门终于打开了，谢广田没有如他们想的那样拿出被子晾晒，开门端出尿罐儿倒在屋门远处一棵树下，更没有气急败坏，而是气定神闲地迎着阳光练起了拳脚。先练了套太极拳，接下来又是几套大洪拳、小洪拳的拳路，别看年纪大了，可老头脚下生风，拳拳带劲，精神儿那真的是倍增，看得这几个小家伙心惊胆战。

老秋悄悄地对狗蛋说，"咱还是快跑吧，看样子老头没上当，要是被这老头知道是我们干的，还不把我们绑起来吊树上喂蚊子啊？还是赶紧地撤吧"

狗蛋知道老头有一身好身手，明面上不敢招惹他，这会儿也没看到人家笑话，还不好说别的，只好悻悻地随众人离去。

这事吧，眨眼就过去好多年了，狗蛋想起来都觉得可笑，这可爱的老头的确有一套。

那片小树林，留给狗蛋的，是无忧无虑的欢乐，那是幸福童年的回忆。

白龙潭边

远天，朵朵棉絮般的白云后面，一轮旭日正喷薄而出，整个盆地笼罩在橙黄色的晨雾中。阵阵秋风带着金属般的响声掠过院子，向无边的山野翻卷着刮去，使那轮在云隙间翻腾的朝阳，仿佛自下而上，从天边溅上一片鲜血在消散，在地平线上流泻，很快便闪着耀眼的金光照射四方。

娘早就下地去忙活了，奶正在院子里喂鸡，狗蛋跟奶奶说："奶奶，我出去找二蛋他们几个玩玩，今儿个俺娘放俺的假。"奶奶说："去吧，去吧，别跑远了啊！记得到点回来吃饭。"

狗蛋伸手摸了两块地瓜窝头塞兜里，外加一个咸菜疙瘩，不带不行，进大山里面不知道啥时候回来，饿了咋办？再背上一个铝水壶，渴了的时候有水喝，然后奔黑虎山将军碑而去。

路过小树林，搭眼看到谢广田正在练习拳脚，这老头连蹿带蹦的，六十多岁的人了，也不嫌累，每天一大早都按时来上几个回合。

谢广田见狗蛋走过去，收住拳脚问道："狗蛋，你这大清早的，急急忙忙是往哪里去？"

狗蛋心想，今儿个可是第一次去大山里面看白龙泉瀑布，不知道什么时候能回来，回来晚了娘又要着急上火，不如告诉老头一声，省得娘到时候不知道自己去哪疯去了，万一遇到啥事，娘也知道去哪找去。

于是便对谢广田说，"今天娘放了俺一天的假，田爷，要是中午娘来林子里找俺，麻烦你告诉她一声，就说俺去山里面转转，俺想给娘打几只野鸡回来炖着吃，俺奶好久没吃上肉了呢。"说完，也不顾谢广田的反应，撒腿就往黑虎山方向跑去。沿着碎石的山道两边，茂密的柏树枝叶交错，形成天然的拱顶，使那长长的林荫路变成了一条阴暗的甬道。一跑进这甬道里，他便觉得自己已经安全了，谢广田已望不见自己了，这才放慢脚步。因为跑得太快的缘故，他已气喘吁吁，体力不容许他这样飞跑，不过他还是尽可能迅速走去。很快便到了山道尽头，走上了大路，可是他并不停步，直到拐了个弯，那里有一大丛树遮掩着，使谢广田再也不能看到自己了，这才放下心来。

在他赶到将军碑附近刚休息片刻，就看到娟子穿了件淡紫色的上衣，脚踏一双白球鞋，两条小辫子搭在肩上一晃一晃地走了过来，白皙的脸蛋上露出一抹红晕，别有一番少女的韵味。

两人会合在一起，沿山路向万虎山里面走去，越往里走，山越高，林越密，安静得要命，间或传来几声猴子吱吱的叫声。

娟子有点紧张，"运昌哥，你说山里面不会真有老虎吧？是不是还会遇见大灰狼啊？"

谢狗蛋说："万虎山老虎多、狼多，那是几十年前的旧事了，现在早没影了。娟子，你要是怕了，那咱现在就回去？"

娟子说，"俺豁出去了，凭啥回去？非要到白龙泉那边看看不行。"

翻过银虎谷，越过白虎山，再翻过黄虎崖、金虎山，白龙泉应该就很近了。

远远看到一条白练从高处落下，坠入山谷，在谷底溅起无数水花，汇成一片深潭。阳光透过水帘，五彩缤纷蔚为大观，哗啦哗啦的声音震响山谷，这应该就是白龙泉瀑布了。

娟子兴奋地说："哥，你快看，白龙潭近在眼前了。"狗蛋也被眼前的美景惊呆，除了水声，再无其他，如世外桃源，似神仙府邸，石头猴子当年是不是在这变成孙悟空的？

那个白龙泉瀑布后面不会真的藏着只白龙吧？谢狗蛋恨不得现在就变成孙猴子，来个筋斗云，一下就钻进瀑布里面看个究竟。

狗蛋加快脚步，娟子紧跟慢跑地跟不上趟，着急道："运昌哥，跑那么快干啥？你拉俺一把啊。"

拉她？狗蛋虽然一直想，长大后却从来没有拉过张晓娟的手，看她胖乎乎的小手伸了过来，只好紧紧握住，瞬时一股软软的电流袭满全身，娟子也是一脸娇羞，一股清香就逼近了谢狗蛋，半个时辰不到两人就轻快地来到了白龙潭边。

阳光穿过山涧万木，照在白龙潭上，更显得白龙潭深不可测，潭水清幽冰凉，捧一口入嘴，一身的汗水就跑得没影了。

寻一处平坦之地，二人坐下，凉风吹来，清爽无比，耳边不时传来小鸟的鸣叫，悠扬动听，娟子欠了欠身子，靠近了狗蛋，一阵甜蜜。

"哥，我缝的沙包好看不？"

就在前天，娟子给狗蛋缝了个沙包，绣了个手绢，一起送来的，还有厚厚的一摞书，那是狗蛋做梦都希望得到的参考资料。

狗蛋当时就感觉娟子眼里含着泪，心事重重的，娟子没说，他也没问，娟子扭头就走了，留给他一个不开心的背影。

沙包和手绢，狗蛋随手就扔进抽屉里了，小女孩玩的东西，他不是很喜欢，参考资料倒是很不错，狗蛋看了不少页。

"嘿嘿。"狗蛋不好意思地摸了一把头皮，"你给俺后，俺就放抽屉里了，还没来得及拿出来玩呢。"

娟子的脸红了一下，"那几本书是俺专门去大孟乡买回来的呢，你也没看，是吧？就知道贪玩。"

"别这么说俺，知道吧？那些书俺看了不少页了呢。"狗蛋说，"娟子，你那有钱的亲爷爷是不是又来你们家了？给你带好吃的了吧？"

"可不，这次带回来好多好吃的呢，面包、香肠、腊肉啥都有，俺给你挨样的带来了一些，等会儿你尝尝好吃不。"

狗蛋从来没吃过面包、香肠，听见这几个字就想流口水，"可别啊，俺要是吃馋了的话，回家吃不下窝头就咸菜咋办？你奶要是知道了，还不得又去俺家骂俺骗你好吃的，俺屁股不就又要遭殃？"

狗蛋夸张地说着，顺便扭了扭屁股做了个鬼脸，逗得娟子哈哈大笑。

娟子掬水洗了把脸，坐在狗蛋身边，"饿了吧？运昌哥。"狗蛋说，"嗯，是有点饿了。"

娟子从兜里变戏法似的掏出几块咸水腊肉、几块面包和香肠，还挺丰盛，狗蛋的窝头咸菜也拿了出来，摆在了一起，有滋有味的，看着好看，吃起来真香。

说说笑笑二人就吃饱喝足了，抬头看，阳光正高，透过山涧林木，倾泻到白龙潭水面上，如一面明镜灼灼发光。

山外面正是酷暑，此地，却凉爽无比。

"运昌哥，俺那位亲爷爷像是铁了心要我们搬到安南去，俺觉得俺奶快松口了，真走了的话，你说以后咱俩还能见到不？"娟子的眼泪都要掉下来了。

"啊？"这个消息实在是太突然，狗蛋一个趔趄，差点掉入白龙潭里面去。

今年开春，村里来了几个外地的汉子，一个个的穿戴都是很讲究，一看就是大城市里来的有钱人。其中一位气质儒雅的老汉，隔几天就提着东西去娟子家溜一圈，还常被娟子奶奶撵了出来，那人也不嫌烦，照样去，村里人都习惯了这几个人的存在，闲话都懒得说了。

听奶跟娘说起过，娟子奶当年是怀着身孕嫁到谢家坡的，那位老汉，就是娟子的亲爷爷。

狗蛋一直以为老汉来谢家坡认认亲就回去了，没想到他是要带娟子一家离开，不敢相信这是真的，可娟子都亲口说出来了，让他突然好一阵难过。

山涧的草从根到叶都是油黑、浓绿，草尖在太阳光下呈现着铜绿色。已经成熟的枸奶子杂生在野草中，生命力旺盛的拉拉秧缠绕在开着金黄色的洋姜棵上，野向日葵炫耀着结了籽的丰硕果实，拼命在往有阳光的地方蹿。有些地方胡乱生着些紧贴在地上矮小的野麦草，中间偶尔夹杂着些狗尾巴草，接着又是一大片，中间夹杂着盛开着各色花朵的野草。

"哥，俺不想走。"说完这句，娟子的眼泪就流了下来，狗蛋能怎么说？

只好握住她的小手，轻声地安慰她，"这不是还没走吗？说不定你爹还不愿意走呢，对吧？"

"嗯，运昌哥，俺也希望那样，爷爷奶奶这段时间老了很多，俺看着都难受。可是，俺真的搬走的话，你会怎么想？"娟子问他。

"哎，俺还能咋想？真搬走了后，你便到大城市享清福去了，俺小泥腿子一个，还是继续在谢家坡修理地球呗，说不定以后还真的连面都见不到了呢。"狗蛋现在很是失落，心里如刀绞一般难受。

"你别这么说。"娟子猛地扑进狗蛋的怀里，紧紧地抱着他哭着说，"他们要是真走，俺就留下来陪奶奶，俺舍不得离开谢家坡和你。"

"傻妹妹，你爹娘怎么能同意你留下来呢？再说了，你亲爷爷来这不就是想把你全家都带走吗？别想这些了，咱还小，说了不算的。"狗蛋搂紧了娟子，轻轻地安抚她。

娟子的皮肤白皙光滑，一掐一股水似的细嫩，红扑扑的脸蛋现在看起来是那么的可爱温柔，狗蛋的手就禁不住伸入了她的衣服……娟子突然颤抖了起来，

娟子偎依在狗蛋身上，脸幸福得像花儿一阳开放，两人不再说一句话，就这样，紧紧地相依，感受着彼此的心跳，期盼时光就停留在这一刻。

近在眼前清澈的白龙潭，碧波荡漾。几只彩蝶飞舞，几声小鸟啼叫，几缕微风吹来，如雷的瀑布声响，此时也如轻音乐般幽静、舒缓。

十几米外树林中，忽然传来一阵窸窸窣窣夹杂几声嗷嗷叫的声响，狗蛋一阵紧张，急忙招呼娟子起身。

娟子悄悄地说，"运昌哥，那个，不会真的有老虎蹦出来吧？"

狗蛋挺了挺不是很坚实的胸膛，轻声说："别胡说，要是真有老虎，俺也要学武松，三拳两脚送它上西天。"

随手折了根树杈，示意娟子躲在一块岩石后不要出声，起身观望，却看到一头黑熊带着一头小熊一步三摇晃慢腾腾地走了过来。得！没遇到大灰狼，没遇到老虎，撞到黑瞎子了，奶奶可常说，黑瞎子敢跟老虎干仗呢，厉害得很！

这可咋办？

奶奶说过，这些年，黑瞎子都被人打怕了，见了人就跑，如果在山里碰到黑瞎子，最好保持安静然后慢慢地离开，别干扰它偷蜂蜜吃，也别影响人家出来散步遛弯，黑瞎子巴不得你赶紧离开呢。

可是带着小孩的母熊就不一样了，它会认为你想逮它孩子回去当猪养，更害怕你把孩子圈起来抽人家的胆做药引子，拉扯个孩子不容易，母黑瞎子心里跟明镜似的，看护小熊可是小心翼翼时刻警惕。

这样的母熊发起威来那可是跟母老虎差不了多少，公老虎见了带孩子的母熊都绕着圈走，躲得远远的。

狗蛋观察着黑瞎子娘俩，母熊也在看着他。小熊也就一岁多点，胖乎乎毛茸茸的看起来很可爱，跟在母熊后面憨乎乎地看热闹，也不知道这小家伙看到啥了，不会是想让狗蛋抱抱吧？突然就离开母熊向狗蛋方向欢快地跑来。

狗蛋这下头发都竖起来了，哎哟，小祖宗，俺没招惹你，俺这也没有豆奶粉、饼干啥的，也没玩具给你玩，你跑俺这干吗？这可要了血命了。

母熊这下就有要威风的理由了，突然站立了起来。好家伙，足足两米多高、估计有四五百斤重，脑袋晃荡得跟铃铛那样，耳朵后翻，脖子底下那一圈白毛嚣张地竖立起来，端的是威风凛凛，双掌砰砰地拍打着胸脯，仰天大吼，"呜呜呜"地震得树上的鸟儿乱飞乌鸦乱叫，然后四蹄着地向狗蛋飞奔而来，眨眼间，就猛扑到狗蛋面前。

狗蛋一个急闪，躲过黑瞎子的第一波攻击，那熊挥舞起肥硕的熊掌，露出尖钩利爪，龇牙咧嘴向狗蛋当胸袭来，狗蛋知道黑瞎子力大无比，被它沾到身上迅疾要命，立马举起树杈向黑瞎子眼睛狠狠地戳去，正中母熊右眼，随即一个急转侧跳，躲到一旁，就这样上衣也被黑瞎子撕碎，捎带着刮下几两鲜肉，胸前那就挂了彩，一阵生疼。

黑瞎子的突然暴怒，彻底将娟子吓傻，丫头瘫倒在岩石后面哆嗦个不停，嘴里不忘嘟囔："观音菩萨救命啊，如来佛快现身啊，俺奶过年可没少给你们烧香磕头啊。小白龙啊，俺可没在白龙潭洗澡洗头啊，你也快出来救俺们啊。"

树杈插在母熊眼睛上，疼得它呜呜乱叫，猛地用手掌把那根烂树杈拔了出来，顿时鲜血带着眼球喷涌而出，更加疯狂，恨不得将狗蛋碎尸万段，只听那黑熊大吼一声，一个前扑，张开大嘴就咬向狗蛋。

狗蛋此时已被黑熊逼到白龙潭边缘，再无躲闪之地，一阵心凉，此命休也。

狗蛋那个后悔啊，明知山有虎，偏向虎山行；不听老人言，吃亏在眼前。千不该万不该来这地儿瞎转悠啊，这个亏可是天大的亏啊，连报仇雪恨的机会都没有了。

正在绝望之间，突然间，身体一阵轻飘，自己被一双大手以迅雷不及掩耳之势从黑瞎子嘴下拉开，飞出五米开外。

迷迷糊糊地爬起来，却见那边一熟悉的身影正与黑瞎子混战成一团，定睛一看，原来是护林员谢广田。

谢广田手持钢叉，虎步龙行，腾挪移步、身手矫健，一招一式均刺向母熊要害，黑瞎子嗷嗷乱叫，双掌乱舞，浑身是血，拼命反扑，场面甚是骇人。

黑虎山的傍晚，一层透明的薄雾遮住了太阳。天空变成了灰色。西天涌起了一片浓重的乌云，下垂的云脚紧踏在迷离恍惚的地平线上。紧接着，乌云被风吹着，拖着恼人的、低垂的玄褐色尾巴，圆形的云头闪着砂糖似的白光，威严地飘去。

在白龙泉的山林边，但见谢广田瞅准时机，一个猛刺，正中黑熊心脏，母熊终于仰面倒地抽搐一团慢慢死去。小熊见母熊倒地，围着妈妈打转，哇哇哇地叫个不停，却再也唤不开妈妈的眼睛。

绕到岩石后面，见娟子闭着眼睛还在不停地叨叨，狗蛋哭笑不得，伸手扶她起来，"好啦，别念叨了，菩萨已经显灵了，黑瞎子完蛋了。快起来逮住小熊，别让这家伙跑了，咱抱回去养着玩。"

越过岩石，张晓娟看到黑瞎子浑身是血躺在地上，已经毫无声息，惊骇不已，两人便通红着脸，战战兢兢地站到了谢广田面前。

"那个，啥，田爷，俺俩就是想来看看白龙潭，哪里会想真的遇到黑瞎子，要不是您老武艺高强，今儿个俺们就完蛋了，你让俺咋感谢您呢？回去让俺奶煮几个鸡蛋给您老送去吧。"狗蛋抬头偷偷观望谢广田的脸色。

谢广田看着神魂不定、衣衫褴褛、胸脯上几道血痕的狗蛋，再看到他满脸狼狈，汗水流过泥垢留下痕迹几道，却不是伤痕，突然哈哈大笑起来，"臭小子，你还行，有一套，愣没被黑瞎子拍着脑袋，知道吗？只一下，你小命就要归西。不过嘛，没你那根烂树权子戳瞎了黑瞎子的眼，打乱了它的心智，老汉我一个人还真的很难对付得了它。"

谢狗蛋的心思就放了下来，这一阵放松，扑通一声便坐在地上，这才感觉到浑身无力，胸前如刀割般疼痛。

"哎哟，俺的亲娘嘞，回去后您老就别打俺屁股了，行不？"狗蛋心底念叨着，他怕回家后娘生他的气。

"运昌哥，你没事吧？"娟子忙蹲下来扶着狗蛋，看着他难受的样子，眼泪就吧嗒吧嗒地落了下来。

狗蛋咬咬牙站了起来，眼见还在围着母熊尸体转圈哀鸣的小熊，对娟子说，"放心吧，娟子，哥身子骨壮实着呢，来，咱逮住这小家伙把它弄回去放猪圈里养着。"

小熊张牙舞爪厉声尖叫，可毕竟只是头一岁多的熊宝宝，三下五除二就被狗蛋和娟子扑倒在地，四腿绑了个结实，这点小事就不好意思再麻烦田爷了。

看着眼前硕大的母熊遗体，狗蛋问谢广田，"田爷，这大黑瞎子怎么办？咱们扛不回去啊。"

谢广田说，"咱就在这处理了它。熊皮，剥下来带回去给你奶奶做皮袄，你奶奶年纪大了，冬天穿上，睡觉时铺上，都用不着烧炕。"

半个时辰不到，地面上就铺满了一大堆烂肉和碎骨，谢广田和狗蛋两人将这些东西深埋在一棵大树下。

抬头看，太阳有点要落山的意思，谢广田挑起熊掌和熊皮，狗蛋将小熊扛在肩上，张晓娟拿起钢叉，三人离开白龙潭向黑虎山方向赶去。

翻过黄虎崖，再翻过白虎山，黑虎山就在眼前了，三人在一个平坡上坐下休息，娟子便拿水壶去坡下灌溪水给二人解渴。

谢广田掏出旱烟袋，装满点着，深深地吸了几口，对狗蛋说："狗蛋，考虑一下，要不要跟我学点功夫？"

"这个，那个……"，意思就是现在不考虑，以后再说呗，狗蛋就怕谢广田亲自问这个。

奶奶唠叨他好多回，让他跟广田爷爷学点武艺收收心，不要整天就知道瞎玩，学习成绩不好，身体又不是那么的强壮，长大了指望啥娶个好媳妇啊。

谢狗蛋正在贪玩的年龄，在学校老师管得紧，放学回家了可不想再被这多管闲事的老头子横插一杠子，本来就嫌他够多事的了。狗蛋现在想的是怎么样才能开心自在，就像没有笼套的小马驹在大草原上撒欢飞奔，想咋跑就咋跑。

谢广田也不生气，朝天吐了一口浓烟，微笑着对狗蛋说："你看吧，今儿个可是我救了你，既然你不乐意跟我学，我也不能勉强不是，可是你得给我一个答谢，就那几个煮鸡蛋老头我可是不稀罕啊。"

狗蛋说："田爷，那你想咋整呢？俺家啥样你也知道，总不能让俺娘把羊卖了给你买酒喝吧？"

谢广田呵呵一笑，看着脚下还在挣扎的小黑熊说道："这样吧，小熊交给我养着，就当是你送我的答谢吧，你要是想跟小熊玩呢，就到小树林去找它，你看咋样？不吃亏吧？"

狗蛋想了想，感觉这样还是比较合适的，把这头小黑熊弄家里还真的不知道咋鼓捣，是跟猪放一块呢还是跟羊放一块呢？还是自己搂小熊睡觉呢？怎么着都不合适，小树林倒真的是一个好去处。

田爷什么时候变得这么好了？真想抱着他转两圈，想到他的身手，立马打住撒野的心理。

狗蛋痛快地对谢广田点了点头，"行，田爷，就这么说定了，小黑熊给你了，以后俺想它的时候就去小树林看它，你可得喂饱它啊。"

娟子取水上来，喝几口甘甜的小溪水，继续上路前行，天擦黑的时刻，三人便越过了黑虎山。

奶奶和娘、娟子爷爷奶奶和爹娘叔婶的一大群人，正聚集在小树林附近四处焦急张望，队长马三亨领着一帮人准备火把、铜锣啥的，在乱糟糟商议着怎么进山，支书谢老黑也在一旁大声吆喝着什么。

看到几人的身影过来，众人急忙迎上前来，见到谢广田肩挑的熊掌和熊皮、狗蛋肩上扛着的小熊，众人一阵惊讶，继而后怕，然后如欢迎英雄凯旋一般欢呼起来。

谢广田取下两只熊掌交与谢大奎，他是谢家村的支书，因为人长得黑，大家都叫他谢老黑，谢老黑连声称："谢谢田爷，哪能这样？不行，不行，这怎么好意思，你看……"却赶紧伸手接了过去。

熊皮，就直接给狗蛋娘了，并嘱咐她给狗蛋奶奶做皮袄。

娟子爹见闺女丝毫无损平安归来，狠狠地瞪了狗蛋两眼，和婆娘一起带娟子转身离开。

一只野雁从脚底下飞起来，在凹地上盘旋，黑色的羽毛在阳光中。从南方吹来的、也许是清晨新翻耕过的粗糙的山岩的熏风，把附近的大片野草吹得低下头去，而又随着山风的瞬间喘息，不时又迅疾直起不屈的身姿。

奶奶见狗蛋衣服都被黑瞎子撕扯成那样，就知道他肯定是伤得不轻，眼泪就哗哗地流了下来，伸手拉着狗蛋，颤声说："狗蛋啊，咱回家，让你娘找找云南白药给你抹抹，你这孩子，可吓死俺了。"

回家后，奶奶烧开了水，仔细将狗蛋身上的血迹和泥污擦干，娘眼里含着泪花找出了云南白药，涂抹在他胸前的伤口上，边包扎边嘴里恨恨地说："浑小子，等你伤好了后再跟你算账！"

吃饱喝足，狗蛋昏昏而睡，这一觉，真格地是睡得天昏地暗、日月无光。

也不知过了多久，蒙眬中，一丝细雨滴下，狗蛋仿佛还躺在白龙潭边，慢慢睁开双眼，原来是娟子坐在床前，泪水滴答滴答落在了他的脸上。

"运昌哥，你终于醒了！"张晓娟破涕而笑。

"娟子，你咋在这？"狗蛋问道。

"你都睡了两天三夜了，可就是不醒，嘴里还唠叨着杀啊冲啊的，俺以为你的魂被黑瞎子拐跑了呢，所以就哭了。"

"哎哟，我说我咋觉得饿了呢，原来睡了这么久！"狗蛋边说边挣扎着坐了起来，娟子羞涩地扭过头去等狗蛋穿好了衣服。

奶奶见狗蛋醒了，忙活着做饭，填饱了肚皮，狗蛋觉得精神多了，便对丫头说："娟子，你爹咋没把你关家里泡豆芽啊？"

"晓娟这几天每天都来看你，光知道睡觉了，啥也不知道，还跟人家开玩笑，你这熊孩子。"奶奶乐呵呵地批评狗蛋道。

狗蛋就感觉一阵的温暖，扭头看娟子，她的脸蛋都羞红了，不好意思地转过身去。

"那咱们去小树林看看小黑熊吧，那家伙憨乎乎的，肯定很好玩。"狗蛋伸了个懒腰，说道。

"俺早就想去那看看小熊呢，谁让你这么能睡呢？"这个建议很好，娟子开心地跳跃起来。

"嘿嘿，你爹要是看到咱俩又在一起，俺可是要倒血霉了。"狗蛋说。

"放心吧，哥，俺爹一大早就去大孟乡送豆芽了，就他事多，娘都不大管俺。"张晓娟噘着小嘴说道。

边说边走，很快就走进小树林，护林员小屋却锁着门。嗯，应该是谢广田领着小黑熊出去遛弯了，那感觉像不像后面跟着条小狗？想想都好玩得很，这下谢广田更威风了。

没见到小熊，就继续向前溜达，说笑着二人来到了铁板桥下东水河滩。

"运昌哥，你知道不，这几天俺都没睡好觉，闭上眼就是你在跟黑瞎子打架。俺爹说你不是个乖娃，带俺去深山老林找白龙潭，差点被狗黑子要了命，说是再也不让俺跟你来往了。我才不管呢，不让我来看你，我偏来，不然我就不吃饭，跟他闹。"说着说着，丫头泪水都快掉下来了。

东水河今年水量大，铁板桥桥洞子两边的龙头终于不再干渴，河水从龙嘴里喷涌而出，哗啦哗啦溅起十八朵美丽的大水花。

河滩上芳草萋萋、粉蝶乱舞，东水河两岸的田野里，黄灿灿的油菜花散发出阵阵幽香，不时地，几只调皮的蚂蚱就蹦跶到二人的脚丫上，然后欢快地逃离。狗蛋情不自禁地握住了娟子的手。

"哥，啥时候咱俩再去白龙潭那转转？俺想进白龙洞看看呢。"张晓娟温柔地依偎在狗蛋身上，歪头调皮地问他。

"俺也想钻白龙洞里面看看是啥样，可是，大山里面一个人影都没有，怪吓人的，这次去那碰到的是黑瞎子，幸亏田爷救了咱。要是再去的话，说不定就会遇到大灰狼，听说大灰狼都是一群群的在山里瞎逛游，比黑瞎子还难缠。再说了，你爹要是知道了咱俩又去大山里面，还不得真要抄俺的家啊？"狗蛋说。

"晓娟，那天在白龙潭我厉害不？见那母熊猛扑过来，我顺手就抄起一根树杈，一个转身，一下子就把黑瞎子的眼睛戳瞎了，田爷都夸奖我是爷们，嘿嘿。"狗蛋边说边比画，眉飞色舞地给张晓娟吹嘘了起来，全然忘了当时的狼狈。

"嘘，你别再吹啦，要不是田爷，我看咱俩难说还能回来。"丫头挖苦他道。

"运昌哥，跟你说个正事儿。"张晓娟郑重其事，"俺爹不希望俺跟你走得近呢。知道吗？听俺爹那口气，是准备要下决心离开谢家坡了，只是还没敢跟爷爷奶奶正式提起。"

"啊？娟子，你不会是真的要远走高飞吧？老天爷，还让俺活不？"狗蛋被突如其来的消息惊呆了。

"哎，也不是说走就能立刻走得成的，起码俺爷俺奶得松口吧？俺估摸着，也就一两年的事。"娟子叹息道。

　　这么多年在一起玩耍、求学，对娟子，一直都是当亲妹子般呵护有加，到现在狗蛋才真切地感觉到娟子的美好。

　　狗蛋想起来心里美滋滋的，可千万别真像她说的那样，俩人刚刚开始的甜蜜就到了尽头。好在，现在还在一起，狗蛋真希望，时光停滞不前，那一两年成了永久。

　　豆蔻年华，青春懵懂，这份情怀很是纯净如水，沁人心脾，多年后回想起来，那不是尴尬，也不会不好意思，而是一份沉甸甸的亲情浓浓，优美的东水河可以作证。

老黑设计

后街谢秃子的婆娘生了四个如狼似虎的儿子，这两年承包村里的砖窑，可赚了不少钱。四个儿子没一个省心的，尤其是老三，小学没有上完就被学校撵了出来，愣儿吧唧的，看谁都不顺眼。

平时吊儿郎当，无所事事，东家摸只鸡西家偷条狗的，身边时常围着几个外村早早辍学的小年轻，心底下最想得到的却是张晓娟。

那小妮子越来越可人，每次在路上见到娟子，都凑上去甜言蜜语献殷勤，不曾想小妮子脾气还挺大，就是不搭理他这个茬。谢坏三没办法，只能干着急，便跟死去的张老二家那闺女鬼混在一起，最近不知从哪鼓捣来台录音机，整天放着音乐穿着喇叭裤满街审。

谢老黑知道坏三心里一直对张晓娟垂涎三尺，整天找借口套近乎，可娟子心里怀揣着的是谢狗蛋，强硬得很，坚决不遂坏三的意，愣是正眼都不瞧他一眼。

这天谢老黑刚走到大街上，迎面碰到坏三摇头晃脑地走来，便说道："老三，你干吗去？"坏三虽然半吊，眼里却是有支书的。

坏三说："大奎叔，俺这不刚从窑厂俺爹那要了点零花钱回来吗，你这是准备去哪？"

谢老黑便道，"我现在没啥事，沿街转转看看。老三，村东头谢狗蛋前段时间跟张二生的孙女去大山里面玩，撞到黑瞎子了，差点要命，听说逮了头小黑熊回来，在谢广田那养着呢，你见过没？"

"哦，听说过了。"坏三早就听说了此事，他在意的不是逮回来只小狗熊，而是狗蛋和张晓娟在一起，这话再听一遍更是刺耳朵闹心。一直琢磨着怎样能跟娟子好上，没承想半路杀出个狗蛋，心底早就积满了对狗蛋的怨恨。

　　打着哈哈，谢老黑就踱着四方步背着手转身离开。这事吧，不能挑明了，摆出来狗蛋跟娟子两人进山的事情，是傻瓜都知道两人会是啥关系，谢老黑就见到坏三的脸色突然变黑，咬了下牙，目光猛一凶狠。呵呵，目的达到了，坏三心里面肯定已经恨极了谢狗蛋，稍微刺激他一下，就到火候了，估计这小子动手替自己教训狗蛋一下，也就很快了。

　　说快也快。暑假结束了，狗蛋背着书包和一包馍、几块大咸菜疙瘩又要去学校接受教育了。

　　学校在乡里，跨过铁板桥，拐几个山道，就是大路了，沿大道徒步走上十几里，就是大孟乡中学。狗蛋和张晓娟都在一个学校，平时住集体宿舍，周末回家待上两天，星期天再带干粮返回去。

　　一周很快就过去了，狗蛋愉快地收拾起书包走出校门，远远看到张晓娟在路边一棵树下等着他。娟子爹咋没来接他闺女呢？狗蛋心里琢磨。

　　学校里管理严格，校长在开学典礼上说了，发现男女生谈恋爱的，立马开除，不管你是哪村支书、村主任家的孩子，哪怕你爹是乡长，也马上撵回家。

　　所以吧，男女生是不敢随便交往的，在校园里狗蛋和娟子二人碰到面，最多也就是点几下头说几句话，然后开心地微笑。毕竟是一个村的，还是一起长大的，这点点头说几句话不算谈恋爱吧？

　　可娟子心里装着狗蛋呢，巴不得快点到周末。刚才她爹来乡里给人家送豆芽菜顺便要几家的账，告诉她不要急着回家，他可能要晚点回去，等他去学校接。

　　她偏不这样，跟爹说趁太阳老高，自己走着回去，路上放学的人多着呢，不必担心。其实娟子就是想跟狗蛋一起回家，在路上牵一下手，也是很幸福的，二人说说笑笑沿大路往谢家坡赶去。

　　东水河六月的夜晚黑幽幽的，黑锅底似的天穹，恼人的寂静中，金色的星星在眨着眼睛，有颗流星飞速陨落下来，那好看的闪光弧线映在东水河的急流上。从山林里吹来干燥、温暖的熏风，把浓烈的野菊花的芬芳送到人烟稠密的山村，而河边草地上却是一片露湿的青草、黏泥和潮湿气味，水鸡在不停地鸣叫，近河一带的树林完全沐浴在银色的雾霭里，宛如梦幻仙境。

张晓娟实实在在地扎着谢坏三的心。按说狗蛋只是一贫家学生、本分孩子，跟谢坏三这伙人不沾边，可狗蛋不仅沾上了，而且还早就被谢坏三记恨上了。

一次狗蛋在西街老秋家玩到很晚，正好碰到坏三喝得醉醺醺地晃出门外，狗蛋不想招惹此人，却被坏三拉住，非要他陪着逛逛大街遛弯儿。

这么晚了，四处黑灯瞎火的，溜达个球！狗蛋一口回绝，扬手甩开，疾步而去。不承想，就在那晚，不知是哪家的愣头儿青，瞅准时机摸黑拍了谢坏三的黑砖，几砖头下去，坏三便头破血流找不着北。醒来后这小子就一直疑惑是狗蛋所为，没当面逮住，便记恨在心寻机报复。

谢坏三这几天一直都在盘算着怎么样去狠狠地教训一下狗蛋。

要让那小子一次就记住，老子不是那么好惹的，张晓娟是属于我的，虽然现在还没有到手，也不允许他靠近！那次挨黑砖的账，一块了结，省得自己心里老是记挂着不舒服。

坏三打听清楚了，狗蛋那小子开学了，周末一准回家带干粮，路过铁板桥的时候，天也就黑了。铁板桥附近树木参天，水深河曲，白天一个人在那都有些瘆人，黑天就更没人在那闲逛了。

坏三算计着就在铁板桥附近候着谢狗蛋。

那小子前段时间在万虎山里面曾一下子戳瞎了一头大黑熊，打起架来也许会不要命，自己动手不见得占便宜，要是被狗蛋打趴下扔到东水河里，传出去如何在黑虎山江湖上混？

坏三找来李家铺子的李大雷、李小强，王家庙的张虎子，几个人跟谢坏三一个德行，坏三平时没少请他们喝虎山特曲，那几个家伙也没少跟坏三偷人家的鸡、摸人家的狗。几人脑袋剃得精光，骑着摩托到处耀武扬威，就差结伙劫道、入门强抢民女了。

中午召集李大雷、李小强、张虎子等人去大孟乡集合，在一个小饭馆里边喝酒边筹划好夜晚之事，酒足饭饱，几人突突突骑摩托夺路而去，扬起一阵灰尘。付酒钱？没说不给，先记账赊着。酒家硬要？晚上扔他黑砖砸他家窗户和门面。

这样的事，这伙人干多了，也摸出了门道，坏三就琢磨着以后要收大孟乡街上几个小饭馆的保护费，有了这些小钱，也不用看爹的眼色了，老头子再逼着自己去窑厂下苦力就拿出来钱来给他晃晃。

狗蛋二人从大道拐入黑虎山脚下的一条小道，再拐几个弯，走半小时，就到谢家坡了。瞧周边行人已经稀少，山花烂漫百鸟齐鸣，道边芳草萋萋，初秋色彩迷人，张晓娟握住狗蛋的手，"哥，找个地方歇歇吧？"

此时，太阳已经落西，残阳似血，映出黑虎山的雄壮，晚霞万丈，照出山间万物缤纷五彩。松涛阵阵，如万马奔腾；繁花盛开，似锦绸丝缎。黑虎山的黄昏，伴着芳草清香、斜阳温暖，彰显出迷人的身躯。细草绒绒，飞絮漫天，此景此情，如梦如幻。

天，已真的黑了下来，还要再赶上一段路才能到家，二人起身，背起书包继续赶路。拐过这条小道，就听到了铁板桥龙头吐出哗哗的亲切水声，走过铁板桥，就是谢家坡的地面了。

谢坏三那几个就埋伏在铁板桥一侧的树林中，听到隐隐约约的脚步声。等了那么久，终于等到狗蛋那家伙过来了，坏三心里不由得一阵激动，低声吆喝，"弟兄们，准备动手。"突然，他听到了张晓娟轻柔的说话声，知道是狗蛋和娟子二人相依而来，心底更是无比的恼怒。

"奶奶的，原来这小蹄子跟狗蛋一起回来的。那好吧，顺便让她看看我的能耐，最好是当她的面好好地羞辱狗蛋一番，彻底让狗蛋断了念想。"想到这，坏三低声喝道，"动手，分开包抄。"此时的坏三，感觉自己就像抓特务的警察。

狗蛋和张晓娟牵着手刚要踏上铁板桥桥面，突然，桥头侧面就闪出两条人影，手持棍棒向他们逼近，心底一阵发紧，张晓娟一声慌乱尖叫，拉住狗蛋就想转身往后跑，刚扭过头，却见桥面上已有二人挡住了退路，其中一人，正是后街的谢坏三。

向前冲，两人正恶狠狠地逼近，向后跑，坏三两人已经堵在桥面上，坏三手里明晃晃的，好像是把剔骨刀，左右更没处躲了，东水河的水大，跳下去自己一个猛子就会蹿出老远，啥事没有，张晓娟可是旱鸭子一个，连狗刨都没学会，掉到河里可绝无生还可能，但此刻，也绝不允许自己丢下她而跳河远去。这可咋办？

狗蛋见已无退路，稳下心来，紧紧握住娟子的手，对坏三说："谢广军，你这是干吗？咱都一个村的。"坏三的大号叫谢广军，可是因为打小就坏得冒油，排行老三，村里人叫坏三也就叫习惯了，这个时候，狗蛋不能叫他坏三，这点，狗蛋还是很清楚的。

话音刚落，一阵凉风扑面而来，李大雷朝狗蛋抡起了木棍，谢狗蛋跨步挡在张晓娟的前面，迅即护头、转身，抬脚就踢向对方，李大雷应声倒地，但木棍也结实地打在了狗蛋的背上，一阵酸疼。

在狗蛋踢向李大雷的同时，张虎子的木棍也挥向了狗蛋的小腿，谢狗蛋来不及躲避，抡起手中的书包打向对方，没承想，后面李小强的棍子也砸到了跟前，扑通一声，狗蛋实在是没招了，谢坏三还没动手呢，狗蛋便倒在了地上。

黄昏，黑虎山的上空一片灰色，大雁在春汛泛滥的河湾里惊鸣。苍白暗淡的月亮从东水河边的杨树林后面爬上来。

河面上映出一条月光铺出的波光涟漪的浅绿色小径。

"谢狗蛋，你小子敢抢我的女人，胆子够肥的啊，今儿个就给你放点血，让你长长记性。"说着，坏三手持剔骨刀，就慢慢地逼近了狗蛋。

张晓娟突然挣脱狗蛋，发疯一般扑向谢坏三，破口大骂，"谢坏三，你不得好死，告诉你吧，就是你把我扔进东水河里，我也不会跟着你。你快放了狗蛋，不然我就死在你面前。"

此时，娟子突然爆发出狗蛋从来没有见过的野性，温柔可人的娟子竟然会如此刚烈，让狗蛋湿润了双眼。

她奋不顾身地挡在了狗蛋面前，眼睛里面像冒出了火，直视谢坏三，"你捅啊，你捅啊，王八蛋，有本事你捅我啊。"

坏三心底残存的那份希望瞬间破灭，好吧，既然你这样死心塌地地跟着狗蛋，软的不吃吃硬的，那我今晚就成全了你，而且，还要当着狗蛋的面跟你做那事。

哈哈，这个想法好，既能享受到张晓娟的美妙滋味，又能给狗蛋好看，让他生不如死，自己真是天才。

李小强几人摁住狗蛋，三下五除二就将他捆了起来，谢坏三自己动手绑住张晓娟，随后押着二人走向树林深处，那儿有个养蜂人住的小房子，养蜂人早已移住别处，正是空闲期，是早就观察好的。

看蜂人的房子不会太大，进门就几步的空地，抬脚就能上床。走进小屋，坏三点着墙壁上的煤油灯，招呼李大雷等人将狗蛋手脚捆结实了扔在空地上，随后将张晓娟扔在了床上。

"晓娟，你知道俺的想法，俺也不想强迫你，要是你不想让狗蛋缺胳膊少腿的，俺觉得你还是考虑一下，改天俺请个媒婆拿厚厚的彩礼去你家求亲，只要你答应了，俺想，你爹也不会那么倔了。这样可以吧？"

坏三对张晓娟虽然垂涎三尺了好久，开头其实并不想用最下三烂的办法将她搞到手的，可是这会儿被逼急了，不用也不行。

"谢广军，你就做梦去吧。我告诉你，我宁肯死也不会让你得逞，如果你敢动狗蛋一根指头，我立马咬舌自尽，变成厉鬼也要活剥了你。"张晓娟咬牙切齿地对坏三说。

在狗蛋面前温柔如水的张晓娟是如此刚烈，让狗蛋心如刀绞，这样的女孩，是多么地值得他去呵护啊，可是，他现在却被捆得结结实实，只能眼睁睁看着张晓娟在愤怒地呐喊。

坏三怒极反笑，也豁出去了，中午的酒看来度数不低、喝得也不少，不然不会这样不理智。

"张晓娟，那你就怪不得我了，兄弟们，看好了谢狗蛋，我先把这小蹄子睡了，等会儿你们挨个轮着来，就让这小子在一边看着，哈哈。"

狞笑着，坏三伸手就将她的上衣扯碎，张晓娟白花花的胸脯就露了出来。

随后，就将张晓娟弄到床上，张晓娟此时像愤怒的羔羊，可被绑住了双手，只好双脚乱踹，怎敌得过谢坏三那虎狼之躯，眼看着，坏三就要对张晓娟上演一场霸王硬上弓。

眼看着娟子将要被谢坏三侮辱，狗蛋就像发狂的狮子，猛然间跳将起来，李大雷等人还没缓过神来，狗蛋已扑到坏三身上，张口就咬向坏三的耳朵，坏三此时正心急火燎地在扒张晓娟的裤子，来不及躲闪，猛一吃疼，赶紧回身，右耳郭却已被狗蛋咬下一半。

李大雷等人上前拖下狗蛋，摁在地上一顿乱打，然后死死地将其摁倒在地。狗蛋咬紧牙关一声不吭，坏三那半个耳郭依然血淋淋地衔在嘴里，双目充血，狠狠地盯死了谢坏三。

"好吧，既然玩大了，那就玩大吧，狗蛋，今儿个你小命可没了，张晓娟，我还是那句话，给狗蛋放完血，爷就浪迹天涯笑傲江湖了，识相的，跟爷走，可以吃香的喝辣的，不识相，那爷也要成全了你以后再跑路。留你条命，可得要在你脸上划拉几刀，你就活着给狗蛋烧纸送终吧。"

坏三此时已被愤怒和疼痛冲昏了头脑，狰狞的双眼如野狼一般无情而凶狠，不顾耳朵的疼痛和流下的鲜血，回手抄起剔骨刀抬手就向狗蛋当胸刺去。

张晓娟"啊"的一声尖叫，竟然火气冲头昏了过去。谢狗蛋怒视着坏三，奶奶的，来吧，老子生来不信鬼、不怕邪，哪怕是死也不能眼睁睁看着自己心爱的姑娘被人糟蹋。

此时，应该是狗蛋第二次面临绝境，认命吧，黑瞎子没要了自己的命，却被一小混混轻而易举地给夺走了，后悔自己为啥不跟谢广田练习武功，要是当初听奶的话，一身功夫还怕这几个混蛋玩意不成？奶啊，娘啊，以后俺可没办法孝顺您二位老人家了。娟子啊，咋每回咱俩在一起就遇到要命的事呢？

狗蛋正在胡思乱想之际，忽听"哎呀"一声，却是坏三的惊呼，一块石头从屋外如闪电般飞来，正中坏三手臂，随即，"砰"的一声响剔骨刀弹在墙上滑落在地，昏暗的煤油灯下，但见谢广田身着紧身黑衣，"嗖"的一下蹿进屋来。

坏三等人知道谢广田会些功夫，平时从不招惹他，但感觉此人也是六十多岁的老人了，四个膀大腰圆的小伙子能败在他手下不成？谢坏三一声呼哨，和李大雷等人一拥而上，对谢广田发起攻击。

可惜，他们实在是小看了这位六十多岁的老人，拳头还离老人半尺，一记铁拳就已经打在坏三面门上，坏三只感觉黑的花的红的一片片，如天女散花般出现在眼前，晕晕乎乎地就倒在地上。

老人顺势抬腿一脚，李大雷根本就没反应过来，哎呀一声被踹出屋门外倒地不起。李小强挥圆了木棍，直奔谢广田脑袋而去，那力度恨不得一下子就把老人的脑袋砸开花，未承想，谢广田手疾眼快，一拳正中那手抡棍棒的腋窝，棍子掉在地上的同时，李小强的胳膊也耷拉了下来，怎么了？膀子被卸了下来，晃荡晃荡着那叫一个生疼。

张虎子见势不妙，拔腿就想溜出，谢广田哪容他逃出，一个箭步蹿到他前面，随即几个旋风脚、扫堂腿，张虎子就哎哟哎哟地躺地上，吃疼打滚再也爬不起来了。

实在不相信自己的眼睛，谢广田在狗蛋的眼里现在是那么的可亲、可敬，再也不埋怨老人的多管闲事，跟上次张晓娟念叨菩萨、如来一个样，老头儿说来就来了，而且，还是在最最紧要的关头，没来得及看清楚咋回事，就三拳两脚放倒了数人。

不过，这回张晓娟可没念叨菩萨、如来快些现身啥的，丫头这回是真的羞愤又害怕到了极点，昏过去了。

"田爷，这回又多亏了你。"被谢广田解开绳索后，狗蛋不大好意思地说。随后，狗蛋松开绑在娟子手上的尼龙绳，脱下自己的上衣，披在她的身上，轻轻地唤醒了她。

张晓娟如在噩梦中醒来，见狗蛋活生生的在自己身边，忍不住热泪滚滚，顾不得谢广田就在身边，抱住狗蛋就号啕大哭起来，宣泄完毕，见到在屋内空地上还在眼花缭乱找不到北、颤颤巍巍的谢坏三，如泼妇一般猛扑上去，连掐带咬，好一阵捶打。

谢广田问狗蛋，"这事吧，也就那么赶巧，遇到了还能眼看着你完蛋不成？这几个小子，做法也太下道，你说吧，应该怎么办？是交派出所呢还是交给他爹去管教？"

谢家坡盘山大道贯通到将军碑附近时，陡然掉头转向东水河，伸进一道架着木桥的浅水山涧里。春秋时节，清澈见底的浅水里那亮晶晶的黄沙和一颗颗五彩石看得很清。一到五六月，暴雨不断，就会引发山洪暴涨，浊流滚滚地流进浅涧，无数积水汇集成洪流，波涛汹涌，向下游倾泻，冲刷着两岸，夹带着石块、树枝，响声震天，一路澎湃着涌向东水河。东水河真有些接受不了客水的倾泻，顿时潮水猛涨，但很快涨潮的洪峰就消降了下来，快速驯服般随波逐流地奔向大河的远方。

谢坏三今晚的做法，确实是死有余辜、罪不可赦了，看来这小子是铁了心要了自己的命，真格地应该报案让警察抓去判刑，黑灯瞎火地劫道，拿刀子准备要人命，还要强暴张晓娟，哪一条都是重罪，够他受的。

狗蛋突然想起，谢坏三他爹谢秃子不是个好人，三角眼、络腮胡，村里人都叫他秦桧，阴险又狠毒，他那几个兄弟也如狼似虎的好不到哪里去。坏三是进去了，可他们还在村里待着，总不能连他爷五六个都一块逮进去吧？

指望自己那点本事，可对付不了他们家。家里就奶奶和娘，本来就过得够难的了，坏三要因为自己被判了重刑，那还不惹翻了天？可不能因为这事，被秦桧家折腾得奶奶和娘不得安生。

谢坏三这几个家伙，看来是经常聚在一起干些不三不四的勾当，如果自己这次放过他们，依他们的本性，不可能改邪归正，可也许对自己就不再那么的敌视，起码不会在这几年有胆量对付自己。

因为谢广田这老汉身体好着呢，功夫那么高，又连着救了狗蛋两次，肯定他们之间渊源很深，坏三他们几个可得考虑后路，别因为一个女孩惹恼了老汉被要了小命。

现在放了他们，估计这伙小子也是狗改不了吃屎，没准几天后又到处耀武扬威胡作非为，如果县里真的要进行严打，那自然会有人找他们的麻烦，严打不就是打他们这样的混混吗？到时谢坏三自然免不了的进监狱吃小号，搞大了的话，吃枪子也说不定，让别人送他进监狱，自己离得远远地躲着看热闹，这样不是更好？

狗蛋想到这，便把谢广田拉到一边，小声将自己的想法说出，老汉眼睛就冒出来光，拍打了下他的肩膀，说，"狗蛋，行，小家伙知道动脑子了，考虑得还怪周全的，我看这样行。你看到了吧？当初让你学功夫你不学，现在知道功夫在手的好处了吧？如果你现在有一身硬功，那几个小子能近得了你的身？你吧，回去再想想，想明白了明天去小树林找我，趁现在没真的长大，三五年后必能学成一身硬功夫。"

谢广田将谢坏三等人叫到近前，谢坏三此时刚缓过劲儿来，胆战心惊地不知道该被如何处置，李小强的胳膊还在那耷拉着，疼得他龇牙咧嘴，可又不敢大声喊疼，生怕另一只胳膊再被老汉卸掉。谢广田伸手握住李小强的手臂，另一只手摁住他的肩膀，啪的一声，胳膊便恢复了原位。

"广军哪，咱都是一个村的，你看你们今晚办的事吧？我要是晚来一步，是不是狗蛋的命就没了？"谢广田对坏三说。

坏三心里那个恨啊，可嘴上是万万不敢来硬的了，"大爷，俺那是小孩过家家，闹着玩呢，您老还真以为俺想害了狗蛋啊？您老大人不记小人过，放过我们吧。"

"哈哈，好一个过家家，有你这样闹着玩的？那你给你爹捎个话，我拿把砍刀子去你家也玩次过家家。"谢广田气愤地厉声对坏三说，"人家狗蛋是学生，通情达理，比你可是爷们多了，刚才还求我放了你们。我琢磨着冤家宜解不宜结，放了你们也成。不过以后可要注意了，不要随便找狗蛋麻烦，老汉我再活上一二十年没什么问题，你们这几个臭小子明白？"

坏三几人恨不得立马跪下给谢广田磕头，忙不迭地说，"俺们真的是闹着玩的，大爷，给您老惹麻烦了，对不起了，运昌老弟。晓娟，你也别生俺的气了，以后谁要是欺负你，给俺说，俺给你出气。"

"呸，谁让你给俺出气？以后俺不想再见到你。"张晓娟气鼓鼓地对坏三喝道。

突然"扑通"一下，却是李小强跪在了谢广田的面前，双手作揖道，"师父，请收下小徒吧。"李小强是被老汉打傻了，可真真切切地感受到老汉的真功夫，一拳胳膊就脱了臼，随手就能给接上，这跟闹着玩似的。心想，不如拜老汉为师，也学得一身功夫。

狗蛋看着就乐了，这哪跟哪啊？这小子也不能变得这么快啊。

"呵呵，老汉不收顽劣之徒，也一直没收过徒弟。如果你真想学点功夫，就回家跟你爹说，以后要老老实实的重新上学去，痛改前非，不再瞎胡混。如果真有诚心，来年我要先考你的学问。你们几个，快滚蛋吧。"谢广田言语刚落，坏三几人便你扶我搀狼狈离去。

刚走得不见人影，突然李小强又迅疾跑回，再次跪下给谢广田磕了个响头，才又起身离开。看来这小子是有点诚心，就看他是不是真的转变了。

"田爷，那个，娟子咋回家呢？"天色已经很晚，张晓娟的衣服已被坏三撕扯得稀烂，这样回家，娟子家里即便知道是坏三干的，可也跟自己有关，闹将起来，那肯定是要沸沸扬扬满村风雨了，到时就要水落石出，事儿呢也就必然要闹大，毕竟，娟子还是一个姑娘，没嫁给他不是？狗蛋实在是想不出如何去面对。

"这样吧，晓娟，今儿个你就回学校吧，我送你回去，学校里有换的衣服吧？明天一早你要是想回家那你自己回来就是了。"谢广田道。

"嗯，学校宿舍里有好几身呢，爹要是见不到我回家，肯定会着急的，就怕他现在找过去。"张晓娟说。

"这样，狗蛋，你回家后先去给娟子爹捎个话，就说她半路遇到你，托你给家里人带话，今儿个去乡里同学家住不回来了。估计他这会正着急呢。狗蛋，你回家好好休息一下，让你娘给你抹点云南白药，就说是在学校上体育课受了点伤。"

月亮在高天飘移，宛如芦苇和灌木丛生的池塘当中的一朵盛开的睡莲。

三人离开养蜂人小屋走出树林，张晓娟跟着谢广田走向铁板桥，谢狗蛋迈向了谢家坡方向。

临分开，谢广田对狗蛋说："狗蛋，你刚才的想法是对的，那几个家伙是可恨，可就是将他们都投进监狱又能怎么样？挨枪子的话你倒是解气了，那可就跟坏三家结下了深仇大恨。他爹外号秦桧，你又不是不知道，你娘和你奶能应付得了？再说了，要是他家那几个坏小子瞅准机会砸你一个黑杠子，你奶还好说，有你娘呢。可你娘呢？老了以后谁来孝敬？好好琢磨琢磨今晚的事，凡事啊，一定要多动脑筋，考虑周全。"

到家放下书包，顾不得跟娘说话，狗蛋就赶到了娟子家。这会儿，娟子一家人正在着急。

娟子爹刚回来不久。他去大孟乡里送豆芽，捎带着要了几家的账，其实就是要顺道把闺女接回来的，校门口闺女说了要自己回来，那时太阳还老高，赶到家也肯定是黑不了天的。

可是，这都快九点了，他到家闺女还没到家，一家人就乱了套。娟子娘上了火，破口大骂娟子爹财迷一个，光知道要账要账，钻钱眼里去了，闺女要是有个三长两短她也就不活了。

二十世纪八十年代初，谢家坡也就有一个摇把子电话，可是，就是能拐弯抹角打通大孟中学的电话又有何用？这都几点了？学校的老师早回家了，何况还是周末。

娟子爹也是急得转圈，拽起娟子娘，扭头就动身，要重新赶到大孟。

狗蛋见娟子家里乱成了一锅粥，忙拦住娟子爹，说道："大叔、大婶，你们别着急了，放学的时候我在校门口遇到张晓娟了，她托我给你们带话，今晚去她同桌家住了，说是要一起复习功课，明天一早也许就赶回来。"

娟子爹听到狗蛋如此一讲，心底大石头就落了地，嘴里嘟噜着，"这小妮子，明天回来非要好好地教训她一顿不可，哪有随便去人家住的？"一家人总算是安稳了下来。

狗蛋回到自己家中，也没让娘找出云南白药擦一下受伤的后背，隔着门帘跟奶和娘问了声好，告诉她们自己是在学校吃过饭后回来的，不要她们起来忙活了，便走进自己的卧室。

他是怕娘看到自己的狼狈，追问起来不好回答，稍不注意就会让娘多心让奶担心，还不如不说。

遭此一劫，娘是一眼就能看得出来的，最好别让她看到。打了盆水，狗蛋自己洗了个澡，随后换上身衣服，将脱下来的衣物泡进盆里，明儿一早就洗干净晾晒上，然后就躺在了床上。

闭上眼睛，好久，狗蛋没有进入梦乡，他在想今晚上的遭遇，在想如何去面对未来。

慢慢地长大了，奶奶的身体也大不如从前，爹的面见不到，一切都靠着娘在地里忙活，不能让娘为自己担心，而且，自己必须出人头地、笑傲黑虎山，这样才能让奶和娘以后挺起腰板，扬眉吐气。

实在琢磨不出谢广田为什么那么地关心自己，爹那人，东跑西颠不着家，总感觉有些诡异，也许，是大人之间的秘密，奶不说，娘估计也不知道咋回事，自己长大了后想知道，到时候自然有人会告诉他，先不理会。

谢广田老人说得很有道理，凡事一定要多动脑筋，一些事情必须是自己去面对，自己去处理的。就像当初老人劝自己学习功夫，那也是为自己好。自己不上心怕吃苦，遇到恶人的时候却毫无办法，以后恐怕会遇到更多的危险，总不能每次都是老人赶那么巧去救吧？老人可不是神仙，何况他已经六十多岁。

这一夜，狗蛋想了很多，迷糊中，他仿佛又回到了几十年前那个艰难的岁月，那时，他还叫马占彪，跟着一个游荡到村寨的和尚学习了拳脚，师父教导他学武是为了防身，为了要饭时不被恶狗欺凌，绝不是仗势欺人，没承想多年后在"闹红"运动和红军队伍中派上了大用场。

一早醒来，狗蛋没有立即起身，躺那静静地反思，厘清自己的思路，回忆着梦中的场景。

也许，日有所思夜有所梦，渴望自己能成为将军那样的人物，杀富济贫报效乡邻。也许，自己真的就是将军的转世，不然怎么梦中的情景那么的清晰就仿佛亲身经历？

可现在社会整体安定，十年动乱已经拨乱反正，又分田到户，联产承包，老百姓吃得饱了，穿得比以前暖了，高兴着呢。也许有个别的劫道的，可没有了劣绅，更不可能有日本鬼子进关。

即便真的与马占彪有缘，又能如何，跟当初的环境根本就不沾边啊，现实的一切，都还需要自己实实在在地去面对。现在面对的，是好好地学一身功夫，不要去想什么杀富济贫的过去了，那是评书先生说的书、是课本里面描绘的黑暗旧社会。

但是强身健体和关键时刻的防身倒很有必要，省得再遇到坏三这样的小人物自己对付不了，小命都丢了，还谈什么笑傲黑虎山，跃马横天下？

此时的狗蛋，还只是个半大孩子，他能想这么多已经很不错了，当然，这跟他贫困的家境是分不开的。穷人家的孩子早当家，说他早熟也不为过。

虽然，他现在想的，只是很肤浅地修炼一身武艺，强身健体、不被别人欺负，不让自己的亲人被别人欺负，还没有想到去用心学文化，如何用知识和智慧彻底改变自己的命运，却已经很进步了。

毕竟，狗蛋的成长也是需要经历很多的事情，等他慢慢地懂得了更深刻的道理，马占彪当初的抱负也便慢慢地通过狗蛋去实现。唐僧取经，不一样需要九九八十一难吗？

想得很多，琢磨得也不少，却是越想越乱，不如不想。狗蛋干脆穿衣下床，趁娘和奶还没有起床，出去将衣服洗干净晾上，挥动扫帚将院子打扫干净，然后拿把铁锹跳进猪圈，将猪粪归集到一起，推起小推车将粪便一车车地推到大门外晾着去。

忙得满头大汗的时候，奶奶和娘便起来忙活着做饭了，人吃的猪吃的都要去做，看到狗蛋忙碌的样子，娘便笑了，奶心疼地连声嚷嚷："别干了，狗蛋，歇会儿，昨晚上也不知道你几点睡的，别累着了。"

狗蛋学艺

狗蛋将一周在学校的学习情况跟娘说了一些，一家人边说边吃，很快便吃完饭。娘和奶趁着雨天不能出工，就准备推水磨摊煎饼。对于庄稼人来说，摊煎饼就是小菜一碟。娘和奶先把鲜地瓜洗净剁碎，就再一绕绕地用力推动水磨，把碎地瓜填到磨眼里，将剁碎的地瓜磨成地瓜沫子。在碎地瓜磨成沫子后，娘就从磨盘下的大盆里往布袋里舀沫子，舀满鼓鼓的像小猪似的一袋沫子后，就扎紧口袋，放到架好的八帘子上。此时，懂事的小狗蛋就和娘搬块大石头，压在布袋上，在压净地瓜沫的黑水后，就开始支鏊子。别人家都是男人和泥支鏊子，可在狗蛋家就只能靠他娘来干这活了。娘早已习惯了，也不在乎由谁来支鏊子。在支上鏊子后，娘和奶两人开始摊煎饼。奶坐在鏊窝里续着柴草烧鏊子，娘就抱起柔软的面团往鏊子上滚煎饼，那样子很是轻松自然。奶已烧了大半辈鏊子，直把个鏊子烧得不热不凉，娘就把个地瓜煎饼滚得精薄。仅半天工夫，娘和奶有说有笑地就把三大盆地瓜沫子，给摊完了。一张张精薄的地瓜煎饼，就整整齐齐垛了老高。娘不仅剁了韭菜馅子，烙了好几对子香喷喷的咸煎饼，还利用火热的鏊窝子，烤上一大堆的鲜地瓜，等到退火后去吃，那真是又香又甜的可好吃哪。最叫狗蛋忘不掉的是，在每次揭鏊子前，娘都是要为奶摊上一张白面的葱花芝麻煎饼。奶舍不得自己独吃，每次都要掰给狗蛋一多半，狗蛋总是细嚼慢咽地品着滋味吃老长时间。

傍晚，娘摊完煎饼后，就又下坡去拔草，顺便牵着羊背起粪箕，是要把猪草一起割回来的。狗蛋想替娘割草放羊，就从娘手中接过羊绳，跟娘说，他去小树林那边放羊，顺便看看那只小熊。

回头对奶说："奶，我决定跟田爷学拳脚了。"奶开心地笑了："傻小子，早让你跟他学，你还不学，现在咋想开了？呵呵，你好好跟你田爷学，他功夫高着呢，改天奶给你买布做一身练功服。"

狗蛋走进小树林，找了棵树将羊拴在树上，随手在周边掰几枝树杈，薅几把青草，让羊慢慢吃着，便寻到了护林员小屋旁，屋门外，一个木质的笼子，小黑熊正蹲在里面。

小屋前面，一片空地，就看到了谢广田正在活动手脚，其身手刚健有力，节奏严谨，足随手起，手起足落，运用自如，落时望低，展身而落，步法稳固而灵活，动作舒展大方，看得狗蛋是眼花缭乱，步步惊心。

见狗蛋过来，老人收起拳势，气不喘脚不乱，实在是令人佩服，这可是六十多岁的老人，如此身手也难怪坏三那几个家伙昨晚如此的失心丧魄。

"昨晚怎么跟你娘说的？"谢广田问。

"我回去后啥也没说，就睡了。如果都跟她们说了的话，她们肯定会睡不着觉。"狗蛋说。

"嗯，这样也好，狗蛋慢慢成大人了，懂事多了。那几个坏小子是不会胡乱跟外人讲的，做的那事够蹲大牢的，他们不傻。昨晚跟你说的，你考虑得怎么样？"老人问道。

"田爷，我想好了，以后俺就拜您老为师，跟您学功夫。"狗蛋真诚地对谢广田说。

"臭小子，你真的想明白了？学习拳脚，那是要下苦功的，夏练三伏冬练三九，能吃得了这个苦吗？"谢广田说，"下决心练和坚持练是两回事，既然要学，就要学出名堂练出精髓，我可不想教出一个半拉子徒弟。"

狗蛋想起昨晚李小强那一招，虽然谢广田并没有同意收他为徒，可自己感觉那情景还真的有那个江湖的味道，那时的老头就如同评书中传说的黑衣大侠，想想学校里同学正在热传的小说《射雕英雄传》，感觉谢广田就像里面的郭靖师父了。嗯，还有点像霍元甲。

对了，郭靖也是那样拜师父的。于是便双膝跪地，双手合一，恭恭敬敬地跪在谢广田面前，连磕几个响头，朗声说："田爷，从今后俺就拜您老为师，师父在上，受徒儿一拜。"

谢广田没想到狗蛋会有这一招，哈哈大笑着拉他起来："你这小子，从哪学的这一套？以后还是喊我田爷，不要叫师父，咱差着辈呢，呵呵。"

嘴上是这么说，心里却美滋滋的，心想，这小子终于铁下心来跟我学点东西了。

整个华夏，少林、武当功夫为正宗，黄河下游地区，以洪拳为重。大洪拳来自宋太祖赵匡胤习练的拳术六部架，是少林武功的基础拳，凡练少林拳术、器械、短打等均要从大洪拳起手，故有"洪拳为诸艺之源"的说法，天下武术出洪拳，将洪拳练到家，那么就会触类旁通，没准会是武林界另一个奇葩，那就看他自己的造化了。

谢广田知道狗蛋现在的条件，想掌握一身硬功，必先让他从洪拳练起。

大洪拳的特点是以活马步桩为根基，架子大开大合，多崩打、架打、扒打、滚打，架子刚劲有力，多发身力整劲，初练刚劲、明劲，再练柔劲、暗劲，后练混元劲，刚中有柔，刚柔相济，连绵不休。

初次练习，狗蛋不可能了解太多，谢广田只是大致将大洪拳的渊源及基本的特点对狗蛋讲解了一番，然后，传授给他练武最基本的蹲桩和走活马步的诀窍，"要学打、先打马。"你就先练习蹲马桩吧，自己去领悟，当然，更重要的是自己下功夫苦练去。

最近这几个月就练好基本功吧，也没必要问这问那的，他还要伺候小黑熊，还要看瓜地，忙着呢。

"入门先站三年桩"，三年倒不至于，是不是好苗子，三个月后也基本上看个差不多。至于怎么苦练，师父不能啥都告诉他，毕竟，是个学生，还要上学，怎么也要混个初中毕业能读懂报纸吧？自己琢磨去。

周末这两天，狗蛋就一直在小树林里练习基本动作。张晓娟，他没有见到，也许她爹以后每次周末都要接送她了，这样也好，省得见了她以后又要惹出是非耽误自己练功。

初练蹲马桩是很枯燥的，狗蛋咬牙硬撑，几分钟后也便腰酸腿疼站立不住，到上课的时间，因为疲惫不堪而时常受到老师的罚站，着实让他头疼，总不能因为练这个而念不成书吧？因为成绩不好被学校撵回家去娘还不发疯？

他立志做一名文武全才，他要改变家里的一切，就必须像二丫她哥那样考上大学，就不能怕吃苦也不能怕受罪，"不吃苦中苦，难为人上人"，狗蛋咬牙告诫自己，一定要坚持，学习也不能舍弃。

启明星还挂在天上，宿舍里同学们正在酣睡，他悄悄地起身就到了操场，在蹲桩的时候心中默默复习一遍昨天的功课，搞不明白的，也记在心底，心中得到了充实，等练得能达到自己的预定标准的时候，天还刚刚亮，启明星还挂在天上，学校的起床号还没有吹响。

这时候的教室里已经亮起了灯光，有些要强的同学在教室里开始了一天的学习。狗蛋洗漱一番，精精神神地坐下来将不明白的地方仔细地复习和验算一遍，接下来还有预习的时间，离上课的时间，还早。

中午、晚上，狗蛋趁操场上人少，总是按计划练习一番，无论刮风、下雨和纷飞的下雪天。一道美丽的风景线，总是出现在大孟乡中学的操场上，有人讥笑、有人敬佩。偶尔，有一双心疼的眼睛，看他几眼，有时还趁没人的时候塞他几个熟鸡蛋，那是张晓娟。

慢慢地，狗蛋找到了学习和练功两者兼顾的诀窍。

这个不顾烈日风雨、日夜苦练拳脚的男孩身影，慢慢成为学校的一道风景，更是一个传奇，这位少年的励志故事至今仍在学校流传。

人们津津乐道的是，他不仅练就了一身功夫，武艺超群，同时，文化课竟然也突飞猛进，各门功课遥遥领先，期末考试，一举进入全校总分前五名，这是狗蛋做梦都想不到的，也是他想得到的。因为他一直觉得自己脑子笨。

谢坏三的耳郭少了半个，那晚回家后可没敢跟爹说是狗蛋咬掉的，撒谎说是喝多了骑摩托摔倒给擦掉的，在家老老实实地养了半个月，耳郭掉了半个，怎么掩饰都觉得别扭，外人看来却另是一番凶狠。

坏三自己都感觉这个形象实在是出不去门，便弄了顶狗皮帽子严严实实地遮住耳朵，冬天嘛，戴着正常，夏天？再想办法，实在不行，用橡皮捏一个假的装上。

伤好后又恶习难改难耐寂寞，整日窝在砖窑厂里面被老爹管束着，憋都憋疯了。坏三心里想着大孟那边几个小饭馆呢，白吃白喝，最好再收点保护费啥的，那日子、那感觉，比当乡里的干部都威风，这窑厂可拴不住坏三的心。

至于张晓娟，他暂时是不敢想了，半个耳郭都被谢狗蛋那小子咬去了，再招惹他，万一下次被咬着喉咙这不要命了吗？想想都后怕。

君子报仇十年不晚，他得忍。目前先想办法搞到钱再说，有钱了，还愁身边没有漂亮女人？有本事了，谁敢嫌自己少半个耳郭？

李大雷和张虎子这段时间来看了他几次，告诉他，李小强那家伙不乐意跟他们在一起耍了，拿出书本装模作样地在家复习起功课来了，哭着闹着让他爹托人，他要重新去乡中学读书。几人议论着，随他去，人各有志，不可勉强。

指望这几人安分是不可能的，几次小酒下来，搞定那几个小饭馆的事情基本上就定了下来，一个小饭馆一个月收五十块的保护费，四五个小饭馆都拿下的话，可是一笔不小的收成。

基本方针定下来，紧跟着就是立即行动，李小强退出去正好，三个人黑脸、白脸、红脸的分工明确，配合默契，人数正好，不然又多了个分钱的。

李记菜馆、王记餐厅，很容易就被他们仨搞定了。这两个饭馆的老板胆小怕事，几次吃后赊账外加唱红脸的好意点拨，兵不血刃就同意了接受他们的保护。没办法，破财消灾，指望派出所、联防队那几人，报案只能维持一时的平安，人家不能啥事不干地整天护着他们，还听说领头的那个谢坏三有个表哥是乡派出所的领导，搁里面有人呢。

街头那家张记饺子铺老板却不大买账。唱红脸的李大雷说得够明白的了，一月五十保平安，张大麻子坚决不同意，辛辛苦苦一个月能剩几个钱？奶奶的，一下子就白给人家一半，凭啥啊。

赊账没事，一两个月后张大麻子拿着自己记录的账目到谢家坡找谢秃子要钱来了。

谢秃子嘴上说不清楚有这事，可私下却是气急败坏，狠狠地揍了坏三一顿，儿子不白吃人家的，张大麻子也不敢要账到家门上。

张大麻子这么不识相，坏三是没想到的。一家不买账，传出去不好办，搞不好那两家也硬朗起来，几人商量着，这事，得下狠手摁住张大麻子。

几天后，坏三几人骑摩托车来到了张记饺子铺，大大咧咧坐下来，开口就要三盘韭菜馅的水饺，外加几碟小菜。不给上菜？坏三掏出一沓钱朝张大麻子晃了晃放在餐桌上，"怕不给钱是不是？连以前欠你的等会儿一并还上。"

饺子端上来，张虎子又要了三瓶虎头大曲，一人一瓶，还要一人独占一张桌子，几人不急不躁、慢慢悠悠地吃喝起来。

有想进来吃饭的，见那几人分别独霸着桌子，不是善茬，不想凑这热闹，拔腿离去。等这几人吃饱喝足、实在没话可说了，太阳也就落山了，坏三揣起钱起身就要开摩托离去，还没等坏三启动起来，张大麻子就拔下了摩托车钥匙。

张大麻子恨得咬牙，这样下去怎么行？谢秃子这个老秦桧养的是啥混蛋儿子？手握切菜刀对坏三说："我说广军，我这个饺子铺也就挣个零花钱，可经不起你们几个这么折腾。把饭钱付了，你们走人，不付账，今儿个让你们几个一人留下个手指头。"

坏三要的就是他气急败坏，等的就是这个火候，伸头过去冲着菜刀："麻子叔，不就是吃你几盘水饺吗？哥几个可没说不给你钱，你拿刀想干啥？我说大雷啊，你赶紧去给联防队王队长报案去，就说有人要拿刀行凶了。张大麻子，手指头算啥？你瞧见俺耳郭少一半没有？有本事你就照老子脖子砍。"坏三比画着脖子，耍的就是无赖，也只有这样的卑鄙行径可能唬住张大麻子。

张大麻子豁出去了，举起刀就想剁向谢坏三，被婆娘哭叫着紧紧地抱住：

"他爹啊，不就一个月五十块钱吗？他们少来白吃两回就够了。要是砍他个三长两短的，你进大牢，俺娘们该咋活啊？"

此时坏三没说话，李大雷接上了茬："还是大婶子通情达理，俺看大事化小小事化了吧，就按大婶说的办。我说张老板，你要是觉得行，咱以后就是朋友，你的事就是俺们的事，店里有啥要横的，遇到吃饭不给钱的，这事都包在哥几个身上。"

张大麻子狠狠地将切菜刀扔到地上，气得浑身打哆嗦，这他奶奶的是什么事哦，气急败坏地对坏三说："那就这么办好了，有事以后跟婆娘说，我懒得见你们。"

"我说大叔啊，您老可别气坏了身体，消消气。大婶，以后俺们一个月只来你们这儿一次，放心吧，有啥人跑这儿蹭吃蹭喝的，只要我们知道，保准让他们乖乖地赔礼付账。"李大雷跟得很及时。

坏三几人大胜而归，这样办下去，很快就搞定了另外几家，一个人每月能分上四五十块，吃香的喝辣的，隔三岔五地去张小美家欢聚一下，这日子过得美得很，县城里的干部也比不上。

毕竟是山里面的混账孩子，大山深处本来就消息闭塞，再加上不学习不看报，更不知道严打行动已经开始，几个人还沾沾自喜，盘算着向临乡发展。如县周边几个乡的小饭馆都控制住了，那还不得在黑虎山横着走啊？人手不够，该招兵买马了。

坏三期盼着那一天尽快到来。戴着大墨镜，梳着大背头，挎着一美女，身边一群兄弟簇拥，趾高气扬地在张晓娟家门口转几圈，那是什么气势？让她后悔去吧。

张大麻子是越想越窝囊，咽不下这口气，于是自己口述，儿子执笔，给县公安局写了一封实名举报信，举报坏三等人横行霸道、敲诈勒索大孟街上的李记菜馆，搞得李家生不如死，落款便是李记菜馆老板的名字。

因为那个菜馆跟张大麻子一直暗地较着劲干，你炒菜就炒菜吧，还非得要卖水饺。卖水饺就卖吧，我也炒几个招牌菜，可是你背后说张家的水饺肉馅是死狗烂猫的肉这就不对了。

坏三等人如果因此真蹲了大牢，出来后自然要找李家闹腾，等着瞧好吧。张大麻子脸上的坑坑多，心眼也跟着多。

局长看到举报信，怒不可止。严打、严打，小偷小摸倒是逮到几个，却还没真正打到几个货真价实的黑社会呢，这不送上门了吗。一声令下，武装警察配合县刑警队直接出动，很快将坏三、李大雷、张虎子等人缉拿归案。

审讯、调查，取证，确有其事，李家菜馆老板不知道咋回事就被牵进去了，坏三都承认了这些事实，他也只好跟着签字确认。

敲诈勒索证据充分、事实清楚。既然是运动，一切都迅速得很，从拘留到法院宣判，不到半个月时间，坏三等人就被从重从快判刑七年、五年不等，送到省第九监狱，也就是万虎山深处煤矿，下煤窑挖煤改造去了。

按中央对严打运动的要求，如果公安局知道坏三等人曾持刀劫持狗蛋，差点强暴张晓娟，那么这几个人的命运就不得而知了。

狗蛋听娘讲起此事，心底是一阵的痛快。俗话说，不是不报、时候未到，时候一到、自然就报，不用自己出手就得到了报应，真爽。嘴上说的却是"怎么会这样，不可思议"，那是一脸的可惜可叹，最好不能让娘看出自己的心思。

如果当初自己选择报案，那坏三等人的人头落地，自己和张晓娟，便被那几家死死地记恨在心。有其子必有其父，差不多是这个意思，儿子那个损样当爹的也好不到哪里去，秦桧那老秃子坏着呢，估计李大雷那几家也差不多。鬼知道以后会发生什么事？防？那几家合起伙来败坏你，私下算计你，到时会防不胜防，有来不及哭的时候。

再到校园，找机会跟张晓娟说了，丫头一脸的开心，恨不得立即拉着狗蛋跑到操场围墙外面庆祝一番。

冬天到了，万虎山下了场多年未遇的大雪，皑皑白雪覆盖着苍茫大地，东水河畔百里冰封，座座高山银装素裹，冰凌紧紧地将铁板桥上十八个龙头包裹起来，晶莹剔透，好一片北国风光。孩子们打雪仗的欢笑间或传来，打破了大山深处的静谧。

学校放了寒假，狗蛋拿回了人生第一张"三好学生"奖状，奶和娘笑不拢嘴，奖励给他三个煮鸡蛋，田爷知道了，心里更是美滋滋的，孺子可教也。

狗蛋的蹲桩水准完全超出谢广田的预料，这小子可以马步蹲桩一个多小时而气定神闲了，老头心里踏实了许多，接下来就可以传授他基本套路了。

这段时间，狗蛋每日都去小树林，每天一个动作地练习和掌握，领悟动作的精髓，是田爷的基本要求，别管刮多大的风下多大的雪，必须练到熟练掌握为止。

田爷说，洪拳以活马步为主，上承禅法、下化武艺、掌拳并用、刚柔相济、攻守自如，必须勤学苦练，不求天下无敌，但求防身自保。

师父领进门，修行在个人，这个道理狗蛋是清楚的。基本套路掌握了，剩下的就是不间断地练习。每日苦练到很晚才收势休息，回家后，奶都心疼得准备好热热的洗脚水，烫舒服了才让他睡觉。

狗蛋不会睡那么早，他还要看书复习。

谢广田将小熊伺候得跟养只小猪似的，每日都能吃得饱饱的，住得暖暖的，小黑熊也就用不着冬眠了，再说了，圈在木笼子里也不是冬眠的地方。

半年时间，这家伙已经长大了许多，狗蛋每日的喂食和挑逗，也让他与小熊结下了深厚的感情，小熊早没了对他的敌视，自己的用心照料换来的是小熊对他深深的依赖。偶尔抱起小熊时竟然感觉已是十分的吃力，那双掌玩笑般地拍打在狗蛋身上是阵阵生风、生生作疼，力道可是大了许多。

这一天，狗蛋像牵小狗一样地牵着小熊，漫步林海雪原。憨乎乎、胖乎乎的小熊，伴随着狗蛋咔嚓咔嚓的踏雪声，兴奋不已，连滚带爬地向前蹿。一个不留神，扑到他身上，狗蛋扑通一下摔倒在雪地，小熊便快乐地围着他打转，然后四肢缠绕，抱住狗蛋在雪地里滚做一团，搅起一团雪花。

狗蛋是万万不敢大意的，毛茸茸的熊掌里面，那爪子已经很是锋利，抓到要害部位不是闹着玩的。那暗藏着锋利牙齿的嘴巴喷吐着欢快的热气，拼命地想跟狗蛋亲昵，手脚并用，腾挪并移，既不激怒小熊，又要将其制服，几番折腾，累得狗蛋是气喘吁吁，满头大汗。

　　突然间，前面雪窝中蹿出一只野兔，小熊立刻挣脱与狗蛋的纠缠，奋身向前。狗蛋不能撒手，他怕小熊趁机跑回深山不再归来，只好气运丹田稳稳地扎住马步，使尽浑身力气将其拉住，才没被它挣脱。

　　没这几个月的基本功练习，还将真的被这家伙拽得前仰后合、东倒西歪。

　　再等上几年，小熊长到了几百斤，自己有本事牵着它玩耍吗？也总不能将其圈在笼子里终其一生吧？狗蛋可不敢想象几年后再跟小黑熊如此这般地玩耍。

　　回到护林员小屋，谢广田见狗蛋一脸狼狈，浑身雪花，便问道："是不是这小家伙劲儿很大？"

　　狗蛋说："可不，被它摔了好几个跟头了呢，跑起来都有点拽不住，嘿嘿。"

　　"它才刚刚两岁呢，等几年后小熊长足个，你岂不是连它面都不敢碰？"谢广田问狗蛋。

　　"嗯嗯。"狗蛋可是知道黑瞎子的力量，三四百斤的大黑熊，一巴掌下去，足足可以杀死一头牛、撂倒一匹马，石头也可能被它击碎，何况是人？到那时他还真的不敢再靠近。

　　"这样吧，从今儿起，你有空就带他出来溜达溜达，等开学以后呢，每个周末你都要牵着这家伙去树林里转一圈，陪它散散步透透气，不过你可千万别让它跑了。至于你挨不挨它的揍，我可不管，有本事你每次都摔过它。"谢广田对狗蛋说。

　　那好吧，既然师父交代给了自己这个任务，那就坚决完成。

　　随后的日子里，只要有时间，带着小熊在小树林散步成了狗蛋的必修课。这，也成了黑虎山下一道独特的风景。

郭靖身边有神雕，狗蛋身边有黑熊，狗蛋想起来心里都美滋滋的，真格是豪情万丈。只是可惜，没有个黄蓉那般的女子陪在身边漫步天涯。娟子如果也喜欢练武就好了，俩人以后要是带着长大了的黑熊再去白龙潭、漫步万虎山，自此后闯荡江湖，万虎山会不会又出一个传奇？

张晓娟可是够憋屈的，整个寒假，她爹没让她出几次门，蹲在家里帮忙发豆芽呢，捎带着陪安南市来的亲戚逛逛铁板桥、东水河、黑虎山。

娟子的亲爷爷带走娟子一家的想法没有变，不过换了个招数，隔三岔五去娟子奶那儿恳求这事，趁着快过年了的由头，还带来了娟子小爷爷家的小孙女，跟娟子套起了近乎。山里面的人厚道淳朴，远道而来的城里人来家做客，总不能撵人家出去吧？何况娟子心地善良，深恐招待不周惹人家笑话，变着法儿带小妹妹玩耍。

时间长了，娟子爹也坦然接受了现实，毕竟是亲爹，老牌资本家的二少爷，省城的大企业主，随便给他点就够他泡一年豆芽的，虽然还没有跟娟子爷爷奶奶说开，但心儿早就飞到了安南，盘算着以后如何适应省城舒适的生活了。

娟子爷爷的思想也开始了松动，哪天娟子爹自己说开了，也就不再挽留了，辛辛苦苦拉扯大，娶妻生子盖房子，哪一件事情不是操碎了老人的心？真若提出离开肯定是撕心裂肺的疼痛，可留住人留不住心啊，天要下雨娘要改嫁随他去吧，毛主席都这么说过，老人家每天闷头抽旱烟，一下子苍老了很多。

娟子奶其实就等着老头发话呢，她不好张这个口啊。娟子爷爷呢？等的是娟子爹的亲自开口。可是娟子爹这话也不好说，他怕的是街坊四邻戳脊梁骨，背着良心债去省城，再好的生活也幸福快乐不起来呢。

这段时间师父传授给他一套工字伏虎拳，这一套拳路线呈工字形，主要是扎桥手、桥马与气息内劲，特色在于气势要雄壮，动作刚劲猛烈。狗蛋不敢怠慢，"外练筋骨皮、内练一口气"，师父说了，先老老实实地把筋骨皮练结实了再说，传授了几遍基本动作后，就搬一把小马扎坐在房门口喝着热茶抽着旱烟袋瞅着他练，身边放一根教训小熊时的木棍，想偷懒磨滑？"啪"的一声，一棍子就抢上去了。

　　落日的余晖懒洋洋地爬过黑虎山那洁白而光滑的肌肤，暖暖地照在小树林护林员小屋前这一片空地上，树林深处过膝的雪层，填满了沟谷，换来了一幅幽静悦目的图画。师父牵着小熊遛弯儿去了，狗蛋正专心致志练习工字伏虎拳。

　　沉肩展背、劲贯骨髓，以身调气、以气催力，狗蛋用心感悟这些动作的要领。紧身青衣，手脚大开大合，拳拳有力，步步生风，突一出拳顺带一声怒吼，却没有发现那树尖的白雪如云儿般纷纷扬扬震落下来，看来离"气吼山河动，举步风云起"的气概还差得很远，有点郁闷，吸气收势稍作休息。

　　"哇，姐姐你快看，这个哥哥太威猛了，好棒哦。"一声女孩子的欢叫声消去了狗蛋刚才的郁闷，回头看，却是娟子已在一旁笑嘻嘻地站立，旁边那位叫好的，正是安南来的小妹妹。

　　"娟子，你咋过来了？"狗蛋没想到。

　　"妹妹听说这儿有头小黑熊，非要过来看，可巧，赶上你练功了。"说着，顺手递给狗蛋手绢让他擦把汗，小妹妹在身边，娟子不好意思自己动手，眼里却满是心疼。

　　"哈，小熊陪田爷散步去了，不知道啥时候回来，改天再来吧。"手绢清香，一把擦去满身的酸痛，狗蛋嘿嘿一笑。

　　娟子家的事情，狗蛋耳闻不少，但却不敢向深处去想，偶尔打个碰面，会心一笑甜甜蜜蜜，他是真的害怕哪一天娟子真的远去，心底还存留着一丝侥幸。

　　"大哥哥，你咋这么厉害？能打得过觉远小和尚不？"小妹妹弯着头调皮地闪着一双大眼睛问。

　　"哈哈，玉儿，你运昌哥能着呢，曾经一棍子戳瞎了大黑熊的眼睛，还曾一个人跟三四个人对打，厉害不？"娟子的话更让小姑娘眼睛大睁，满脸的不可思议，仿佛狗蛋是外星人一样的，看得狗蛋是脸红脖子粗，不知道手脚该咋放了。

　　想起往事娟子语气温柔，狗蛋听来却是满脸通红，这两件事差点成他的滑铁卢，可不敢炫耀。此时见到娟子，虽然身边跟着个小尾巴，狗蛋内心依然开心无比，这个寒冬的黄昏，那么温暖如春。

春意盎然

大学生谢玉林也从省城安南回来过寒假了，偶尔，狗蛋能见到他几面。谢玉林穿着一身中山装，还是呢子料的，狗蛋也不知道自己啥时候也能穿上呢子料的中山装。戴着副金丝眼镜，文质彬彬，器宇轩昂，一点也看不出当年谢家坡那穿着他爹的旧棉袄说话就要脸红的当初狗剩哥的形象了，说话时黑虎山土话里面夹杂着侉不拉几的安南音调，玉林哥说那是普通话，有文化的人都说普通话。

跟谢玉林相差好多岁，狗蛋对其是高山仰止，不可能跟他促膝谈心，谢玉林也只是视他为很喜欢的小弟弟，仅此而已。但玉林哥浑身的大都市文化的气息着实让狗蛋着迷，暗暗地下决心，有一天也要如他一般走出大山，去探寻更广阔的天地。

临近年关，爹回来了。一年没见爹的影子，风尘仆仆地猛一出现在身边，狗蛋有很多不适应。说什么好呢？消瘦的身子骨，头发苍白，山羊胡几缕淡淡地挂在下巴上，望着家里人是满眼的愧疚，问起他这一年都忙了些什么，却是闪烁其词、言不由衷，看起来着实让人心疼而又让狗蛋失望。

爹带回来一些山外的年货，还给狗蛋买回来一块电子表，说是稀罕物。也不知爹一年里都去了哪里，看来也就是混了个吃饱饭，没给娘带回来几个钱，奶奶抹起了眼泪，娘是一脸的酸楚，可毕竟是自己的亲人平安地回来了，总可以在一起开心地吃顿年夜团圆饭。

打扫卫生、贴对联、放鞭炮，爹带着狗蛋忙活了一天，嘱咐狗蛋一定要孝顺奶和娘，好好学习，虽然话语不多，狗蛋看出爹心里装满了开心的喜悦，那是狗蛋健康的成长给了他莫大的欣慰。大年三十晚上上供烧香，给奶磕了头，初一一早，还没等狗蛋跟爹道声新年好，爹就没了人影，问娘，娘不语，脸色涨得通红，因为是过年，才没有掉下泪来。

狗蛋倒是想趁他回家问个究竟，这么多年了，咋就家里拴不住他呢？可爹跑得太快，没来得及适应他回来的氛围呢，就不见身影了。问娘，娘生气，问奶，奶无语。

万虎山脉冰雪融，冬去春来又一年。

漫山万树发芽，遍野芳草清香，东水河水欢快地流淌起来，两岸桃花盛开、无限春光。黑虎山恢复了勃勃生机，山泉水流淌着希望的歌声，谢家坡原野上到处是春播人们的欢笑。

那一年的三月份，中央转发农牧渔业部《关于开创社队企业新局面的报告》，同意将社队企业改称乡镇企业，并提出发展乡镇企业的若干政策。乡镇企业开始在华夏大地蓬勃发展。

这春风很快就吹到了黑虎山下。大孟乡的社办建筑队组合成立了大孟建筑公司，谢玉林的爹谢福运当上了大孟建筑公司经理。谢福运精明强干，顺势而为，业务遍地开花，大楼很快就盖到了省城安南市，大孟乡建筑公司成了黑虎山下的一朵奇葩，闪烁着耀眼的光芒。

黑虎山脚下数百名乡村有泥瓦匠手艺的男劳力跟谢福运去了安南，小工一天两块一，抹灰的老师傅一天能挣三块五，比在家种地可强多了。偶有回乡探亲的工人，粗布衫换成了的确良的衬衣，千层底换成了塑料凉鞋，见人就要分一支大鸟牌香烟，那自豪的表情、炫耀的眼神，仿佛自个儿也成了城里人一样的感觉。

谢福运时常坐着京师 212 吉普车回谢家坡，四轮飞快，车辆轰鸣，卷起一阵尘土，惹起万千羡慕的眼神，谢老黑看到后心里面都痒痒的，心底如当年刘亭长般澎湃，更如曹孟德般感慨：生子当如谢福运哪！

谢老黑现在已经是谢家坡的支书了，去乡里开会，骑着辆雅马哈摩托车还以为很有面子，威风凛凛，现在看来，能坐上 212 吉普车，那才是真本事、有脸面。

也在这一年，国家提出来继续发展经济，搞活改革开放。江南沿海地区的人们，开始在经济的各个领域由蠢蠢欲动到开动心思大展手脚，逐渐地，也波及了万虎山地区、黑虎山脚下。

　　刘大脚的哥哥刘玉树，也就是谢老黑的副乡长舅子哥，这天给谢老黑介绍来两个温州的商人。刘玉树说了，国家现在开始鼓励乡镇企业建设，村里面，也可以自己搞个集体创收，这两个商人带着很大的一笔投资，看上了黑虎山下东水河畔的那一片林地，能不能搞成事，就看谢老黑的能力了。

　　两位温州商人想跟谢家坡合作搞一个养殖场，场址就选在东水河畔黑虎山下。圈起一片河滩，养几百头奶牛，几千只羊，谢家坡组织人手负责养殖、管理，产出的牛奶、山羊啥的，商人负责向大城市推销，利益分配二一添作五，签好合同。当然，人家也说了，他们承担一部分的资金投入，前提是谢家坡要打好根基、做好牛羊进入的各项准备。

　　俩商人能说会道、思路开阔，上到国家形势下到地区经济，分析得头头是道，谢老黑跟听天书一般，几次谈判下来，撩拨得谢老黑热血沸腾，恨不得马上开工。前景被二人描绘得如此辉煌，谢老黑盘算着二人说的也不是没有道理，不出两年，牛奶畅销江南市场、羊肉就在万虎山地区就地消化，那效益可相当可观，这可比背井离乡去外地寄人篱下风光得多，自己这小支书说不定也可以如谢福运一样，坐着212吉普车耀武扬威于黑虎山下了。

　　干还是不干，谢老黑心里面没底，南方人精明得很，他摸不着底，私下他没少跟刘玉树请教。刘乡长说了，撑死胆大的，饿死胆小的，老人家都说逮着老鼠的就是好猫，干不干看你们村里的决心，反正我是尽力帮你们联系了。干好，算我这个忙没白帮，干瞎了的话你们谢家坡的乡亲们可别怪我。

　　村里面搞企业经营，这在万虎山可能是第一家，谁也不敢说一定成功。谢老黑心里面想着那气派的吉普车，好几个夜晚辗转反侧，最终一拍脑袋，下定决心，干！成不成干了再说。

　　既然是合作，按照初步协议，谢家坡就要先期进行大量的投资。指望村里窑厂、鱼塘那点承包费，还不够谢老黑他们自己的零花钱，咋办？集资呗！大家的事大家办，办好也是为大家。谢家坡一千多号人，按人头分下去，一人二百，就二十多万。如果不够的话，再以集体资产三台拖拉机外加一个窑厂做抵押，跟乡信用合作社贷款十万，差不多够用的了。

　　决心已定，谢老黑马上召集村里一班人马宣布集资计划，通知各个小队长列席会议，迅速将集资任务布置下去。党员骨干带头，老光棍谢广田那儿也不能不交，有人心里反对可不敢明说，谢老黑十几年一向是说一不二，如若不交的话，他真敢像超生扒房子那样，来个片瓦不留，丝毫不留情面。

　　家境好点的，咬牙拿出安南打工男人寄回来的存款，家境稍差一点的，借借磨磨地也就凑够了，犯不着为此得罪他。万一这事办成了呢？谁也没有前后眼，毕竟谢老黑打着的是为集体创收的旗号。

　　狗蛋家可一下子拿不出这多钱，家徒四壁，一贫如洗，可也不得不交集资款啊。娘把家里积攒的粮食卖了一多半，外加爹年前回家时留的那点小钱，又忍痛卖了过年时都没舍得杀的老母猪，又去那做小学教师的舅舅家硬借了一些，好不容易凑够六百块，就差卸掉大门卖掉了。

　　娘没舍得卖掉羊，那要留着暑假后给狗蛋交学费的。狗蛋知道这些的时候，娘已经把钱交到了队长马三亨手里。

　　谢家坡将要建养殖场的事一下传开，谢老黑立马成了大孟乡的名人，这可是开天辟地头一回，大孟乡将要出现第一家村办企业。刘玉树骑着三轮摩托车经常过来指导，其他部门领导也乐得过来看个新鲜，毕竟是新生事物。附近各个村的书记、主任啥的，纷纷前来道贺学习，每天谢家坡那村大院里是人来人往热闹非凡。

　　谢老黑眼见这么一大堆钱要由他负责支配，感觉就像当年的马大财主一般，腰缠万贯、气势非凡，一下子就膨胀了好多。眼瞅着自己成了大孟乡的焦点人物，每日迎来送往，奉承之语不绝，阿谀之声入耳，那是一个舒服。谢家坡历史上哪有如今风光啊？谢老黑不免意气风发，颇有些大财主的风范了。

有钱怎么都好办事，这么多领导光临，不能失了谢家坡的颜面，小小气气的怎么像办大事的样子？先成立个养殖场筹建小组，胡翠花便被抽到了小组专门负责接待。虎头大曲整箱整箱、大前门香烟成条成条地堆满了小组办公室。多年未用的食堂燃起了袅袅炊烟，每日连开几桌大席招待各位贵宾，吃饱喝足每人外送两瓶酒一条烟，那是一个气派。

此时的谢老黑绝对是风光无限，四里八乡谁不知道他？要风得风要水得水，到哪都高看一眼。那段时间，胡翠花心里也乐开了花，这些好东西哦，她可没少偷偷往家里拿，马小伟也跟着鸡犬升天了，一夜间抽屉里面就放满了大前门香烟。

南方商人不看重这个，人家看重的是实实在在的利益。跟谢家坡合作，说好了的是谢家坡负责前期基础建设，真要到买进奶牛和羊羔的时候，他们才会投入部分资金。当然，换成他们干，可不舍得这样的胡乱花钱，这可是村里老百姓自己集资的钱，随便他们怎么花，自己反而能跟着胡吃海喝的乐得肚圆脑肥，何乐不为？

谢老黑折腾了这么久还没到正题，酒喝了不知道多少场了，整地盖房圈围墙买奶牛羊羔啥的八字也没有一撇，俩人就沉不住气了，总不能老耗在这穷乡僻壤吧？家里的生意还需要打点呢。俩人就问谢老黑，什么时候开始动工，他们好准备资金启动前期工作。老黑拍着胸脯说，马上就进行全体村民总动员，下一步就要落实各项计划。

一段时间的喧闹过后，领导都不好意思再来参观学习了，二十万集资款也只剩一半了，谢老黑感觉声势已经造足，应该开始大干了，可总觉得还应该再做些什么才能正式的开工建设："听说江南那边有不少这样的企业，能不能介绍我们过去看看？也好学个经验，长长见识。"

这个事情，二人只能做个介绍，他想出去看看，未必是坏事，只要不花他们的钱，于是便答应联系。

　　谢老黑跟乡里打了报告，然后给班子成员开了个会，告诉大家他要和两位商人去江南现场考察，回来后将马上动工兴建养殖场，同时呢，为了以后村里和养殖场的发展和形象展示，也应当让负责招待的胡翠花一同前往考察。

　　人们见他差不多已被自己的天马行空冲昏了头脑，说去考察，也算是正当理由，无法公开反对，私底下，却议论纷纷，早已有人将谢老黑的瞎胡闹写成材料寄到了县纪委，就连那久不视事的六七十岁的老支书谢子虎，都嘟囔着要亲自去县里告他一状。

　　谢老黑领着胡翠花走马观花般看过江南的一家养殖场后，第一次走出大山的他心情格外地舒畅。既然出来了，索性放开玩一把，反正不花他自己的钱，身边有胡翠花陪伴，住宾馆、坐火车，风风光光如大老板，走过了上海、苏杭、南京、武汉等地，着实是见识了大场面，那感觉，真希望自己能腰缠万贯，每日都过如此的生活。

　　回村后，胡翠花已是花枝招展，面如桃花，貌似比县里的干部还要时髦，惹得刘大脚恨不得冲上去撕破她的脸面，只是见谢老黑那段时间的确是耀武扬威，气势冲天，顺便给娘家哥也挣足了脸面，何况这趟回来给自己带了不少稀罕东西，便隐忍下来。

　　他和胡翠花出去游山玩水，留下守摊子的这几个老兄也没闲着，一个个都心知肚明。这个时候，不吃白不吃，吃了拿了谁看到了？不吃不拿，没人再会说你好话。养殖场还没有开建，集资的那二十多万已被谢老黑一班人马挥霍得差不多了。

　　看账上已所剩无几，想要去大孟信用合作社贷款，被告知村集体资产的那几台破拖拉机根本就不能抵押，无法再贷款给他们，其实信用社早已清楚了谢家坡的混乱，这个贷款绝对不能放。联系附近的李家坡、张家庄，寻求帮忙，那几个村的支书、主任，吃了喝了谢家坡的，那时予以捧场，此时见势不妙便立即躲得远远的。不说不能帮忙，却说是要让老百姓集体决定是否同意，也就是变相地拒绝了。

很突然，沸沸扬扬热火朝天的谢家坡养殖场建设大戏，刚敲响锣鼓竖起大旗，激起人们的热情，就戛然而止悄无声息。

傍晚，一层透明的薄纱似的暮霭遮住了太阳，天空变成了铅灰色。西天涌起了一片浓重的乌云，一动不动地立在那里，下垂的乱云紧贴在迷离恍惚的地平线上。乌云被风吹动着，拖着玄褐色尾巴，渐渐地向远方缓缓飘去。

两位温州商人感觉黑虎山暗藏刀光剑影，谢家坡风云变幻，乡亲们再遇到他们，多了鄙夷仇视的目光，再没有当初那份羡慕，感觉此处绝非久留之地，很快便消失得无影无踪。

应该说，他们是看好了谢家坡未来的一片前景。万虎山山清水秀、遍野芳草，东水河河水长流，岸畔牛肥羊壮，民风古朴、劳动力价值很低，在此投资兴建养殖场，饲料取材便宜，运营成本极低，必定会带来可观的经济效益。温州商人是带着诚意而来，不想欺骗这些山民，只是大山深处消息闭塞，思想落伍于时代，如谢老黑这般的乡村干部还远不是报纸上看到的那么为集体事业尽心尽力，这么地折腾一回，真的是让他们哭笑不得，不得不离去。权当是来黑虎山一游，好在，自己没有真正的投资进来，不然，还不得被这小子搞得倾家荡产。

谢老黑如何收场？他现在听天由命，该吃的吃该睡的睡，村里人随便说什么，装没听见，颇有些理直气壮的劲头。事情是自己牵头搞起来的，所有的事情都是班子成员集体讨论的结果，记录本上都记着每个人的发言呢，没有一个反对的，当初吃香的喝辣的时候你们也没一个说不参加啊，干砸锅了可不能只怪他一个人。其实谢老黑心里面还有一个底气在，这事儿刘玉树不能不管他，真若把他法办，刘玉树这副乡长也当到头了。

乡常委会上，县纪委领导亲自坐镇，就谢家坡养殖场事件召开专门会议，书记主持。

常务副乡长刘玉树率先发言，"谢家坡出了这摊子事，我是有责任的，温州商人来我们乡搞养殖场投资开发，谢家坡是有这个有利条件的，出发点是好的，投资方向也是对的，这些我都在常委会上做过汇报，结果不理想，我没有监督好，在此向各位领导做一下检讨。作为第一个敢于吃螃蟹的村集体，谢家坡村委班子是敢想敢干的。至于项目最终流产，我看主要是经验不足、学习不够的问题，建议上级组织还要高度重视，乡村干部有必要认真学习和领会中央精神，素质提高上去就不会有谢家坡这样的弯路了。"

开会的这班人大多都去谢家坡喝了不少酒，顺便也捎回来不少虎头大曲和大前门烟，多少记挂着点谢老黑的好处，再加上刘玉树平时为人处世随和灵活，一向低调行事，没必要为此事得罪他，也便随声附和，替谢老黑开脱了几句。无非是谢老黑文化水平低、党性修养差、被项目冲昏了头脑犯了不算是原则性的错误等等，说到底，都是在纪委领导面前为刘玉树副乡长解围罢了。

书记总结说："刘副乡长讲得很有道理，也符合实情，谢家坡这次养殖场建设项目，虽然结果不理想，没有与南方商人达成协议，毕竟是摸出来了经验，中央领导也说了，摸着石头过河，谁知道河里面有啥呢？期间出现的一些错误，也是可以理解的，毕竟是率先蹚河的嘛，这也给我们乡以后的工作积累了宝贵的经验，不能说一点成绩没有嘛。"

"但是"，书记话音一转，严厉地说，"谢大奎去外面考察，还带着个女的，作风问题需要处分，不然群众会有意见，也是党的纪律所不允许的。"他这是说给纪委领导听的，谢老黑这一段时间办的那些事情啊，真的拿不到台面上去讨论，可自己管辖的地方出来这么一档子事情，严重地损伤了谢家坡老百姓的利益，说到底谢老黑已经涉嫌经济犯罪了，但是处理严重了也说明自个儿领导水平不行，他还不想挪地方。

很快便形成处理决议，给予谢大奎党内警告处分，不再担任谢家坡支部书记，考虑到该同志有一定工作魄力，敢于承认自己的错误，决定谢老黑继续担任村主任，推荐村委委员、小队长马三亨担任谢家坡支书。

也就一段时间的灰头土脸，估计在家被刘大脚收拾得不轻。半个月后，谢老黑又背着手掐着腰出现在谢家坡大街小巷。老黑给大伙说了，集资那些钱，早晚会还给村民，以后会有更好的机会，他谢老黑一定要吸取教训、东山再起，努力带领乡亲们走向致富路，绝对不做对不起老少爷们的事。

吃亏的是谢家坡的老百姓，巴不得都吐口唾沫把他冲到东水河里面淹死，这也为以后积累了更多的恩怨。那时的偏远山区，还没有真正的接触外面的世界，老百姓淳朴无华，实实在在，突然的一次喧闹，过后便慢慢沉寂，毕竟，地要种，活要干，村主任还是谢老黑的，交给集体的那些钱人家也没说不还。风光一时的谢家坡，逐渐恢复了往日的平静。

难舍离别

谢家坡这次风光无限而又昙花一现的闹剧，娘从来没有对狗蛋讲过，再难再苦娘都放在心底默默自己承受。娘不说不代表狗蛋不知道，这么大的事情，同学们偶尔也会议论纷纷，再加上旁听村里人的闲谈，狗蛋也能了解个差不多。

对狗蛋来说，开头是一阵的真心为谢家坡骄傲，谢老黑的形象仿佛一下子高大了许多，那些龌龊事都被他忽略了；中间是一头雾水，搞不明白咋回事养殖场就泡汤了，等全明白过来后，也便愤慨万千。

狗蛋现在能做的，只能是老老实实在学校读书，当然，还要把他的拳脚练好。集资款，一下子掏空了家底，日子更难过，娘在他面前从来都是恬淡自然的表情，未流露过任何的抱怨。狗蛋渴望走出大山，渴望见到书本中描写的比万虎山更广阔的大海，显然大海在他眼里只是传说。因为县城，他都没有去过。

娘说了，只要他考上县一中，砸锅卖铁哪怕典房子，都要供他去读书考学，狗蛋不想让娘失望。那山外边，是辽阔的大平原，那天空，比海还要广阔。狗蛋清楚得很，若要真正走出大山，改变家里的境况让奶和娘过上好日子，唯一的办法就是努力学习考上大学，如谢玉林一般跳出农门，光彩照人地奔向远方。

这个暑假里，一个让狗蛋不得不面对的事情终于发生，吃饭的时候，奶随口说出来的，娟子一家很快就要离开谢家坡了。仿佛晴天霹雳，狗蛋肚子里突然胀满了气，再也吃不下一口，万千的惆怅涌向心头。

就在昨天，娟子还去小树林看望狗蛋和小熊呢，顺便给狗蛋捎来两个煮鸡蛋。就在前天，娟子还来家里帮奶奶穿针引线呢，顺便自己动手织补了狗蛋那件破旧的汗衫。再往前，狗蛋不敢想了，他怕自己的泪水当场涌上来让奶和娘笑话，他怕自己马上就要跑到对门娟子家里当面质问娟子爹，为什么这么没良心？他怕一时冲动让娟子更加为难。

奶奶说，娟子奶生在山南省安南市郊，年轻时貌美如花，那还是新中国成立前，在安南市一个开织布厂和商行的大家族家做用人。这家的二少爷正逢青春年华，风流倜傥、才气出众，虽然已有妻室，却对娟子奶情有独钟，娟子奶扛不住二少爷糖衣炮弹的连番攻击，慢慢地两人就好上了。

二少爷为此专门给娟子奶置办了一套房子，来了个金屋藏娇，娟子奶由丫鬟变成阔二奶，风风光光地过了一段好日子。当娟子奶怀了身孕时，二少爷决定娶她进门做小，也算是给娟子奶一个名分，没承想赶上时代变革，解放大军进城，社会再也不比从前。

变天了，一切都得依着新规矩来，有钱的大家族再也不敢高调行事。当家大老爷逼着二少爷跟上形势的发展，为了家族利益，必须跟旧社会划清界限，那就是不能再娶小老婆了，不仅不能娶进家门，还必须彻底断绝与娟子奶的关系。少爷羔子知道胳膊拗不过大腿，不敢直面娟子奶，违心地托人劝说娟子奶离开。

怀着身孕，正憧憬着未来幸福的娟子奶听到这个消息，痛不欲生，真想上吊一死了之，却放不下肚子里的孩子，绝望中收拾包裹回到了安南城郊自己的家。来自万虎山区谢家坡拉洋车谋生的张二生不嫌弃她，其实二生是白白捡了一个好媳妇，肚子里有孩子咋了？自个儿穷得那个样，再拉十年洋车也攒不下几个钱，能填饱自己肚子就不错了，娶媳妇那纯粹是做梦。

随后的时光里，娟子奶随二生辗转回到谢家坡，后来便生下了娟子爹。

大人的事，狗蛋搞得还不是太明白，可狗蛋听奶跟娘闲聊时讲过的，少爷羔子的大老婆不能生养，这么多年过去了，少爷羔子也变成了老爷子。改革开放，观念更新，政策也随着时代的发展而变化，原来充公的一处大宅院重新归还给他，利用家族外有资金创办的企业兴旺发达，二少爷现在已是安南市有名的大企业家了。

偌大的院子，冷冷清清的几个人，老爷子心里面不是滋味，庞大的家业后继无人，老爷子更是提不起精神，夜晚无眠的时候就常想起娟子奶和娟子奶当初腹中的孩子，也不知道娟子奶身处何方，更不知那肚里的孩子是男是女，愧疚而又心酸不已，如果能找到她们，那是死而无憾了。

也不知道这老爷子是咋打听的，反正找来找去，就转悠到黑虎山，找到了谢家坡。看到娟子爹已娶妻生子，热热闹闹一家人，老头是一阵开心一阵难过，下定了带娟子爹去安南继承家业的决心。

很长一段时间，娟子爹是不想离开的，也不敢开口答应。谢家坡乡亲没拿他当外人，后爹拿他也当亲生儿子，人总是要讲点良心不是？可撑不住少爷亲爹的再三恳求，省城的富贵生活的确也很诱惑，娟子和她妹妹也慢慢成人，他更希望两个闺女有更好的生活。

夜幕徐徐降临，几只小鸟儿在渐渐暗淡的树叶间忙碌地飞来飞去；一只山鹰收起翅膀落在不远的山岩上，而后抖抖身上的羽毛，小心翼翼地环顾下四方；刚出现的甲虫在那虽有点昏暗，但还算明净的天空中发出低沉的嗡嗡声。夜还是那么静，像上一夜一样，不过天空中的乌云少些了，灌木的轮廓，甚至高处的那些花朵都显得更清楚了。

这半年，老爷子没少给娟子爹塞钱，人嘛，头回生二回熟，何况是自己的亲骨肉？看着一家四口其乐融融，尤其是孙女已经长成，清秀端庄，惹人怜爱，老爷子是越发坚定了带娟子一家回城的信念，哪怕是每日到娟子爷那儿下跪恳求，也一定要实现愿望。

眼见亲爹那份真挚、那份坚持，实在不知道老人日渐憔悴，颤颤巍巍的身子不知道还能再坚持多久，最后娟子爹咬牙同意了老人的要求。

一股沉闷而潮湿的夜的气息热辣辣扑来，乌云密布，大雷雨就要来临了，天空中那如烟似雾的轮廓明显地在改变着。微风在漆黑的山林间不安地战栗，隆隆雷声在遥远的天际边发出沉闷的声响。闪电中，一群花蝴蝶毫无目标地匆匆忙忙飞来飞去；一只迷途的山雀飞落在不远的一棵青冈树上叽叽喳喳直叫，还不停地扭动身子，舒展着尾巴。乌鸦高高地栖息在一片白桦林间的树梢上，偶尔呱呱地惊叫几声。夜色很浓，树木轻微地沙沙作响，天上落下一阵豆大的雨点之后，就骤然云散雨停，闷热的大地顿时一阵清凉。

娟子放不下一手抚养她长大的奶奶，舍不得疼她爱她的爷爷。爷爷伟岸的身躯仿佛就在一夜间佝偻了下来，再也没有了往日的挺拔，奶奶那谢家坡女人里面最乌黑漂亮的长发呢？咋就变成了乱蓬蓬的白发？世上再没有比骨肉分离更让人痛心的事了，虽早有思想准备，真若变成了现实，就如雷击一般地撕裂了老人的心肺，再无往日微笑的甜美。

往昔的记忆印痕，使晓娟那张俏丽的脸腮，显现出一种忧郁、严肃、哀婉的神色，那是无法用笔墨形容的忠贞不渝、悲伤、爱恋，以及某种失望的神情。

娟子舍不下养育她快乐长大的黑虎山，那铁板桥、东水河、小树林，给她留下多少童年的记忆？淳朴可敬的谢家坡人啊，又给了她多少温暖的怀抱？少女的心儿，情窦初开芳心已许，那青梅竹马的狗蛋哥，我怎么可以与你分开？

娟子真心不想离去，要走爹娘带着妹妹走。她哭，她闹，她誓死不从，跟爹娘说坚决留在谢家坡，她要替他们孝敬爷爷奶奶，她要通过自己的努力改变家里的状况，如果强行带她走，她就上吊自杀。在一次大闹过后，爹娘流着泪水跪下来求她，看在亲爷爷那么大把年纪、来回奔波的分上，就一起去安南吧。

善良的丫头，真正地狠下心来让爹娘为难，她还做不到，面对爹娘的恳求，她能咋办？泪水哗哗，心如刀绞，忍痛答应了爹娘。

月光正明，凉风阵阵，铁板桥畔幽静依然，东水河水流汩汩，这一个夏日的夜晚，狗蛋和娟子漫步东水河畔、小树林旁，面临着难以割舍的分离。

河水清清，冲不走最甜蜜的回忆；月光如水，流不去最耀眼的年华。树叶哗哗，那是童年清脆的笑声回荡，铁板桥两侧的龙头啊，你可知他们将劳燕分飞、天各一边。

去年那一晚的遇袭，前年的白龙潭遇险，让二人生命紧紧相依，而今，却是要天涯两路一别千里，从此后再见却是无期。二人紧紧相拥，双目相对无语而凝噎，倾听着彼此的心跳，渴望着那月亮就这么一直地、一直地在头顶高照。

还能说什么啊？说再多的话也顶不上两人长久地在一起啊。温暖着彼此的温暖，感知着彼此的存在，真希望时光停滞，就这么地，不离不弃。

可是，该来的总会来，该走的，挡是挡不住了。

就在这个深夜，铁板桥方向开来了几辆小轿车，停在了娟子家门前，然后就是人声嘈杂，劝说、哭闹的声音不绝于耳。

"哎，该走谁也拦不住，这都是命啊。可怜张二生老汉这么多年的辛苦了，也不知道以后能不能再见面。"娘跟奶擦着眼泪，说着话，就推开大门走了出去。

狗蛋走出去的时候，娟子奶和娟子的两个姑姑坐在大门外痛哭不止，娟子娘拉着娟子和妹妹已经坐上了车。娟子爹泪流满面，跪在地上砰砰砰给爹娘磕了几个响头，随后一言不发上车关门，喇叭响起，马达轰鸣，马上就要启程了。

村里的十几个汉子拦在车前，嘴里说着老人拉巴他长大、娶妻生子不容易，不能这么没良心说走就走，或许，这就是万虎山区的一个风俗吧，这样的事情，乡亲们要做做样子，明知道拦不住也要拦一把。也或许，乡亲们打心眼里就不希望娟子一家搬走，那是几十年的深情，无法割舍。

张二生表情平静，压抑着心底的辛酸，声音颤抖地劝说众人不要阻拦："让他们走吧，叶落归根认祖归宗，天经地义，谢谢大伙了。"

扭头，老汉蹲在地上抹起了眼泪。最亲最近的人啊，就这么离他们远去，张二生佝偻的身躯在夜色中如此孤单、凄凉，惹得谢家坡几个大老爷们也跟着泪水涟涟，痛苦不已。

娟子在车内急切地寻找着狗蛋的身影，四目相对无言，心酸无边、痛断心肠。狗蛋不知道如何宣泄自己的悲痛，他想大喊他想奔跑，他想跳进东水河一直游上几十里，他想大哭他想大叫，他想远遁万虎山从此后再也不回谢家坡，没有了娟子的地方，再也没有了心底的甜美。

可是，狗蛋不能这么做呢。他要安静地送娟子离开，他要坚强。他怕自己稍一冲动就可能让娟子发疯般地下车，从此后再也不分离。娟子是去省城安南享福了呢，那儿有比黑虎山更广阔的天地，那儿有比谢家坡更美好的生活，他不能太自私。一切痛苦都咽到肚子里面吧，随着岁月让它们自己消散。

喇叭再次响起，小轿车开始缓缓地启动起来，众人不再阻挡，躲开一条道，目送着娟子一家远去，留下的，是一阵忧伤和沉默，大伙无语，叹息着悄悄散去。

东水河畔分别的时候，娟子送给狗蛋一包东西，她没说是什么，狗蛋也没敢看，他要等娟子走了以后仔细的回味，那是娟子留给狗蛋最真挚的情谊。回到家后，狗蛋拉开抽屉，翻出娟子送给他的礼物，那是两个做工精致的沙包和一条洁白漂亮的手绢，散发着娟子清香的气息，激荡着狗蛋炙热的心灵。

儿时最快乐的一件事，就是放学后跟小伙伴们一起玩丢沙包，玩够了闹疯了，便把各自的沙包摆在一起，看谁家的沙包做得漂亮好看，那是比的自家的家境和幸福。比谁丢得准，这个狗蛋不怕，小伙伴们都知道狗蛋出手狠，一扔一个准，他就怕比谁家的沙包好看。每逢此时，总是选择尴尬地离开。娘忙得很，没有工夫给狗蛋缝沙包，奶奶眼花了，缝制的粗布沙包针脚又大又难看。别人家的沙包五颜六色，那里面装的是黄黄灿灿的小米，狗蛋的沙包里面装的是货真价实的细沙，还经常的透过那粗粗的针脚遗漏出来，真的让他拿不出手。

娟子看在眼里也便记在心底，隔段时间就送给他一个沙包，让狗蛋重拾起自信的无邪。那沙包是娟子自己缝制而成，针脚细密、布料精良，里面装的是泡豆芽的黄豆，扔出去劲度大准度高，砸在谁身上都生疼生疼，跟小米料的相比可不是一个档次。沙包虽小，浓缩着二人多年厚厚的记忆，天真的岁月，流淌着更多刻骨铭心的纯真。

打开手绢，上面绣着一朵火红的绢花，旁边用黄线绣一行字迹：勿忘我，娟子。将其紧紧贴在自己的心口上，狗蛋的眼泪终于忍不住流了下来，心如刀绞一般疼痛，干脆用被子捂住脑袋，放声大哭起来。

娟子离开谢家坡了，去过有钱人家的富贵小姐生活了，没有娟子的陪伴，狗蛋要独自走今后的路了，而自己的路，又在何方？狗蛋的心，碎了。

浑浑噩噩地睡去，梦里面全是娟子的身影，场景里全是娟子在大都市的想象。娟子衣着光鲜地端坐在宽敞明亮的教室里面上课了，娟子坐着小轿车去参加喜宴了，突然又梦到娟子结婚了，丈夫却是个无赖，正在毫无顾忌地欺负娟子，娟子正呼唤自己前去救她，又仿佛看见娟子站在悬崖上正绝望地呐喊，脚下是万丈深渊。狗蛋"啊"的一声惊醒，一身冷汗，再无睡意。

没有了自己的保护和陪伴，娟子在安南会开心快乐吗？没有了娟子，自己又何去何从？辗转反侧、胡思乱想间，鸡鸣狗叫，传来人们对牛马的吆喝声，抬头看窗外，已是黎明。

新的一天开始了，对狗蛋而言，应该是经历了此次离别，人生又一个新阶段的开始。童年的无忧总会过去，今后面对的，可能有更多的惆怅。

娟子是真正地离去了，去做大城市的大小姐了，从此以后很难再见，即便有缘再次重逢，多年后的娟子，还是那淳朴清秀的山妹子吗？而自己，如若考不上大学，或许早已是谢家坡一名普通的乡村农民。那么，一切只能成追忆。

春天使破冰的河水欢腾起来。山野鼓胀起滚滚的春潮，日子显得更有生气，黑虎山涧清澈的泉水在急速奔流，发出悦耳动听的叮咚声响。太阳的光芒变得更加艳红、刺眼，冬日那层惨淡的黄颜色衣装已经褪去，暖气融融，积雪融化，裸露出来的田地热气腾腾。鱼鳞般的残雪闪着银光，空气湿润、浓郁、芳香。

过去的就让它过去吧，想那么多没用。饭还得吃，武还得练，太阳不会因为娟子离去而不落不升，师父也不会因为这个而不逼着狗蛋整天跟黑熊混战在一起。

起身后，狗蛋在日记本上郑重地写下几句话，慰藉心底焦躁不安的情怀：娟子，我想跟你说，祝你一切顺利、一生平安。自此后，我不再懒惰，要用自己的努力去改变命运，不辜负彼此的一往情深。

狗蛋洗把脸清醒了很多，该去小树林找小黑熊了，此时的狗蛋，也只有在牵着小黑熊漫步山林的时候才能平复那难挨的忧伤吧。

壮志在胸

在谢广田精心的照料下，小黑熊健康快乐地长大，几年时光过去，已是精壮无比，可以称之为大黑熊了，狗蛋给它起的名字就叫"大黑"。黑黝黝的毛发透出坚硬而又透亮的风采，胸前那片白绒绒如雪般洁白，映出威风凛凛，倘看到生人靠近，双耳竖起，一声嘶吼如雷贯耳，着实令人闻风丧胆、望而却步了。

狗蛋远远地叫一声"大黑"，这家伙健硕的后肢立马站立起来，那个头，完全可以与狗蛋一比高低了。听到狗蛋招呼，大黑兴奋地嗷嗷乱叫，东张西望一番，挣得铁链哐哐作响，若不是拴得牢靠，早已扑倒在狗蛋怀里，与其打闹玩耍一番了。

拉着它在树林里转悠的时候，狗蛋不敢有丝毫的大意，稍不注意，就要被它扑倒在地。当然，小熊黏糊他那是亲热的表示，应该不是动嘴咬他的意思，可那呼哧呼哧的嘴巴里喷出的热气扑鼻而来，也不是真的那么好闻，毕竟，大黑只是一头熊，谢广田也从没给它刷过牙。

事实上，这几年狗蛋跟大黑在一起的时候，那是必须得保持着高度的警惕，稍不注意，就要遭遇灭顶之灾的，狗蛋可是亲身经历了小熊妈妈的厉害，用不着听别人说。既不能让大黑的双掌挥舞到自己的要害部位，又不能让大黑咬到自己一寸肌肤，这就需要他用尽所有招数，包括力气，跟大黑斗智斗勇，每次都要把它治得服服帖帖。

师父这一招太让人无语了，逼着自己每时每刻都不能放松，花架子在小熊面前一点用都没有。师父说，你可以放松偷懒啊，可小熊是不知道偷懒的，它的力道可是随着个头而越来越强大的，一次摁不倒它治不服它，以后你别想再像牵小狗一样地牵着它散步。

有小熊这一个超级陪练在小树林里面伺候着，狗蛋的练功一点都不敢放松。一招一式现在已经有板有眼，身手矫健有力，动作即可行云流水般流畅，又能如疾风劲雨般迅疾，慢慢地悟出点武术的门道，按师父的话来说，开始入门了，但真正地掌握精髓还需要更加刻苦训练。

只是黑熊那劲道，逼得狗蛋是着实不敢懈怠，一个巴掌过来，虽然是跟自己闹着玩，那也要使出浑身解数挡开。如果自己没有功夫和力量在身，可是真能要了他自个的命。

开学后，只要是课余时间，学校操场上俯卧撑、单双杠、哑铃、铅球等凡是能长劲的运动，狗蛋是样样参与，而且最积极、最投入。不练不行，他得靠这样的硬功夫锻炼自己的灵活性，增强自己的臂力，不然回家后无法应对黑熊。他在锻炼，小熊也没闲着，天知道师父又在家如何调教小熊了？他得拼命地付出，他得比小熊进步得更快。

体育老师脸上笑开了花，没想到谢运昌是个体育天才呢，大孟乡中学多年未遇的人才，再去县里比赛，就凭谢运昌一个学生，还不得拿上四五块金牌，哈哈，这下我的民办教师身份转正有望了。不行，放学后得让老婆子炖只羊腿明儿个带回来给谢运昌补补身子，这孩子太单薄了，可不能练坏了身体。体育老师的心里如灌满了蜂蜜般快活，只是那炖熟的羊腿当晚就被他自己就着小酒开心地吃了半只。

只是娘的日子更难过了些，因为在她看来，狗蛋个子倒是长高了不少，身体也健壮得很，可脸上却看不出来有肉来，一脸菜色精瘦得很。

见到狗蛋，娘都是一脸的苦楚，孩子学习辛苦，又要练武，正是长个放劲的时候，整天的煎饼咸菜，营养跟不上，感觉很是亏待了这么懂事又争气的孩子。家里因为交集资款，余粮卖掉了大半，还欠了一屁股债，这样的日子什么时候是个头啊。

用家徒四壁来形容狗蛋家里的情况，是一点的都不过分。一天两三个鸡蛋，奶一个都舍不得吃，攒下来卖了，给狗蛋几块的书本费、零花钱，还要留着应付个头疼脑热，至于四亲八邻的人情，顾不得这么多了。

一两个几瓦的小电灯泡，灰暗灰暗的比煤油灯亮不了多少。两只羊，还没长大，现在还不能卖，不然下学期要是学费提价那可咋办？

眼看着狗蛋个子越长越高，越来越有男子汉的模样，娘是开心在心底也是忧愁到心里，那么帅气的小伙子，总不能一身衣服穿一年吧？练功是要用力的，吃不好没事，可吃不饱哪成？再回娘家去借？想想上次狗蛋舅妈那拉得能吃人的脸色，娘实在是不想再去。

富日子富过，穷日子穷磨。趁着农闲，娘咬牙将家交代给奶照管，自己去建筑工地跟人家当上了搬砖和泥的小工，无论如何，一个月下来能挣上三五十块钱，要攒钱买头小猪崽，过年时请人宰了，肉卖钱还债，留下的猪下水也能给儿子解馋啊。娘相信，狗蛋会给她争口气，苦日子咬咬牙就过去了。

东水河边，青蛙吵成一片，白桦林间的地牤牛儿在忧伤地嗡嗡叫着。几只水鸭子在沙滩上凄切地互相叫唤。远处的河边草地上，有只离群的孤雁在忽高忽低地尖声嘶叫。

支书马三亨见狗蛋家实在是难以维持，便跟村主任谢老黑商量，能不能给狗蛋家申请一些救济，一袋面也成啊。谢老黑虽然不是支书了，可大小事情基本上还是他说了算，他不点头，马三亨很难干出名堂来，征得他的同意是必须的。

老黑心里面其实一直记恨着狗蛋。上次挑拨谢坏三，没听说坏三把狗蛋怎么着，却知道坏三那小子掉了半块耳郭，后来因敲诈勒索进了监狱。他巴不得狗蛋家因为揭不开锅而远走他乡，谢家坡少了他心里那一根刺。

"马支书啊，你看咱村谢老二、马瞎子，还有东街上的六老太，那几户瞎的瞎瘸的瘸，日子可是比狗蛋家过得差多了，跟乡里申请的救济就那千把斤粮食，我看还是应该先给最困难的那几家，不然群众会有意见的。"谢老黑说："谢狗蛋半大不小了，完全可以下学回来帮他娘干活挣钱了。不如你去他家走一圈，劝劝他娘，别这么硬撑。另外啊，眼下又要安排出河工了，每户都要出一个壮劳力，他家怎么也要出个人手，咱村里面就不能有特殊情况出现。"

谢老黑说的这些，还真的很难甩下脸面来反驳，马三亨有些无奈。他本来想弄袋救济粮帮衬一下狗蛋家的，结果谢老黑这王八犊子把出河工的事情又抖搂出来。狗蛋家可以不出河工啊，那得缴纳出工费，不出工就得出钱，没别的办法。可他家要啥没啥的，指望什么缴纳？

晚上，马三亨和自家婆娘怀揣着几十块钱到了狗蛋家，说是暂时借给他们应急，顺便将老黑的意思告诉给了狗蛋娘。本来狗蛋娘就没指望过村里的救济，饿死不要饭，何况还没穷苦到那个程度，但让狗蛋辍学回家这个说法绝对不可："马书记，俺家再苦再难，也要让狗蛋把学上下去。村里面如果非要俺家出河工的话，那俺就去。河工那边，俺拉不动大车那就推小车，烧锅做饭总是没问题吧？"娘推谢了马三亨的几十块钱，下决心跟着一帮大老爷们出河工去了。

穷人的孩子早当家，此话不假。周末回家，狗蛋的功课学习就放到了深夜，上午，他要去地里忙活庄稼，还要给羊割草，下午才去小树林找师父练武，顺便带着狗熊散步，那也是一项很重要的功课。

家里的难处、娘的辛苦，狗蛋心里是清楚的。河工工地离家里几十里地，娘就像男劳力一样的，在那头顶烈日脚踏泥浆的烂泥滩里忙活了两个月，再见到娘时，就像变了一个人，突然老了十几岁。娘累得又黑又瘦，端饭碗的手都哆嗦得要命，老半天饭送不到嘴里去，活脱脱的是被扒了一层皮。

狗蛋心如刀绞，娘也是没办法，不去河工就得交钱交粮，反正两样选一样，除非他辍学回家，可娘怎么可以同意？眼见娘这么辛苦，狗蛋心里也不是滋味，好多次跟娘提起休学回家，被娘连哭带闹地一阵数落。狗蛋也便塌下心来学习功课、练习功夫，心里憋着口气，非要学出个名堂来，给奶和娘一个交代。

小黑熊初长成，待在小树林谢广田身边，倒也是呆头呆脑优哉游哉，足足二百斤以上的身躯，站立起来接近一人多高，低声一吼震耳欲聋、发威起来地动山摇，虽然平时都锁在笼子里，一般人是绝对不敢近前的，护林员那小屋可是真的无比安全，再没人敢爬窗户跟谢广田瞎胡闹了。

大黑熊俨然已有林中之王的霸气，万虎山中无老虎，狗熊便来称霸王，没错。

黑熊最盼望的是狗蛋的周末或者假期，那样的话，它就可以走出笼子，与狗蛋一起，在林中散步撒欢，去东水河里泡澡。有时，还能随他去黑虎山上围着将军碑溜达一圈，抱着狗蛋在草丛中打几个滚摔上几跤，感觉很美。

黑熊看似笨乎乎的，其实手脚灵便得很，狗蛋的力气和身体的灵活程度也随着黑熊的长大而增长，不知不觉中，已身怀绝技气力惊人。虽然，他看起来不是那么的粗壮，身材消瘦，可眼睛里总闪烁着凌厉的光芒。

夜半失眠的时候，狗蛋也会天马行空胡思乱想一气。打小一起长大的老秋已经结婚了，这小子死活不上学，在家又不想下力气种地，气得他爹发疯，没办法，不到十六就给他娶了媳妇，分出家门自个过去吧。问题是，狗蛋家的情况跟人家老秋没法比啊，真若考不上学，就这样的家境，估计媒婆都不敢登门，即便登门，也许只是想给狗蛋介绍个傻傻乎乎的或者缺胳膊少腿青光眼的老姑娘了。

找个娟子那样的？肯定是难啊，难于上青天！唉，娟子啊，你为什么离去？每想起娟子，狗蛋便莫名的忧伤，虽告诫自己不要去想她，那又怎么可能？沁入骨髓的怀念，时时叩打着狗蛋的心灵。

明年就要面临着中考了，那应该是决定自己命运的时刻，此时不搏，更待何时？谢狗蛋暗暗下定了决心。考不上高中，一切的梦想都将归零，前途就是回到谢家坡老老实实地修理地球，娶妻生子守着娘过日子，一辈子那是耗在黑虎山里了。

学习压力大增，还要练习拳脚，狗蛋将时间尽量安排合理一些。老师们喜欢狗蛋，私下评价这孩子举止端正，虽家境贫寒却从无抱怨，沉稳上进的劲头让人佩服，真格地是一棵好苗子。偶尔班主任喊狗蛋到家吃顿排骨、体育老师请他吃顿牛肉，算是侧面给狗蛋一些鼓励。这些，解决不了根本问题，他胖不起来，狗蛋的主食，还是娘摊的煎饼、奶腌的咸菜。

煎饼咸菜丝毫不影响狗蛋的功夫和学习的进步，布衣布鞋穿在身，腰板依然挺直。耐得寂寞，守得清贫，心中有骨气，定成人上人。狗蛋不在乎别人说什么，狗蛋在乎的是自己能不能在初中毕业考试时取得好成绩，他要只争朝夕，奋力一搏。

狗蛋从不在体育课上耍拳踢腿，也从未在同学们身边炫耀过武功，他不需要人们的围观和喝彩，他要的是自己能领悟到武术的精髓、内在的灵活掌握。师父说过，武艺在身，不能显摆，要内敛；不能争斗，要健身。黎明、深夜，操场边、树荫下，是他自己的舞台，有喜欢锻炼的同学出现在跑道上的时候，狗蛋已经收起拳脚走进教室，开始一天的学习了。

只是这个学期开始，练功的时候，身边多了一个陪练的人，间或，还缠着他问这问那，这就是当初随坏三一起劫持过狗蛋和娟子的李小强。

李小强真的回到学校读书了。他像换了一个人，再也没有了流里流气的气息，脱胎换骨般转变，看起来很是乡村里纯朴又上进孩子的样子了。

细长晶亮的冰琉璃在老天骤然变暖的气温下，不时从茅草屋檐上坠落下来，摔在地上，发出玻璃破碎似的清脆响声。冬暖天气，村街上冰雪消融后露出了湿漉漉的松软路面。麻雀像在春天里一样叽叽喳喳叫着，在院子里的一堆树枝上啄食。雪地上，一只强势的大公鸡正在追逐着一群母鸡，尾追够了就双腿挺直，伸长脖子引吭高歌，那高音节的啼鸣声在风刮残雪的村街上传得很远。

过年的时候，李小强带着大鱼大肉一大堆礼品来到谢家坡小树林，同时来的，还有他爹和做李家庄村主任的二大爷，郑重其事地寻谢广田拜师来了。李小强随着父亲谦恭虔敬地站在谢广田面前，他爹满脸的喜悦和恳求之情溢于言表。

李小强初二还没有上完就辍了学，跟着谢坏三一帮人东蒙西骗胡作非为，眼看着就直奔邪路疾速而去，见到他吊儿郎当不务正业的样子，爹娘揪心啊，想起再立规矩但已是羽翼渐丰管束不住，那阵势就如射出去的箭再也收不回了，老两口只剩相互埋怨、暗自叹息的份儿了。

原来李小强心底有个大侠梦，学出武艺一身、打遍天下不平。可世道太平大侠也便绝迹，但冒充大侠的不少，谢家坡的谢广军便是他当时心目中的大侠。见到几次坏三带人打群架，那不要命的架势很是令李小强佩服，红着双眼挥舞尖刀，仅凭谢坏三一个人就足以震慑住众人，那气势，要多威风有多威风，如若跟他一起，还不得很快就名震万虎山？

年少总有疯狂时。李小强自个儿就决定退学投奔谢坏三，憧憬着横刀立马黑虎山的辉煌去了。只是时间长了，才发现谢坏三搞的那一套根本就不是他想象的大侠做法。大侠应该杀富济贫，坏三却欺男霸女；大侠应该身怀绝技而不漏，坏三那小子除了会拍人家黑砖，剩下的那一招就是拿剔骨刀张牙舞爪地吓唬人。

还想着跟坏三学点功夫在身呢，这事搞的，彻底歇菜。后悔，晚了，学校都开除他了，臭名声已经在外了。

李小强心底很是不安，整日不学无术、东打西闹的生活也不是自己想要的啊，幻想着有一天真的遇到《射雕英雄传》里面如黄药师、洪七公般的人物出现，那么他就立即脱离谢坏三的群体，拜师学出一身真武艺，从此独步万虎山，去行心目中的大侠所该行之事。当然了，如若真的会有这一天，坏三之类再为非作歹，立马为民除害，李小强自个儿都认为这样的想法有点天方夜谭。

那一个夜晚，谢广田踹在李小强身上的那一记无影脚，不仅没让他落下仇恨，反而激起他心底的热望。干净利索，还没看清怎么回事，坏三几个人，包括他自己，就被谢广田制服，那拳脚、那身手，怎么想都想不到啊，那叫一个帅！没想到啊，黑虎山里真的有自个儿苦苦寻觅的武林高手，几人犯下这么十恶不赦的事来，竟然大度地放他们离去，这才是真正的大侠做派啊！

李小强当时就做出了决定，重新选择自己的人生路，脱离坏三的队伍，拜谢广田为师学艺。谢广田让他先去读书，这个是真的让李小强头疼。再回学校那多不好意思啊，想起课堂来就头疼，爱学习的话我当初就不选择辍学了。他想做个独行侠客呢，无忧无虑、无拘无束。但，谢广田毋庸置疑，想学武，先回学校做学生再说，学生当好了再提拜师的事。

决心已定，那踹在身上的疼痛仿佛一下子消散一半，步履轻快地回家后马上跟爹说起，要重回学校当学生，至于为什么，就是想读书。小强没敢告诉爹那晚发生的事情，那是一场真正的刀光剑影啊，他生生地将那件事咽到肚子里。

突然提出复学，仿佛天上掉下来大馅饼狠狠地砸在小强爹娘的头上，拍拍自个的脑壳，没做梦啊。这孩子又是受什么刺激了？无论咋说，孩子回去上学那才是正道，再这么胡混下去，早晚蹲大狱，爹娘出门都抬不起头来。家中出逆子，丢人啊。

不是被学校开除了吗？好办。趁热打铁，别等这小子反悔，第二天一大早小强的爹娘就上了路，去找在县城里教育局做科长的外甥去帮忙，很快，办妥了。

谢广田一眼就看出李小强发自内在的变化，心想，这孩子还行，能回学校读书那就是脱缰的小马被重新上套，难着呢，做到这点很不容易，应是可造之才，也便愉快地同意了招他为徒。既然师父同意，皆大欢喜，其乐融融。

小强的二大爷说，一切按老规矩来，该咋整咋整。老头说不必这么烦琐，以后周末的时候常来小树林就是了。小强的爹也不多说，掏出带来的香烛、明香点燃，放在桌上，鞭炮轰鸣中，请谢广田端坐太师椅，狗蛋站立在一旁，顿时屋内严肃无比，气氛庄严万分。

小强的二大爷见过世面，充当司仪，吆喝着李小强跪拜在谢广田面前，端端正正行尊师大礼。

"师兄在上，请受小弟一拜。"给师父行完大礼，李小强恭恭敬敬地给狗蛋致礼，让狗蛋心底一颤，仿佛天上掉下个亲弟弟，一阵温暖，立刻还礼，二人会心一笑，以前的恩怨随风飘散。

大礼完成，众人走出屋外，却见黑熊嗷嗷乱叫，正在笼内东蹿西蹦，恨不得立刻挣开羁绊笑傲天地，熊威四射气焰冲天，吓得小强爹和他二大爷头皮发麻，双股战栗不止。

"呵呵，大黑，你想干啥啊？"狗蛋走过去伸手就扭了它几下耳朵，黑熊马上安静下来，不再乱蹿，后肢着地蹲坐在笼子中，两眼瞪着李小强，忽又冲他咆哮起来，吓得小强连退几步躲在师父身后。这小子想干啥啊？不会是怪我没给它带好吃的吧？

"哈哈，我说小强啊，你忘了一件事呢。"狗蛋哈哈大笑，一把将小强拽到笼子边，"快，给你二师兄行礼。"

啊？这家伙是我二师兄？太那个蒙太奇了吧？回头看看师父："师父，您看这事？"意思是师父您说是就是，您说不是俺就不拜，哪有跟一个黑瞎子称兄道弟的啊？

喜讯传来

师父笑而不语，带着小强爹等几人转身回屋喝茶去了，你们师兄弟的事，老头子管不着，自个儿看着办。

这个，看来不拜黑熊为二师兄，这家伙可能不欢迎我再来小树林，那好吧。李小强双手合十冲黑熊深深一拜："二师兄，请受我一拜，等会儿我给你好吃的，还请你以后多多担待。"呵呵，黑熊就这么的富满灵性，搞得狗蛋也哭笑不得，这家伙立刻停止了咆哮，冲李小强挥了挥前肢，意思是这话可是你说的啊，不给我好吃的我可饶不了你哦。

师父曾经私下对狗蛋说，日子长着呢，一直想给你找个师弟，遇到啥事的时候也好有个照应，可一直没有遇到合适的。我看小强这孩子秉性很不错，以后就当亲兄弟处着吧。

于是，狗蛋便正式升级，做了大师兄，当然，在学校，没人知道这回事。

时光飞快，岁月如梭，转眼间就到了来年夏天，狗蛋迎来了人生第一次挑战，中考马上就要开始了。

武照练不误，学习还是原来的节奏，那最紧张的一段时间，狗蛋只是交代李小强少来打搅他，他想一个人静静地面对中考，按部就班地安排自己的时间。

毕业考试终于结束，狗蛋收拾起行囊与生活学习了三年的大孟乡中学告别，几许惆怅，几许期待。

惆怅的是那浓浓的师生之情。与老师告别时，狗蛋分明看出班主任老师神情的不舍和体育老师眼里的惋惜。体育老师遗憾的是狗蛋没有报考中州体校，非要报考中州一中，可惜了一个体育天才。你说你谢运昌，明明家里条件不好，考上体校的话，马上就能跳出农门成了国家养着的运动员，毕业后最差也能混个公办老师干啊，这是改变命运的最快捷也最保险的途径。体育老师没有劝说住他，叹息不断。期待的是自己的未来。选择报考中州一中，还要经历三年的高中学习，等到千军万马过独木桥的时候，自己能否成功？那将有更大的挑战。狗蛋不怕困难，他渴望走出大山，渴望更广阔的天地，也只有考取中州一中才能给他一个更远更高的台阶，让他有机会奔向更远。他期待着梦想成真，班主任老师也期待着谢狗蛋梦圆。

回到谢家坡，奶和娘没有问狗蛋考得怎么样，这几年狗蛋学习成绩进步极大，带回来的三好学生奖状贴满了屋内的半面墙壁，那是老人心里最欣慰的炫耀，她们相信狗蛋一准能考好。狗蛋也没必要跟娘说太多，反正已经考完了，等通知就是了，考得好坏用成绩和名次说话，成绩好还不见得名次就一定靠前呢，他不想让奶和娘担心。

该干啥干啥去，大黑熊还等着他去陪着撒欢呢。帮娘干活、放羊，去小树林练武，顺带着监督着李小强练练基本功，狗蛋每天有的是事干。他不是不心焦，发挥再正常，成绩没下来内心也是万分的忐忑，只有他自个儿知道期待的味道，是多么的难挨。

通知书终于下来了，出乎自己意料，狗蛋以全校第三的成绩被中州一中录取。拿到那烫金的录取通知书，狗蛋心底无限的欣喜，奶和娘更是笑不拢嘴，激动地流下了眼泪，连声夸奖党的政策好，感谢那个谁谁谁。

流逝的岁月情景像阳光灿烂、万里无云的晴天，断断续续在狗蛋奶的苍老心田飘浮起来。那王家岭村的夜间花轿，那川西一路赤脚的奔波，那丈夫血染的红布兜，那谢家大院以及土改的细碎片段，都已化作两岸杨柳依依，倒影映在微波荡漾的东水河，在不知人间忧愁地不息奔流。许多熟识的脸颊、一桩桩的往事，以及一些不知道为什么却深深地印在脑海里的微不足道的琐事在意识的目光中滑过，那些早被遗忘的人们的声调、言谈的片段和各种腔调的笑声，在脑海里响起来。记忆的光芒又照到早已忘却的、曾见过的自然景物上去。狗蛋奶在像乱网线一样混乱的记忆中翻旧账，在不知流逝何方的往昔事物上碰撞出了印痕的火花，让她感到了知足和无上的欣慰。

狗蛋家成分不好，村里老人说狗蛋奶是新中国成立前的旧军官家属，当初的阔太太，虽然现在是家徒四壁，当初可是牛气冲天，那家里的成分肯定不是贫下中农。好在村里的老人都知道奶奶的善良，当初村里的穷人家可是没少得到狗蛋奶的恩惠，人家都记在心底呢，最终给他家定了个小地主的成分，如果给定个大地主的成分，或许，谢狗蛋一家就不可能在谢家坡存在了。

在那个动乱的岁月里，因为好心人的劝阻和反对，狗蛋奶没被批斗游街，但是，家里的成分是改不了的，旧军官家属这一名头狠狠地压了老人数十年。奶奶谨小慎微胆战心惊地将爹抚养成人，相对平安地度过那艰辛无比的变革岁月。

这么多年的苦楚，老人家藏在了心间，可这么多年的期盼呢？这不一下子出现在了眼前，写着狗蛋名字、通红通红盖着中州县第一中学大印的通知书真真切切地摆在桌上。狗蛋奶流着热泪，点燃了三炷香，感谢祖宗积德保佑狗蛋考上了高中，感谢中央政策好，让孙子今后有了和儿子不同的人生路。

万里无云的深蓝色天空上，阳光灿烂。匆匆南飞的雁阵，忽而聚在一起排成个"一"字；不大一会儿又变换阵容，快速排成天鹅绒似的一道弯弯曲曲的黑线"人"字形。天宇下，翻着金浪的大片谷子和羞答答的红高粱散发着令人陶醉的阵阵芳香。

欢喜过后便是苦楚。

通知书上写着呢，需要交学费、书本费、住校费，加起来就好几百块钱。去县城上学了，不能再穿那么寒酸了，还得置办一些行头，娘脸上慢慢地晴转阴了。

船到桥头自然直，凡事自会有办法的，走到哪说到哪。娘下定了让狗蛋体体面面去县城上学的决心，实在没招就去卖血，听说抽一管子血能卖一百多块，养几天还能再卖一次。

离开学还有两个月时间，学费一点着落没有，狗蛋琢磨着在谢家坡这样的待着不是个办法，应该找个地方自己去挣学费，也好帮娘减轻些负担，自个儿长大了，再也不能让娘出去干小工了。

娘要是累坏了，家里的事谁来管？还有奶奶，他不敢想象娘累坏了后的情形。狗蛋不知道娘的想法，但他决定自个儿想办法。

建筑公司经理谢福运回来了，能不能跟他去安南工地上做小工？大经理介绍过去的，干两个月起码不用担心到时候不给工钱。若是能挣上一二百块钱回来的话，娘就用不着这么着急了。

把这个想法跟娘和奶奶说了，娘是一千个不乐意，她想着让狗蛋在家好好地歇歇、耍耍，刚考完试要放松放松，小小年纪，身子骨还没有真正地长全，娘舍不得他去那么远的地方下苦力。

他在自己心里暗暗下着决心，自己在任何情况下都要勇敢地面对生活，要用自己坚韧的精神去抵抗可能遇到的任何困难，以不惧任何失败的决心勇往直前，即使发现失败已不可避免，也要继续朝前走下去。

狗蛋下定了决心，瞒着娘便去了谢福运家。远远地看到谢福运正躺在大门外树荫下一个躺椅上，嘴巴里叼着支香烟微闭着双眼，正优哉游哉地听着收音机似睡非睡，身边还趴着他家的大狼狗。

谢福运家有钱，养的这一条看家大狼狗就如一头健壮的小牛犊，早已名声在外，小偷小摸的是万万不敢进其家门了。偶尔大狼狗偷偷跑出家门去撒欢，谢家坡街上的行人仿佛就像见到万虎山里面跑出来的野狼窜进村来，你呼我叫惊慌失措，战战兢兢地东藏西躲，家家户户赶紧关门闭户。

见狗蛋来到近前，那狼狗立即站起身来，竖起了双耳，龇牙咧嘴地跟真事似的吼起来，谢福运从迷糊中惊醒，忙喝住狼狗，跟狗蛋打招呼。狗蛋还没来得及问声大爷好，大狼狗就招呼上了。估计这家伙是狗仗人势，特希望在主人面前卖弄一下自己的实力，顺便表现一下自己的忠诚，竟然不听谢福运的吆喝，双腿下拱两眼发红，嗷的一声就向狗蛋身上扑来，惊得谢福运大叫一声"狗蛋快躲开",慌忙起身想拦住狼狗发狂,狼狗劲大力足竟然挣脱了锁链径直扑上前去。

在狗蛋眼里,这家伙就像只小哈巴狗,狗蛋正眼都不瞧它一下。小树林里的大黑熊,知道不?那是咱的铁哥们,狼狗跟他哥们相比,根本就不在一个量级。没承想狼狗瞧不起黑熊的大师兄,那么,就给它个颜色瞧瞧。

狗蛋迅疾侧身躲开,左拳五指如钩突地捏住狼狗的脑袋,猛一用力便将其摁在地上。狼狗嘶吼不绝,四肢搅起地面几道深沟,想奋力挣起,再对狗蛋来一次绝地反击,看这家伙还不服输,狗蛋右拳变掌,迅雷不及掩耳,"啪"的一下拍在狼狗鼻子上。

师父早就跟狗蛋说过,高手对决,关键在寻找到对方的弱点,一招即可制敌于绝地。譬如狗怕打鼻子,对于狗来说,这个地方太敏感了,那么,当你遇到恶狗欺身时,就应该寻机揍它的鼻子。狗蛋还没被狗欺负过,这次既然遇到了,就试试吧,没承想只用了三分力气,那狼狗便彻底失去了刚才嚣张的气焰,后肢夹着尾巴软踏踏地趴在了地上,吓出地上一摊尿迹,再也不敢抬头看狗蛋一眼。松开左手,那狗便灰溜溜地跑进家门,不知道躲到哪个旮旯里疗伤去了。

打狗还得看主人,何况今儿个是来求人家谢福运带他出去打工的,刚才那一下,狗蛋算是给足了谢福运面子。换成野狗的话,这家伙应该是一命呜呼了。

"哎呀,可吓坏我了,运昌啊,你没事吧?这个畜生,回头我狠狠地教训它。"谢福运刚才真的是吓出一身冷汗来。人家狗蛋刚刚考上中州一中,这也算是除了自己的儿子之外谢家坡第二个高才生,到自家串门若真的被狗咬伤,可咋个给狗蛋奶交代啊。未想到这孩子还有这么一套,不免暗自称奇。

"嘿嘿,放心吧大爷,我没事的。"狗蛋有点不好意思,他怕谢福运怪罪于他。

"哈哈,你小子有一套啊,别想太多了,那家伙没礼貌就该挨揍。走,进屋说去。"谢福运神情轻松下来,带狗蛋走进院内。

玉林哥也放了暑假,从安南回来了,堂屋内还有一位长发飘飘、白净漂亮的大姐姐，和他坐在一起嗑着瓜子，两个人有说有笑，正津津有味地看着电视，刚才那惊险而又精彩的一幕，二人竟然没有听见。

见父亲带着狗蛋走进屋来，谢玉林忙起身，介绍大姐姐给狗蛋："运昌来了，欢迎啊，给你介绍一下，这是我同学，来我们黑虎山小住几天。"谢狗蛋现在已经考上中州一中了，不能再叫人家狗蛋了，谢玉林也为他高兴。

"姐姐好，我叫谢运昌，俺跟玉林哥是一家子，欢迎你来我们谢家坡。"狗蛋恭敬地给大姐姐打了一声招呼，然后又对谢玉林道："哥，俺来是想跟大爷商量个事的。"

打工之路

金秋时节，阵起的秋风把山野瓜果的芳香吹进山村，村街上弥漫着浓浓香珠。虽然阳光晒得令人很不舒服，但是到处都已经感觉到秋天的浓厚气息了。山峦上，开完花的灰色苦艾闪着暗淡的白光，东水河对岸的白桦树梢已经发黄，不时有几片金黄色的树叶，画着好看的弧线，不情愿地离开大树，落在黄色的粗糙土地上。山脚下的果园里苹果的香味更加浓郁，远天边上，完全像仲秋一样明朗、透彻，空旷的田野上已经飞来第一批南归的雁群。

谢福运坐下来，微笑着看着狗蛋，他打心眼里喜欢这孩子："坐下说，坐下说，玉林，给你兄弟倒杯水喝。"

狗蛋道声谢后坐了下来，对谢福运说："大爷，俺想趁这个暑假，跟您去安南工地上打工，您看行不？"

谢福运知道狗蛋家的情况，孩子想出去打工，那就是为了挣钱，这么个想法，应该是为了考取高中后家里交不起学费的事吧？会不会是小家伙想开口借钱又不好意思呢？

"狗蛋，啊，以后不能再这么叫了，现在都是秀才了呢。"谢福运一张口就感觉不妥，"运昌，我看这样吧，你年纪还小，正是在家学习功课的时候，还是不要去工地了。如果上高中学费有困难的话，跟大爷说，大爷借给你，等你以后有本事了再还给我，你看这样好不好？"

谢福运打心眼里欣赏这孩子，曾经光屁股满街窜的臭小子，如黑虎山里面任风吹雨打的野山松，慢慢地长大了。凭着自己刻苦的努力，考取了县一中，现在已是从容自如的清秀俊才了，眼见得快要有出息了。他也很看重狗蛋的聪慧懂事，这个忙，他是一定要帮的，如果狗蛋开口的话。

"谢谢大爷，俺不是来找您借钱的。"借给俺钱？狗蛋心里面有点不得劲，何况自己本来就没这个想法，我可以凭着自己的力气去挣钱了，挣不了大钱，去当个小工总可以吧？"大爷，俺就是想跟您去工地上当个壮工，能挣点学费减轻俺娘一点压力就可以了。大爷，要是您不好安排，也别为难。"

"这个，在建筑工地上干活那是很吃苦受罪的，你还没有成人，能受得了那个罪吗？再说了，你愿意去，可你娘能同意吗？"谢福运问狗蛋。这孩子是挺倔，有点老主意，算了，那就别提借钱给他的事吧，省得伤了他的自尊。

"大爷，我有的是力气，到那后我好好干，啥活都不挑，不给您添麻烦，就干到开学为止，您看行不？"狗蛋急切地跟谢福运说。

"运昌啊，你娘要是同意的话，等两天我就带你去安南，在那给你找个工地，你也就是能干个小工，一天工钱可不是很多啊。到你该回来上学的时候，我让工地上给你结清账。这样行吧？"谢福运琢磨着，狗蛋这孩子是打定了去当小工挣钱的念头，不如自己做个顺水人情，带他去安南，也算是间接地帮他一把吧。

但狗蛋总归是个不满十八岁的孩子，谢福运自己还是要到他家走一趟，让狗蛋娘和奶知道跟着他出去挣钱放心。他奶可是个好心人，自家老娘常说当年他奶就像活菩萨那样接济了不少穷人家，当然，他家当初也不是富人。

第二天晌午，狗蛋正在小树林陪着大黑熊对武，谢福运真的来到了狗蛋家。奶见谢福运到家，忙请他坐下，招呼着狗蛋娘给福运大哥倒茶、点烟。

"大娘，运昌考上高中了，这是天大的好事，可喜可贺。"谢福运心里想，狗蛋不好意思张口借钱，老人家或许不这么想，趁狗蛋不在家，不如让狗蛋奶说句话，借给他家一二百块钱，狗蛋也就不必跟着他去安南了，毕竟还是要担着一份责任的，于是恭恭敬敬地对狗蛋奶说，"家里有什么困难，您老说句话，我能帮就帮，绝无二话。"

娘心里面刚才还在琢磨呢，谢福运是个大忙人呢，突然来自己家有什么事呢？娘是个有志气的人，富有富的难处，穷有穷的过法，家里日子再难，也从来没有向他家开过口，所以不担心他来家要债的。听谢福运这么说，娘明白过来了，敢情是狗蛋跑谢福运家里说事去了，这孩子，怎么可以如此自作主张？

"大哥，您的好意俺心领了。"狗蛋娘对谢福运说，"运昌一直视他玉林哥为榜样呢，还是您教育的孩子有出息。家里现在没多大困难，运昌上高中的花销俺心里有数呢，真格地不用麻烦您了。"

见狗蛋娘这么一说，谢福运心里面算是有数了，狗蛋娘是人穷志气高，不想要自己的接济呢。于是就将狗蛋去找他的想法告诉了狗蛋娘。

狗蛋娘听起了这事，是满脸的吃惊。这么小的孩子能吃得了工地上风吹日晒日夜劳累，还要被工头打骂吆喝工友欺负的苦吗？这么大的事情也不跟大人说一声，真欠挨打屁股了。

谢福运见她如此的表情，知道那是不放心孩子出远门，便道："放心吧，弟妹，运昌到工地以后，我负责安排，保准平平安安地把他送回来。"

见乡建筑公司的大经理都亲自打了包票，也便同意了狗蛋去工地的打算，心底对谢福运充满了感激。奶也很是欣慰，谢福运虽然现在富了，可还没有忘本，蛮对得起当初自己对他家的帮助。

事情，就这样定了下来。隔日，狗蛋带着娘给他准备好的行囊随着谢福运奔向省城安南，开始了他人生第一次远行。

安南，是山南省的省会，坐落在万虎山脉之南，自古为兵家必争之地。唐朝初年，秦王李世民属下大将秦叔宝领兵统将与隋军决战于此，此战一举消灭隋军数十万，万虎山以南广大平原地区落入唐军的掌控，唐王朝的统一大业初告成功，唐高祖钦赐此地名曰安南。

母亲河在它身边流淌，白羊河从其中间穿过，城北还有一大片湖泊名曰青牛湖，安南市环境优美，浑然天成，赛过江南，比过苏杭。初中语文课本里专门有一篇名家写就的文章描述安南的夏天，狗蛋早已在心里面不知道有多么地向往。

乘坐在吉普车内的狗蛋，被山路颠簸得很快就有了睡意，梦里面早已奔向了那遥远的安南。正陶醉于梦中山南的景色，狗蛋却被谢福运唤醒，扭头看，车窗外已是一眼望不到边的大平原。哦，原来已经走出了万虎山。

路突然宽敞了许多，道路两旁碧绿碧绿的田禾散发着诱人的清香，高大的树木唰唰唰地向后散去，吉普车加快了行驶速度，发动机的轰鸣声如音乐般让狗蛋陶醉不已。太阳偏西了，夜幕降临了，安南市也要到了。狗蛋忍不住好奇的目光观察着窗外的世界，一眼望不到边的街道，来来往往的小汽车，眼花缭乱的街灯，五光十色的霓虹灯，花枝招展的小姑娘清脆的笑声和到处都是的高楼大厦，一切都如天堂一般。

狗蛋从来没有走出过大山，去得最远的地方是中州县城，也就仅仅去过一次，那还是因为体育成绩好，代表学校去县里面参加运动会，没想到此时竟然就一下子横跨五百里，来到了省城安南，狗蛋没有理由不兴奋，眼里面装满了新鲜。

狗蛋不是来安南游玩的，谢福运也没这个义务。到目的地后，谢福运请他简单吃了顿晚饭后就把他安排给一个工地的队长，嘱咐他照应一下狗蛋。临走时谢福运交代狗蛋，以后就在这个工地上干活、吃饭、睡觉，没事不要到处跑，走迷了路可就麻烦了，再就是省城里也有不少人很坏的，工地上的人也不见得都是好人，一定要少说话多干活，随时注意安全。

工地在安南城中一个庄里，狗蛋不明白，大城市里竟然还有村庄，可是，这个村庄的名字就叫七里庄。庄里要盖几幢住宅楼，狗蛋所在的工地，就是正盖到差不多要封顶的一幢六层住宅大楼。

工地队长领狗蛋到二楼的一处房间，地面上乱七八糟铺着十几床铺盖，还有锅碗瓢盆、建筑工具等等，横七竖八无从下脚。看来这就是狗蛋以后居住的地方了，只是，房间没门没窗，到处散发着水泥、木屑和潮湿的味道。这些，狗蛋不在乎，跟家里比起来，差不了哪里去，何况，还是钢筋水泥浇筑的大楼。

随便找个角落，狗蛋安置下自己的家当，也就是一床被盖，几个吃饭喝水的碗、盆和一身换洗的衣服。队长跟他说，从明天开始，就计算工时了，出满工无差错的话，一天工资是三块五毛钱，住这儿免费，吃饭先赊着菜票，走时一块结账，工作呢就是跟着泥瓦匠师傅干杂活打下手，搬砖、和泥、推小车、筛沙子等，当然了，其他的活只要安排了也必须去干的，不然得扣钱。

苦孩子出身，狗蛋最不怕的是使力气，和泥、递砖、推小车，狗蛋摸起来就干，用不着适应。这些活，狗蛋在家里就常干，家里猪圈、羊圈里面的粪便不都是狗蛋用小推车一车一车地推出来的吗？

何况，狗蛋跟大黑熊的力气现在已经是有得一拼，那可是实实在在的笨功夫，不是虚的。与大黑玩闹在一起，根本就很少有让他用巧劲的时候。只是，吃饭时狗蛋那一份饭总感觉不够吃的，再买，就要再掏饭票，狗蛋舍不得，他要攒学费，于是，也便半饥不饱。

几天下来，工地上的几个工头便对狗蛋刮目相看，纷纷向队长要求让狗蛋跟他们干，几个老瓦匠也私下找狗蛋商量，看狗蛋乐意不乐意做他们的徒弟。

狗蛋没跟人家说他是来挣学费的，不是来学泥瓦匠手艺的，说了，人家也不见得相信。一个乳臭未干的学生娃子，有这么能吃苦？高分考上县一中的秀才，怎么着也得戴副近视镜文质彬彬的吧？能穿这么破烂？还这么有劲？别人一看就是穷乡僻壤地里刚走出来的山里娃子。

狗蛋再遇到类似的情况时，就告诉人家说，他听队长的，队长咋安排他就咋干。队长当然不会随便安排他，经理谢福运已经交代好了，谢狗蛋只是来干两个月的临时工，让他跟这个老实可靠的工头做好小工就可以了。

卖饭的师傅眼见狗蛋吃不饱，再打饭时私下便多盛给狗蛋一些大锅菜。带他的工头，婆娘跟他一起过来的，身边还有个脖子上戴着项圈的可爱小男孩，一家人自己开火吃饭，有时做了好吃的，也把狗蛋喊过去。狗蛋心里知道感激，再出工的时候更是一个人顶俩，玩命地干。

一天的忙碌下来，铁打的人也是腰酸背疼浑身难受。收工后狗蛋冲个冷水澡，找个没人的房间练几套拳脚，一阵舒坦，然后爬上顶楼摞起来几块砖当板凳，坐下来放眼欣赏安南的夜景。该到休息的时候了，房间里依然是吵闹声、欢笑声一片，昏暗的灯泡下，有的工友正吆三喝四地打牌，也有的弄二两小酒，品着花生豆在一边看热闹，还有装神弄鬼在那支摊子摇卦算命的，汗臭味、吆喝声混杂在一起喧闹无比。

狗蛋不喜欢参与这些，毛头孩子一个，也没人找他参与，扭头找到自己那窝，躺下蒙头就睡个昏天黑地。

一个工地上一般会有好多个工种，好多个工头。狗蛋跟的这个工头姓王，来自四川，跟大孟乡建筑公司干了几项工程，谢福运见他实诚，有些活便承包给他，于是王工头便从家乡带了几十个人来到安南，顺便婆娘和小儿子也跟了过来。

王工头家的婆娘，瓜子脸、高挑清瘦白皙的身子，笑起来甜甜的两个小酒窝，真格地是电影中才能见到的那种漂亮姐姐的模样，狗蛋见了后心底便感觉很是亲切，就像自家姐姐的形象呢，可惜，自己没有姐姐，只能喊她嫂子。

王工头的小儿子胖墩墩的，人见人爱，那可是人家的宝贝蛋，超生了两个丫头，老王出门在外挣的钱一半都交了罚款了，才有了这个乖娃，所以脖子上才挂着鲁迅小说《闰土》里少年闰土戴的那样的银项圈。

去工头那吃饭时，总有一个人在那一起吃，个子高高的，身体壮壮的，一脸络腮胡，眼睛阴森森的，脸面看起来总是那么的阴暗不顺眼，怎么看怎么别扭。这个人也姓王，跟王工头是一个村上的，狗蛋私下称他为络腮胡。有时赶上工地上忙得厉害，却时常不见那人过去忙活，偶尔的，狗蛋取工具时能看到，络腮胡在工头房间里大觉呼呼地睡得正香，狗蛋不想多事，也就装作没看见，心底却感觉怪怪的。

一次工头没在身边，趁师傅停下活计抽烟休息时，狗蛋悄悄问起络腮胡，师傅小声说："你可千万别惹他，听老王说起过，那人是从新疆监狱里放出来的，在那边蹲了七年大牢。也不知怎么就打听到老王在安南承包工程，非要跟老王干，老王心眼好，见他潦倒落魄的样子，恻隐之心顿起，也算是帮从小一起长大的伙伴一把，给他一条活路。可惜好心当了驴肝肺，养了一个活祖宗。哎！"见王工头远远走来，师傅扔下烟头，忙活起来。对络腮胡，狗蛋以后也便留起了意。

工地上一二百人，来自天南海北全国各地，收工后各自归堆，自有一番热闹。时间长了，狗蛋便看出来很多端倪，盖起到一多半的楼层，到处充满了故事。

一次晚上收工后，狗蛋想去一个大房间内活动手脚，还没拐进那门，就听到里面传来隐隐的男女呻吟纠缠之声，夹杂着皮肉撞击的啪啪声，忙悄悄放轻脚步，退身离开，狗蛋不想撞破这事。工地上青年男女很多，不少都是两口子一起过来，没结婚的跟没结婚的干那事还好说，要是遇到哪个已婚的男人跟别家的媳妇那个的话，再见面就不好说话了。

有时，七里庄联防队的几个队员骑着三轮摩托突突突地就来到了工地，工地的施工队长见了，忙点头哈腰地上前问好。领头的戴着红袖章，坐在兜子车里都不下来，趾高气扬："那个啥，刘队长，没人来捣乱吧？哦，没事就好，那就放心吧，治安费只要按时交，谁敢来找碴儿不砸断他们的狗腿。"队长说："那是，那是，今儿晚上我请客，咱白羊湖酒店坐坐，弟兄们都要到啊。"随手再递上几盒烟，三轮警车冒一阵白烟，闪起警灯、鸣起警笛便威武地绝尘而去。

有时，甲方代表迈着四方步，挺着啤酒肚来工地视察工作来了，官气十足，仪态庄严："我说刘队长啊，咱这个工程进度可得要抓紧啊，达不到工程计划进展的话，工程款可是不能按计划拨付了，啊，是吧？你们一定要注意施工安全啊。"队长姓刘，也是中州大孟乡的，算是谢福运鞍前马后的嫡系，绝对头脑灵活得很。刘队长忙答道，"您放心，您放心，工程进度绝对要保证，今晚就开始加班加点。人手不够从别的工地上抽调，我马上就给谢经理汇报。"私下的孝敬是不能少了，立马偷偷塞给甲方代表一个红包。人家，就是来点眼药水的。

夜深了，工地上依然灯火通明，搅拌机轰隆隆地转个不停，工头的吆喝声，起重器咔嚓咔嚓地向上吊砖头、钢筋；偶尔，掉下点啥东西砸在楼板上咚咚作响，各种声音夹杂，整幢楼便热闹非凡，如同一个非凡的交响乐，响彻整个七里庄。晚上的加班有时要到第二日凌晨才能结束，有的活还要更晚，当然，加班也算入工时，不然第二天早上咋能吆喝工人们按时开工？

几个晚上加班下来，周边的居民就不乐意了，纷纷找上门来。其中一个特别厉害，上来就找队长，嗓门还不小："谁是队长？啊，还要不要人睡觉休息了？哦，你是队长啊，我问问你，你一个月能挣二百块不？影响我睡觉，知道耽误我少挣多少钱不？我一个小时工资一块二，你算算我一个月多少钱？你赔得起吗？马上给我把工停了。"撇着个洋腔，盛气凌人，真格地是牛气冲天。开头狗蛋还以为那人是山南省委的大干部呢，后来打听才知道那人就是安南钢铁厂的一名炼钢工人。狗蛋多年以后依然清晰地记得那场景。

刘队长应对自如，到处忙着和稀泥，比搅拌机和得还要匀和："好说，好说，马上停，马上通知他们停工。您请回吧，耽误您休息了，不好意思啦，大伙都回吧，现在就收工。"刘队长这个人还真算是人精一个，万虎山里的能人一个，谢福运看来很会用人。

工头嫂子心眼好，看狗蛋顺眼又亲切，做了好吃的总忘不了狗蛋。一次去王工头那吃饭，饭后见狗蛋的衣服被工地上的钢筋刮破，便对狗蛋说："小弟，把衣服脱下来，我给你织一下，然后洗干净了，明天你再来拿。"狗蛋脸便红了，很不好意思。工头嫂子说，"这有啥不好意思的？小孩子一个，你又不会缝。"工头笑呵呵在一旁也劝他脱下衣服，狗蛋却捕捉到络腮胡老王眼中的阴狠一闪而过。

第二天正忙碌中，工头让狗蛋去他房间拿样工具，狗蛋赶过去。以前每次工作期间去工头家居住的地方拿东西，都会看到络腮胡在床上呼呼大睡，偶尔见到他眼睛一眨一眨，也不知道是真睡还是假睡，狗蛋心里面总是充满了疑惑。这次狗蛋没见到络腮胡，宝贝蛋男孩睡得正香，工头嫂子正忙着做饭，见狗蛋过来，忙让他坐下喝杯水休息一会儿。

取过衣服一看，扯破的地方被嫂子织补得天衣无缝，洗干净了叠得就像刚买回来的新衣服一样，不像娘给补得那么大针脚，穿在身上一眼就能看到几个针眼，忙道声感谢。嫂子说："谢什么，我娘家弟弟也跟你差不多大，见到你，就像见到他一样，可他在家不好好上学，也不怎么听爹娘的话，哪有你这样懂事理？"狗蛋心底便充满了温暖，心里想，如果自己有这样一个亲姐姐，多好。

适应了工地的环境，狗蛋便也能忍受劳作的辛苦，反而有一种开心和快乐，到开学前，狗蛋算计着能领到接近二百块钱，上学的费用差不多就够了。

相邻四川队伍的，是来自狗蛋老家山南省中州县的一支。工头五十多岁，姓张，气度不凡，每日往那一站，就威风凛凛，手下干活的那些大工、小工个个都紧张兮兮，一个不小心，可能瓦刀就飞到了眼前，搞不好会打到身上，一点不留情面。

张工头家的女儿也来到了工地，听说是初中毕业没考上县一中，赌气跟他爹出来打工，队长便照顾她学开升降机，那是个轻快活。

这段时间，狗蛋总感觉张家那丫头看自己眼神怪怪的，每次坐电梯时跟她搭上眼神，都能看到里面放出来的光。

狗蛋可不敢惹这事，他是来挣学费的，不是来谈恋爱找媳妇的。

嫂子又做了好吃的，喊狗蛋过去。王工头和络腮胡二人喝着小酒说些闲话，宝贝蛋在一旁蹦来蹦去，倒也热闹。

"运昌小弟，问你件事呗。"王工头笑嘻嘻地对狗蛋说。

"您问，啥事尽管说。"狗蛋不知道他想说啥。

"你在家抬过亲没有？"工头说。抬亲，在山南万虎山地区其实就是订婚的意思，这土话王工头也学会了。

"您问这个啊，哈，没，俺还小不是。"狗蛋的脸就微微红起来了。跟张晓娟算抬亲吗？抬亲要找媒婆，还要提着大肉大鱼的去对方家里对生辰八字，自家那么穷，怎么会抬亲呢？

"那就好，跟你说啊，张工头看上你小子了。这几天托付我好几次了，让我问问你，你感觉他家姑娘怎么样？就是开升降机那漂亮丫头。"王工头说。

"这个，啊，俺还小，不想这么早抬亲，这事俺娘要是知道了，非扒了俺的皮。"狗蛋不想跟人家说来这是挣学费的，但是也不能这么直白地就说不同意，传到人家老爹那，还有那俏闺女，都显得没面子。等自己回去上学后，人家就能理解了。

"这样啊，那这么着吧，回头我跟张工头传个话，就说你现在还没这打算，现在新社会了嘛，可以先处着，说不定等哪天你娘来看了姑娘，会相中人家呢"，王工头说。他是不了解狗蛋家里的情况，娘要是能来安南，怎么着也得等着自己有钱有本事的时候。

狗蛋想，也只能这样了，本来就在一幢楼上干活，怎么叫处着？反正不跟她私下见面就是了，当众人面打招呼也叫处着。再坐升降机，遇到张家丫头，狗蛋就有些不好意思了，那丫头也一样，心口像揣着一只兔子，生怕蹦出胸来，显得更加俊俏，看他的眼神，那就像出了清水一般的水汪汪。

因为没有说开，也便朦胧着，这样也挺好，省得自己走后给姑娘留念想，那可要承担责任的。

私下，工头嫂子问起狗蛋："那姑娘我看很好的，长得好看不说，主要是那丫头心性好，风风火火又利利索索的，俺看着怪喜庆的，很不错，你咋不同意呢？"

狗蛋拿她当自己的姐姐，不想隐瞒她："嫂子，俺不想让别人知道，你自己知道就行。家里很穷，俺是来挣学费的，再干上一个月，俺就回去读高一了，对了，俺考上的是中州县第一中学，成绩还很靠前。"

工头嫂子脸上充满了开心，自己的亲弟弟要是也这样，多好？还好，在安南结识了这样一位兄弟，回家后也有个榜样放自家弟弟面前，让他学着点，"运昌小弟，原来是这样。我不跟老王说这事。私下，我找一下张家丫头，告诉她吧，别让丫头认为你看不上她。你是秀才呢，以后还有大前程，她想开后会跟她爹说的，省得她爹老挂着这事。"

狗蛋想想，嫂子这样安排还算合理，比自己找人家说要强很多，毕竟，人家是托人来抬亲，没跟自己面对面。

本以为这样，事儿就过去了，没承想，那张家丫头听嫂子说了那些后，心底越发地是看重了狗蛋，回头跟爹说起这事，老爹也是一脸的郑重。"嗯，嗯，这小子很有种，你看他干活不要命的架势，哪像个秀才娃啊？可是，妮子啊，人家以后可是能考上大学，要当国家干部的，看这孩子的劲头，说不定能当大干部。你这么早就下学了，以后也就是个农民，咱这样的身份，跟人家能般配吗？"

张家丫头比她爹有决心，脆生地说："爹，我不跟你在工地上干了，我要回去复读，明天你就陪我去安南大书店里买学习资料，后天我就动身回家。哼，我就不相信我考不上大学，咱考上大学了不就跟他一样了吗？"

张工头听了后，眼泪都激动地快掉下来了。这丫头，邪门了，原来怎么逼着都不好好学，也不知道丫头片子心里整天琢磨个啥，这不，初中毕业后没考上重点高中，怎么说都不想再上了。在家闲着难受，跟过来长见识，却被那穷小子迷了心智，还好，知道回去上学了，真的是天上掉下好消息，遇到贵人了呢。比我连打带骂的可管事多了。

一高兴，张工头就多喝了几杯，吃饱喝足晕晕乎乎溜达着往楼下走。可巧，七里庄东边八里河那村的五六个小混混，提着砍刀棍棒往楼上冲，吆三喝四地想吓唬吓唬队长，弄几个零花钱，便被张工头迎面赶上。

张工头虽然平时为人正直大气，可这样的混混赶来闹事不是他管的事，人家是跟队长要钱的，跟他无关，遇到这样的事早躲得远远的了。可是，他喝的的确有点兴奋，都是闺女给闹的，心底的那英雄气概便迸发了出来。

"站住，你们是干什么的？抢劫的吗？朗朗乾坤光天化日之下，岂能容你们猖狂？"张工头厉声喝道，声音挺大。

"哎哟，这是谁这么大胆啊？让我瞧瞧。"领头的剃着个光脑袋，手里提着把砍刀，流里流气地说道，"兄弟们，给这老家伙点颜色看看。"旁边一位小弟便抡起棍来，还没打到身上，张工头就倒在地上。

老张头走南闯北见多识广，贼着呢，一看人家来真的，知道打身上不会轻快，棍子还没到身，便立马装醉躺到了楼梯上，咕噜咕噜地滚到楼下，哎哟哎哟地叫个不停。心里念叨，最好是摔出点血来，讹这帮小子点钱，还能给刘队长留下好印象，下个工程有活还能包给他。

张工头那一声吆喝和扑通扑通的倒地声，就将整幢楼都惊动了。小混混喊叫大伙可以装作听不到，反正找不到自己身上就万事大吉了，老百姓一个，在人家地盘上混口饭吃，谁也不愿意沾身上点事。可是，张工头的手下那帮人不能不管，队长也不能不管，这样，大伙都赶将过来，狗蛋也跟着跑出来看个究竟。

见张工头倒在地上，忙指使人将其扶起，怕事情闹大，刘队长强忍怒气对领头的说："这位大哥，实在是不知道哪里得罪了各位，有话好说。"使眼色让身边的会计赶紧出去找联防队过来。不想被那几个人堵住门道，不放一个人走出大楼，那时，可没有手机、呼机，在建的大楼，也没有电话能打出去。没办法，只能看形势发展了。

不惧邪恶

安南的秋意正浓，林荫道上的树叶，在路灯的照耀下，闪着黯淡的黄色，黑夜散发着凉意，便道上湿漉漉的石板闪着暗光，星星在晴朗的夜空显得明亮，却又有些寒冷。路边的黑漆漆小树林里，猫头鹰发出瘆人的哀鸣声，给人迹稀少的郊野增添了几分凄凉和恐怖感。

在这有些混沌的夜色里，领头的混混吃准了这帮民工不敢动手，这样的事情他们干多了，附近这七八九里庄的，哪一个工地没被他们敲诈过？哪一次不是轻车熟路手到擒来？刚才韩工头那一嗓子让他们深深地感觉到丢了面子，没想到碰到一个愣头青，差一点还就动摇了军心，这可无论如何也要找回面子。来干啥了？不就是弄点小钱花花吗？怎么就碰上这样不长眼的呢？不行，这次绝对不能二百三百的弄了，得多要点，不然传出去就没脸在安南混了。

"你是队长，是吧？"领头的混混伸手就抓住刘队长的衣领，将他拽到跟前，大刀片子便明晃晃地架在了刘队长的脖子上，"刚才那老家伙喝多了酒胡说八道，冲撞到我们兄弟了，你们必须拿一千块钱出来给兄弟们压压惊，不然这事没完。"身边一众小混混纷纷操起家伙听候号令，棍棒刀枪不紧不慢地敲打着楼梯，发出让人恐惧的声响。

一千块钱？狗蛋听了都心疼，够他在工地上拼死拼活地忙活上半年的了，这帮人渣真敢要。

"兄弟，好说，一切都好说，您先把家伙拿下来。"刘队长冷汗都下来了，大刀片子就架在自己的脖子上，自个儿说话一个不如人家的意，那小子手一划拉，这可是要倒大霉的事了，好汉不吃眼前亏，一千块就一千块，给自己先买个平安。刘队长话语中带着一切都好商量的口气，心底却是骂遍了这帮人的祖奶奶。

领头的混混听刘队长如是说，心想，这个队长还算是识时务的，没用讨价还价，一下子就同意给一千，挺场面，为了以后能经常过来交流交流，应该给他个面子，便把大刀片子从他脖子上拿了下来，虎视眈眈地注视着刘队长，看他如何安排。

这钱看来是不掏不行的了，人在屋檐下，不得不低头，真打起群架来，这是人家的主场，自个的一帮农民工兄弟那是下不了狠手的，刘队长心里面明白得很。真若混战中伤了人命，就不止一千了，甭管是打死的哪一方，抛家舍业地出来这一番算是白忙活了，就连他自己，甚至都可能进局子里吃号饭。即便出不了人命，兄弟们有断胳膊断腿的，送医院也得花几百上千的医药费啊。

就这么的吧，破财免灾，避祸趋福，刘队长认栽了，回头吩咐会计取出一千块钱，他要亲自送瘟神赶紧地离开。众人见事情已经了结，便纷纷默默地离去，也只能默默地了断，如若叹息的话，那便是瞧不起刘队长，明天如何跟他见面？毕竟大刀没有架在自己脖子上，工友们很是理解刘队长的做法的。

今晚的这一幕狗蛋全看在了眼里，早已是双拳紧握双目紧瞪，恨不得立刻上前将那几人打倒在地，但见刘队长如此表态，应该是刘队长担心事情闹大不好收拾，一是怕伤了他自己，二是怕一时冲动惹得他自己一身骚，再也甩不掉这几个狗皮膏药，也便隐忍下来，静观事态发展。

凭什么给他们一千块钱啊？狗蛋越想心里面越是不忿。他早已听工友们说过，附近的小街痞经常性地来工地捣乱，队长给他们个五十一百的也就打发了，就是来骚扰个烟酒钱嘛，多加一个班抢出一天的工期也便有了，工地上的领导犯不着为这点小钱得罪了地头蛇，不然他们可能骚扰个没完没了。可这次，这伙人做得有点过了，起码狗蛋是这样认为的，持刀抢棒的，一下子还要了这么多，这不是明目张胆的抢劫又是什么？

狗蛋没有随工友们离开，他要陪着刘队长多待一会儿，毕竟，他是福运大爷亲自介绍给刘队长的，人家对自己不薄，他不能眼睁睁看着刘队长吃亏。

刘队长送那几位到楼外拐角处，挨个儿握手跟混混们告别，"你这位队长很不错，有眼色，够朋友，咱是不打不相识，以后有机会一起坐坐啊。"领头的混混话语里面带着客气，仿佛真视刘队长为朋友似的。

刘队长心想，我可不能跟你们这帮祖宗坐在一起，再也不想见到你们，一下子要了这么多钱，应该知足了吧？可是，明天怎么给谢经理交代啊？内心里挨个地又是臭骂了他们八辈祖宗一遍，恨不得摸块半头砖偷偷跟在他们后面，找个黑暗地儿一个个地敲碎他们的脑壳。

兵不血刃，一下子拿到这么多钱，混混头在小兄弟眼里那是形象大增，腰板一下子就挺拔了许多。都看到了吧？这就是实力，这就是能力，以后跟着我混保准吃香的喝辣的，从今后，咱要威震七八九里庄，再待几年必须雄霸安南市，这小子一瞬间便膨胀开来，雄赳赳气昂昂地打一声呼哨，转身就要离开。

眼见得他们马上就要离开，狗蛋抬步向前挡在他们面前，低声喝道："各位就这样便宜地走了吗？别这么着急，兄弟有话说。"

踌躇满志的混混头正琢磨着带兄弟们去何处逍遥，突然听到狗蛋如此一句，不免怒气横生，抬头看，一清瘦小伙，粗布烂衫、其貌不扬，不由得更是心头怒狠，吆喝，"这是从哪冒出来的小毛蛋孩子，不想活了，是不？"伸手一拳便打向狗蛋面门。

狗蛋不紧不慢，一个游转，那一拳便落了空，"我说这位大哥，咱找个空地说话，不带动手的。"

刘队长赶紧抱住他往回拉，对他焦急的耳语，"谢运昌，这帮人不能惹，你没见他们都拿着家伙吗？都是附近庄里的坐地虎，真被他们砍个好歹的，我咋向谢经理交代？"

"放心吧，刘队长，我看不得一下子就被人硬要走那么多钱，凭啥啊？这哥几个，走吧。"狗蛋径直向外走去。几幢新盖的楼南侧，有个放建筑材料的场子，晚上黑灯瞎火的没有一个人影，是个谈话的好地方，当然，动起手来，也能施展得开自己的拳脚，狗蛋就想在这个地方跟这几人好好谈谈。

领头的混混没想到一个农村小年轻竟有如此胆量，不知道有啥底气。好吧，既然那小子都说了，那就去那谈谈吧，能谈什么啊？想要钱回去？开玩笑！用不着身边这么多兄弟，自个儿三拳两脚就能将其放挺，这小子真是不知道天高地厚，那就应该付出没眼力的代价。

刘队长见无法拦住狗蛋，只好罢手，咋办？这时候找七里庄联防队才是真的，他感觉谢运昌这次真的是要吃大亏了，他可承担不起这个责任，赶紧转身一路小跑回到楼上，交代几个胆大、体格健壮来自中州黑虎山的民工，操起铁锨、铁镐去看料场。狗蛋若真的吃亏挨打，坚决拦住他们，绝对不能让那几人跑了。扭头，他亲自去找七里庄联防队过来收拾局面，那帮人，不能白吃白拿，关键时候，还得靠他们来解决问题。

略带点儿紫色的昏暗的天空中，乳白色的乌云翻滚着向南方飘去，夜晚城市的上空笼罩着雨前的闷热。弥漫着晒热的沥青和汽油烟，以及大城市所特有的那种混为一体的怪味，让人感到有些窒息。

青砖、砂子、碎石、搅拌机，混乱地摆放在堆料场之中，昏暗的灯光下那道道阴影更是显得此处杂乱无章，白天这儿应该是热火朝天的场面吧，此时却是悄然无息。狗蛋寻一块平地儿站住，回头看那几位混混，正挥刀弄棒慢慢向他围拢而来，一片杀气顿起。

提气、握拳、顿足、立桩，狗蛋双目顿时聚起精光，不动则已，一动便要如狡兔般迅捷，制对方于毫无反手之力了。习武多年，这是要第一次用于实战了，狗蛋不免有些激动，心底盘算着，还是要先礼后兵，能不动手尽量不动，真若动手，那就擒贼先擒王，制服那个嚣张的小头头再说。

"这位大哥，我的意思是你们应该把钱还给刘队长。"狗蛋对领头那人说，"老百姓离井别乡的来这挣个钱不容易，指望着这血汗钱养家糊口呢。"

"呵呵，你小子是谁啊？玉皇大帝的干儿子吗？你说给就给啊？"混混头心底那个乐啊，敢情这家伙是个二半吊子吧？或许本身就是个没脑子的傻蛋，不然他的话咋跟说天书似的？你们农民工挣钱不容易，哪个挣钱容易？我们不也是这么晚了还要出来折腾不是？让他把钱还回去？开玩笑。

伸手抢臂，混混头一巴掌就朝狗蛋脸上扇去，先给他个下马威再说，却见狗蛋脚步动都不动，上身向左闪去又迅速复位，一掌再次扑空。两次都没打到狗蛋身上了，领头的混混心底便有点起毛，刚刚涌起的英雄气概硬生生消失了一多半。这小子有点道道，不会是个练家子吧？可这么干巴巴的一个半大小子，即便是练家子，又能有多大的本事？自己身边可是有好多个弟兄呢，绝不能随他的意，不然以后日子不好混啊。

"兄弟们，一起上，把这小子给我放倒，让他知道知道马王爷长了几只眼。"话音刚落，那人持刀便向狗蛋砍来，其他人一拥而上，那阵势，恨不得要将狗蛋剁成肉酱。

"哼，把我放倒这儿？那要看你们这几个的本事。"师父啊，我可不能给您老人家丢脸，狗蛋动手之前，没忘了念叨一下谢广田。疾步闪身躲过刀锋，狗蛋顺势出腿，一个侧踹就将靠近身前另一位混混踢翻，以迅雷不及掩耳之势，一把抓住领头那位混混，握住他持刀的右手，稍一用劲，那刀便"当啷"一声掉在地上，根本就不给他反应的余地，另一只手便又在狗蛋的掌控之中，顺手将其抢起。

比起二师弟大黑熊来，这家伙实在是太轻了，感觉自己只用了五分力气，便跟耍个玩具熊似的将其抢起圈来，速度还越来越快，不是你们人多势众还都拿着棍棒砍刀吗？狗蛋我用不着，拿你们头头当武器吧。

这一招也亏狗蛋能想得出，那帮人再出刀棒，可是实实在在地全落到了自个头儿的身上。还没有反应过来，头儿便被人家控制在手，还跟玩狗熊玩具似的打转悠，几个家伙顿时惊得是目瞪口呆，这小子也太厉害了吧？人家还没出招呢，老大的命就被握在了手里，虽然手持棍棒砍刀啥的，却再也不敢动手，眼睁睁看着头儿发出失魂丧魄的声音在眼前飞舞。

什么叫任人宰割、毫无还手之力呢？这会儿的混混头是最清楚地领教了。

"好汉哪，您可千万别撒手啊，不就一千块钱吗？俺还给您不就得啦？求求您啦，俺多给您一千行不？亲娘老子啊，你们在哪啊？"混混头被转悠得晕头转向，吓得连哭带叫，恳求声就如鬼哭狼嚎般飘荡在堆料场的夜空，震得手下那帮小兄弟个个将自己的武器扔得老远。

老天爷，这个时候可不能再挥刀弄棒了，一个不如意惹恼了他，一个轻轻地挥手，老大就被扔到几米开外的砖瓦堆上了，小命估计真的完蛋了。

"这位好汉，有话好说，先把俺哥放下来，行不？"几人退到混混头转圈的半径几步之外，排成一排就跪了下来。这样的场面实在是震撼他们的眼睛，如梦一般，电影、小说里面也没有见过如此的精彩，遇到传说中的武林高手了，不跪看来是不行啊，求人家先把老大放下来再说吧。

狗蛋可不想把他扔出去，真扔出去的话，一下子就几米开外摔个半死不活的了，没必要，能镇住他们就可以了，只要把钱还回来。眼见几个家伙跪地求饶，感觉很是好笑，就这样的一群人竟然能让工友们一个个战战兢兢、谈虎色变，又是莫名地替背井离乡的工友们感到悲哀。

估摸着那小混混头被转悠得差不多五脏颠倒、六腑倒灌、屁滚尿流了，狗蛋轻轻一松手，混混头儿便躺在了地上，身边小弟扶起他来，天昏地暗日月无光，此时是上吐下泻狼狈不堪，老半天还没缓过气。这小子那是真的难受又后怕，好不容易稳过神来，慢慢琢磨过来了，遇到高手了，真正的民间武林高手啊。

该认栽的时候就得认栽，人家刚才是留着情面的，单凭刚才那一招，如果他心狠手辣，自己可能早就没了命。即便刚才人家没用那一招，真的打将起来，估计身边几位兄弟一起上也肯定是白搭，看那身手，还不知道藏着多少招没使呢。还有那力气，怎么着我也是一百五十多斤的体重啊，怎么到他手里就像抢个猴子似的轻松自如呢？那被控制在他手中空中飞舞的感觉，吓死个人啊。混混头稍微清醒过来了，他得赶紧地做个表态，不然不敢离开，狗蛋就站在他的面前，看起来像座大山。

"兄弟是八里庄的黄三，万分感谢老大不杀之恩，以后老大在安南有什么事自管找我，今儿个算是兄弟的不是，那个钱，还给你们，不好意思啊，老大，小弟有眼不识泰山。"混混头儿挣扎着站起身来，毕恭毕敬地弯腰垂首，倒是能说会道，"敢问老大姓字名谁？明天一定登门谢罪！"

"用不着你们来谢罪，我也没有结识你们的打算，你把钱还给工地上就行了。"狗蛋说，"不过呢，俺也不希望再在这个工地上见到各位。"狗蛋不想把事情搞得沸沸扬扬的，能摁住他们把钱要回来就行了，师父说过，练武只是为了防身、健体，不可炫耀，不到万不得已，不可出手伤人，今儿个，没伤到他们，但是也算是给工地上带来一个消停、平安。

黄三忙不迭地点头答应，掏出那一千块钱塞给狗蛋，"老大，钱就麻烦你挡给队长，我们哥几个就不过去了，兄弟告辞了。"八里庄黄三这小子现在是没脸面见到刘队长了，也怕人家民工看笑话，这个工地，打死他也不敢再来了。

狗蛋接过钱，扭头就要返回工地，突然见砖垛后面阴影中突然闪出几个人来，手持铁镐、铁锨、钢筋棍的，兴奋地围拢过来，定睛一看，却是自己工地上的几位老乡工友，心底不免一热，原来刘队长早有安排，真若在刚才吃了那几个人的亏，关键时刻，或许老乡们会豁出命去保护自己的。

刘队长安排的这几个人只是躲在阴暗处观察，不敢轻易露头，低头商议着，也许这伙人只是教训谢运昌一顿，为着一千块钱，应该不会对他下狠手，那就随他们去了，反正队长都把钱给人家了。但如果谢运昌真的被这帮人下狠手砍杀，那他们也便豁出去混战一场，大不了一起坐牢，也绝对不能眼睁睁看着这孩子受伤害。

未承想，事情远远超乎了他们的预料，这可真是开了眼界，实在是精彩。谢运昌兵不血刃一招制敌，那帮混混就彻底服了，这也太不可思议了，这小子，平时闷头闷脑少言寡语地在那下苦力，哪知道还有那么一手，应该还会有很多招没出手吧？接下来就更用不着露头了，谢运昌身怀绝技，小混混看来是再也不敢招惹他了，可他们不行，万一这个时候出来狐假虎威一把，被人家认出来，以后还在安南挣钱不？

一伙人簇拥着狗蛋到工地办公室不久，刘队长陪着联防队一帮人就急匆匆地赶了过来，见狗蛋好端端地坐在椅子上，没什么事，他便放下心来。联防队的头儿有点生气，"我说刘队长啊，料场那边不是没事嘛，你小子别屁大点事儿就麻烦我们，庄里那么多工地，都像你这样，我们这几个兄弟还不忙活死。"

其实联防队的小队长是得了便宜再卖乖，路上刘队长跟他讲得很明白，也便知道肯定是隔壁庄上那帮浑小子过来浑水摸鱼了，工地不报案他们都会装作不知道，遇到这事四亲八邻的还真不好下手，把那几个小子逮进去也蹲不了几天，还不够三姑四姨来啰唆伺候的。这样正好都有个交代，扭头领他那帮弟兄走了。

掏出那一千块钱递给刘队长："那个，钱俺给工地上要回来了，俺回去休息了。"狗蛋是真的不想张扬。

狗蛋走后，队长安排的那几个人可藏不住话，马上七嘴八舌添油加醋地将看到的情景告诉了队长，惊得刘队长目瞪口呆。

这事儿，当天晚上就传到了张工头耳朵里了，心里对狗蛋便更是八倍地喜欢。自家丫头还真的有眼光，看准了这小子，秀才娃子一个，还藏着一身武艺，要是能有个这样的女婿？啧啧。嗯，说什么都要成全闺女的心意。

打定主意，回头跟刘队长请了一天假，陪闺女去安南大书店买辅导材料去了，顺便带闺女逛了一番白羊大道。

张家闺女要回去上学了，而且是说走就走，工头嫂子心里竟有些不舍。那天遇到狗蛋，对狗蛋说："小弟，张家那丫头咋说走就走了呢？"谢狗蛋也不知道为啥说走就走，便道："这个俺还真的不知道。"

一大早，张家丫头就堵在狗蛋住的房间门口喊狗蛋出来，也不管一屋的大老爷们光着膀子穿着裤衩进进出出。狗蛋没咋跟她说过话，名字都没问过人家，虽然知道人家姑娘对他有那么点意思，她爹还托人正儿八经地来抬亲，不像闹着玩的。

"你叫谢运昌，小名叫狗蛋，是吧？俺打听到你家在哪个乡哪个村了，就在黑虎山下那大孟乡的谢家坡，是吧？俺叫张曼玲，红星镇张柳屯的，咱是老乡。我跟你说，俺今天就回老家了，回去复习功课，复读一年，坚决考上中州一中，希望明年能在校园见到你。"随手，张曼玲递给狗蛋一个信封，"里面有俺家的地址，有空给俺写封信。"

身边围着一群看热闹的工友们，便兴奋地鼓起掌来叫好，这样的场景，电影里也见不到吧？王工头在一边看着那个乐啊。

狗蛋哭笑不得，都不知道说啥好了，这丫头片子哪是抬亲，这不是逼亲抢亲吗？"那个，希望你好运，俺再干一个月就回去上学了，有时间联系。"

张工头这当爹的竟然就在一旁乐呵呵地看着，也不怕别人笑话。张曼玲临走前又扔下一句话，"谢运昌，等忙完这个工地，俺爹就去你家看看，等俺考上一中，俺也要去你家看看是啥样。"亲娘啊，真要命，狗蛋不知如何应对。

跟工头嫂子交代明白，笑得嫂子捂住肚子就蹲到地上直不起腰来了，"哈哈，小弟啊，人家姑娘是铁了心地看上你了，看你以后咋办吧？可笑死我了。"工头嫂子笑得抹起眼泪来。

其实狗蛋知道，工头嫂子这段时间心情并不怎么开心，偶尔在楼道里遇到她，眼里充满了忧郁，有时，还含着泪花。也只有跟自己在一起那一小会儿，嫂子才这样地放松，嫂子有很多事藏在心底，想跟狗蛋说说，看来是开不了口。

谢福运听说了昨晚的事情，也赶了过来，见到狗蛋，谢福运笑眯眯地就像看自家孩子，挺自豪。狗蛋还是个十七八岁的孩子，可不能出了差错，不然没法回老家跟老人家交代。

"运昌，今天放你一天的假，自个儿在安南转转，逛逛青牛湖，爬爬青牛山，然后找个地方吃点安南的特色。刘队长，支给运昌一百块钱，算是昨晚上那事的奖励。你小子，行，那个白羊河大鲤鱼可是好吃得很啊，也别不舍得花钱。"

谢福运想着狗蛋来这都一个多月了，也应该让孩子出去转悠转悠，当然，给他点奖励是必须的，不然狗蛋哪里有钱闲逛，估计给他也舍不得花。

来安南这么长时间，狗蛋吃住都在工地上，离工地几百米远的山南电子大厦都没去过，猛地走在市里大街上，还真有点找不着北，反正方向是辨识不出来了。

在东天绚丽的彩霞中，一轮喷薄欲出的崭新朝阳已露出半张红彤彤的脸颊，给青牛山的峰峦和城市的楼群涂抹上一层金红色的光彩。白羊湖畔的葱茏杨柳沐浴在潮湿的晨露里，不时随着阵起的清风在摇曳着。湖中的水鸟嬉戏着追逐，时而击打微波荡漾的水面，时而振翅高飞，给人一种万类霜天竞自由的观感。离白羊湖不远的广场上，身着艳装的晨练大姨大妈们，正在随着音乐的节拍跳着精彩的广场舞。宽阔的城市街道上，已是车水马龙，寂静了不久的城市很快又恢复了白昼的喧哗。

安南市最繁华的地方就是白羊大道，两边布满了商家，卖啥的都有，人来人往热闹非凡。

白羊大道边有几个幽深的胡同，说是胡同，以前可是安南老城的大街，只不过跟现在的大街比起来窄了一些，但还是能跑马车抬轿子的，里面有曾经的道台衙门、文王庙，还有王爷府等深宅大院。

开放以后人们的经济思想变活泛，胡同也便充分利用了起来，没钱没工作的小市民就把自家沿街房子租给了外地来安南做生意的，卖服装的、做小吃的、开饭店旅馆的，琳琅满目应有尽有，人声鼎沸熙熙攘攘，所以也便显得拥挤而又热闹。

街面上摆满了各种各样的小吃摊，看着就流口水，狗蛋可都没吃过，当然，做梦都没梦见过。逛累了，便拐进一个胡同，里面有家安南大菜馆，招牌菜就是白羊河大鲤鱼。

走进菜馆，随便找了张桌子坐了下来，白羊河大鲤鱼是必点的，再点了盘酸辣土豆丝、凉拌粉皮，品尝一下红烧大鲤鱼是啥味道就可以了，其他的菜都不贵，狗蛋得算计着花。

要了两瓶啤酒，自斟自饮，琢磨着来安南这段时间的趣事，眼神瞧着窗外的人群，却也自得其乐，悠闲无比。

白羊河大鲤鱼的确名不虚传，鲜美可口，滑软诱人，刺少肉嫩，余味悠长，老家东水河里的草鱼板子、泥鳅跟这个没法比，此时的狗蛋感觉赛过神仙，心旦还念叨着奶和娘也捞不着吃上一口，有点内疚。

餐桌靠近胡同，隔着窗户，能看到外边人来人往、热闹非凡，不经意间，狗蛋看到一位靓丽女孩从街面上走过，身边还有一中年女士陪同，仿佛就像娟子的身影飘过。

不会真的就是娟子吧？狗蛋不相信自己的眼睛，瞪大了双眼仔细再看，那背影更像熟悉的记忆。

巧遇娟子

放下茶碗，狗蛋起身就下楼而去，菜馆的服务员反应过来时，他已快速地跑到了大街上，没入人流中再无踪影。认倒霉呗，服务员委屈地跟经理汇报，谁知道这乡巴佬有这么大胆量来白羊阁混吃混喝啊？看他那老实巴交的样子，实在不像啊。

娟子是狗蛋心底碰都不敢碰的柔软，想起来便隐隐作痛。多少次梦里面与娟子在一起开心笑语，多少次梦醒来泪水涟涟？分别一年，娟子无时无刻不存留在狗蛋的心底，那又能怎么样？他在黑虎山，娟子已是远在安南，或许，大都市的生活早已让娟子改变了形象，那心儿，也会跟着变吧？狗蛋只能在内心劝自己，忘了吧，忘了吧，那过去的一切，就当是场梦，虽然，很美好。

可是，那背影真的就是娟子的呢，狗蛋越发相信自己的判断，就在这个时刻，突然的娟子就出现在眼前，如梦一般，引起他思绪万千。往事不可追忆，那现在呢？他想知道娟子在安南过得好不好，他想知道娟子这一年开心不开心，他想问问娟子有没有人欺负她，机不可失、时不再来，此时追不上她，恐怕以后再也难以相见。

街上熙熙攘攘人流如织，狗蛋顾不了那么多，健步如飞穿梭在人群之中，直奔那熟悉的背影走过的方向而去。近了，更近了，狗蛋抑制不住内心的激动，正要高喊一声"娟子"，却见那熟悉的身影扭头拐进一处深宅大院，再也不见影踪。

不得不止步于此大院前，狗蛋抬头观望，大门朱红气派，两旁石狮威武，门上面高悬一横匾，"高家大院"，庭院深深，一堵迎门墙挡住了里面的苍翠风光，威严富贵之气扑面而来。

　　怎么办？怎么办？狗蛋在大院门前焦急万分，汗水横流，冲进去？现在还来得及。但大门侧面，一处保安室内，几双警惕的目光正注视着他，就如提防小偷一样地随时就准备走出门来拦截他了。就这样离去吗？狗蛋实在是不想放弃，娟子明明就是近在咫尺呢。

　　是不是娟子总得当面看清楚吧？即便不是，也可死了这条心，豁出去了。情急之下，狗蛋对着院内放声高喊："娟子，娟子，是你吗？我是谢运昌啊。"是娟子的话，她听到自己的呼唤，应该会出来见他；不是娟子的话，人家当然不可能出来，狗蛋就当看花了眼，也算了却自己的心思，省得以后遗憾。

　　门卫室的人立刻冲了出来扭住了狗蛋："你胡乱喊叫什么？这是你撒野的地方吗？再喊就送你去派出所。从哪里来回哪里去，赶紧走。"保安训斥狗蛋道。

　　"俺没胡乱喊呢……"狗蛋挣扎着正要分辩，忽见一位女孩从院内飞快地跑出，气喘吁吁，脸上布满了惊喜和不可思议："叔叔，请放开他，我老家的哥哥来看我了。"门卫室的人见她如此说，忙带着歉意地松开狗蛋。

　　真的是娟子呢，狗蛋的心里就像敲起了乱鼓，怦怦怦地跳将起来，再也抑制不住激动的心情，那泪水就哗哗地流了下来。他乡遇故知，闹市逢娟子，就是做梦也梦不到啊，竟然真的在此地见到了娟子，狗蛋大脑一片空白，老半天没缓过神来，嘴巴哆嗦着说不出话来了。

　　紫色连衣裙，粉红色小凉鞋，长发飘逸，端端庄庄，娟子亭亭玉立地就站在了狗蛋眼前，早就没有了谢家坡时的土气，浑身上下散发着的是大都市女孩的优雅、清香。

　　"运昌哥，真的是你吗？"娟子的声音颤抖着，眼里含满了开心的泪花。

　　"是我，娟子，你还好吗？"狗蛋手足无措，尽力地压抑着内心的激动，终于说出话来。分别一年，朝思暮想，意外重逢，如在梦里，狗蛋有点不相信自己的眼睛。

　　"嗯，傻哥哥，是俺啊，没看俺又长高了吗？这儿就是俺家。"扭头看那几位保安正好奇地探头探脑，忙对狗蛋说，"别在门口站着了，走，到家里坐坐去。"娟子不由分说，拉着狗蛋就想走进院内。

"不了，娟子，我刚才正吃着饭呢，感觉街面上过去的像你，就赶紧赶过来了，嘿嘿，饭钱还没给人家哩。"狗蛋挠了挠头皮，不好意思地说。露着脚趾头的粗布鞋、破了好几个洞的裤子，还有那已经洗得发黄的白汗衫，自己的这身行头，让狗蛋很没有底气。土里土气的跟要饭的似的，怎么好意思进这高家大院，娟子不嫌弃，有人嫌弃呢，他不想自找难堪。

"那好吧，你在这等我会儿啊，我进去跟家里人说声，顺便拿点东西出来。这地方你不熟，今天我就陪你逛逛安南了。"话音刚落，娟子就快步走进院内。

很快，娟子走出了大门，身后紧跟着那位眼神里充满了警觉、打扮利索的中年妇女，娟子好不容易才劝说了她回去。

"娟子，这人是谁啊？"狗蛋对这个中年妇女充满了好奇和疑惑，不会是娟子的保姆吧？

"哥，她是我们家的保姆，专门负责照料我生活的。"娟子轻描淡写的一句话，震得狗蛋晕晕乎乎。

这个，差距大了，心理落差也大，狗蛋突然就感觉和娟子之间仿佛横出一道很深很难跨越的深沟，刚才那重逢后的喜悦一下子消失了许多。是呢，娟子再也不是东水河畔撒娇哭泣的俏丫头了，身处豪门已是小鸟变凤凰了，而自己呢？依然还在大山深处为着自己的前途而苦苦挣扎。

"哥，你怎么了？"娟子察觉出了狗蛋表情细微的变化，以为是刚才的事情让狗蛋在自己面前丢了脸面，忙说，"俺家附近有好几家机关单位呢，你在那大喊大叫的，人家当然要管了。别想那么多了，走，咱先找地方吃饭去。"

"嘿嘿，刚才俺就在安南大菜馆正吃着呢，还是得去那儿吧，饭钱得还给人家哩。"狗蛋有点尴尬，他刚才想的可不是娟子说的那样。

正值中午下班时分，街上行人突然就增加了许多，自行车铃铛声叮叮当当，小学生们欢快地叽叽喳喳，一个个小吃点旁围满了买饭的路人，白羊街如同沸腾了一般，更是喧闹无比。娟子在前、狗蛋在后，二人穿过拥挤的人群向白羊宫方向走去，几次想奔向前牵着娟子的手，生怕把她走丢，咬了几次牙，狗蛋终于没有伸出手来，就这么默默地随着娟子返回安南大菜馆。

刚走进大厅，几个服务员就朝狗蛋围拢上来。按经理的说法，工作责任心不强，没收钱就放跑这小子，得扣他两天工资。服务员正郁闷呢，没想到这乡巴佬又回来了，可不能让他再跑了，兴奋地赶紧招呼人一起上前就扭住了狗蛋。

"住手，你们想干什么？该干啥干啥去。"突然一声断喝，却是菜馆经理疾步向前，随即轻声细语对娟子说道，"高小姐，欢迎大驾光临，这位是？"

狗蛋正想跟服务员解释一下，忽见饭馆经理如此，恍然大悟心底又是一沉，原来，娟子已经姓高了，而且，真的就是人上人的大小姐了。

扭头看娟子，娟子不卑不亢，沉稳地对经理说："您好，他是我哥，刚才确有急事，不是有意不给你们饭钱的。"伸手掏出几张十元的人民币递给经理，"这是俺哥的饭钱，不用找了。哥，咱再找地方吃饭去。"伸手拉住狗蛋，扬长而去，留下经理对那几位服务员不长眼睛、没有素质等等愤怒的骂声回荡在大厅中。

气呼呼地拉着狗蛋走开了好多步，娟子松开了狗蛋，劝他说，"哥，你别生气啊，服务员也很不容易的，他们肯定是误会你了。"娟子心里面过意不去，这才刚跟他见面多长时间啊？运昌哥就被人在自己家门口扭住了两次，换成谁都会窝火生气。

娟子不知道，狗蛋这会儿怎么会生气呢？刚才餐馆这一幕突然让他想起来从前，那一晚东水河铁板桥畔与谢坏三的遭遇战，面对坏三的剔骨刀，娟子奋不顾身地挡在自己面前，往事一幕幕地便闪现在眼前，心底是一阵的温暖一阵的心酸，那又想哭又想笑的表情惹得娟子也跟着忧伤开来。

随便找了一家餐馆，选一雅静之处，二人对坐，一时无语。

"服务员，来两杯饮料，上份红烧肘子，嗯，再来盘白羊河大鲤鱼吧，清炖带汤的。有新到的海鲜没？哦，那再来份油焖大虾。"娟子吩咐服务员抓紧上菜，打破了这一刻的宁静。

这个，太多了吧？能吃得下吗？这么一大桌子下来，一百块钱还不得花光了？狗蛋赶忙阻止："好啦，这些够我们吃的了，你就别再点了，吃不了就浪费了。"

"哥，今儿个你就听我的，我请你，放开吃，吃不了拉倒。看你又黑又瘦的，是不是下学来安南打工了？"娟子看狗蛋的样子就有些心酸落泪，肯定是风吹日晒、吃不好睡不好的，是不是经常如今日般地遭人欺负呢？

此时狗蛋感到，在娟子的每个举动上都流露出了一种微妙、轻柔的美，处处都显示出她那独特的、推波助澜的大家闺秀的力量。她的脸是变化多端的，表情也随之不断倏变。她几乎同时又流露出嘲笑、沉思和热情的神色。各种各样的变幻莫测的复杂感情，宛如在阳光灿烂风和日丽的云雾里，不时地在她那深情的眼睛和丰润的嘴唇上轻快地掠过。

"娟子，我考上中州一中了呢，暑假在家闲着也没啥事，就跟着咱村的谢福运来安南工地上打工了，挣点学费呗。"狗蛋将来此的过程跟娟子述说了一遍。

"哈，哥，你真棒！"娟子开心地笑了，"俺就说你一定能行的，这不考上一中了吧？干杯，一定要祝贺祝贺。"娟子注视着狗蛋，眼睛里满含着赞许和期望，端起饮料与狗蛋碰了碰杯。

是该碰杯呢，分别数百日，多少相思多少情怀，随着时光越积越浓，总以为相逢只能在梦里，总以为往事只能成追忆，可娟子现在就清清爽爽地坐在眼前，狗蛋抑制不住内心的激动，颤抖着举起杯，一饮而尽。

"哥，再努力几年，争取考上山南大学，到时候咱就能在安南经常见面了。"娟子开头以为狗蛋真的是中途退学来安南打工了呢，那是她最不希望看到的。没想到狗蛋考取了中州重点中学，这个消息真的让她开心，狗蛋哥就应该这样地有志气，丫头是真心地希望狗蛋哥能走出万虎山，走向更广阔的天地。

"嘿嘿，那得多难考啊？俺回去后是得使劲学习，争取考上。娟子，这一年你怎么过来的啊？"狗蛋问娟子，这是他最关心的问题。

"哥，我改名字了。爷爷姓高，来这后给我重新起的名字，现在叫高玉颖了。嗯，你还是喊俺娟子吧，俺觉得娟子好听。"娟子答道，"现在俺在安南一所封闭式的外语学校读书，每天上学放学都有人接送。"

"娟子，你们那个高家大院，里面很大吧？俺看着还有把大门的，比大孟乡政府都气派。"狗蛋对高家大院很是好奇。

"哥，这个家呀，看起来是很大，规矩也多啊，可是一点都不自由，干啥都有人跟着，整天不能干这个不能说那个的，俺做梦都想回到谢家坡。"自己原是黑虎山下的百灵鸟，可以自由地在天空翱翔，可现在是关在笼子里面的感觉呢，娟子有些伤怀。

"哥，跟你说说高家的事吧。俺爷祖辈上是做大买卖的，这样的大院子有好几处呢，太爷爷新中国成立后做过几任的山南副省长，多年前去世了。听说过山南针织集团不？那原来就是俺家的，后来公私合营，就交给公家了，这两年改制成股份制公司了，爷爷用海外的资金注入，现在是那儿的大股东。"

山南针织集团，狗蛋真的不知道，这是家名震江北的特大纺织集团，山南省明星企业，产品销售遍及全国各地，这一两年，营业额连续超过数十亿元，还在不断攀升。

"安南百货大楼，今年刚开业的，是俺家独资建起来的，俺爹在那里面学着当总经理助理呢。"娟子充满了期待，"哥，等你考上大学，毕业后就留在安南上班吧？"

"嘿嘿，还早呢，到俺真的考上大学再说吧。"这个，狗蛋可不敢随便答应，答应娟子的事就一定要做到，他知道娟子的脾气，丫头较起真来的好几次都深深地刻在他的脑海里。只是，娘常念叨娟子爹无情无义，说走就走了，这不都一年多了，也没回谢家坡看老娘一眼，早已忘了黑虎山下的父老乡亲。村里人都议论他是小公鸡尾巴长、混了好事忘了娘，就凭这个，娘怎么会同意自己将来跟娟子爹在安南讨饭吃呢？

吃饱喝足，狗蛋拦不住，娟子去结账，九十多块钱，顶得上狗蛋半个多月的工资了，丫头眉头都没皱一下。

"哥，你想去安南百货大楼逛逛不？"娟子问他。

狗蛋是真的不想去那，早就听说安南百货大楼百货齐全，价格昂贵，肯定是富丽堂皇、高不可攀了，自己进去那绝对会更找不到北，"不去了吧，咱逛逛白羊大道就行了。"

"那好，你可别走丢了啊，哈。"娟子微笑着看着狗蛋，东水河畔、白龙潭边、铁板桥下、小树林中，那温暖的一幕幕迅速地展现在眼前，如放电影一般。狗蛋哥啊，你可是想得我好苦，丫头顺手挎住了狗蛋的胳膊，幸福地依靠上前，全不顾狗蛋一脸的窘迫。

娟子俊俏俏、水灵灵的，忽闪忽闪的大眼睛总透着那股子亲近，靠近了清香扑鼻浮想联翩，可这不是黑虎山，也不是东水河畔，这儿是省城，奶奶嘴里常念叨的安南府。瞅瞅自己的穿戴，看看娟子的雅致，再看看大街上那么多人，狗蛋有点不好意思，真的是放不开手脚呢，脸红脖子粗地左顾右盼，恨不得变成飞人，马上带着娟子飞回黑虎山。

走进一家服装店，里面摆满了各式各样的男士夏装，看得狗蛋有些眼花缭乱，他自己穿的那身咋看咋像街上的叫花子，实在是没法跟人家店里摆着的那些服装比，能让他进门欣赏欣赏，那店主应该就够好心的了。

娟子不管这个，丫头从来就不在意狗蛋家的贫困，也从不笑话狗蛋穿得不好、吃得不好。可是，今天她要给狗蛋置办一身上学的行头，马上就去县里读高中了，穿那么孬怎么成？他不舍得买，俺给他买。

娟子跟服务员要了短袖T恤、休闲长裤各一件，回头递给狗蛋："运昌哥，你去那里面试试，看合身不？"

狗蛋没想到娟子会给他买衣服，忙着急道："不要，不要，俺有衣服呢。"其实狗蛋身上就那点钱，根本就没想到过买衣服的事，他可不好意思让娟子给他买衣服穿，这个人情不怎么好还。

"给你买的，你就进去穿穿看合适不，别那么多事。服务员，这身衣服要多少钱？"娟子说着就把衣服塞进狗蛋怀里把他推进了试衣间，"运昌哥，穿好了就出来，俺看看怎么样啊。"

一会儿工夫，狗蛋就换好走了出来，让娟子眼前一亮。

狗蛋就像换了个人似的，皮肤虽然晒得黝黑，却满脸清秀眼睛明亮，浓浓的黑发下是一脸的俊朗，一下子就焕发出勃勃青春，不由得自恋了一番，还是自己有眼光，会选衣服，这不，运昌哥变样了吧？比那些奶油少爷们帅气多了吧？

低头看狗蛋脚上，还穿着家里带来的千层底，脚面上还漏了两个窟窿，脚趾头都露了出来，便将衣服款付给服务员，然后跟狗蛋说，"运昌哥，这身衣服先穿着，脱下来的那些，拿塑料袋装起来，你提着，咱继续逛街。"

不由分说，拉着狗蛋走进了隔壁一家鞋店，也不管狗蛋乐不乐意，又给他买了双皮鞋穿在脚上，那千层底的土布鞋，提回去工地上干活穿去，今儿个逛街，就穿这身了。

娟子心里美滋滋的，狗蛋心里却像刮起了八级大风，翻江倒海，止不住的扑通，实在是不好意思。

狗蛋长这么大了，还没穿过这么好的衣服呢。

皮鞋更是想也别想，娘总是说只要好好学习，来钱时就给他买双大皮鞋，来钱，来钱，那么多年来，钱就一直没有来过。突然的梦想成真，感觉咋不会走路了呢？仿佛街面上的人都在看自己笑话，越走越别扭，老半天才适应过来。

"嘻嘻，哥，你就别瞎琢磨了，这是俺的一份心意。走，咱坐车去青牛湖划船去，那边景色好看着呢。"

白羊河发源自山南省九羊山，自南向北穿越安南市区而过，在安南的市区向北十几里外被青牛山挡住，天然形成一个湖泊，在此汇集后拐弯滚滚向东去。

湖区很大，岸边亭台阁榭、小路幽静，游人如织，荷花朵朵铺满半个湖面，几只小船在湖中荡漾，不时传来孩子们咯咯的笑声。与东水河滩、铁板桥畔比较，却是另一份美丽大气。

湖岸北侧，绵绵五座山头布满苍翠，远远望去，如几头巨大的青牛，无比壮观。晴空万里之际、夕阳西下之时，巍峨的青牛山倒映在湖中，如牛卸鞍后在湖边痛饮、似牛劳作后在湖中嬉闹，美丽如幻，是安南又一道绝伦的风景，名震华夏。山色青青湖中牛，湖光幽幽山中留，便是此景的生动写照。

二人租了一条小船，对坐划桨向湖心而去，荷叶青青花儿红、微风吹来湖水荡，好一阵凉爽。狗蛋如在梦中，又仿佛是天堂，这样的美景可是第一次感触到，万虎山外还有山，东水河外河更美啊。

必须走出黑虎山，外面的世界真的很宽广，狗蛋想，那大海，应该比青牛湖还要广阔吧。

"运昌哥，看呆了吧？"娟子笑话他走神。

"啊，才不呢，俺是想着，以后一定要考上山南大学呢，要是能来这上学，不就可以经常来这玩了？"狗蛋笑道。

"你一定能考上好大学，哥，俺相信你肯定能行的。俺给你那个手绢，你还留着吗？"歪着脑袋，娟子的眼里充满了温柔。

"那是肯定的，俺藏在箱子底了，不然要是被俺娘看到了，你说她会笑话咱不？"湖水荡漾，小船悠悠，狗蛋的心里暖暖的，甜甜的，娟子也是满脸的幸福。

说说笑笑，很快就到湖岸边。

湖对岸，便是青牛山。船到岸边，一片幽静的树林，草木繁茂、郁郁葱葱。几条长廊分布其间，一条石阶小道蜿蜒向上没入山中。狗蛋将小船拴好，扶娟子上岸。

长廊悠长，来此的游人便少了许多，间或，会遇到一两对情侣，坐于岸边花草丛中石凳上，相互依偎、窃窃私语、亲密无间。

一片幽香笼罩了狗蛋，是娟子一手挎住狗蛋的胳膊，紧紧地靠向了他，此时无声胜有声，狗蛋也便揽住娟子腰身，踱步前行。

青牛山层峦叠嶂，风景优美，虽比不得万虎山白龙潭处那野性不羁，却另有一番苍秀，拾级而上，松柏笼罩，藤萝垂蔓，清幽异常。

山半腰，有一牌坊，四个大字苍劲有力雕刻其上：清幽汇波。左右各嵌一行对联：幽怀何所以，流水是知音。站在牌坊处稍歇片刻，抬头读此处楹联，别有一番心情在心间。

抬头再看青牛湖，如一片明镜被平置于山脚，阳光照射下更显得清洁明亮。眺望四方，视野开阔，农田如棋，几座小山环绕安南，市内高大的建筑尽在眼中，美不胜收。

几声梵音如从天来，钟声悠扬隐约传入耳膜，再向上爬，绿树丛中，却是一座寺院出现在眼前，依山而建，迤逦山腰间。寺院大门向东，门楼上雕刻着"汇波禅寺"四个端庄苍劲大字，大门两侧石刻一副对联"多闻正法，以广目光；增长善根，而持国土"，古朴庄严。

殿宇分布错落有致，雄伟壮观，青灰色的殿脊，几株菩提树长于院中，挺拔苍翠，越发显得寂静肃穆，竟如古诗中描写那般，竹径通静幽，禅房花木深。这便是安南汇波禅寺了。

狗蛋不信神也不怕鬼，可他知道，奶和娘都信。家里虽穷，却专门布置一神龛，初一、十五奶都烧香磕头，求菩萨保佑爷爷能平安，保佑狗蛋出息。奶常说，遇神拜神，逢庙烧香，错不了。

"进去看看？"狗蛋问娟子。

"嗯，进去拜拜诸位神仙，保佑你学习进步，一生平安。"娟子认真地回答。

进门两侧，钟鼓二楼矗立，迎门天王殿，弥勒佛笑迎天下客。二进院落，大雄宝殿坐北朝南，正中莲花宝座上，供奉着佛祖释迦牟尼塑像，两侧侍立十大弟子。菩萨殿在大雄宝殿西侧，中央佛龛内供观世音菩萨，东西两侧分别为地藏菩萨、千手观音菩萨。寺院内梵音萦绕如在仙境，香客不断，香火旺盛，彰显另一番宁静。

被院中庄严氛围感染，两人端正目光步入殿中，挨个参拜一番，然后漫步院内，欣赏古寺千百年留传下来的碑刻铭文，也算是一种学习。

侧面健步走过几位和尚，其中一位年长者脸色清爽神情肃穆，别有一番威严，见到狗蛋，端详片刻，随后离开。狗蛋正沉浸于寺庙的新鲜之中，没有察觉。

　　狗蛋目视一块石碑，上刻：落日湖边寺，到来生静心；空山论佛性，流水识禅心。与半山腰牌坊上所刻楹联竟有几分相似的意境，那"暮鼓晨钟、经声佛音"在这青牛山上萦绕千年，应该有无数人来此静心，也唤回不少苦海梦中人吧。

　　眼看太阳已经开始西下，该下山了，狗蛋默默记住几句经典，拉起晓娟迈步离开。刚走几步，迎面一位小和尚双手合十，轻声叫道："这位小施主请留步，方丈有请，女施主请稍歇片刻，小施主很快就回来。"

　　狗蛋一头雾水，这是为何？不会是方丈见我年轻，留我在这出家吧？扭头看娟子，也是万分的纳闷。人家有请，不去不礼貌，何况这是一方圣地，只好随小和尚而去。

　　走进一间偏殿，一老和尚正盘腿而坐，聆听梵音。见他进来，和尚起身双手合十，微微点头对狗蛋道："小施主，不知能否听老衲絮叨几句？"

　　狗蛋心想，俺今天没冒犯佛祖和菩萨啊，不知你老僧想说啥，既然人家想说，那就听呗，说不定人家真的会算命给指点迷津呢，于是垂首站立："中州谢运昌愿听师傅教导。"

　　这孩子名号报得倒显得有些大气，老和尚微微点头："小施主，老衲送你几句话而已，不是教导。看你面相神情，前世杀戮太多，年少必受穷困，但前世心中有善，一心为国，壮志难酬，只待今生。望你好自为之。"

　　狗蛋心中一惊，莫非自己真格地是马占彪转世？这老和尚怎么看出来的？身上就出了一身冷汗。

　　"谢运昌年少无知，虽家境贫穷，但正直向上的心还是有的，谢谢师傅指点。"狗蛋回答。

　　"老衲就不多留施主了，送你句话，福缘孽缘自有定数，善果恶果尽在人心。小施主命犯桃花异缘连连，然日月变幻，湖海冷暖不自知，还望你多闻正法，以广耳目啊。阿弥陀佛，他日施主再登青牛山，老衲定当笑脸相迎。"

得，老和尚把寺庙门口的楹联都用上了，后面还有一句"增长善根，以持国土"呢，狗蛋都会背了。

娟子正焦急地在那转圈，见狗蛋出来，忙上前拉住他，"哥，和尚喊你过去干啥？"狗蛋不想跟娟子说明白，这些话，自己是一辈子都要埋在心底的。

"哈，也不知咋回事，老和尚看上我了，非要留俺在这出家当和尚，娟子，你说我要是当和尚了，俺娘还不疯了啊？"

"嗯。"狗蛋的话吓得娟子也不轻快，她陪狗蛋出来看风景，可不是让他出家的，"你要是出家了，那俺也找个地方剃光头当尼姑去，哼。"娟子跟他开玩笑。

回到安南市内，天色已黑，白羊河畔、街道两旁，到处是散步的人群，热闹而又祥和。白羊河缓缓穿过安南市中心，两岸柳树成行，几间小亭点缀其中，倒也显得清净。

两人找一草坪坐下，相互偎依在一起，细语轻声，温情脉脉，看河水悠悠流淌，听对岸音乐悠扬，却是一群老者在自弹自唱，其乐悠悠，如梦如幻。

"运昌哥，下次再见到你，就不知道什么时候了，俺等你来这上学呢。"娟子舍不得就此别过，娓娓道来，"你还要在这干一个月，可得吃饱饭啊。"

是啊，娟子回家继续做她的千金小姐去了，而狗蛋，还要在工地上干一个月，回去后也要到中州一中上学，此次一别，不知道何时再见，狗蛋心底充满了无限感慨。

青牛山那和尚说的福缘孽缘啥的，狗蛋一直都在琢磨，与娟子离别而又离奇地相逢，工地上那姓张的丫头又蹦了出来，真希望那位丫头回去安心读书上学，赶紧地忘了工地这一茬，权当玩笑那是最好。

与娟子的这份情感，万金难买，永不相忘。

"哥，我舍不得你走。"娟子流出来泪水。

不远处，停下来两辆高级轿车，几个年轻壮汉簇拥着高家大院门口遇到的那位中年妇女快步走来，这是请娟子回家去了。

狗蛋心底一惊，原来，这一路陪娟子走来，都有人在背后暗自跟随，沉迷于幸福之中的自己，竟然没有发现。

临分别时，娟子紧紧地拥抱着狗蛋说："哥，勿忘我。"惹得狗蛋一阵心疼，差点也掉下泪来。

娟子，哦，不，现在应该叫高玉颖，是这儿富贵人家的千金，再不是黑虎山下谢家坡的俊俏村姑张晓娟。

而他，只是万虎山里面的一个乡野少年，一个连进娟子家大门都不得而入的山村娃子，一个被娟子家人时刻防备着的山里人。

狗蛋不知道该怎么平复自己的心情，更不知道以后还能不能再遇到娟子。他感觉到的是，一道无法跨越的鸿沟，抑或是一座高不可攀的围墙，突然就横列在自己和娟子之间，再没了开心和愉悦，心底便一阵绞痛，浑身发凉。

他想呐喊，他想奔跑，他渴盼在东水河畔尽情地跳跃，他怀念白龙潭边与娟子在一起的幸福甜蜜，可是，也只能想想了，那已成为过去。

过去的，随风去，未来的，如何办？

狗蛋找不到答案，他无从宣泄自己心中的激情，泪水便顺着脸颊滑落下来。没有坐公交车，狗蛋选择了步行赶回工地。一路上，不断地回放今日的情景，晕晕乎乎如在梦中，好几次都差点被车撞到。

回到七里庄工地时，工友们已经进入梦乡。脱下娟子买给他的新衣服新鞋子，仔细地装进自己的包裹，重新穿上粗布衣衫，狗蛋，又变成一副农民工的装扮，呼呼睡去，此梦悠长。

工头嫂子这几天眼圈红红的，看起来很憔悴，王工头也少了很多开心，络腮胡是越发的神秘莫测。偶尔，还能碰到另外一个工地上光着脑袋一脸横肉的人，来找络腮胡躲在一旁窃窃私语，狗蛋看到鬼鬼祟祟的这两人，总感觉要有不好的事情发生，却不好张口询问。

隔天晚上收工后，狗蛋在一个房间耍了一通拳脚，冒出一身热汗，回去也是听那帮爷们吆三喝四地打牌喝酒吹牛皮，不如上楼顶去乘凉，顺便看看夜色中的安南，也是一番消遣，便抬步上楼。

踩着一架木梯，正要踏上楼顶，隐约听见一男一女正在低声吵闹，慢慢探出头去看，女的竟然是工头嫂子，男的，却是络腮胡。这个，有点不可思议。

工头嫂子涕泣涟涟："俺身子都给了你，你还想怎么着？跟你走是万万不能，俺家三个娃可不能没有娘。"

络腮胡阴森森的声音传来："不跟我远走高飞，就将你家那宝贝蛋扔下楼去摔成肉饼，另外，你家老王小命也难保。"

"那我现在就跳下楼去，自己死了算了，反正没脸见人了。"工头嫂子转身就向楼边缘跑去。

纵身一跳她就解脱了这要命的纠缠，可没跑几步就被络腮胡一把拉住，低声喝道："你以为你死了就完事了吗？你要是敢跳，我立马回去将你家小崽子和老王干掉，然后回老家一趟，家里不是还有两个闺女吗？让她们都陪你去那个世界。你要是明白人，就扔下小崽子跟我远走高飞。再给你几天考虑时间，记住啊，我的耐性是有限的。"

狗蛋听到这，好一阵眩晕。好家伙，这个络腮胡竟然如此狠毒，听二人的对话，狗蛋已经猜得八九不离十，估计工头嫂子早已被络腮胡强占，现在是想带女人离开。

嫂子惦念家人的安危，应该不会跳楼轻生了，再去楼顶，定然会撞破两人，搞不好嫂子还真的会跳楼，即便不跳楼，也不好再与工头和嫂子见面。装着听不见？又怎么可能呢，嫂子如自家的姐姐那般对自己，能忍心看她跌入苦海？

悄悄爬下木梯回房躺下，狗蛋彻夜难眠，王工头啊，你摊上大事了，这事，麻烦大了。

热血心肠

这幢住宅楼已经封顶完毕，接下来，就剩下抹墙皮、贴墙砖、安门窗等装修工作了，工作烦琐，各负其责却又忙而不乱。狗蛋继续跟王工头干杂活，扛水泥、搬瓷砖，暗地里，他留意着络腮胡的一举一动。这两天，络腮胡干活却是按部就班，一如既往地少言寡语表情冷漠，没看出什么异样，但，王工头脸色阴暗，一副心事重重的样子，已经没有了往日的开朗。

狗蛋不打算掖着藏着了，络腮胡说的给嫂子两天考虑时间，今儿个已经到了。狗蛋瞅准工头和络腮胡都在五楼忙碌的时候，狗蛋借口下楼拿工具，来到二楼工头的房间，嫂子正忙活着做饭，宝贝蛋儿子见他后扑上来亲热地跟狗蛋打闹，嫂子站起身来勉强地笑了笑没有了以往的自然："小弟啊，你来这有啥事没有？"

"嫂子，也没别的事，俺就是想问问你遇到啥难事没有？俺说嫂子啊，你可千万别憋在肚子里，有嘛就说嘛，兴许俺有办法帮你解决。"

"嫂子，我虽然不见得能帮上你什么忙，可是，有啥事你不说出来也不好啊，说了大伙才能帮你出主意啊，人多力量大，一起想办法。咱离家那么远出来挣钱，不就是图个一家人平平安安的过上好日子吗？"狗蛋着急道。这样的事情，嫂子不自己开口，狗蛋是万万不能直接说开的，怎么也要给嫂子一个面子，就当自己什么也不知道。

"运昌小弟，那个在俺家一块吃饭的络腮胡，你也知道他的，你王哥看他在老家无所事事，好心拉他走条正道让他有碗饭吃，可是……哎，姐实在是开不了口、丢人现眼啊。"工头嫂子不知道从何说起，可她视狗蛋如自己的亲弟弟一般疼爱，那是如亲人般的信任，除了他，嫂子还真的不可能对其他人讲起。

天空乌云密布，沉闷的雷声由远及近滚滚而来，大地很快黯淡下来。没多大工夫，便哗的一声，白亮的豆粒般大的雨滴，就随风急切地斜飞下来。瞬间，大地就发出了开火车般的轰鸣声响，紧接着就是倾盆大雨从天而泻，天地间一片苍茫。

"小弟，你不知道的，络腮胡是不明不白从监狱回到老家的，至今我都不知道他到底蹲了几年大牢。我劝老王千万不要带他来安南工地，这样的人咱不摸底细，可老王不听劝，非要念及什么乡亲四邻、少年情谊，唉，这让我咋说哩，我这是造孽啊。"工头嫂子眼圈红红的，欲言又止，狗蛋已基本知道了大概。

"报警吧？嫂子，让警察来抓他。"狗蛋是亲耳听到络腮胡对嫂子家里人的人身威胁的，这样的人，就得重新进监狱。

"小弟啊，姐知道这样的事是一定瞒不住的，姐对不住你王哥啊，有些事便都跟你王哥说了，说出来姐心里面也好受些，即便是死也落个心里面安生。"嫂子擦把泪继续说，"姐也想过报警，可老王那人死要面子活受罪，说要念及乡邻旧情，传出去没脸回村立足，也没法做人，他说他要自己找机会跟络腮胡慢慢谈开，让他离开工地去寻别的活路，可是，他不知道。这几天姐也怕这个疯子发了狂，老王和孩子要是有个三长两短，姐就亲手杀了这千刀万剐的王八蛋，然后也不活了。"

"嫂子，你可不能这样想。"狗蛋忙劝说道，"没有过不去的坎，没有迈不过去的山，咱们一起想办法。"络腮胡不把嫂子逼到万不得已，她怎么可能咬牙切齿地说出此番话语？狗蛋心想，嫂子啊，你咋这么糊涂哦，为啥就从了这么一个畜生。

此事如不果断处理，必将引起轩然大波，此时不制止，更待何时？随便拿了件工具，狗蛋返回工地现场。这事，应该如何处理？一个不好，就可能人命关天，万一他狗急跳墙，后果不堪设想。

王工头还不知道事情的严重性，嫂子没敢全部都告诉他，他还幻想着用乡村旧情唤醒络腮胡的良心呢，这不是与虎谋皮吗？狗蛋打定主意，马上将此事告诉刘队长，刘队长那人心眼活，肯定会有办法。

回到五楼工地，王工头正倚在门框上抽烟，狗蛋对他说，"王哥，刘队长让我通知你一下，去他办公室一趟，有急事找你。"王工头听后扔下烟头忙奔刘队长办公室而去。

王工头前脚走，狗蛋后脚就跟上了，两人几乎是同时迈进了刘队长办公室的门。经过上次狗蛋独战小痞子的事，刘队长对狗蛋是高看了好几眼，见二人急匆匆地进来，忙说："快坐，运昌兄弟，有啥事你就说。"

王工头疑惑地望着狗蛋："运昌，这是咋回事，你不是说刘队长找我有急事吗？"狗蛋看了眼王工头，认真地说，"王哥，别怪小弟无理，嫂子把事都告诉我了，这样下去，要出大问题的，还是跟刘队长说说，大伙一块出出主意。"

王工头没想到狗蛋说这些，这是自家的丑事哦，怎么好意思跟别人说起，"你这孩子，你嫂子都跟你胡说了什么？可别听她乱讲。"心底却是恼极了络腮胡和自家媳妇，你们这是搞的什么事哦，恨不得拿刀剁了这对狗男女才算出了这口恶气。

见王工头如此态度，狗蛋知道只有自己去说开了，他不说，王工头还心存幻想，现在顾不得这么多了，都什么时候了，还要面子？于是，狗蛋便将嫂子说的和那晚自己看到、听到的原原本本地给刘队长和王工头说了个明白，听得刘队长目瞪口呆、王工头脸色煞白。

"老王，你糊涂啊，这么大的事，你还觉察不到？你还不好意思跟我说？这是马上要出人命的啊。趁现在还来得及，必须当机立断。"刘队长深深地抽完一口烟，一拍大腿，"抓紧让弟妹带孩子回老家，络腮胡如果劝不走就在这继续干，你要留心自己的安全，人多力量大，不用怕他。单凭他威胁人这一说，咱现在报警把他抓进去，也只能是蹲个十天半月的就放出来了，到时候你和他就算是面对面的结仇了，那可是撕破了脸面，更危险了。"

王工头点了根烟，哆嗦着吸了几口，低头思索，很是为难，"她娘俩回去，这一路上可远，我担心络腮胡偷偷跟着回去，这样不就如他的意了吗？"想到活泼可爱的宝贝蛋儿子，王工头心里面充满了悲伤与无奈，老家还有俩闺女等着娘呢！

"弟妹回老家后，家里父老乡亲们都能帮你盯着呢，比工地上安全多了，络腮胡再没人性，也绝对不敢在父老乡亲、爹娘面前来这一套吧？我估摸着，他是野狗改不了吃屎，很快就会远走高飞，工地上的这些活，根本就拴不住他，想拦你都拦不住。"刘队长劝他说，"老弟啊，如果你和络腮胡还没有撕破脸，那就先忍住这口气，男子汉大丈夫，识时务者为俊杰嘛，不要意气用事。"

"等忙完这项工程，你就赶回去看看。"刘队长随手掏出几百块钱递给王工头，"抓紧找个人去买火车票，越快越好，今晚就送她娘俩回老家去。我看运昌小弟有些功夫，不如让运昌送她们回去，一路上也有个照应，这样安排你放心了吧？"狗蛋的功夫王工头虽然不是亲眼见到的，可也跟亲眼见到差不多了，能让他护送媳妇和孩子回老家，他实在是感激得无以言表，这会儿哪敢说半个不字，就怕狗蛋不愿意去了。

狗蛋可没想到刘队长会这么安排，护送嫂子娘俩回四川，这千里迢迢的，可不是件容易的事，万一路上出个什么差错，自己如何承担得起？何况，自己哪里出过这么远的门啊？想跟刘队长推脱，又看不下王工头那哀求的目光，咋办？答应了算了，毕竟，那是待自己如亲姐姐般的嫂子。

"运昌老弟啊，你就辛苦一趟，安全地送她娘俩回四川老家，安顿好她们娘几个后你再回来。等会儿我给你二百块钱来回路上花，这几天算你的工时，车票和吃饭啥的费用，工地上给你报销。"要不说刘队长见识广、心眼活呢，短短几句话就将这事情安排妥当，狗蛋心说，就应该这样地当机立断，否则事情更麻烦。

刘队长说得很在理，那就说办就办，来不得半点含糊。回头王工头嘱咐媳妇悄悄整理行李，然后自己亲自去买火车票。

晚上十点多的火车，刘队长不放心工头媳妇和孩子的安全，担心络腮胡暗地里跟踪过来，来个突然袭击，狗急跳墙也不是不可能的，要是真的持刀将孩子抢去，那这家人就完了。他召集了七八个身强体壮的汉子，陪送三人上车安顿好，眼见着火车开走，也没有发现络腮胡的身影，心底才算是放下一件事情，唯有王工头望着远行的列车发呆。

狗蛋是第一次坐火车，看着夜色中窗外飞驰而过的灯光点点，听着哐当哐当的悦耳篇章，这一次将要远行数千里，工头的老家到底是个什么样子？心底好一阵自豪的激荡、激动的怀想。如做梦吧？一切都让他惬意不止。

狗蛋没有放松警惕，借着去打水、去厕所的机会，一个车厢一个车厢地找寻过去，没有发现络腮胡的身影，那么，此时这小子是不是在工地已经暴跳如雷？又或者丧心病狂？应该是工地上的人们早已有防备，想必他是闹不出大动静了。

随着安南的渐渐远去，担忧的一切也便慢慢抛之脑后，狗蛋所做的，就是帮着嫂子看护那调皮捣蛋的屁孩子，间或，遥望车窗外飞驰而过的青山、绿水、民宅，感怀着祖国的大好河山。

车过安南，又经几站，狗蛋身边已经挤满了人，操着各种各样的口音，争抢着车厢内的空隙。每逢停车，就看到车站上人头涌动、你呼我叫，争先恐后地拥向车来，车厢内的人便越来越多了，如沙丁鱼一般拥挤一团，各种气味纷杂其中，让人喘不过气来，即便是这样，还是有很多的人为能爬窗户钻进车厢而庆幸不已。

从安南到王工头的老家四川银阳，相隔千山万水，可不是短距离，应该庆幸这是趟始发车，买的两张票竟然都有座，虽然是硬座，虽然头顶的行李架上、屁股下面的车座下，都躺着人，但他和嫂子好歹能坐在窗边，呼吸一下新鲜空气，水是不敢喝了，车厢内的人群早已将过道拥堵的水泄不通，厕所的门是打不开了。

两天两夜，狗蛋第一次坐火车的兴奋和开心早已被浑身的疲惫和辛苦折磨得一干二净，伴随着晨曦升起、汽笛鸣鸣，火车终于停靠在银阳站点，走出车站，深深地呼吸着新鲜的空气，眼望着这陌生的土地，如从梦幻的枷锁中脱出，重新获得了自由一般轻松。

　　长途汽车沿着起伏的山路蜿蜒而去，中午时分，到达一处站点，狗蛋背着小男孩、嫂子提着包裹，攀着一条小道，穿过莽莽林海，奔王工头的老家而去。翻过数个山头，寻一处平台，歇息片刻，夕阳西下，映出漫山金黄，遍野绿草芳香，向西望去，一个小山村映入眼帘，隐隐有鸡鸣狗叫，袅袅炊烟升起，如在云中，胜似仙境。

　　"小弟，看到了吧？那就是我们的村儿了。马上就要到家了，可是辛苦你了，到家后姐给你做好吃的去。"嫂子掩饰不住内心的激动，心底如放下一块大石头般踏实。是呢，远离了络腮胡的骚扰，虽然还在牵挂着老王的安危，但毕竟是带着儿子一起回到了温暖平安的家，她又如何不开心呢？

　　两个丫头见母亲带弟弟归来，不敢相信自己的眼睛，激动的马上掉下了眼泪，幸福地偎依在母亲面前争相述说着思念，狗蛋默默地抹着泪走到一旁，让嫂子尽情地宣泄与女儿的相思之苦、重逢之喜。

　　工头嫂子对狗蛋更是满心的感激不尽，擦净喜悦的泪水，吩咐两个闺女去姥姥家喊小舅舅过来陪狗蛋喝酒吃饭，稍作休息便开始了忙活。一个时辰过后，麻婆豆腐、回锅肉、夫妻肺片、鱼香肉丝，地道的银阳特色菜肴摆满了一桌，嫂子拿出绿豆大曲白酒一瓶，请狗蛋上座，让弟弟作陪，家里来了远方的贵客，可是要好好地招待一番。

　　菜香扑鼻，酒香诱人，场面温馨，狗蛋感觉再客气的话可真的辜负了嫂子一番心意，便放开手脚，举杯祝嫂子平安归来、母女团圆。

　　"感谢的话我就不说了，运昌小弟，来姐这儿就当是自己的家，这几天你好好休息一下，让他小舅陪你好好逛逛银阳山，你看咋样？我说你小子，这几天好好跟你运昌哥学习学习，跟你一样都是大山里面的，可你运昌哥考上了重点高中，还在凭自己的力气挣学费呢。"嫂子在客气的同时不忘教育一番自家小弟。

　　嫂子那弟弟，跟狗蛋年龄相仿，粗壮的身材，憨厚的脸庞，开初是拘谨地陪着狗蛋说笑，几杯酒过后，也便露出来山里汉子的豪爽，说起银阳山里的事物那是无所不通、滔滔不绝，正在兴奋讲述之中，突然听到姐姐说起学习的事情，一阵郁闷，打起了饱嗝。那个，是他最不乐意干的事。

呵呵，嫂子这位弟弟有点意思，为啥就那么不喜欢学习呢？狗蛋想不明白。既然人家不喜欢，那就不提，喝酒、吃菜，继续听他叙说银阳大山里面的故事。绿豆大曲酒几杯入口，醇香典雅、甘润清爽，风格独特，狗蛋品尝过虎山大曲的味道，与此相比，竟是截然不同的感觉。两人有说有笑地喝光一瓶，晕晕乎乎，谈笑甚浓。

嫂子小弟还想继续要酒喝，被嫂子狠狠地瞪了一眼："你运昌哥累了，不能再喝了，你陪他去休息吧，记住啊，这几天要好好地跟你哥学习学习。"

一夜无梦，醒来时太阳已高高升起，望着很陌生的屋顶，闻着不熟悉的气息，狗蛋躺在床上琢磨了好一会儿，才清醒过来，啊，这是在四川银阳呢，已距谢家坡数千里之遥。

从小到大去的最远的地方是中州县城，还是七八岁的时候，一个星高月明的夜晚，跟老秋、二蛋那几个家伙私下离开谢家坡，结伴去县城当小乞丐，在那闲逛了三天，只要了半斤油条几人分着吃了，最终还是狼狈地回到黑虎山。这一次去安南打工挣钱，本以为是走了趟远门，回头还可以跟他们吹吹牛，哈，没想到一下子扎到几千里之外的四川银阳了，这才是真的出了远门。娘要是知道了还不得惊掉牙？那帮家伙还不羡慕死。

嫂子小弟早已起床，正在院子里带着外甥玩耍，竹木青青，翠鸟叽喳，两只小猎狗围着他们闹得正欢。

吃饱喝足，二人立刻进山，小弟说了，要带狗蛋好好地欣赏一下美丽的银阳山。嫂子的小弟弟早就辍学在家，平日里就喜随他爹上山采药，练就了一副好身板，有意在狗蛋面前显摆一番，攀崖、爬树如猿猴一般灵活，却是另一番神采，狗蛋步步紧随，二人有说有笑慢慢进入深山。

突闻水声滔滔，不绝于耳，如从天来，疾步前行，攀过一处山坡，一条大河如白练般滚滚东去映入眼前。河水奔腾不息，宛如一条巨龙，在险峰峻峭的深谷急流汹涌，一个个浪头此起彼伏，惊起无数漩涡，发出"呜呜"的漩流呼啸声，震耳欲聋。

眼前风景如画，恍若闯入仙境，山连着天，水连着山，山、林、洞、水相映成趣。回首望，一座座古老的村寨在大山中若隐若现，如梦如幻。山水钟灵毓秀，山寨幽静古老，山林葱翠浓郁，岚霭悠悠萦绕在山间，与万虎山相比，如世外桃源般，却是另一番壮观震撼狗蛋心灵。中州虽然处于万虎山，而黑虎山却是在那片大山的边缘，面朝大平原，东水河缓缓而淌，却是少了几分豪迈，那万虎山深处的白龙泉，虽然姿色万千，与此处景色相比，也应该自叹不如吧？

几天时光下来，狗蛋与小弟感情日渐加深，平日里形影不离，看遍了村寨附近的山水，走遍了村寨的角角落落。两人亲密无间，偶尔兴起切磋一下身手，几招下来便让小弟心服口服低头认输，便让那小子好生敬佩。吃饭的时候跟他姐提起，能不能跟着狗蛋去安南，他也想打工去。被他姐好一顿数落："人家运昌是秀才，知道不，高分考上的县一中，哪像你，就知道瞎玩。不好好学习以后咋出息？老实回学校上学去才是正道。"啊，狗蛋真成人家学习的榜样了，也不知道这小子能不能悟出点道理出来。

私下嫂子对狗蛋说，这次回来，就带着孩子们去娘家住了，老王在外带队伍搞建筑承包，这几年也算是挣了一笔钱，有钱，娘家人就会有好脸色。你走了后，老王没回来，她是不敢在家住的，那络腮胡王二蝎子如果偷偷摸摸地回来闹将起来，自己哪里还有脸面再活着啊。

有一点狗蛋没有跟工头嫂子说，眼前的山水、草木，还有那青砖碧瓦，一切竟然那么熟悉，仿佛自己就在这生活过多年一般，心头莫名的悸动。这事，说不清楚，也便藏在心底。

在银阳游逛了三五天，该到动身返回安南的时候了，虽然狗蛋有点"乐不思蜀"，但快乐的时光总有结束的时刻，再甜蜜的相处也有分别的时刻。狗蛋是帮着嫂子一家搬到了娘家安顿好，才放心地离去。

嫂子很是依依不舍，大包小包地给他准备了一大堆土特产，临别时眼里含满了泪花："小弟啊，这次是多亏了你，就拿我当你的亲姐姐吧，以后有机会，一定要来银阳看姐啊。"

狗蛋也红了眼圈："姐，你一定保重，回头见到王哥，我会告诉他家里的情况的，让他放心在外工作。"

嫂子的小弟弟替狗蛋背着包裹，他要送狗蛋去车站，狗蛋哪里肯依，推脱再三，硬是送他翻过了好几个山头。天下没有不散的宴席，该告别了，两人紧紧地拥抱了一下，相约他日后必要相见，道一声珍重，流泪各奔东西。再翻过几座大山，才有到银阳的客车通过，狗蛋背起包裹，踏上返回的路程。

小村寨看到的一些景物让狗蛋很是疑惑不解，甚至让他胆战心惊，却不会跟任何人说起。王工头村口那棵大榕树、树上挂着的那个古钟、树旁那口大水井，还有村里那个古戏台，为什么那么熟悉？就像曾经生活在那十几年一般。小时候梦中那个闹哄的地方，怎么跟这儿那么相似？莫非这儿就是马占彪的家乡？

搞清楚这个不难，回工地上问问老王，他村里以前是不是出来过一个革命老前辈。不然，自己不会感觉银阳这边的大山是这么的熟悉和亲切，如游子归来、似万里返乡。狗蛋自己都感觉如梦一般的不可思议，可是，事实就这样的碰巧，不由得自己不去琢磨，他心里明白。

琢磨着这些稀奇古怪的事情，踏入深山小道，狗蛋便有种轻车熟路的感觉，脚步也轻快了很多，再翻过一个小山头，就到了通往银阳的马路，坐上车就可以歇歇脚了，狗蛋一阵开心。

突然，一个身影从小道边树林中闪出，迎面将他堵住："谢运昌是吧？龟儿子，老子等你多时了。"络腮胡阴冷的目光注视着他，手持一把匕首，迅速地逼了过来。

"大哥，你咋从工地上回来了？"狗蛋眼见络腮胡步步紧逼，心底猛一吃紧，没想到这家伙真的赶了回来，想都想不到会是在这里候着自己，忙气收丹田，握紧双拳后退两步，稳住了脚跟。

"我为啥回来你还用问我？说吧，怎么个死法？"络腮胡跨步上前，伸手就想抓住狗蛋的衣领。狗蛋哪容他近身？纵身一跃，就跳出两米开外，"我说老王，好歹咱在一起吃过饭喝过酒，一起搬过砖和过泥，啥也不说你就想要小岛的命，做人可不来这样的。"

"你个龟儿子是活腻歪了，老子的闲事你也敢管？是你自己找死，哪有那么多废话。今儿个你也不用坐火车回去了，直接上天飞回去得了。弟兄们，上。"络腮胡一声呼哨，狗蛋身后树丛中突然又蹿出两人，一人黑黝黝粗壮壮，满脸横肉、杀气腾腾，步步紧逼，正是工地上那日碰到过的与络腮胡窃窃私语的光脑袋，另一人是头发长长，尖嘴猴腮，邪气无比，却像是在附近的工地上见过的。

被风吹散的白云在蓝天上飘飞着，奔腾的彩云很快遮住了冒着热气的蒸烤着人的滚烫的山地。狗蛋不用抬头看，脊背霎时间就感到一阵凉意。但很快飘移的云彩影子，又遮上了山坡上一片片的白桦林，遮上了被暑热蒸晒得枯萎，倒伏的青草，遮住了山岩上的片片酸枣子树和叶子干枯的荆棘丛。过了一会儿，太阳又斜刺里钻出来，耀眼地穿透了向西天飘去的黑云的白边，又把闪闪的金光泻向大地。在远方的山脊上，还有伴随着黑云的云影在驰骋，飘荡的雾在抖动着。在那杂草丛生的荒芜的山坡上，狗蛋环顾四周感到了一阵子荒凉。

狗蛋倒吸一口冷气，看来络腮胡这是铁了心要取自己性命，三个亡命之徒，一伙乌合之众，死生大战不可避免。

光脑袋与长头发两人一言不发，手持尖刀恶狠狠地向狗蛋包抄过来，再寻觅木棍已是来不及，狗蛋抢起包裹，力道迅速集中于胳臂，那包裹便如同抡起铁棍一般，瞬间舞出铜墙铁壁，阵阵寒气顿时袭去，生生将二人逼退几步。

络腮胡气冲如疯牛，手持匕首急步扑来，恨不得一刀就将狗蛋刺倒在足下。狗蛋见其近身，那包裹便如铁锤般向络腮胡脸上砸去，络腮胡侧头躲闪的瞬间，狗蛋运气于拳，一声闷吼，用力拨开络腮胡持刀的胳臂，迅疾化掌为刀，这一掌用尽了全力，便如利刃般横击在其臂膀上，只听"咔嚓"一声，络腮胡匕首落地，那半截胳臂便无力地耷拉下来，应该是断了，医生的说法叫骨折。

络腮胡疼得是龇牙咧嘴嗷嗷直叫，想不到这个弱小狗崽子竟有此等神力，一掌能砍断自己的胳膊，咬牙冲那二人怒吼道，"还愣着干啥？干掉他，必须干掉他，不然哥几个全要玩完。"眼见络腮胡耷拉着那半截胳臂痛苦地号叫，光脑袋与长头发吃惊不小，犹豫片刻，忽地又冲了上来，这二人看来是豁出命去也要取狗蛋性命了。

就为了帮络腮胡抢走工头媳妇，这两人也不至于如此拼命吧？这个小团伙背后肯定有很多不可告人的秘密。狗蛋现在顾不得想这些，见光头大汉挥刀刺来，一个撩手，便握住此人臂腕，容不得那人反应过来，抢手、砍手、扳手几个动作接连而出，生生将此人臂腕扭的脱臼，紧跟着那脚便踩住了光脑袋的脚面，化掌为拳，一个大冲拳当胸而去。只听扑通一声，光脑袋仰面躺在狗蛋脚下，鲜血就顺着嘴角慢慢流出，头一歪，竟昏死过去。

长头发汉子趁二人正搅和在一起，想来个浑水摸鱼，箭步上前便朝狗蛋猛刺，哪承想狗蛋早有防备，缩身移步避过刀锋，力道运到脚尖，抬腿正踢到此人胯下，"嗷"的一声，长头发尖刀落地，双手捂住胯下就躺在地上打起滚来，估计这下子胯下那物件被狗蛋踢碎了。

师父说过，不到万不得已，不可伤人。可是现在，死生瞬间紧急关头，我不伤他，他必害我性命。师父啊，我这是万不得已，但我只伤他们，不取其性命，这样，你不会怪罪俺没有武德了吧？

放倒二人，狗蛋步步紧逼络腮胡，"以前你做过再多没良心的事都跟俺无关，可是，现在你惹到我了，拦路劫杀的是我，今儿个，我是绝对不会放过你的。说吧，是主动跟我去警察局呢，还是让警察局的人来这带你们走呢？"

狗蛋这话问的，反正哪一种选择都是进警察局，络腮胡没得选。狗蛋看到过络腮胡在工地上威胁工头嫂子，并没有造成恶劣后果，即便警察逮住他，也算不得什么大罪，可在深山老林持刀拦路要人性命，这就不是小事。狗蛋琢磨着，这几个家伙肯定有大案在身，不然络腮胡的那两个帮手不至于如此地亡命，那么，无论如何也不能放他们一马。

络腮胡跟谢家坡的谢坏三还不一样，坏三那帮人只是没成气候的小混混，混吃混喝的犯的都是放不到桌面上的事，虽然那次铁板桥畔是差点要了他的命，可师父不是及时地相救了吗？四亲八邻的，多少有点情谊在，当时没报警也不仅仅是为了娘和奶奶生活的安稳。

这伙人就不一样了，一个个的心狠手辣，用心歹毒，很可能就是行走江湖杀人越货的角色。也不知道王工头哪根筋错位了，竟然带这么个丧尽天良的玩意儿在身边，想起那晚络腮胡对嫂子的威胁，狗蛋恨不得马上就杀了他。

不过，将他们送去警察局才是硬道理，让警察和法院审他们去呗，即便没有大案在身，凭今天对自己的这副行径，蹲监狱那是铁板上钉钉，没得跑了，正好也了却了工头老王和嫂子的心头大患，至少表面看起来还真的跟他们无关。

是真的很疼啊，扶着那耷拉着的胳臂，络腮胡满头大汗，倒吸着凉气，早已失去了刚才的张狂。这两样选哪一样都是死路一条，他知道自己犯的那些事，"运昌小弟，多有得罪，还请小弟大人大量放兄弟们一把，日后必有回报。"络腮胡弯腰鞠躬向狗蛋致礼，眼里面是仇恨，脸上那硬逼出来的恳求要多丑陋有多丑陋。

"刚才我说过了，两样选一个，没有第三个选择。"目视着络腮胡，狗蛋一字一顿地说，"快着点啊，我还要去银阳赶火车。"

络腮胡有点绝望，更多的是不甘心。恨自己啊，鬼迷了心窍，被那女人给迷住了心智，非得跑回银阳逼女人跟着自己浪迹天涯，还想趁机取了搅乱自己好事的这小子性命，以泄心头之恨。出此下策，能怪得了别人？后悔？晚了。

事到如此，也只能拼个鱼死网破，别无其他出路，络腮胡除非现在撇下那位口吐鲜血昏死在地，跟自己出生入死的光脑袋兄弟，还有那位捂着下半身哀号漫天、满地打滚的长头发，撒腿逃去。可眼看着谢运昌这龟儿子虎视眈眈毫不通融的眼神，不大可能轻易放过自己。老子豁出去了，大不了鱼死网破，说不定真的能弄死那小子。

咬咬牙，络腮胡用那只还没被废的手迅速捡起地上的匕首，如狼嚎一般向狗蛋扑来，凭着这个高大粗壮如狗熊般的个子，王二蝎子认为拼死一搏也许就能打倒狗蛋，毕竟这小子个子还没长成，只要靠近他缠住他，没他施展拳脚的空间，压也要把他压趴下。

只可惜，络腮胡是真的小看了狗蛋，看似瘦弱的身躯，却蕴藏着无尽的能量，络腮胡身体再强壮，力气怎能比得上狗蛋那健壮无比的黑瞎子二师弟？

狗蛋可是跟谢广田练就的真功夫，绝不是花架子，见络腮胡困兽犹斗如疯狗一般，狗蛋根本就不躲避，眼似闪电、目随手走，一个掠手就攥住王二蝎子持刀的手臂，另一手迅疾化掌，如刀般再一次砍在络腮胡的手臂之上，络腮胡这下彻底认栽，实在是没办法了，这一只胳膊也如另一只一样的，"咔嚓"一声，断了。

还没有完，狗蛋心底积聚的对络腮胡的仇恨瞬间爆发，足随手起，力道千钧，抬脚就狠狠地踢到他的胸前，"哎呀"一声，络腮胡仰面朝天如小山一般重重摔倒在地，再也爬不起来。

看着躺在地上呻吟不断的三人，狗蛋琢磨着如何将他们带到山外去交给警察局。回顾四周，太阳正高、山林幽静，没有人迹，翻过这个山头才能到公路上找到人。怎么办？一个个地将他们背出去？显然是不可行，万一有一个趁机跑了呢？再说了，就他们这样，背他们出去还嫌脏了自己的身子。

想来想去，还是来个最保险的。狗蛋将工头嫂子给他带特产的包裹撕成条拧成布绳，那些东西就不要了，山神老爷子这次保佑得不错，权当是孝敬给他老人家的吧。然后挨个地将三人手脚捆绑结实，分别绑在三棵树上，快速地翻山而去。他要抓紧找到人去公安局报案。

很快到了路边，狗蛋拦住一位骑自行车的老汉，简单说明了情况，然后说："大爷，请您赶紧地就近找个派出所或者联防队啥的报警，多来几个人一块去那看看多好，拜托了，再晚就出大事了。"再来两三个人，狗蛋就有把握了。别说来两三个，派出所的警察能来一个看看也算是万事大吉了。

老汉将信将疑地骑车离去，看来是找地方报警去了，狗蛋连忙翻山返回。还好，络腮胡和光脑袋倒是睁着绝望的双眼，基本上丧失了挣扎的力气。

半个时辰不到，就见山坡那边匆匆跑来几个身影，是老汉带着几个派出所民警迅速地赶来，见到狗蛋和树上绑着的几位，不由得心底吃惊。

领头的警察细一琢磨，不对啊，三个精壮的汉子抢劫这位土不拉几的少年？看他穿的那样，不像有钱的样子啊，有什么好抢的？

领头的民警随后挨个查看了一下绑在树上的络腮胡、光脑袋和长头发，正想松绑救助，突然一阵紧张又一阵惊喜，呼地拔出手枪，声音就变了调，"我命令，布置警戒，提高警惕，立即子弹上膛，给我看紧这三个人。"哗啦啦一阵枪栓声，几支手枪便对准了已经毫无还手之力的络腮胡三人，吓得想看热闹的老汉再也不敢凑前，拔腿远远跑去。

随后领头民警掏出对讲机激动地喊叫起来，"所长，所长，我是老姜，码头山发现特大通缉犯，对，就是前天县局通报的特大通缉犯，三个，对，就是那三个，都已经被控制。请马上汇报局里请求支援，好，好，我们一定做好现场保护，好，好，绝不出现任何问题。"

警车的呼啸声远远地从山那边传来，很快，一大队民警和武警战士全副武装向这边哗啦哗啦地包抄过来，领头的姜民警一阵放松，跑步赶到带队领导面前立正报告，"报告局长，发现公安部特大通缉犯三人，已在控制之中。"

局长看了看躺在地上半死不活、呻吟不止的络腮胡三位，又看了看狗蛋，问他，"是你报的案？"狗蛋回答，"是的，我路过此地，被他们持刀抢劫，差点命丧此处。"

"哦，这么说，这三人是你这小年轻绑起来的了？"局长有些不相信，回头问狗蛋。不过此时不是详细了解这些的时候，局长现在是又激动又自豪，"来啊，将三人马上带回局里严加看管，迅速进行突击审讯。这位小兄弟，麻烦你也要跟我们走一趟了。"

狗蛋说："这个，俺还要急着赶火车回山南老家呢。"

局长哈哈大笑，回头冲狗蛋道："小伙子，你遇到大事了，请你到警察局里后还有很多事情要向你了解，等事情调查清楚才能允许你离开。"

狗蛋高高地站在银阳山麓的高原上，看着一望无际逶迤起伏的红色丘陵和凸起的花岗岩，以及到处耸立的嶙峋苍松。这一切在他眼里都显得粗陋和野性未驯，因为他看惯了缀满苔蔓的万虎山涧那幽静的山林之美，灿烂阳光下远远延伸的东水河金沙滩，以及生满了各种河草的沙地上平坦辽阔的远景。

狗蛋没其他选择，只好随局长而去。

狗蛋将自己遭遇这几个家伙拦路抢劫的事情，给局长说了个明明白白。意思就是自己来银阳送人，返回时碰巧被他们劫道，幸亏自己会两手，才没吃大亏。他不想说络腮胡的其他事，工地上胁迫工头嫂子那事吧，传到老王老家那儿，嫂子一家两辈子抬不起头。

到警局后，先对络腮胡一伙人进行了一番人道主义的救死扶伤，没办法，伤得太厉害，等他们缓过劲来紧跟着就开始了审讯。

"我说小伙子，你留在银阳得了，在这上学，以后考警校，回来干警察，怎么样？"下午听了长头发的招供，局长掌握了整个过程，这小子拳脚功夫了不得，放他走有点可惜。

"那可不行，俺刚考上县一中，俺娘让俺考大学，奶和娘在老家等着俺呢，嘿嘿。"狗蛋说。留这儿？开玩笑，娘和奶不发疯？师父也不会同意的。

"那好吧，想走也不能强留你。那个小梁，你去火车站给小谢同志买张火车票，找他们站长，就说我说的，要卧铺票，马上去。小赵，趁现在商场没关门，你去买些我们这边的特产，让小谢带回去。"局长吩咐下去。

大雨哗哗下了没有多久，那片低矮乌黑的云彩就随着阵风飘走，只剩下暴雨后残留下来的蒙蒙细雨，垂直地落到湿漉漉的地面上。很快太阳又露了出来，大地万物又闪闪发亮。在东方地平线那儿，不经意间出现了一道亮丽的长虹，位置不高，但却色彩鲜艳。

局长姓罗，罗杰，狗蛋记住了他的名字，四十刚出头，豪爽大气，说话办事利索干脆，让他好一阵感动，"罗局长，那个，怎么好意思？俺有钱买车票呢。"

"哈哈，小伙子啊，等这个案子调查取证全部结案，我们县局要为你向上级机关请功，到时候给你们学校邮送表扬信和功勋章，山南中州一中谢运昌，是吧？有机会欢迎你来我们银阳做客，我们到你那的话，也一定要打搅你的。"罗杰乐呵呵地说。

此次银阳之行，留下无尽传奇。狗蛋不想张扬，把不住民间的流传，武林奇俊，少年英才，只身勇斗劫匪，智擒江洋大盗，比评书上说的还要精彩。

卧铺就是舒服，返回的路上很是自在，三天两夜，狗蛋饿了吃，困了睡，不饿不困就静静地欣赏窗外的风景。山南和四川中间只隔着两个省，坐火车还要这么长时间，华夏真大，万虎山在他心里，已小了很多。

回到工地，见到刘队长和王工头，二人正等得着急。前后脚，他们走后第二天，络腮胡就不辞而别。

这段时间他们提心吊胆寝食难安，心里正祈祷着，那络腮胡千万不要跑回老家去做出那伤天害理的大事，见到狗蛋平安归来，便放下了心，迫不及待地问起那娘俩回老家后的情况。

狗蛋将嫂子回老家后的情况跟二人讲了，王工头便深深地松了一口气。老丈人常年上山采药，平时不显山不露水，却是世外高人一个，几个舅子都有些本事在身，却是比在自家安全得多。

至于返回时的遭遇，狗蛋只字未提。这么大的案子，破了后估计报纸、电视上很快就会出现消息，等老王看到络腮胡被捕入狱的新闻，他自然更加安心。

掐指一算，狗蛋这次银阳之行，足足用了半个月的时间，刘队长没有亏待他，给他报销了来回的费用。接下来半个月的工地生活，很快就过去了，这期间狗蛋没有忘记问起工头老家的一些事情。

王工头说，多少年以前，他们村里是出来过一个大人物，当初带头造反，抗捐抗税反压迫，登高一呼群起响应，方圆数百里无人不知，银阳县跟他跑出来闹革命的，足足有好几千人，此人姓马，大号马占彪，人称马老虎。可惜的是后来马老虎在山南万虎山牺牲了，就在日本鬼子投降的前一年，不然他们村也会出来个大干部。王工头有些惋惜，仿佛他也跟着吃了老大的亏似的。

此话一讲，越发验证了自己的猜想，狗蛋心中便充满了正能量，也许，自己将来会有一番大作为，现在，还是老实回家去上学。考不上大学，走不出黑虎山，最大的作为能有多大？应该就是在家种地娶老婆生孩子放羊吧？村主任都没得当。

两个月时间，狗蛋攒下了接近三百块钱，去街上给奶和娘各买了一件衬衣，的确良布料的，娘可没穿过这么好的。再买一条白羊河烟，给师父的。这样，还剩下二百多，够开学时的学费和住宿费了。

临走前一晚，王工头一定要请狗蛋去吃白羊河大鲤鱼，叫上刘队长作陪，不曾想张工头也听说了，非要掺和进来。席间众人不免痛饮畅谈，这段时间工地上风波不小，幸亏来了个谢运昌这位打杂的小工，有些事想想也是后怕的，特别是当他们从报纸上得知络腮胡这伙人竟然是江洋大盗之后。

张工头很兴奋，借酒说事没忘了她闺女，嚷嚷着忙完这个工程后就去谢家坡狗蛋家会会亲家，搞得狗蛋是六神无主不知说啥好，其他二位当看笑话，哈哈大笑也跟着起哄，倒也是一番热闹。

第二天一早，嘱托刘队长跟谢福运捎个口信，辞别张工头和王工头等人，狗蛋便自己乘车返回中州大孟谢家坡。

"奶奶，我回来啦！"

两个月没有见到狗蛋，奶心里一直像灌了铅，突然听见门口那脆生的大喊声，奶脸上便笑开了花，颠着小脚疾步跑来："小狗蛋哎，你可回来了，奶看看你长高长胖了吗。"离家这么长时间，虽然晒得有些黑了，却比以前更加的健壮，是个小伙子样了，狗蛋奶高兴得眼泪都流了下来。

娘见到狗蛋归来，心比蜜甜。这小子懂事多了，知道给奶和娘买东西了。那的确良衬衫，十几块钱一件，村里人也就谢玉林他娘和电工媳妇胡翠花穿过，别人哪敢想啊？想想这么多年的苦，再看看现在的狗蛋，娘是哭一阵笑一阵，也不怕正给狗蛋做着接风的猪肉炖粉条糊了锅。吃完饭，狗蛋怀揣着那条白羊河烟去了小树林，还没走进那护林员房子，就听到了狗黑子在那吼吼地闹腾，原来是那家伙远远就闻到了自己的气味，在笼子里急不可耐地转起圈来。

师父开门出来，见是狗蛋归来，一阵欣喜："啊，不错啊，知道孝敬田爷了。"狗蛋不大好意思地说，"田爷，俺这不是心里惦念着您吗？俺钱不多，就只能买条烟了，等俺钱多时再给您买好东西，成不？"

"哈哈，这段时间，这家伙可是憋疯了。"谢广田指着笼子里瞎转悠的黑熊道，"先不忙说话，你还是牵它出去透透气吧。"

黑熊蹿出笼子，先站立起来给了狗蛋一个货真价实的熊抱，好家伙，这小子又长劲不少，抱紧狗蛋就一阵亲热。还想亲嘴咋的？你这口味太难闻了啊，狗蛋不敢有丝毫的大意，用尽力气将其上臂掰开，脚上用劲一拐其下肢，狗熊便四肢着地，兴奋地向树林深处蹿去，拽得狗蛋猛一个趔趄。

这哪成？不能让师父看笑话。气运丹田腿部加力，狗蛋将黑熊紧紧拽住，突然就蹦出来个想法，别人骑马骑驴骑骆驼的，咱来个骑熊怎么样？想到就做到，狗蛋一个飞身起跃，就骑在黑熊的背上，双腿用力紧紧地夹住熊的腹部，双手就扯住了狗熊两只耳朵。那熊也想不到这哥们竟然还这么个玩法，马上就地来了个打滚翻，猝不及防，狗蛋与熊便又斗成一团。

工地上这两个月，狗蛋搬砖和泥的，下的是实实在在的憨力，效果不比练单双杠差，几个回合下来，半斤对八两，狗熊见无取胜把握，便踏实地四肢着地，随着狗蛋瞎溜达一圈，惊起林中无数鸟叫兔跑，一阵喧嚣。

骑熊咋跟骑猪差不多啊？远不如骑马威风，狗蛋也打消了骑熊的念想，再说了，他视狗熊为哥们呢，哪有骑在哥们身上的道理？

回头见到师父，将这两个月遇到的事说了一遍，师父点头默许，一脸欣慰。

"狗蛋啊，华夏武术源远流长，门派众多，你可别以为自己逮住了几个抢劫犯，就老子天下无敌了，那是他们没有赶巧遇到高人而已。你记住，山外有山，人外有人哪！"师父又说了，"习武和做人要融为一体，花拳绣腿招摇过市，那是花架子一个，不堪一击，扎扎实实练好基本功才是正道，做人也要如此，切记，不可浮夸不要张扬，自古浮夸无好事，踏实长百年啊。"

　　"田爷，咱练武是为了防身健体，不是为了好斗争强，您说的这些，俺记下来了，不到万不得已，绝不外露，俺先努力考上大学，这样行不？"狗蛋认真地说。

　　"呵呵，怎么不行？考学才是正事，练武只是强身。不过你离高手的境界还差得很远，现在也只是刚入门道而已。以后你周末还是要来小树林的，少林拳法烦琐复杂，教给你招式，回头你得自己用心去琢磨。记住，一定要不间断地练习，用心去感悟，身怀绝技而不露，学富五车而不狂，胜不骄、败不馁，这才是真正的高人。"谢广田说，"这个练武，跟你学习可是一点也不矛盾的，先提醒你一下，省得到时候考不上大学怪罪我老头子。"

　　"那怎么可能？田爷，您就放心吧，只要咱努力学，一准能考上大学，咱不信那个邪。"狗蛋嘿嘿一笑。

奋发向上

秋初的太阳高悬在被暑热蒸烤得昏沉沉的村庄上空，大地简直要熔化了。炎热的太阳晒得青草和柳树叶无精打采地垂下来，可小河边的树荫下却阴凉阴凉的，潮湿的土地长满了牵牛花和别的茂密的杂草，碧绿一片。小河湾里的浮萍都像讨人喜爱的姑娘的笑脸般在闪动。远处，小河转弯的地方有几只鸭子在水里呱呱乱叫，拍打翅膀。炎炎烈日，为大地孕育着蓬勃生机。

开学的日期到了，娘帮狗蛋背着一些行李送他踏上中州求学的路，两人步行来到大孟乡，捎带着的是一路的不放心一路的嘱托。压抑着内心的激动与向往，背起奶摊的煎饼、娘做的被子，狗蛋与娘告别，搭上了去往中州的客车，车行好远，扭头看，娘依然站在路边，风吹起娘凌乱的头发，遮掩住了她眼中的泪花。

中州县城，距谢家坡四十华里。县城北靠六峰山，南依西水河，处中原与西北、东南诸省交界之处，历史悠久，位置险要，自古乃兵家必争之地。

客车北行三十多里，慢慢地沙石路变成了柏油路，路旁楼房渐多、行人渐稠，远远看到一座高塔高耸入云、气势恢宏，驰过银口坝、跨过西水河，中州县城也就在眼前了。

史书记载，禹，名文命，字高密，其父鲧治理水患不成，被举荐子承父业，带领百姓，逢山开山，逢洼筑堤，变堵截为疏导，历经十三年，三过家门而不入，千辛万苦不可言喻，终使黄河顺服，辟土为王，天下大治。大禹依山川走向、土壤和肥力划定九州，冀州居中，八州朝拜，四海归心，又置九鼎，四方归之。中州，便是古九州之一，山南省中州大地上，至今流传着大禹治水的传说。

"北门外金钻钻地，南门里玉钻钻天，问，北门和南门的钻各是什么？"

狗蛋打小就知道这两个答案，南门里的金钻，指的是中州城南龙兴塔，至于北门外的金钻，那说的是庄稼地里长的一种带着倒刺的野草。小学的语文老师卖弄了不知道多少遍，狗蛋再不知道就说不过去了。

龙兴塔北魏时期修建，塔高十五层，端庄挺拔、直插云端，蔚为壮观。夕阳西下时，塔影横空，山色流金，灵光生辉。沿塔内梯阶可登至第十层，凭栏远眺，中州风物尽收眼底，令人心旷神怡，是中州千百年来的标志性建筑。

县一中，就在中州县城的中心位置，狗蛋背起行李走进校门，校园内人来人往热闹非凡，到处是来报到的同学，到处是陪着同学来报到的父母。寻到报到处，狗蛋交上录取通知书，被告知分到高一三班，有热情的高年级同学很快就将其领到住宿楼，十余人一间大屋，双层铁床有序排列，室内窗明几净、宽敞整洁，却是与大孟乡中学那脏乱不堪的宿舍环境有着天壤之别。

安顿好行李，狗蛋踱步走在校园内，雄伟的教学楼、宽阔的操场、令人振奋的标语口号、文质彬彬的学子，满眼的都是新鲜，满脑的都是自豪。教学楼前一汉白玉毛主席雕像，姿态伟岸，形象庄严，"好好学习、天天向上"几个烫金大字雕刻其间，熠熠生辉，这份庄严将其深深地感染。

中州老教堂上钟声的悠扬、火车鸣笛而过的呼啸，伴着要求熄灯休息的铁哨声，构成一曲曲优美的乐章，与黑虎山深夜的宁静无声相比，中州的夜晚增加了更多的喧闹，狗蛋躺在床上，很久才进入梦乡。新的环境、新的生活，一切都还新鲜着；新的适应，新的挑战，一切都将有新的开始。

天刚蒙蒙亮，狗蛋便轻手轻脚地起床到操场上活动手脚，却发现操场上人已不少，有的在围着跑道慢跑，有的就着昏暗的路灯默默诵读。在操场角落找一安静之地，屏声静气、马步蹲桩，拳打脚踢、腾挪移转，一招一式，虎虎生风，一套拳还没打完，耳边就传来一片鼓掌叫好声，不经意间，身边已经围上来了一群同学，就像看耍猴把戏一样地围在狗蛋周围。

狗蛋有些不好意思，刚调整好的状态突然就消失殆尽，嘿嘿一笑，扭头离去。他想低调练武、高调学习，不希望别人知道自己武艺在身，一中校园再也不是大孟乡中学，一中的操场看来不是习练武术的地方了，那就到校园外面去找吧，中州这么大，总会有自己练武的地方。

隔日下午放学后，狗蛋与几位同学沿西水河散步，不经意间却发现了一个十分适合练武的地方。西水河自西向东流经中州城南，银口坝是跨河出城的必经之处，坝口两侧绿树成荫，顺着河势蜿蜒而去，越往里去越无人迹，却如黑虎山下铁板桥附近的景色，神秘而幽深无比。

以后每日按时起床，狗蛋便直接跑出校外，来到西水河岸树林深处，找一空旷之地，仔细将所学套路演练半个小时，跑回宿舍洗漱完毕，就到了该吃早饭的时刻。中州的学习生活在不安和兴奋中慢慢步入了正轨，紧张而又有序，同学们之间由陌生到熟悉，老师看起来也不再那么严厉了，校园的一草一木、一花一果，随着时光交替渐渐地融入狗蛋的心底。

同学们之间的阵线慢慢分明，城里的同学们基本上成伙结对，住校的家境好的同学慢慢向城里的同学靠拢，来自大山里面贫困家庭的同学们也便顺理成章扎堆在一起。

女班长王晓梅，长发飘逸、气质高雅，同学们私下说她如仙女下凡，听说她爹是中州县政府领导。按陆小利的说法，王晓梅只可远观，绝不敢亵玩焉。

狗蛋从不参与评论，王晓梅再漂亮，也比不上他心底的娟子，他现在穿在身上的衣服，还有那双皮鞋，都是娟子在安南送给他的呢，让他显得还不是那么的寒酸。如果能与娟子坐在同一个课堂上，那将是什么情景？狗蛋不敢去想。

狗蛋总感觉离城里的同学们太远，穿着打扮不说，光是一口标准的普通话更是让狗蛋望尘莫及，不敢跟人家交流，感觉像是活在两个世界的人，虽然在一个教室，甚至就是前后位、左右邻。

家境好的同学去食堂吃饭，油条、花卷倒换着吃，大锅菜吃腻了，就来个小炒。狗蛋家里没有余粮换粮票，更没有钱炒菜，干脆就不去食堂，打一壶开水回到宿舍，泡上一大碗煎饼，就着咸菜，吃得也挺香。

班里有位叫陆小利的，比狗蛋日子更难，狗蛋奶摊的煎饼是玉米面的，陆小利那煎饼直接就是黑乎乎地瓜面的，偶尔换着吃一次，越嚼越甜的味道还可以，再吃第二顿第三顿，那就真的体会到自家玉米面煎饼的香脆可口了。比比人家陆小利，狗蛋心里面就挺知足。

平淡的校园生活中不时地发生着很多开心的事情，凭空就抹淡了学习的紧张和不少的尴尬。当然，这些愉快也不见得就那么的符合常理。

教室在二楼，可教学楼本身就只有两层，紧靠着教学楼的墙外，是一家单位的宿舍区，那几户人家的日常生活，恰好就在三班的瞩目之下了。

中间那户娶了新媳妇，夜幕降临的时候，房子窗户有时就关得不是那么严实，天热有时也打开窗户通通风，下晚自习后，城里的同学都背起书包回家了，等女生也走光了，住校的这帮小子们可就有了事干。关了教室的灯，一个挨着一个的，趴在窗户上趁着月光看小两口睡觉，那一个个急不可耐的表情，比人家老公都着急。

隔几天，二楼教室的玻璃，就被砖头砸得稀里哗啦了一大半，校长动怒了，三班的住校男生，每人平均分摊玻璃钱，谁敢说自己一次没看过？全校通报吧，不知道咋个说法好，偷窥或者流氓啥的说法还真的不好听，再说了，法不责众，这帮小子肯定都看了，总不能全部开除吧？纯粹是自己败坏自个的声誉，校长没办法，只好托那户的亲戚朋友好言劝说，再送上一份薄礼，请人家将窗户封堵严实了才算消停。

酸秀才李亚军一日突然兴起，晚自习后非要拉狗蛋去操场，说是看狗蛋身体单薄学习吃力，要传授给狗蛋一套太极拳法，让他增强一下体力，惹得狗蛋是浑身起鸡皮疙瘩。随他去吧，实在是打心眼里不愿意，不去吧，又搁不住他那份热情，只好跟着他去操场上装模作样地比画了几下，李乙己便越发自信，透过那厚厚的眼镜片都能看到小眼睛里折射出来的兴奋光芒，隔天便请狗蛋出去吃了顿辣椒炒大肠，外加一碗肉丝面。

陆小利平时不哼哼不言语的，看似内向低调，却自有一份美术天分在身上，时间长了，胆子也大了许多，所做之事让狗蛋刮目相看却又不敢声张。

课间的时候，陆小利不出去活动，借同桌几张菜票、饭票，随便扯下一张牛皮纸的书皮，裁成饭票大小的在上面复制起饭票来。此位老兄竟然连学校的大红印章都画得看不出真假，看来是羡慕人家在食堂里吃小炒馋疯了。

一周他都画上那么十几张，然后趁人多的时候浑水摸鱼去食堂买小炒，每次居然都能得逞，期间一次，找回来的一毛零票竟然就出自他自己的手笔，搞得他都有些不好意思。后来食堂被人承包，菜票换成了特制塑料的那种，陆小利也就没招了，还得继续啃他的地瓜面煎饼、咸菜疙瘩，狗蛋都替他可惜，这个美术的天才，再也没有了用武之地。

最让狗蛋开心的，莫过于能经常看到新电影。在谢家坡看一场电影如同过年一般，那是多少时间才能盼来的期待？中州就是不一样，电影院内一坐，那飕飕的凉风、舒适的椅子，如果再手捧一把瓜子，要多享受有多享受。

穷小子去电影院，哪有舍得花钱的？反正狗蛋是没有闲钱去买票看电影的，但穷小子自有穷小子的办法，那就是比赛看谁逃票最精彩。

来自潘家坡镇的刘运华，个子不高，长得胖墩墩，就是典型的逃票高手，狗蛋跟他混在一起可是免费看了不少电影。中州县城东西南北中，五家电影院哪儿能混进去哪儿能爬进去，刘运华摸得比警察还要熟，只要听说哪一家电影院有新电影要上映，晚自习他是再也沉不下心了，无论如何都要拉着狗蛋偷偷溜出校园。

那段时间热播《世上只有妈妈好》，大街小巷到处都在议论电影里面的精彩，家家户户说起影片里面的感动都热泪盈眶，电影院门口贴出的告示上更是夸张：观看此片者请务必带好手绢，不带手绢禁止入内！

这么传奇的故事传入耳旁，早已惹起同学们的心痒，只是学习的确紧张，也只是议论一下而已，并没有几个真正地为此而逃课。这日晚自习，趁老师不在，狗蛋随刘运华溜出教室，直奔人民影剧院，正门是不能走的，查票查得紧，只能翻墙而入。狗蛋先爬上去，见墙内侧空荡荡，像是一个厕所的样子，便伸手拉刘运华上来，二人跳入后便大模大样地向外走。

刚要走出门去，迎面一耀眼的手电光刺来："站住，干什么的？"却是影院一巡查女职工，臂戴红袖章，手持电警棍，气势汹汹直奔而来。"俺来看电影啊，电影还没开演，俺们来厕所方便一下，这不，刚方便完吗？"刘运华大言不惭，回答得理直气壮。

"抬头看看，是男厕还是女厕？拿出票来，我要验票。"女巡查厉声喝道。狗蛋回头看去，差点蒙了，二人原来跳入的是女厕所，这小子侦察有误啊，刘运华这下毛了手脚，不知道该咋办是好，人家如果大喊一声抓流氓，这可真的糟糕。

"大姨，俺错了，俺其实就是爬墙头来偷看电影的，不知道翻进的是女厕所，请您高抬贵手放过我们吧。"此时狗蛋要装出可怜样来，低眉顺眼也不为过，不然女巡查再大声嚷嚷就坏了事，搞不好还被扭送到派出所再通知学校去领他们，这可是够了被学校开除的罪过。

狗蛋摸了三遍口袋，翻出来皱巴巴的两毛钱纸币，咬咬牙递给女巡查，可怜巴巴地对她说，"大姨，俺俩穷学生一个，就是想来看场电影，身上实在是没钱了，不然哪敢爬墙头啊，您就照顾我们一下吧。"

看来这两毛钱发挥大作用了，女巡查一点都不嫌少，也不再纠结他们从女厕所出来的事，伸手便接过这两毛钱揣到兜里，"我说你这两个熊孩子啊，想看电影从正门买票进去啊，哪有爬墙头的？黑灯瞎火的摔伤了怎么办？以后要买票进场，知道不？对了，第十五排今天没有卖票，你们就去那坐着看。"竟然没撵他们出去，还放他们进了影院，俩小子差点高兴地蹦了起来。

刘运华为这事感觉很没面子，也很对不起狗蛋。号称逃票第一高手，却被人逮个正着，好在有惊无险，大大地丢了脸面，隔天，请狗蛋喝咖啡压惊。咖啡是个啥饮料？狗蛋不知道，反正路过咖啡店的时候，总感觉进出的人看起来都很有身份，应该很贵，自己喝不起，所以连想都没有想过。既然他请客，那就品尝一下呗，尝尝这玩意到底是个啥味道。

走进店内一看，明码标价，八毛钱一杯，刘运华这小子兜里只掏五毛钱，咋办？狗蛋扭头就想拽他离去，这咖啡太贵了，咱甭在这丢人了，还是回学校喝咱的白开水吧。没承想卖咖啡的老板娘拦住了他们："别走啊，一毛钱的也卖，你们两个，给你们每人来一杯两毛五的，请坐啊，请坐。"

二人大模大样地坐在雅座上，品着咖啡谈山说海，感觉挺像那么回事，可这咖啡喝到口中，咋就是小时候感冒发烧时奶给他冲的红糖水味道呢？还不如那个好喝。好歹喝完，问刘运华，这小子说："咖啡嘛，就是红糖水的味道，这回知道了吧？"心底却骂了老板娘个狗血喷头，拿红糖水当咖啡糊弄穷小子，你当我没喝过啊？

刘运华人穷志短不敢发作，与狗蛋讪讪而去，从此后再也不跟狗蛋提喝咖啡之事，狗蛋是知道咖啡的味道了，但从此后便对咖啡再也没有了任何兴趣。

同班一女生姓苗，家住东郊小巷，长得格外丰满妖冶，走起路来胸前的那份晃动，波涛汹涌，惹得个别男同学神不守舍，每逢小苗轻快的脚步传来，总能引起万千关注。此同学性格活泼而又泼辣，颇有一番女汉子气概，打闹起来不分男女，深受一帮男生欢迎。

几个家伙午休的时候就吹牛闲扯，看谁敢当众摸到苗同学的波涛，平时调皮捣蛋、闲话连篇的冯小卫马上迎战，前提是周末请他大餐一顿。扭头，冯小卫去校园草坪那逮了七八只大蚂蚱，放在一个纸盒子里，众人不知道冯小卫用意，这小子诡笑着一脸神秘带着盒子先回到了教室。

下午小苗同学迈着那骄傲的步伐，嗒嗒嗒地来到教室，刚要走到座位旁，冯小卫就拿着盒子一步三摇晃地走了过去，不经意地碰了她一下，纸盒子就在她身上散架了，蚂蚱就接二连三地蹦了出来。猛地出现这么多蚂蚱，小苗同学惊讶地尖叫一声，着急害怕手足无措，越惊慌蚂蚱蹦跶得越欢，不仅蹦到头发上，胸上、脖子上也有，有一只，就顺着脖子钻到了衣服里面。

冯小卫连忙道歉，伸手帮忙去捉，苗同学此时完全失去了往日的泼辣，花容失色惊慌不已，只好听任冯小卫相帮，这次，冯小卫当众占了苗同学的便宜，一旁看热闹的小子们拍桌子打板凳好一阵兴奋地叫好。

听到众人不怀好意的叫喊，苗同学才反应过来中招，摇身一变立马就成悍妇，翻身将冯小卫摁倒在地上，骑在身上便是一阵猛踢硬捶，直到冯小卫连声求饶、弯腰鞠躬连喊十五声"姐姐，对不起"致歉方才罢休。

下午吃饭时问冯小卫被苗同学揍了一顿的滋味如何，这小子乐滋滋地一脸兴奋还在回味："别提了，骑在俺身上那是一个爽，软绵绵的哦。"

教学楼后面东边有家老人突然去世了，哀乐之声传之耳边，教室内都笼罩着浓浓的悲伤气息。赶巧那段时间电影院里面放映《周恩来》，周总理参加贺老总骨灰安葬仪式的悲壮镜头，还在狗蛋脑海里不停地回放，课余便哼哼起那哀伤的旋律，心底倒真的是可以抛弃几许烦恼，平添一分静气。

身旁同学听多了，受不了这忧伤的气息，直接评论吧，又不好打击狗蛋的自信，苗同学此时显出特有的聪慧，找个时机表扬了狗蛋一番，进而鼓动狗蛋参加中州街头的艺术团，给同学们评价说谢运昌有着极其深厚的艺术细胞，更有强大的音乐欣赏能力，若是加入了艺术团，那还不得立马就是台柱子？不唱歌谱曲可是屈了大才。这哪跟哪啊？搞得狗蛋哭笑不得，心知她是在侧面地表达不满，从此不再哼哼那悲壮之曲。

张立伟老爹开了个废品收购点，在中州郊区租了个院子存放废品，同宿舍的五七个人便找到了解馋的好去处，逢周末必去那到处都是废品的小院，自己动手生火做饭，吃饱喝足一阵猛吹然后就在盛满废旧瓶子和各种垃圾、破烂的院子里胡乱闹腾一番。偶尔，狗蛋也跟着去凑一下热闹。

那次去废品收购点吃饱喝足后，狗蛋开着三轮车载着几个人开到大路上逍遥一番，绝对没有想到，看似轻便无奇的三轮车竟然是那么地难以控制，眼见对面大货车飞驰而来，却再也把握不住方向，总不能眼睁睁钻入大货车底，捎带着与几位同学一起殒命于车轮下吧？关键时刻，狗蛋酒已经醒了大半，浑身大汗猛出，一咬牙，驾驶三轮车直冲路边沟里而去，好在，那沟不是很深，沟底却是一片平缓，三轮车冲进沟底，一车人平安无事，待车平稳停下来以后，狗蛋好久没有说出话来，好一阵感恩观音菩萨。

几个家伙手忙脚乱将三轮车从沟底弄出，暗自庆幸，眼见天色太早，又实在无聊，便商量着去中州商业大街上学雷锋做好事，一路找来找去没有遇到一个需要搀扶的老头、老太，没见一个找不到妈妈的孩子，低头找寻了半天，也没有捡到一毛钱交给警察叔叔，好不容易遇到一个看似农村来中州推车卖菜的老汉，不由分说呼啦几人就上前去帮人家推，吓得老汉嗷嗷乱叫拼命把住车子，以为他们是抢劫的街头混混。

好事做不了，坏事这帮乡村来的学生也做不来，也不敢做，干啥去呢？想来想去，去爬龙兴塔去吧，来中州上学这么久了，只听到龙兴塔的传说，却还没真正地爬过一次呢，无论如何也要上去看看是个啥样。

龙兴塔周边，数百年前，有座规模很大的龙兴寺，塔因寺而得名，寺院因塔而更壮大，繁荣时，数千僧众在此修行，万千信徒皈依于此，那绝对是中原地区神圣之地，万千民众信仰之所。岁月更迭，时代变迁，待到清末民初，寺院早已被战火化为灰烬，在此建起来无数民居，而龙兴塔却依然高高矗立，千百年来，一直是中州的制高点，也是让中州人引以为豪的标志，甭说是这帮学子，即便是最普通的中州人民，也将有幸能攀爬一次龙兴塔视为终身的骄傲。

龙兴塔矗立在中州北侧一所小院子内，院门口没有人看管，走进院内，却是竹色青青，清幽异常，几幢平房青砖绿瓦排列其间，上挂中州文物所招牌，间或有几位工作人员踱着四方步进进出出，不紧不慢，一派悠闲。

一帮人有说有笑来到龙兴塔边，正要走进塔内，突然被蹿出的护塔人拦住，爬可以，一人一次五毛钱，五七个人加把起来四五块钱，不少呢，算计算计不合适，能吃好几顿冬瓜炖肉外加一人一瓶啤酒。正想转身离开，李亚军自告奋勇道："此塔乃北魏所建、佛门圣地，千百年来在此普度众生，是祖宗留下的共同遗产，哪有交钱上塔的道理？我等一众学子，岂能花钱登塔？看我上前说服那看塔人。"

李老夫子一番"之乎者也、无量寿佛"脱嘴而出，唾沫星子即刻飞起，眉飞色舞、滔滔不绝，顷刻间从五代十国就说到了清朝、民国，从如来佛祖叨叨到太上老君，还没啰唆到新中国成立后和孙悟空呢，那看塔人差不多就快疯了。

李亚军本身就不擅长洗澡刷牙，何况又是强势给人家卖弄洗脑，估计那人是实在受不了他那穷酸的味道，看塔人就差堵住耳朵、捂着鼻子蹲地上呕吐不止了，赶紧离开李老夫子几步，冲他们连连摆手："算了算了，不要钱了，你们上去看吧，注意安全啊。"

走入塔内，一阵凉爽，四面有窗并无黑暗之感。沿塔内砖阶回旋而上，每层都有回廊，塔内各级的须弥座上，饰有砖雕神人、飞天、佛陀等图案，雕刻精致、生动传神。在塔的每层飞檐翘角均挂有只铁铃，微风吹过，铮铮有声如同梵音。

爬至第十层，再往上通道已封，走出去看，有三米宽平台，四周有石雕栏杆，可凭栏眺望中州县城全景。西水河如一盘玉带，环绕在城的南面和东面，往北看，六峰山郁郁葱葱，几个山头奇形怪状扑面而来。

回头看，塔身上刻有不少古人佳句，也有某人到此一游等夹杂其间。登高瞭望，中州方圆几十里，气象万千尽收眼底，怀古观今，心旷神怡。

郭老夫子不忘摇头摆脑故作深沉地现作诗句：远看西水一条龙，近登龙兴塔不兴；六峰山头有红旗，我等心头愁悠悠。念完，大伙差点乐翻天，恨不得把他扔下塔去，却勾起了众人作诗赋词的兴致，你一句我一句闹得不亦乐乎。

狗蛋心中也作起了诗，不过他没念出来，记在心底回头写在自己的日记本里面了：翠色独凝河西水，铃声遥应山六峰；我欲他日登极顶，举手捧云万里声。

当晚狗蛋就被梦中的电闪雷鸣、霹雳近身而吓醒，差点大喊一声，坐起身来，却是被惊出一身冷汗。宿舍里同学们的呼噜声此起彼伏，睡得正香，转头望窗外，繁星满天月亮正高，莫非是那句举手捧云招来了雷霆万钧？

灵塔面前莫乱讲，真佛面前烧高香。奶说的是对的啊，狗蛋好一阵迷糊，那晚，睁眼到黎明。

第一学年，就这么懵懵懂懂地过去了，期末考试，狗蛋的成绩在年级排名中游，自己认为也很是失败，本以为自己高分入学在班里应该名列前茅，但结果并不是自己所想，反而倒退了很多。这样下去，不是好苗头。

其实每一个同学都是当初的佼佼者，不是你没努力，只是别人比你更加努力而已。何况，狗蛋自己有数，在学习上并没有尽全力，是县城的繁华迷惑了自己？还是自己抵抗不住繁华的诱惑？他也说不清。

看电影、闲逛、聚会、对别人评头论足，自己总是有理由去参与，看似快活轻松实则松懈了神经。每日早起练习拳脚路过操场时，也常常看到，并不是自己起得最早，还有比自己更早的，他们比自己更努力。

那就着咸菜吃着地瓜面煎饼的陆小利，很晚还在厕所里的灯下面背英语单词，课间休息不再画菜票了，弄了个日记本，在里面写起了励志名言学习心得，看那架势，是自己给自己鼓劲加油呢。

那酸秀才郭红军，古文诗句、历史典故张口就来，语文、历史、政治等门功课成绩无人超越，并不是表面上看起来的那样酸儒。

刘运华那小子贼聪明，看起来是满脑子想看电影、看录像，说不定偷着在被窝里面打着手电筒学习，要不然咋门门功课考得都比自己好。

就连平时锁在小树林笼子里的黑熊，这一年也是进步不小，师父不知咋调教的，这家伙竟然学会了灵活地躲闪狗蛋的拳脚。站立起来，已经超过狗蛋一头，挥舞起上肢，那双掌虎虎生风，稍不留意，就将败于它手。如果打不过黑熊，自己还有资格再牵它漫步黑虎山吗？

"文无第一，武无第二；山外有山，人外有人。"师父这样说。班里的这些人，看似玩着学，暗地里都较着劲呢。这一年，够他自己反思的，起码，狗蛋感受到巨大的压力。在接下来的一年里，他不能再这么轻松地度过。

娘不明白这么多，狗蛋能去县里上学，就是祖上积德烧高香了。娘最想的是能把猪养得再肥一些、重一些，多卖些钱，下个学期也能让狗蛋在学校食堂吃上白面馒头肉包子。

娘是在拼尽全力支撑自己来中州求学，自己尽全力去学了吗？他日我欲登极顶，这只是自己的想法，欲，而不是一定，需要脚踏实地，步步为营，需要艰难拼搏，奋力向上。那雷霆万钧之势，只有登上极顶之人才可掌控于心手之间。

这天中午，铁板桥那边走来一位老者。老者年过六旬，满眼热泪步履蹒跚，一步一回头，三步一环顾，仿佛一下子想把整个大山和东水河都装到眼里面，走到谢家坡街口，老人双膝跪下，头触大地泪水双行，惹来一众光屁股孩子的围观。

这一年，两岸政策解冻，老兵陆续开始回乡探望，老者，就是其中的一员。很快，一个爆炸性的新闻在谢家坡传开，老秋的三爷爷从宝岛那边回来了。

老秋的三爷爷名叫谢子山，早年在国军当差，在家未曾婚娶，后国军败退，随船去了小岛，自打离开家门，一去就近四十年，一直是杳无信息，老娘老爹牵肠挂肚数十年，喊着他的名字闭上了双眼。

几十年没有他的音信，没承想，老人真真切切地出现在家门前，虽已年老白发苍，乡音未改亲情仍在，一笑一颦一如往常。

惊得老秋的爷爷老泪纵横，仰天大叫苍天有眼，激动得差点一命归西。老大早已去世，白发苍苍的兄弟二人相抱大哭，摆烛上供禀告先人，惹得子孙也唏嘘不已。

狗蛋的奶奶听说谢子山远地归来，就想叫正在家的红雨去探问下他干爹的消息。

晚上，狗蛋正在复习功课，谢子山提着一些礼物，与谢广田结伴来到了狗蛋家。

谢子山问长问短地闲聊了阵家常之后，说："谢子龙长官因身份原因，有些特殊，现在还不能回来。不过，他叫我给他的救命恩人海棠妹子和他干儿红雨先捎个好，见您这么健康，干儿子、孙子都这么大了，我想他知道后肯定很高兴，回头我马上写信将这儿的情况告诉他。"

原来，电影上放的故事、历史书上讲的那些事，离自己并不遥远，真真切切的，就与自己扯上了那么一点的关系。

干爷爷名叫谢子龙，山南省万虎山地区屈指可数的几位中央陆军军官学校毕业生，打仗勇猛为人豪爽，三十出头即任国军上校团长，骑大马挎小枪，相貌堂堂，威风凛凛，人称万虎山中一条龙。

谢广田，当时是谢子龙的贴身警卫参谋，为弥补心底愧疚，谢子龙命其脱下军装随后返乡，秘密保护狗蛋奶。

历史沧桑，岁月如歌，眨眼间，一晃就是几十年。

谢子龙也曾率部抗日，跟随上司与马占彪携手杀敌，名震万虎山。却也在那个变革的大时代，看错形势，与民为敌。朱恒山曾派人送信给他，劝他弃暗投明，关键时刻自己却奔错了方向，兵败渡海远去异乡，跻身军界，多年后已是那边的陆军中将。

在小岛，谢子龙与报务员结婚，谁承想，报务员却无法生育，至今身边无子孙环绕。因曾位居军界高位，虽已退休，却职业敏感，当局不同意他返乡探亲，谢家坡，成了他一生的牵念。

奶奶误背着谢子龙老婆的罪名，几十年谨小慎微、提心吊胆，辛辛苦苦将狗蛋爹拉扯成人娶妻生子，期间所受难为和委屈实在是无可言表。谢广田甘做农夫一生不娶，默默隐藏一边，为的是长官那一信任的嘱托，当然，也有那个年代的知遇之恩。

如谢子山不归来，奶和田爷根本就不可能说出口，这些事狗蛋又怎么能够知晓？在狗蛋的眼里，奶奶和田爷突然就变得伟岸。也许，爹的装憨卖呆也与此有关？

夜里，狗蛋做了一个梦，梦里自己又回到那战火纷飞的从前。那时，马占彪在万虎山地区，曾与一支国军合作多次，抗击日军打击汉奸，互通有无惺惺相惜。那支国军队伍里有个年轻干练的团长，他叫谢子龙。

事情莫非真的就这么的巧？如果真有前生后世，那自己的转世，居然生在了一个政见不同的人家中，还做了人家的孙子？上天真会开玩笑。这，应该是狗蛋天大的秘密，他藏在心底一辈子，任何人都不会提及。

自己的干爷爷竟然身在彼岸，身处要职，不知道何时能相见，相见后会是什么场面？狗蛋想都不敢想。毕竟，谢子龙身份不同，不能如普通老兵般回乡祭祖、探望亲人，但是，他总归会回来的。因为，谢家坡是生养他的故乡。

现在不能，将来，一定能。那就等将来他老人家回来时再说，那时，自己大学毕业参加工作，也好面对。现在做的，是努力将成绩赶上，当然，功夫还得继续练。

如约造访

暑假的一个中午时分，太阳正高，狗蛋刚刚躺下准备午睡片刻，啪啪啪传来几声敲门声："请问这是谢运昌家吗？"女孩叫喊后驻足观望，宽敞的、干净的院子里一个人也没有。一群母鸡正在柴垛旁乱刨觅食，一只芦花大公鸡站在垛顶上引吭高歌。它一面招引母鸡过来，一面装作在啄食虫子的样子。两只山羊正在羊圈里啃着杨树叶子，还不时咩咩叫上两声，露珠在堂屋的脊顶上晶莹闪亮。

狗蛋听见喊声，忙起身跑去开门，顿时头就大了。门口站着的，竟然是工地上开升降机、回乡复读的那位丫头张曼玲，身着蓝裤子红衬衣，脚穿一双小皮鞋，一脸娇羞与着急，手里还提着个大西瓜。果然是她，张曼玲。还是同原来一样，但她出落得越发俏丽可爱了。那双纯洁的黑眼睛打量起人来，仍旧那样笑盈盈的。她还是那么洁净、新鲜、纯朴、惹人喜爱。那两片线条分明的可爱丰润红唇，跟上次看见她时一样，由于内心难以抑制的喜悦而皱了起来。

"哎呀，怎么会是你啊？没想到，没想到，快请进。"狗蛋将她让进屋来。

娘见到一位俏姑娘进了家门，忙起身招呼："姑娘是狗蛋的同学吧？"心里那个甜，这丫头真俊，不会是城里来的吧？狗蛋不大好意思，老娘哎，当人家女孩子面不喊狗蛋成不？

狗蛋还没来得及介绍，张曼玲就大大方方地接过了话："婶子，俺是去年在安南工地上认识的谢运昌，前段时间俺爹来过，您还记得不？"

娘这才明白过来，原来这姑娘是那张工头家的丫头，心里就责怪起狗蛋来，不会是没好好学习，跟人家谈起那个啥来着？恋爱了吧？看着眼前这丫头怪水灵喜庆的，真做了自家的儿媳妇也不错哦。娘思想就开了小差，奶见到张曼玲后也是笑不拢嘴。

上学期的一个周末回家时，听娘说过，那位张工头真的在某一日打听着来到狗蛋家，奶和娘以为是狗蛋在工地上认识的领导，招待其坐下，估计张工头见没有男主人在家，不大好意思打搅，只说了些狗蛋在工地上的事和闲话，饭也没吃，留下些礼物就走了。

狗蛋以为，那张工头估计是看到俺家里既穷又破，应该是舍不得闺女掉火坑，死了那份抬亲的心了吧，这样最好，省得啰唆。谁知道这妮子又跑来了，看来人家是真的考上中州一中了。

家里房屋虽破桌椅虽旧，却被奶收拾得利利索索。张曼玲仿佛就在自家一般，随便得很，"谢运昌，俺考上中州一中了，兑现当初的诺言，这不，来看你了吧，意外吗？哈哈。"

"嘿嘿，不意外，俺正琢磨着你咋还没来呢，你说，你要是不来看俺，那就是没考上，你岂不是又要回工地上开升降机去了？"狗蛋同她悄悄地交谈着，悠闲而又俏皮地微笑着，这样的微笑正是曼玲最心爱不过的。更耐见人的是在他的微笑下曼玲眼中焕发着一种柔情似水的神色，以致连曼玲也不得不承认自己几乎是美丽的了。当曼玲含情脉脉地望着狗蛋时，她那平淡的脸上仿佛被一支内心的火焰照耀得容光焕发，因为只有一颗热恋的心才能够在脸上显现出这样的神采，那么此刻曼玲脸上浮现的正是这样的一颗爱慕的心境。

"呸，我有那么笨？成绩嘛，一般一般，全县第三，咋样？俺听说你还常跟一头黑熊在一起，那俺要在这住几天，看看你是怎么牵着熊溜圈的。嗯，顺便你也要给俺辅导一下功课啊。"张曼玲看来是打算好了，下定决心在狗蛋家体验生活了。

"这个，你还住下来啊？你看看俺家一共几间房？咋个住法哦？总不能俺去猪圈睡吧？那个，吃完饭送你回去，知道俺家门就行了，好吧？"狗蛋家可从来没有女孩子住过的，突然来了一个俏姑娘，着实是没有任何的准备。

"没啥啊，婶子，晚上咱娘俩在一起挤挤，俺就住几天，行不？"狗蛋娘见人家姑娘没嫌弃家里脏乱差，还铁了心要住几天，那还能硬撵人家走吗？这个狗蛋啊，哪辈子修来的福分，女秀才都跑家门上了，还不想留下人家，这可不行。

"好，好，那你们先玩着，我去给你们做好吃的。"娘乐呵呵地忙活去了。

狗蛋很纠结，这事咋办？自己可是一门心思想考大学，狗蛋心里一直装着张晓娟呢，这张曼玲咋就黏上他了呢？他不知道，狗蛋已经在张曼玲心里深深地扎上了根。

张工头那人，心里亮堂得很，闺女回乡复读，全县第三闻名乡里，可是给他挣足了面子，但他知道，这纯粹是安南工地上认识谢家坡那小子后给刺激的，至于以后，开了个好头，以后还会差了？就算二人成不了亲，闺女以后出息了也是天大的好事。

毕竟是乡村里的孩子，张曼玲眼里很有活，吃完饭陪奶奶坐在马扎上唠嗑，一大早起来就帮娘收拾起来院子，奶奶满眼里都是笑容，那可是心里灌满了蜜啊，就像真的娶了孙媳妇一样。家徒四壁、粗糠烂菜，这丫头没看出一点不开心来，去哪找去？祖宗积德啊，梦里面奶奶都能笑出声来。

狗蛋瞅着张曼玲不注意，就想溜出去，要到小树林练功啊，他是真的不希望带她去，大街上遇到人，咋个介绍？没听说狗蛋有表姐表妹的啊。没承想刚出门，那丫头就紧紧地跟了上来。得，甩不掉了，那就一起去吧。

田爷见狗蛋带一女孩过来，乐呵呵地问："是哪儿来的客人？"狗蛋脸一红，回答："田爷，我同学呢，听说咱这边风景好，放假没事来咱村看看。"

狗熊像是吃了兴奋剂，见狗蛋过来，就拼命地在笼子里转圈，惊得张曼玲是目瞪口呆，"这么大的黑瞎子，谢运昌真的溜它跟玩一样？不会是别人吹牛吧？"

"我说，你离远点，这家伙要是挠你一爪子可了不得。"不用狗蛋提醒，张曼玲早躲得远远的，心里充满了好奇和震惊，她要看看狗蛋是怎么跟黑瞎子玩耍的。

"你这个人，跑那么快干啥，等等俺。"张曼玲高声喊住狗蛋，她要跟着去山林里转转。那好吧，离得远远地跟在后面就是了，有黑熊在身边，狗蛋不怕张曼玲上前套近乎。

隔几日，一场大雨刚过，黑虎山到处山花烂漫翠绿无边。不能老是不陪着她转转啊，很久没去将军碑了，领张曼玲去那看看吧。路上狗蛋告诉张曼玲，"咱去黑虎山将军碑附近转转，你可千万别跟奶奶说去了那儿。"

"为啥呢？那儿不好看吗？"张曼玲问。"这个咋说呢？我认为那儿很好，可那儿就一乱葬岗子，不过埋的可都是抗日烈士。"狗蛋回答。

"啊，那咱就当是去中州革命烈士陵园瞻仰了，有啥不好的？咱去那儿看看，我不跟奶奶说。"丫头片子很干脆。

迤逦而行，遍野黄花、绿草青青，爬上山坡，将军碑耸立在眼前，雨水冲洗后显得格外壮观，石刻的将军雕像仿佛正亲热地注视着狗蛋。"此地埋葬的是当年八路军万虎山军区司令马占彪，碑文上记载着他的功绩。"狗蛋对张曼玲说。

"哦，没想到，你们这儿竟然还埋葬着一位革命功臣。"张曼玲眼瞅着碑刻，随口念道，"马占彪，祖籍四川省银阳县王家屿村，早年参加红军，曾任独立师师长……"狗蛋听到后心底一颤，原来对将军的籍贯还真的没有留意过，可上次银阳一行，那王工头的老家，不就是王家屿吗？心底便涌起无比庄严。

在通往烈士坟茔的林间空地上，顺着新近拓宽的光洁的山间硬化路面上山。棉絮般的薄雾被风吹赶着，擦着松树梢，桦树林，飘过迷蒙的大片林间空地，就像饥饿的山鹰发现了地上的野兔似的，在冒着热气的灰绿色沼泽地上空缓慢漂移。没多久，秋风阵起，细雨蒙蒙，他俩抬头看下混沌的天宇继续向山上走去。

在不紧不慢的行走间，曼玲见狗蛋突然变得严肃，心底莫名的悸动，这小子怎么突然变得那么高深？"谢运昌，几十年前，埋在这儿的人应该都很年轻吧？你说他们当时为啥就那么玩命呢？"

"是啊，如果没有战乱，没有日本鬼子入侵，他们现在应该都在家当爷爷抱孙子优哉游哉吧。他们的牺牲，换来后世的安宁，我想，他们当初不仅仅只是希望赶走侵略者夺得政权吧。"

"对啊，周总理说过，为中华之崛起而读书。那一代人应该是为了整个民族不再被屈辱吧。没有生活在那个时代，我们感受不到当时的情怀。谢运昌，你读书是为了什么？只是为了走出黑虎山吗？"张曼玲此时被凝重的气场所感染，打消了很多女儿的心思。

"我在想，这些牺牲的烈士，他们应该也有崇高的理想，不仅仅是当兵吃粮那么简单。你看到这位将军的简介了吗？当初他带着队伍不仅建立政权打日本鬼子，他还为老百姓做了很多实实在在的好事。听老人讲，他是真心希望老百姓能过上好日子。"狗蛋说，"我想我们读书的愿望，也不能仅仅是为了自己，应该有更远大的理想，至于到底是要干什么，我还说不清楚，但起码不只是走出黑虎山。"

"嗯，我觉得也是，人不能只是为了自己，都要有自己的使命，不然就如行尸走肉一般，又跟狗啊猫啊的有啥区别？谢运昌，我咋感觉不虚此行呢，呵呵。"

狗蛋感觉自己的思想经张曼玲稍一点拨，突然就升华了很多。对啊，每个人都要有自己的使命，想起自己的前生，那么，我的使命应该就是去完成先驱夙愿，打造美丽的家园。可现在，作为一名学生，凭现在的成绩，如何能有条件去实现？身后跟着的张曼玲，如何会知道自己的心思？

返回路上，狗蛋对张曼玲说："谢谢你来看俺啊，心意俺领了，可是，俺不能去你家看你的。"狗蛋心说，真去了她家，那不成了毛脚女婿上门了？不打自招那可就实实在在脱不了身了。

"谁稀罕你去看？俺爹说了，等他再忙一段时间，抽空将徒弟们带来，要来谢家坡给你家修修房子，爹说了，你家房子真该换屋顶了。这事，俺可拦不住。"张曼玲巴不得狗蛋送她回家呢，人家说不去，那也没办法。可爹也是真地说了，看狗蛋家泥巴茅草房，夏天要是不漏，还真的很难。眼见狗蛋家穷得叮当响，爹是有心思给她帮大忙呢。

"哎呀，这怎么能行？等俺以后挣钱了自己修，哪能麻烦你爹？这可是万万不可，实在是承受不了这份情谊，非亲非故，无功不可受禄。"

"啊，看把你吓的，那是俺爹自愿的，俺可没逼他。你吧，小心眼一个，不就是他托人私下找你问问吗？人家又没跟你家大人正儿八经地来说媒。俺都没当回事，你还当了真？俺现在也就拿你当普通同学，爹的想法俺不管，可你以为俺就那么想上杆子嫁给你？想歪了吧？"张曼玲满脸幸灾乐祸。

话题一转，张曼玲又道："不过呢，俺可是拿你家当自家了呢，至于咱俩以后咋样，考上大学再说呗。丑话我可说到前面啊，我可是不找对象的，要是听说你找了，哼，别怪我爹来谢家坡扒了你家房子。"

听张曼玲如此一说，狗蛋便深深地舒了一口气，这张曼玲，真格地是有主心骨，好在，给了自己几年的缓冲。几年后，也许她眼光变高了呢，不过，认个这样的干妹子倒是挺不错的，没准娘会愿意。

"这样也成，干脆你认我做干哥哥好了，走，回家给你干娘磕头去。"狗蛋逗她。

"呸，想得美。"张曼玲给他翻了个白眼。来谢家坡可不是为了认干娘的，她是来验证狗蛋的真本事的，顺便摸一下狗蛋家的情况。

家境贫穷四亲无靠，这小子却腰板挺得很直，那气概让自己好生喜欢，狗蛋娘和奶跟自己相处得还很亲很近，感觉很不错。有此位的身影在一中校园偶尔看到，那学习起来劲头将会十足，张曼玲为自己加油鼓劲，对未来很自信。

"谢运昌，你别揣着明白装糊涂。"张曼玲跟他说，"开学后你要好好读书，不要想三想四的。考不上大学，你那些理想抱负都是空气，回来当农民的话，俺爹可要来找你家要修房子钱。"

可怜张曼玲对自己一片信任，狗蛋深深地叹了一口气，认真地对张曼玲说："你放心，我一定把握好自己，也谢谢你和你爹的心意。我们现在说别的还早，等你考上大学了，我一定去你家看你。嗯，要是你出嫁时我当娘家人送你，那也很好。"

开头那话张曼玲爱听，后面那句听完她就流泪了，挥手就狠狠地扭了狗蛋一把："不是跟你说了吗？我不找，你也别找。"疼得狗蛋是龇牙咧嘴，赶紧闭嘴傻笑一阵，再多说话就是辜负了人家一份美意。

张曼玲在狗蛋家的这几天，娘像换了一个人，箱子底好几年不拿出来的衣服都翻出来穿上了，见到街坊邻居，腰板也挺直了很多，在街上说话嗓门大着呢，生怕别人不知道她家来了客人。

隔壁马二鬼子家盖新院子了不假，可那是把闺女嫁给邻村有钱的瘸子后才盖起来的，不是自家儿子挣的钱啊。瞧，那么俊的女秀才大老远地跑俺家住着，看俺狗蛋是啥本事？这辈子知足了。

张曼玲该离开了，狗蛋娘和奶眼里含着泪花，一直把她送到铁板桥，才依依不舍地分开。

狗蛋要送张曼玲一段路程，在一旁看着娘几个的亲近，心里也暖暖的，娘是希望她做闺女呢还是希望她做儿媳妇呢？

这个张曼玲，攻心战术了得啊，幸亏是回来继续上学了，在工地上开升降机真的是瞎了这份脑子。要是他爹再来修房子的话？狗蛋不敢再想下去。

一路风光无限，二人边走边谈。

"张曼玲，后天我要去县城打工，白天干活，晚上顺便把功课系统地预习一遍。你也预习一下功课吧。"狗蛋将第一学期的课本都给张曼玲装上了。

"嗯，等开学后就紧张起来了，要一起努力，我可不希望在校园里我们装着不认识，遇到麻烦事后我可是第一个要找你。不过你放心就是，学习方面的问题不用你管，等着瞧好吧。"张曼玲对自己很有信心，也感染触动了狗蛋一下。张家丫头都这么干脆利索，自己又岂能黏黏糊糊？

挥挥手，张曼玲离去，狗蛋心里突然感觉被她带走很多东西，莫名的惆怅和空荡荡。

苦中反思

狗蛋跟娘说，要去县城打工挣学费，不在家过暑假了。娘说，"想好干啥了吗？学校还没开学，你去哪住啊？"

狗蛋想好了，去给建筑工地拉脚，这活陆小利常干。预制件厂免费提供一辆地板车，拉一块楼板送到县城工地两块钱，跑得快的话一天能送三趟，当天结算。吃饭再省着点花，一个月下来攒一百多块钱是没问题的。

至于住，去找张立伟。他爹卖废品，租的是个院子，估计这小子假期不会回老家的，还有间放满废品的房子没人住，收拾一下自己可以住下。反正狗蛋不嫌脏，有个晚上看书的地儿，还能睡觉就成。

想好了就去干，这一点得向张曼玲那丫头学习。第二天一大早，狗蛋就辞别了奶和娘，顺便去小树林跟师父道了声别。他要先去临乡找到陆小利，最好拉他一块做个伴。

打听着摸到他家，倒吸一口凉气，陆小利家比自己家更穷，文字不好形容。院子里几个小孩子光着屁股流着鼻涕正闹成一团，老天爷，这小子竟然还有两个姐姐、六个兄弟妹妹，他娘老子真能生，掐指一算，兄妹九个，能养活过来吗？

纳闷他们这为啥没有计划生育，前几年兄妹五六个正常，可八九个也太喷血了吧？谢家坡那疙瘩谢老黑可是抓得紧，谁敢超生立马扒屋卸门扛粮食，管你是不是喝药上吊。

能吃上地瓜面煎饼去中州一中读书，是这小子的造化，心底对陆小利父母便无比敬佩。陆小利放假后第二天就去拉脚了，天黑收工后才能回家。不过呢，陆小利不在家里面住，野外三里有间机井房，基本上都是带两个弟弟在那打地铺。问准他为西山镇预制件厂送料，狗蛋便起身离开。

西山镇预制件厂，距中州县城七八华里，狗蛋头顶烈日迈步赶路，到那后正赶上陆小利拉着空车回来，见他到来，十分开心。

狗蛋劈头就先问陆小利，"我说，你家咋那么多兄弟姐妹啊？咱这不是早就计划生育了吗？那么多孩子，可要了你爹娘的血命了。"

陆小利红了红脸，的确有点不好开口，"哎，俺村都那样，哪家没四五个孩子？告诉你，还有一家生了十一个呢。"

狗蛋听后惊呆了双眼，老天爷，这么能生，咋个养活呦，"那村里和乡里不管啊？俺村的支书可是狠着呢，扒屋拆墙扛粮食，跟日伪军、还乡团进家似的，哪个敢超生哦。"

陆小利呵呵干笑了几声道，"根子就坏在支书身上，他盼着有儿子，可老婆给他接连生了四个丫头，也没生出个带把的来。还有脸管别人？"

咽了口唾沫，陆小利接着说，"嗯，倒是想管了，被俺村那个姓钱的那一家打进家门口，给他灌了一嘴的大粪，再也不敢拿计划生育说事了。你不知道呢，俺们村有一半的是少数民族，又团结又霸道，乡里县里的工作队轻易不敢进村，于是就慢慢变成现在的局面。对了，你来这干啥来了？"

狗蛋说明来意，陆小利说，"好，你来了后我们搭伴正好，省得我寂寞。等会儿啊，我去买包烟送给老板，然后咱俩一块去问问他，看看还有没有闲着的地板车，那人霸道得很，拉脚的都怕他。"狗蛋哪能让他去买烟？拔腿向一个小卖部跑去，买来一盒大前门塞进陆小利口袋。

"哦，想来拉脚，是吧？"老板一身彪悍满脸横肉，叼着半截烟卷，皮笑肉不笑地对狗蛋说，"正好还有一辆车闲着，不过你得交五十块钱押金，如果车轱辘坏了或者其他的意外将楼板摔坏了的话，从押金里面扣除。当然了，如昊拉自家的地板车过来，押金交一半就可以了。"

狗蛋没想到还要交押金，五十块，去哪弄去？自己一共带了二十块钱应急，回头看陆小利，他家啥情况啊？实在不好意思张口借钱。

陆小利说，"我身上还有十块钱，先垫上，别着急，咱再继续商量。"

一分钱难倒英雄汉，二人好说歹说，老板就是不同意。最后一个折中意见，狗蛋二人把那三十块钱交上，然后在预制件厂干五天小工，不给工钱，只管住不管吃，抵消剩余二十元押金，五天后给车拉脚。

预制件厂的老板账算得蛮清，不用管饭不用付钱，被自己白白地用上五天，合适得很。不干拉倒，有的是来干的。狗蛋二人考虑半天，也只能如此，不然人家不给地板车。

预制件厂内的活，跟建筑工地上差不了多少，搬水泥、和沙子、扎钢筋笼子然后就是浇灌，再累一点的就是成型后楼板的搬运，五七个人吆喝着堆垛、装车，干这些，狗蛋不会吝啬自己的力气。

厂内不管饭，陆小利奉献出自带的地瓜干煎饼和咸菜疙瘩，狗蛋也不客气，二人蹲在墙角，吃得津津有味，此时，狗蛋感觉就如在四川银阳饭店，比罗局长请客时吃的山珍海味还要香甜。

五天眨眼就过去了，老板交给狗蛋一辆地板车，便开始了拉脚生活。

拉脚的人，大多是附近村里面精壮的汉子，三五成队，吆喝着一起上路，也好有个照应。也有落单的，比如陆小利这样的穷苦孩子。拉脚，走的是腿力，拉的是力气。上千斤的楼板放在车上，遇桥上桥，逢坡上坡，拼的就是体力，最难的，也许不是上坡。下坡时，一个趔趄收不住脚，车子就可能如千斤压顶般碾过自己、非死即伤。

第一次拉车上路，狗蛋很是兴奋，与陆小利一前一后结伴前行。进中州县城，有一个铁路立交桥，上面火车道，下面上下坡至少几百米。狗蛋有功夫在身，感觉不到十分的吃力，抬头看陆小利，下坡时将车后尾紧贴地面，划出一道道耀眼火星，即便这样也是把持不住，逼得他一路小跑。

然后就到了上坡。陆小利弯下半个身子，憋红了双眼，车襻紧绷在肩，勒出一道血印，阳光正毒，身穿粗布短裤、光着黑黝黝的上身汗水淋漓，那身躯如一尊雕塑，有力而又坚韧，一步一步艰难地向前挪动，哪里顾得上擦一把满脸的汗水？

一个踉跄磕倒在地，膝盖上就流出来血，陆小利双手紧紧贴住坡面，撑住车子不让它下滑，咬紧牙关慢慢站立起来，一脸的坚毅，继续前行，看得狗蛋是一阵心疼震撼无比。这哥们，肩拉的是一家的希望啊，一天天的，就这么硬撑。

工地的收料处，有一个电葫芦，将车停在下面，捆绑结实，几分钟的工夫楼板就能卸了下来，倒也方便省力得多，只是电葫芦周围乱哄哄，停满了排队等候的地板车，一个一个地抢着卸车，却又是慢了很多。

黏糊糊的泥巴，走一段就要停下来清理一下车轮，这儿的泥巴可是小时候摔泥巴哇呜时最希望找到的，可是，现在却再也不敢想那时的趣事。坚持，再坚持，到柏油马路上，就不会那么难走了。

想想家里疼他爱他的奶和娘，想想心底牵念着的张晓娟，狗蛋便浑身充满了力气，干脆脱掉鞋子，光脚踏进泥泞里，迈开大步，一口气便将车拉过泥泞路，将车停在柏油路边。

圆月当空，院内洒满一地银光，微风吹来几许凉意，狗蛋寻一块木板躺在上面，眼望着天空繁星点点、倾听蛐蛐的欢唱与树叶哗哗，却是比在室内舒服得多。

琢磨着拉脚以来的这段日子，钱是没挣多少，却是见到了以前没有经历过也无法想象的事情，陆小利贫穷中的坚韧，给狗蛋留下深深的思索。自己的家境，在谢家坡总认为是最穷最难，比起他们来，却又好了很多，脑海里便浮现出娘在烈日下农田里艰苦劳作的身影，还有奶颤巍巍地提着桶喂猪、喂羊的样子，心底顿生幸福之感。

一个月的拉脚生活，头顶烈日、风雨无阻，狗蛋更加的黝黑、粗壮，只是，目光中多了些沉稳，脸面上看出来些许成熟。生活的磨难，带给他的不仅仅是艰辛，还有更多的思索，让他知道如何去珍惜，如何去走好以后的路。

开学的日子就要到了，交回地排车，领回押金，狗蛋回到了谢家坡，走进家门，感觉到的，那是无比的开心和幸福。

娘和奶不管他挣了多少钱，只盼望他平安的归来，师父不管他预习没预习功课，只希望他能随时打得过大黑熊，金窝银窝不如谢家坡这温暖的窝，奶的微笑、娘的唠叨、猪的哼哼、狗熊的欢跳，都是狗蛋最温暖的期待。

假日里，师弟李小强基本上每日都来到小树林练功，再见到师弟，小强的基本功练得已经有模有样，一招一式规范有劲，一拳一脚已经虎虎生风，平头圆脸、身材壮实，浑身透露出一股憨厚、眼神精光清凉透着万般精神，那流里流气的神情早已飘到九霄云外无影无踪。

问起张大雷、谢坏三等人的情况，师弟说，自从返校读书、立志跟师父练武以来，就从此跟他们一刀两断，再无半点联系。这几个人的情况倒是听旁人说了一些，张大雷的父亲曾去探过监，说是都在万虎山北麓山南省第九监狱服刑呢，坏三在里面竟然做了犯人的"大值星"，每日领着几十个犯人下到地下好几百米处挖煤，"半只耳"谢坏三在九监狱却是混得如鱼得水、无人不晓，不过还得几年后才能放出来。

谢坏三的爹谢秃子不知走的哪儿的门道，砖瓦厂交给大儿子管理，领着一帮人在黑虎山附近翻山钻洞地准备挖煤呢，坏三在监狱里面领着犯人挖煤，老子秦桧在外面也琢磨着挖煤，你说这是啥事啊，小强说罢，狗蛋不免叹息。

"听说你们谢家坡附近地下煤层不浅，谢秃子这次可是把谢老黑给买住了，不然怎么能随便由着他围着黑虎山漫山遍野地瞎折腾？"李小强说。

狗蛋听后不免叹息几声、感慨几句。谢家坡流传的白羊传说、铁板桥上那金元宝的离奇，这黑虎山下那地下藏着的宝贝，不会就是深埋的铝矿和煤炭吧？那可是大伙的共同财富，不会被这帮人挖出来据为己有吧？

不惧邪恶

绵绵秋雨，从傍晚一直下到拂晓。好在西北风阵起，很快雨过天晴。县城的街道上雨水尚未耗尽，飞驶的车辆不时溅起片片好看的水花。城市的上空笼罩着一片蒸气，透过浅蓝色的雾气可以模模糊糊地看到六峰山的轮廓、蓝色的银口坝和远处护城河边上的杨柳树梢。西水河上清风徐徐，捞鱼鹳扇动着翅膀，波浪懒洋洋地拍打着陡斜的河岸。笼罩在透明的紫色雾气里的六峰山在阳光下闪着暗淡的光芒，人工湖边被雨水洗过的桦树林，像早春时节一样，青翠欲滴。

谢秃子找煤之事也只是私下议论一番而已，即便找到煤源，真挖起来再卖出，也绝没有想象的那么简单，毕竟煤炭属于国家资源。这个话题太沉重，就此打住。

"师兄，你不在谢家坡的这段时间，我每天都过来陪师父。"李小强对狗蛋说。

说着话，狗蛋便将笼子打开，黑熊嗖地一下便蹿了出来。

李小强踌躇着想上前去将狗熊牵住，却见大黑熊一声低吼两耳竖起，昂首站立如山鬼一般凶神恶煞，惊得他一身冷汗不敢再向前，这家伙那双掌呼扇呼扇，灵活劲又足，一巴掌下来还不拍死一头牛？想想自己的身手，实在是没有把握，只好甘拜下风，拱手对二师兄行礼，黑熊方才罢休。

狗蛋哈哈大笑，摸了几把狗熊的脑袋，狗熊便四肢着地欢快地随他而动，见狗蛋与狗熊的亲密无间，打来闹去有惊无险，你来我去眼花缭乱，李小强眼神里便对狗蛋更是充满了无比的崇拜。

师兄身手高强，少林功夫已是扎根在身底，大洪拳、小洪拳打得更是炉火纯青，却又没耽误学习，文武双全行事低调，孝敬老人善待自己，有此传奇师兄，此生足矣！李小强越发地激励了紧追其前进的决心，早已将当初跟谢坏三一伙胡混的过去抛之脑外。过去的全部忘却，未来的，肯定充满了希望。

李小强悬崖勒马，没有继续跟坏三几人走下去，能够果断重新选择，已是不易，何况功课也慢慢地赶了上来，这小子是咬牙要跟上自己的步伐呢，浪子回头金不换，这个小师弟还真的很称自己的心，狗蛋是越来越喜欢上李小强，这小子很有一股子不达目的不死心的信念在，以后说不定能成大器，师父啊，您的眼光还真的很不错。

陪着小强在小树林里面练了几天功夫后，就到了开学的时间，狗蛋背起干粮、行李辞别谢家坡回到中州一中，干粮袋里，现在一半的已经是白面馒头，还有奶做的辣酱、腌的咸菜。馒头那是娘自己蒸的，半年前只给奶奶一个人吃，可是这一个季节里，娘养了几寸蚕，蚕茧已经卖了出去，再加上狗蛋拉脚挣下了百十块，家里的经济情况真的是比以往好了很多，狗蛋的干粮袋里面，也便丰富了很多。

这一年，中州县城的街头上出现了不少的录像厅，一块钱一张票，进去后可以武打片、战斗片、言情片一直看到收场。刘运华那小子，晚自习的时候总是要偷偷跑过去看的，偶尔回来悄悄跟狗蛋说："谢运昌，明晚上你也跟我去看一场，我请客，行不？"

狗蛋听了后只是一笑了之："哈哈，那你就尽情地欣赏吧，俺对此不感兴趣。"

这个学期开始，狗蛋要收心养性专心学习、迎头赶上了，上一个年度已经落下了太多，不能再迷恋县城的喧嚣，也不想再理会众人的闹腾了，陆小利给了他太深刻的反思，小利这家伙，骨子里面硬撑着多少承担呢？想想，心里面都觉得震撼，真格地是值得自己学习。计划，要一个个来落实，人生，要一步步走好，眼前做到的便是将精力集中在学习上，当然，也不能耽误练功。

想到张曼玲，她就来了。趁着在大操场上开学典礼散会后乱糟糟的机会，曼玲就蹿到了他面前，开心地告诉他，自己分到了高一一班，警告狗蛋在一中校园内不要装作不认识，不然她就到他班里找他去，然后不顾狗蛋一脸苦笑，嫣然一笑，转身离开。

不到两个月，一个消息传到狗蛋耳边，刘运华告诉他，高一一班有个女生，名叫张曼玲，被私下评为中州一中的明日之星了。这个女生，那个气质、身段，哎哟，就是一个字，美，刘运华说着口水都快流出来了。

明日之星？其实就是校园美女的名次排列，那时不敢叫校花，公开不敢讲，私下男生们可是挨个评选一番的，不仅仅是看长相和气质，还要看学习成绩。狗蛋知晓张曼玲在一中校园竟然有如此神迹，心底不免开怀一番，哈哈，刘运华，这事俺就不发表意见了，能让你垂涎三尺的张曼玲，那是俺的干妹妹呢。

狗蛋班的班长，那位王晓梅同学，是一中校园公认的今日之星，长得好看不说，成绩又好，关键的是，她爹王三强又升官了，调到中州临县去做了县长，县太爷家的千金小姐，跟人家又是同班同学，回村里跟亲戚邻居说说都不算是吹牛，但是私下里，这帮同学对她也只可远观而不敢亵玩。张曼玲的这个明日之星，明摆着是跟王晓梅并列在一起啊，这丫头，真格地是不可小觑！

张曼玲那身段、气质丝毫不亚于王晓梅，尤其是性格泼辣、为人大方，更是胜其一筹，听说期中考试成绩也是年级一流，走在校园中，明日之星便引起一中学子的瞩目和回首，不仅仅是男生，还有不少女生。

偶尔遇到狗蛋，张曼玲莞尔一笑，抛几个媚眼过来，引起随他并排走的刘运华一阵羡慕嫉妒恨，他不明白张曼玲为啥遇到狗蛋后总给他来个销魂眼神，那温柔神情，那甜美微笑，刘运华在一边看着都快酥了，挺了挺腰板，再顺手捋捋头发，美女咋还是看都不看他一眼？

谢运昌这小子，个子不魁梧、晒得黑乎乎，模样不如许文强，家里还那个穷得叮当响，凭啥啊？刘运华自认为哪方面都比谢运昌强，跟他在一起，那个高一的新生美女张曼玲说啥也得瞅自己几眼吧？凭啥只给这小子抛媚眼啊？刘运华想不明白。

这天下午放学后，狗蛋独自徘徊在操场上，远远地看到张曼玲款款而来，想起她在谢家坡小住的那几日与奶和娘的亲密无间，心底突然涌起莫名的温暖，这丫头，要是自己的亲妹子，多好？思想就有点走神。

"喂，说你呢，看什么呢？小心掉到坑里崴了脚脖子。"张曼玲含情脉脉注视着他，笑嘻嘻地说道。狗蛋猛一愣神，这丫头手持一本书已站在自己眼前，紫色连衣裙、红色小皮鞋，柔顺的长发简单地扎在脑后，亭亭玉立洋溢着青春的气息，那浓浓的书卷气早已没有了开升降机时的土气，脸便红了起来说："俺在看天上的星星呢，可惜一个都没有看到，没碍着你啥事吧？"嘿嘿，丫头是明日之星呢，越看越闪烁着靓丽的光。

"哈，亏你想得出，大白天看星星？我看你是想做白日梦了，还是好好地看看这个吧。"张曼玲伸手将一本书递到他的手里面，"《平凡的世界（第一部）》，路遥的作品，俺觉得这本书写得太真实太震撼了，抽空你也看看吧，记得哦，还给我书的时候，要交一篇读后感。"狗蛋还没反应过来，张曼玲已扭头离开，留下一阵余香，还有狗蛋的发呆。

路遥的作品，狗蛋刚读过一本《人生》，里面的主人翁高加林不向命运屈服、自强坚毅的形象一直在脑海里闪烁，张曼玲给他的这部小说，却是第一次听说。《平凡的世界》，书名倒也直截了当，想必描写的都是平凡人最普通的生活吧？既然丫头认为这本书好看，那就找时间认真地阅读一遍，至于读后感，只当是丫头开玩笑了。

张曼玲模样秀丽、为人大方，学习优异、思想活泛，远观近处都让人赏心悦目，不仅成为刘运华之类同学们私下的谈资、意淫的对象，也引起校园内一些县城衙内们的格外关注，其中最上心的一位，当是高二五班的吴大飙。此人仗着老爹是中州县最大的国有企业、中州钢铁厂的厂长，有钱有势，身边聚拢着一群富贵人家的子弟，平日在学校飞扬跋扈、横行霸道，暗地里却也没少打张曼玲的主意。

吴大飙白天上课、晚上做梦，脑子里转悠的都是张曼玲的身影，自己也创造了好多次与张曼玲单独接触的机会，送花送书送衣服，请客吃饭看电影逛公园，各种招数都使上，意思就是希望能成为那种关系的好朋友，可惜这些招数放在张曼玲身上一点作用不起。送花不要，看电影不去，丫头扬言，如果再干扰她的学习，对不起，就在毛主席雕塑前面的宣传栏里贴出一张大字报，把他的所有行径公示于众。

真若被贴了大字报，这名声还不瞬间便传遍中州县城？那可是丢了大脸，比找人揍他一顿要难受得多。吴大飙没想到张曼玲如此的强硬，但也没有死心，换一个策略，安排一个小跟班捎给她一封信，信里面告诉张曼玲，自己真的很喜欢她，茶不思饭不想，已经得了相思病，特别希望能与她成为朋友。另外啊，他爹吴天贵不但是厂长，还兼任中州县工业一局的局长，马上就要被提拔成副县长，还有就是，他可是家里的独生子，老妈还是中州县精神病医院的院长，答应他的话，荣华富贵以后就慢慢享受吧。

可惜的是明日之星张曼玲同学看似文弱娇羞，实则是很自尊自重，更是很泼辣大气，除了遇到狗蛋时内心悸动片刻以外，心思都放到了学习上面，对吴大飙搞的这一套烦不胜烦。看到他的信以后，丫头再也忍耐不住，直接就闯进吴大飙所在的教室，当着同学们的面大声地告诉他，对不起，请你死了这条心吧，自己来一中就是为了考上大学，其他的一概不想，当然，也根本就不可能与你成为朋友，即便你爹就是县委书记也白搭。而且，冲上讲台就将那封信贴在黑板上，扭头扬长而去。

张曼玲这一番举动，顿时将在场的所有同学惊呆，没想到明日之星竟是如此豪迈，心底都在为之欢呼叫好，平日里吴大飙飞扬跋扈，同学们都避之三分，此时教室内突然寂静一片，齐刷刷注视着吴大飙，看他如何应对。

刚才看到张曼玲进入教室直奔自己而来，吴大飙心底一阵欣喜，还以为是来找自己说几句话表达一下同意交朋友的愿望呢，没想到噼里啪啦地就来了这么一出，搞得自己无地自容、狼狈不堪，他奶奶的，这丫头片子嘴巴太厉害了，根本就没有给自己辩解的机会，这下好了，热脸贴上了冷屁股，自己遇到了刺玫瑰，如何才能挽回面子呢？

吴大飙自小养尊处优，何曾受过此等羞辱，此时的脸色青一块紫一块，怒气横生，走上讲台伸手就将情书扯下，疾步就追出门外，大喝一声："张曼玲，你站住！"

　　张曼玲立马停住脚步，腰身挺直，回头冲他说道："吴大飙，我站住了，你想怎么着吧？"

　　吴大飙能怎么着？打她一顿？这是教学楼的走廊，千多学子在此求学，这不是荒山野岭，家里再大的势力他爹也不允许他在此胡来。骂她一顿？刚刚这小妮子将情书贴在了黑板上，肉麻的内容还没有人看到，如果这妮子张口大声地背诵出来，那自己可是更加地难堪啊！

　　"我告诉你，别给脸不要脸，小爷我看上你是你的造化，你回去好好想一想吧，我再等你一段时间。"红头酱脸憋了半天，吴大飙憋出这么一句，心理上算是找回来一点平衡，转身离去，不是去教室，而是直接回家了。

　　张曼玲这一举动，很快便传遍整个中州一中，校园内到处传说着张曼玲在高二五班讲台上的那精彩一贴，刘运华跟狗蛋说起此事，更是绘声绘色如亲眼见到一般，他是眉飞色舞、兴高采烈，狗蛋听了后却是心底猛一吃紧。你这个小姑奶奶哦，不是说遇到啥事一定要告诉我一声吗？怎么突然的就来了这么一贴，这可是要跟人家结下大仇了哦，不就是想跟你交朋友吗？换个和缓的方式不一样能解决问题吗？

　　狗蛋脸面上不动声色，心底却对张曼玲充满了牵挂。看来，以后是要多关注一下张曼玲了，这丫头脾气不是一般的硬朗，真遇到万一，该出手时就出手，绝对不能让她因此而吃了大亏。

　　吴大飙是越想越窝囊，那被张曼玲贴在黑板上的情书如一股邪火般在内心点燃，再也玩不起高雅和耐心。奶奶的，穷乡僻壤来的丫头片子，给脸不要脸是不？软的不吃是吧？那就来硬的，你以为这样一来老子就放弃了吗？没门。

　　回头找到那个爹在钢铁厂当企管办主任的张曼玲同班同学、对自己巴结万分而自己又看不上眼的李二霞，对她说，仔细地盯紧了张曼玲，摸清楚她的底细，留意她跟谁交往，最好搞明白她凭啥不听自己摆布。

吴大飙感觉很伤自尊，自小在蜜罐子里面长大，只要是自己想得到的，基本上都能得到满足，没想到大庭广众之下被张曼玲当头一棒，挫伤了不少自信。

高二一班那个姓高的班花，她爹还是一中老师哩，那么高高在上、目中无人，上学期几个回合下来，不也很快就满足自己的心愿了吗。

他就愣是没想到张曼玲能耍出这般泼辣来，强烈的征服欲望在心底慢慢滋长开来，心说无论用啥手段，一定要将其拿下，等玩腻的时候再将其甩开，最好是让张曼玲最终落一个声名狼藉的下场，以泄心头之恨。

隔几天，李二霞给他报过信来，"飙哥，人家张曼玲有心上人了，你还是忘了她吧。天涯何处无芳草，芳草就在你眼前，咱俩处朋友多合适，你说呢？"

"我说小霞啊，咱俩不一直是朋友吗？"吴大飙说，"咱俩的事先放一边，你先帮哥跟她将线牵成功再说，可以传话给她，就说哥已经原谅她这一次的冒失，心里面还有她，一切都可以重新开始。"

"哥啊，你可饶了俺吧，那妮子的脾气俺可是知道，发起疯来还不得挠俺个大花脸啊？"李二霞是绝对不敢跟吴大飙传话的，上次有一个女同学替同班的一个男生传话给她，被张曼玲毫不留情地当众痛骂一顿，还掀翻了她的课桌，然后跟没事似的回到自己的位置上安静地看书学习去了，母老虎瞬间变为小白鸽，那阵势一下子就把全班镇住了，从此后再无人敢打她的主意。

"算了，你不传拉倒，有人替我传。对了，你是怎么看出来张曼玲心里有人了？那个人又是谁？"吴大飙恨不得扇她两巴掌。

"我也是偷偷看出来的。跟张曼玲一起走的时候，我就发现，她只有在见到一个男生时才发自内心地开心，有时我还能看到她给人家抛媚眼呢。嘻嘻。"李二霞为自己的仔细观察而自豪。

"哦？原来这个张曼玲表面上是圣女，骨子里并没有真牌坊啊。"吴大飙哈哈一笑，这就有门，"看来摆平她需要从那个男生身上下手啊，那人是哪班的，叫什么名字？"

"高二三班，一个土老帽儿，名字叫谢运昌，也不知道那小子有啥本事，反正迷得张曼玲是不轻快。嘻嘻，飚哥，这可是我趁人不注意，从张曼玲日记本上偷偷看到的，张曼玲对这小子可是一往情深呢。"李二霞学习成绩不怎么样，脸上涂得花里胡哨，每日的花枝招展妖里妖气，却是吴大飚的铁杆粉丝。

李二霞能来中州一中上学，也是他爹求吴大飚老爹吴天贵给找的关系，自然对吴大飚马首是瞻，能攀上他更好，当上吴家的儿媳妇，那以后可就享福了。即便真的攀不上，能跟着他经常地玩到一起也是风光无限好啊。

"不错，小霞啊，明晚上不上自习了，哥带你去东城刚开的一家卡拉OK厅唱歌去。提前说好了啊，哥对你的以后可不负责。"吴大飚说完此话，转身离去，李二霞心底却是冷笑一声，总有一天俺要挺着大肚子赖到你家里去，到时候看你负责还是不负责。

随后，吴大飚就安排一个跟屁虫去摸高二三班谢运昌的老底，他要找机会狠狠地教训一下这个小子，蒙头盖脸地揍他一次厉害的，最起码要断胳膊断腿、给他脸上划上一两刀子，至少够他休学一年的，他知道是谁？到时候那小子还考个狗屁大学？回老家就是泥腿子一个，张曼玲还会再看得上他？

经此一闹，狗蛋很是替张曼玲担心，听刘运华说，她得罪的是中州一中有名的坏小子吴大飚，这事必会影响到她的情绪，更担心丫头被人家报复，很想当面问问她到底是怎么回事。

隔一日，狗蛋在校园内见到张曼玲一个人走来，便上前拦住，刚要开口，丫头张口就问："《平凡的世界》你看完了吗？看完抓紧给我交上读书心得。"

"嘿嘿，俺才刚看完一半，你说孙少平、孙少安兄弟俩的日子咋比咱都苦呢？"狗蛋尴尬一笑，欲言又止。

"没看完就抓紧看。没别的事了吧？我走了啊。"张曼玲扭头就想离开，狗蛋赶紧将其拦住，"我听说你去高二五班闹了个新闻，咋回事？"丫头不想说，狗蛋不能不问，"不是说遇到啥事的时候告诉我一下吗？俺想知道。"

"哦，那件事啊？那还算新闻，多大点事儿？谢运昌，不该你知道的，你就别打听，跟你没有任何关系，专心练你的功学你的习吧。"张曼玲小脸一拉，怪严肃，狗蛋忙闪身让开，让其离去。

望着她远去的身影，狗蛋心里面怪不是滋味，这个张曼玲，肯定是怕我卷入是非窝吧？他哪里知道，事实上自己已经卷了进去，刚才跟张曼玲站在一起的场景，早已被人盯在了眼里。

张曼玲不说，狗蛋也不必再问，他了解张曼玲的性格，看似文文弱弱，实则风风火火，颇有些侠女风范，只是不会功夫罢了。但狗蛋也没有掉以轻心，每日里都希望见到张曼玲的身影，那是她平平安安的信号，还好，擦肩而过时张曼玲总能给他一个甜美的微笑，让狗蛋稍微放下心来，或许，随着时间的流逝，那件事情就可以不了了之了吧。

秋去冬来，中州城外原野茫茫、西水河畔水天一色，六峰山一片萧瑟。雪还没有下，北风袭来，中州一中校园内漫卷无数黄叶，大操场边的小树林内不见三五成群闲坐交谈的身影，众学子个个行色匆匆，黎明或深夜，操场上趁着路灯温习功课的同学也少了许多。

这几日，狗蛋眼皮跳得厉害，心神不宁，总感觉有什么事要发生。这学期自己的成绩比以前提高了不少，名字已经进入班级前列，照现在的状态继续坚持下去，期末考试应该还会有一个大的提高。按说，应该很轻松，却莫名其妙地有些焦躁和不安。

这天中午吃饭后去食堂打开水，与张曼玲遇了个正着，她好像满腹心思，见到自己欲言又止，应该是有许多话想对自己说。每次见到张曼玲，总能看到她自信的微笑，张曼玲这般的神情，却是第一次看到，狗蛋感觉有点不对劲。

这是个温暖、乱云飞渡的天气。整个天空呈现出一片浅蓝色的颜色，地平线上是一片镶着淡紫色的云彩，从云层中向城市的上空、向蒙上神话般秋色的树林、向远处水彩画似的朦胧的白桦树、向穿了一身素装的仲秋大地斜洒下映在霓虹的折光中喜人的色彩。

张曼玲泼辣大方成绩优秀，见到自己从来都是一脸的灿烂，即便是明明知道她得罪了在县城里很有势力的坏小子，也没见张曼玲如此的不自信啊，狗蛋现在真切地感觉到她的不开心，莫非是真的遇到了人家的威胁？肯定不是自己的缘故，狗蛋心里清楚，自己一门心思地学习，可没招惹哪个女生，再说了，别的女生也看不上他啊，张曼玲的不开心绝对跟自己无关。

不行，得问问她咋回事，她当时可是说过的，在学校里有事时别躲着装看不见，虽然狗蛋心里面还是装着娟子，可张曼玲已经慢慢地渗透进自己的心灵，就如亲妹妹般的，绝对不能让她在一中受到任何委屈，接满开水，狗蛋拔腿就追上了她。"我说，到底是怎么了，你可要跟我说啊。"狗蛋拦住张曼玲。

"哼，能有啥事，用你管？"张曼玲见狗蛋追来，眼圈就红了，心底涌起无限的甜蜜，这个傻狗蛋，心里面看来是很在乎自己的。

这段时间张曼玲心里虽然委屈得要命，可尽量不想因此而影响狗蛋，张曼玲想自己将事情解决，没想到吴大飙那混蛋根本就没脸没皮，三天两头地继续骚扰自己，真格地是烦死人，昨天又递来张纸条，说是知道为啥不答应他了，不就是有一个谢运昌在吗？不过他会继续努力的。吴大飙这个继续努力是什么意思呢？凭他那秉性，肯定不是好学上进了，那反过来，就是要对谢运昌下黑手，张曼玲心里像是被压了块石头，当然开心不起来。

想想真应该告诉谢运昌一下，千万不要被那个混蛋拍了黑砖，张曼玲知道狗蛋的功夫有多么的强大，但武功再厉害，顶不过人家黑暗中的一下黑砖头。

把这事告诉狗蛋，又能怎么样？也许情况会更糟糕，万一狗蛋发飙揍那小子一顿呢？吴大飙家有钱有势，这样的话狗蛋非得被学校开除不可，可就毁了他一辈子。即便什么事也没有发生，谢运昌却已到高考关键学习的阶段，知道后肯定会分散了精力。不能影响到他，所以也就绝对不能告诉他，丫头打定了主意，一切事情自己承担。

"我烦你为啥这次没考第一名。"张曼玲转眼就变了笑脸，笑嘻嘻跟狗蛋开起了玩笑，"不过呢，看学校贴的榜上排名，比上学期有点进步，口头表扬一次。"

狗蛋不好意思地笑了，这丫头心眼就是多，转眼就转到学习成绩上去了，"嘿嘿，俺得向你学习，争取级部前三。"

"谢运昌，我说你这人咋猪脑子啊？俺考的是级部第二名，不是第三名，你就不想着祝贺一下？怎么着也得请我出去看场电影吧？就这个周末，好吗？"张曼玲说。

"不行，这小考算啥啊，要是你高考得第一，还差不多。"狗蛋拒绝得很干脆，他不是不想去看电影，可想起来跟刘运华看电影爬墙头、逃票那么多场，纯粹是荒废了学业、分散了精力、消磨了意志，也便彻底打消了任何看电影的企图。

跟张曼玲在一起看电影，更是不可，狗蛋想都没想过。看一次后肯定还会有两次、三次、再次的理由，这是什么时候啊？那么一大摞复习题都做不过来，哪有时间？再说了，一旦情绪控制不住的话，也许最后两人都将与大学无缘，这绝对不是狗蛋想要的结果。

张曼玲知道狗蛋不会答应陪她看电影，她也就是随口一说而已，小嘴一噘装着生气，提着水壶离开了。跟狗蛋说了几句话后丫头开心了许多，这小子不是那么的不开窍，还能看出来自己藏着心思。为了这个穷小子，自己可是真格地得罪了县城里的纨绔少爷吴大飙。你吴家有钱有势咋了？谁喜欢权势你找谁去，本姑娘不稀罕，就是看不上你。

这天晚上，正在上晚自习第二节课，突然教室里就停了电，说是学校的变压器突然爆炸起火，一时半会的是修不好了，整个校园顿时就乱哄哄地喧闹起来。县城的学生们摸黑收拾书包回家，住校的学生就三三两两地走出校门去商店买手电筒、蜡烛啥的继续完成作业。

虽已秋末，萧瑟秋风，路灯下街面上走一走，也算一种消遣与放松，顺便买几只蜡烛回来，狗蛋便独自走出校门。

走出校门，跨过马路对面是中州东方红商场，号称山南省西北地区最大的商品集散地，平时车来车往人声鼎沸十分热闹，晚上灯火通明依然熙熙攘攘热闹非凡。狗蛋其实很少去那里面逛的，一是没钱，里面的东西自己买不起；二是不喜欢里面的喧嚣，逛来逛去又不买什么东西还耽误时间。

穿过商场右侧一条幽深小巷，便到了中州菜市街，这是中州最古老的商业街道，石板铺路、小桥人家，街旁小商铺林立，卖什么的都有，东西便宜而又实惠，狗蛋喜欢这里的古朴与自然，日用品一般都来此处购买。

街的尽头，有一处古城墙，城墙边树木森森，树林深处，有一高大土台，上有一亭，匾额上"岳王亭"三个苍劲大字雕刻其上，两侧雕有楹联：跃马驱寇三千里，武穆麾下百万兵。传说岳飞曾在此阅兵歇马、北讨金兵，又称此菜市场为点兵场，此台为岳王台。

土台周边野草遍地，上植松柏、树木高大，下栽冬青、郁郁葱葱，处闹市之端而宁静异常。偶尔某个周末的下午，狗蛋拿本书溜达着就来到岳王亭，夕阳西下、彩虹朵朵，照在古亭石凳上一片通红，手捧课本静心阅读，别有一番幽古情怀。

夜晚的岳王亭，会是什么样的景色？此时登上岳王亭，放眼中州县城，应该是万家灯火明、唯有一中黑吧？去那欣赏一下也可。狗蛋在菜市街边商店买了两只蜡烛，信步继续前行。

狗蛋没有察觉到，就在菜市街上，有几个看似闲逛的年轻人，手插在鼓鼓囊囊的衣兜内，正不紧不慢地随他身后十几步开外，有说有笑，看似漫步、实则紧盯，几个人中，就有吴大飙的身影。

月亮像个上台阶的老人，缓慢、歪斜地慢慢爬上来。岳王台下是一片漆黑的、紫青色的昏暗。在这夜幕早已降临的时候，物体的轮廓、线条、色彩和距离都变得模糊起来。这时候白昼与黑夜正短兵相接，正进行着殊死的搏斗，所以一切景物都仿佛是不真实的，像童话般飘忽不定；甚至气味在这时候也在失去强烈的刺激性，显出自己特有的，令人不安的神色。

这会儿，吴大飙心里一阵狂喜，这小子竟然跑到这么偏僻的黑灯瞎火的地方，真是天助我也。他吩咐伙计们要小心翼翼不露出马脚，找准机会先蒙住头，下手要狠，打完就跑，一次即可将他摆平。

估计最终这小子会选择退学，那就基本上大功告成，哈哈，到时候再用上几招，我看你张曼玲还能抗拒得了？

狗蛋抬腿迈步踏上岳王台的石阶，举头望，高耸的岳王亭矗立在顶端，几盏灯光透过树丛若隐若现，一片寂静。走到一个拐弯处稍一停歇，仿佛后面有脚步声传来，回头望，几个黑影突然躲闪到冬青后面，模模糊糊。

狗蛋猛一激灵，这个点、这个地儿，这些人想要干什么？不可能是同学来这儿跟自己开玩笑。抢劫的？自己还真的没啥钱可抢。报复自己的？没得罪什么人啊。无论怎么样，今晚，在这远古流传的偏僻土台，肯定要遇到大麻烦。

有危险潜伏在四周，狗蛋也便没了登台瞭望的兴致，早点离开为好，希望不是针对自己，也更希望那几个隐约的身影只是自己的幻觉。

转身移步抬腿下行，突然感觉后面一人扑上，手拿一片破麻袋向狗蛋兜头而来。这个不行，被人蒙住了脑袋那可能要吃大亏，怎么死的、谁干的这些都不知道可就笨死了。气沉丹田，迅疾抬腿一个直踹，那人拿着的破麻袋还没有挨着狗蛋的脑袋，便一声闷叫，被踢下台阶，骨碌着滚到冬青丛中。

来中州县城这么久，感觉自己从没有得罪过任何人，根本就想不到会被人伏击，既然那人已经放倒，那就随他去。狗蛋不想把事做绝，希望他们见好就收，也不想招来警察，啰唆又麻烦，耽误学习影响声誉。自己现在就想回学校，权当啥事没发生。

隐藏在石阶两侧的几个小子眼见同伙没得手，闪身而出一拥而上，棍棒砖头齐上阵，迎头就向狗蛋打来。得，想躲开都不行，看来人家就是奔自己来的。

伸手抓住那将要砸在身上的棍棒，另一拳直奔此人腋窝，哎哟一声，此人胳膊便一下子被砸脱了臼。黑灯瞎火，难敌四手，狗蛋背上也结结实实地挨了几下黑砖，好在已有防备没有被敲在脑袋上，这样就惹起他的火来。

不找事，事找你，与其以后郁闷窝囊，不如现在就出手打个痛快。

狗蛋口中发出一声怒吼，声随手落，出手似箭，以迅雷不及掩耳之势爆发出惊人的力量，少林拳脚利落而出，低腿劲踢、闪电移身，黑虎掏心、连环进击，行如龙、抖如虎，招招中敌，脚脚实在。

师父讲过，拳打十分力，力从气中出。狗蛋只使了五分力，他知道自己那黑熊般的力气用足了会是什么后果，将其击倒即可，手下虽然留情，可也在瞬间撂倒一片。

他不知道这伙人其实都是县城中学的坏学生，即便有的不是学生，也是刚被开除不久的那种小混混。如果早知道这些，还得再省上二分的力气，这一点，狗蛋倒不是给自个儿吹牛。

台阶上，几人便躺在了地上呻吟不止，心底是那个恨吴大飙啊。人家这么厉害的功夫，你这王八蛋不是没事找事吗？也不知道这祖宗是咋打听的，玩阴的这手也得找准人是不？这下好了，真要断胳膊断腿的，咋个回家交代啊？明儿个咋上学啊。

吴大飙也在躺着的这伙人中间，今晚的事是他找人帮忙，他当然要带头向前冲，那一脚端在自己身上，胸口是真的很疼啊，不会是肋骨断了几根吧？眼看五六个人都没有玩得了谢运昌，反而都被他放倒在地，这小子心底有些绝望。传出去以后还有资格在中州充老大吗？别说张曼玲了，就是那个李二霞，知道后不会也看笑话吧？

这事咋个收场？吴大飙正糊涂着，狗蛋也不知道咋办的好。随手提起躺在地上哎哟叫唤着的一人，低声喝道："你们想干什么？我谢运昌哪儿得罪你们了？"那小子咬牙不吭声。打死也不能张口，吴大少在身边呢，他要是开口，以后在中州县城如何混得下去？

再提溜起一个问，还是那样，死活不说怎么回事。那好吧，既然不说，就当啥事也没发生。走下岳王台之时，狗蛋给他们留下一句话，"不说拉倒，反正我也不是警察，懒得理你们。我看那，哥几个以后还是不要再招惹我，另外啊，建议你们去医院找医生看看的好。"

回到学校，狗蛋没去教室，直接就回了宿舍。躺在床上琢磨半天，也没琢磨出到底是哪儿出了问题，深深吐了一口恶气，随他奶奶的去，睡觉。

见狗蛋已经远去，吴大飙这伙哎哟哎哟着相互搀起，商量着是去医院还是各自回家？最后一致意见，各自回家，身上真有伤啥的自个儿去想法解决。反正今晚的酒是喝不上了，蹦迪？更是天方夜谭，等胳膊腿好利索能蹦跶了后再说。

吴大飙的家在县委机关家属楼上，得上六楼。一步一歪地好不容易挪到楼下，还得爬上去，真格地是很难啊，胸口总感觉撕裂得厉害，还不忘心底叨叨，"老爹啊，你啥时候当县长啊，王晓梅她家住隔壁二楼，那要少爬了好多层哦。"

开门进家，老妈见他一脸苦楚一身狼狈，忙接下书包扶他坐下，问他怎么个情况，吴大飙哪里好意思开口？老爹从书房出来，见其这般模样，立刻拉下脸来，这混蛋小子不好好读书，又是去哪胡混了？

"我说你小子不好好学习，又去哪里瞎转悠了？"吴天贵厉声喝道，挥巴掌就想拍过去。

老妈见他发火，心疼吴大飙这副难受的样子，一旁劝道，"你干吗老是火气那么大？不知道孩子高中课程辛苦吗？平时不管不问的，见到孩子就甩脸子，有你这样当爹的吗？"

"都是你惯的。"吴天贵气哼哼地甩手进屋。

见父母吵了起来，吴大飙不敢应声，咬牙起身想去自己卧室，不承想刚一起身，用劲过猛牵动起胸口神经，撕裂一般的疼痛，一屁股便蹲在了地板上，头上冷汗就冒了出来。"妈，快送我去医院，我受不了了。"吴大飙再也支撑不住。

到医院一检查，三根肋骨骨折，这个，可算得上是受到严重伤害了。在急诊室，吴大飙还看到那个被学校开除的小子，跟他一块挨揍的田海涛，也被他爹背到医院来了，一个情况，肋骨断了两根。二人在此相见，没敢多说一句话，事情是瞒不住了，爹娘肯定要较真。

狗蛋此时刚进入梦乡，却不知道，今晚的事儿，搞大了。

吴天贵打了个电话给一中校长，校长李志回答说当晚学校没有发生打架斗殴的事情，吴大飙在学校表现挺好，乖着呢。

李校长放下电话，嘴里叨叨起来，乖个屁，挨揍活该。

吴天贵心说，学校里面没有打架的事，那就是在外面被人打了，而且下手这么重，这不是欺人太甚吗？

立刻打电话找到吴天利，他的亲弟弟，中州县警察局城区派出所所长，"大飙在外面被人砸断了几根肋骨，这小子不跟我说怎么回事。我这边马上就要面临副县长选举，这事不好出面，你来跟他谈谈，问清楚到底怎么回事，是谁干的。至于怎么查、办到什么程度，你自己看着来。"

吴天利听了后火冒三丈，马上带着几个民警来到医院。反了天了，这不是老虎嘴上拔毛、太岁头上动土吗？见到他叔，吴大飙那算是找到了靠山，有些事他不敢跟爹妈说，跟他叔可是啥都不瞒着，爷俩脾气相投，关系好着呢。

偷偷跟他叔说，这事的起因不大好意思让老妈老爹知道，吴天利便来了个警局对受害者正规的问讯程序，请老嫂子和大夫等一众人离开，爷俩单独对话。

三言两语，吴天利便弄明白了事情的原因和经过，当然，也想好了对策，无论如何也得把这事给老哥办得漂亮，自己除了脾气大、爱玩以外，吊儿郎当的还真的没啥大本事，能混成派出所所长，靠的可是自家大哥大嫂。他比谁都有数。

"大飙啊，叔觉得你为了个女同学，不是很值得。你还非得在学校里找啊？舞厅里有的是，等你伤好了后叔带你去北关新开的几家迪厅里转转。那个小子叫谢运昌，是吧？出手伤害无辜，黑灯瞎火抢劫，犯的可是大罪，你就安心养伤吧，叔给你出了这口气。"

黑白颠倒

吴天利，人品不高。现在他已经给狗蛋定下了性质，岳王台深夜持械抢劫、致使多人重伤。

基本上按这个口径去调查取证，正好田海涛断了两根肋骨，让吴大飙跟那小子私下一定交代明白，就一口咬死谢运昌在岳王台趁黑抢劫田海涛，同时致受害者重伤，吴大飙在菜市场过路时听到呼救，见义勇为上前救助，反被袭击身受重伤，好在劫匪逃跑时被田海涛认出是一中学生谢运昌。这样操作下去，谢运昌的罪过就大了。

"无天理"的外号还真不是白起的，这人好心眼不多，坏心眼看来是真的不少，照这个口径去办，狗蛋将无翻身之地，吴大飙是有多个证人证实的，谢运昌可是一个人一张嘴。

吴大飙，那是见义勇为，勇斗劫匪舍生忘死，要是这消息传出去，估计中州县城马上就会掀起学习吴大飙的热潮，侄子马上就面临高考了，若是能评上个"八十年代的好青年"啥的称号，那还不得免试上个重点大学啊？哈哈，老哥老嫂子，你俩等着瞧好吧。

再叫起值班的几个民警，两辆警车鸣起长笛，呼啸着开进中州一中的校园，门卫哪敢阻挡？问清楚谢运昌的宿舍方位，全副武装警械齐全，直奔谢狗蛋而去。

第二天，一个爆炸性新闻在中州一中校园传开，高二三班谢运昌深夜抢劫、涉嫌重大犯罪，半夜在被窝中被加脚镣手铐，直接带到城区派出所。消息传开，张立伟和陆小利等人都是一脸的不可思议，谢运昌为人忠厚实诚，怎么可能做那种事情？连续好多天阴沉着脸，郭大秀才也蔫蔫地闭上了他那臭嘴，教室里面弥漫着消沉的气息。

班主任也感觉这事有点蹊跷，可是却不明就里，只好不停地劝说大家，"谢运昌到底犯了什么事，由警察去调查，事情总会有个水落石出，大家可千万不要因此而耽误学习。"同学们实在是不相信，那低调、淳朴、憨厚的谢运昌，平日只知道闷声地看书学习，怎么可能犯下大罪？

最伤心的是张曼玲，听到这个消息后，张曼玲再也坐不下去，脑子里昏昏沉沉，立马跑到宿舍埋在被子里放声大哭。谢运昌，你小子到底犯了什么事？你没犯事警察怎么会抓你进去啊？听说还脚镣手铐的，那还不得判重刑啊？我可是瞎了眼了。呜呜呜——

越想张曼玲越害怕，怎么也得搞明白怎么回事吧。老爹还在安南工地上，必须找他回来，谢运昌要是有个好歹，这学她也不上了。她不相信狗蛋会做犯法的事情，绝对不会！

接下来的课，张曼玲直接就不上了，也顾不得跟老师请假，就坐火车直接去了安南。在工地上找到张工头，将狗蛋的事情说了个明白，也不在那睡觉，逼着她爹坐火车连夜赶回中州。张工头也是震惊万分，谢运昌这孩子他很是看好，不然也不会当初想着将自家闺女嫁给他，这孩子虽然家贫，却是任劳任怨老实本分的，应该不会突然就变成抢劫犯的。

突然想起来，县城警局有个亲戚，先托人家打听明白咋回事再说吧，回到中州，张工头便安慰闺女安心读书，先别着急，等一切打听清楚再说，张曼玲哪肯答应，逼着她爹连夜去找那个亲戚打听。

这一晚，狗蛋经历了巨大的精神折磨。睡梦中，突然被人摁在被窝里，狗蛋何等警惕，一个翻身跃出，随后脱身而出蹿到房外，拳脚并用虎虎生风，瞬间就放倒近身的几名民警。吴天利没想到谢运昌有如此身手，掏出手枪砰砰砰向天连放三枪，枪声震惊了深夜一中的校园，也惊醒了狗蛋，这是警察来抓他呢，那好吧，自个身手再厉害，也厉害不过枪子啊。

脚镣手铐地带到派出所，不这样不行，吴天利这才明白，侄子吴大飙那伙为啥个个身受重伤。这个谢运昌功夫了不得，这样也好，劫匪有几个没有一身本领的？两三个警察都靠不近身，反而被他拘捕打伤，也算多了一个事实证据。

带进派出所审讯室，接下来就是不停地审讯，狗蛋不知道警察为什么非逼着自己承认是拦路抢劫、伤害他人。自己被人家突然袭击，没办法才自卫反击，若逮人，得逮他们才对，怎么警察就冲自己来了？对方怎么会反而来个恶人先告状，实在是想不明白，委屈的泪水都快流干了。

将昨晚在岳王台的事情翻来覆去地说了无数遍，审讯的那个吴所长压根儿就装着听不到，拿出田海涛和吴大飙的证词给他看，警告他坦白从宽、抗拒从严，抓紧交代自己的罪行。这个，怎么可能？狗蛋愤怒地瞪大了双眼，一字一顿地对他说："是他们突然袭击，我自卫还击，迫不得已，我没犯法，凭什么抓我？他们这是诬陷，我不服。"

吴天利当然知道他不会承认，吩咐手下继续审讯，加大力度，先给他上手段，让他尝尝人民专政的铁拳警棍的厉害，"无天理"扭头推门离开，他知道手下这帮人怎么办。

几个联防队员上前便是一顿拳打脚踢，狗蛋被锁在椅子上只有被打的份，却毫无还手之力，只好咬紧牙关听之任之，然后一台明亮的灯光照射着他，不允许他吃饭睡觉，采取轮流上阵的战术，直到他签字承认为止。

接下来的两天一夜，狗蛋就一直没有合上眼，刚一闭眼，一缸子凉水夹杂着冰块便扑面而来，这可是初冬季节啊，饥寒交迫、身上结冰，狗蛋很快便浑身颤抖言语不清了。神志已经模糊，仿佛回到谢家坡，迷迷糊糊地见到娘和奶的笑容，如春风般温暖，突然，几十年前那冰天雪地的长征岁月浮现在眼前，不会是看电影吧？为什么爬雪山过草地、身着单衣迎面寒风时的艰难又浮现眼前。

稍微清醒的时候，狗蛋闭上双眼，想当年岳武穆父子在风波亭上被秦桧害死，哎，没想到自己竟也在岳王亭上遭陷害。你说我去哪溜达不行？非得跑那地方，真是无法预料。

温暖如春也罢、寒风刺骨也好，狗蛋心底有根底线，自己是被冤枉的，没抢劫就是没抢劫，随便你用任何手段，坚决不承认。就应学习岳飞那铮铮铁骨的风范，即使生命不在，也不能落入他人圈套，否则奶和娘知道后会不安生，师父也会气疯。

谢运昌如此刚强，却是吴天利没有想到的，一般人被折磨到这个份上，早已经是神志不清，诱导啥就承认啥了，年纪不大，这小子牙劲却不小。

"我说谢运昌，你还是想得开一些，签字承认了，就少受很多苦，鉴于你年少无知，家庭困难，犯错误也是可以理解的，招了后我会尽量给你添好话，争取从宽处理少判几年。年轻人，想想我说的对不。"吴天利这样劝了他好多次。

这些话，狗蛋坚决不从，他明白对方的意思。签字承认了，那这辈子就背个劫匪的罪名了，还谈何人生梦想和使命？随他奶奶的去，老子没做坏事，凭什么承认？

吴天利见他如此，暂时还攻不下他，这也没啥，就在拘留所里待着吧，总会有你承认的时候。即便不承认，也已经无关紧要，人证物证齐全，受害人的检查结果都是真实的，甚至现在就可以结案报警局和法院，劫匪哪有自个承认的？理由很充分。

跟局里进行了汇报，城区派出所逮住个劫匪，正在审问和调查取证之中，这样可以再关几天，只要是签字承认也就万事大吉。

有好心的民警眼里满是同情，趁吴天利不在时，偷偷让他睡上半小时，当然，也不能不给他一点东西吃，一天两个窝头一块咸菜，比没有强。

到中州下来火车，张工头顾不得休息，就到警局找那位亲戚，托其去城区派出所打听一下谢运昌的事情是怎么回事。下午，亲戚带来消息，一中的学生谢运昌在岳王台拦路抢劫，致人重伤，还把一个见义勇为的学生伤得不轻。

那个学生叫吴大飙，听说县报的记者正在医院采访他，教育局和一中也准备要树他为典型了。他亲叔叔就是城区派出所的所长，临走时亲戚没忘告诉他这句。

张工头听后倒吸了一口凉气，这小子不会真的抢人家东西又重伤别人了吧？还把做好事的给打成重伤，人家还是高官子弟。知人知面不知心，丫头不会看走眼吧？如果真的如此，我还是劝姑娘死了对他那份心吧。他家的房子，更没必要去修了。

晚上，张工头将打听的消息告诉了张曼玲，丫头开头听起来很有点不可思议，心里头却真有点恨铁不成钢的意思，可当爹提到那个见义勇为者的名字后，眼泪就扑哧扑哧地掉了下来。

张工头担心闺女想不开，劝她，"丫头，咱看人走眼了呢，这都怪爹，不怪你。好好上学，别为了一个抢劫犯耽误了读书考学。"

"爹，谢运昌是被冤枉的，他是被冤枉的啊，呜呜呜——"张曼玲冲着她爹就大喊起来，然后放声大哭。此时吴大飙对自己的一幕幕就展现在脑海里，肯定是这个王八蛋想对谢运昌下黑手，结果吃了亏，然后才用这个下三烂的办法陷害他。

张曼玲将这段时间吴大飙对自己纠缠不休的事情跟爹说了个明白，张工头听后在心里盘算，那应该就是姓吴的这家在中间使坏了，这事即便谢运昌占理，可人家证据充分，也得罪不起啊。这可咋办？

"丫头，姓吴的这家看来在县城势力很大，我看谢运昌这回凶多吉少，咱也没办法啊。"张工头的确很为难，他最大的本事也就是能找人在警局当办事员的亲戚打听准情况，要是求人家把狗蛋放出来，实在是难为他了。

张曼玲的干脆泼辣劲彻底迸发了出来，"爹，要是法院判谢运昌有罪，我就不上学了，豁出命了俺也要上访给他找回公道。俺就不信华夏大地没有说理的地方，俺就不信那姓吴的能一手遮天。"

张工头知道自家丫头的脾气，在工地上说回来上学，就考了个全县第三，而且现在排名全校靠前，亲戚邻居哪个不羡慕得要命？可她那风火劲头上来了，要说不上学了也不是开玩笑，那是收拾东西就回家的，他是一点招也没用，搞不好还真得陪着闺女去上访告状。

张工头赶紧安慰张曼玲，"别着急，俺看谢运昌这小子，吉人自有天命，说不定有贵人突然冒出来相助他一把呢。你先安心上学，等出来结果你再选择怎么办，这样行不？"

曼玲请命

　　深秋的天穹上，白云淡淡，一弯新月半边阴黑，吝啬地闪着惨白的光辉。偶尔，阵起的夜风刮来艾草的苦涩辛辣气味，给人一种很不舒适的感觉。浩瀚夜空中，纵横交错的星群，像银钉似的并不明亮的小星星，在无垠天幕上眨着忧愁似的小眼睛，呆望着这不平的人间。混沌月色下的小城，在喧闹了一天后渐趋平静。可在西水河畔，城市绿化带里，到处是一片无休止的躁人的蟋蟀鸣叫声。

　　也只能如此了。张曼玲含着泪水送走了父亲，回头走进校园，感觉一切都那么的寒冷萧条，见不到那小子的身影，心都被抽空了。一中的明日之星，笑容不再灿烂。丫头心底发着狠呢，吴大飙，你就等着吧，总有一天我会揭穿你。

　　这一天，中州县报上刊登了一篇重要报道，讲述了一中学生吴大飙路见不平、舍身忘己与歹徒做斗争的英勇事迹，引起全县极大反响，文章没有提及歹徒的名字，但字里行间对吴大飙的行为进行了重点描述，同时配发了在医院养伤的照片和编者按，要求全县青年要学习他这种敢于同黑恶势力做斗争的精神，为建设四化贡献青春力量，争做八十年代好学生。

　　按教育局要求，一中对此篇报道组织全体师生进行了学习，同时，不明真相的人们纷纷去医院探望吴大飙，中州大地掀起一股学习楷模的热潮。

　　张曼玲去老师办公室拿到那份报纸，心如刀绞，她坚信谢运昌是被冤枉的，可现在黑白颠倒、舆论漫天，向谁申冤？

　　此时，丫头六神无主步履蹒跚，漫步校园泪流满面。突然见到一群人从办公楼蜂拥而出，县长、校长还有警察局长啥的一帮领导簇拥着一位中年警官，正要上车离去。

张曼玲心想，"那人肯定是能管住吴家势力的大领导，谢运昌因自己而蒙难，照此下去将可能一命不保，自己还怎么活在世上？既然事情到这个份上，那就豁出去了，现在就去拦住他揭发此人。"

咬咬牙跺跺脚，张曼玲手拿报纸，抬腿上前，大声喊道："首长们请留步，我是这个学校的学生张曼玲，我要检举揭发一个人。"

中年警官一愣，停住脚步，回头望，却是一名秀气的女学生站在面前，敢于拦住自己当面说事，勇气可嘉。"这位同学，要揭发检举的话，需要走正规程序，你应该去信访部门或者写个材料交到有关部门。好吧？"然后吩咐随从的人员，"你们留下两个人，给她讲讲程序怎么走。"

张工头那话还挺准，贵人，说来就来了。这一天，中州一中迎来了到校检查指导校园治安工作的省警察厅领导，山南省警察厅副厅长罗杰一行。张曼玲拦住的，就是罗杰。

前年谢狗蛋那次银阳之行，逮住了络腮胡等三名特大通缉犯，四川省银阳县警察局在华夏警界一举成名，被国家机关通报表彰立集体一等功。正逢国家干部制度改革，大力选拔优秀青年干部，局长罗杰脱颖而出，越级提拔到四川省警察厅任刑侦总队长，到任后连续破获几起大案，更引起上级领导的关注。

今年春天罗杰被上级领导直接点名参加中央党校学习，三个月后被跨省任命，来到了山南省任职警察厅副厅长，几年时光，跟做梦似的连升三级。

罗杰开怀之余，常想起那个精壮清瘦的小年轻谢运昌，正是那小子惊人一举，自己才有机会平步青云。这次来东阳市检查指导警务工作，也便想起当时跟小伙子说的话，有机会要去中州一中打扰一下他。

这不，在东阳市警察局局长、中州县委书记、县长等人的陪同下，他就来到了中州一中。

当初自己还说要给中州一中寄来表扬信，但是案件了结后，上面没有对谢运昌点名表扬，只是通报表彰了银阳县警察局全体干警，这个很遗憾，也便没有给中州一中发函。

　　谢运昌为银阳县警察局做出如此巨大贡献，尤其是给自己带来了直接的机遇，却是连一张嘉奖令都没有收到，罗杰一直对谢狗蛋有种愧疚之感，心想，既然来到中州，必须给中州教育界和警察系统提醒一下啊，那么优秀的一个警察苗子，可不要被埋没了。

　　罗杰一行人参观考察了一中校园，听取了中州教育局和一中的治安管理情况汇报，当听教育局汇报说一中出来一个见义勇为、身负重伤的好学生吴大飙时，更是点头不已，当场指示要大力宣扬这种舍己救人的大无畏精神，随后就加强学校的治安管理问题进行了指导性的讲话，来此地的官面文章就算基本上完成了。

　　在会议室众目睽睽之下，不是提及谢运昌的场合，罗杰计划在等会儿就餐时小范围的提及，并邀请这小子过来一起吃饭，顺便把他推荐给中州的领导，这样效果会更好。

　　谁知就在临上车之时，竟然遇到张曼玲当面喊冤，这样的事情经常遇到，不会影响工作节奏，何况那张曼玲只是一名高中生，她不会有天大的冤情要申述。接下来，罗杰一行就去了中州大酒店，中州县政府及相关机关无论如何都要好好地招待一番的。

　　众人纷纷落座，等着罗厅长先发言。罗杰环顾了一圈，微笑着说："中州一中不愧为省重点高中，管理制度规范、治安措施落实到位，教育学生德智体全面发展，最近还出现了舍己救人的好青年，我看很不错，值得其他市的教育界学习借鉴。"话锋一转，扭头对一中校长李志说，"你们学校有没有一个叫谢运昌的学生？"

　　李志一听，顿时一愣，罗厅长咋问起谢运昌来？这个学生可就是因为抢劫犯罪被逮进了派出所，打伤那个见义勇为者的人就是他，现在还在审讯之中呢。回答这个问题很尴尬，见义勇为者是一中的学生，可那个抢劫犯正是谢运昌哪，"嗯，我们一中是有这么一个学生，老家是黑虎山下的大孟乡。"

罗杰笑呵呵地说，"好，那麻烦李校长安排人把他找来，一起吃顿便饭吧，我跟那个小家伙很久没见了，可是有些渊源。呵呵。"

这下李志直接就没招了，抬头望了望中州县警察局长吕永生，意思是你们把我的学生逮走了，你们的厅长找我要人呢，这事你们给罗厅长解释吧。

吕永生也不糊涂，谢运昌这人他当然知道，因为抢劫致人重伤，正在城区派出所审讯着呢，他咋个回答？不好回答。罗厅长问的是你，你出去转一圈撒个谎，回来说谢运昌回老家了现在找不到，又有何难？干脆装着没看见，扭头跟县长拉起了家常。

不大对劲，罗杰迅速地捕捉到这二位的神情。李志见吕永生装糊涂，本来这几天心里就揣着对警察局的不满，不敢说他们黑白颠倒，可是那在中州一中横行霸道、胡作非为的吴大飙竟成了全县学习的典型，心里面总窝着很大的一股火。

谢运昌那么本分的孩子，怎么可能抢劫害人？山区的贫穷青年，高分考进一中，一直以来都是很朴实勤奋的，从没听说过谢运昌有什么劣迹，反而是吴大飙那小子，仗着老爹老妈的权势，在校园内不学无术横行霸道，带坏了不少求学少年。警察不通过学校就深更半夜地直接进校抓人，调查的结果竟然是那混蛋玩意见义勇为，忠厚上进的谢运昌成了抢劫犯，这什么事啊，哎！

李志的穷酸学儒劲头突地就蹿了上来，心想张曼玲那小丫头都敢于当面直言，自己还不如一个学生吗？站起身来面对着罗杰，说话也便毫无顾忌，"罗厅长，咱跟您得实话实说吧，你提的那个学生谢运昌，因为抢劫犯罪被警察拘留了呢，我们学校那个见义勇为的学生，也是他打伤的。现在我可真的叫不来他，也是真的汗颜啊，罗厅长，作为谢运昌的校长，我管教无方、惭愧万分哪。"

这是罗杰万万没有想到的，眉头一拧，抬头深深地看了吕永生一眼，随口道，"既然这样，那就算了，我们不能冤枉一个好人，但也绝对不能放过一个坏人。"环境变了，人也是可以改变的，此一时彼一时，也许谢运昌这一两年变化很大，被县城的繁华迷失了自己，不再是印象中那么正直忠厚了。

内心却实在是不希望面对这样的结果，既然来这是为了看看这小子，那也不能因为他犯法了而不去见上一面，当面也好问问他到底是为啥变成了这样，罗杰当机立断，"我决定继续在中州考察治安情况，可能的话，我要代表省厅去慰问一下那个见义勇为的好青年。"

无论县里的这几位领导如何劝酒，罗杰都如同嚼蜡一般心不在焉，大领导不开心了，这顿饭吃起来也便没有了任何味道，一下子冷场了许多。

这是一个很少有的晴朗天气，太阳向四周射出朦胧的彩虹般的光柱，映照得万物光彩夺目。六峰山上，金风吹得白桦林发出金属般的声响，几只山鹰正迎风嬉戏飞翔。东方地平线镶嵌的几片彩云非常耀眼，但很快就变得烟雾腾腾，笼罩在一片紫色的彩霞中。

罗厅长既然说了，要继续留在中州视察工作，县里的领导立马吩咐安排好他的住宿，中州县招待所，那是最好的地方，饭后县长请罗杰一行去那休息。酒没有喝好，住宿条件要赶紧跟上，有啥工作需要了解和安排的，待明天再说。

走出中州大酒店，上车前，罗杰对中州警察局长吕永生说："先不忙去宾馆。一起走，到你们那城区派出所走一遭，也算是一个突击检查吧。提醒一下啊，不允许任何人通风报信。"罗杰决定了，亲自去那儿提审谢运昌，马上就去。

这个决定顿时让吕永生冷汗横出，大领导视察基层工作，哪有不提前安排的？就这样搞个突然袭击，单凭吴天利那当所长的水平，这顿批评肯定是少不了的了，搞不好自己的乌纱帽要搬家。临时通知城区派出所抓紧准备，那是不可能的了，中州大酒店距离城区派出所，步行也就是十几分钟的路程，只好听天由命，引领罗厅长前往。心说吴天利你小子可能要摊上大事了，万一真查出来你的啥啥啥，我可是没本事保你，先保好我自己再说。

这会儿，吴天利正在加班审讯谢狗蛋。这小子下午接到通知，省厅的罗厅长来中州视察，重点是检查一中的治安管理，在视察中特意将吴大飙的事情提出来了，要求大张旗鼓地宣传吴大飙的英勇事迹，有他这句话，估计县里面很快便要郑重其事地对他进行表彰。

刚刚又有人打来电话，说是领导可能明天还要现场慰问自家侄子，这个案子可是吴天利亲手破获的呢，对他来说，那绝对是天上掉下来的大馅饼。如果今儿晚上突击拿下谢运昌的签字口供，那更是锦上添花，自己再上一个台阶那还不是板上钉钉？

此时，狗蛋已经被折磨得面目全非、伤痕累累，但咬紧牙关，依然死活不屈服，惹得吴天利一时火起，劈头盖脸地对狗蛋一阵拳脚。狗蛋眼睛里面像冒出火来，血红地瞪着吴天利，你奶奶的，随便吧，反正老子宁死不着你的道。

"谢运昌，你签不签字现在已经没有任何的意义。"吴天利愤怒地紧盯着狗蛋，"人证物证俱在，一人难辩众口。想少受点罪，就识相地签字承认，如果真的想一头撞到南墙上，我倒也可以成全你。"

"你就死了这条心吧，就是杀了我，我也不承认我犯罪。"狗蛋心底充满了愤恨，自己只是正当防卫，凭什么被你倒打一耙说成抢劫犯？

吴天利怒从心里生、恶从胆边起，顺手抄起一把椅子，劈头就要向狗蛋脑袋上抡去。砰砰砰，一阵紧急的敲门声硬生生让吴天利将椅子放回。

打开门一看，却是值班民警急切地站在门前，"吴所长，赶紧的，省厅的领导都到我们院里面了。"

省厅的领导怎么突然到了这里？为啥没接到局里面的通知？吴天利心底不免忐忑，继而豁然开朗，庆幸此刻自己就在派出所。这好事来得也太快了吧？大领导不会是来此慰问自己破获大案的吧？掩不住内心的激动，吴天利忙戴上帽子，迅速整理了一番服装，一路小跑奔出审讯室，临锁门前没忘了狠狠地又瞪了狗蛋一眼。

走到院中，罗杰在一帮市、县局领导的簇拥下，正在派出所小院内徘徊。

"小吴啊，这是省厅的副厅长、治安总队罗总队长，来我们县检查指导工作，听说你们所破获了一起大案后，专程来慰问大家，你就汇报汇报你们所的工作情况吧。"吕永生笑呵呵地介绍说。但很快他又想，吴天利这小子是运气不好呢？还是运气真的很好呢？平时下班后都是到处吃喝玩乐，今晚上咋还就值起班来？吕永生感觉很是庆幸，万一这小子不在，将他找回来时肯定晕头转向了，这个可真的让自己十分的难堪。

"报告罗厅长，我是城区派出所所长吴天利，欢迎各位领导来我所视察工作。"吴天利立正敬礼报告完毕，忙引领众人来到会议室。

罗杰坐下后开门见山："你们所最近破获了一桩抢劫大案，为民除害，可喜可贺，我代表山南省警察厅，对中州县警察局、城区派出所全体同志表示热烈的祝贺和衷心的慰问。"话音刚落，掌声四起，吴天利更是激动得热泪盈眶、语无伦次，省厅领导当着市、县局的领导表扬一个小小的派出所，不就是表扬所长自己吗？祖坟不会真的冒青烟了吧？瞧咱老吴家，一下子就要三元及第了。

"感谢领导的关心，城区派出所全体同志精诚团结、密切配合，近期一举破获中州县岳王台抢劫大案，这与上级领导的正确指导是分不开的，在此，我代表城区派出所对各位领导的关怀表示衷心的感谢。"吴天利起立回答，言语谦卑，居功不自傲，颇有些正气凛然的感觉，"我们将牢记工作宗旨，将人民的安危随时记在心间，绝不辜负各级领导和中州人民对我们的期望，任何危害人民安危的黑恶行为，我们将坚决打击，毫不留情。"

没喝酒就是很管事，再加上偶尔的一次加班竟然就瞎猫碰上了死耗子，吴天利自信心顿时倍增，那感觉是相当的好，随后便汇报起本所的工作，当说到这一起抢劫案的时候，吴大飙见义勇为、谢运昌拼死拒捕、警察奋勇擒拿，一个个惊心动魄的画面展现在大家眼前，被他说得是精彩纷呈、义愤填膺，这一席话，让吕永生对他有些刮目相看，没想到这小子在大领导面前汇报得这么有条不紊、头头是道，真有点小瞧他了。

罗杰听罢，挥手示意吴天利坐下。

既然来到了中州，离谢运昌也只是一步之遥，不见他一面的确有些遗憾，罗杰心里琢磨着，无论他是曾经的功臣，还是现在的犯罪嫌疑人，心里面想的谢运昌，依然是当初的憨厚精瘦的模样，无论如何都应该见他一面啊。

"吴天利汇报得很不错，请东阳市局将中州城区派出所优秀的工作经验做一次认真的调研，形成文字材料上报省厅。"罗杰话锋一转，"实不相瞒，我来中州也是想顺便看望一位老朋友的，这位老朋友就在你们派出所，但是，我可以明确告诉大家的是，过去，我跟他是朋友，现在，我和他已是两路人了，只是旧情难忘啊。"深深叹息一声，就此打住。见谢运昌很应该，可他现在是犯罪嫌疑人呢，自己这样的身份，干扰基层办案那就违反原则了。

吕永生知道罗杰说的这位朋友正是被关在审讯室的谢运昌，领导这话说出来，其实就已经有了不想再见谢运昌的意思，正想起身邀请罗杰回招待所休息，吴天利突然插话进来："罗厅长，您的朋友就是我的朋友，不知道您说的哪一位？我马上将他找来。"吴天利不知道罗杰指的是谢运昌，如若知道是他，打死也不多这句嘴了。

谢运昌是罗厅长的老朋友？罗杰那句话如同晴空霹雳，那炸雷瞬间便在吴天利眼前炸响，原来，罗厅长是为着谢运昌来的啊。吴天利刚刚春风得意的神色立刻变得煞白，冷汗顺着脖子就淌了下来。

罗杰说："吴天利，请你把谢运昌带到这里来吧，我想当面问问他，到底是什么缘故导致他变成了穷凶极恶的犯罪嫌疑人。"

带到这儿来？吴天利彻底惊呆，谢运昌已被自己折磨得不是个人样，说他只剩下几口气也差不多了，怎么带？抬过来？刚才慷慨激昂的状态再也不见，嘴巴哆嗦了很久，没有发出一句声音。

罗杰心底顿生疑惑，站起身来转眼紧盯吕永生说："吕局长，你带路，我们现在就去审讯室，带上你们有关这个案子的所有卷宗。"上级领导到基层所队视察，随便捡几个案子捋捋，这是最正常不过的工作内容，不然还叫抽查工作吗？罗杰做得理直气壮。

吴天利起身吩咐民警将卷宗搬过来，心想，田海涛和吴大飙的证词证据充分，那次去学校拘捕谢运昌，可是专门将田海涛的钱包塞进他被窝里面的，这也是最重要的物证。万幸自己考虑得周全，即便那小子不承认，也足以定罪了。

考虑没多大漏洞，便向罗杰汇报了整个案件的侦破情况，最后说，"虽然证据充分，但谢运昌归案后拒不认罪，依然在审讯之中。此人虽然只是一名高中生，却身手不凡、彪悍异常，拘捕时有好几位民警因此而受伤，极大可能还有其他案件在身。"

罗杰认真查看了卷宗，除嫌疑人不认罪以外，其他证据均充分有效，已经足以结案。便对吴天利说，"马上把谢运昌带到这儿来，我要当面提审，证据如此充分，此人竟还如此执拗，这是在对抗法律，抗拒就必须从严。"其实他心里也盘算好了，那小子招供和不招供，自己都很难救得了他，看情况能帮他解脱一点是一点吧。

丁零当啷、哗啦哗啦，狗蛋拖着脚镣戴着手铐被带到了会议室，没想到首长会突击提审谢运昌，吴天利实在是没办法给他换身干净点的衣服，也来不及洗去他身上的肮脏，更掩饰不住他的伤痕累累。

突然在这见到罗杰，狗蛋便五味俱全，如同在梦里一般。张张嘴想喊一声罗局长，却只见口动而无声响，眼泪顺着脸颊就滚滚流出。罗杰见狗蛋如此模样，心底也一阵地发酸，眼睛一瞪，冲吴天利大声喝道："谁给你们的权力如此殴打嫌疑人？还有没有国法？惩前毖后、治病救人，我们警察部门是人民的执法机关，代表的是国家的尊严和形象，要依法依规办事，难道还要刑讯逼供吗？"

这一嗓子，惊得吴天利冷汗淋漓，他不知道罗杰为什么发这么大的火。犯罪嫌疑人，那就是人民的敌人，对他们的严厉就是对人民的仁慈，有什么不可？各地不都这样吗？

深深吸了几口气平静了一下心情，罗杰直接跟谢狗蛋对话，顺便招呼随从人员进行现场笔录。

"谢运昌，你黑夜抢劫、重伤他人，人证物证齐全，为什么还不承认？"罗杰尽量放低声音，直视着狗蛋。

"罗局长，我没有犯罪，我是被冤枉的。"狗蛋不知道罗杰已经是副厅长了，而且还是山南警察厅的，但是，他相信罗杰一定能给他讨回公道。狗蛋没有下跪哀求，也没有痛哭流涕，挺直腰板，一字一顿地将那晚在岳王台发生的事情述说了一遍。

"哦？"罗杰再次翻了翻卷宗，没有狗蛋说的这些啊，"那你在拘留后跟警察说这些情况了吗？"

"说了，我说了无数遍，他们不相信我，非得逼我承认抢劫伤人。"狗蛋说。

"都记下来，提审完毕，在座的各位也都要签字确认。"罗杰吩咐在座的各位领导，"我提醒你，谢运昌，男子汉大丈夫，做了就是做了，不要当歪脖子软汉子，那不是爷们干的事。如果你没做，那么多证人和证据都证实是你，这可是要按法律办事。再问你一遍，你又有何证据证明自己没有抢劫伤人？"

"第一，我没有抢劫；第二，我是被人偷袭被迫反击；第三，当时我问他们为什么，他们没一个说话的。然后我就回学校了。没抢劫就是没抢劫，打死我也不能认罪。"狗蛋回答得斩钉截铁。

眼看时间不早，罗杰吩咐将狗蛋带下去，然后总结道，"这个案子，疑点重重。我不知道你们派出所是怎么调查取证的，证据这块，市局和县局抽调专人组成工作组，重新进行调查核实，要禁得起考验，对得起人民的监督。至于你们所的审讯笔录，我看有很大的问题，嫌疑人刚才说的这些，与你们记录的内容大不一样。同志们哪，破案要讲原则、讲证据，千万不要搞成有罪推断，那可是要自毁前程的啊。"

随口又问随从人员，"今天一中那个学生的事，你们交代她怎么检举了吗？"随从人员说，"程序上的事都告诉她了，这个学生还是坚持写了一个材料，想给您看。我们没有干涉，也没有看材料内容，想等您休息的时候送给您。"说着，随从人员就拿出来一个信封递给罗杰。

"哦。"罗杰拆开信封取出材料，快速地浏览了一遍，眉头便皱得很紧很紧。

"刚才布置的，明天就抓紧落实。通知中州一中，这个学生，明天我要跟她谈话。"

这段话彻底将吴天利吓晕，晃了几晃才没有倒在地上。这下，麻烦大了，送走各位领导后，抓紧找到吴天贵，将情况详细地说了个明白。

吴天贵听后大惊失色，大骂他一通，等案件搞得真相大白，吴天利算是犯下大罪了，老吴家在中州也必将名誉扫地。那位罗厅长，必须要连夜想办法摆平，不然，自己往上升可就难上加难了，连带着的事可就多了。要命啊，这小兔崽子真是不争气哦。

吴天贵的想法是，连夜将谢运昌放出来，就说劫犯另有其人，最多是派出所侦查失误。背地里给他些钱，穷苦孩子出身，一千块钱的补偿，家里人见过吗？罗杰一句话，不就万事大吉了。

这天，在罗杰的亲自督促坐镇下，中州岳王台抢劫案被重新调查。坐在罗杰对面，张曼玲含泪讲述了吴大飙对自己的猛追烂打，捎带着，列举了他的斑斑劣迹，这只能说明吴大飙的行为不检点，不影响他此次见义勇为的行为，也不能证明谢运昌没去抢劫。

事情的突破口在田海涛那取得。见吴大飙被树为典型，而谢运昌将要深陷牢狱甚至死刑，田海涛深知此事败露的后果，一直惴惴不安。如果谢运昌被判重刑，他们这伙将隐瞒一辈子，也许以后能跟吴大飙混个好事。

没想到的是，竟然来了个省市联合调查组，郑重其事地重新调查，知道大事不好，担心其他人已经泄露真相，那样自己将大罪加身，再也翻身不过来，田海涛索性不再隐瞒，一五一十地将事情和盘托出。

几天后，真相终于大白于天下。罗杰亲自组织进行了中州县警察系统的整顿处理，吴天利被撤销职务立案调查，撤销吴大飙见义勇为称号并进行通报，同时对涉及人员按法律程序进行了一系列的处理。

罗杰出席了中州一中召开的全体师生大会，并做了重要讲话。当他讲到谢运昌当年在四川省银阳县智擒三名全国重要通缉犯，协助警察机关破获了一起震惊全国的大案，没有因此而四处宣扬，也没有因为没立功受奖而感到委屈时，全场爆发出热烈的掌声和欢呼。

这样的人，才是好青年，一中有这样的英雄，全校都为之自豪。

高兴的眼泪顺着张曼玲的双颊滚滚流出，她现在是悲喜交加。她坚信狗蛋是被冤枉的，罗厅长这是在为他平反为他挽回名声呢，这个臭狗蛋，自己当初是真的没有看错人。爹啊，狗蛋家的房子这下你该好好修修了吧？也顾不得会场纪律，她起身离开奔向医院。

狗蛋冤屈被伸，此时正躺在医院的病床上。张曼玲来到此处，不顾班主任安排临时照看他的张晓波和刘运华在场，伸开双臂就紧紧抱住他痛哭一场。他对张曼玲的感情只是他全身充溢着生的欢乐的一种表现，而这个活泼可爱的姑娘也有着和他一样的感情。这会儿他看出了她脸上那种独一无二的神秘特点。这种特点使她的脸自成一格，与其他人不同。尽管她的脸苍白和丰满得有点异样，但她的特点，与众不同的可爱特点，还是表现在脸上，嘴唇上，表现在略微忧伤的眼睛里，尤其是表现在她那天真烂漫、笑盈盈的目光中。两人目瞪口呆，羡慕异常，这小子走狗屎运了吧？狗蛋想推开她又推不动，只好任其宣泄，回头朝二位吐了吐舌头，一脸无奈。

身体的疼痛好恢复，养几天后就可以生龙活虎，最受伤害的是自己的心灵。看似阳光的社会，却有深深的陷阱，无缘无故便深陷牢狱之灾，如按前几年严打的阵势，那就白白送掉了自己的性命。好在，遇到了贵人相助，否则奶和娘莫不是白白养我一场？那冲天的抱负，也将付诸东流。

罗杰将要离开中州，专门到医院看望狗蛋。临走之前告诫他，"小谢啊，你好好养伤，不要想得太多。要记住，自古邪不压正，公道自在人心，千万不要因此事而迷失自己。其实这次来中州本打算专门来打搅你一次的，没想到会是这样。小伙子，我相信你一定能挺过这一关，等你考上大学，我还得来打搅你。"

回头看了眼张曼玲，罗杰笑呵呵地又说道，"小谢啊，这位小张同学可了不得，巾帼英雄，祝贺你，注意珍惜啊。"

狗蛋打心眼里感激罗厅长，如果不是他，自己的一生也许就毁于一旦。张曼玲当面拦住领导检举揭发的事，一中校园已经人人皆知，对张曼玲也便心底充满了敬佩和感动。哎，有此缘分，心底温暖纠结难熬啊。

在这段绝望的日子里，狗蛋脑海中总闪现着谢家坡亲人的目光，他不敢想象自己真若被判重刑后，他们的生活会变成什么样。师父这么大把年纪，如果摸清真相，会不会冲冠一怒而来中州大开杀戒？奶和娘的生活也必将彻底失去了希望。

精彩人生刚刚开始，自己的责任还没有尽到，自己的抱负远远没有实现，又何曾甘心落到如此境地？来中州读书，只是走出黑虎山的第一步，前面的路还很长，道路更加艰险。只有成为真正的强者，才能有资本与黑暗势力做斗争，不仅仅是为了自己，也要帮助弱者争取更多的光明。

罗杰，那一面之交的正直汉子，顶住上级压力还给了自己一个公道。张曼玲，一个来自乡村的丫头片子，为了自己而豁出去当面直言，甚至想过退学为自己申冤，这是何等的情谊？

还有张晓波、刘运华、陆小利等同学，连续几天的轮流在医院照顾自己，就连那高傲的女班长王晓梅也来看望了自己好几次，眼睛里流露出的是敬佩的目光。

想想这些人，狗蛋的心里暖暖的。是他们，给了自己今后迎面艰难的希望，是他们，让自己重新拥有了无穷的力量。

经历此次变故，狗蛋成熟了很多。当卸掉脚镣手铐的瞬间，才深深地体会到自由的珍贵，重获自由后如何面对人生？罗杰厅长已经给了他答案：坦荡做人，直面挑战，永不放弃，只有这样才能无愧于奶和娘的嘱托。

吴天利拘捕狗蛋后，要求派出所和学校先不要通知其家属，他是等着狗蛋招供后或走上法庭审判时再说，到那时即便家里人想告状也晚三春了。狗蛋出来后也不希望奶和娘知道，恢复上一个星期，就开开心心地回家一次，当什么事都没有发生。

可住进医院后学校还是派专人通知了娘。娘没敢跟奶说，立即坐车来到了医院，一同来的，还有师父谢广田。

娘见到他后，扬起手就想打他的屁股，扭头看张曼玲正在一旁幸灾乐祸，忙不好意思地放下手，嘴里不停地骂他不懂事理，这么大的事还想藏着掖着，也不找人告诉家里，眼泪就哗哗地流了下来。

师父也很生气，知道了事情的经过后说他做得对，就是下手太轻了，揍他们几个残废瘫痪得还差不多。被冤枉了是真的，可以后不能老拿这事说事，历朝历代被冤枉的人多了，那个岳武穆……狗蛋听到岳武穆这三个字头又大了，师父哎，一切可都是在岳王台那开始的哦，您老怎么说得那么准？

"嘿嘿，俺这不没事吗？咱命大福大贵人相助，师父你知道不？关键时刻是我在银阳认识的那个警察局长帮了大忙。"狗蛋赶忙转移二人的注意力，"人家现在是咱省的警察厅副厅长了。"

"你小子要是有个好歹，老头子这把骨头也不要了，非得要了那几个小子的命不可。"谢广田说，"在里面这几天肯定吃了不少苦头，是福不是祸，是祸躲不过，好在身体没大碍，就当一次磨难吧，过后会是阳光道。"狗蛋相信，如果自己遭难，吴大飙、吴天利等人可能真的会被师父取掉性命。

在医院休养了几天，狗蛋便坚决申请回学校继续读书，他担心自己影响同学们的功课，也需要抓紧补回来这段时间落下的课程。还有半年时光，就要走向高考的考场，迎接最关键的一场挑战，容不得一丝懈怠。

重新走在一中的校园，一切都那么的亲切，阳光温暖脚步轻快，只是狗蛋每天都能感受到，同学们异样和赞叹的目光。峰回路转、柳暗花明，突然地就从抢劫犯变成了智擒匪徒的英雄，这个反差的确点大，听起来都很刺激。

狗蛋能做的，是从容面对。想再低调到无人相识那是不可能的，总有不少好事者上前打听他的传奇，更有一些同学，私下要拜他为师习练武术，对此，他呵呵一笑不予回应。只是见到张曼玲，眼睛里便有了很多的亲情，她便装着没看到他，满脸开心地挺起胸脯，甜蜜地离开。

张工头不放心狗蛋的事情，担心自家女儿真的会因此而退学上访，隔段时间又来到中州，听说狗蛋已平安无事回校上学，欣喜万分。也顾不得跟狗蛋见面，回头就又赶回安南，从工地上拉回几个徒弟，直接就奔向谢家坡。他要赶紧把狗蛋家的房子修好了，也算是给闺女一个惊喜，说不定丫头一高兴，能考上个名牌大学，那才给他长脸呢。

奶和娘心里实在是过意不去，可张工头说了，一家人不说两家话，等狗蛋爹回家，他要来讨几杯酒喝。话说到这个份上，奶和娘索性也就任凭他领人收拾，工钱料钱不要，可吃饭的事情是要管的，杀鸡宰鹅得好好报答一下人家。

不几天，狗蛋家的茅草房换成了绿瓦房，快要倒塌的厨房也被青砖砌了个结结实实，捎带着，重新给他家搭建了一个大门楼。几十年落败潦倒的狗蛋家，现在呈现出一副干净利索的好人家，惹得街上很多人羡慕嫉妒闲话不已，隔壁的马二鬼子媳妇，吃味的不行，干脆就放风说那是狗蛋要给人家当过门女婿才换回来的代价。

一个周末，狗蛋回家，见家里变了模样，心知便是张工头兑现了诺言，不由得对张曼玲又多了一份歉疚，当然，心底也涌出许多的温暖和自豪，这份情谊比山高比海深啊。

回头在校园遇到张曼玲，告诉她自家的房子已经被他爹修好了。张曼玲嘻嘻一笑，灿烂如花，"俺爹不是早就说过吗？我还嫌他修的晚呢。"

狗蛋心里软软的，回应道："你干娘说了，给你也收拾了一间房子，说是以后你再去俺家就有地方住了。"张曼玲嗔怒，伸手掐住了他的胳膊狠狠一扭，"俺啥时候认干娘了？占俺便宜。你小子以后要做对不起俺的事，饶不了你。"

这些，都是小插曲，但在狗蛋的生命里，张曼玲已经深深地扎根在他的心底。考不上理想的大学，对不起她这份情谊，别管自己是不是还在纠结。

粗布旧衣千层底、煎饼咸菜白开水，谢狗蛋宠辱不惊心态淡定，按自己的设定计划继续前行。一段时间过后，重新找回了学习的状态，一中校园也逐渐恢复了平静。

没有经受这次变故的影响，上学期结束，成绩在班级依然名列前茅，狗蛋的各科总分在年级排名大幅度上升，自此后进入一中优秀学生行列和学校重点关注对象。

这个学期，班里转学过来一位同学，名叫张晓波，这位老兄嘴巴就像没把门一般的，满嘴巴里跑火车，课余饭后就听他讲话吧，别人根本就插不上嘴。天上飞的、地上跑的、海里游的、山上窜的，还有太空的、外国的，就没有他不知道的事，好的坏的、黑的白的没有他不敢说的。

张晓波一来，李亚军算是遇到了对手。李老夫子开头还有些瞧不起他，不就是西河镇九中那破学校转学过来的吗？有啥大能耐？李大秀才拿出他那诸葛亮羽扇纶巾、舌战群儒的样子，摇头晃脑摆出架势，引经据典就与张晓波理论起来，众人在一旁围观叫好。

张晓波土话连篇，鬼话瞎话下道话层出不穷，谚语野史逸事一个个接二连三。几个回合下来，李大秀才那乱糟糟的头发就越发显得脏兮兮，如同刚被黄鼠狼偷走老母鸡的土鸡窝，厚厚的眼镜片后面露出退避三舍之势，口中不忘嘟噜"不与竖子论道，孺子不可教也。"败下阵来，惹得大伙哄堂大笑。

有位女同学小鹿，见到张晓波，如老鼠见了猫，几句话下来，鹿同学巴不得找个窟窿赶紧钻进去。调皮捣蛋的冯小卫直接就拜其为师，心甘情愿当其跟班，修炼起来嘴皮子功夫。当然，这都是同学们学习之余的闹剧，偶尔的欢闹，不伤大雅。

狗蛋从不与张晓波论战，大多都是静静地坐在一边想自己的心思，看自己的书。有时兴起，突然就逮住他一句漏洞，紧追不舍句句为营，直逼得张晓波哑口无言满脸通红，几次交锋下来，少言寡语的狗蛋成了张晓波的克星，却是万万没有想到。

但凡听到张晓波嘴巴张开，唠叨奶奶的、他娘的啥的说了超过十句，狗蛋听得厌烦，两句话截住，如鸣金收兵、那小子便偃旗息鼓安静下来。二人单独在一起的时候，张晓波便如换了一个人，一本正经，言语端庄，绝无半句胡说八道之语，却是另一番风景。

以后二人吃饭时便坐在了一起。张晓波家境看来是比较富裕，顿顿小炒，白面馒头，零花钱不断。可他不嫌弃狗蛋的棒子面煎饼和咸菜疙瘩，伸手就拿起来吃，意思是让狗蛋吃他的小炒，二人混搭着吃，缸子里面的肥肉片子，基本上都留到了最后，让狗蛋负责刷盛菜的缸子，张晓波直接就这么说。

其实，张晓波是为了让狗蛋将剩下的那些肉吃进肚子里，再倒些开水进去，汤汤水水热热乎乎，狗蛋每次都喝个干干净净。多年后回忆起这段往事，狗蛋仍然心存感激，这份亲情，记忆终身。而张晓波也已是亿万富翁，再有机会坐一起品尝佳肴，远不如那时的剩菜残汤香甜可口，狗蛋眼里便含满了泪花。

隔段日子，班里又转学过来一位新同学，名叫朱大志，名字是很响亮，可人长得怪怪的，酒糟鼻、红脸膛，整日地眯缝着眼，不知心里想什么，说起话来南腔北调让人找不着北，狗蛋见到他心里就不舒服。

他看人家不舒服，有跟他走得近的。课余饭后常见到郭红军和朱大志坐在一起，窃窃私语不知探讨什么国家大事。几周后郭大秀才神神秘秘地告诉狗蛋，朱大志同学的舅舅是个大官，为嘛说话南腔北调不容易听懂呢？那是因为人家父母是高官，因工作原因到处转学所致，毕业后可是要直接到外交学院上学的。

这个，狗蛋不相信，郭大秀才相信他管不着。反正看到朱大志那人的模样心里就翻腾，贼溜溜的眼睛没事就眯缝着到处转，说不定在瞄哪位女同学的胸脯呢。

话都说不清楚，也说不明白，还父母高官呢，中州县城好像最大的官就是王晓梅她爸爸了吧？报纸上登着呢，那模样多帅气！怎么他妹妹就生出这么个猥琐难看的儿子？这小子还吹上啥外交学院？自己听了都恶心。

他不相信没啥，同学们有的是相信的，而且还不少。私下劝过郭红军，不要轻信他人，这小子入了魔了，信誓旦旦，反说狗蛋目光短浅不知道利用同学关系。慢慢地发现，竟然有几个女同学跟朱大志也套上了近乎，眼神里透出销魂的神色。这个，狗蛋便更是无语了。

一个周末，狗蛋随张晓波回了次老家。西河镇张家庄，在中州县城的东北二十余里，附近盛产低硫、低灰、低磷优质动力煤，投产几年的张庄煤矿就坐落在张家庄的西北角。

张晓波家靠近公路，一个青砖硬瓦的四合院，客厅里摆满一圈沙发，一台电视一部电话端放在案几上，不一般的富裕。转到他的卧室，墙角边，赫然摆着一把猎枪，几把大砍刀，不免惊讶，这小子家是干啥的？这地方离万虎山五六十里，不可能大老远跑那狩猎啊。一阵疑惑。

"哈哈，谢运昌，你小心点别动那枪，那可是一直都上着膛的。慢慢告诉你咋回事。"张晓波对他说。

他爹是张家庄的村主任，这几年趁着煤矿在这儿的建设和生产，在矿上揽了不少活，当然也积攒了不少财富，便引起了附近一些人的嫉恨。这还不是主要的，自己挣得钱，恶人也不敢来家里明抢，最多是贴张纸条扔几块黑砖吓唬吓唬。

主要的，是张庄煤矿在开采煤炭和洗煤以后堆积的煤矸石，那矸石山恰巧就堆在了附近几个村的交界处。矿上卖的是好煤，没工夫也没人手去顾及煤矸石，越积累越多，慢慢就堆积成山。

"你不知道的，矸石山上都是值钱的东西，筛吧筛吧就是好煤，听说还有很多铁矿石，这样附近的几个村子就较上劲儿来了，都想独霸矸石山。"

他爹是村主任，不能眼睁睁看着宝贝山被别的村里抢去。就在上个月，领着村里人就跟相邻李家村的人干上了仗，几百人混战在一起，就像电影上攻山头那样，猎枪土枪砍刀锄头全用上了，伤了不少人。

"不那样不行啊，那群架不打，就代表着这个村放弃了矸石山的管理权。"张晓波说。

狗蛋听得是一愣一愣的，仿佛如听评书，"那县里和矿上就不管了？"

"矿上那些护卫队哪见过这个阵势？一个个都快吓傻了。县里警察来倒是来了，鸣枪示警？警察那手枪发出的声音还不如土枪动静来得大呢。那场面，不来一个团的野战军是连边也靠不上的。在一边等着，当看电影吧，打伤打残几个自然就消停了，警察然后进村各逮几个领头的回去交差。这次相争下来，消停了一阵，明争改成暗斗了。你看到俺家的大门了吗？"张晓波说，"那是不得不才安的大铁门，就那样，也被人用铁砂枪打得满是窟窿眼。"

狗蛋倒吸了一口凉气，张晓波卧室里放着的猎枪和砍刀原来还真的是预防有人突袭的，黑灯瞎火中，站在他家平房顶上，一枪下去，会是怎么个情景？今晚如果在他家住下，会不会亲眼看到枪炮齐鸣、棍棒交加的场面？心底反而充满了期待。

一夜无事，没有张晓波说的那种情况发生，狗蛋醒来感觉稍微有些遗憾。"啊，俺以为今晚能看上电影呢，啥也没发生。"狗蛋笑着说。

"你小子睡得跟猪似的，光听你打呼噜了。知道不？俺可是做梦都听着门外的动静的。如果有摩托车或者汽车经过，突然就停下来了，那肯定是马上要有情况发生。这个时候，要立马拿枪爬到平房上，不然真有可能被人家爬进院子里来的。"张晓波说道，"俺爹厉害着呢，吓退了好几拨偷袭的。这把猎枪，不是装样子的，那帮小子真敢爬墙翻院，老头子还真敢开枪，绝对一枪一个准。"

狗蛋突然想起谢家坡有人正想挖煤的事情，不免有些郁闷，说不定哪天真的建起几个煤矿出来，开采以后，会不会也要出现张家庄这样的情况？张家庄这儿争抢的是矸石山，谢家坡那边，如果真的挖出来，可是黑黝黝银灿灿的好煤啊。这玩意，是财富还是催命曲？

这些，狗蛋也只是想想，谢家坡的一切事情，暂时还跟他没有关系，即便是谢家坡挖出煤来，争来抢去的那是他们的事情，自己只是个学生，参与不进去，人家也不需要他的参与。至于张家庄的事，跟他更是屁关系都没有一点，当故事听听算了。

全面的复习已经开始，下学期，整个高三年级都将进入临战状态。

应该这样说，他不是没受影响，而是影响太大。只靠一身武功，那也仅能防身而已，面对邪恶的势力也只能委屈承受，丝毫改变不了自己的命运。只有学出名堂考上大学，才有可能站得更高走得更远，才有地位和资本去揭穿黑暗。以后的路不可能一马平川，将会坎坷万分，怎么去面对，如何去抗争，让他不得不认真思索未来。

新春遐想

黑虎山上的积雪日渐融化，向阳坡上裸露出已苏醒了的土地，春天的山涧溪流银铃似的唱起悦耳的歌，一路不知疲倦地淙淙奔流。朦胧的山头远处已经闪耀着蔚蓝的春晖，辽阔的天际变得更加深邃、碧蓝、温暖。

临近春节，狗蛋家收到一封来自马来西亚的挂号信，是干爷爷谢子龙来信了。狗蛋拆开信封读给奶和娘她们听。

书信繁体字苍劲有力，好在狗蛋能看得懂，落款是干爷爷的名字——谢子龙。信中说，听到海棠妹家里人平安、一切都好后，很是开怀，这么多年身居海外，无时无刻不想念谢家坡的亲人。为了能尽快返回大陆看望亲人，他早已辞去军内一切待遇。现在去了马来群岛，在那儿创办了实业公司，等公司一切正常运转后，将择机回谢家坡探亲。

书信字里行间思乡情浓牵挂万千，信中专门提到了干孙子狗蛋，说是见到他的照片后内心甚是安慰，嘱咐他在家孝敬老人，在外学好文化，更要特别注意学好英语，实业公司就是以他的名字命名，叫马来运昌实业集团，壮大以后将交到他的手中。

很快，狗蛋提笔给干爷爷写了一封回信，将家里的情况和自己将要参加高考给他老人家说了个明白，请他不要挂念，一切都很好。

第二天，狗蛋专门去了趟中州县城，将信邮寄到马来西亚，顺便，在信里面夹了自己在中州一中校园的彩照几张。此时的华夏，改革开放正向深入发展，华夏大地到处生机勃勃，国家鼓励海外华人归来投资，欢迎游子回归故里，同样的，向海外寄信也就不再有特务的嫌疑。

腊月二十三，小年这天，爹从外地游荡归来，拎着十几斤猪肉，交给娘一百多块钱，这可能就是爹一年的积攒了。见到狗蛋已经比自己高过一头，眯缝的小眼便露出一丝快活，山羊胡也翘起老高，嘴巴动了几动，也没说出什么来。眼见着狗蛋如此沉稳，明年再归来时儿子也许已是天之骄子，越发地感到愧疚难言。

爹不跟自己说话，狗蛋不能，这几年他经历了不少的事情，慢慢懂得了人生的不易。爹虽然常年在外，可岁末都要回来过年，自己还能见得到。而干爷爷谢子龙，对爹来说那只是传说，什么样都不知道，那亲爷爷他就更不知道了，谁知道他的苦楚呢。

"爹，干爷爷来信了。"狗蛋对爹说。爹听到后一愣，忙取过来读了起来。读完信，他就坐下来正儿八经地跟狗蛋谈起心来，慢慢询问狗蛋在学校的生活和学习，探讨高考时报哪所大学。

这么多年，爹是第一次跟狗蛋认真地交流，狗蛋也是第一次感觉到爹并不是自己想象的那样不靠谱。

陪着娘在厨房里做饭拉风箱，娘告诉他，爹当初学习成绩很好，年少时误背着旧军官二姨太狗崽子的名声，在被人追打和辱骂中，低声下气地度过了童年，谢家大院被抄家财物散失殆尽，家境一贫如洗，奶含辛茹苦将其拉扯成人，遭遇过的辛酸甘苦又岂是狗蛋所能想象？

此时，狗蛋才理解，爹回到家后，每晚都要打盆热水，坐在小板凳上给奶奶洗脚陪奶奶小声说话时的心情，那是真挚的爱与愧疚的反馈。

长大了想发奋读书走出黑虎山这个伤心之地，可是家里的成分不好，虽然成绩优秀却求学无门，参军不让报名，招工没他的份，就连生产队分配农活，都让他干最苦最累的，给的工分又低，还要时不时地去大队部里汇报思想。青年时期的爹，就是这样过来的。

狗蛋没见过姥爷姥姥，也从没听娘说起过。娘说，姥姥在她两岁的时候就去世了，但姥爷在那个年代却是躲不过清查的，文化汉奸、卖国贼的帽子一扣，立刻遭遇牢狱之灾，很快便撒手西去。

狗蛋听罢不免叹息一番，不知道姥爷是不是真的做过汉奸，如若是，不冤枉。但姥爷家当初的汉奸成分，肯定是跟奶奶的旧军官家属成分也差不多了，"不会是没人敢娶，娘才嫁给爹的吧？"

"打你个臭小子，娘有那么没出息吗？"娘的拳头轻轻地落在狗蛋屁股上，狗蛋忙夸张地躲闪开来。拉家常嘛，聊什么都是其乐融融，往事如烟，再多的苦楚随着那岁月的辗转也已淡淡地远去了。

其实，娘的身世比爹更是凄惨，两岁的时候没有了姥姥，五岁的时候，姥爷深陷牢狱，舅舅被发送到万虎山深处劳改，娘便成了没人管没人问的野丫头，是师父谢广田将娘接到了谢家坡，由奶奶一手抚养成人，长大后与爹成了婚。奶含着泪水跟狗蛋讲起了娘的往事，回头看娘，早已是双眼朦胧。

娘说，爹当年入党无门、参军无望，就连做个基干民兵也捞不着。在那个年代，狗蛋的爹成了村里批斗的靶子，生产队和大队的批斗不断，时不时被红卫兵五花大绑、游街示众，好在有谢广田的暗中保护，才未被人害掉性命。

受不了极少数坏人的白眼和折磨，还有狗蛋奶和娘的数落，在狗蛋不到两岁的时候，狗蛋爹索性逃离谢家坡，走进了万虎山深处，在一座荒芜的道观旁，跟着一位被迫还俗的老道放了几年牛。待老道病故、春风拂过万虎山，狗蛋爹便游走江湖，靠给人打零工为生。只是在年节时偷偷地趁黑夜回家看看，那还怕被人家逮住一顿暴打。

改革开放后政策放松了很多，狗蛋爹也敢大方地回家了，只是已经习惯了在外面游荡的生活，也养成了投鼠忌器、谨小慎微的性格，留给狗蛋的猥琐、落魄的印象，便是爹这么多年苦难遭遇的印迹。

天知道这些年他在外面受了多大的难为，到底干了什么差事，回来后看着是说话办事的不着调，那是他在掩饰自己的愧疚和心里的不安。"你看看，你爹的头发都花白了、背也驼了很多，这才四十出头啊。"娘说着说着就掉起了眼泪。

理想和现实都是那么的骨感，不是想好就能好的，没有天时地利人和，没有大环境的开明，绝不是你有理想、有能力、就一定能比别人过得好，这就是爹说的命不可测吧！

腊月二十九，是谢家坡几十年延续下来的去将军碑祭拜的日子。临近年关，先拜先烈，后祭祖先，这是谢子虎老支书定下来的铁规矩，慢慢变成了谢家坡的老传统。

这一天，黑虎山半山腰将军碑旁的平地上热闹非凡，谢家坡的乡亲们穿戴一新，敲锣打鼓鞭炮齐鸣，三条巨龙在舞龙队的挥舞下腾挪辗转、活灵活现。

高高耸立的马占彪碑上，披上一条大红绸缎，每个烈士墓前都摆上供品、点燃蜡烛，黑虎山便显得越发地肃穆壮观。新中国成立前就参加革命、已经老得快要走不动的老支书谢子虎，颤颤巍巍地站在队列的最前面，朗声诵读几十年来都一字不变的祭文，然后带领大家向着烈士墓鞠躬敬礼，望逝者安息，祈祷保佑太平。

作为谢家坡的一分子，狗蛋从记事起每年都参加这个活动。年少时感觉的是人多、热闹、好玩。此时，自己感觉到的是沉甸甸的责任，仿佛自己就是那尊高大的雕像，正处于众人前面，接受着大家膜拜。听到的是真诚的致敬，感受到的是深深的期盼，实则是人们对事业蒸蒸日上和幸福美满生活的期待。

用生命的代价去维护民族尊严、去追求民族进步的，多少年人们都不会忘记他，就如同黑虎山上埋葬的这些英烈。那背叛了灵魂出卖国家利益、苟且偷生者，留下的也便是千古骂名，名字都成了骂人的经典，如秦桧、汪精卫这般。

锣鼓喧天、鞭炮齐鸣，一阵的热闹过后，便是庄严的肃穆，谢家坡的男女老少，在谢子虎的带领下弯腰鞠躬、默哀致敬，乡亲们用最隆重的仪式来祭奠那逝去的英灵，缅怀长眠在黑虎山那如亲人般的勇士。

眼望着高大的马占彪石碑，狗蛋心底不免澎湃万千。长眠于此地的英烈们，当年他们跨过的那山、那水、那沟坎，留下多少后人传诵的传奇？那一个个激烈的战斗场景如电影般立体展现在脑海，波澜壮阔的战争、艰苦卓绝的奋斗，经历了多少无法想象的困难？只为了心底那纯正的信念。想起吴天利、吴大飙与自己的那一场纠葛恩怨，充其量只是一次短暂的遭遇战吧，与宏大的人生历程相比，也许只能称之为一朵浪花，自己经受的那点小委屈，与这些英年献身祖国的先烈相比，又算得了什么呢？

自己的人生，应该算是刚刚起步，希望和艰辛同在、成功与失败并存。以后的路，必须踏踏实实地走下去，心存梦想、昂首向前、不畏风雨，万般豪情涌向心间，狗蛋突有豁然开朗之感。

第二天是年三十，一大早，狗蛋便去了小树林。干爷爷的来信中专门提到，谢广田这么多年独居野外，孤苦伶仃、默默守护，从无怨言，这份恩情感天动地，无以回报，那就光明正大地将其迎到家中视为亲人，嘱咐家里人一定要善待他，就当是狗蛋的亲爷爷一般对待。奶奶对狗蛋说，从今年开始，必须请谢广田爷爷回家过年，若他愿意的话，今后就别在小树林里面住了，西屋腾出来，搬到家里面来也有个照应。

自从知道谢广田和干爷爷、奶奶的那些往事以后，狗蛋便对老人充满了无限的敬意，一生充满传奇，半世波澜风霜，只为信守着对长官的一句承诺，数十年默默守护、风风雨雨。这份忠诚、这份坚守，那做事做人的高度，真格地让他望尘莫及、顶礼膜拜，对师父实在是无以回报，只能期待自己的路走得更远更稳，让老人为自己而自豪，绝对不能让老人家失望。

小树林深处，师父的住处周围干干净净，房门上已经贴上了春联，一个大大的福字倒贴在门前平地的大树上，就连狗熊住的铁笼上，也被师父贴上了福字，到处洋溢着新年的喜悦。

大黑熊见到狗蛋，立刻便兴奋地在笼子里跳跃不已，忙牵它出来，奔向黑虎山转悠半天，打闹了一番后才安静下来。

狗蛋跟师父说："奶奶让俺喊您回家过年，另外让俺帮您收拾一下东西，以后别在这儿住了，就搬到家去，我爹已经把西屋拾掇利索了。"

这么多年，如若没有突发的事情，谢广田从来不会到狗蛋家中去，不仅仅是避嫌，默默地躲在一旁，更能很好地保护狗蛋一家的安全。老长官来信说的那一些话让老汉心底很是欣慰，这么多年的辛苦，总算是了却了自己的心愿。现在起，年夜饭是可以去狗蛋家吃的，但搬到狗蛋家去住却万万不能，他要待在小树林的房子里等着老长官归来，亲口告诉他，自己没有辜负了当初的誓言。

"呵呵，运昌啊，你爹有这份心老汉我就很知足了，不过我一个人过习惯了，还是住在这儿清静，再说了，我搬家里去了这家伙咋办？"师父指着大黑熊笑着拒绝狗蛋的张罗。

狗蛋不知道师父是怎么想的，但师父如若真的搬回家里去住，大黑熊的确是个问题，总不能跟猪养在一起吧？放归万虎山？师父肯定不舍，关键是狗蛋也早已视大黑熊为兄弟，那多年的打斗撒欢、亲热相伴，融入自己的生命中，怎么可能让它受委屈？

可大过年的也不能让它自己待在小树林啊，"师父，干脆我牵着大黑一起回家过年吧，俺爹带回来十几斤肉呢，肉汤和骨头就全留给它算了。"师父笑着说，"行啊，我老头子平时也没亏待它，时不时就打几只野鸡让它解馋。"

狗熊牵回家，吓得家里的那头猪哼哼乱转圈，鸡飞羊叫，好久也没有安静下来。这黑家伙倒也明白，见人家不欢迎，便蹲在大门洞里当起了看门熊，再也不是当年爬到狗蛋床上撒娇玩闹的模样了，狗蛋只好将其拴在大门框上。

隔壁马二鬼子家吓得赶紧插上大门，这黑瞎子可是比谢福运家的狼狗厉害得多，二蛋、老秋几个想过来跟狗蛋聊聊，一看狗熊被牵回来了，就在门口蹲着，早吓得扭头就跑，心里骂道狗蛋这小子真不够意思，不让进家门了是不？

大过年的，来家串门的人很多，大黑熊蹲在门口哪个敢进啊？远远地看到都提心吊胆，实在不是个事，娘着急得生火炖肉，满锅的骨头汤连带好几斤肉都盛满了一大盆，吩咐狗蛋伺候狗熊吃饱喝足，也算是在家过年了，赶紧送回到小树林笼子里。

正午时分，家家户户的男主人带着自家的男孩，到祖坟上烧香磕头放鞭炮，恭请自己的祖先回家过年。这么多年，爹是第一次正大光明地去祖坟恭请祖宗，狗蛋见爹燃起几炷香跪在祖坟前，眼里面含着泪花不说一句话，心知他又在愧疚离家出走多年，实乃不肖子孙，只好默默地陪伴在父亲身旁。

提起狗蛋在学校的那段经历，一家人唏嘘不已。奶流着泪说："都是菩萨保佑得好，好人有好报呢。狗蛋，等你长大有本事了，千万别忘了人家省里的罗厅长，另外，要是做了对不起张家那丫头的事，回家别喊我奶奶。"

娘和师父也对张曼玲赞不绝口，爹说："张曼玲我是没见过，可咱家的房子可是人家帮着修好的，何况这闺女为了你宁肯退学，这是大恩于你的，这样的缘分你去哪里碰？我看啊，你可要把握好了。"

狗蛋有些不好意思，忙闭嘴四顾，心想："那丫头看来是入了奶和娘的眼里了，对自己更是没得说，可是你们知道我跟娟子的事情吗？娟子在安南的时候要是不说等着俺也行啊，省得自己现在纠结。"哎，心里面装着娟子这事真的无法开口，要是张曼玲那丫头来认干娘多好啊。

娟子已经接近三年没有消息了，也不知道她在安南过得怎么样，狗蛋心里一直在牵挂。初一去张二生家拜年，狗蛋看到娟子奶苍老了很多，原来利利索索头发乌黑的老婆婆，已是满头白发、步履蹒跚。有心想问问娟子的近况，抬头看，墙上醒目地挂着的，还是娟子一家离开谢家坡前的照片，娟子亭亭玉立站在爹娘的后面，笑靥如花，狗蛋心底一疼，立马打住了那个念头。

开口问起娟子，会不会揭起老人的伤疤？大过年的，狗蛋理解老人的心思，那是盼望着阖家团圆、热热闹闹，此时，娟子奶一定是对远方的亲人忧怀万千吧！可是，他们如何知道自己的心声呢？与老人一样的，期盼着娟子就站在眼前。

娟子，这几年你过得怎么样？可曾记得小树林的童年？白龙泉畔、铁板桥边，那甜美的往事，无数次萦绕在梦间。带着几多惆怅，狗蛋回到了家中，娘见他不开心，知是去了娟子家。

娘轻声地对狗蛋说："你二生爷爷没跟你说？娟子爹前几天来信，说是娟子去美国留学了，如果在那边很适应的话，以后就留在美国读大学了。"要不说知儿莫如娘呢？其实娘对狗蛋与娟子的事情心里有数得很，抽屉里面的那个手绢，娘偷偷地看了很多遍。

娘不忍心戳穿狗蛋的伤疤，如果娟子还在谢家坡，那丫头是真的很入娘的眼，可现在人家是安南富贵人家的大小姐了，门不当户不对再不是从前。这又去了外国留学，更是天各一方，即便他们感情再深，以后也绝无可能走到一起。

张曼玲多乖巧！娘是越看越顺眼，想埋怨狗蛋三心二意却又不好说出口。狗蛋听说娟子已经远去大洋彼岸，心底更是忧伤，或许以后真的再也见不到她，那曾经的往事真的就是梦了吗？眼里便噙满了泪花，扭头走向小树林，耍出几套少林拳，嗷嗷大叫几声。

初三那天，李小强来给师父拜年，顺便提着一大块猪肉两瓶白酒来到了狗蛋家，二人相见，异常亲切。进门后李小强先是在堂屋内跪下，给祖先磕了四个头，然后分别给奶、娘和爹磕了一个，激动得老人忙不迭地泡茶做饭。

狗蛋打心眼里喜欢这位师弟。这小子身材精壮，眼神犀利，已有一股豪气在心底养成，狗蛋能够感受到李小强焕发出来的正能量，想想当初的遭遇，如做梦一般恍惚。

人生轨迹的改变，也许就在那一瞬间，是正是邪，是黑是白，稍不注意，就来个颠倒拐了大弯，也许万劫不复，也许青云直上。

聊起各自的志向，李小强说，他下个学期将参加中考，宁可掉下几斤肉，也要考上中州一中，紧追师兄步伐，至于更大的志向，现在还说不上来，师父说让他以后多找师兄沟通。

狗蛋心想，马上就面临高考，报什么学校也就决定了未来，能让自己的理想走得更远吗？怎么才能实现呢？细细想来，却是真的不能说出具体的志向来。

这还真的是件大事，是必须选择的问题。

大年初五，狗蛋正在家陪着爹说话。爹看着自家房子换了绿瓦，还建了一个气派的大门楼，知道是张工头修的后，非要狗蛋随他出趟远门，去人家张工头那拜年道谢。

狗蛋不知咋说好，去的话，那还不就是等于去抬亲了？马上就要迎接高考了，非得这时候去啊？都跟张曼玲说好了，她考上大学的时候再说。

不去爹心里又不甘，的确是这样的，人家给帮了这么大的忙，自己心里也觉得过意不去。

正纠结着，娘小跑着进门，开心地说，"快出来迎接，你看看是谁来了？"起身迎出门外，却是张工头和他家丫头张曼玲。

张曼玲春风满面如进自家门一样，亲热地跟奶和娘打招呼，奶抓住她的手开心得笑不拢嘴，嘴里说道："你这孩子，咋才来啊，可叫你想死俺了。"狗蛋奶高兴得眼泪都流出来了。

爹本来想带狗蛋去张工头家拜年，没承想人家赶了过来，又见张家闺女模样俊俏知书达理，更是欣喜万分，忙吩咐娘整桌好菜，催狗蛋去请师父一起吃饭，他要好好谢谢人家。

爹常年在外工作见多识广，张工头走南闯北无所不知，席间二人竟谈得热火朝天，大有相见恨晚之感，把酒痛饮热闹非凡。

师父见二人聊得开心，不便掺和，笑呵呵地喝了几杯酒后就起身离去。

张工头看来是真的喝高了，摇摇晃晃地歪躺在椅子上没了在工地上的严肃，却没忘当初的事情。酒劲上来，也不顾及万虎山的民间风俗，抬亲还是需要媒人居中说和的，自个儿就开口了。

"我说谢老弟，你养了个好儿子哦。"张工头嘴里说话已经不清楚了，可爹是听得明白，"前年俺来这，没看到你，也就没好意思跟大娘和弟妹开口，今儿咱兄弟俩见面了，我可要跟你说了，嗯，就是谢运昌啊，俺家闺女几年前就看上他了，嗯，你家要是满意俺家丫头呢，点个头这事就定下来了，嗯，就这个意思。"

奶和娘听了后兴奋得不得了，各自夹了一块大肉放到张曼玲碗里，开心地劝她多吃点，羞得丫头满脸通红，抬腿就狠狠地踩到狗蛋脚上。这个，真有点疼，凭啥踩俺呢？嘿嘿。

爹也是酒大了，其实他已经从自家老太太那眼神里看出来，那是对张家丫头发自内心的喜爱，这么好的儿媳妇上哪找去？不答应那不是傻瓜了？狗蛋这小子还提考大学？定亲又不是娶媳妇，怎么就耽误考大学了？

"张大哥，俺家狗蛋不懂事理，怎么能高攀得上啊？闺女真进了俺家门，那祖宗可是给我们积德了。我说狗蛋，你还不给你大爷敬杯酒？"爹摇头晃脑的，也有点坐不住。

在万虎山地区，丈人的叫法就是大爷，也有叫老泰山的，丈人即便年龄比自家亲爹小好多岁，也得叫大爷。爹的意思已经很明白了，他是代表家里答应了这门亲事，回头看张曼玲，脸蛋红扑扑的，正调皮地看着他咋个表现。

爹这样说了，狗蛋也不能不表示，原来喊张工头是张大爷，现在得喊大爷，完全是两个概念了。这个，还是别喊大爷了，敬杯酒那是必须的。起身给张工头倒满，恭恭敬敬地端起道："谢谢张大爷对我们家的帮助，谢运昌终身难忘，来日一定报答。"

张工头很开心，一饮而尽。他心里也明白这年轻人的事并不是当爹的说了就算的，毕竟是新社会了，也不兴指定婚姻。至于他和张曼玲以后成不成，看他们的缘分了，房子也给他家修了，话也说到位了，他家长明白就达到效果了。

看样子闺女在谢运昌家很受欢迎，哈哈，咱家的丫头百里挑一，上哪找去？县里那么有势力的人家丫头都不乐意，你们谢家可不就是祖上烧高香了吗？

二人喝得高兴，聊得开心，张曼玲见他们说得火热，便拽了拽狗蛋的衣服，二人起身离开，踱步向黑虎山走去。

春姑娘带来的丰富多彩、朝气勃勃、眼睛看不见的生机洋溢在苍茫的群山上。远远近近的田地里萌发出一片片尖尖的禾苗嫩芽，只有迟迟还未返青的野菊花，在山脚下高低不平的山地上无精打采地耷拉着头，可生机盎然的、清新春风，正毫不留情地吹折它那早已风干的枯萎躯体，吹着它在恢复了生机的山地上到处随风翻飞。

张曼玲看下那满眼春色的山野，俏俏地挥掌拍下狗蛋说："嘻嘻，我说你啊，刚才为啥不喊俺爹大爷，非要喊张大爷？"张曼玲笑呵呵地问他。

狗蛋知道她在逗自己，"你说我要是喊大爷了，那咱以后咋在学校里见面？让同学们知道了，还不得跟我要喜糖吃啊？到时候你班里的人会笑话你不？学校里知道了那咱还不都得跟你爹去工地继续当小工去？呵呵。"

也是，毕竟都是学生，大学还没考上就开始忙活着定亲，学校可是不允许谈恋爱的，更何况是定亲，纪律上可是不管你学习成绩好坏的，学校知道后那是要开除的，还有啥资格考大学？听说大学里面也不允许谈恋爱，她们乡里就有一个大学生，在学校跟人家那个了被开除回家继续种地，白上了那么多年学。张曼玲琢磨了一下，这小子说的有一定道理。

经历了狗蛋被陷害差点遭遇牢狱之灾后，二人都成熟了很多。张曼玲不畏权贵，宁可退学也要为自己争得自由，在狗蛋的心目中形象越来越纯洁高大。

狗蛋毫不屈服吴天利威逼折磨，咬牙坚守心底防线，最终赢回清白，也给张曼玲一个更深刻的感知，心底早已甜蜜不已，张曼玲这不是芳心暗许，而是明许。在感情上，相互牵念的已经很深，彼此都能感受得到那份默契与开心。

只是狗蛋心底还没有放下张晓娟，他不知道该不该把自己和娟子的事情告诉给张曼玲。

说出来，担心真的伤害了张曼玲对自己那颗炽热的心；不说出来，又怕到以后自己纠结，娟子如果哪天真的回来找他，那可咋办？

算了，还是别说了，等考上大学以后吧。真若到谈婚论嫁，那就更远了，那是大学毕业参加工作以后的事。

乍暖还寒

将军碑前还存留着祭拜时燃放的鞭炮皮屑，红红的一片如铺上了一层地毯。抬头望去，将军雕像威严而亲切地注视着二人，阳光洒满黑虎山，虽是严冬却温暖无比。

"谢运昌，高考时你打算报哪个学校？"张曼玲问他。

这个问题一直纠结着他。报考山南大学，那就离娟子很近了，可那次高家大院门口的阻挡，还有娟子身边的保卫，都给了他深深的刺激，鸿沟深深，深宅大院，如堵无形的高墙，拉远了和娟子的距离，让他感觉到高不可攀。

前几天李小强问的时候自己很是模糊，站在将军碑下，感受着四周的肃穆，仿佛一个声音传到自己耳边："心怀华夏抛头颅，为民造福志未酬。我辈捐躯逐虎狼，你辈奋起创大业。"不由得猛一激灵，心头便豁然开朗。

"我决定了。"狗蛋说，"到时候我要报考京南大学，那所学校专业面广，师资力量雄厚，更主要的是，从这所百年学府里走出来很多重量级的人物。咱要实现大志向，那就得努力走进那所校园，在那个氛围下熏陶我们的情操，然后才能站得更高走得更远。"

"嗯，很有道理，俺觉得也对。"张曼玲俏生生地站在他对面，温柔地看着他说："下学期你可要咬牙坚持啊，我相信你一定能行。啊，俺也能行，到时候你在京城等着我。"

哎哟，上大学还非得在一块吗？哈哈，狗蛋很是佩服张曼玲的勇气和决心，反正她还有一年，我这八字没一撇呢，也不能跟她吹牛。是的，全力以赴迎接挑战，不能让家人失望，师父也在盼着，对面这个温柔又倔强的丫头也在盯着。

东水河沿岸群山连绵的山坡上，寒风在山坡上盘旋，怒吼。细雪被阵阵寒冽的老北风从光秃秃的山崖上吹下来，积累成一个个小雪堆。日积月累的雪堆高耸在山岩上，阳光一照闪闪发光，夕阳西下，堆积的残雪呈现出了粉红色，隆明的时分，则是浅紫色，彩霞纷飞的早晨又演变为粉红色。在这早春的暖流还没有把雪堆融化掉，猛烈的西北风还没有把这沉重的雪掀下陡峭的山岩，它就一直那么骨气、威严地盘踞在那里。可是当它被浩荡的东风推下山梁时，就会发出愤怒的轰隆声，一路上，压倒低矮的灌木丛，压弯羞羞答答地直往山崖边上躲闪的小山枣树，而后就不惧粉身碎骨地拖着长裙似的飘向山下的银白色雪雾里。

雪化春来，遍地清香，新的学期也是狗蛋在高中的最后一个学期开始了，抖擞精神，狗蛋投身于紧张的复习之中，前面的路，充满了希望。

偶尔中午吃饭时，郭大秀才便神情激动地摆话他看到或听到的事情，一副忧国忧民天降大任的样子，仿佛他回到了五六十年前，正站在街头激昂演讲群起响应，号召大家捐献家产保家卫国，或者投身于抗日救国大业之中。

张晓波听得不耐烦，扭头喝道："赶紧闭嘴。你嘟噜的这些跟你考大学有啥关系？那伙人能帮你免试录取不？道听途说的东西，显摆个啥劲？考不上大学你小子也只有回家啃窝头去，人家会给你红烧肉吃？"

郭大秀才琢磨琢磨，也是这个理，嘴上虽然不服，却赶紧闭嘴坐下，随口还哀叹几声。趁周末回谢家坡拿干粮时机，狗蛋顺路去了次陆小利家。家门上贴着白纸条，院子里冷冷清清，两头小猪在猪圈里饿得哼哼直叫唤，墙角屋内杂乱不堪，这是个什么样的家啊！

陆小利刚从地里忙活回来，一脸憔悴，身后还跟着个脸上脏兮兮的小弟弟。见到狗蛋，未开口，二人的眼泪就流了下来。

"小利，伯母去世我也很难过，抱歉发丧那天我没有赶来。那个，我来这就是想问问你，我觉得咱都坚持这么久了，也就还有几个月的时间，你看能不放弃参加高考吗？"狗蛋说。

"哎，运昌兄，你也看到了我家这情况，六个弟弟妹妹，大点的两个正在上初中，下面那几个吧，两个姐姐各带过去一个去跟她们读书，家里两个大点的在读初中，还有两个弟弟妹妹刚上小学。我爹娘把我供到现在不容易。爹也跟我说要坚持下去，哪怕把宅基地都卖了也要让我读书上大学。可是，我不能眼睁睁看着他累垮啊，更不能让他带着弟弟去住机井房哪。"陆小利的眼泪在眼眶里打起了转转。

狗蛋也只能在心里干着急，他是实在帮不上忙啊。自家穷得也就够吃饱饭的，总不能让娘领养一个陆小利的弟弟吧？人家也不让啊。等他爹回来再问问吧。

半晌工夫，陆小利的爹领着另一个小妹妹回家了。他爹也就五十多岁，消瘦的面容上满脸凄伤，背已被家庭重担压弯，看来肺也被那一毛找零的烟给熏得差不多了，说几句话就喘个不停，看起来像六七十岁的老头。

你说生那么多孩子图的是啥呢？计划生育看来也是对的，要是自家兄弟姐妹一大堆，估计爹这么多年也不敢到处游荡，娘也会早早地累弯了腰。

"大爷，我是小利的同学谢运昌。"狗蛋介绍了一下自己。老汉打量了狗蛋几眼，深深地叹了一口气，"哦，小利常提起你来，是个好孩子。在这吃饭吧，小利，你去小卖部买只鸡架回来，咱炒辣子鸡吃。"

狗蛋哪里肯答应？忙拉住陆小利说，"不要了，大爷，我也就是路过这，看他好多天没去上学了，来看看他，我今天还要赶回家，就不在这吃了。"这个家，这个样，陆小利即便到了学校，也踏不下心来学习啊。

回到家后，见娘和奶很开心的样子，便问娘，"有啥好事啊？跟俺说说。"

娘喜滋滋地拿出一份通知单，上面指名道姓通知谢运昌本人携带好身份证件，到大孟乡邮政所领取汇款。这个，肯定是干爷爷寄过来的，至于多少，她还不知道。这个可是家里第一次接到干爷爷的汇款，怪不得奶和娘这么开心。

当白亮的大雨点从追来的一片灰色云团里斜洒下来的时候，天气很快黯淡下来，天地一片迷蒙，把大道上散发着太阳气味的轻尘压了下去，给人送来有些发凉的清新空气。

狗蛋见大雨骤停，天色还早，随便吃了几口饭，翻出户口本和身份证，忙起身赶往大孟乡邮政所。手续齐全，办得很顺利，邮政所的那矮矮胖胖的服务员一脸羡慕地将钱一摞摞地交到狗蛋手里。

狗蛋这下子算是彻底惊呆了，老天爷，整整十万。狗蛋长这么大，见过的最多的钱也就是那年在工地上替刘队长要回来的一千块，哪有想到自家一下子会有这么多钱？

附带着的，还有干爷爷的一封信，信里面说，收到他的来信很是开心，得知他今年将要参加高考，先邮寄过来十万元钱作为狗蛋的上大学的开销，到时候如不够花的，再写信来要。

先不想这些了，那么多钱放在家里奶和娘晚上还睡觉不？别人要是知道了也实在是不安全，立即赶到隔壁农业储蓄所，留下三千，剩下的全部存了银行。拿到存折，心里才慢慢平静下来。

回到家后将事情跟奶和娘说了，惊得二人合不拢嘴，天爷爷地奶奶，咱们谢家苦日子算熬到头了，奶拿着存折手里哆嗦着不知藏哪儿好，娘也是一副高兴又紧张的样子。狗蛋跟她们说："嘿嘿，咱家这么穷，小偷小摸的都绕着走，只要不说出去，没人来咱家偷东西的。"

奶说："也是，这些钱就留着给你上大学娶媳妇用，我和你娘不花一分钱。"这个嘛，狗蛋可不想这样，干爷爷虽然说是给自己上大学用的，可那也是给奶奶花的，以后经常取点钱给老人家买好吃的好穿的，省得她不舍得花。嗯，也得定期给师父一些钱，师父年纪越来越大了，总不能老是去山里打野味啊。狗蛋考虑好了，就按这样办。

晚上跟娘和奶说起陆小利家的事情，奶听了后掉起了眼泪。老人家虽然半生贫困多难，却是地道的菩萨心肠，开口道："娘走了，这家就塌了多半个天了，可怜那些个孩子了。狗蛋啊，你这个同学咱能帮一把是一把，现在咱家有钱了，你自己拿主意吧。"

其实狗蛋已经考虑好，取出来的那三千块钱，奶和娘留五百，给师父五百，那剩下的两千，就送给陆小利家，也好让他安心地回学校继续读书，马上就高考了，再不回去那么多年的付出真的就白瞎了。

正琢磨着怎么跟奶开口，老人家竟主动提出来让自己拿主意，感慨了一下，村里老人讲自家奶奶是活菩萨，真不是虚伪的奉承。于是就将自己的想法说给奶和娘听了，二人均点头认可，狗蛋嘱咐娘将存折放在一个稳妥的地方，密码只有他自己知道，也便放心地睡去。

第二天狗蛋起了个大早，辞别二老，先去了小树林。见到师父，将五百块钱递到老人手中，告诉他这是干爷爷寄过来的，先凑合着花上几个月，缺钱的时候他再送来，师父没有客套，笑呵呵地接过来说："狗熊养这么大，倒是给了我活动手脚的机会，老头子这几年还用不着，不过呢，给我那就拿着，就当是给你攒钱了。"

狗蛋知道师父不舍得花钱，便说："您老还是别进山打野味了，用那钱隔三岔五地买点排骨啊老母鸡啊啥的，你吃肉，那家伙喝汤吃骨头，挺好的。可别舍不得花啊，花光了我再给你送过来。"他要赶着去陆小利家，跟师父便匆匆别过，也顾不得黑熊在笼子里打转悠。

赶到陆小利家时，正看到陆小利跪在他爹面前痛哭流涕，他爹见狗蛋到来，忙想拉他站起，眼含着泪水说："小利啊，只有房子卖了，才能还清给你娘治病借的债啊。我带着你弟弟去机井房里住，也没什么负担，你不也是在那住吗？到时候家里好孬用不着你操心，你就安心地去考大学，考上后咱再想办法。"

陆小利不肯起身，跟狗蛋说了个大概，他是坚决不同意爹卖掉房子。老人家也是一身的毛病，这两个弟弟还少不懂事，怎么能自己去上学让他和弟弟妹妹们受更多的苦呢？绝对不能同意爹的意见。

穷苦孩子早当家啊，狗蛋想起来当初二人拉板车时的情景，就想掉眼泪。他伸手拉起陆小利，扶他爹坐下问道："陆大爷，咱家一共欠人家多少钱？"

"哎，你大娘治病住院，都是借的钱，一共欠人家一千八百多块。咱家的房子不值钱，人家是看上咱的宅基地，出价是两千五。小利上这么多年学了，马上就要有出息，俺啊，我是实在不能耽误他啊。"老人哭出了声。

"大爷，我这里有两千块钱，您先用它把债还了。房子别卖了，几个弟弟妹妹都还小，不能没有家啊。"狗蛋掏出两千块递给老人，老汉不敢相信这是真的，望着狗蛋便后缩几步，"那怎么行？这钱不能要，你家也不富裕。"老人是常听儿子讲起狗蛋的事情的，他知道狗蛋家生活并不比他家强多少。

陆小利瞪大了双眼，他不知道谢运昌是从哪里一下子弄到这么多钱，整天在一起啃煎饼吃咸菜，日子一样的苦，一下子拿出两千块来帮自己，他家里咋个生活？这钱是从哪儿来的？这小子那么高的功夫，不会为了自己而真的拦路抢劫吧？这可万万不行。

"运昌兄，谢谢你的好意，这钱真的不能要，你家日子也不好过。我下学后先帮父亲把弟弟带大，然后去外边打工，供他们上学，你就放心吧，别因为我耽误了你的复习。"陆小利现在就想让狗蛋抓紧离开，他还真的不希望自己影响到谢运昌的学习。

见陆小利这般倔强，狗蛋有些生气："我说你陆小利是不是认为这钱来历不明啊？我现在就告诉你，这钱是我在海外的干爷爷过年后寄过来的，知道不？不信去谢家坡你打听打听，问问他们我有没有一个在海外的干爷爷？我谢运昌要是想来意外之财，凭这身本事，还用得着这么玩命的学习去考大学？"

狗蛋不说得过分些，陆小利还真的不会听自己的劝，"你以为你下学了就能帮你爹的忙了？错了，你不参加高考，恰巧就是伤了大爷的心，白供你这么多年了。小利，咱只有考上大学，毕业后才能有个好出路，才能真正帮上弟弟妹妹，才能改变家里的一切。做一个没地位的农民，凭咱家的条件，以后找个媳妇都难啊，那到时候大爷不是更伤心？大娘在天之灵也难以安息啊。"说到这，狗蛋哭出了声。

七月大考

陆小利的父亲眼见狗蛋如此真诚和坚决，便对陆小利说："小利啊，我看这钱咱就算先借了你同学的吧，这样咱就不用卖房子，你也能安心读书了。你现在就收拾东西，跟你同学一起回学校去，记住啊，到那后可别不舍得吃，爹信你能考上大学。"

陆小利重重地点了一下头，回首深深地给狗蛋鞠了一躬："运昌兄，我就不说谢谢你了，深情厚谊终身铭记。这个钱，以后加倍奉还，我如日后发达，定当报答。"

既然结果如此，狗蛋便放下心来，"小利，你千万别这样说，谁让咱一直同甘共苦呢？我这是突然有条件帮你了，如果家里没钱，那我也是爱莫能助的。"

然后随陆小利去村外的机井房取东西，离村子三里的荒坡上，有一个机井房，陆小利就住在那里面。

打开门，房内潮湿阴暗，离抽水泵半米远的地面上，几床被褥混乱地铺在几层茅草上，靠墙一张小桌上摆放着学习用品，一盏煤油灯挂在已被熏得黑乎乎的墙壁上，这就是陆小利常年睡觉和学习的地方。

这么一个再也无法简陋的环境，这样一个无法想象的贫困家庭，陆小利竟然能坚持着读书到现在，处于陋室而不颓废，生于贫困而不弯腰。他就如一个苦行僧，在荒漠中蹒跚迈进，寻求绿洲；如一名拉脚夫，在泥泞中奋力挣扎，执着前行。

此等信念和坚韧，深深震撼了狗蛋的心灵，每想起机井房内的场景，都会狠狠地敲打一下自己。陆小利，让他知道了什么叫坚持和不放弃，磨难下走过来的他，必将破茧成蝶，如凤凰涅槃般走向辉煌。

狗蛋相信自己的这次帮助对陆小利的一生会带来重大的影响，自己给予的，不只是物质上的帮助，在他最艰难的时刻给予的，更多的是精神上的支撑，就如当初在预制件厂拉脚时，陆小利拿出身上全部的二十块钱给自己帮忙，二人一起在屋檐下吃地瓜面的煎饼。

这个周末，让他内心得到了一次升华，回到学校，狗蛋很快就平静下心情，感觉浑身充满了信心和力量，抖擞精神，全身心地投身于总复习之中。

五月底，报考志愿开始了。校长李志专门把狗蛋叫到办公室，告诉他省警察厅罗厅长专门打电话过来，建议他报考华夏警察大学，李志笑呵呵地说："我说小谢啊，我认为罗厅长的建议太对了，你吧，第一志愿就报警察大学，至于第二第三志愿呢，自己看着办好了。"

狗蛋早已拿定了主意，却不好拂校长的美意，便点头说："一定参考您的意见，谢谢关心。"

路上遇到张曼玲，将校长的意见跟她说了，她说："就按你自己的想法来，别忘了咱的使命不能局限于一面，胸怀要更广阔。我相信你的选择，也相信你一定能行。"

张曼玲能这么说，狗蛋是意想不到的。跟自己同龄，目光却一点都不短浅，给予自己的从来都是温暖和支持，也不知道她是不是跟自己一样，也从将军碑那儿得到了提示或者感悟到更深刻的道理。这个张曼玲，不会是当初陪着马占彪在黄土高坡散步的那位女军人吧？嘿嘿，狗蛋都为这个想法感到可笑。

在填报志愿时，第一志愿狗蛋填写的是京南大学，警察大学就放在了第二志愿上，京南大学录取不了，去那上也是一个很好的选择。当然了，这样对罗厅长也是一个交代，不然以后见面不好说话。

陆小利第一志愿报考的是东阳师范大学，其他志愿报的都是师范类的。他说上师范类的大学或者大专，国家给的补贴多，上学时基本上不用家里花钱，如果考上了，到时还可以勤工俭学挣些钱补贴家用。

六月初，天气开始燥热起来，更急躁的是人的内心。狗蛋课余饭后平心静气，各门功课从易到难，系统地进行回顾。李校长引导过他，到了这个阶段，更多的不是课堂的讲解或整日的没完没了地看书，心态的调整更是重要。

七月骄阳红似火，烈日炎炎，酷暑难耐，又是一个无雨的季节。华夏国考在七月七、八、九三日举行，千万学子在紧张的气氛中度过，对每一个人来讲，这都是人生的分水岭。无论成绩和结果如何，同学们面临的都将是天各一方各奔西东，多年后再相逢，没有人能想象到会是什么场景。

考试终于结束，回到宿舍，大伙立刻整理行李和书籍，巴不得立刻到家。十年寒窗苦，一朝放松时，只有刻苦追求、奋力坚持的人，才知道高考结束时那种五味俱全的感觉。没有了喧哗和吵闹，沉默、忧伤、忐忑、激动，别有一番滋味在心头。

张晓波坐上自家的吉普车走了，临走前嘱咐狗蛋假期一定要去他家玩。郭红军嘟噜着要请朱大志去他家体验生活，陆小利也急匆匆地赶回家去。离开回首再望一眼一中校园，物是人将非、再来将为客，伴随自己成长的小树已粗壮高大，主席雕塑和踱步无数次的小花园，还有那开心或者悲愤的过去，都将成为永久的记忆。

成绩到底如何，不再去想，真诚地付出了，扎实地拼搏了，感觉发挥还算正常，也便没有了遗憾。剩下的，就是下次来学校看榜，能不能实现理想，听天由命，也只能如此。

回到家里后，狗蛋没有闲着，先将院子和猪圈清理得干干净净，然后帮娘去地里收拾庄稼。玉米苗子已经长了很高，间苗、拔草、浇地、松土，忙活了三四天才将地里的活收拾得差不多了。这样，整个夏天，娘就不用再顶着烈日下地劳作，的确也省下了不少的力气。

找了一天时间，和母亲一起去大孟乡取出些钱，买了一辆自行车和家用物品。他计划着等成绩下来后，趁着假期，去同学家挨个的转一圈，等通知书下来后，同学们也便很难再相见。

顺便，给家里买了一台电视机，奶和娘从来没有去别人家看过，他不想让她们生活得太清苦。不需要太张扬，十四寸黑白的，也凑合着看了。

回到家已经天黑，奶告诉他，中午有两个人坐着小轿车来看他，说是他同学，一个说话听不懂，一个戴着厚厚的眼镜，等了老半天，见他还没回来就走了。狗蛋问奶知道是啥名不？奶说没问，他们也没说。

师父往事

狗蛋认为也许是张晓波，可他家开的是吉普车，没小轿车啊，戴眼镜的那位？不会是郭红军老夫子吧？那小子也不大可能坐上小轿车啊。疑惑一阵便不再去想。反正以后自己要骑自行车去同学家转一转的，到时问一下自然便知。

家里有了积蓄，奶和娘的心情便好了很多，爹既然习惯了在外面游荡的生活，娘也不再纠结，只要他平安开心，比什么都强。狗蛋见二位老人不再唉声叹气，娘也像突然就年轻了好多岁，也便跟着放松了很多，接下来的日子，除了安心等待，还要忙些自己的事情。

到小树林里练功是必需的功课，突然没有了学习的压力，狗蛋便将精力全部放在了习练武术上面。李小强也放假了，洪拳已经被他练得虎虎生风，就是不敢牵出狗熊，这小子每日就跟在师父身边，吃住都在小树林，师父的脸上布满了笑容。

这一天，狗蛋买了几瓶好酒，师父做了一桌好菜，三人坐下来畅谈一番，其乐融融。

以前没注意过，师父竟然是好酒量，一瓶白酒进肚，啥事没有，只是偶尔的拿毛巾擦了一把汗而已，这一大把年纪了，再高兴也不能喝不醉吧？狗蛋喝了半斤不到就晕乎乎地找不到北了，李小强更是离谱，跑到黑熊笼子旁哇哇地吐了起来，惹得大狗熊直闹腾，估计它要被那呕吐之物熏醉了。

"师父，您老不会是千杯不醉吧？有啥绝招吗？俺想学学。"一个念头突然冒出，别说，也许师父真的能用内功逼出酒来呢。

师父喝得开心，笑眯眯地看着二人："哈，这个挺难的，内家功夫修炼到一定的层次，就能将酒逼出来，看着像出汗那样，其实毛孔里出来的一多半是酒，没有三五年功夫，你是达不到这个层次的，我看还是别学这个了，酒多误事，英雄也不以酒量论高下。"

啊，这个倒是挺好玩，内功练好了不仅能强身健体，赶上场的时候自个的酒量还不是深不可测？狗蛋现学现卖，先尝试了一把，运了半天劲，一滴酒都没逼出来，倒是找地方撒了几泡尿。看来是内功真的不够深厚，还得继续修炼哪。

小树林中，微风习习，月亮高挂，夏日的夜晚格外清凉，李小强搬出躺椅让师父坐下，和狗蛋一人一个小板凳坐在身边，缠着师父讲他过去的事情。兴致到来，师父也便毫不隐瞒过去，毕竟，现在的政治形势已经很宽松，藏在肚子里的那些事情叨叨出来心里也算是个痛快。

师父娓娓道来的，却是惊心动魄、波澜壮阔的往事连连。

其实师父出身于富贵之家，本姓姜，家中曾有良田千亩商铺多间，自幼爱好武术，拜高人为师，练得一身功夫，后考入位于江北环阳的第三军官训练班，文武双修，志向高远，应该是前程似锦一片光明。

不承想鬼子突然大举入侵，华夏大地一片狼烟，到处凄惨，侵略者的铁骑很快就踏入中原。其父不愿意做汉奸维持会长，偷偷变卖家产，购置枪弹聚集人马，欲举旗公开抗日，却被汉奸出卖，全家被日本人捉去满门灭绝。

师父听说后痛不欲生，随即偷偷离开军校返回中州，半夜翻入墙内杀掉汉奸马老七一家五口，引起中州县城全城搜索一片大乱。

此时，谢子龙已是国军上校，奉命在万虎山区游击抗日，这天亲自带便衣队混入中州城内侦察，没承想正碰到师父被鬼子追捕，一阵乱枪截住追兵，带他一起逃出城外，直奔万虎山深处，从此师父便下定决心紧跟谢子龙。

跟日本人那数十场战斗，师父讲起来两眼放光兴奋异常，国仇家恨集于一身的他，恨不得每次战斗都冲在最前面，手刃鬼子首级那是最痛快的事情。谢子龙逐渐地了解到他的文武之才，也知道他心怀仇恨，担心这样下去早晚会遭意外，便将其留在身边做警卫参谋。

但师父这个谢子龙的警卫参谋，当年为何没有跟随自己的长官败退南京？

怎么终身未娶孤身一人？又为何落脚谢家坡的那些故事，他却一直守口如瓶，到底也没有讲出来。

尽管是这样，但李小强和狗蛋听后都惊讶万分，对师父更加钦佩，大有五体投地的感觉。

眼见着狗蛋一步步成长，站在自己面前的已是一位健壮青年，文雅而大气，端正而豪放，比自己长官当初还要英俊几分，师父心底像灌了蜂蜜一般的开怀。多年的付出没有白费，再多的苦难总算有了回馈，还有什么比这更开心的呢？

给他找的这个小师弟，也算看准人了，这俩孩子很合自己的口味，哈哈，师父没事的时候就偷着乐。

狗熊也很兴奋，隔三岔五地跟着狗蛋在树林里转一圈，那是很爽的，偶尔，还能在大山深处走走，回来后还能吃上只鸡啊骨头啊啥的。这只狗熊已到壮年，兴奋之时一声吼，力拔山兮气盖世，如霸王般气势惊起无数飞雀，与其缠斗在一起，狗蛋灵活如虎，腾挪反击游刃有余，却已是黑虎山一个传奇。

师父说，华夏武术博大精深，练就一身硬功，万万不可将武技看得太重，而是以禅定功夫为根基，泯灭争强好胜之心，摒弃尘俗纷扰之念，才可在心静如水、无患无虑的状态下提升自己。上乘武功的价值在于上乘的审美观念，唯有上乘的审美观念才有可能创造出与之相符的上乘功力。

华夏武术的极致就是练就不动心，"内心不乱为定"，表现在外，就是"外不着相为禅"。外不着相，才能变幻莫测，深不可测。做事不张扬，做人要内省，凡事有因果，内心虽如火外在却沉静如水，不屈的是骨子里的进取和刚强。

武术的动作和套路要讲究动静结合、阴阳平衡、刚柔并济、神形兼备。其手与足合，肘与膝合，肩与胯合，心与意合，意与气合，气与力合，套路与套路之间，不是孤立存在的，而是相互之间有所照应。

明心见性、健身自卫，文武一道、相辅相成。山外有山山更高，人外有人人更强，武功高不如做人强，所以必须先学会如何做人。晚上躺在床上，狗蛋认真地过滤着师父的话语，仔细地体会着华夏武术的精髓。

风波不断

师父见其茅塞已开，便又慢慢传授给他卸骨、点穴等几个绝技。师父砍了几段木头，做成木人形状，将人体脉络和穴位画在其上，吩咐狗蛋每日对准穴位飞速点击，由轻而重，一个小时下来，手指酸痛，吃饭时连筷子都拿不起来。

师父说，点穴功夫还需要同时练习鹰爪功、点石功、铁指功、解绳功等等，沉住气一个一个慢慢来吧。

捎带着，狗蛋也磨着师傅传授了几招用内功逼酒的诀窍，现在用不着，说不定哪天能使得上。

一段时间下来，点穴和卸骨要领基本能掌握住了，师父便传授给他解穴和接骨要诀，只有学会了解穴救治法和接骨法，才能算是基本上学会了这两个武林绝技。顺便，师父严肃地告诫他，绝技切勿轻易动用，骨头卸下来可以接上，那点穴功夫，稍一疏忽点到死穴，对方可就要一命呜呼了。

发榜的日子到了，狗蛋骑自行车去了中州，四五十里，说远也近，一个多小时后就能看到城南高耸的龙兴塔。一中宣传栏下围满了看成绩的人群，有的沉默不语暗自伤神，有的兴高采烈如范进中举，狗蛋的心也莫名地忐忑不安，挤进人群寻找自己的成绩。

找到了，谢运昌，582 分，排名第三；第二名，王晓梅，586 分；第一名是别的班的，一直很优秀，不过狗蛋跟他不熟悉。成绩总算是很理想了，心底便犹如一块石头落了地，蓦然感觉天地广阔，仿佛已站在大海之边、群山之巅，多年的辛苦终于换来理想的回报，那份心情的愉悦无以表达。

一段时间不见，同学们仿佛变化了许多，拿到成绩单，几个人便吆喝着，要去张立伟那废品店小院里来个一醉方休。狗蛋此时已不再是以往的穷酸，想想当初跟大伙蹭了那么多次饭，也该自己请一顿了。也不顾及众人的诧异，直接就开口要请大家去中州大酒店吃饭，他掏钱请客。一呼百应，一下子就聚集起七八个当初经常在一起的好伙计。

到酒店二楼开了个单间，众人纷纷落座。刘运华一脸愁闷，郭老夫子满怀心思唉声叹气，陆小利最为抒怀，他取得的成绩超出了自己的想象，东阳师大应该是没问题了。郭红军虽然成绩不是很差，却不见了郭大秀才往日的风采，低头垂目没了往日的自信，按他的性格应该是激情万分，必然会吆喝着酒后金榜题名踏马逛街一番才对。

酒到酣处热闹非凡，聊起往事感慨万千。狗蛋问郭红军因为何事不开心，老夫子脸红脖子粗的，张张口没好意思说出来，刘运华便接过话来，"我说老夫子，你也别不好意思，反正我也跟着你倒了霉，这段时间俺爹可没少收拾我，有啥不好说的。"

见狗蛋真的不知道咋回事，张立伟便将事情详详细细地告诉了他。原来，高考结束后，朱大志那小子在中州县城掀起一股风浪，他通过郭红军放出风来，说是他二姨妈，也就是他嘴里的部长舅舅的妹妹，马上要携带巨资来中州投资建厂。

因为考虑到同学的情谊，朱大志便建议同学动员家里参与其中，考虑到还有不长时间自己就要到外交学院上学了，趁他还在中州，这段时间抓紧把钱投进去，投入的钱算原始股份，厂子投产后股份还不得连滚翻好几番？

这小子雇了一辆桑塔纳轿车，每日的挨个探望同学，说得有板有眼，前景被他描绘得天花乱坠，竟然有不少同学家长被他唬住。人家这孩子家庭背景雄厚，在咱这小地方上学还不忘本，看人家那气派，能不相信吗？

结果最先相信的就是郭红军的父母，咬咬牙借钱给他三千，那小子打了个白条，还跟真事似的拿出一个筹建工厂的红圆章盖在白条上，用写得歪七扭八的字注明这是原始股份。自那后郭红军就跟他走南闯北，挨个地拜访，一下子就有不少同学家受不了那诱惑，刘运华家就跟着着了道，他爹还是初中的教师呢，依然相信这笔投资很合算，捎带着，杀鸡宰鹅还请了朱大志一顿大餐。

狗蛋这下明白了，原来坐小轿车去他家找他的是朱大志和郭红军，不免嘿嘿一笑。自从那小子来班里复读，就感觉到此人眼神中飘忽出来的不地道，如果当时自己在家，正好让他参观一下自己那穷酸到顶的家，反过来让他动员那高官舅舅和爹娘捐助自己上学，看他怎么说。回头问张晓波，"老兄，你家有钱，你入股了吗？"

张晓波嘴巴不把门，说话就那样大大咧咧，"他奶奶的，当着郭红军的面我也得说，我是那么好骗的？就算他说得天花乱坠，我家也不会投资。老头子跟我说，你那个同学猥猥琐琐的，哪有这样的高官子弟哦，即便他说的是真的，老子看他不顺眼，也不参与，你抓紧送他们走人。"

这个骗局是怎么水落石出的呢？狗蛋心存疑问，听众人议论起此事，一下子群情激奋热闹非凡，慢慢地知道了整个过程。

朱大志走访了那么多同学，唯独没有拜访王晓梅家，她爹是县长，按说更应该巴结部长家的亲戚，这么好的事她家为啥不参与？有心眼的同学就心存疑惑了。

朱大志走访到小鹿同学那儿，卡住了。小鹿同学她爹是中州东关东方红村的支书，县城各个衙门交往广泛，很清楚哪儿要建厂，哪儿来投资的，愣没听说过有个外地的女人来中州投巨资。几句比较专业的话问过去，然后非要拉着他去县长家做做客，顺便邀请县长一起投资，那小子就再也坐不住了，结结巴巴、汗津津地找个借口走开了。

几天后，郭红军便再也找不到朱大志的身影，入过股的那些同学回过神来，托人打探朱大志姨妈来中州投资的消息，县里权威人士说，哪有这回事哦。这下大伙傻眼了，找不到朱大志，就找郭红军去，是他领着那小子来串门忽悠的。

那几天，郭红军憋屈窝囊外加内疚难堪，嚷嚷着对不起家里人，没脸再见同学们，干脆上吊自杀算了。他爹怕他玩真的，反过来安慰他不要太在意，不就那几千块钱吗？慢慢还。别人来找，那白条又不是咱家签的字，谁签找谁去，不服就告法院啊。

"今儿个学校发榜，你们看朱大志的成绩了吧，不到 200 分，考个狗屁外交学院啊，家里蹲大学都不要他。当初我就劝你，还不信，这下可好，坑了那么多同学。"狗蛋说，"那小子肯定拿钱跑路了，在中州县城，你们是找不到他了。过去的窝囊事，就别再提了，喝酒喝酒。"大伙举起酒杯一饮而尽。

郭大秀才此时快把头埋进桌子底下去了，刘运华忙拉起他来，"哎，算了，事情都这样了，咱就拿这当个教训吧。你也别太当回事，男子汉，吃亏上当那不是小菜一碟？以后这样的事遇到得多了，咱还能再吃亏啊，是不？"

郭红军站起身来，扔掉了那令人讨厌的"之乎者也"的文言文，伸手拿起一瓶白酒举在手中，字正腔圆地说："我对不住同学们，这瓶酒算我赔罪了，我也对不起我老子，朱大志这王八蛋给我的耻辱终身不忘，逮住了他我要扒了他的皮。"然后咕嘟咕嘟地把酒灌进自己的肚子，任谁拉也拦不住。

这瓶虎头大曲五十多度，一口气下去任谁也受不了，很快郭老夫子酒劲发作，一会儿号啕大哭，一会儿又哈哈大笑，如神经了一样，就差满地打滚了。大伙见喝成这个样，没法再继续进行，只好商量着先把他弄到张立伟那睡上一觉，明天再让他回去，狗蛋便起身先去前台结账。

大伙见谢运昌已经去结账了，便搀起郭红军准备离开。刚要动身，包间的门就砰的一声被人踹开，几个戴着蛤蟆镜、身着喇叭裤的长头发年轻人闯进房内，恶狠狠地说："谁他妈的在这鬼哭狼嚎的？影响我们大哥喝酒吃肉，哦，是你小子，戴着个眼睛跟真事似的，他妈的，不想活了。"伸手就给了郭红军一巴掌。

"你娘的，我喊怎么了？"郭大秀才此时喝得的确是多了，如果他不喝大的话，压根儿就不敢惹县城里的这些人，谁让他喝多了不省人事了呢？被人打了一巴掌没清醒过来，反而挣扎着要去跟那帮小子拼命，被刘运华紧紧拽住。

"吆喝，你小子还真活腻歪了是不？"那几人说着就扑上去，郭红军哪是这些人的对手，几下子就被打倒在地。眼见着就桌倒碗掉室内一片狼藉，还不罢休，非要拽着郭老夫子去隔壁跟他们老大道歉。

这帮同学平时吹吹牛还可以，真遇到这样的事，还真的不敢招惹县城里面的混混，何况是高考成绩刚拿到手，谁也不想这个时候多事，便一个个躲到一边怕自己也惹祸上身。张立伟点头哈腰地向领头那位连声道歉，那人却耍起了横，对郭红军不依不饶，拽起他就往房间外面拖。

狗蛋付账完毕，走上二楼包间，远远地就听见一阵吵闹，却正巧看到郭红军被几个混混连打带踹地拖着出来，不由心头一怒，抬腿就向前冲，却被一个服务员紧紧拉住，低声说："这个时候别去那凑热闹，王大少的人在那耍横呢。"

"嗯？王大少是谁？"狗蛋心存疑问。服务员小声说，"这个，我跟你说啊，王大少他爹是中州火车站的站长，势力大着呢，没几个敢惹他。"服务员为自己知道得多而沾沾自喜。

狗蛋心想，管谁的外甥、儿子呢，得问明白咋回事，不能眼看着老夫子那小子被揍。内心焦急外在却不露声色，疾步上前，稳稳地挡他们在走廊里，"各位老哥，不知我们哪有得罪？还请多多谅解。"多一事不如少一事，如果郭大秀才是因为集资入股的事被人家报复，他也管不了，这小子被人家搞一下也不是不合理，搁谁身上都会生很大的气。

"从哪里跑出来的不知死活的东西？敢挡爷的道？"领头那位恶狠狠地说，随手就一拳打了过来，狗蛋移步侧身，一闪而过那拳便扑了空。"有啥事咱说明白，行不？这样拉拉扯扯算什么道理？实在不行咱们报警解决啊。我说张立伟，你去下面给派出所打电话，让警察过来看看吧。"

张立伟听后回过神来，忙起步想去楼下，刚走几步，隔壁房间就又冲出几位愣头青，紧紧地挡住了他的去路，原来，隔壁那伙人正紧盯着这儿呢。

他们老大腆着肚子走了出来，看来这就是王大少了，光着个膀子，胳膊上文着几条龙，嘴里塞着个牙签，晃晃悠悠地，要多霸道有多霸道。饭店的服务员远远地看着，没有一个敢吱声的。

"哈，还要报警？知道这一亩三分地是谁说了算不？老子我跺跺脚，中州县城就要抖三抖。耽误了老子喝酒，影响了老子玩小妮的兴致，那就不行。识相的，让刚才又哭又闹的那小子跪下来，跟老子磕三个响头拔腿走人，不识相，一个个地让你们爬着回家。"文身男王立强横得不行。

狗蛋听明白了，原来是郭红军喝大了又哭又笑的，影响到人家喝酒找乐了。这事也不能说跟同学们没关系，大哭小闹的确实影响人家情绪，可这么屁大的事，道个歉就算了，哪用得着磕头赔罪？这个姓王的可比吴大飙横多了，我看吴天利当所长那会儿也不敢这样玩吧？

别管此人是啥来路，这客是自己请大伙的，就不能眼睁睁看着郭红军被如此凌辱。

"这位老大，是我们不对，影响了各位的娱乐，我代表我同学向您道歉了。"

"哪有这么简单，一句话就完事了？刚才老大不是已经说明白了吗？就那两个选择，要么这小子磕三个响头赔罪，要么你们几个每人挨俩耳刮子，我们老大忙着哪，哪有工夫在这伺候你们？抓紧点。"身边的跟班混混恶狠狠地说。

眼见郭红军被人家连打带踹的，浑身上下汤汁遍布、狼狈不堪，酒早已醒了一大半，此时正胆战心惊不知所措，哆嗦着就要跪下来，狗蛋不由得怒火心头起，伸手把他拉住。"你小子有没有骨气？都被打成这样了，还给人家磕头赔罪？给我站直了。"

王大少见狗蛋挺了出来，便将郭红军放过，矛头集中在狗蛋身上。"好啊，有出头的了，不错，老子这么多年在中州就没遇到过对手，嗯嗯，你小子有种。兄弟伙儿，上去问候一下他，让他知道知道马王爷有几只眼。"

话音刚落，身边那几位待命的混混就一块扑了过来，陆小利、张晓波担心狗蛋一人难敌众人拳，冲过来就挡在了狗蛋前面，二人还没拉开架势，就结结实实地先挨了好几下，陆小利的鼻子被人家一拳打破，血就画画地流了出来，张晓波脑袋上就起来几个大包，眼圈马上就青了许多。

嗯，这俩哥们是铁性子硬骨气，没白交，狗蛋心想。那郭大秀才真是个大熊包，自己惹的事，现在却躲得远远的，事情要是搞大了，为了他要吃点亏啥的真的是不值得。随手一把将他们拉到身后。

张立伟等人跃跃欲试，咬咬牙没敢上去，便扶着陆小利想办法止住他的鼻血去了。

奶奶个熊，正好试试刚学的点穴功，看看效果怎么样，卸骨功一块试试也行，看看自己能接上不。

运气于指，眼如闪电，狗蛋突然像变了一个人，神情严峻势不可欺，那气场一下子就笼罩在几人身上。噗，噗，噗，扑向狗蛋的三个混混拳脚还没打到狗蛋身上，突然就莫名感觉身上一阵酸麻疼痛，没看到那家伙拿棍子大刀片啥的啊，怎么就比被砍一刀还难受呢？那滋味实在是难以忍受，软乎乎地控制不住，就一个接一个地扑通扑通躺在了地上呻吟起来。

王立强以为他那几个兄弟在装，没看到人家怎么着啊，就哼哼唧唧地趴地上了，传出去可真的够丢人的，莫非这几个小子是不想跟自己混了不成？抬腿踢了他们几脚，吆喝他们站起来，却一个也起不来身。身后的人去拉他们起来，一个个在那颤抖不已站立不住，王立强内心感觉这几个小兄弟应该不是自己想的这样，看来是遇到民间高人了。

这个面子得找回来，一个不知从哪冒出来的穷小子都治不了，还凭啥在中州充老大？

"兄弟们，操家伙。"他率先回屋操起一把砍刀冲了过来，狗蛋的那伙同学看到阵势越来越大，一个个的连忙躲进室内不敢再待在一边。远远旁观的酒店经理怕出了人命，忙不迭地跑到吧台报警去了。

狗蛋刚才小试了一把点穴功，效果真不错，他只用了半成力气，点的还不是重穴，再用点劲的话，估计那几个人会当场昏迷，下手他还是有分寸的，那地方离死穴部位还远着呢。

见王大少带着剩余几人拿凶器扑了过来，像是要拼命的架势，便凝神聚力移步游走，躲避刀锋后施展开卸骨功，这伙人动作再快，也比不过大黑熊跟自己玩耍兴奋时急如闪电的动作吧？狗蛋躲避他们的攻势如玩一般。你们不是玩真的吗？老子也试试那卸骨的功力到底怎么样。

没见他怎么用劲，却动作迅猛、快如疾电，咯吱咯吱，王大少等人的膀子就垂了下来，一个个龇牙咧嘴痛不欲生。噼里啪啦，那砍刀啊斧头啊啥的就掉到了水泥地面上，迸出一串串火星，这下服气了。

同学们提心吊胆地躲在相对安全的地方观战，顺便想象着狗蛋被人砍倒后的惨状和他们将如何收场，突然看到狗蛋如同动作片里面的大侠一般，嗯，那神态那动作比觉远小和尚可是帅多了，貌似南帝、北丐、中神通，行云流水干净利落地就将那帮人放倒。此时走廊内鸦雀无声一片安静，包括那些看热闹的服务员个个都目瞪口呆，一副不可思议的模样。

楼下传来的脚步声打破了这诡异的寂静，几名民警戴着手铐警棍啥的冲了上来，王大少如见了救兵一般，哆嗦着走向领头的民警。

可巧，那人是参与审讯过狗蛋的城区派出所警官，一眼就认出了狗蛋，眼神一愣，心想，肯定是王立强惹是生非被谢运昌教训了一顿，这下，难题出现了。王大少这个人不好惹，可事情处理不好，惹火了谢运昌更麻烦，搞不好自个得被扒了这身皮。

先将王大少撇在一边，跟狗蛋打起了招呼，"运昌老弟在这啊，是什么个情况？你先说说。"

王立强气得七窍冒烟，这小子胆子不小，你们所长见到我都称兄道弟的，小片警一个竟然不把老子放在眼里，回头就找你麻烦扒了你这身皮。咦，这个农村小子是啥来头？身手高深莫测，莫非这次摸了老虎屁股？

他再愤怒也挡不住狗蛋对刚才事情的率先描述，何况此时自己的一只胳膊耷拉着，大汗淋漓疼得要命，也没胆量嚣张起来。

警官听狗蛋讲后，大致清楚了前因后果，王大少是欺人太甚，活该被谢运昌教训一顿，可对他不能这么说，还得把事情摆平了，最好谁都不得罪。

拉王立强到一旁，低声将谢运昌以前的事情告诉了他。王大少这才明白，原来去年搅动中州县城一片大乱、传闻一时的小年轻竟然是他，后悔自己瞎了眼，不该如此过分。

跟这个人打架，那不是老虎嘴角上拔毛吗？吴大飙那小子打那后就不敢再去上学，早早参加了工作，混起了社会。他爹娘可也算是中州高官，舅舅更是东阳市现今的大佬，势力按说跟他是势均力敌，可提起此人来还是怕得要命，可见此人的能耐。

早知道他在隔壁吃饭，拿瓶酒过去敬一杯结交个朋友，以后拿出来显摆显摆，那多有面子。

警官见他有点低头懊恼不再追究的意思，便想大事化小了，"王老弟，兄弟们发生了点小误会，吵吵闹闹很正常，我看大伙儿也没受什么伤，就不用立案了吧？"

王大少听了后快哭了，你是没看到流血破头断胳膊腿啥的，那几个兄弟可都在那躺着起不来呢，总不会是他们睡着了吧？俺这膀子奞拉着，跟胳膊断了有啥区别？可人家警官这样说有他的理由，不想把事情搞大，就得这么说。"嗯，那俺听你的，其实就是一场误会，算了吧。"王大少说。

既然这样，那就皆大欢喜，警官很愉快地跟狗蛋说，"没什么意见的话，大伙就散了，该干啥干啥去。"

狗蛋用刚学的绝招小试了一把，感觉效果还行，看似没有砍刀棍棒啥的威猛，可也差不了哪里去，至少表面上自个没凶器。既然帮同学找回来了面子，也不想再多生事端，便点头同意，招呼着同学们下楼，他还惦记着，咋个给人家酒店赔偿那摔烂的盘子碗啊啥的。

王立强见他要离开，忙用那只能动的手紧紧地拽住警官的衣袖，低声央求道："老哥，您可千万要给帮个忙啊，那个谢运昌可不能走了，你没见我那几个兄弟还躺那起不来吗？还有这几个，胳膊都奞拉着呢，也不知道他用的是不是传说中的点穴功、卸骨术，怎么着你也得让他给我们解了穴接上胳膊再走吧？"

　　警官听了不由得一阵好笑还有几分好奇，他当然看到了躺地上的那几位，只是不知道谢运昌竟然真的会点穴功，那只是听说过，没有亲眼见过的武林绝技，嘿嘿，有点意思。于是走上去将王大少的意思跟狗蛋说了。

　　"哦，你看看我，光想着去找人家酒店算算怎么赔偿损失去了，忘了还有这一茬，嘿嘿。"狗蛋扭头返回。几位警察和狗蛋的同学们瞪大了眼睛，都想看看谢运昌将用什么招数解开他们的穴位，接上他们的胳膊。

金榜题名

却见他出手迅疾，啪啪啪几下，那伙人就哼唧哼唧地站立了起来，然后再抓住王大少等人的胳膊，摁住肩膀，只一个动作，就将他们的骨头接上了。众人鸦雀无声在一旁仔细观察，却根本就没看出啥门道来，一阵惊呆，这小子也太了不得了。

狗蛋拍了拍手说道："好了，现在没事了，可以继续玩你们的了。"王大少还没从震惊中醒过来，听狗蛋让他们离开，却是不敢走开，领头的警官推了他一下才醒悟过来。

常在江湖走，此人还算识相，手下小弟打了人家同学，还将餐桌掀翻，这个赔偿那是坚决不能让谢运昌来付。回头吩咐一个小弟，"你去找一下酒店经理，就说那摔坏的碗啊碟啊的，算我账上，不能收他们的钱，听清楚了吗？"小弟点头称是，下楼去找经理。

警官见结果如此，心里无比自豪，哈，这个事自个儿处理得很有水平，要是哪个糊涂蛋赶上这事，不知道谢运昌的厉害，那就肯定会偏向王大少。因为事在那摆着，王大少那伙人都躺地上哎哟呢，证据充分，那样的话，可就有他好看的了，中州县城有几个人知道谢运昌背后有高人护着啊？那还是警察系统的大官。

跟狗蛋和王大少道一声别，警官开心地带队离开。

王大少眼见狗蛋如此功夫，巴不得请他坐下来叙叙情，不打不相识嘛，要是身边有这样的高手，自个儿还不如虎添翼啊？虽然鲁莽了一点，可他算是野心比较大，还善于动心眼的。

不承想狗蛋根本就不理会他，既然你答应赔偿酒店损失了，那我就不用掏钱了，本来就是你们没理。想拉我做朋友，啥意思？拉我入你们的伙？那是不可能的，马上就要收到大学通知书了，以后的路可是很长很远，自己决定要走正道跨仕途，怎么可能与你这般人为伍？嘴上却是给王大少一个面子的，说声多有得罪、后会有期，便招呼那帮同学们离开酒店而去。

此次酒店风波，基本上奠定了狗蛋在高中几个同学心目中的地位。当然，狗蛋也从中确认了陆小利和张晓波这两位一生的铁哥们，张立伟也还算可以，起码敢于居中调和。至于郭大秀才，凭他这么没脑子的被朱大志忽悠和今天在酒桌上的表现，狗蛋认为他最好的选择是去师范类院校，将来可以发挥他的之乎者也，实在不看好他远大的理想。

回到谢家坡，家里人知道了狗蛋的成绩很是高兴，娘张罗着要去买挂鞭炮放放，狗蛋忙拦住了，亲娘哎，您老等录取通知书到了再说行不，可不带这样张扬的。

凉风习习，蟋蟀噪鸣，狗蛋想着白天校榜上的好成绩，令他辗转反侧久久不能入睡。此时，月光融融，照得窗前一片白亮。从打开的窗子里涌进清凉的空气，蛙鸣阵阵，一浪高过一浪，还夹杂着夜莺的鸣啭和啁啾声，它们在家门前的老槐树上，在窗下盛开的月季花丛中。狗蛋听着夜莺和青蛙的聒噪，不禁想起了远在安南的张晓娟。

两个星期后，谢家坡村自来水楼子上的大喇叭突然响起来了，那是谢家坡的老会计兼保管扯着嗓门在喊，生怕村里没有人听得见，"谢运昌，村东头的谢运昌注意啦，请你抓紧到村部领取大学录取通知书，嗯，京南大学通知书，请你抓紧到村部来。"连喊了五六遍，那声音传得很远，甚至能传到万虎山大山深处，反正师父和李小强在小树林里听得是一清二楚。

谢运昌是谁？村里很多人家很是纳闷，议论来议论去才搞明白，原来是村东头最穷的那家，瞧瞧人家村东头，前几年谢狗剩考上山南大学，这个谢狗蛋比他考得还要好，国家排名靠前的重点大学，搁一百年前那可是榜中进士了，人家那边风水好呢。

有几位乡亲便回头逮住在家撒欢闲逛不看书的儿子就一顿猛揍，你看看人家谢狗蛋，家里那么穷，都能考上名牌大学了，啥也不缺你的，光知道玩，一点志气都没有。

奶仿佛一下子年轻了十多岁，笑不拢嘴地在大门口等着狗蛋回来。娘早已准备好了鞭炮，这次放鞭儿不会再阻止了吧？就得让村里人知道，俺家以前是很穷，可俺家狗蛋有志气，就是很棒。那个马二鬼子，你家关着门装不知道是吧？有啥啊？对了，以后不能再叫孩子狗蛋了，得称呼大号运昌了，就是喊起来怪拗口的。

谢家坡村委会，谢老黑远远地看到狗蛋走来，心里一阵不舒服，皮笑肉不笑地向他道喜祝贺。这小子以后可是要远走高飞了，才几年啊？以前的脏兮兮光腚猴子似的狗蛋现在金榜题名了。抛开以前恩怨不说，村里出来个名牌大学生，自个脸上也有光哪，安排人敲锣打鼓地将其送到家，那是必须的。

京南大学经济系录取通知书，上面标明了入学时间和注意事项，手捧着火红的通知书，狗蛋心底感慨万分。洞房花烛夜，金榜题名时，人生两大喜，现在应该顺序颠倒一下，金榜题名了，待几年就可以娶媳妇了！

村主任马三亨心里就像自个的孩子考上大学一般高兴，不知从哪扯来一段红绸，不由分说地披在狗蛋身上，然后抡起木槌砰砰地敲起鼓，狗蛋如状元游街般被众人簇拥着离开，那场面似梦如幻，自个儿想低调都不成了，感觉就像珍稀动物似的被村里人围观，一大群光屁股男孩跟在人群后面窜来跑去，谢家坡一片欢腾。

远远地看到李小强高举着鞭炮放了起来，奶、娘和师父乐呵呵地站在自家门口，骄傲地跟乡亲们说着话，眼底竟有了湿润，比自己更开心的，应该是自己的亲人了，还有什么比这更让那几位老人开怀呢？

张曼玲风风火火，挡也挡不住，说来就来了，提来一只大大的底下带轮子的黑颜色皮箱，那是送给他的贺礼，这下娘买回来的大红包袱派不上用场了。

张曼玲发自内心的自豪，对谢运昌说："我说你行你还不相信？怎么样，考上名牌了吧？京南那边气候干燥，比咱这边要冷十几度，皮箱里面有我买好的毛衣毛裤，到那后你穿上啊。"

打开箱子，除了毛衣，还有一堆衬衣啊袜子啊拖鞋啊啥的，说是到那后这些小东西就不用买了，你那么粗心大意的也想不这么周全。

狗蛋很是无语也有点不好意思，张曼玲对自己一往情深，什么时候都想着自己，可自己却从没有想过为她做点什么。

来到家里就忙里忙外，张曼玲仿佛就是狗蛋媳妇儿一般地自在随便，一待就是好几天。今儿个催狗蛋去理发，明儿个催他去买床单，后天又嫌他邋遢脸洗得不干净，娘看在眼里乐在心底，却还有点吃味。翅膀硬了呢，用不着当娘的操心了。

临走时张曼玲给狗蛋留下三百块钱，说是她爹捎给狗蛋的零花钱，狗蛋想说自家已经有钱了，不再是以前她认为的那个样了，看张曼玲不由分说的表情，又不敢不接。

"别以为你到了京南我就管不了你，哼，明年我也考那里面去，到时候我要是知道你在那边谈恋爱不学好，小心我找你大麻烦。"张曼玲很有决心，她相信自己能行，成绩排名这样下去还真的能考上。

狗蛋有些汗颜，小姑奶奶，华夏那么多大学，您老人家干吗非要去那上哦？

地里的活不是很多，狗蛋也便整日地在小树林跟师父师弟一起切磋功夫，那几个绝招算是又感悟出不少奥妙，感觉很惬意。

夕阳西下，残阳如血，将军碑越发庄严，黑虎山半山腰处一片静谧，晚饭后狗蛋独自漫步山野，来到自己的心灵慰藉之处。马上就要开学了，狗蛋琢磨着来此平静一下自己的心情，这次一别，或许半年后才能返回谢家坡，注视着马占彪的雕像，狗蛋有无数的心里话想说。

往事如烟，岁月悠悠，自己也从一个乡野少年成长为有为青年，考取了京南大学，将要远赴他乡，求学问道于天下，前途茫茫不可预知，胸怀大志不可言喻，只能将心思藏在心间。你辈热血澎湃壮志激励，我辈又岂能甘居山窝徘徊不前？那富饶美丽的万虎山，还没有摆脱贫穷落后的局面，这壮丽广阔的生息之地，以后将如何回报她？

突然从山下开来两辆车，一辆是挂着军牌的吉普，另一辆却是中州不常见的高级小轿车，几个精干短发的年轻人从吉普车上迅速下来散布在小广场四周，高级轿车内下来一位老人，精神矍铄，器宇轩昂，凝视将军碑，怅然若失。一位精壮中年男子，见狗蛋在将军碑周围徘徊，便要带人上前劝其离开，老人挥挥手让他们退下，先对马占彪雕像深深地鞠了三个躬，然后独自背手踱步而来。

墓茔后面的远山，轻柔的蓝色烟雾缭绕升起，烈士墓群庄严地沉默无语。疲倦的太阳躲在天边的一堆蛋白色云彩后面，暑热蒸晒的青草散发出阵阵浓郁的清香，远方逶迤的东水河在静静地流淌着。四周是漫无边际的碧绿、浮动着的薄雾、中午的暑热笼罩着广袤的黑虎山，给烈士墓群增添了几分肃穆、神圣的感觉。

微风习习，芳草萋萋，夏日黄昏令人陶醉，此时，狗蛋已沉溺于与马占彪的心灵对话之中，震撼与豪情同在，沉思与向往并存，浑然不知老者正向他走来。

不由自主地，狗蛋心底便冒出来几句话：天苍苍兮地茫茫，壮怀千古兮情悲壮。红旗招展军号鸣，战火纷飞烈马腾；辞别故里驱贼寇，青春热血洒大地；江山壮美春如歌，我辈奋起来耕播。

不错，有点激情四溢的感觉，狗蛋随口朗声读出。

啊，朗诵完毕狗蛋都想笑了，这几句酸得够可以，比得上郭大秀才了，好在这附近没人听见，也不怕别人笑话。可这也算是此时自己的真实情感，回头应该写到日记本上，省得以后忘了。

狗蛋认为自己胡诌出来的几句歪诗，别人听后会酸掉牙，老者可不这么认为。本来以为这位清爽的年轻人或许就是附近村落的种地或放羊的小百姓，吃饱喝足来此闲逛遛食，打算上前让他带路围着将军碑和烈士坟转转看看，没承想却听到这位青年人口中竟然念出这么一大段话，不由得心头一喜，很对胃口，开口便道："小伙子，说得好，很好。"

狗蛋猛一吃惊，抬头看，却是一白发苍苍老者近在眼前，老人身姿挺拔、不怒自威，正微笑着打量自己。环顾四周，两辆汽车停在将军碑下的平坡上，几位年轻人正神色严峻，用警惕的目光注视着自己，心头一阵猛跳，窘得满脸通红，"嘿嘿，胡说八道了几句，让您老见笑了。"

"哈哈哈，你说得很好，老头子听得开心。"老者爽朗地大笑起来，回顾了一下周围，突然感觉这样的大笑与此时的气氛不是那地吻合。抬头看看将军雕像，随即沉默了下来，语调低沉，好像是自言自语地说，"老马呀，你小子在这安逸了这么多年，我朱恒山再苦再累也没有忘掉你啊，多少个日日夜夜，魂牵梦萦的还是那段激情燃烧的岁月啊。"两行泪水，顺着老者脸颊缓缓滑过。

朱恒山？狗蛋差点蒙了，使劲掐了掐自己的胳膊，眨巴了好几下眼睛才醒悟过来，眼前的这位老者，竟然是威震华夏、德高望重的三朝元老，也就是马占彪在世时的搭档，当年威震中州城、八路军万虎山纵队政委朱恒山。这个，可真的是巧遇、奇遇，今儿个也不知道发哪门子神经，非要来到将军碑，还顺口胡诌了几句诗，冥冥之中就像应该来这转一圈似的。

刚才那几句歪诗，在他老人家面前说出了口，可实在是班门弄斧有伤大雅了，狗蛋就更是局促不安，不敢抬头看老人一眼。自己即便是马占彪转世，也是深藏在心底不对任何人提及，更何况对面站着的，就是当年马占彪的搭档，或者，压根儿就是自己前世的老战友。

"小伙子，你是附近庄上的吗？是上学呢还是在家种地啊？"老人和蔼地问狗蛋。

"俺家就是山下谢家坡的，俺叫谢运昌，今年高中毕业，刚刚接到京南大学的录取通知书……"狗蛋将自己的情况简单地跟老人介绍了一下。

朱恒山眼前一亮，啊，这么巧？自家孙女打电话过来说也收到京南大学的录取通知书了，不免对他充满了兴趣。眼前这位年轻人身体匀称、体格壮实，憨厚的面庞上透露出文雅的气息，语气不卑不亢，稳重而又踏实，这个自己曾经浴血奋战过的偏僻的小山村下，竟孕育出此等才俊，不免很是欣慰。

"陪我在这周边转转吧？顺便给我介绍一下你们这儿的情况。"老人说。

"好的，俺打小就喜欢在这放羊，对这儿的情况特熟悉。"狗蛋不好意思地笑了笑，引领老人转悠了起来。

几十年来，谢家坡老支书带领村民将烈士坟一直维护的很好，一个个地排列有序，有名字的还刻上籍贯和名字、职务啥的，没名字的，也都写上"无名烈士千古流芳"之类的话语，用红漆描上，肃穆又庄严。朱恒山缓步其间，看着那些熟悉而又已经陌生的名字，仿佛回到几十年前那杀声阵阵的战场，一幕幕，惊心动魄又豪情万丈。

狗蛋打小就在这成长，躺在地下的人物，他一个个如数家珍，不是因为他是马占彪的转世才会知道这些，这么多年的耳濡目染，村里大多数人知道得都差不多。这是老支书多年的心血，多年后他若离世，这些烈士坟，是否也像其他地方一样被夷为平地，也未可知晓。

年纪不大，竟然对深埋在地下几十年的烈士的历史如此熟悉，朱恒山不由得对狗蛋又加深了好感，这个小伙子真的很不错，能考上名牌大学，那说明他很聪明好学，在这个思维混乱有些人还想变换旗帜的年代，能够静下心来在烈士碑前反思抒怀，绝对是更加难能可贵。嗯，这个小伙子有点意思。

返回将军碑，朱恒山抬头望着马占彪的雕像，轻声深情地说，"老马啊，如地下有知，你可要开怀啊，我给你带来了茅台酒，还有熊猫烟，给那边的兄弟们分享一下吧。没赶上那个混乱的年代啊，你小子享清福了。现在吧，有些事我看了也不顺眼，慢慢纠正吧，相信一切都会好起来。前段时间竟然有人想变天，那怎么可能哦，已经摆平了，旗帜还是红的，江山不会变色，你就放心吧。"

这些话，只有狗蛋能够听得见，朱恒山的眼睛里一直湿润着，如火的残阳照在他身上，那威武的身躯映在马占彪的雕像旁，如巨人一般高大刚强，这份情感这份庄严，永远铭刻在狗蛋心底，支撑起他一生的信念。

眼见天色将晚，朱恒山起身准备离开，却有些舍不得狗蛋，"小伙子，你考的是京南大学经济系？这个专业好，我们国家啊，今后要大力发展市场经济，改革还是要继续推进的，开放的路子还要走得更开、迈得更大。2000年到来还需十年光景，楼上楼下电灯电话，你课本上也学过吧？那是我们的理想，要尽快实现啊。学好专业知识，才能思路开阔报效祖国，你前面的路可一定要走好。"

　　狗蛋点头称是，这位老人虽年过古稀却思维开阔，他是站在最高的角度看待一切，一面之交，却给自己指点了以后的发展方向，心底如一股暖流涌出，端正地回答，"人若没有追求和信仰，肯定会一生迷茫，干不成大事，更谈不上实现理想。请老人家放心，谢运昌将时刻铭记教诲，勇往直前，有生之年必将努力进取，毕生精力付之于国家的富强。"

　　这话说得有点虚，却也是应景之语，说多了显得啰唆，不说又不能表达自己的心意，朱恒山认为小伙子回答得很不错，敢于将自己的理想与信念结合到国家富强之中，一股大将风范隐约其中。面对自己态度平和，毫无陌生和胆怯之感，隐约有点马占彪的影子在他身上，这份沉稳和干练却与其年龄很不相称，越发对狗蛋充满了好感。

　　一老一少，颇有点忘年交的味道，有时候人与人的相识相知并不见得非要天长日久，偶尔的几句碰撞，也便在心灵深处产生了火花，尤其是那个刚从沉闷的社会氛围中解放出来的年轻人，思维更是活跃或者玩世不恭，能用这样的传统思维去对待自己的今后，朱恒山很以为然。

　　当然，考上大学，这只是眼前这位小伙子的开始，万里长征只是走了第一步，今后的路会很长很坎坷，面对的诱惑将更多，"我说小伙子啊，你敢于将个人理想和祖国命运结合起来，很有大志向，年轻人就应该这样富有朝气。当然了，仅仅有理想还是远远不够的，可要踏实地走好每一步啊，记住，万里长城是老祖宗一块砖一块石地垒起来的，不是吹牛皮吹出来的。敢想什么都可以，更重要的，是怎么去下决心将理想变为现实。"

　　上车离开之前，朱恒山掏出笔来，将一个电话号码和地址写下递给狗蛋，告诉他，到京南大学读书，那就离他不远了，有什么困难或者想法，可以打电话与他交流，也可以到他家里去做客，老头子很希望经常听到他的信息，希望他好好学习，立大志成大器。不过老头没有告诉他自己的孙女以后要跟他在一个学校读书的，因为京南大学太大，好几万学子、那么多院系，实在是不大可能碰到一起见面认识，也没必要说起此事。

黑虎山下大路上，远远地开来一溜小车，急匆匆地，十多个衣着整洁、方面大耳大官模样的人跑下车来，就想往老人这边奔，却被守候在一旁的警卫一个个地挡在了一旁，眼睁睁地看着中央大佬朱恒山，在跟一个农村小青年交头接耳一阵亲热，一个个抓耳挠腮羡慕异常。

朱恒山嘴里嘟噜了一句，老子到山南省城青牛山休养一段时间，图的就是一个清净，顺便来黑虎山看一眼长眠于此的老战友，又不是来中州视察工作，至于兴师动众地找到这里来吗？

"开车，直接回安南，省得留下来又是一顿啰唆。"

朱恒山很厌恶这一套，放着正儿八经的工作不去做，满脑子的投机钻营、巴结上级。

撇下那一群人，根本就用不着打招呼，两辆车直接就开下了山，绝尘而去。

华夏元老屈指可数，德高望重的朱老来到中州黑虎山祭奠战友，当地政府竟然没人陪同，这个罪过可不小，还想干不想干了？省里要是不打个电话过来，这帮子领导估计正在酒场上推杯把盏乐呵着呢，眼见朱老远远离去，也顾不得停下来找狗蛋问询什么，忙不迭地上车追去。

求学京南

只有一个眼光深深地注视了狗蛋片刻，那是王晓梅的爹——中州县的县长王三强。上次罗杰来中州，他是全程陪同的，对狗蛋便有深刻的印象，感觉这个小伙子应该是闺女的同学，就是那个在中州被吴家害得差点入狱杀头的学生谢运昌，却实在猜不透华夏大佬朱恒山跟他有什么关联。

回家后王三强专门就谢运昌的情况问了问闺女，王晓梅说他一直很刻苦，家里很穷，吃煎饼就咸菜的坚持读书，要说有背景的话，也就是那年在四川银阳逮住了三个劫匪，认识了现在山南警察厅的副厅长罗杰。

那小子长得挺英俊的，听说还被京南大学录取了，又有那么高深的功夫，如果真的跟朱老有深厚的关系，自家能有个这样的女婿倒也是很好的选择，啊，自家丫头跟他可是多年的同班同学，近水楼台先得月、肥水不流外人田嘛。

细细品味，估计也就是朱老去那烈士墓时顺道碰上让他介绍情况的，根本就不可能有什么交集，否则他家不会这么的贫穷。王三强琢磨了一番，感觉考虑这些纯粹是多此一举没啥意思，咋就突然联想到自家闺女身上了呢？心里不免一乐，便在心底放下了此事。

将军碑下与朱恒山的偶遇，狗蛋晚上想了很多，老人的话语点拨，让他不能不认真思索自己的未来。朱老不可能知道自己跟马占彪的渊源有多深，但是，他能真切地体会到老人对自己的殷切期望，美好的追求和奋斗，需要薪火相传，以怎样的心态和作为去面对今后的学习和工作，将是他必须面对的问题。

他的想象力在无际的空间驰骋着，就像黎明时呢喃的紫燕，围绕着门前的高高的老槐树尖顶盘旋一样。面对着鲜红的入学通知书，想着还不愿把这一喜讯告诉安南的娟子，他那难以按捺的无比欣喜的心田里，很自然就漂浮起了少许淡淡的忧愁，甚至还想哭。可是当那悦耳动听的山涧溪水、黑虎山黄昏的美景激起他的满怀豪情时，他那开始沸腾的青春的欢乐心情，却像春天的小草那样破土而出了。

隔了几天，谢狗蛋去了大孟乡一次，在信用社取出来上学的费用，顺便给家里买了很多生活上的东西，娘和奶多年来省吃俭用不舍得吃穿，自己买回去放在家里，她们不会眼睁睁看着浪费掉，只有这样才能改善她们的生活。

仔细地打扫了一遍庭院，到小树林里替师父将小屋收拾得干干净净，狗熊仿佛感觉到他将要远去，呜呜呜地叫个不停，那好吧，再牵着你走一遭，下次再见面起码要半年时间。

开学的日期临近了，拎起皮箱，狗蛋踏上了去京城的路。奶和娘眼里都噙满泪花，师父也是依依不舍，一直送到东水河铁板桥的另一边。李小强抢过狗蛋手里的皮箱扛在肩上，说什么都要送狗蛋坐上火车。

怀揣着激动的心情和无比的向往，狗蛋坐上火车奔向了遥远的北国之都，那是无数人做梦都期望去的地方。那儿有世界上最大的广场，有高大雄伟的人民大会堂，有令人感叹的紫禁城，还有蜿蜒万里壮丽秀美的古长城。

刚下火车，就看到一群学生举着不少大学的牌子在那等候，稍一寻觅，便发现京南大学也在其中。拿出通知书走到近前，几名帅气的男同学便热情地接过狗蛋的行李，引领他到一辆大客车上，上面，已经坐满了人，狗蛋上车后，车就开向京南大学。看来这些年轻人都是自己的新同学了。

坐在开往学校的客车上，转头即可看到京城大街的繁华景象，游人如织、车来车往，隐藏在高楼大厦后面的四合院小胡同一闪而过，一片祥和。一位漂亮的学姐手拿话筒，用标准的普通话首先对新同学表示了欢迎，随后就讲解起京南大学的历史和现状。

京南大学的前身是京师第二大学堂，创办于清朝末年，与京师大学堂遥相呼应相得益彰，各有所长。开创之后，吸取京师大学堂的办学经验，上承太学正统，兼顾专业发展，创办几年后即更名为国立京南大学，在国内一直享有崇高的地位和声誉，至今在华夏高等学府中依然排名前三。

八十年来，京南大学和北京大学、清华大学等高等学府一样，经历岁月洗礼旗帜变换，越发朝气蓬勃而又彰显厚重，为民族的振兴和社会的发展、文明的进步，做出了不可磨灭的贡献。多年来，京南大学名人志士层出不穷，精英才俊遍布华夏，爱国、进步、民主、科学的传统精神和勤奋、严谨、求实、创新的学风，在这里生生不息、代代相传。

校园到了，大伙提着行李下车，漫步校园中，狗蛋感觉仿佛就是在公园里漫步，到处草木花香，幽静的树丛中、路边的木椅上，随处可见同学们专心阅读的身影。几处训练场上，有的玩球有的跑步，呐喊与喝彩声不绝于耳，偶有一两位白发老者在小道踱步徘徊，也许，人家是某一个著名教授吧。到达教学楼前，一群群同学提着行李在学长的引领下，按部就班地办理着入学手续，人声喧嚣忙而不乱，预示着新学年的开始。

京南大学位处京城之南，坐落于清朝中期修建的皇家园林之中，校园内风景如画静幽异常，山环水抱、湖泊连连、古木参天、绿树成荫，院系分布错落有致，高楼或古亭点缀其间，步移景异、鸟语花香，宏伟秀丽、端庄大气，好一派迷人风光。

猛一下感觉到象牙之塔是如此超乎想象，狗蛋的眼睛根本就不够用的，流连忘返激动万分，一切安顿好以后，便迫不及待地围着校园游玩了一番。实在不敢想象，如同在梦中一般，自己竟然有幸在如天境般优雅的环境中，度过最美好的青春时光，可得要好好珍惜。

按捺住兴奋的心情，提笔给张曼玲写信，他了解她的脾性，如果不告诉她自己的情况，估计她的心静不下来，惹急了她也不是没可能丢下课跑到京城来找自己，毕竟已到高三冲刺阶段，不能影响她的情绪，这是慰藉也是一个鼓励。

李小强已经考上中州一中，狗蛋也给他书信一封，告诫他不要被县城的表面繁华迷惑，专心学习，周末有时间时一定要去看望师父，捎带着去他家里看看奶和娘。

　　既来之则安之，很快狗蛋就适应了大学的生活，虽然没有了高考之前的那种压力，但专业性知识的学习并不是那么容易，刚接触时如同嚼蜡、索然无味，慢慢深入其中，那些数字、公式或者高深的理论才感觉到奥妙无穷，深刻而又严谨。

　　二十世纪九十年代初，社会日新月异，互联网已经在欧美国家流行开来，在经济领域，各种思潮和新的理论观念层出不穷，自己需要的是尽快掌握专业知识，拓宽视野。

　　大学的生活丰富多彩，外面的世界更是诱惑无比。来自五湖四海的同学们都是天之骄子，生活朴实、学习严谨，京城的繁华与喧嚣与他们无关，享乐与安逸和他们无缘，个个心怀高远，潜心钻研知识。身居其间潜移默化，慢慢狗蛋也改变了很多，逐步地纠正着自己的不足。

　　虽然自己身怀绝技武功高深，情绪再兴奋也不敢在同学们面前显摆出来。不经意间狗蛋发现，身边竟有位曾获得全国青少年武术冠军的同学存在，人外有人天外有天，想来想去，还是不要找人家切磋得好，师父说过，武无第二，不必因此而闹心。功夫当然是不能丢下的，早起晚睡，趁人少的时候找个操场的角落，一招一式地耍出一身热汗，也是浑身舒坦无比。

　　经济系的院落，以荷花园命名，坐落在京南大学东侧，院内一湾湖泊，夏季荷叶连连荷花盛开，湖边草木旺盛芳草清香。湖心岛矗立一座古亭，名曰荷花亭，两侧对联乃千古名句"出淤泥而不染，濯清涟而不妖"，却是与此景十分相符。

　　湖边草坪上一块石碑，雕刻着八个大字：正直坦荡、表里如一，与亭上楹联相互辉映相得益彰，随时在提醒经济系的学子们以怎样的心态去求学，将来以怎样的原则去做人做事，顺便教育他们毕业后无论为官还是投身商海，都要洁身自好，到那时如能想起此地此景，也算是一个警钟。

　　课余饭后三两知己徜徉其中谈天说地，或拿本书在湖边静心阅读，别有一番滋味在心头。有时狗蛋会想起朱自清的那篇名作《荷塘月色》，如选一个月圆高照的夜晚，独自漫步荷花湖畔，不知荷花湖是否也如未名湖般缥缈优雅，也如他描绘的那么优美动人。换成自己，能写出那么深刻而又忧伤的文章嘛。

荷花湖的西侧不远便是图书馆，那是个静心学习和思索的好去处，没有课的时候狗蛋在里面一坐就是大半天，查阅文献记录摘要、博览群书如饥似渴，倒也过得充实。坐累了，便走出图书馆，漫步荷花湖畔，找一湖边石凳静坐片刻，看蜻蜓飞舞蝴蝶双翔，观荷叶青青荷花红艳，偶有红鲤鱼跃出水面，激起水花片片，如梦如幻。

利用周末时光，狗蛋逐渐地看过了京城的几处著名景观，门票和路费并不是什么负担。漫步长城之上、徘徊紫禁城中、忧伤圆明园内，感受着千百年延续下来的繁华、厚重或残缺，也真切地拓展了思维、开阔了眼界。

偶尔，狗蛋也会走进悠长而又古老的胡同，触摸那悠久的京城文化。京城的胡同宽窄不一，宽的敞亮，窄的幽深，"有名的胡同三百六，无名的胡同似牛毛"，盛极而衰，败极而兴，饱含了百年的沧桑和风霜，焕发出别样的风采。

沿胡同步行，随处可见四合院分列两侧，雕梁画栋的门廊，曲折幽静的庭院，平添了无数的幽雅，引起万千怀想。

胡同里随处可见支着篷子的三轮车，身穿黄马甲的车夫大声吆喝着顾客，五块钱上车可逛三条街，狗蛋不会去坐，年纪轻轻不说，自个儿感觉那一个个的车夫如老舍笔下的骆驼祥子般辛苦，仿佛坐上去就是剥削，何况自个儿就是大山里面的穷孩子。

不时有三五个外国游人坐在一辆车上经过，叽里咕噜地说着各种语言，张牙舞爪神态各异，留下一阵欢声笑语。独自漫步其中,感受地道的京城人家生活，四合院内瓜果桃李，孩子欢乐的笑声和老人慈祥的笑容总给人以真切的怀想，那是对生活宁静而富有的满足。

偶尔的一条胡同，墙壁上随处可见，用红漆书写的那大大的"拆"字，预示着此处四合院和胡同将要消失的未来。也许不久的将来，走过的胡同或四合院很多都将不复存在，那曾经留下无数祖先足迹的地方，将要高楼大厦平地起、繁灯似锦车马龙，毕竟，历史阻挡不了社会前进的步伐。

华夏文明五千年，波澜壮阔光辉灿烂，表面上丰厚的遗产背后，其实是一代代华夏儿女的努力奋斗。

朱恒山给他的那个地址，就在离京城大广场不远的一个胡同里面，一次狗蛋就路过了他的门口。那个胡同，承载了华夏历史的悠长，王府大院、深宅高墙一个接一个，而朱老居住的，竟然只是一个看似很普通的四合院。只有门口笔挺站立的警卫战士，才告诉人们，里面居住的或许是某一位开国元勋，也只有他们那一代人才喜欢在庄稼人般的环境中安度晚年。

狗蛋记住了朱老留给他的电话号码，但他不想随便地打搅老人，没什么解不开的大事，自己也只是一个不谙世事的学生，没什么资格到朱老府上探访，不过到毕业时，无论如何也应该跟老人见上一面，汇报一下学业和收获，踏入社会前能再次得到指点，这样才不至于辜负朱老对自己的期望。

朱恒山在将军碑下对他说的一席话，至今记忆犹新，时刻提醒着自己不要懈怠。望几眼幽深的大门，想象着他应该坐在沙发上闭目养神，又或者端坐树下抱子弄孙，心底祝愿朱老长寿健康。

同学们来自天南地北，说话声音南腔北调，一次在图书馆看书，一位同学拿来几本书坐在自己身边，貌似想跟他探讨一番，结果对方嘟噜了好大一会儿，狗蛋竟然没搞明白人家说的是什么，只好不停地点头、微笑，对方却一头雾水只好讪讪而去。

其实狗蛋说话土音更重，万虎山区土话四、十不分，去食堂买烧饼或馒头时就闹出过不少笑话。明明自个儿说是买四个，结果人家递出来十个，或者和宿舍里面的同学一块买回去十个馒头，人家却只卖给他四个。以后再遇到类似的情况，狗蛋总是先将手掌伸进橱窗，两个二或者两个五地大声告诉食堂人员，惹得卖烧饼的俏少妇每次见到他都呵呵直乐。

辅导员在班会上鼓励大家，周末时间不要窝在宿舍里面睡懒觉，要敢于走进京城大街小巷，大胆跟市民接触，一是可以进一步了解社会，二是可以跟人家学习京城方言，学会京城方言了，那普通话也便差不多能学会了。

学生会、文学社，还有不少的学生组织狗蛋都有所涉及，辩论会、联谊会、联欢会等各种各样的活动也大胆参与，不能做主角，先坐在底下当观众呗，如果能争取做个配角也是很不错的，舞台上那些叱咤风云的名角色，哪一个不是从跑龙套出来的呢？

这些活动的参与，的确很是能够锻炼和提升个人的能力，让他慢慢有了一些知识青年的风采，俊雅而又干练，朝气而又稳重。

半年下来，结识了不少同学，不仅仅局限于经济系的，京南大学那么多院系，专业广泛，结识几个外院系的也能学到不少东西。感觉更好的是，普通话竟然可以说得有模有样，虽然还稍微带些山南万虎山的味道。

最让他陶醉于其中的是，学校经常组织各个院系参加的辩论赛。辩论赛场场精彩，每场都是座无虚席，气氛紧张而又热烈，辩场上双方选手们个个思维活跃，伶牙俐齿，辩论环节衔接流畅，兵来将挡水来土掩，将辩题的能动性与时代感体现得淋漓尽致，让狗蛋深感意犹未尽，颇具余音绕梁之味。

辩论赛要求的不仅是四位辩手的配合，更是整个团队的融洽度，那沉着大气，思路清晰的一辩；柔中带刚，收放自如的二辩；反应敏捷，善于表达的三辩；感情丰厚，声调顿挫的四辩，都给狗蛋留下深刻的印象。双方辩手科学、清晰地阐述己方观点，无数次的激烈交锋及最后的力挽狂澜将辩论赛推向一次又一次高潮，诙谐幽默又引人入胜，时不时地引起底下一阵欢呼和掌声。

刚开始看辩论赛时，狗蛋感觉这些辩论选手平时一定是偏执不讲理，或者芝麻大点的小事都要争辩个是非曲直，辩论结束后便留意观察他们，或者在校园或图书馆偶然的遇到，发现他们大多都是平和而镇定的，言谈自信而举止端庄，根本不是自己想象的那样执拗和张扬。

慢慢地，狗蛋了解到，辩论在京南大学的历史是多么的悠久。京师第二大学堂的后续、京南大学的创始人唐高原先生就堪称一名优秀的演说家，一直借用马相伯先生的话"有德者必有言，有言者必有德"来勉励万千学子，通过辩论，个人思想得以表达，民众心声得以传递，从而间接推动了社会民主化的进程。

有言者，思想深厚，道德高尚，乃立言著说，引导人们奋进，推动社会发展，为世人之楷模，并非单纯是铁嘴铜牙空口乱说。狗蛋也看多了嘴上能说会道、实在事却一点不干的人，那不是有德，说他们缺德也未尝不可。

大一下学期，狗蛋下决心报名参加系里组织的辩论队，他想锻炼一下自己的胆量，顺便再提高一下普通话的水平，通过选拔顺利进入，担当了四辩手。其实参加辩论队并不是每一个同学都积极参与，更多的人喜欢做旁观者，懂得欣赏也是一个乐趣；或者做陪练，那也是一个很好的锻炼。

真正地参与其中，才知道辩论并不是那么的简单。辅导教授讲，能说善道和巧言令色只能违背辩论的宗旨，明察秋毫的视德和从善如流的听德才是辩论的基础。

为了能在学校举办的夏季校园辩论赛中取得名次，系里组织了好多位教授、讲师为辩论队集中授课，天文地理、科学人文、国内国际形势、天下各处风土人情，这些知识必须恶补，让他们尽量掌握，力争在场上能信手拈来。

各种资料的收集整理、团队的磨合，包括每个人发音和语气的纠正，身体力行尽力投入其中，辩论队的同学们忙且累着，快乐而充实。

一个辩题一个辩题地去正反思索、讨论，辩论词写好后，踱步校园或荷花湖畔，狗蛋与同伴大声背诵不厌其烦。一段时间下来，狗蛋感觉到自己的时间真的是不够用的，与那些教授比起来，自己肚里那些墨水，也许只是九牛之一毛吧。只有深入其中，才能深切地体会到华夏文化的厚重，如华夏武术一样的源远流长。

辩论初赛，经济系代表队抽签遇到了政法队，初次比赛的辩题是"劳心者与劳力者，哪个社会贡献更大"，他们的选题是"劳心者比劳力贡献大"。第一场下来，经济系辩论队便输了，而且输得口服心服。

对方一辩手是一位女生，仪态典雅，口齿伶俐，不愠不火，亲切自然，其他几位也是训练有素，配合默契，上场后不长时间，狗蛋的队友二辩手出现了一次明显失误，引用一句名言时说错了人物，被对方抓住把柄不依不饶步步紧逼，很快就占据了上风。作为经济系的四辩手，狗蛋虽然应对自如、神情自若，总结和攻势无懈可击，但已无力挽回败局。

狗蛋记住了政法系那位一辩手的名字，朱小嘉。结束比赛走下台来，那位朱小嘉同学来到狗蛋身边，二人握了握手算是认识了一下。

朱小嘉微笑着说道："谢运昌，你来自山南万虎山？"狗蛋点头称是，一脸茫然，她怎么知道自己来自山南？正疑惑间，朱小嘉深深地看了自己一眼，微笑着转身离去。

输赢不代表什么，狗蛋明白，参与进来就是很大的胜利，能感受到团队协作一致的勇气与信心，敢于走向辩场，便收获了勇气、进取和成长。特别是在整个过程中，自己深刻地体会到，掌握的知识面很窄很窄，自身在很多方面还需要继续淬炼，今后要尽量用理性的思维去面对社会现象，而人生路上的淡定和细心是多么的重要。

笼罩在东水河边道路上那淡淡的雾霭，像蓝色的幻影似的耸立在远处的苍茫群山上。在黑虎山起伏的山脉上空，东水河翻着波浪的迷蒙上空，在一望无际的蓝天上，在高不可及的晴空中有几朵棉絮似的白云，被徐徐的东南风一吹，像白帆似的迅速向西北方飘去，它那淡白色影子映在远处的山峦上，东水河河湾上。

快乐的时光总是很短暂，眨眼就过去一年，暑假一到，狗蛋便立刻坐火车回到了老家谢家坡。老人们年纪大了，得先帮娘把地里的活干个差不多。

张曼玲高考毕业，几分之差没有被京南大学录取，接到的却是第二志愿华夏警察大学刑侦专业的录取通知书，收到录取通知书，张曼玲稍微有一点遗憾，但也算是很不错的结果了，警察大学也在京城，离狗蛋上学的地方又不是很远。

找了一个好天气，张曼玲就开心地骑自行车来到谢家坡，她可是记得呢，狗蛋当初就说只要自己考上大学，他就要去她家看看，这下没理由了吧？

狗蛋不免哑然，这个小妮子，报考志愿竟然都是跟自己一样的，不知道是不是也得到了罗厅长的点拨，好像当初罗厅长很看好她呢。自己当初可是没有答应罗杰的，没想到，丫头却是到那上学了。好在，丫头很高兴，因为京南大学和华夏警察大学相隔并不远，都在京城不是？

娘和奶见到张曼玲来家，就像见到自家亲闺女远方归来一般欢喜，忙着指使着狗蛋出去买肉买菜，要做大餐给丫头吃。张家丫头来得次数多了，也便拿自己不当外人，进家里后就忙活个不停，一会儿打扫房间，一会儿收拾院子，还没忘了陪奶奶聊天，乐得奶奶张开那牙都快掉光的嘴笑个不停。

吃饭时张曼玲就跟娘说了，这次来就是报个喜讯，自己也要去京城读大学了，华夏警察大学刑侦专业，到那报到后人家就发准警服，一定照张照片寄回来给她们看看。

娘听了那是眼睛里都放出来光，这闺女大学毕业了可就是警官了呢，还不得比大孟乡派出所的那些警察有本事啊？祈祷自家祖坟上赶紧冒青烟，等几年后能娶进来这么好的儿媳妇。也不知狗蛋咋想的，这孩子倒是说个准话啊。

丫头跟狗蛋说，在这待上三两天，陪奶拉拉呱儿，然后就回去了，不过他一定要送她回去，家里老爹等着呢。狗蛋听后不免皱了皱眉头，要命哦，真的去了可不就是闺女女婿进家门了？

离大学毕业还早呢，不必这么早就定下来吧？还没开口，娘便说了，"运昌啊，那是得送曼玲回去，明儿个娘陪你去乡里大集买些礼物带着一起过去，你张大爷给咱家修的房子，还没答谢他呢，到那一定要好好陪你大爷喝几杯。"

回头趁娘自己在厨房忙活的时候，狗蛋跟娘说，"俺去了那咋说哩？她亲戚邻居的不会拿咱当姑爷看吧？咱不是还上着学吗？"娘拍了他头一下，有些生气，"熊孩子，拿你当姑爷对待还亏了你？这丫头俺是越看越顺眼，可心得很，人家以后也要当警官呢，不比你差了哪里去。你小子要是在外边三心二意的，娘饶不了你，明儿个老老实实跟我去大孟乡集市上买东西。"

这个，看来是必须得陪张曼玲回家了，狗蛋不去也得去，跟丫头早就说好了，人家也考上大学了，当然要兑现承诺。想想当初，那位在安南工地上开升降机的小丫头，谁又能预料到，几年后竟然考取了华夏警界顶端学府，实在如梦一般，真心为她高兴。

按说作为同学或者朋友，去张曼玲家没什么的，大大方方地去做客有什么呢？狗蛋不至于这么小气，只是在他想到和张曼玲结识的过程时，就感觉总有点不好意思，毕竟，一切都是从他爹托人抬亲开始的，这样的身份到她家去，当然是准女婿进家门了，那还不得大张旗鼓啊？搞得人人皆知，不是也是了，自己还能有一点余地不？

第二天一大早，娘就催着狗蛋骑自行车载着她去了大孟，正逢集市，东西也好买，张曼玲就不用去了，陪着奶奶做饭在家等着吧。其实，张曼玲想跟着去赶集看热闹，见狗蛋娘这样安排，便没好意思开口。

娘是以新姑爷第一次上门的礼节准备东西的，狗蛋想跟娘说随便买些礼物就行了，被娘一顿臭骂，那怎么能行？第一次去姑娘家要有面子，咱家现在又不是没钱，不但要置办齐全，还得是双份的。娘巴不得狗蛋到那后被曼玲娘和亲戚邻居一次性认可，这样姑娘就更跑不到别人家里去了。

万虎山地区新姑爷上门最少要带六样大礼，十几斤的肥猪肉那是必需的，连骨头带肉地割下来，俗称一刀礼，五六斤的大鲤鱼也是要买的，几股茅草绳子穿过鲤鱼的腮帮子，挂车把上还活蹦乱跳的，看起来就很喜庆。剩下的，糖果、茶叶、虎头大曲等等，娘买起来一点都不心疼兜里的钱，自行车把上挂满了东西。

狗蛋是第一次看到娘这么大方，不由得开口说道，老娘哎，咱咋弄回去啊？你买这么多。娘立马回答，"你不要管，我自个走着回家，东西你驮着回去就行。"这个……狗蛋实在是无语了。

隔天吃过早饭，狗蛋该送张曼玲回去了，一人一辆自行车，上面驮满了东西。临启程前，娘将一把十元的钱塞进狗蛋的衣兜，问娘是啥意思。娘说，"傻小子，到那后遇到小孩子就一人给上一张。"

张曼玲听后羞红了脸，不敢再看娘和奶一眼，催着狗蛋赶紧动身。

还没出村口，遇到二蛋与老秋等人从那儿经过，这几个家伙老远就大声嚷嚷起来，"大学生，带那么多好东西这是干啥去啊？走老丈人家去？要不要跟着你挎篮子？"

黑虎山有这样的风俗，新女婿上门时，身边需要有个挎篮子的小青年，其实主要的职责不是拿东西，是在酒桌上替他挡酒，不要让人家把新女婿灌趴下了。

"去你们的，你们没看到这是俺同学吗？这是送她回家，哪跟哪啊。等俺真的娶媳妇了以后你们再抢那个挎篮子的活儿吧，哈哈。"狗蛋回应道，连自行车都没下。

张曼玲家在红星镇张柳屯，与大孟乡谢家坡相隔二十里地，一个时辰工夫，就进了村，远远地就看到嚷丫头的爹娘还有几个人在家门口等候，张工头和他老伴一直盼着他来呢，盼了好几年，这不，真的和闺女一起过来了。

纠结万分

张曼玲考取华夏警察大学，那可是中州县乃至东阳地区新中国成立以来屈指可数被录取的女学生，一下子就震惊了整个红星镇，张柳屯这个小村落就更不用说，家家羡慕不已，人人议论纷纷。张工头的腰板就更加地挺直起来了，说话办事那是嗓门大开，底气十足。

自家闺女在安南工地上看上的那位穷小子，现在已经是京南大学的学生，正儿八经的名牌，这是啥概念啊？整个中州县多少年了，出来过几个这样文武双全的人才？这小子今儿个跟闺女一起回自己家，啥意思？明摆着嘛，那是铁板钉钉的俺老张家未来闺女女婿，十里八乡找去吧，哪家比俺风光？想起这些，老汉就激动得嘴角想哆嗦，连抽好几根烟才能平静下来。

众人接过二人的自行车，迎接他们进家。张曼玲的娘便笑不拢嘴倍儿有面子，为啥啊？姓谢的这小伙子长得有棱有角的真不错，自家丫头整天叨叨他这好那好的看来不假，瞅起来怪喜人哩。带过来的礼物还是双份六色大礼，这年月的没见过哪家的亲家这样场面的。

老头子不是说人家穷吗？家徒四壁能买这么多好东西吗？能摊上这样看事又富裕的亲家，闺女日子以后好过得很。"你看看，你看看，来就来呗，还拿这么多东西，快进屋歇歇。"老太太大声地跟狗蛋说，生怕亲戚邻居的听不到。

好家伙，院子里支着两口大锅，炉火熊熊地炖着大肉、炸着大鱼，几个妇女正在厨房里忙活，香气扑鼻而来，盈满整个院落，小孩子穿红戴绿开心地转来转去，喜庆万分，不知道的还以为这家要娶媳妇或给老人过八十大寿呢。

想起临来前娘嘱咐的话，狗蛋忙掏出钱来，一人十块地分给那几个小孩子，乐得他们欢快地找到自己的爹娘，一个接一个地炫耀一阵，张工头看到后更是挺了挺腰板，可惜没法再直了，只好故作严肃地说："你这孩子，家里经济情况又不是很好，破费那么多干啥子，咱又不是外人。"

屋里面坐满了客人，张工头骄傲地拉着狗蛋给他一个个地介绍，二大爷、五叔、大舅奶、四妗子的，反正狗蛋是稀里糊涂地跟着点头问好，一个也不认识。这个阵势实在是有点大，嘿嘿，也太隆重了吧，即便是相亲也不带这样搞的哦。

其实狗蛋理解张工头的心情。闺女从辍学去工地干活，到几年后考取警察大学，那是一个巨大的转折，更是光宗耀祖的大喜事，宣泄一下内心的喜悦一点都不为过，谁愿意说谁说去，有本事你们家孩子也考上啊。

更何况张曼玲对自己充满了真挚的感情，张工头对自己也是一直看好，第一次来他家，老汉的大张旗鼓很是可以理解，即便自己不来，人家也是要大肆为闺女庆贺一番的。想到这，狗蛋心情淡定了许多。

坐下来挨个儿给老人们倒了一杯茶水，便跟张工头他们聊起了京城学校的生活，捎带着回答着亲戚的提问，什么家里有几口人几亩地几间房啊、兄弟几个啊，在京城上学咋样啊啥的。偶尔瞅一眼张曼玲，张曼玲满脸通红娇羞满面，却是浑身不自在。啊，有啥不好意思的？这是在你家，是吧，应该俺不好意思才对。

张曼玲的确是不如在谢家坡狗蛋家那样的自在，毕竟吧，谢运昌是自己看上眼的，那么多亲戚邻居的来家里，不就是想看看这小子长得啥样吗，张曼玲担心人家背后笑话她。

其实她是多虑了，将来威风凛凛、英姿飒爽的女警官，这些亲戚邻居们可是算计着以后托她办事沾她大光的，哪敢再说她闲话？不遇到这小子，怎么可能会有今天？也许自己已经结婚生孩子了吧？就像比她还小一岁的二舅家的表妹，大前年就嫁给人家当两个孩子的娘了，在一个穷山沟沟里守着几亩薄田过日子，已经感觉很不错了。

想到这些，丫头的心比蜜都甜，撇下狗蛋不管，回头找娘说知心话去了，你小子自己应付吧，嘻嘻。

张工头是发自内心的高兴，今天准备的是三八大席，啥意思？开饭时桌上摆的是八个碟子八个盘子八个碗，哪一个里面都不带重样的。也就是他在外包工挣了些钱有能力操办这些，一般人家娶新媳妇能摆个四六的席就很不错了。来他家庆贺的亲戚邻居可高兴坏了，三年两年的是没机会吃到这么多好东西了，真的不亏待来祝贺丫头考上大学的那一个床单，或者，两瓶老白干。

开席前，张曼玲的哥哥在门口放了一大挂鞭炮，张曼玲的嫂子大把大把地将糖果扔给围观的孩子们，郑重其事而又热闹非凡，巴不得让全村的人都知道。

狗蛋是没好意思去门口观望，在屋内喝茶静坐，张曼玲提着一个茶壶陪他说了几句话，给他倒了一杯水，品了品，那个甜啊，肯定是放满了冰糖。这下好了，丈母娘是正式认可了，还没正儿八经地找媒人抬亲呢，人家就真拿自己当新女婿对待了，咋办？按娘说的办吧，别丢了面子被人家笑话。

狗蛋那桌，都是张曼玲家的舅舅叔叔表哥啥的男客人，落座时张工头非要狗蛋坐在主席上，那可是万万不可，真坐那主席上，按万虎山的风俗，那是铁板钉钉地认可了是人家的闺女女婿，可八字还没一撇，即便自己同意了不还离结婚远着吗？这个礼节狗蛋是懂的，好说歹说，坚决不同意，张工头没办法，只好自己坐了主席，让狗蛋陪着。

席间的主题围绕的当然是张曼玲考取大学，捎带着，就将丫头和狗蛋二人的未来说了起来，亲戚洗耳恭听，免不了对狗蛋投来亲切的目光。酒到酣处，张工头便情不自禁地将安南工地上的事情跟众人述说了一通，言语中充满了自豪。当然，他还没忘了那年春节到谢家坡与狗蛋爹一席畅谈的话头。

不过狗蛋不用担心被亲戚灌醉了，那几个表哥堂弟的想方设法轮番劝狗蛋喝酒，都被张工头拦了下来，嘴上说小谢正在上学，还没怎么学会喝酒，仿佛已经是狗蛋的丈人一般。整个过程，都没见张曼玲再过来看看，也便顺其自然，看她爹纵情发挥，气氛倒也热烈精彩。

张曼玲的哥哥姐夫啥的倒是想跟狗蛋好好唠唠，好多次举起酒杯，都被张工头一眼瞪了回去，只好作罢。他算是看出来了，张曼玲在她爹娘老子心目中的地位，看来这个小闺女从小便惯着长大，要不行事咋那么的干脆利索不管不顾呢？现在又给老子挣足了面子，那更是爱上加爱，喜不胜收。不过呢，张曼玲现在有这个资本让爹娘骄傲。

　　天下没有不散的筵席，再开心热闹也挡不住太阳落西，酒足饭饱，再说说闲话，狗蛋该返回谢家坡了。张曼玲送他一直走出村外，全然不顾街上人们的指指点点，倒是狗蛋觉得很不自在，好在能理解村里人的心理，哪家的新女婿都要这样的经历围观和评论一番，虽然自个还不承认。

　　"谢运昌，你今天表现很棒呢。"张曼玲大大方方地挎着他的胳膊对他说。

　　"哈，你又没跟俺在一个桌子上吃饭，也不怕俺被你那帮亲戚灌醉了，咋知道俺很棒了？"狗蛋也是很开心，张曼玲的情分万金难买，自己心里很有数。

　　"俺爹在你身边，谁敢灌你？跟你说啊，你给那帮孩子一人十块钱可把俺那些亲戚买住了，他们哪见过这么大方的啊？过年磕头的压岁钱顶多给两块呢。哼，你家从哪来那么多钱的，不会是你抢来的吧？"张曼玲狠狠地掐了他一把。

　　狗蛋倒吸了一口凉气，一直没有告诉她干爷爷给寄钱的事，的确是自己的错，忙岔开话头，"啊，俺大方点还不是给你撑面子？你看你爹你娘多高兴啊。我说，到开学的时候我们一起坐火车去京城，你这段时间就在家好好准备一下。"

　　"这不废话吗？当然要一起走，你还要把俺送到学校去安顿好，告诉你啊，到京城后，每个月你都要去警察大学看俺一次的，要是偷懒耍滑，小心俺到京南大学把你小子从课堂上提溜出来晒太阳。"张曼玲小嘴一撇，毫不客气。

　　这个吧，她还真的能干出来，张曼玲到那学的可是刑侦专业，加上她这性子的，啥事不敢干啊？狗蛋脑门子都快流出汗来了，幸福而又忐忑。

　　新的学期开始，狗蛋和张曼玲一起坐上了奔向京城的火车。

　　夜幕悄悄地降临，笼罩着周围的一切，像在谢家坡的家中熄灯的夜晚一样，使狗蛋感到很安逸。他在思索着，两个月来，他陪着娘在飘散着芳香的一望无垠的坡野里，不怕劳苦地打理秋庄稼。在新犁过的滋润土地里，他两腿插在墒沟里，尾追着正耕翻的犁耙撒肥。一群调皮的紫燕扑打着翅膀，箭般斜飞着，从他的头顶上掠过。他感到新犁起的松软黄土，是那么好闻，那么熟悉，那么亲切，他曾多次捧着黑虎山下的新土闻了又闻，而后又恋恋不舍地将那手掌中的土壤抛撒向新耕翻的土地里。他高兴地看到满眼的秋庄稼长势良好，还有那绿色的灌木在黄土地里茁壮成长，这一切是多么美好呀！那潮湿的田野里生发的淡淡薄雾，那黄色土地上一行行弯弯曲曲的五谷杂粮，片片压弯了腰的红高粱，还有远处黑色的青冈树，宛如一片片绿色的屏障。总之，狗蛋着实被谢家坡满坡的金色秋景陶醉了。

"狗蛋，你在想什么？"张曼玲见狗蛋老在愣神，就掐了他一把问道。

"哦，俺是在想你家的张大爷！"

"去去去，俺爸怎么叫你不放心了？"张曼玲笑呵呵地问道。

张工头很放心，狗蛋娘也是欢心无比。跟狗蛋差不多大的谢老秋去年就娶媳妇了，眼看着就要当爹了，狗蛋和张曼玲虽然还是大学生，可当娘的早就巴望着能抱上孙子，她还真的不清楚大学生是严禁在校谈恋爱的，真若有女生被搞大肚子，绝对是男女二人立即开除，同时户口迁回老家，该干啥干啥去的。

每个月去警察大学看望一次张曼玲，这个不难做到，学校里面没啥逛头，何况警察大学里面对男女生的交往方面管得更严。二人便在校外碰头，步行着走街串巷不厌其烦，狗蛋喜欢这样的深入感触平民生活，张曼玲没啥意见，只要跟他能在一起。

东北的地三鲜、陕西的羊肉泡馍、江南的米线、安徽的凉皮、大西北的拉面，京城大街小巷到处都是，囊括了天南地北的小吃精华，丫头喜欢品尝，狗蛋也能请得起，大饭店二人不进，但这些小吃基本上是挨个地都尝了个新鲜。

本身狗蛋就对张曼玲的性格很是喜欢，没有了高考的压力，又身处异乡都市，二人感情日渐升温，花前月下卿卿我我，相处默契甜蜜异常。张曼玲好强而又朴实，俊俏而又清爽，一身警察学员服穿在身上，英姿飒爽羡煞路人，偶尔被同学们遇到，那帮家伙就更是瞪大了双眼，羡慕嫉妒恨各种表情一拥而上，狗蛋那份自豪便无以描述。

毕业后能和张曼玲组成家庭，肯定是很不错的选择，现在狗蛋的心里真心期望的是，张晓娟能好好地在安南当她的千金小姐，或者嫁做人妇当个阔太太，今生再也不相见，这样他心里才踏实。

偶尔模糊地想起，跟娟子在安南青牛山逛汇波禅寺，老方丈曾经对自己说过的话，命犯桃花异缘连连，内心更是纠结忐忑一番。

那深宅、高墙、大院，和娟子身边紧随的人，都不时地在脑海里闪现，如鲠在喉，让狗蛋想之却步。

何况，娟子已经改名换姓，不再是谢家坡的村姑张晓娟，即便她甘心等待，谁又能知晓家里人会不会反对？在安南的那一晚分别，娟子无奈地被人接走，这不是家族明确的答案又会是什么？

他希望自己独立自强，不希冀高攀那堵高墙。

他想把娟子忘却，可良心不安，又怕辜负娟子那份真情。

这份纠结，藏在心底，这段情感，痛彻心扉。张曼玲不知道，狗蛋没法跟她说起。

想谁谁来，说谁谁到，万虎山的人就这么邪，那个藏他心底好几年的人突然间就出现了。

这是个周末的中午，狗蛋正在午休，宿舍管理员敲门进来了，"谢运昌在不？楼下有个女的找你，说是你老乡，快下去看看。"除了张曼玲，没有别的女同学在京城上学，自己也没跟别的女生有纠葛啊，会是谁呢？带着一肚子疑惑，狗蛋走下楼去。

楼下空地上站着一位女孩，长发披肩身材婀娜，皮肤白皙脸庞俏丽，身着紫色套装，脚踩一双粉色小皮鞋，斜挎一个小坤包，典型的职业丽人，端庄大方而又洋气袭人。宿舍楼窗户上露出无数的男生脑袋，时不时有口哨声传来，女孩双目含情而又噙满湿润，正克制情绪微笑着看狗蛋走来。不是张晓娟又能是谁？

万万没有想到，五六年不见，张晓娟突然就出现在京南大学，狗蛋如做梦一般，激动万分而又不知所措。

同班同学知道他有个叫张曼玲的老乡存在，不希望在众目睽睽之下跟娟子寒暄被人家拿去说事，便压抑住自己的激动，冲她使了个眼神示意她跟自己离开此地，宿舍楼当然是进不去的，那就去荷花湖畔先坐坐吧。

荷花湖畔的草木丛中，有得是闲坐的石凳或木椅，找个地方坐下，正值中午鲜有人来，此时幽静异常，四目相对，张晓娟的眼泪就哗哗地流了下来。

狗蛋讷讷地说："你这是怎么找到这儿来的啊？"

"怎么找来的？打听着来的呗。"娟子幽幽地说，一脸的开心里面却又掩饰不住万千的哀怨。

"嗯，那个，你在安南这些年过得还好吧？眨眼五六年就过去了，俺都快认不出你来了，嘿嘿。"

"你还知道有俺？"张晓娟泪水又控制不住了，"俺是从谢家坡过来的，在老家待了几天，俺奶说你都订婚了。忘了当初咋说的了？你就那么等不及？呜……呜……"

这个，狗蛋实在是不好解释，张晓娟这是兴师问罪来了呢："你还是说说这些年是怎么过的吧，俺想听听。"

"凭啥告诉你？哼，没什么事的话俺走了，谢运昌，就这样吧，祝你幸福。"张晓娟突然俏脸一变，起身就走，搞得狗蛋目瞪口呆。这怎么可以？赶紧跟上吧，不然更不好收场。

此时的谢狗蛋，已明显感觉到，她已经完全不是当初那个温柔的晓娟妹妹了，现在的她明显执拗、强势了。虽然她仍有粉红色的双颊、酒窝和迷人的微笑，但她已不像原来的张晓娟了。她说话的声音尖刻果断，已没有一丁点儿乡野女孩子犹豫不决的样儿。她一旦确定自己需要什么，就想武断地通过最简捷的途径去获得，而不是以女人所特有的那种躲躲闪闪和迂回的办法去争取。

张晓娟对他不理不睬，快步走出校园，狗蛋亦步亦趋紧随其后，二人的样子要是发生在黑虎山下，活脱脱的就像受气的小媳妇儿离家出走，丈夫在后面不无内疚地紧追慢赶。

拐过一个胡同，张晓娟抬腿进了一个场所，狗蛋抬头看，京南红鹰大酒店，担心将她看丢，忙跟了进去。娟子进入一个房间，砰的一声将门关上，狗蛋便被隔在了门外。

这可如何是好？狗蛋抬起手放在门铃上犹豫了半天，没有摁响门铃，心底一横，推下门试试。如果锁着，敲门也不会给开，只好自己怀揣万般无奈地离去，过去的一切将永远停留在梦里。如果门没有锁上，能推门而入就说明娟子还留有余地，也便可以将事情说开，毕竟也曾魂牵梦萦年少无猜。

轻轻一推，心头一阵轻松，门缓缓地开了，娟子正倚在墙壁上啜泣，随手关上门，丫头便扑到狗蛋身上，小声啜泣立刻便成为倾盆大雨，双手便不停地捶打，"臭哥哥，死狗蛋，俺不是说好了让你等俺吗？你干吗那么沉不住气？"

哭着闹着，慢慢地张晓娟就消停了下来，紧紧地抱住了狗蛋。

毕竟是儿时的玩伴、青春期时的初恋，多年前的温柔与激情依然存留于心间，刻骨铭心。

狗蛋轻声问她，"这么多年你在安南那边是怎么过来的？"平复了情绪之后，娟子将自己的状况跟狗蛋说了个明白。

在安南，张晓娟先是被送入一家封闭式外国语学校恶补英语，在那次与狗蛋意外重逢后不久，就被爷爷送去了美国。在大洋彼岸，张晓娟学习之余，在一家商务公司打工，其实，那是家族在海外的一个企业，在那，她主要是熟悉国际贸易的业务流程、基本常识，两年时光返回时已能说得一口流利的英语，独立思维和办事能力远远超过同龄人。

回来后，家里就安排她进了山南针织集团公司，在公司营销部任职副总经理，在商海中继续锤炼，一刻不得清闲，其实摆明了就是把她当作接班人来培养。

住豪宅、坐豪车，出入有人伴随，衣食有人照料，短短的几年里，娟子由一名淳朴的村姑，蜕变为光鲜照人、人人羡爱的白领丽人，可是，骨子里，还是忘不了谢家坡那铭心刻骨的记忆。

那山伟岸，那水清流，那座铁板桥，承载了多少欢笑和快乐？还有村口的小树林，都是娟子最美好的回忆。更重要的是，那个谢狗蛋，这是她无法割舍掉的情怀。

这些年，娟子从来没有忘却过对狗蛋的承诺，万虎山里与大黑熊的搏杀、铁板桥畔咬下坏三的耳郭，为了她，狗蛋那不要命的架势早就扎根在心底，想起时便心甜如蜜。安南市达官贵人的孩子，不少人托人求亲，有的还紧追不舍，她从来不动心。

在美国那两年，见惯了身边的风月，张晓娟却坚守着自己的底线，她说过的，一生为狗蛋保留，早晚会回到他身边。

娟子的心底一直藏着谢狗蛋，爹和娘其实心里很有数的，可毕竟时过境迁、物是人非，早已不是从前。有时候也劝丫头忘掉过去，面对现实，说不定狗蛋早就有了对象了呢，遇到个合适的小伙子，完全可以交往一下的。但是娟子不为所动，说多了就自个儿掉眼泪，娘就赶紧转移话题。

有时候，爷爷也跟娟子谈心，跟她说，到安南后就不要再那样任性，家族的企业规模越来越大，她要努力熟悉企业经营、适应社会环境，以便能尽快在公司挑大梁。

至于丫头和狗蛋的事情，爷爷有所耳闻，看作是小孩子玩过家家游戏，当不得真。劝导她，"现在谈论这些太早了些，不然会耽误他的前程，也肯定影响你的学习，等你真的明白事理独立工作了，再考虑这些也不迟，到时候大人不去干涉。"

内心里，高老爷子是很不看好未曾谋面的狗蛋的，没根没底的山村孩子，能有多大出息？即便考上大学又能怎么样呢？就谢狗蛋这家庭背景，远远谈不上跟高家门当户对，若以后成了孙女婿，还真的在别人面前抬不起头。

可这话也不能跟娟子说得太直白啊，背后，跟娟子爹却是没少灌输，让他一定留意娟子的心思，尽量让她忘掉过去，这儿可是大都市，咱是大家族，毕竟，这是高家的一件大事，不可随意胡来。真找个农村娃子当女婿，还不被人笑掉大牙？

张晓娟琢磨着，爷爷说得很有一番道理，便把心思放在学习上，恶补英语、留洋美国，一晃就是三年，回来后慢慢接触了实际工作，更是千头万绪来不得半点清闲。

这个月，公司安排她带队到京城参加一个纺织品博览会，丫头跟爹和娘说好了，自己提前走几天，回老家看看爷爷奶奶，然后再赶往京城与其他人员会合。

这么多年了，还没回去看望过奶一次，娟子梦里都不知道回多少次谢家坡了，真下定了决心，也便激动万分。顺便，她想去狗蛋家探望一下，其实，就是想知道狗蛋的近况怎么样，是在家种地呢还是当泥瓦匠呢？当然，他更希望狗蛋哥是一个风华正茂的大学生，最好就是在山南大学读书。

临走前跟娘说了一番悄悄话，其实就是把自己想见一下狗蛋的心思告诉了娘。

娘听后表情比较严肃，"我说你这个小妮子，咋还那么傻？这么多年过去了，狗蛋变成什么样了你都不知道，要是人家已经变心，或者订婚了呢？你岂不是白等了？可得要想好了，咱可不是以前在谢家坡的时候了。"

扭头看张晓娟脸色已经很不好，快要哭了，忙换了个口气，"我看这样吧，别管他现在咋样，回去你都见他一面，有啥情况回头跟娘说说，咱再商量，行不？"

娟子讲完这些，抬头看了狗蛋一眼，掐了他一把："你说，那个张柳屯的女学生是怎么回事？"狗蛋正双目无神地望着天花板，尴尬得不知道怎么回答。这事吧，不跟她说也不行，已经摆在眼前了，绕不开，于是将自己与张曼玲的相识到现在，整个过程都说了个明明白白。

张晓娟听了后浮想联翩，心底如十二级大台风刮过海面，掀起滔天大波，怎又能平息得下来？

这个张曼玲可是对狗蛋用心了呢，中州一中的那次劫难，后果的严重程度，一点不亚于自己与狗蛋在铁板桥东水河畔被坏三那伙人伏击，张曼玲竟有如此豪气，怪不得狗蛋奶那么喜欢她。

从工地上打工到果断返校学习，苦读数年考取警察大学，估计也是为了赌一口气，可这口气是为了身边这个男人呢。

虽然现在多了个压力，可自个儿哪儿又比那将来的女警察差了？安南市上层人家的大孙女，名震江北的山南针织公司将来传承者，自己有更大的资本跟她争一争，有机会时，一定要会一会那位预备女警官。

"运昌哥，跟你商量个事呗。"张晓娟微笑着说。

"啊，你说，俺穷学生一个，可没啥本事可能帮你的。"狗蛋回。

"切，谁要你帮忙！俺就是想跟你商量商量，咱老家中州再发展三十年也赶不上安南，毕业后你就到安南工作吧？"张晓娟认真地说。

"嗯？还有两年才能毕业呢，说这个还早。"狗蛋还真的没想到毕业以后要去安南，毕竟改变万虎山才是他的立志之源。

"那好吧，我也就是一个建议，不然咱俩离得这么远可不方便。俺还是希望你到时候好好考虑一下，回老家工作你上面又没根没底的，谁认你是名牌大学生啊？"

"娟子，毕业后我想回老家上班，俺娘和奶年纪大了，俺不想走得太远。"狗蛋说得很实在。

"反正现在说这些都还早，咱还有考虑的时间，哥，俺还会再来看你的，你要乖。"娟子伸出玉指扭了扭狗蛋的耳朵，眼里柔情万分。

"哥，俺想好了，这两年，你先好好读书，俺那些工作也挺闹心，得赶紧熟悉。以后你去哪，俺就在哪发展业务，反正要在你身边。"不管狗蛋如何表情，娟子俏皮地踮起脚来吻了他一下，转身而去，留下一个优雅的背影让狗蛋纠结不堪。

张晓娟的突然出现，让狗蛋措手不及。这个，真的很难办，好在张晓娟很决将离开京城回到安南，估计毕业前很难有机会再来，可事情已经在眼前摆开，无论如何都应该对娟子有个交代，不能耽误了她的未来。

张晓娟是离开了，可张曼玲咋个对待？接下来连续几个周末，狗蛋都没有去警察大学，他实在是不知道如何面对。不去，不代表见不到面，张曼玲肯定会来找他，躲是躲不过去的，是不是到时候跟她和盘托出？狗蛋还没有想明白。

一个周末的黄昏，二人漫步在一处公园，找一个角落坐下，张曼玲注视着他问："谢运昌，你这段时间不大正常啊，说说吧，做了啥亏心事？抬头看着我，听见没？"

"嘿嘿，没事，俺想娘了呢。"狗蛋犹犹豫豫了半天，还是决定暂时不说，这两位都是自己心底的至爱，少了哪一个都不行，可脚踏两只船的感觉一点都不好，万分纠结，左右彷徨，忐忑不安。

他担心跟张曼玲和盘托出后，张曼玲承受不住，尴尬苦涩的表情被张曼玲尽扫眼内，心底更是没有了底。

"哼，想娘是假的，想别的女孩子是真的吧？"这位张同学看起来泼辣，内心却敏感得很，"我们好多年前就说好了的，毕业以前谁都不能找，毕业以后你到哪俺就到哪，到时你若娶了别人，俺就死给你看。"

这话一出，吓得狗蛋一身冷汗，丫头的脾气他了解，刚才真要跟她说出与娟子的过去，那可是要了命了。

"我说，你想哪去了？不信你去俺系里打听打听，咱谢运昌从来就不跟女同学来往，你也不看看人家能看上俺不？"

张曼玲缓了口气，脸色才稍微变了过来，"那你为啥不去找俺？以后加码了，两个星期去警察大学门口等俺一次，就这么定了。"口气不容置疑，让狗蛋有口难言，只好答应下来，不然他又如何解释？先这样吧，反正离毕业还早，让岁月去告诉自己怎么去面对吧。

这两个女孩都是值得狗蛋去珍惜的，不知道的人会质疑狗蛋凭啥会摊上那么多好事？纯粹是瞎编乱造。其实一点都不奇怪，回头看狗蛋的年少往事，是那么的真实亲切，只有经历过的，才知道每一个男孩的心里装着的不仅仅是一个女孩，何况是他和那两个丫头都有过刻骨铭心的历程，如何能让他轻易割舍？

时间和距离的确是一剂良药，狗蛋放下张晓娟，接下来在京城的时光里，小假期、大周末的，一般都是陪同张曼玲一起度过。

有一点二人把握得很好，虽然亲密无间，但却不敢做出格之事，无论那氛围是多么的暧昧或甜美，都能在关键时刻克制住自己。

社会调查

这个学期临结束时，系里布置给同学们一项大作业，每个人要利用假期进行一次社会调查，结合自己所学的专业，针对发现的问题提出个人的建议。

同学们商议着如何去完成，有的说留在京城打工，有的说要去江南珠江一带转悠一圈，也有背景深厚的同学说，要去机关单位实习一段时间，每个人有每个人的想法，狗蛋就想回家后再说。万虎山那是他的根，回老家最踏实。

这个暑假再回到家乡，狗蛋突然就感觉有了陌生和异样。大孟乡到谢家坡的马路上，时不时就有拉煤炭的大卡车轰隆隆快速开过，留下如狼烟般的尘土和尾气，这是未曾有过的，黑虎山脚下的道路两侧，青草和小树上都布满灰尘，山坡、河畔不再如往日那般宁静。

铁板桥边，参天茂密的树林已见减少，东水河畔河床赤裸、水流缓缓，河水恓惶浑浊，没有了往日的清澈欢腾，就连桥上的龙头，也是哑口无言显得很是寂寞潦倒，再无从前的神采。

再走过黑虎山下的小树林，那一大片的树木也被砍伐不少，取而代之的是稀稀拉拉的一些刚栽种下不久的小树苗。

这几年来，谢家坡变化太多，熟悉而又陌生。吃饭时，娘跟狗蛋说，村子周边的大树都被谢老黑砍伐后卖掉了，说是大山里不光有铝矿，也埋藏着煤矿，但煤层很深，开采起来很困难，村里要集体投资开发煤矿，东水河畔已腾出了空地准备放煤矸石。

也不知道怎么回事，县里面突然就对黑虎山半山腰那将军碑重视起来，听说要规划成正规的烈士陵园，这半年来了不少人参观学习，老支书腿脚都走不动了，可今年很精神呢，隔三岔五地被请去给人家讲解万虎山的过去。

应该是朱恒山私访将军碑带来的直接后果吧？县里面跟的还不错，就是不知道他们如何让朱恒山知道这些，狗蛋心想，那是肯定要想办法让朱老再回来祭奠老战友的，不然他们不白忙活了？

娘跟狗蛋说："你田爷就给村里申请，去黑虎山上看护烈士陵园，这个活也没别人愿意干，村里就同意让他去那儿了，还给他盖了两间房子。"狗蛋这才知道，原来师父现在搬到半山腰去住了。

师父这么大年纪了，在那儿住着多让人担心啊？干脆接家里住算了，也好有个照顾，狗蛋将自己的想法跟娘说了。娘说："你奶和我都劝他来家住，可他说自己怎么着都可以，但还有那头大黑熊呢，总不能也养在家里啊，有那大黑做伴待在半山腰也挺清净的。"

狗蛋理解师父的心情，老人家是不希望狗蛋回来见不到黑熊。这么多年，有的人想盗走黑熊取其胆汁，有的想偷袭黑熊为的是那四只熊掌，都被师父一一击退，大黑已经成了老人家生活不可或缺的部分，其实那里面寄托着对自己的一片真情。

吃饭后狗蛋就拎两瓶万虎山特酿往黑虎山半山腰赶去，远远地就看到将军碑下平地一侧新盖起了两间小屋，应该就是师父的住地了。

"师父，运昌哥回来了。"李小强大喊，这小子真不错，放假后就来陪伴师父。

"哈，运昌回来了。"师父高兴得不得了，人家现在是正儿八经的大学生，准国家干部，不好再叫他狗蛋了。

屋内布置的还算不错，比原来的小木屋宽敞利索了许多。大黑熊见狗蛋归来，立马兴奋起来，这家伙，足足得有四五百斤了吧？站立起来那可是高过狗蛋一头，先把它牵出来缠斗亲热了一番，然后才安静下来陪师父交谈。

师父见狗蛋回来，开心了不少，只是精神头远不如从前。小树林也好，半山腰也罢，总归有他住的地方，何况还有这个大黑在身边，那么高的个子和饭量，伺候起来并不是那么简单的事情，应该说师父每天都闲不住。这样也好，真若闲下来了，那身体也就更不行了吧？

从小树林里一下子搬到这黑虎山半山腰，又是个风口，师父和黑熊总归是要适应一段时间的，内心很是留恋小树林里面的安静清幽，却不知道如何去安慰他。

师父叹了口气说，哎，现在的黑虎山大不如从前了，有时间你去山那边看看吧，到处都是挖的小煤窑，煤炭一堆堆的，筛选出来的煤矸石就胡乱堆放在了河床上，那污水就流进了东水河，再往里面挖，我看东水河也快断流了，山那边的树也被砍得差不多了。咱住的这块，也就是托了马占彪和烈士们的福，县里面决定要大搞红色教育基地，他们才不敢在这儿折腾。

围着将军碑转了一圈，狗蛋没有登到黑虎山顶上去看山那侧的风景，他害怕看到被小煤窑折腾的遍体鳞伤的山体。大山深处，承载着他的一次难以忘却的记忆，那层峦叠嶂秀丽如画的山峰，那清澈见底透骨冰凉的小溪水，不知已经变成了什么模样。

搞活经济，难道就要以牺牲生态为代价吗？自己就是学习经济学的，现阶段，华夏大地市场化进一步推进，各种经济形态并存，但前提应该是以持续发展为主的，搞涸泽而渔这套，不长久呢，再弥补，恐怕需要更大的代价。

狗蛋一下子就想到了放假时老师布置的社会调查，这不是现成的题目吗？一定要认真地学习一下西方在经济持续发展和环境保护问题上的做法，回校后再跟同学们辩论一场，说不定在毕业答辩时能派上大用场。

眼见天色已晚，李小强送狗蛋下山，边走边聊。"师兄，你不知道呢，谢家坡这一年可是热闹得很。"小强说，"谢秃子私下挖了几个煤洞，结果真的发现了煤炭，也不知道跑的啥关系，反正这一家发了大财。谢坏三也出狱了，正跟他爹干呢，看来这小子在监狱里常下井挖煤，对这行熟悉得很，现在他那几个兄弟都看他眼色行事，厉害得很。"

"啊，实在是想不到，当初你那几个弟兄是不是也跟着他过来干了？"狗蛋问。

"这个吧，应该是又扎堆到一起了，管他们呢。师兄，咱可不羡慕这些，别小看了我，嘿嘿。"李小强担心狗蛋误会他。

说到谢家坡的事，李小强告诉他，谢老黑当然不能眼睁睁看着谢秃子发横财，黑虎山周边数十里都属于谢家坡的地盘，有煤层的地方他也勘探出来几处，于是便召开大会宣布，上级的精神要求进一步搞活经济，有钱快挣、有水快流，守着摇钱树不能摇不下真金白银来。

开矿建厂是村里集体的决定，为的是全体老百姓的共同富裕，这次就不集资了，将村里的大树砍掉卖的钱做筹备和启动资金，以集体的名义开建煤矿。

在谢老黑眼里，谢秃子在黑虎山那边挖的几个小煤窑，瞎猫碰到死耗子，撞了一次大运而已。三五十个人的小队伍，一年能出多少煤？还不够送礼的，那是到处游击小打小闹，他谢老黑要搞就搞大的。以集体的名义，投资建设黑虎山煤矿，大张旗鼓名正言顺，只要搞起来，那还不是财源滚滚大把的钞票往自家兜里装？

正说着，一辆越野吉普车呼啸而来，在二人面前突然停住，开车之人下车嘴里叼着一根烟，皮笑肉不笑地看着两人，随后将烟吐到地上，"哈哈，原来是大学生回来了啊。"

狗蛋定睛一看，却是谢坏三，脖子上挂着一串金项链，手指头上几个金戒指，明晃晃生怕人看不到，神情张扬语气嚣张，一只少了半边的耳郭的脸，更显出此人的阴损狡诈。

"啊，广军，我以为从哪来的暴发户呢，原来是你啊。最近一向可好？"狗蛋说。

"不错，很不错，哈哈，在京城读书是不是要花很多钱啊？要不要我资助你一下？嗯，小强也在啊，我说你小子，当初那几个哥们现在都过来跟我干呢，你还上哪门子学啊，就是考上大学了，以后能挣几块鸟钱？我看你下学跟我干保镖算了，听说你最近功夫还不错。"谢坏三倒也大言不惭，很有底气。

"多谢你的美意，俺觉得现在过得挺好呢。师兄，咱走吧。"李小强拉了一把狗蛋，还没等狗蛋说话，那辆越野吉普车就马达轰鸣四轮转动，绝尘而去。

谢坏三这话是炫耀更是显摆，这两年他已经习惯了别人的讥笑，半只耳郭要多难看有多难看，想想心里就窝火，不过是碍于自己刑满释放人员的身份，还没敢明着胡闹起来。往事不会忘记，只是未到了结时啊。

在狱中这几年，坏三可不是只在山里面钻洞挖煤了，也结识了不少道上高人，听人家讲江湖上的事情，算是大开了眼界，自己当初跟人家小饭馆一个月要上三五十的事情，连提都没好意思提起，那玩意太小儿科了，欺负做正当小生意的老百姓，那不是江湖爷们干的事，那是小混混下三烂，说出来保不准就会挨人家一顿猛揍。

看来，坏三在狱中干得不错，竟然混了个提前减刑释放，回家后发现老爹领人挖起了煤，谢坏三更是喜上眉梢。下煤窑对他来说那是轻车熟路、如鱼得水，狱中几年的劳动改造可算是有了用武之地。

万虎山内有的地方煤层很浅，赶上好运气的话，几镢头就能露出来煤，以前老百姓不拿这当回事，守着金山过穷日子，那是因为道路不通，卖不出去换不来钱，现在形势变了呢，整个华夏大地到处大搞经济建设，工厂遍地起，煤根本就不愁销路，价格保不准以后还会噌噌地向上涨。

乌金挖出来就变成了白花花的真银，谢秃子如虎添翼，感慨万千。监狱真是所好大学啊，自认为不争气的儿子竟学出如此多的本事，看来还是不听话的孩子有本事啊，老三不回来跟他一起挖煤，谢秃子还真的鼓捣不出真玩意来。

从招矿工到开挖然后卖出去，这里面的道道多了去了，几个原来瞧不起他的亲兄弟们也将砖瓦厂交回村里，加入煤矿生意上来，仰望其背、甘听老三吩咐，不长时间就赚了个盆满钵满。

刚才偶然遇到谢狗蛋和李小强，坏三便想起了那次铁板桥畔的往事，多年不见，谢狗蛋已是名牌大学生，那个张晓娟，也早已远走安南做起了大小姐，虽如大梦一场，被狗蛋咬掉的半只耳郭却时刻血淋淋地闪现在眼前。

李小强开始时跟自己混吃混喝，后来竟然跑去认狗蛋为师兄，那不是叛徒是什么？这些事如何能忘记得了？眼下忙活挣大钱干大事要紧，那些恩怨留待以后再说。

虽然不清楚谢家走的是什么门道搞起来小煤窑，但李小强还是知道谢坏三这两年的一些事情的，张大雷和他是前后脚出狱，很快就又混到了一起，在山里领着数十个壮汉当下手，监工、盯梢、找买主，捎带着骚扰一下其他矿主，分工倒也明确。跟在坏三后面更是吃香喝辣耀武扬威，几次要李小强退学回来跟他们混，他是坚决不能答应，自己选择的路感觉很是踏实，人家再风光享受也一点儿不羡慕。

狗蛋很认可小强的想法，告诉他，风光一时有可能做到，但是风光一世要看为谁做事、做什么事，有的事情做歪了只能风光一时，到头来竹篮子打水两手空空。为老百姓实实在在做好事的千古留名，如正在整修的烈士墓；为一己私利做坏事的必遭万人唾骂，子孙都跟着抬不起头来。人在做，天在看呢，凡事尽在人心、事事尽在人为。

李小强佩服狗蛋，不仅仅是他厚重稳当、文武双全，还有就是对有些问题的认识他分析的入木三分、看得长远，师兄名牌大学在读、前程似锦，跟师兄学习如何把握好人生才是正途。

谢家坡发生的一切和现在的情况，狗蛋没有资格去指手画脚，只能尽可能地去了解和感悟。希望自己能从中发现一些问题，再去深层次地考虑和总结，也正好跟自己的专业相吻合，这个课题有些大，很有挑战性，但认真地思索一番，感觉十分值得自己下功夫研究，以此作为暑期社会调查的重点，回去后再跟导师和同学们探讨一番，肯定会大有收获。

小小的黑虎山下发生的一切，折射的正是华夏大地许多农村基层的发展状况，无数的地方，正经历着和谢家坡一样的变革。二十世纪八十年代提倡大搞四个现代化建设，归根结底是为了老百姓过上好日子，图的是国富民强。

琢磨着这些事情，狗蛋便突然冒出来一个想法，利用暑假这段时间去山里面找个小煤窑去打工吧。不深入其中，永远只是猜测，摸不到真实的数据，也掌握不了更真实的情况，这些资料整理出来或许会成为毕业论文里面的重要内容，更可以拿来当这次的暑期调查报告。

狗蛋沉思着，连天气要下雨都没有注意到。艳阳已被前方低垂的云朵遮住，从西方地平线那儿涌来一大片浓密的浅灰色雨云。远处田野和山林上空已经淅淅沥沥下起细雨。蒙蒙小雨给大地送来湿润的空气。狗蛋站在黑石崖的一处山岭上，吸吮着湿润清凉的空气和久旱待雨的土地发出的庄稼味，望着眼前的果园、树林、黄澄澄的金谷地、阵容齐整的玉米方队和金黄色的大片黄豆，大地万物都涂上了一层绚丽的色彩，绿的更绿，黄的更黄了。

去哪个煤窑打工是个问题，谢秃子开办的那几个小煤窑自己不想去，见到谢坏三心里就烦，再说，去那儿也是很丢面子的事，他不想被村里人笑话。那就去万虎山深处另找一家？这个方案可行，至于李小强，没必要告诉他，安心在将军碑边上陪师父好了。

第二天一早，狗蛋便翻过黑虎山，隔着几个山梁的是白虎山，那是邻近乡镇白朗乡的地盘，一多半的村庄隐身于群山之中。沿途的情景让狗蛋触目惊心，数十个大大小小的煤洞星罗棋布，山脊已经千疮百孔，山体已被破坏，高大的树木被砍伐殆尽，遍山狼藉污水横流。

时不时有几双警惕的眼睛注视着他的行踪，仿佛狗蛋是那过去传说中的空投特务一般。

在白虎山的半山腰一处山坡，有一个新挖出来的煤洞，煤堆旁一个壮汉头戴安全帽、衣着朴素，有点像监工或矿主的模样，正小心地帮一个煤工将煤卸掉，感觉此人不似传闻中黑心监工那般的张狂狠毒，便上前搭话说明来意。

他的揣测没错，那人正是这家的矿主，名叫李家鑫。听了狗蛋的来意，打量了他几眼，小伙子身体倍棒，却很有书生儒雅之气，心底便有几分亲切和喜欢，便说："进洞里挖煤很苦的，可是，你能受得了这份苦吗？"

狗蛋穷苦孩子出身，什么苦没吃过？来此就是为了体验小煤窑生活的，这个没问题，可也得问问工钱怎么样，不然人家咋敢用你？便道："苦点儿累点儿没啥的，只是工钱怎么算？吃饭休息什么的怎么办？"

李家鑫说，"工钱按出煤量计算，每出一吨5块钱，咱这个矿煤层浅，好好干的话一个人一天能出三四吨煤。"狗蛋算了算，这一个月下来就差不多能挣五百块钱，苦是苦了点，看来是比在工地上当小工挣钱，要不然怎么会在山里看到那么多衣衫褴褛、疲惫不堪的挖煤人呢？

至于怎么吃住，矿主也告诉了他，就在山脚下，有一个相对繁华的街道，吃的住的玩的都有，比较热闹。跟他干的矿工都包吃包住，饭是管饱的，但他不建议狗蛋在那瞎玩，那条街上很乱，挣个钱不容易，花出去可是很简单。

狗蛋琢磨了一下，便跟矿主说定，在他这个煤窑干一个月，按吨位拿钱，他要先回家准备一下行李，跟家里人说定了，明天一早便赶来上工。

回家后把想去煤窑打工的事情跟娘说了，娘就翻了脸，坚决不同意。"运昌，咱家现在又不是没钱，你干爷爷那些钱够你在学校用的了，咱可不能去煤窑，太危险了。听话，咱坚决不去。"

这个，狗蛋跟娘慢慢地解释，其实自己不是为了去那挖煤挣钱，主要是学校布置的一项作业必须要完成，那就是要搞些实地调查，自个儿也就是进山里面看看煤窑都是咋出煤的，不会有什么危险的。娘拗不过他，只好千叮咛万嘱咐，奶也是叨叨起来没完，让他千万注意安全。

第二天一早，狗蛋便赶路来到李家鑫的小煤窑，开始了为期一个月的体验，来之前，跟娘说了这个煤窑的位置和老板的名字，省的有事找他时不知去哪里找。

煤洞洞口不大，巷道更是需要弯腰才能在里面行进，外边骄阳似火，洞里面却阴暗潮湿，几盏灰暗的矿灯在煤洞深处不时闪烁，十几位矿工正在里面忙活，不时传来几句玩笑话语，给这个幽静诡异的氛围平添了几分人气。

好在，洞不是很深，煤层也就一米多的厚度，挖起来不是那么的费劲，狗蛋将盛满煤的筐子背起，脚下一片泥泞，遇到狭窄低矮的地方，需要趴在地上，一步一滑手脚并用地向前挪动。

出了洞口，有一个台秤称重，这样一趟下来，能背出一百多斤的煤，来回二十余次，一上午就差不多过去了，中午休息的时候，身上早就没有了一点干净的地方，狗蛋腰酸背疼、疲惫不堪，躺在地铺上，怎么也睡不着觉。

好在自己年轻体壮，还有一身的功夫底子，几天下来，狗蛋便适应了这里的生活和环境，白天去洞里挖煤，晚上到山下街上洗澡、吃饭和休息，倒也规律。

十几天的观察，李家鑫感觉狗蛋干活还是很踏实的，而且不惜力气，出煤量在这批矿工中很快便处于首位，很是欣慰。

这天晚上收工后，李家鑫喊他到一个餐馆处坐下喝酒，权当是一个鼓励，狗蛋当然也不会忘记自己来此的目的，正想找机会跟他交流，便愉快地答应了下来。

劳累了一天的矿工们到了放松的时刻，三五成群吆三喝四地喝酒聊天，街边几个理发店门口，几个衣着裸露的女郎正抛着媚眼吸引客人的光临，夜灯初放，白虎山下的这条街面上，却也是热闹非凡。

街的尽头是中转煤场，南来北往拉煤的车辆挤满了那片空地，山里面挖出来的煤都在此交易，人来人往喧闹异常。李家鑫说，这里是南北走向蜿蜒十几里的山沟，树高草深、鸟飞兽走、环境优美，自从山上开挖煤矿后，来的人多了，就在沟底自然形成了一条街，吃住玩穿等服务项目慢慢齐全，也便杂乱了起来。

"老弟，我看你不像庄稼汉，你是不是来这挣学费的？"二人边吃边聊，李家鑫问他。

狗蛋点头说，是的啊，俺家就在黑虎山下的谢家坡，家里情况困难，就是想挣点学费的。至于在哪上学，狗蛋不会告诉他，说了人家也不见得会相信，名牌大学生怎么可能来此出憨力？

李家鑫拍了拍他的肩膀，"好好上学吧，老弟，咱这地方不养人，如果你能大学毕业，最好是去大城市发展，在咱这块小地方混，不容易呢。你看咱这矿开的，整天求祖宗告奶奶的，稍不留意，就被人家查封了，辛辛苦苦挣来那点钱，大多数都孝敬别人了，落在自己手底下的寥寥无几。"

他这么说，狗蛋便留意了，看来也不是随便谁开矿就能赚钱的。酒到酣处，李家鑫说的就有点多了，狗蛋也便了解了更多的事情。

李家鑫本来是白朗乡中学的教师，指望那点工资实在支撑不起他那六口之家，眼看着乡里面不少人进山挖煤开始发财，也便动了心思，把家底全搭上，然后又借了高利贷，辞职后来到了山上。

运气还是很不错的，李家鑫很快就找到了煤层，这让他兴奋不已，总以为煤出来了卖出去就是白花花的钞票，但是一段时间的经营下来发现，事实与他的想法差距太远了。

九十年代初，煤炭价格远没有现在这么高，十几块钱一吨吧，当然，那时人们的工资也是很低的。一吨煤挖出来，扣下人工费和成本，还是可以赚几块钱的，一天挖出一二百吨煤来，一个月算下来那还是能有大赚头的。

狗蛋在心底算了算，便充满了疑问："咱这个矿一天能出好几百吨煤，怎么可能不挣钱呢？"

"老弟啊，你是不知道。"李家鑫说，"别人的矿有挣大钱的，那是人家成本低。咱那矿洞你注意了没，我都是买了上好的木头在里面做了支撑，还是双洞口。瓦斯报警仪器、鼓风机和抽水机啥的应急设备也投资很大，很多矿都不弄这些的，挖出一个独洞口就让人进去干了，真出了事那是没地方跑路的。咱是担心出了事砸到挖矿的兄弟们，挣个辛苦钱不容易，可没必要再把命搭上。"

李家鑫这番话很是让狗蛋感动，这位老板算是很有良心的："那些投资应该都是一次性的吧？如果咱这矿可以正常生产，产量高的话，应该不会亏损的。"狗蛋说。

"呵呵。"李家鑫苦笑了一声，点燃一支香烟深深吸了一口，"这才是开始呢，咱就比人家也就多投入十几万块钱。有的矿上挖煤工你知道是咋来的不？

那是从火车站汽车站啥的地方骗来的，管吃管住不假，工钱到时候一分不给就撵走了。敢要？有一个西南来挖煤的就被人扔进废矿井里面去了，去哪找命去？还有的黑心矿主，不知从哪里弄来些残疾人在里面挖煤，跟传说中的奴隶似的，可怜死了。"

大多数矿主是不会给矿工在山下街面上找住的地方的，小煤窑附近搭几个简易的帐篷，不漏风不漏雨就很不错了，跟人家比起来，这也是一笔不小的开支。李家鑫说，兄弟们忙活了一天，不能洗个澡睡个舒服觉，他良心上不安。

人工费的确是一笔最大的成本开支，尤其对这么原始的小煤窑来说。

"李老板，你的做法和人品十分值得我尊敬，来，敬你一杯。我看那些进矿挖煤的，都很不容易的，为啥不给人家这玩命的辛苦钱啊？那些没良心的矿主也不怕遭报应。"

狗蛋发自内心地敬佩感慨一番，端起酒杯一饮而尽，在金钱面前，良知和道德一点儿都不值钱啊。

"老弟啊，其实这些都在明面上，暗地里的事更多。你说上面没有门子咱这矿能开的长久吗？哥是没有关系，只好拿钱铺路，这笔开支了不得啊。还有不少黑道上的，像野狼一样不时出来咬上几口，这也得靠钱来打发。"李家鑫叹息了几下便不再多言，也许这些暗地的事情不方便跟狗蛋说起，说了也没什么作用。

狗蛋琢磨着这些话，很是触动心灵。细算下来，如果李家鑫不做亏心打算，实实在在地去干这个开煤窑营生，最后也许真的就竞争不过别人家，也许，他的结局就是背上一屁股债最后被逼的家破人亡、流浪天涯。

西河镇的国营张庄煤矿，就在高中好友张晓波家附近，狗蛋多年前就见过。他一直认为，开挖煤矿都应该像张庄煤矿一样的，规模宏大、规范安全，在里面工作的矿工也都过着体面让人羡慕的生活，李家鑫说的这些，都远远超出狗蛋的想象。

"老哥，你的做法俺看着是很好的，别人都像你这样就好了。其实你也不必要这么悲观，我相信一切都会好起来的，先把矿工的人身安全保住，矿上不出意外事故，其实就是挣钱了，你说对不？别人昧着良心干了那么多违法犯罪的事情，政府早晚会下狠手去管，你这边就应该按部就班去发展，他们这么个胡闹法，绝对不会长久。"狗蛋劝说李家鑫，"出来混，总归是要还的嘛。"

"咱也要眼光看长远些，能把办矿的证件置办齐全了更好，要是国家以后动真格的，这么多无证乱来、六证不全的，肯定要被严厉打击，到那时你就翻大身了。"

"另外，别忘了咱们的经济形势是日新月异，各地都在蓬勃发展，你知道几年后煤炭会是什么价格？乌云可以弥漫天空，但终究遮挡不住阳光，凭你对矿工这么好，老弟相信你一定能挺过难关，坚持住，相信明天会变好。"狗蛋真诚地注视着李家鑫娓娓道来。

这些话让李家鑫听了心里万分的舒坦，虽然他也时常以此来激励自己不要放弃，可面对现实却一筹莫展、无法正视，只是自己把一切苦楚闷在肚子里，咬牙坚持，从没有跟任何人说起。不少人，那是躲在一旁看他笑话，或许正等待着时机，用最小的代价抢夺他这个煤窑。

谢运昌说得真好，李家鑫差点就大声喝彩起来。对面这位沉稳的年轻人，观点如此老练而让人信服，让他无法不刮目相看。

"我说老弟，你到底是在哪读书啊？或者，不会是上面派下来暗访的大记者吧？"李家鑫心底不免忐忑不安。

"俺家就在大孟乡谢家坡，这个还能骗你不成？"狗蛋还是不希望李老板知道自己来此挖煤的目的，"家里情况不是很好，暑假闲着也是闲着，看你人好，俺就跟你挖煤了。说好了，干满一个月就走人，你可别少给俺工钱啊，嘿嘿。"

"那是当然的。我感觉跟你这老弟很投缘的，要是你老弟不在外读书就好了，咱俩一起干，不信搞不成大事业，哈哈。"李家鑫爽朗地大笑起来，"我看你明天开始就别下井了，在上面煤场帮我忙活忙活吧，工钱嘛，就按你一天出三吨煤好了。"

这个，狗蛋有点不好意思，在地面上给他帮忙可以，但不应该给他这么多报酬，"那俺得好好谢谢老板，不过呢，干啥活拿啥钱，你一天给俺十块钱好了，吃住本来就不花钱，已经很不错了。"

到处都是嫌给钱少的，没见过嫌给钱多的，李家鑫更是高看狗蛋一眼，如此的实实在在，这个兄弟交定了。真希望多年后能够常见到他，或者，干脆就在一起混个大事干也不是不可能，便一口说定，明儿起狗蛋就负责在地面上管理煤场上的杂事。

那些一起进矿井挖煤的矿工见狗蛋不再跟自己一起进洞，一个个的便用羡慕的眼光打量着他，狗蛋微笑着问候他们，"哥几个今儿要多出煤啊，我在上面给你们烧绿豆汤喝，哪天想解馋，请你们吃红烧肉喝虎头大曲，俺自个儿掏钱啊，哈哈。"

这些对狗蛋来说没什么，下井挖煤或者在上面打点，他都不在意的，也就是一个月的时间，那些苦对他来讲完全可以承受。他在意的是在地面煤场上，可以真切地接触到更真实的东西，或者能够收集到更多的信息。

在煤场上，狗蛋主要负责记录每人的出煤量，有车来到煤场，还要负责组织向车上装运，一天下来，却也不是很轻松，忙得不亦乐乎。

煤场上，大车小车有时候就不断趟，甚至还有拖拉机三轮车之类的，那是将煤中转到山下街头的，到那后才有外地的客户带着大卡车买货，或者，被转运到火车上运到江南大城市，这些中转，每吨至少需要两块钱。

运到山下边，要通过煤场的中间经纪人才能转卖出去。

想自己联系货主来煤场直接拉煤？除非你不想干了。这样一来，一吨煤就又增加了不少的成本。

几天下来，狗蛋便感悟到李家鑫的担忧是多么的现实，真的按规范操作，的确是很难赚到钱，搞不好，还真的白忙活一场。这些，都是计划内的成本，还有一些预料不到的情况。

这天，狗蛋正在煤场上忙活，李家鑫到矿洞里面查看挖掘和安全情况，一辆桑塔纳轿车飞快地驰来，下来三位壮汉，一个光着脑袋、胳膊上刺着青龙白虎的人来到他面前，张口就问："你们老板在不？"

狗蛋忙停下手头的活计，进了洞里将李家鑫叫出。见到那几人，李家鑫拍打了几下身上的污泥，赔着笑脸引领他们去了办公室，不一会儿，那几人便上车扬长而去。

"他们是来干啥的？"狗蛋问。

"哎，收保护费的，这些人都是白虎山的土霸王。在这开矿的，土霸王一吨煤要提成五毛钱，跟街头中转煤场是一伙的，哪个矿出多少煤都瞒不过他们的。"李家鑫无奈地说。

辛辛苦苦赚来的钱，就这么平白无故地被人家要走，放谁身上也不会开心，可那又有什么办法？这伙人不仅抽提成，隔三岔五的还要请吃饭，还要叫上街头的小姐，稍不如意，你这煤就拉不出去了。

为啥？明着的，把你煤场的路挖了或者弄几块大石头堵上，也可以不让那些大车来此拉煤，暗地里，干脆就不让外边的客户买你的货，几天下来，你的周转资金就断了链子，一点招没有。

狗蛋听李家鑫说了缘由，心头不免愤慨，拳头就攥得紧紧的了，"李哥，你是真的不容易，搞完这个矿干脆再回去当老师得了，这个营生不大适合你干。"

"老弟啊，哥现在也是逼上梁山了，半途退出，借那么多钱如何能还得上？不搞大都不行。现在也就盼着煤炭价格上涨，日子也许就好过了很多，就像你说的，咱得坚持住，先花钱买平安吧。"李家鑫叹息道。

也只能如此，这些收保护费的，狗蛋即便把他们挨个儿都狠揍一顿又能如何？揍跑了这几个土霸王，还会有其他的霸王爷出现，何况，他也就在这待一段时间，李家鑫这煤窑挪不了窝，自己走了后他更麻烦。

问题的根本应该在这个大环境，估计其他地方也同样存在，狗蛋思索了很多。万虎山这样被折腾下去，估计用不了多少年，那青山绿水便成为传说，甚至连大山深处的白龙泉瀑布也会遭殃，白龙潭还会那么清澈吗？东水河下游的水已经变得浑浊不堪，想想都着急啊，但他无能为力。

边在煤场忙活，狗蛋边整理着自己的思路，矿工的艰辛、环境的恶劣和心存良心矿主的无奈，都给他带来巨大的震撼。这次社会调查，他下决心以此为题目，如能以微薄之力还万虎山一片清净，那是最好不过。

这天中午，烈日炎炎，狗蛋和李家鑫在上面给矿工们熬好了绿豆汤，放在一个阴凉处等他们休息时喝上几碗，这一点李家鑫做得很是不错，大伙也心存感激，不像其他矿上，只管出煤量，不顾矿工的死活。

算算日子，已经满满一个月，到跟李家鑫分别的时候了，二人竟有些不舍，边忙活边商量着矿上的事情，老板期望的是以后能常见到他，狗蛋不置可否。

远远地传来一阵汉子们的呼哨声，间杂着几声流里流气的话语，扭头看，山坡那边走来一位清秀女郎，正焦急地东张西望，估计是她那俊俏和可人的模样，惹起了寂寞矿工们的喧嚣。

狗蛋抬头一看，心头一阵激动，那不是张曼玲吗？她怎么跑到这儿来找自己了？

"嘿嘿，找我的，老板你先忙着。"然后举起双手挥舞起来大声喊道："喂，我在这儿呢。"

二人相见分外亲热，就差抱在一起了，张曼玲拿出手绢擦了擦狗蛋脸上的煤灰，娇嗔地说："啊，不错啊，俺以为你正在矿洞子里当煤黑子呢，看你这个样，明明是手拿皮鞭、手牵狼狗的黑心监工。"

李家鑫见状忙转身躲开，嘴里说道："谢老弟，快领你朋友去办公室歇歇。"一两个扛煤上来的小年轻矿工看直了眼，就差口水流下来了，被李家鑫一顿臭骂该干啥干啥去了。

办公室里还算凉快，狗蛋简单地洗了洗身子，换上干净衣服，本来就该走了，也就不打算再穿那身脏兮兮的衣服了，留下来给那个小个子矿工穿吧。

"你说你小子不哼哼不言语的，就跑这来当煤黑子了，让我老人家一顿好找，气死我了。"丫头嘴里说着气话，眼里含着心疼，她还不知道狗蛋来小煤窑的目的。

狗蛋将这段时间看到的和自己的想法跟她稍微解释了一下，张曼玲便沉静了许多，"嗯，你的这个社会调查选题是很好的，能针对现实，还是要再查阅一下资料，看看人家发达国家是咋整的，然后提出你自己的看法，我感觉这份报告就应该很成熟了。"

是啊，张曼玲提的这个建议很好，万虎山出现的这些问题，肯定也会引起有关部门的重视，但总要有个引子，真希望自己的这份调查报告出来后，能够有所影响，虽然自己还是个学生，但，不妨碍他写出有分量的东西。

那么，接下来，要尽量让资料和证据更加充分完善，还有很多事情要做。

张曼玲手里提着的傻瓜相机，让狗蛋眼前一亮，拍几十张照片，将万虎山深处的优美清幽，与遍山的小煤窑附近的混乱狼藉及山体的破败做个对比，岂不是更有说服力？当然，也要放进一些矿工辛酸的工作生活场景。

这个想法跟她说了，丫头很是支持，前提是她要跟着他一起行动，这个，狗蛋没有理由反对，就是不知道晚上收工后到街上咋个安排丫头住下，出去问李家鑫下边还有没有空房子，老板哈哈大笑着让他放心，一定能安排他女朋友住下。

下午的工作，狗蛋便不再干了，跟李家鑫说好了，带张曼玲在附近转悠转悠看看山里的风景。其实二人已经商定，就在附近看几家小煤窑，拍些挖煤现场的照片，这些最好不告诉李家鑫。明天沿着东水河逆流而上，估计大山深处的环境还没有完全被破坏，这样对比性就强了。

相距数百米，就有好几家小煤窑。听李家鑫讲，白虎山的煤层大多都不是很深，一层一层地分布，也说不准相邻的煤洞就挖在了李家鑫这座煤窑的下面，或者就在他们头顶上开采。这些，都是事先勘探并划分好区域的，越界开采必然会有纠纷，严重的，还可能造成重大事故，这是潜规则，任何一家都必须要遵守的规矩。

虽说相隔不远，狗蛋却从没有到这几家煤窑看过，一家有一家的干法，互不干涉，他想去，人家也不会让他靠近，除非自个乐意去给人家挖煤，免费参观，那是万万不行的。

眼前的一切不仅使张曼玲惊讶万分，狗蛋也是无法接受。

低矮的矿洞口处，一位老年矿工佝偻着腰，如狗爬行一般将一筐煤炭从泥泞的矿洞中艰难地拖出，一位嘴里叼着香烟身边放着西瓜的壮汉坐在洞口称量、记录，嘴里骂骂咧咧，就差手里拎着个皮鞭抽打在他身上了。

另一个煤窑出口处，一阵喧闹，几个矿工忙乱地将一个人抬出，放在空地上，那人头破血流，呻吟不止。矿主上前查看了一番，招呼他们将伤者抬到一个破烂不堪的房间里，随即关上了门，挥挥手，让其他人继续进洞挖煤。随后，矿主就像没发生任何事一样，背着手离开了。

躲在一个僻静处，张曼玲眼里含着泪水一次次摁下快门，相机记下了触动心灵的一幕一幕。尤其是当看到受伤的矿工被关在小屋内无人问津，丫头禁不住想上前询问，被狗蛋拉住，"哎，这样的事多了去了，咱们去了一点忙也帮不上，还可能遇到大麻烦，也许人家那屋里有人照料呢。"

白虎山的山坡上，高大的树木被砍伐殆尽，遍野的青草没有了往日的芳香，到处是灰蒙蒙的煤尘，乱石煤渣扔满了山沟，发臭的污水顺着山沟流入东水河，白虎山如同遭遇了灭顶之灾，曾经威武雄壮的山脉，变得如耄耋老翁般苟延残喘，青山绿水早已经成了过去式。

这样的镜头到处都是，随便拍下几张，便足以证实被糟蹋了的环境和小煤窑的原始和狂野。

张曼玲眼神中充满了愤慨，恨不得将见到的一切都记录在相机里面，可惜的是傻瓜相机的胶卷也就能拍上几十张，张曼玲尽量有所选择地摁动快门。

"知道我为什么来小煤窑打工了吧？"狗蛋对张曼玲说，"你看看被破坏的环境，还有那些可怜的挖煤人，经济发展就是以此为代价吗？"

狗蛋没有跟她说，有的矿上还存在着更残酷更阴暗的事情，在那挖煤的矿工，过着牛马不如、朝不保夕的生活，随时都可能丢掉性命，说出来她都不见得能相信。

凭张曼玲的性格，知道后还不得立马找到人家矿上去闹腾一番？啥事解决不了，说不定还要吃大亏。既然是暑期社会调查，能了解到真实的情况就达到目的了，节外生枝完全没必要。

张曼玲很是感慨，眼前的这些场景足以让她震惊。才几年？优美如画的白虎山就变成了这般模样，还有那如牛马般进洞扛煤的矿工，一切都是不可思议的存在。

"这些黑心矿主，眼里面只有钱吗？运昌，你这个社会调查，一定要好好写，也许有一天，万虎山需要我们来重新建设。"丫头郑重地说。

两人边议论边沿着山坡观察前行，没料想身后几个壮汉已经恶狠狠地追上了他们，领头的那位，正是那天狗蛋在煤场遇到的跟李家鑫收保护费的刺青男子。

"站住，盯你们好久了。啊，这不是在李家鑫矿上挖煤那小子吗，没事跑这瞎转悠啥？"那人喝道，"识相的，赶紧把照相机交出来，快些滚蛋。不听招呼的话，今儿个你们两个就埋在白虎山沟里了。"

"呸，你们是警察还是国家机关人员？凭什么让我们交相机？"张曼玲脆声答道。

"吆喝，大家一块儿上，把这个小子先放挺，女的别伤着了，这个姑娘细皮嫩肉的，瞅起来好看得很，带回去兄弟伙可要好好享受一番了，哈哈。"那几双色眯眯的眼睛便盯着张曼玲不放了。

带头男子一声吩咐，其他几个人便手持铁棍扑上前来，巴不得立马将狗蛋打倒在地，将丫头拉走。看来这伙人没少干这事，不然不会这么嚣张。

只可惜他们实在是小看了二人。狗蛋就不用说了，张曼玲警察大学刑警专业在读，擒拿格斗那是必修课，几年大学下来也是练就了一身好功夫，正好趁机实战一把。

本来狗蛋想把她拦在身后，不想张曼玲却飞身向前，拳脚干净利索，呼呼生风，让他心底一阵喝彩。那几人根本就没有反应过来怎么回事，反被二人放倒在地呻吟不止。

狗蛋心头对这伙人更是充满了愤恨，下手也便重了一些，领头的那位伤筋动骨是肯定的了。

"怎么样？还要相机不？是你滚还是我滚？"狗蛋俯下身去，眼睛直直地瞪着刺青男子。

"不敢要了，小弟有眼不识泰山，得罪了二位，还请高抬贵手放过我们。"刺青男再也没有了刚才的嚣张，声音颤抖地开口求饶。

此人知道自己在李家鑫煤场上打工，现在这事吧，跟李家鑫无关，狗蛋不希望自己走后报复落到李家鑫头上，便道："白虎山不是你家的，也不是我家的，是属于国家的，属于生长于此的老百姓的，凡事都要给自己留点后路，记住没？滚吧。"

伤势较轻的几位跟班爬将起来，搀扶着刺青男狼狈离开，那人连回头看一眼的胆量都没有了，真如丧家之犬。

"嘻嘻，谢运昌，我的功夫怎么样？"眼见他们远去，张曼玲笑呵呵地对狗蛋显摆。

"嗯嗯，真的很不错，想不到哦，长进还挺大。改天回谢家坡，你可以牵狗黑子上山转悠了。"狗蛋戏语道。

"去你的，牵你逛逛还差不多。"张曼玲伸手打了他一下，一脸娇羞。

晚上到山底街上，却见李家鑫一脸忧愁、闷闷不乐。狗蛋见他满怀心事脸色不好，问他遇到了什么难事，李家鑫欲言又止，最后咬牙掏出五百块钱递给狗蛋，"兄弟，这是你的工钱，现在你们就想办法离开这里吧，别在这住了。"

不会是刺青男那边已经开始威胁到李家鑫了吧？"李老板，有什么不方便的，不妨直说，兄弟能帮上的一定尽力相助，千万别为难自己啊。"狗蛋真诚地对李家鑫说。

李家鑫的眼神遮不住焦急，"你们还是离开得好，我这边没什么大事。本来计划好今晚咱一起坐坐给你饯行的，可老哥我赶巧有事情要处理，实在是抱歉得很啊！"

狗蛋认真地对他说："李老板，钱我接着。今晚还得麻烦你给我朋友找间住的地方，有事你忙你的，明天我们计划着要去山里面转转，我们就在这凑合一晚了。"

李家鑫见其坚持留下，便说："那好吧，房间我给你朋友安排好，你们二位就待在房间里好了，忙完我给你们带饭过去，街面上不太平呢。"安排好后，李家鑫匆匆地道别而去。

洗个热水澡，活动了一下手脚，张曼玲也收拾利索过来敲门了。陪着张曼玲一起吃个饭，然后沿着街面转转，是很不错的选择，李老板在场的话都不会很自在。

至于李家鑫说的不太平，对狗蛋二人来讲，应该算不上什么大事，不主动招惹别人，再万恶的人也不会平白无故欺负到自己头上不是？

夜晚的白虎山下，街面上人来人往倒也热闹，霓虹灯闪烁处，一个个穿着超短裙披头散发的女子站在洗头房的门口，或者胡同拐弯处，搔首弄姿娇声连连，那是在招揽顾客光临，时不时有人鬼鬼祟祟进出其间。

张曼玲掐了一把狗蛋问他："你瞅瞅，恶心不？老实交代，这段时间你洗了几次头了？"

狗蛋挠了挠头皮，有点不好意思："哪敢呢？咱小煤黑子一个，也没钱进那地方啊。要不你给俺二百，俺进去洗一把看是啥滋味？嘿嘿。"话音刚落，张曼玲抬腿照着他屁股就是一脚，狗蛋眼疾腿快，一个箭步跳到一旁躲开。

二人打打闹闹，边逛边聊。街道两旁商铺林立，还有不少的小地摊，烧烤、小炒、馄饨、拉面各种小吃很是齐全，三五人一张小桌，猜拳闹酒吆喝不断，倒是人气很旺，时不时有酒瓶子摔碎进而吵闹声传来，那肯定是有人喝高了耍起了酒疯。

街道十字路口，有一家白虎山特色餐馆，踱步室内，几个单间分布两旁，大厅内还余有几张空桌。找一张雅桌坐下，点上几个小菜，外加一个山菇炖野鸡，大大的一盆很快就端上了桌，足够二人吃的，两瓶啤酒，边吃边聊卿卿我我，却也其乐融融。

正说到热闹处，隔壁单间内一阵喧闹声传来，紧接着就听到有人大声呵斥，只见大厅内正在吃饭的人们慌慌张张地去前台结账走人，也顾不得桌上那刚吃几口的饭菜。

一位好心的服务员阿姨走到近前，悄声跟狗蛋二人说："我劝你们两位就别吃啦，赶紧结账走吧，里面打起来了，闹大了的话就可能伤到你们，实在是没必要的。"

张曼玲最听不得这个，抬腿就想冲进包间，被狗蛋摁在了座位上。这条街上三教九流、东南西北什么样的人都有，多一事不如少一事，这打架斗殴之事属于警察管的，张曼玲你现在不是还没参加工作不是？

"你们怎么不报警啊？"狗蛋问。

"报警？在那包间里请的是中州县城里来的，后台硬得很，街头那煤炭中转场就在那人手里控制着呢，经常来我们饭店商量事情，警察局长都不敢管，乡派出所那些人哪里敢来？看你们还是学生娃子，惹不得他们，赶紧走吧。"好心的阿姨再次劝他们。

也罢，管不了可以躲得了，眼不见心不烦，狗蛋站起身来去前台结账，拉起张曼玲准备走人。

路过包间时，稍微放慢了脚步，耳朵靠近房门听了听，包间内传来的呻吟之声，却十分像是李家鑫发出的，心头猛一激灵，不会真的是他吧？

狗蛋马上停止脚步，轻轻推开一点门缝，眼前映入的是，一人满脸鲜血坐在地上，正低声下气哀求着什么，可不正是李家鑫吗。

相处一个月，狗蛋对李家鑫充满了感情，在这个只单纯追逐金钱和利益的白虎山众多煤窑老板中，他是最有良知的一个，正因为这个，也许他是最弱势的一位。

这样就不能再走开了，或许正是因为下午刺青男那伙人被他和张曼玲放倒一事而连累了李家鑫，一走了之那是自己不能接受的。

二人推门而入，室内一片狼藉，几个壮汉站在餐桌主席的一人背后，满脸横肉、目露凶光，三五个煤矿老板陪在周围赔着笑脸，两名彪悍的汉子正在李家鑫身旁正说着什么。

狗蛋顾不得察看室内情况，抢起胳臂，一把扫开他们，立刻搀扶起李家鑫："李老板，这是怎么回事？"

李家鑫还没来得及说话，一名壮汉便拳脚相加扑上前来，张曼玲见状，哪容得他如此行为？不待狗蛋动手，施展起擒拿格斗基本功，几把便将带头这人摁倒在地，动作利索，一点都不拖泥带水。

被震得目瞪口呆的不是飞扬跋扈的那几个人，而是李家鑫，实在是想不到，谢运昌这个俊俏的女朋友竟然一身好功夫，这小子深藏不露的，什么来头啊？

主桌后面那几人见状，飞身上前就向张曼玲冲去，狗蛋火气冲天，运足力气一个冲拳过去，第一个靠近丫头的那家伙便扑通一声飞到包间墙壁上，慢慢地滑落在地，只剩呻吟之声。

其他人等见状，便纷纷亮出砍刀、匕首就要冲向前去，被坐在主桌上那人突然厉声喝退，"哎呀呀，这不是谢运昌老弟吗？你怎么来到这个地方了？快请坐，快请坐。"

定睛一看，这位有些眼熟，在哪碰到过？狗蛋细细想来，这不是那次中州大酒店曾被他卸掉了胳膊的，中州县委书记的外甥、火车站站长的儿子王立强吗？真的是无缘对面不相逢、冤家路窄总相遇了。

"哦，原来是王老板在此请客，只是不知李大哥哪里得罪了王老板？还请多多包涵。"狗蛋说道。

狗蛋不知道，王立强其实就是白虎山下中转煤场的幕后老板，白虎山的土霸王那一伙都是他的小弟。

这天下午，那刺青男被打的厉害，住进了县医院，打听准了，打他的那男青年在李家鑫矿上干活，至于那女的功夫有多厉害，他没好意思说出口，怕丢人现眼。这不，晚上王大少就亲自出马来找李家鑫，先让他加倍赔偿刺青男等人的医药误工费，再逼他交出下午行凶的那一男一女。

不曾想，李家鑫看似文弱，骨子里很是强硬，赔偿医药费可以，谢运昌和张曼玲他是坚决不说在哪住着，哪怕再多赔点钱也不松口，因为这个，刚才在席间挨了不少拳脚。

李家鑫可不知道狗蛋跟白虎山煤场的幕后大老板以前有过交集，他只知道这个县城来的人后台很硬，在这方圆几十里一手遮天，基本上控制着这片的煤炭流通，几十家矿主都唯他是从，马首是瞻，当菩萨般供着，白虎山土霸王看似霸道，其实都是他的小马仔，哪个不怕他？

"小谢啊，这里没你什么事，你们赶紧回去吧。"李家鑫擦了擦鼻子下面还流淌着的鲜血，叫他们赶紧离开，这个时候了，他还想硬扛着，不希望狗蛋二人被伤害。心底里，他很在意这两个年轻人，巴望着二人抓紧离开这里。

狗蛋双手搀扶着他在椅子上坐下，回头冲王大少道："啊，我说王老板，你说是不是大水冲了龙王庙？巧不？我在这位李老板矿上干了一个月呢，他没少照顾我，俺们可是亲如兄弟，不知我大哥哪里得罪了你立强兄？"

狗蛋的突然出现是王大少万万没有想到的，更没有想到的是，白虎山这个刺青男竟然得罪的是他，真他妈的不长眼神儿，他啥本事？没要你命算手下留情了。

这小子功夫深不可测，就连身边那位清秀女子的身手，也是干脆利索，惹火了他，胳膊腿的肯定又要被卸掉了，想起当初在中州那次遭遇，他就有点胆战心惊，这事真有点难办。

"老弟说的对啊，还真的是一家人不认识一家人了，早知道你在这，老哥早就来白虎山看你来了，呵呵。"王立强说得很是好听，"我说李老板啊，实在不好意思啊，俺是实在不知道运昌老弟跟你在一起呢，抱歉抱歉，还不快给李老板倒杯酒压压惊、赔不是？谁让你们动手打他的？不知轻重的笨蛋。"挥起手劈脸就打了身边人一个大耳刮子。

　　眼前这个场景，李家鑫快看傻了，这个变化也太快了吧？跟电影里演的那样刺激。谢运昌这小子是干啥的？虽然一直感觉他不同寻常，也不可能这么深不可测吧？连背景这么深厚的王老板见了他都这么胆战心惊，真的不敢想象。

　　张曼玲也是一头雾水，这小子什么时候跟黑道上的人混上了，那老大对他还这么客气。

　　慢慢地狗蛋看出门道来了，这个王大少真的是因为下午那事来的，那么这小子就是煤炭中转场的幕后老板了。既然这样了，干脆跟他把话挑明，别的矿他不操心，李家鑫这个矿，你们这帮人不要随便骚扰，什么保护费啊中介费啊啥的，该免的都免了，看这小子怎么说。

　　还没等狗蛋开口，王大少便主动求和了："谢老弟，上次咱们在中州酒店没有好好叙一叙，这次一定要补上。这位是弟妹吧？老弟好福气，来，一起坐，老哥先干为敬。"王大少端起酒杯一饮而尽。

　　这样也好，毕竟自己打伤了他的小弟，伤筋动骨的肯定不轻快，喝杯酒当赔个不是吧，虽然刺青男当时想要自己命。

　　"我说王老板，喝酒可以，咱得有个条件。"狗蛋说。

　　王大少就怕狗蛋不跟他配合，忙说："老弟有啥话尽管说，早就想交你这个朋友，有缘相识早晚相见哪。"

　　这人说的倒是很爽快，狗蛋也便好不客气："那好，那我连干三杯。第一杯，下午在白虎山遇到的那位刺青兄弟，什么医疗补偿啊啥的，都狗屁，养好伤后让他找我，我负责赔偿损失，这事跟李老板无关。"

　　这个好办，本来他们干这事就心虚，王大少道："那小子是有眼不识泰山，纯属欠揍，你教训得好，省得他不知道天高地厚、山外有山。什么狗屁医疗补偿费啊，敢多嘴一声我就要他小命。哥陪你一杯！"

啊，还挺痛快，紧跟着狗蛋举起第二杯酒："这第二杯酒呢，是替李大哥说句话。我这位大哥本来只是个书生，教书先生不懂江湖之事，生活所迫才干起挖煤这个营生，以后有啥事你老哥担当一下，那个保护费啊中介费啊啥的该免就免了吧？"

"这话说的，你哥就是我哥，你的事就是我的事，小事一桩。我说李老板，运昌老弟已经说了，咱一起干了这杯吧？"王大少眼瞅着李家鑫，此时没有了刚才的嚣张，半是安慰半是威胁。

李家鑫根本就想不到会是这样，开头最好的打算也就是多掏出些钱来，求人家放过自己，不然怎么安稳地开矿经营？不承想在自己矿上默默无闻地干了一个月的这位小兄弟有如此的能量，这一下子被幕后老板看在了眼里，生产成本可就降低了很多。一杯怎么成？刚才挨得那一顿拳脚早抛之脑后，自个儿便连干了三杯白酒算是感激。

慢慢地倒满第三杯酒，狗蛋端起酒杯还没有来得及说话，就被张曼玲伸手夺了过来："你这酒量行吗？喝醉了我可背不动你，先歇着，我替你喝了。"张曼玲一饮而尽，酒杯倒扣看着王大少。

王大少没想到张曼玲会来这么一出，赶紧喝干那杯酒："谢老弟，弟妹是女中豪杰呢，不知在哪里贵干？"

狗蛋觉得，这个，说也可以，省得两人以后走了李家鑫没有底气，"她啊，华夏警察大学刑侦专业大二学生，我的高中同学，多年好友。"嘿嘿，说完这些，狗蛋都感觉很是自豪，仿佛张曼玲就已经是他媳妇一般。

整个东阳地区几十年没出过几个这样的女学生，毕业后人家还不得在省厅、市局的待着当大领导？还这么漂亮可人，算是服了谢运昌这家伙，王大少心底羡慕得要命，恨自己没水平泡上这样一个文武双全、清秀可人的女朋友。

李家鑫听了后，心里便乐开了花，哈，好人有好报，自己交上好运啦。这个谢老弟不显山不露水的，竟然有这么优秀的女朋友，那他一定更是了不得。

自个儿那么头疼的麻烦事，被他几句话全打发了，突然就被免了中介费和保护费，没有土霸王的骚扰，那煤矿的经营更是省了大心思，小煤窑开始赚钱已经木板钉钉跑不了了，李家鑫激动的手脚便哆嗦起来。

他是不知道狗蛋的功夫有多深，知道的话，更是得惊掉大牙。

张曼玲自己又倒满一杯，站起身来："我陪众位老板再喝一杯，算是补上刚才运昌说的第三个条件。"

在座的各位一听，齐声叫好，美女喝白酒不常见，这位预备的高级警官还如此豪爽，更是稀奇而羡慕不已，王大少觉得啥条件都可以答应。

当然，王大少是只敢对丫头心里面偷偷胡思乱想一番，表面上那肯定要敬而远之的，这是谁的女人？自个儿心里有数着呢，玩笑都不敢随便开。

"今天下午，我在白虎山看到了悲惨而令人唏嘘的场面，污水横流，满目疮痍，四处狼藉不堪入目。这条沟，四季朝阳，曾经山清水秀，漫山遍野绿草红花，多少次来此春游让我们流连忘返，可那秀丽的白羚岩呢？不见了踪影。那雄壮的白虎山现在被折腾成了什么样子？还是我们的家园吗？"没想到丫头的口才这样好，如一篇优美的散文从其口中朗声道来。

"你们做的这些，也许可以挣到很多的钱。但请记住，国家绝对不可能允许这样的情况长久存在，因为，这不符合时代潮流，万虎山的老百姓也不会愿意，还请各位好自为之，多留条后路给自己，还有自己的子孙。"张曼玲举起酒杯一饮而尽，擦了擦发红的眼眶，回头看了看狗蛋，紧挨着他不好意思地坐了下来。

张曼玲这番话大气磅礴，震慑人心，让狗蛋好一阵感动，这或许就是自己将来的一个重大使命，便是要还给万虎山青山绿水、松涛阵阵了。

无论怀揣着什么样的心思，张曼玲一席激情发言，却顿时让包间众人冷场了下来，好一阵寂静。李家鑫带头叫好鼓起了掌，举杯共饮打破了这一刻宁静。

众人暗叹，好个奇女子，视野广阔言语犀利，视角尖锐而又明确，这嘴巴这气势，怎么看怎么像央视那位漂亮新闻调查主持人，又比她多了几分英姿豪爽。

谢运昌这小子可算是捞着了，祖宗几辈子积的德，修来这样好的媳妇？将来这小两口可了不得。

九十年代初期的万虎山，民风纯朴，一般女孩子跟男孩子在一起单独游玩相处，基本上算是定亲了，众人认为二人以后是两口子，一点也不意外，何况张曼玲酒桌上刚才的表现，很是维护谢运昌，看起来已经证实了这一点。

眼看李家鑫摆脱了尴尬而又无奈的局面，这场酒也差不多该收场了。

"谢老弟，这是我的名片，以后出远门坐火车的话，给老哥打个电话，免费的卧铺票那是绝对没问题的，可千万别怕麻烦我，哈哈。"临分别之时，王立强跟狗蛋说，"希望以后能经常在一起坐坐，你这个朋友，我是交定了。"

这个人还算仗义，包括上次在中州酒店那次，算是很给狗蛋面子了，那就接着吧，"谢谢王老板，李大哥的事情还请以后多多关照。"

这话必须得说，本来王立强干的就是见不得台面的事，虽说什么行业都有行规或潜规则，可这也是空手套白狼，用的是下三烂的手法，称之为强取豪夺也不为过，用不着跟他客气。

至于交朋友的问题，狗蛋跟他根本就不是一路人，如果这小子以后走正道，到时再交往一点不迟，当然了，如果横行霸道无恶不作，有一天惹到自己头上，也必将毫不手软。

回到住处，李家鑫将二人让进自己房间，吩咐老婆赶紧烧水泡茶，脸上那是合不拢嘴又恭敬异常，搞得他女人一头雾水，骂他贪酒没出息。

"老弟啊，你可是帮了我的大忙了，大恩不言谢了，咱这个煤矿算你两成股份，年底分红我给你送谢家坡家里去，就这么说定了。"李家鑫认真地对他说。

狗蛋不是为了钱财才出手相助，李家鑫本来就是因为自己出手伤人才受此折磨，他说的这个股份问题，可是坚决不能答应。

"李大哥，当着嫂子的面咱得说明白，股份的事你提也不要提，小弟看重的是你的人品和良知，按说我应该感谢你才对。"狗蛋说道，"如果有缘，咱以后会常见面，希望你能发大财啊，哈哈。"

看看表，时针已经指到了晚上十一点，茶就不喝了，二人告辞回去休息。

张曼玲被安排在狗蛋的错对门，推门进去，房间里面收拾得干干净净，看来李家鑫的女人也是个利索人。

"啊，这床铺的，真舒服，今儿个你就在这睡了。"狗蛋对张曼玲说。

"这不废话吗？莫非你也想在这睡不成？"张曼玲坐在床沿上，脸蛋红扑扑地抛一个媚眼过来，狗蛋的心里便热腾腾地翻滚起来。

"嘿嘿，你在包间里那一番话，说的可是真棒，俺是大开眼界、大受教育啊。"狗蛋巴结了她几句。

"切，还不是替你说的？死样儿，也不过来给俺捶捶背松松骨，不知道今天打了两场架吗？腰酸背痛的，哎哟。"张曼玲装模作样地斜倚在被子上说。

酒喝的晕晕乎乎，情也浓意也到，二人紧紧地搂抱在一起，不知谁先主动的，那深深的相吻却再也不分开……

"运昌，别这样，俺给你留着，等你把俺娶回家的时候，俺再给你。答应我，好吗？"丫头极力控制着自己的激动，语气不容置疑，一抬腿，将狗蛋掀到一边。

年少志要高

清晨，苍白的雾气遮蔽了天空。雾蒙蒙的天空连一片云彩也没有，只是在东水河沿岸群山顶上，在日出以前，浮出了耀眼的粉红色的云片。滞留在东方天际边的那片云彩好像是鲜血染的似的，闪着紫红色的光芒。一轮朝阳从万虎山被露水浸凉的山峰后面升了上来，很快云彩就消失得无影无踪了。几只乌鸦在山崖上高高的桦树梢上尖声叫着，亮着白翅的捞鱼鹳落到东水河浅浅的河水里，仅停留了片刻，又振翅飞向水天一色的高空，可贪婪的嘴里还没忘衔上条闪着银光的小鱼儿打牙祭。

早上起来，正好碰到李家鑫媳妇，那嫂子一脸的坏笑，乐呵呵地多看了他们几眼，狗蛋尴尬地嘿嘿两声，张曼玲羞红了脸，扭头躲进屋里老半天才出来。

辞别李家鑫，狗蛋的暑期小煤窑的体验生活便结束了。

白虎山这一个多月的时光，狗蛋看到了也听到了许许多多，震撼、忧伤，各种感怀交织；迷惑、探寻，各种思索同在。经历的这些事情，极大地触动了狗蛋的心灵，一份责任感油然而生，他要尽快整理出清晰的思路，完成调查报告。

在街面上随便吃了几个包子，张曼玲又买了一些吃的喝的装在包里带上，沿着东水河畔，二人逆流而行，顺着白虎山谷向万虎群山深处走去。

山谷两侧，高大的树木不见，污水顺着山坡流入东水河，四处可见挖开的煤洞和忙碌的人群。有的煤洞已被遗弃，遍野狼藉，那废弃的煤窑洞口，犹如一双双苍老的眼睛，无奈地望着蓝天，张曼玲摁下相机快门，拍下几幅可叹的场景。

再往里走，就到黄虎崖了，崖那边，便是金虎山，看来这儿还没有被小煤窑的疯狂波及，慢慢现出了万虎山的本色，山清水秀，风景宜人，赏心悦目。

二人突然就心旷神怡，情致大开，找到一处高台，驻足歇息，放眼四方，那景色便美不胜收，迷人心醉。

山高峰秀，天蓝云白，层峦叠嶂，怪石林立，好一片迷人的风光。东水河流经此处，被山体阻挡，形成一湾湖泊，转而东行，峡光倒映，幽深莫测。几条小溪水清凉如瀑，喷薄而下，拍打在岩石上，碎成晶莹的珠玉，在阳光的照射下焕发出流光溢彩，美轮美奂，秀色天成。

"好一幅绝美的山水画廊。"狗蛋情不自禁，纵情高喊，余音回荡在峡谷之间，"悠悠白云，巍巍高山，两岸险峰遮不住，一片艳阳天。潺潺溪水，青青山巅，四面锦绣扑面来，二面玲珑开。"

这段词张口就来，惹得张曼玲娇笑不已，"哈，没想到啊，你还挺能瞎编呢，还二面玲珑？你玲珑了还是我玲珑了？嘻嘻。别自我陶醉了，赶紧坐下来，俺靠你身上歇会儿。"不由分说，丫头便将身子依靠在了狗蛋身上，凉风阵阵，暖阳融融，此情此景如梦如幻。

"运昌，你说那些只是贪图眼前利益的人，会不会很快就要来到这儿挖煤？"张曼玲看着眼前的景色就很是揪心。

"哎，白虎山黑虎山那边的煤要是挖完了，俺觉得那帮人来这儿也就开始琢磨这里了。应该是这儿交通不便，即便挖出来，也不好运出去，所以他们暂时还顾不上吧。可惜啊，再等几年，还会有此美景吗？"狗蛋不免叹息一番。

"是啊，真要破坏了，再恢复起来可就难了。那么多的原始树木，要多少年才长成这样啊，那伙人全给砍伐了。还有那些吃得不好穿得很烂的挖煤人，这都啥社会了？真让人不可思议。"丫头想起看过的场景就义愤填膺。

"我选的这个题目，有点大，可是俺觉得要是写好了，肯定会有所益处，俺不希望万虎山被这样糟蹋下去。"狗蛋认真地说，"发展经济，不能只靠资源的掠夺，西方国家正提倡知识经济呢，我看新闻上，国家有的部门已经提出这个口号了。"

"哈，忧国忧民的谢运昌同志，毕业后你可要好好干啊，等你当上中州县长了，你说话才管事。要是混半辈子只混了个小破科长，俺看你这些想法吧，也就是与虎谋皮，对牛弹琴。"丫头刺激了他一把，琢磨哪里说得有点不对劲，赶紧又接了一句，"俺可不是牛啊。"

她说得很对，想法再好，没有权力做支撑去落实，也便只是停留在口头上，极大可能还要被人家冷落，很多人便是这样，空有一腔抱负和热血，却在牢骚或不满的压抑中被边缘化，空度一生而毫无建树。

人生的精彩，才刚刚开始，以后的路会更远更难，狗蛋现在能做的，也就是完成这个很贴近实际的社会调查报告，没有调查就没有发言权，调查摸底越真实，效果会越好。狗蛋坚信，总会有那么一天，他会通过自己的努力，还给万虎山一片艳阳天。

想起这些，狗蛋心底便充满了豪情，仿佛马占彪当年面对日本鬼子横行中原一样的激昂澎湃，憧憬着有一天会跃马扬鞭，重新建设美丽的万虎山。

张曼玲的长发不经意间划过狗蛋的脸庞，清幽扑鼻，怀里的张曼玲温柔缠绵，松软异常，双手捧起她的脸蛋，四目相对两情依依，深深地吻在了一起。

太阳已到峡谷的正中，河水反射出耀眼的光芒，四处一阵清幽，不经意间远方传来几声猕猴的叫声，打破了此时的宁静。

"运昌，咱还往里面走不？上面就到白龙洞了吧，敢进去逛逛不？"张曼玲说道。

从这个方向继续前行，攀上白龙崖，半山腰那儿有一个天然山洞，泉水从洞内喷涌而出，顺势而下，形成一串气势恢宏的瀑布，声势浩大，蔚为壮观，几里外便可听闻。瀑布在山谷底积成一个深潭，便是狗蛋与张晓娟心底曾留下深刻记忆的白龙潭。

此洞幽深无比，烟雾笼罩，人迹罕至，这便是白龙泉的源头，白龙洞，此洞乃万虎山脉人民千百年来的敬仰之地。

传说因万虎山内虎狼众多，民不聊生，东海龙王的儿子小白龙被上天派遣，来到此洞修炼，为的是驱逐虎狼，保百姓平安。

人们口头相传，沿着洞内泉眼，便可直达东海龙宫，因此只可顶膜参拜，严谨涉足其内，不然会惊扰了白龙修炼，后果便是山崩地裂，洪水暴虐、群虎下山，天下大乱。

虎踞之所盘白龙，龙争虎斗传千年。神山幽洞，怀想连连，这神圣之地，从小就被狗蛋憧憬，真的就想探究一番。至于是不是真的有白龙在里面，小时候他相信，现在，他肯定不会这么认为。

没有白龙，不见得洞内就不藏着几条深山大蟒，或许，真的就有白色大蟒居住其间。那玩意要是惹着它，可不是黑瞎子那么好对付的，不做好充分的物质和心理准备，最好还是不进去的好。

"玲子，你看太阳都偏西了，咱再往上走，估计找到白龙洞也要天黑了，连个手电啥的都没带，咋进去啊？要是真有白龙啥的住里面，把你逮住带往东海龙宫，俺可咋向你爹交代啊？"狗蛋一半开玩笑一半认真地说。

也是这个理，是到返回的时候了，天黑下来，可就走不出大山了，虽然沿着东水河不会迷路，可山高水深路险，这个险不值得冒。

张曼玲刚才虽说是随便一说，内心还真的有了要去白龙洞探险一番的欲念，但今天看来是真不行了，准备的确不充分呢。

"运昌，以后咱再来这，记得带顶帐篷，再搞几个火把、带着猎枪砍刀啥的，准备齐全了，咱就进洞看看。你说夜晚的万虎山会是什么样子？"张曼玲对此充满了憧憬。

"嗯，我看行，咱把大黑熊牵来，让它给我们站岗，咱俩就在帐篷里那个啥，嘿嘿，再搞个野炊啥的，吃饱喝足睡舒服了，咱再钻白龙洞。"这个主意还真不错。

"臭狗蛋，你满脑子就是那乱七八糟，有点正事不？"张曼玲娇哼道，其实她自个儿听了后都巴不得那一天赶紧到来呢，小脸便俏红了起来。

"玲子，那些小煤窑要是再往里开，你说白龙泉会不会断流啊？再过几年，白龙洞还会存在吗？"想起这些，狗蛋就有些担心，凭白虎山畔那帮煤窑老板们的疯狂，估计很快就会踏足这神圣之地，搞不好，东水河的源头便真正地被破坏了。

这个话题一下子就把二人拉回现实，眼前山水一色、优美绮丽的风光，仿佛世外桃源，清幽异常，如处仙境，与白虎山看到的场景却已经截然不同，那纯粹是两个世界，可相隔才几个山头？就在几年前，白虎山那边也跟这儿一样的美轮美奂啊。

"咱看到的也许只是表面文章，白虎山这些事情俺不相信政府是睁眼瞎，恐怕是单纯地追求经济效益才导致了事态的失控。眼前利益决定一切啊，马克思不是说了吗？利润超过百分百，连命都可以不要了吗？何况是环境的破坏并没有涉及那些人的安危。"狗蛋说。

"运昌，回家后你就赶紧整理这篇社会调查，等咱开学的时候，在火车上俺要先拜读一下，给你把把关，呵呵。"张曼玲鼓励他说，"咱要尽到最大的力量，还这儿绿水青山。"

"啊，小姑奶奶，您老人家可别高估了我的力量，咱俩不都是穷学生一个吗？凭一篇社会调查报告就能制止乱采乱挖？俺觉得像是天方夜谭。"狗蛋自己想起来都有点心虚，虽然也希望能起到一些效果，可人微言轻，说得再有道理，在白花花的票子和实实在在的经济利益面前，一切都是白扯。

"谢运昌，我告诉你，有志不在年高，无志不在年少。你又不是没读过历史，多少革命老前辈，在你这个岁数的时候，就已经指挥千军万马当上了军长师长了？你们村将军碑下埋着的马占彪，不也是二十岁就当上红军独立师师长了吗？比你还小好几岁呢。"啊，也是，好像还有个比马占彪更小的，十七八的娃娃萧司令呢。

"除非你畏惧困难，被现实吓破了胆子，给自己找理由不去干，否则，没有任何事或者人，可以阻止你实现目标和理想的脚步，这次的调查，就是对你最初的考验。"张曼玲态度一下子就认真了许多。

张曼玲这几句话真格地震动了狗蛋的心，难道自己的决心还不如张曼玲那么坚决吗？实现马占彪那为民造福的崇高理想和使命，就先从制止万虎山环境再被继续破坏开始吧，没有了美好的居住环境，谈什么民生幸福、经济持续发展？

不要总以为自己是名没毕业的学生，就一无是处，华夏国有许多青年才俊早已在各行各业脱颖而出，成为某一领域的领袖人物，甚至，他们都没有上过大学。别人行，自己为什么不行？

想到这些，狗蛋的胸怀忽然就开阔了许多，很多时候，最大的敌人便是个人，最大的困难是放大了对方，小瞧了自己。他回头冲张曼玲坚定地说："你说得对，咬定青山不放松，踏破铁鞋求人生，相信我们一定能还万虎山一片绿水蓝天。"

"啊，说你胖你还真喘了。年轻人，就应该敢想敢干，心有多大，路就有多宽。我以前看好你，以后还看好你，可别骄傲呀。"张曼玲亲昵地挎起他的胳膊，二人有说有笑地往回赶路。

回到谢家坡时，天已经很黑很晚了。娘见二人一起回来，赶紧开心地张罗着做饭，奶拉着张曼玲的手走进她那小屋说悄悄话去了。

吃完饭，瞅了个空，狗蛋悄悄跟张曼玲说，"等会儿到俺屋来睡呗，俺给你留着门，嘿嘿。"

"你想找死，是不？"张曼玲一把揪住他胳膊上一块肉，狠狠地扭了他一把，俏脸一红，扭头躲进娘的房间内。

娘在一旁看到了，笑呵呵地合不拢嘴。这小妮子，真喜人，俺跟你这般年纪的时候啊，狗蛋都好几岁了，你还害羞呢！

张曼玲在狗蛋家小住了两天就要回去了，临走前问狗蛋，"你看看哪天去俺家一趟？俺爹让俺捎句话，想跟你喝点小酒拉拉呱。"

这个，还是不去了吧，到那后张工头若再大张旗鼓地张罗，狗蛋都觉得麻烦，"俺还是安心在家做作业吧，还得把照片洗出来，等写完后还得抽空去趟中州日报印刷厂，你说咱要是把那些对比的照片嵌入到调查报告之中，嗯，彩色的，再打印出几份来，不就更有震撼力了？"

那个时候，计算机在中州县还是个稀罕物，彩色打印机更是想也想不到，想搞出一份像模像样的调查报告出来，印刷厂是个不错的选择，狗蛋手底下有钱，不在意这项开支。

张曼玲歪了下脖子，撇了撇嘴，顺势就想踢他一脚，想想还是算了，"就你理由多，那能耽误多长时间？哼，懒得理你，俺走了。"张曼玲骑车离去。

黑虎山这边，破坏的不是十分严重，那肯定是沾了马占彪那将军碑的光，谢秃子还不敢大张旗鼓在烈士头上动土，谢老黑也把选矿建矿的方位定在了东水河畔，离将军碑远远的。狗蛋便将调查报告中小煤窑分布的重点放在了白虎山周边。

这段时间，狗蛋掌握了很多第一手的资料，虽然是表面上的观察，或者并不是最深刻的思考，但这些东西足以支撑起调查报告的骨架，内容还挺丰富。

白虎山上有多少小煤窑，山体损坏的程度，煤工的艰辛生活，有良知小煤窑主的无奈，甚至那白虎山沟沟内自发形成的大街现状，都囊括进去。

开篇先描绘了一下万虎山雄壮，然后搭配起几幅优美的照片，接下来的内容，对比就强烈了，最后将个人的想法加以总结，提出几个粗略的措施。框架搭起来，便写的顺风顺水，信手拈来，一周时间便大功告成。

抽上一天时间，专门骑车去了趟中州县城，找到日报印刷厂业务科，将印刷注意事项交代清楚。业务科这边很痛快，现在上面提倡开动脑筋、搞活经济吗，县报印刷厂也不例外，管它什么内容呢，只要客户给钱，马上就安排排版、制版、打印计划。

调查报告这件事情便告一段落，等开学时顺路拿走，直接坐火车就到校报到了。

离开学还有一段时间，上午帮娘在地里忙活忙活，下午去将军碑陪师父和李小强，顺便带黑熊活动一下筋骨，倒也是闲不住，蛮充实。

村上喜事

这一天，娘对狗蛋说，"你玉林哥明天要举行婚礼，你去帮一天忙，记住了，让干啥就干啥，听你福运大爷安排。"这个是必须的，狗蛋心里念着谢福运的好呢。知道谢玉林要回老家结婚的事情后，娘不说，他也要去帮帮忙，顺便喝杯喜酒的。

谢玉林毕业后在山南大学留校了，而且，跟那位教授的女儿，狗蛋见过的那位女同学结婚了，听说在安南市摆了好多桌，紧跟着，就回到了谢家坡，按谢福运的说法，回老家正儿八经地办一场隆重而传统的婚礼，那是必须的。

抛开谢玉林是谢家坡第一个大学生、现在又在省城工作不说，他还是大孟建筑公司经理谢福运的儿子。

谢福运经营有方，这几年抓住时机，已经把建筑业务拓展到周边好几个省市，早就被东阳市、中州县树为优秀乡镇企业家，正准备选举他做山南省人大代表，那是谢家坡方圆几十里大大的名人。

他事业做得大，关系网肯定更是编织得广，儿子娶媳妇，惊动了不少人，听说这次市里县里都有领导来祝贺，所以也是谢家坡的大事，而且，是多年不遇的大喜事。

一大早，谢家坡村子里就开始沸腾了起来，大车小车一辆接一辆地开过铁板桥，停满了一条街，谢老黑专门安排几个青壮年民兵在街面上巡查，负责维护秩序，主要是看护车辆，他怕有人仇富，或者嫉妒，偷偷砸了客人的汽车玻璃。真有砸汽车玻璃的，领导首先怀疑的是他这村支书能力不强，治村无方，还不立马撤他的职？

谢玉林家所在的胡同，整个地被大棚遮盖了起来，里面摆满了桌椅板凳，支书谢老黑胸前挂着个总管的红牌牌，背着个手喜气洋洋的，跟真事似的来回指挥着。

在娶亲的头一天晚上，司仪指挥着男方这边迎亲的女眷们忙活开了。首先就是铺床叠被子，在铺床前，要在床的四个角和中间五个方位，各放上一张报纸，最好是某地的晨报，意思是能早抱儿子。在床头上要放上一根带着叶子的栋子杆儿，意思是床能祖辈恋子。讲究一点的人家，还要在床头放把木头梳子，意思是来年能添个饱读诗书的骄子。在铺好崭新的褥子、床单后，就按照三折的规矩，把大红大紫的新棉被折叠好，寓意是三星高照。在铺床程序完成后，接着就是迎亲的男方女领班，端起放着栗子、枣、花生和麸子及十个五角的新硬币，开始撒床。她一边撒一边在口中唱道：一把栗子，一把枣，来年添俩大胖小，还未等她撒完，闹新房的童子们就一哄而上，争相去抢夺栗子、枣和那五毛的铜钱。

最有意思的是次日黎明前，新媳妇按掐算好的时辰进门，男女双方迎送的亲人，都要告诉出阁的闺女和新郎，进入洞房坐床沿时，要争先坐住对方的衣下襟，谁先坐压住对方的衣下襟，谁就能在今后的生活中执掌家中的大权，说话算数。每当新郎新娘入洞房坐床沿时，不少新郎新娘总要耍一阵子手法。

接着就是行使合卺礼，在男方迎亲的女领班，端上一碗刚盛出的半生的面条递到新郎手上，新郎即用双红筷子挑上几根面条放进新娘的口中，要连问三遍：生吧？新娘要连答三个：生！寓意是婚配就能快节奏生子。此时，往往不少新娘羞于开口说生，憋屈老大会儿，才在司仪的一再敦促下，羞怯怯地说："生！"直惹得满洞房大笑。谢福运和他儿媳妇两家老人，对于陈规陋习都不大在乎，根本就没有对自己的孩子进行风俗交代。当玉林的本家嫂子将半生不熟面条端到玉林手中，玉林不知所措。他二嫂急切切叫道："玉林，你快给新娘喂面条呀，问她生吧！玉林这才不紧不慢地挑起几根面条填到新娘的樱桃小口之中，问道：生吧？"

省城的姑娘哪懂得黑虎山的风俗，嚼了下面条怯生生地说道："不熟！"

玉林二嫂听后忙叫道："你不能说不熟，要说生！"可新娘子仍不解其意，当玉林再度将面条喂到新媳妇的口中，问她生不生时，新媳妇仍答道，"不熟！"玉林二嫂听后，急得直搓手，"不能说不熟，要说生！听见了吗？"

此时，玉林早已明白过来，见媳妇老不说生，忙替新娘连声叫道："生生生，要一下生他个五胞胎！"

当玉林的吉利话语一落声，他的小伙计们就疯狗般一拥而上，将新媳妇搂抱着就压在新床上胡乱起来，亲她的脸腮、嘴巴，摸她坚挺的乳房、大腿。不知是谁又一把掀翻了新娘的红背心。站在床前的大总理谢老黑，瞅见那时隐时现的两坨白皙光洁的丰隆奶子，也抑制不住自己的淫欲，恶狗般扑上去，趁机狠狠摸了新媳妇两把。

玉林二嫂见他们闹哄得太过分了，忙吼叫着连骂带卷起来，玉林也使出满身的力气，朝床下猛拽扯那帮胡闹新房的小青年。那伙闹新房的年轻人见乱得也差不多了，就借机一哄而散。此时的新媳妇掩面啼哭，尽管玉林一再劝着她大喜之日不要流泪，可新娘子仍嘤嘤抽泣。

喜庆的喇叭唢呐吹了起来，鞭炮声嬉闹声不绝于耳，老少爷们自发地前来帮忙，妇女们聚在厨房里帮忙做饭，孩子们蹦蹦跳跳地抢喜糖，老太太们站在胡同口上交头接耳，整个谢家坡如过年般热闹，就差舞龙灯、踩高跷了。

谢玉林胸戴红花，春风满面，站在门口，身边的小嫂子一袭红裙，秀丽端庄。狗蛋上前道喜，随手递上一个红包，"玉林哥，嫂子，祝贺你们新婚大喜。"

"哈，运昌来了，你小子还用得着给我红包吗？快找地方坐着喝茶，等着吃酒吧。"谢玉林见到狗蛋异常亲切，虽然岁数差距很大，没怎么交流过，这位小弟弟可也是名牌大学生呢，随后就将狗蛋的情况悄声告诉了媳妇。

屋内八仙桌四周坐满了人，谢福运正满脸虔诚和开心地忙活着倒茶递烟，狗蛋上前说道："大爷，俺能干点啥？你安排一下呗。"

谢福运扭头一看，见是狗蛋到来，满心欢喜，忙拉他走出屋外，吩咐他道："啊，运昌，你来得正好，端盘子搬凳子的活轮不到你干，今儿个，你就把这屋里的人伺候好了，我还得挨个桌上转悠转悠不是？听着没？那主桌上坐的是东阳市副市长王木森，其他的人，都是中州县里的领导，这桌就交给你了，唵，我先忙去了。"

谢家坡老大谢老黑，倒是想来这个桌上做主陪，凑过来好几次了，谢福运都没搭理他。谢福运有数着呢，那小子张口奶奶的，闭口他娘的，真喝多了，能管得住自己那张嘴？还不得胡说八道啊？可不能让那么多大领导看笑话，惹恼了人家，自己也担当不起。

没办法，只好自己先伺候着，可还有那么多客人呢，也不好怠慢。正愁无分身之术，见到狗蛋到来，那就让他放下心来，这小子肯定行，京南大学高才生，伺候这帮领导，也算得上不失面子。见识了大世面的谢运昌，一定不会让自己失望，谢福运扭头便走，撇下狗蛋在那发呆了好一阵。

长这么大，还没陪过酒呢，更何况面对的是一桌子的大领导。倒茶这个会，别管年龄大小，按八仙桌的座位排序逐一地倒下去便是，劝酒还真没干过。

咋办？谢福运交代了任务后，自个儿跑没影了，不干也得硬着头皮干，而且还得干好，不然失的可不仅仅是自己的面子。

咬牙转身进屋，狗蛋便端起茶壶，挨个儿先倒杯水吧，权当热场，或者适应一下屋内的富贵气息。

八仙桌的主宾位上端坐一位中年人，身着白T恤，阔膀腰圆，方面大耳，一股威严之气扑面而来，此人应该就是王木森副市长了，"王市长好，请您喝水。"狗蛋一手摁住茶壶盖，一手将茶水稳稳地注入茶杯。

中年人歪着头正听坐在一旁的人说悄悄话，心中还在纳闷这位老谢咋安排了一位毛头小伙子伺候众位，谢家坡没能人了吗？听到狗蛋问好，不免抬头端详了狗蛋一下。

小伙子文雅中带着硬朗，清秀的脸庞上一双眼睛端正而明朗，心中一乐，"哈，没听老谢说起过有两个儿子啊，小伙子，你是？"

王木森一问正合狗蛋心意，他还没想好咋个介绍一下自己呢，恰好顺水推舟，"你们好，我叫谢运昌，就是谢家坡村的，今天是俺玉林哥结婚大喜的日子，谢谢各位领导的光临。"话音刚落，便挨个地继续倒了下去，却省了不少的客套话。

只是，他没有觉察到，坐在副主宾上那位突然就向他投来一束异样的眼光，此人正是中州县县长，狗蛋同学王晓梅的老爹，王三强。

狗蛋不认识他，王三强却是对他有深刻的印象，谢家坡将军碑下这小子跟朱恒山在一起的亲热场景，至今没有忘掉，没想到竟然会马上要在一个桌上吃饭，实在是没想到。

其实狗蛋刚一进门，王三强就模糊地想起了他，三四年的时光，小伙子便出落的气质温雅，沉稳精干，开头不敢确认是不是他，等他说出自己的名字来，王三强便稳下心来。

啊，今儿个看看闺女这同学表现怎么样，真有道道假有道道，一场酒下来就基本了解得差不多了，说不定还能套出他跟朱恒山的真实关系，省得老是心里头疑惑。至于自己是他同班同学的老爹，这事先不忙着说破。

狗蛋这一句话，基本上就将自己的情况介绍个差不多了，他就是谢福运同一个村的本家侄子。这个小伙子不卑不亢，毫无做作之气，说话言简意赅，大方自然，给王木森的印象比较清新，"哦，福运的本家，是吧？小伙子，你现在在哪儿上班啊？"

"嗯，我是他本家侄子，现在在京南大学经济系学习，已经读完大三，明年就要毕业了。"狗蛋答道。

"啊，谢家坡还真出人才，名牌大学生呢，不错不错。"王木森乐呵呵地说，其他人赶紧随声迎合，齐声夸赞，目光便集中在狗蛋身上。

狗蛋坐到末座，脸色稍微一红，又恢复了常态，"谢谢领导夸奖，俺能考上大学，都是拿玉林哥做榜样的，他才是我们村第一个大学生，当初我初中毕业，学费无着，福运大爷也帮了俺不少忙的。玉林哥结婚，俺是打心眼里高兴，也替他谢谢大家，如有照顾不周，还请多多原谅啊。"

哈哈，这个小伙子倒也谦虚实诚，年纪不大，懂得感恩，说得头头是道的，口才是真不错，真乃可塑之才啊。王木森回头望了一眼王三强，"王县长，中州县民风淳朴，人才辈出，各项事业蒸蒸日上，我都替你这父母官开心啊，哈哈。"

他连忙谦虚一番，"哪里话啊？这都是市委市政府领导得好，要我说，也是多亏了你王市长的大力支持，黑虎山的老百姓都看在了眼里呢，这么大的领导都亲临谢家坡，这儿不出人才那才怪呢。"将功劳全推给东阳市领导了，捎带着拍了王木森一个马屁，众人哈哈大笑，转了个话题便随意议论开来。

王县长，狗蛋听到王木森口中的称呼，心头一震，不会就是高中同学王晓梅的老爸吧？坐在副主宾的这位中年人，眉宇神态和举止，怎么琢磨怎么跟王晓梅有几分相像，就这么巧呢？

一番话语下来，狗蛋便不再感觉到尴尬，王大市长不是很随和的吗？管他什么王县长王局长的，随他去，咱又不求他们办事，问啥说啥，该咋说就咋说，认认真真地倒茶斟酒，伺候着就是了。

几声炮响，锣鼓喧天，欢快的唢呐吹起，婚礼正式开始。一拜天地二拜高堂，夫妻对拜喜入洞房，谢老黑抢了谢家老族长一次风头，雄赳赳气昂昂地，扯开嗓门主持仪式，小孩子们穿来穿去地抢喜糖吃，谢福运的亲戚邻居围满了院子，眼瞅着新人，其实心里面在盼着赶紧开席，有的人口水都快流出来了。

菜端上来了，满满的一大桌子，还有不少得慢慢上，桌子上实在放不下。"四八"酒席，谢家坡婚宴历史上从来没有过的丰盛。八个凉菜、八个小炒，八个大碗鸡鸭肉，八盘鱼鲜不常见，差不多算是满汉全席了吧，反正比张工头家招待狗蛋那顿又多了不少的新鲜玩意。

先挨个地斟满酒，"各位领导，咱开始吧，请领导们吃好喝好。"算是开场白吧。满满一大杯端起，狗蛋站起身，从王木森开始，逐个碰了一下，随后自己一饮而尽。

谢家坡的老规矩他是懂得的，主陪要先领饮三杯，客人可以随便喝。接下来就是挨个地敬酒，然后是席间众人互找对手，划拳谈笑，场面热烈，那时候主陪的任务就算完成得差不多了。

酒杯不大，一两多酒还是有的，三杯下肚，狗蛋的脸便红了起来。酒后脸红之人仗义重交，中州人都这么说，王木森观察着这位小年轻是如何将这场酒应付下来的，王三强更是旁观看他能不能将气氛搞活，这是个很大的能力问题。

接下来如何进行？突然灵机一动，当年银阳之行，警察局长罗林招待自己的那一幕便浮现在眼前。那换个喝法，非要谢家坡这一套吗？就按当年银阳警察局那位局长办公室主任劝酒的那一套，说不定挺管事。

狗蛋起身出去，找了个托盘，里面放六个斟满酒的酒杯，端起托盘先走到王木森面前，众人只见过新郎新娘敬酒是这么个喝法，那也只是做做样子表表敬意而已，没见过做主陪的也玩这一手，一下子就瞪大了眼睛，看他如何行动。

狗蛋端起酒杯，先递到王木森手里，随后自己也端起了一杯，"王市长，谢谢您的大驾光临，让玉林哥的婚礼蓬荜生辉。敬您三杯酒，俺陪您一起喝，祝您身体健康、万事如意。"王木森这酒得喝，这才刚开始，属于热场，何况小伙子陪着自己一起喝，嘴巴还挺甜。

回到座位，狗蛋吃了一些菜，填了填肚皮，又再次斟满六杯酒，端起托盘来到王三强面前，客套话说完，与王木森一样的，陪着他又是三杯。

王三强数了数，这小子一会儿工夫就灌进去九杯了，一斤白酒下肚，一般人应该趴下了，看他样子还能撑一会儿，可桌子上还有六七个领导呢，总不能他跟人家随便喝点完事吧？只看主宾副主宾而忽视了其他人，真若这样，可是真有点瞧不起他了，印象中便开始给狗蛋打起了折扣。

这些酒喝进去，狗蛋胃里便翻江倒海，憋了好几下咬牙没吐出去，脑子还算清醒，这可咋办？才敬了两位领导，那几位无论如何不能慢待，人家都盯着自己呢。

"小谢啊，快吃点东西压压酒，你没事吧？我看别让他喝了，咱随便喝吧。"这小伙子喝的已经很够量了，眼里也有自己，王木森见他那难受的样子，担心把他喝坏了，要是一下没忍住，一口喷到满桌子的菜肴上，可就大煞风景了，忙替他圆圆场。

模糊中听到王木森说话，情急之下，运气于内，狗蛋满脸通红，身上便冒出来汗珠，哈，师父的那一招逼酒出体的功夫没有白练，竟然在此关键时刻真正地发挥了出来，看来这几年内功修炼得很有长进。

随着汗水夹杂着酒液的不断渗出，狗蛋的衬衣便如水浸，走到一旁拿块毛巾擦了一把身子，浑身舒坦，脸色便恢复了正常，回头冲王木森微微一笑，"王市长，俺没事，谢谢您的关心。"

喝这么多了，为啥没事，这个可不能告诉他们，说了人家也不见得相信。斟满酒杯，端起托盘，挨个地继续敬下去，没有疏忽任何一个人，在座的每位领导都是三杯酒，拦也拦不住，狗蛋很真诚地陪着一起喝。

毛孔中一旦逼出酒来，稍一发功便源源不断，多擦几把汗而已，算不上失礼。

王三强可就真的惊呆了双眼，大伙可都看着哪，五十五度的虎头特曲，这小子喝的可不是凉水，这么一圈下来，足足二斤半还要多，只看到他出了几身的汗水，说话还是有板有眼，神情自若，竟然没显出半点醉态来。闺女这同学酒量深不可测啊，就为刚才心里对他的误解有些内疚。

狗蛋刚才的表现，王木森可是全看在了眼里，人家敬完了，接下来便该做主宾的他发言了，他没跟狗蛋说话，举起酒杯就跟王三强碰了一杯，"哈哈，我说王县长，你这中州地块上出奇人啊，小谢称得上酒神了，呵呵。今儿个这趟谢家坡之行，没白来，可算是开了眼界。"

陪着王木森喝一杯，王三强赶紧回敬一杯，七八两酒下来，晕乎乎的很自豪，"王市长，咱家晓梅跟这位小谢是高中同学呢。小谢啊，王晓梅现在在山南大学读大三，还记得她不？"

王三强这么一说，狗蛋便坐不住了，原来此人真的是王晓梅的老爸，赶紧起身再次问好，"王晓梅是俺三年高中的班长呢，怎么会忘记老班长呢？只是俺不知道您是她爸爸，还请您多多原谅。"忙起身端起酒杯，又敬了王三强三杯酒。

一直以为高不可攀的王晓梅她爹，就在眼前注视着自己，让狗蛋感觉很不好意思。

"哈哈，别这么客气。王晓梅假期里在中州工业局实习搞调查呢，你这个假期是怎么安排的？"王三强兴致上来，连干三杯，晕晕乎乎地坐下，微笑着问狗蛋。

看来每个大学给学生们在假期里布置的作业都差不多，"王县长，俺也有社会调查这项作业，前段时间去白虎山煤窑里面挖了一个月的煤，顺便对万虎山的环境现状进行了一次摸底，刚形成文字报告。嘿嘿。"狗蛋倒也实在。

王木森在一旁听到狗蛋说了这些，心想，这位小伙子很踏实啊，华夏名牌大学生，有几个还能伏下身子去小煤窑冒险吃苦的？有这份精神，不愁以后没前途，自己当初不也是这样过来的吗？可惜的是现在的年轻人，眼光虚了很多，哪里还肯吃这份苦。

此刻，县委一把手杜云生不在场，县长王三强便放开了话头，他情绪激昂，"咱中州县遍地是金，万虎山更是风水宝地，不仅仅是产煤，还有更丰厚的铝矿哪，未来中州经济的发展，就要以煤炭和铝矿开采及深加工做根基，来做大做强咱们的中州经济，还请王市长多多给予工作上的支持啊。"他说完就又扭头敬了王木森一杯酒。

嗯？看来王三强对遍地的小煤窑还挺赞同，这个思路跟狗蛋的想法不大一样，人家是县长呢，站得高看得远，更在意的应该是财政收入等看得见的政绩吧？那还是别说自己的想法了吧，省得冷场，继续劝酒吧。

哈，没想到王县长跟主陪小年轻还有此渊源，在座的那些局长乡长的，就有了新鲜话题，酒是越喝越带劲，话是越唠越热闹，氛围便渐入佳境，猜拳行令闹腾起来。

局长乡长啥的烘托气氛，更多的是做给王市长和王县长看的，那两位大领导不会参与，但不妨碍他俩在一旁观战。

酒过三巡，红烧大鲤鱼端上了桌，这便是新人敬酒的时刻。谢福运带着一家人一起来这个桌上敬酒，其实他心里一直打着鼓，的确有几分的担心，还真怕怠慢了这一桌的领导们，进屋一看，王市长和王县长这二位大领导都乐呵呵的，满桌人你一言我一语其乐融融，场面很是热烈。可令谢福运心中不悦的是，在这大喜之日里，中州县的最高长官杜云生没有到场，他感到很没面子，心里老觉得不太畅快。好在狗蛋这小子在场上八面玲珑，伺候得王市长这帮领导很开心，他那郁闷的心里才不再那么纠结。

"众位领导，十分感谢百忙之中众位来参加玉林的婚礼，多有怠慢，还请多多包涵，先干一杯以表敬意。"谢福运一饮而尽，这是必须的。

"哈哈，我说谢经理，你这位主陪小伙子太能喝了，我看再喝下去，全桌都得趴桌子底下去。今天是你家玉林大喜的日子，我们吃饱喝足该撤退了，就不再打搅了。"王木森见酒已经喝得差不多了，这帮领导再这样喝下去，就可能要在谢家坡乡亲们面前出丑了，便起身跟谢福运道别。

谢福运引领家人将众位领导送到大街上，小轿车早已发动起来等候领导的到来。

谢老黑酒气熏天，趾高气扬，双手叉腰，正大声吆喝着围观的乡亲们闪开，见王木森等人过来，忙点头哈腰地走上前来。估计他也就是跟大孟乡里的领导熟悉，王木森、王三强等人只是淡淡地跟他握了一下手便上了车，根本就不知道他是干啥的。

王三强摇下车窗，招呼狗蛋上前："小谢，有空的时候去中州我家里玩玩啊，管不饱你酒喝，招待你一顿好酒那是没问题的，王晓梅在家也没那么多事，你们可以交流一下上学和毕业后的打算。"这小子给他又一次留下了深刻的印象，只是酒桌上太乱，根本就没来得及问明白，他跟中央大佬朱恒山之间到底是啥关系，这是个心病。

"谢谢王县长，谢谢王县长。"狗蛋挥手跟他道别，心想，上学的时候跟王晓梅说话都没超过三句，去你家那得多尴尬？高攀不起呢。

眼见众位领导一个个地离开，谢福运便深深松了一口气，把他们招待好了，那就是实实在在的项目和效益，狗蛋这小子没有看走眼，也不知道这孩子咋忽悠的，县长都邀请他去家里做客，嘿嘿，感觉很不错。

"玉林，瞅见你运昌弟弟的表现了没？很不错哦，我看比我陪他们都强。我说运昌啊，别忙着回去，晚上咱爷仨再整几盅。"谢福运边走边说，心情很爽。

足足四斤白酒喝下去，即便大多被内功逼出体外，可也是晕晕乎乎神经兴奋，王木森等人离开后，狗蛋便感觉酒劲突然上来了，头晕眼花站立不稳，忙说道："大爷，我回家休息了，马上就要开学了，还有很多事情要准备准备呢。"

自个的任务完成了，好坏不说，场面算是撑了下来，回家睡一觉去去酒劲，晚上再喝实在没必要，省得娘叨叨自己贪酒，便告辞而去，回家躺到床上便天昏地转迷糊睡去，一觉就到了明天。

躺在床上琢磨着昨日的事情，酒桌上学问大了，这次经历很好玩，有些兴奋有些感慨。

实在是想不到自己能喝那么多酒，最后不也是昏睡了十几个小时吗？娘和奶一夜都没有合眼，给自己灌水揉背的，看来内功还需要继续修炼，换成师父，也许全能逼出来的。

从来没有做过主陪，陪的还都是县上、市里的大领导，谢福运也敢安排，想想都不可思议。

整个过程回顾一遍，狗蛋没发觉有什么失礼的地方，从没做过的事，事到临头却也能发挥到极致，看来人的潜力是很大的，只是没有发挥的空间和机会，或者，没有被逼到那个份上。

无论在座的职位多高，自己无欲无求，所以才放开了心态，坦然面对。如果自己是他们的属下，受制于人，会那么放得开吗？狗蛋心想，这样的事情毕业以后必然会经常遇到，到那时，自己还会如此的不卑不亢、谈笑自若？低声下气，自己做不来，那就做个真实的自己吧，淡然看浮云，从容对人生。

起床走到院内，娘便絮叨开来，"喝那么多酒干啥，你不知道晚上你多么吓人，又吐又叫唤的，都不知道你嚷嚷的啥，你说要是曼玲丫头在咱家的话，不扭着你耳朵把你提溜出来扔猪圈里才怪呢。"

"嘿嘿，娘，下次一定不会了。"狗蛋连忙帮娘打扫院子，整理猪圈。忙活完了，赶紧到将军碑下找师父，再请教一下那个逼酒出身的诀窍，这次逼的不是那么的干净，得问明白他老人家功法哪儿做得不对。

结论成文

辞别谢家坡，狗蛋先去了中州日报社印刷厂，调查报告印了好几本，很是那么一回事，带上报告来到火车站，张曼玲早已经买好车票等他到来。大包小包的，她带的真不少，可一半是给狗蛋准备的，不让他白扛着。

火车轰鸣，一路向北，新的学期开始了。

京南大学校园内人流如织，一片喧嚣，那是新生报到烘托起来的热闹。同学们相见，分外亲热，相互交流着暑期的见闻和实地调查的心得，各有收获。

这段时间，系里将每位同学的社会调查作为授课重点，将交上去的调查报告分门别类，加以整理归档，安排给多名教授，在课堂上进行了逐一的点评。

系里别出心裁，将调查报告一页页地投影到屏幕上，让自己上台讲解，同学们争相发表个人见解，每个人都参与其中，一下子拓宽了大家的视野。

去江南沿海地带的同学，带来的是进一步搞活市场经济的新思维，他们思考的是如何给企业减负，如何减少企业创办的手续，能不能鼓励私人办企，政府能否减少对企业的干预活动等，看来江南的经济发展也面对着不少的难题。

去政府机构调查的同学，带来的是关于如何提高政府行政效率的话题，他们看到的是个别党政机关官僚主义盛行，长此以往，必然会失去民心人心，应该转变作风、执政为民，应该知道怎样才是为人民服务。

去企业调查的同学，带来的是关于如何改变企业经营作风的报告，他们注意的是，一些国企高高在上，不求创新，守着几个技术含量低的产品过日子，全然不了解知识经济已在全球逐步兴起，产品早已到被淘汰的边缘，企业领导者依然我行我素，麻木不仁。

有的同学，专门对农村经济进行了调查，乡镇企业蓬勃发展，一些地方为了追求单纯的经济效益，盲目上马污染项目，导致河水变黑变臭。

还有到交通部门、到商场集市、到小商小贩之间搞调查的，同学们视觉不一，各有新颖，上台讲解时而激情万丈，时而火花四射，狗蛋算是大开了眼界，收获足足。当然，也有准备不充分的，上台后抓耳挠腮，被教授一顿笑话挖苦，狼狈下台后悔不已。

轮到狗蛋上台，他心里便踏实了许多，幸亏准备充分，不然站在台上，还真的无法面对教授那挑剔的目光。

首先被投影出来的，便是一张张万虎山深处的景色照片，旖旎风光，绝美图片，山水清幽，如是仙境，惹起一阵喧哗。

"同学们，这是我的家乡，山南万虎山，我的调查，不是宣传万虎山有多么的优美，而是，它的美丽正被蚕食殆尽，刚才看到的这些，也许很快便要消失。"狗蛋站在台上娓娓道来。

这些画面一出，满堂寂静，鸦雀无声。教授见多识广，沉稳站立在一旁，微笑着看着狗蛋，鼓励他继续说下去。

在白虎山上经历的那一幕幕，便立刻涌现在了脑海里，报告的文字部分，狗蛋用不着看屏幕，张口就来，讲到最后动情处，狗蛋的眼泪都快要掉了下来。

最后他说："万虎山很美丽，也很传奇，我不希望它就这样被糟蹋下去，甚至是体无完肤、惨不忍睹。我盼望的是有那么一天，同学们会乐意去我的家乡游玩，因为，那儿的人，最淳朴；那儿的环境，绝美无比。"话音刚落，一片掌声响起。

"谢运昌，你想告诉大家的是什么？是小煤窑的发展影响了环境，还是环境制约了小煤窑的发展？在万虎山地区，没有了煤矿，还有什么可以支撑当地的经济？"教授开始提问。

教授的问题很犀利，这些，也是狗蛋一直琢磨的问题。"我想告诉大家的是，发展经济，绝对不能以牺牲生存环境为代价，皮之不存，毛将附焉？万虎山煤炭资源的确很丰富，但这样无限制、无秩序地开采下去，吃亏的是国家，最终受苦的，还是万虎山的老百姓。"狗蛋说，"为什么就不能统筹规划、合理开发呢？这应该就是政府的责任，不仅仅是那些无法无天的小煤窑主的责任。"

教授继续发问："大家都会对矿工在小煤窑里面的吃苦受累、牛马不如而感到愤慨，但是，你想过没有，大多数的矿工也许很乐意在那里面干，因为他们收获到在自己老家没有收获的财富，不在那挖煤的话，也许生活会更加的贫困难熬。"

这个问题，狗蛋的确没有想过，他看到的只是矿工们艰辛的工作场景，背后的那些，却也是一无所知，"我想，那些矿工也是人，不应该没有起码的生存尊严，即便是挖煤给他们提供了丰厚的报酬，那些小矿主也不应该如旧社会土财主般毫无人道。"

教授轻轻地点了点头："嗯，同学们，谢运昌说得很有道理，刚才也有同学提到一些乡镇的污染项目盲目上马，跟小煤窑的无序开采一样，都应该算得上是单纯追求经济利益，而忽视了社会利益。政府有责任合理进行经济布局，制止无序发展，当然，更不能放任一些罪恶的事情存在。任何人都想发家致富，包括你刚才讲的那个无奈的小矿主，关键看规则是否平等合理。"

接下来便是同学们的发言和评论，有的说自己老家也是这样的，政府视而不见，其实是个别的官员在里面起到了关键性的坏作用；有的说经济发展靠资源开发不是长久之计，地区的经济发展还是要从思路转变、创新上下功夫；还有的引申到农村经济的发展，提出可以搞些特色区域经济，比如在山上种大规模的经济作物，既美化了山林，又创出了效益。

有位江南的同学提出这样的见解，这么美丽的万虎山，等以后有了钱了，投资开发，建个风景旅游区啥的，肯定会很棒。这个主意真好，狗蛋自己都觉得为啥就没想到呢，以后的岁月里，便对开发万虎山风景区产生了无限的憧憬。

教授总结道："谢运昌这份调查报告贴近现实，事实论据充分，有着很深刻的现实意义，不过你的收尾建议还不是很具有可操作性。不仅仅是你这一篇报告，其他的同学们也要注意，接下来你们要做的是，将探讨过程中其他同学的意见加以归纳整理，然后再查阅资料或者继续深入调查，进一步地补充和完善。"

"最关键的是，要形成相对科学合理的意见，拿出合乎当地实际而又有可操作性的措施，即便这些措施得不到落实，对你们个人来讲，也是一次很好的锻炼和提高，有助于增强你们参加工作后综合分析问题的能力，这才是我们这项作业的目的。"教授最后劝诫大家说。

京南大学的学风端正，紧跟时代，敢于面对现实，鼓励学子自主思维，大胆表述个人意见，造就了无数华夏精英。看似论述个人调查，实则引导同学们关注当代社会变革，紧扣时代脉搏，灵活掌握和运用专业知识，拓宽个人视野，这样的培养才可以很快地独当一面。

其实，学校也在暗中观察每个人的志向或前景。很多人不知道，系里面通过这次社会调查，已经决定了大多数同学们毕业后的分配去向。

同学们的调查论述和各种评论，很多都是狗蛋没有想到的，这样的几堂大课下来，便受益匪浅，思路也更加清晰。狗蛋不指望这个调查报告能得什么名次，他想的是怎样才能还万虎山一个绿水青山。

这份调查，只是份暑期作业而已，同学们发现了很多的问题，也提出来不少有建设性的意见，虽然都是还没有毕业的学生，但富有眼光胸怀大志而又有责任心的同学却大有人在，他们提出的话题，虽然不是高屋建瓴，但也是目光深远，紧扣当今经济关键点。

学校没有责任和义务去落实这一切，但学校可以让同学们在这样的讨论过程中拓宽个人的知识面，相互吸纳精髓，提高宏观意识，引起更深层次的思索。

这一天，京南大学副校长、经济系主任，国家著名经济学家汪大河，亲自给大四的同学们上了一次合堂大课。

汪大河强调："同学们这次的暑期调查，系里面高度重视，因为你们这期学生的调查，紧贴社会实际，问题提的尖锐，也的确可以看出我们国家在深化改革过程中突出存在的典型和突出问题，有问题不可怕，摸着石头过河嘛，国家有关部门总会加以关注。关键是希望同学们参加工作以后，如何运用所学知识，在本职岗位上避免或纠正更多类似的问题。"

"到那时，也许你们会认为自己力不从心，控制不了总体方向，天将降大任于斯人也，不在于年龄大小或职位高低，在于有没有一颗为国为民谋福祉的心。要相信自己一定能行，但前提是，请同学们务必牢记，出淤泥而不染，咱京南大学荷花园中走出去的，都要去做铮铮铁骨、国之栋梁。就在你们之中，一位或者多位，多年后必将脱颖而出，甚至要引领华夏风骚。"对这期学生，汪大河感到很是欣慰。

同学们被汪大河激昂澎湃的发言深深感染，每个人都对自己的未来充满了信心，瞬间就爆发出雷鸣般的掌声和欢呼。

他还专门提到了谢狗蛋的那个关于小煤窑的调查报告："我们国家经济正处在快速发展之中，尤其是东南沿海省份，企业改制、市场化变革、各行各业蓬勃兴起，必然需要大量的能源消耗。个别煤炭资源丰富的省份，小煤窑遍地开花有它存在的现实需要和时代背景，符合客观的经济规律，这是不可避免的过程，不能一概而论，这也符合当前的国情，同学们一定要认识到这一点。"

"这位同学提出来环境保护与经济发展的矛盾问题，其实反映出来的是可持续发展的大问题，这些问题需要国家法规和制度的进一步规范和完善。所以，经济系的同学们，千万不要专顾经济，还应该学习了解其他的专业信息、行业规则，这样才能更好地提升个人能力，才能成为一个系统性的人才。"

汪大河的一番话语，循循诱导，语重心长，有鼓励，有指点，更多的是期望，狗蛋深深地感悟到自己知识面的狭窄，又或者，对华夏深化改革中许多问题的不了解。

单纯地靠一份调查，里面夹杂着自己还不算成熟的建议，根本就不足以扭转万虎山将来要遍地是小煤窑的未来，如若达到预想的目标，还有更长更难的路要走。

教授的话很有道理，拿出一个合乎当地发展实际的方案，也许自己没有权力去落实，但可以假设自己就是中州县的县长或者书记，站在那个位置上去考虑问题，或许会有更多的办法去应对，拿此当作一项作业来认真完成，先不必去考虑如何实现。因为，自己只是一名学生而已，即便以后参加工作，离说了算还差得很远，但这不影响狗蛋去认真思索。

当地经济的发展，仅靠资源的挖掘，早晚会后劲不足，汪大河讲得太有启发性，特产、旅游、交通、金融、商业，甚至当地民风、地域特色，经济活动包含了农工商学的方方面面。这些，都需要狗蛋俯下身子去学习、探究，真正地深入其中，才感觉自己才识浅薄。

最现实的问题是要掌握国情，任何经济活动都脱离不了政治，法律法规的制定能不能适应当前改革的深化，党政机关的作为是推动还是制约经济的发展，这些问题一个个地往狗蛋脑袋里面钻。

看似很简单的一份社会调查报告，引申出如此多的东西，狗蛋是越琢磨头越大，越想事情越复杂，这才真切地感触到汪大河的苦口婆心。世上无难事，只怕有心人，自己上心去钻研，必将积累起丰富的知识，围绕一点而延伸全面，何乐而不为？

想通了这些，狗蛋便将精力集中到学习和阅读文献之中，心无旁骛，博览群书，潜心投入。两个月后，狗蛋重新将调查报告整理出来，教授看后很是欣赏，不长时间便被系里推荐发表在京南大学的学报上，又引起一番热议。

腹有诗书气自华，读书万卷始通神，不知不觉中，曾经的谢家坡乡野少年谢狗蛋，那浓浓的书生气息已溢满全身，散发出儒雅的气息，又有谁能想到，他还是一位深不可测的武林高手？

晨曦初露，漫步荷花湖畔，那是格外的清新。夕阳西下，踱步幽深校园，更添几分宁静。心底充满了阳光，一切都将如此的美好，这份阳光和执着，将陪伴狗蛋一生。

拜见忘年交

隔几个周末，狗蛋还是要去警察大学门口等张曼玲的。

张曼玲现在是出落得越发出众，跟他说，好多人偷偷给她塞纸条呢，她都没搭理过，警告他小心伺候，不然就等着吃后悔药吧。

嘿嘿，张曼玲说的这些，狗蛋完全相信。身材挺拔而曼妙，脸蛋白皙而清秀，粉面含春威不露，笑脸常开喜煞人。尤其是张曼玲那眼神，娇而不媚，灵气四溢，再配上那身准警服，气质脱俗，光彩照人，别人不动心那才怪。

他更相信张曼玲的那颗心，时刻在自己身上放着，任谁也拿不走的。和张曼玲并排亲昵地走在街上，能清晰地察觉到路人那份羡慕嫉妒恨的目光，这感觉还是很不错的。

这一天，狗蛋与张曼玲在前门大街附近转悠，因为他这段时间学习比较辛苦，看起来熬了不少夜，还很投入，张曼玲请他吃只京城烤鸭补补身体，烤鸭乃京城一绝，香酥可口，肥而不腻，蘸些甜酱、卷张薄饼，越嚼越香、回味悠长，二人有说有笑很是开心。

吃饱喝足，沿街步行，不知不觉便来到一个胡同。两侧店铺林立，曾经的王府大院被辟为公园，游人不断，人流如织。间或有几处深幽大院，高墙绿瓦、红门青砖，树木挺拔，士兵持枪挺立门前，严禁行人停留驻足，甚为庄严。

这个地方狗蛋来过，朱恒山老前辈就住在这个胡同里，狗蛋还记得老人留给他的地址和电话。一面之交，不便打搅，他的心底还是惦念着老人的，总感觉在京城读书好几年了，不见上一面心里空荡得很。

路过朱恒山的院落门口，狗蛋便对张曼玲说："玲子，跟你说个事呗，这院子里住着我一位忘年交呢，你说我该不该进去看看他老人家？"

张曼玲不屑地白了他一眼："你说胡话，是吧？哈哈，我摸摸你发烧了不？"这样的院子里住的是什么级别的人物，丫头可是清楚得很。

"嘿嘿，俺啥时候骗过你？真的是呢。你要是不相信，咱现在就打个电话，要是老人在家，肯定会让我们进去。要不咱打个赌，咋样？"狗蛋坏笑了一下说。

"赌就赌，要是人家不让你进去，你就背着俺回学校。"张曼玲狮子大开口。

这个赌太吓人，从这个胡同到警察大学，真要是背着张曼玲回去得走老半天，还不带停下来喘口气喝口水的。狗蛋有点不自信了，他还真不敢确定，朱恒山会不会还记得有自己这个人。

"那个，豁出去了，咱就赌一把，如果我赢了呢？"狗蛋问她。

"哼，你要是赢了，俺以后顿顿请你吃京城烤鸭。"张曼玲压根儿就不相信。

"哈，俺不吃那个，顿顿吃那个，你想让俺变成鸭子啊？要是咱能进去，俺今晚想吃你，赌这个咋样？"狗蛋趴在丫头耳边悄悄地说。

突然腰上就一阵疼痛，是张曼玲伸手狠狠地在那儿拧了一把："我呸，满脑子的不正经。可是，你能赢得了吗？不会是做梦说胡话吧？还是等着背俺回去吧，嘻嘻。"说完张曼玲的脸就红了。

好吧，那就试试呗，大不了就背她回去，关键是，她敢不敢让俺一路都背着她，哈哈，想想等会儿要背着她走路的样子，狗蛋自己都想笑起来。

背起她走在大街上，那还不得跟猪八戒背媳妇似的，挤爆路人眼球，肯定会招来无数路人的欢呼或者讥笑吧？一个不小心上了报纸头条，警察大学里面还不得炸了营？

找到路边一商铺，里面有公用电话，狗蛋拨出那个一直记在脑海里的号码，打了过去，心情有点激动，手都在哆嗦。

几声嘟嘟声过后，一个稳重浑厚的中年人声音传来："请问你是哪一位？"

"您好，我想找一下朱恒山老首长，请问他在家吗？可以让他接个电话吗？"狗蛋忙说道，张曼玲趴在耳机旁跟着一起听，二人的脑袋都碰到一起了。

话筒里传来的声音，威严而又充满了警觉，"先说说你是哪一位，好吧？"

"我是山南中州黑虎山下的谢运昌，多年前跟老首长在那儿见过一面，这次就是想来探望他老人家一下，麻烦您给通报一声，好吗？"狗蛋也不知道人家给不给递话，可他得说明白自己是哪儿的人。在京南大学读书做学生大可不必说起，人家不会在意这个，老人是在黑虎山将军碑下结识的他，提起这个，老人才可能会有印象。

"那请你稍等，我请示一下"话筒放下了。

有门儿，估计老人在家，不然那人不会让自己稍等，回头看张曼玲，丫头比他还要紧张，小脸上都流下了汗水，正焦急地凑在他耳朵边听电话传来的声音。

哈，有必要这么紧张吗？

一个洪亮的老人声音传来："是山南中州黑虎山下的谢运昌不？哈哈，来京城好几年了，终于想到老头子我了？"

"您好，俺就是谢运昌，想来探望您老人家，现在就在院门口呢，不知道您老方不方便。"有点幸运，朱恒山接了电话，语气里面还很开心。

"有什么不方便的？我马上通知他们给你放行。你倒是很会赶点，我正好刚从外地回来两天，呵呵。进来吧，好好陪我唠唠嗑。"朱恒山很痛快地同意了。

探望朱恒山那是临时起意，狗蛋可一点儿东西都没准备，咋办？张曼玲心里面充满了不可思议，瞪大了双眼，"我说谢运昌，你小子也太不够意思了吧？什么时候结识了这么个大人物？也不跟俺说说。说，还有多少秘密没告诉俺？"

张曼玲伸手就想扭狗蛋的耳朵，抬起了手又放下来，想想还是算了。可真服了这小子，心底竟然藏着这么一个大领导，那可是从小看人家故事长大的传奇元勋，这人真能沉得住气，换成别人，那牛皮还不得吹破天了。

"喂，咱不能空着手进去啊，怎么着也得带点东西吧？"张曼玲心思细腻，狗蛋就没想到这一点。

嗯，是该带点东西，空着手哪里像探望老人的样？买些什么好呢？这么大领导，啥样的礼物也不会稀罕，可两手空空实在是不符合万虎山地区探望老人的规矩。咋办呢？二人商议了十几分钟也没厘清头绪。

"算了，这儿的风俗咱又不懂，就按咱老家探望长辈的规矩来置办吧。"关键时刻，狗蛋就说了算了。

两瓶好酒两盒蛋糕，两桶香油两罐蜂蜜，张曼玲没忘了再加上两把面条、二斤鲜桃，长寿面、福寿糕，仙桃透红，寓意不老，俩小年轻考虑得还挺周全，就像去给朱老拜寿般。

附近卖东西的店铺有的是，很快就大包小包的购置完了。狗蛋钱包里现在一点儿也不寒酸，干爷爷给他的那些钱还没花一半呢，前几天还打电话过来说是要再给他寄，狗蛋没答应，他说钱很够花的了，真需要的时候再张口要。

二人拎着东西走到院门口，一位佩戴着大校军衔的中年军人，腰杆笔直，目烁精光，威风凛凛，正站在那儿等候，狗蛋搭眼便看出来此人的功力非凡，这就是传说中的大内高手吗？

中年大校见二人到来，便迎了上去，"请问你是？"大校要确认来人是不是电话里的谢运昌。

"您好，我是山南中州的谢运昌，刚才就是我打的电话。"狗蛋恭敬地说。

眼前的小伙子举止端庄，两眼有神，文雅之外，还有股说不出来的精神劲，中年大校心底一阵诧异，这小子会功夫？伸出手来，跟狗蛋握了下手，稍一加力，狗蛋便感觉一股内力如猛虎下山、喷薄而来，忙运气于心，聚力于掌，水来土掩、兵来将挡，两手便紧紧地握在了一起，不知道的还以为两人是多年不见的老伙计。

高手之间，轻描淡写间便知分晓，"嘿嘿，很高兴认识您。"狗蛋等对方松开手后，轻松自如，微笑着对他说。

"哈，小伙子，本人姓刘，刘振雷。请跟我来。"大校棋逢对手，很是开心，这小家伙可以啊，凭刚才自己那个力道，功力浅薄之人早就忍受不住，躺地上哎哟了，他却步步为营内劲十足，还真是万万料想不到的，便对狗蛋产生了浓厚的好感。

大校接过他们带来的东西，随手交给一名士兵，带二人一起走进了门卫室。登记身份、检查随身物品，那些礼物也都挨个儿地打开包检查了一个遍。

临进院前，几个士兵拿起一个不知名的仪器，扫了二人一遍，看样子是检查有无危险物品在身，狗蛋很无奈地对张曼玲笑了一下，张曼玲不愧是刑侦专业的，倒是很知道规矩，配合得很到位。

大校微笑着看下二人，随和地对狗蛋说："这是上级规定的程序，是必须走的，两位别见怪。"

张曼玲很大方，也很直率："你们这个安全扫描仪有点落伍了呢，哈。"

刘大校乐呵呵地说："这小丫头，不会是警察吧？"丫头今天没穿那预备警服，何况陪狗蛋逛街，张曼玲一向都是简洁穿戴素面朝天，朴素得很，也不知道他是怎么看出来的。

"嘿嘿，她啊，警察大学刑侦专业大三学生，离当警察还远着哩。"狗蛋替张曼玲回答了。

"啊，人家是警察大学的高才生，那你是哪个学校的？"大校微笑着问狗蛋，看来这位对这二人印象很好。

"他在京南大学经济系上学，现在大四，明年就毕业了。"张曼玲顺口接过了话头。

哦？刘大校不由得心中一乐，啊，这小子跟朱家大小姐一个学校的，刚才报名号咋还山南中州黑虎山啥的，直接说是京南大学的不就完了？他的确不知道咋回事。

狗蛋提起检查过的那些礼物，有说有笑的，三人向里走去。

院内屋宇楼阁宽敞，亭台廊厦曲折，假山、树石、池沼穿插其间，房屋砖、木、石雕精美之处依稀可见，屋檐下，彩画沥粉贴金篆字，独具特色，颇具幽趣。庭院广大，草木森森，壮观气派，布局严整，给人以雅静舒服之感，正房与厢房之间，还有一个月亮门，估计穿过此门便是后花园。

走进客厅，光线明亮，高大宽敞，中间一圈沙发，足足有五六十平方米，客厅南边，五六个书橱一字排开，线状古书、经典名著摆放整齐，很是庄重。

狗蛋一阵胆战心惊，张曼玲也是紧闭牙关，两人相对一笑，便继续垂头无语静待。

一位老人在刘大校的陪伴下，从侧面书房踱步而出，正是朱恒山，老人脸色红润，器宇轩昂，身体健康得很，狗蛋便放下心来，二人赶紧站起身来，深深地鞠了一躬："朱爷爷，您好，冒昧打扰，很不好意思。"

"哈，这有什么不好意思的，还带这么多东西，这么客气？"朱恒山搭眼一瞧，这不就是万虎山地区探望老人的传统礼节吗？福寿糕、长寿面，还有那象征吃了后长生不老的鲜桃，抗战初期，自己和马占彪一起，不也常带这些东西去看望根据地德高望重的老举人吗？

看到狗蛋二人，仿佛就见到半个世纪前万虎山区的那些父老乡亲，还有那万千如狼似虎的好后生，心底就涌出来无数的感慨。

这小伙子，可真的懂事哩，万虎山抗战那些年，血与火的洗礼中，那儿的一方水土，和老百姓的鱼水之情，至今难以忘怀，一幕幕的便浮现在朱恒山的脑海里。

"俺也不知道给您老带点啥东西好，反正是俺的一片心意，就是希望您老身体健康，看您身体硬朗，俺也就放心了。"朱恒山可以随意说，狗蛋却不可，他感觉自己就应该实实在在的，跟这样的大人物，可别要什么小聪明。

"你不是早就来京城上学了吗？怎么才想起来看我了？快请坐。"朱恒山朗声道，见到狗蛋身边的张曼玲，有点疑惑，"哦？这丫头是？给老头子介绍介绍。"

"朱爷爷，俺知道您工作很忙，不敢轻易上门叨扰，今儿个我们俩路过您门口，就想进来看看您。嘿，她也是山南中州的，现在在警察大学读刑侦专业。"狗蛋说。张曼玲上的这个学，狗蛋提起来倒是很自豪，乡村女孩子出身，未来的高级警官，放在京城也不多见吧。

"朱爷爷好，我叫张曼玲，和谢运昌是中州同乡，高中校友，很高兴能见到您，祝您老健康长寿。"张曼玲恭敬地向朱恒山问好，全然没有了以往的矫情与强势，大气而自然，很有点未来警官的自信。

朱恒山很开心，眼前的二人，青春阳光，朝气蓬勃，淳朴而又大方，让他仿佛看到了万虎山的未来。

老人乐呵呵地坐在沙发上，微笑着注视着狗蛋："这几年在京南大学的学习，都有什么收获啊？给我说说，我可记得你这小伙子是很有抱负的。"

这个该咋说呢？要说收获，也就是那份调查报告给了狗蛋无限的启示。原来的抱负，那是天方夜谭、空中楼阁，空洞而稚嫩，毫无边际的豪言壮语谁都会说，想想自己都觉得不好意思，也不知道自己那首歪诗朱老为啥就入心里去了。

真正的进步，是从到白虎山小煤窑挖煤以后，尤其是调查报告编写过程中的感悟，他不想跟朱老说，担心说出来老人家生气。

"来京城这几年，俺觉得最大的收获便是开阔了眼界，知识面拓宽后，反而感觉到了自身有更多的不足，学无止境呢。"狗蛋认真地说。他便把自己的学习情况跟朱恒山简单地说了一下，包括参加辩论赛的收获和旁听系里同学们论述社会调查报告时的评析心得。

老人心怀天下，关注的不是他鸡毛蒜皮的学校生活，应该更想了解黑虎山的现状："朱爷爷，黑虎山上的将军碑和烈士墓，中州县政府已经进行了修缮，列为爱国主义教育基地了，听说每年清明的时候吧，都组织学生去那里扫墓。"

"嗯，这才算个样子吗，我老头子要是不去那里的话，他们也想不起来这样搞，就那么冷清着，瞅着就心酸。发展经济或深化改革，目的都是为了让老百姓过上好日子，忘掉过去就不会有未来，那也意味着迷失前进的方向，这绝对不能忽视啊。"朱恒山感慨地说。

狗蛋和张曼玲半个屁股挨着沙发，有点不舒服，又不敢太随便，朱恒山便笑道："别那么拘谨，到我这就是到了老家，别忘了，我在你们家乡可是打了整整十年的仗，万虎山里面的沟沟坎坎，中州县那山山水水，我可是比你们熟络得多。谢家坡的铁板桥，被日本人给炸了，那可是我带人重修的哦。"

提起这些，老人脸上便乐开了花，对万虎山的感情，那可是血浓于水，无法割舍。

"朱爷爷，俺家在红星镇张柳屯，当年您到过俺那里不？"张曼玲眼神里充满了崇拜，高山仰止的传奇人物就在眼前，跟做梦似的。

"哦？你家是张柳屯的？你们那啊，村头有棵百年大柳树，树上挂着个抗日钟，树下有眼古井。村子东头有座百年大院子，那院子里曾住着一个晚清最后一选的柳举人。这个柳举人啊，脾气还挺倔，不过思想很是进步，后来参加革命党，还曾干过一任山北省督军，可他看不惯军阀那些做派，眼里揉不得沙子，告老还乡，骨子里硬气得很。"朱恒山娓娓道来。

抗战初期，八路军万虎山军区司令部曾设在那个院子里面几个月，没有战事的时候，朱恒山和马占彪常听柳老举人讲经论道，一起纵谈天下。老举人长髯飘飘，神清气爽，爱憎分明，对时局义愤填膺，观点鲜明。

在抗战最困难的那一年，司令部被迫迁往大山深处，日本人前去逼他合作，只须他题写"大东亚共荣"五个大字，悬挂在中州城门口，便送他万贯钱财，但是柳老举人坚决不同意，在一个深夜选择投井而亡，用生命捍卫了民族和自己的尊严。

消息传到大山深处，马占彪和朱恒山当夜便派了支便衣队摸黑进城，狠狠地搞了日本人一下，算是给他报了仇。想起往事，朱恒山感慨不已，柳老举人和马占彪仿佛就在身边。眼前的这两位青年，就是那魂牵梦绕故地的后生，怎不引起他的关爱？

柳举人在张柳屯那儿，现在是被奉为神灵般的人物。他有三房太太，每房太太那儿各住一旬，在每旬的第一天，轮到的那一房便喜气洋洋，杀鸡宰羊如同过年，可巧的是，每房太太都给他生了三个儿子，张柳屯的第二生产队，基本上都是他的后人。

丫头是听着柳举人的传说长大的，什么柳老举人智斗县官啊、柳老举人智取狐狸精啊、柳老举人智取土匪头啊，她听说的都是关于柳举人的传奇小故事，却真的不知道那老人家还是抗日英豪，更想不到朱老竟曾跟他真实地相处过，心底便大大的震惊。

柳家大院距今已有三百多年的历史，院中套院，门中有门，各成一家又相互贯通，当初柳老举人三房太太一家住一个小院，相安无事。

大院气势恢宏，房屋高大，青砖绿瓦，亭台楼阁、五进五出，绿树常青，现在仍然居住着张家后人，只是少了份清幽，多了些杂乱，可骨架还在，依然壮观。每一次走进院子里玩耍，尤其是爬上那曾装满书的阁楼，走进那已长满杂草、放满农具的后花园，张曼玲总是充满了无限怀想。

回头瞅了狗蛋一眼，张曼玲顺手拉他坐端正了，别看起来那么别扭，脸上便有了些不好意思。哈，这丫头还挺有意思，跟自家孙女有一拼，朱恒山心想。

"万虎山是个好地方啊，水秀山美，满目成林哪。白龙潭、黄虎崖、秀女峰，美景多了去了，就是不知道现在被糟蹋成什么样子喽。"老人感叹了一下，随口问狗蛋，"我说小谢啊，听你说了半天，也没讲你自个儿的调查报告，是不是还想跟我老头子打埋伏啊？"

狗蛋没想到老人会追问这个，他那个社会调查报告也就是发表在了京南大学的学报上，普通的作业一份，被系里面当作范文供其他同学参考而已，怎么讲朱老都不应该看到啊，不想说这事就是为了不让老人生气嘛，便有点疑惑，"嘿嘿，那是俺的暑假作业，学校统一布置的，俺怕说得不好让您笑话。"

"呵呵，你那个调查报告，我已经看过了，没想到吧？"朱恒山侧身嘱咐刘大校几句，片刻工夫，刘大校便从书房取出一份报纸递到狗蛋面前，正是刊登着狗蛋调查的那期京南大学学报。

这个话题，狗蛋是再也躲避不过去，他不知道，小小的京南大学学报，朱老还要关注，他疑惑起来，朱老是怎么看到京南大学的学报的。

"这个假期，俺去了白虎山小煤窑，在那里面待了一个月，万虎山外围的很多山体都已经被破坏，环境有些让人触目惊心。朱爷爷，黑虎山现在是沾了烈士墓的光，可山的背面也被挖的七零八落了，俺就以此为题目进行了调查，没想到您老也能看到这个。"狗蛋讪讪地一笑，有点脸红。

"哎，我看了后也是揪心啊。"朱恒山叹息道，"深化改革，发展经济，多摸几条路未尝不可，但以牺牲生存环境为代价，这样的发展能持续多久？最终还不是得不偿失？你提到的这些，在西北几个省份都普遍存在，甚至在江南，也有这样的事情发生。这是一个普遍存在的问题，不能简单地归结为发展和环境的矛盾，里面大有文章可做啊。"

"嗯，我觉得还是应该从发展思路上下功夫，资源是有限的，要合理开发科学利用，培养技术含量高的新的经济增长点，应该是国家以后的提倡重点，当然，也可以进一步吸引外资，他们的发展经验和管理技巧，就很值得我们借鉴。"通过这一段时间的学习，狗蛋在认知上提高了许多，看问题也不再就事论事。

"盲目地进行资源开采，无序而代价高昂，后果极其严重。"朱恒山说得很郑重。

"嗯，朱爷爷，只要方向正确，经济腾飞很快便会成为现实，这几年中州就变化很大，县城建得漂亮多了，俺村里面家家都有电视看了呢。就是东水河不清亮了，白虎山上的大树也被砍了很多，都被送进小煤窑里面做支撑了。"

"河水不清了，咱把它再治理过来；树少了，咱可以重新栽。人要变得黑心了，就不好办了，尤其是个别的党政干部，钻到了钱眼里不可自拔，那就更无可救药。对这些害群之马，一旦揪出，绝不容情，否则，发展会变味，人心就会不稳，江山就要变色。"朱恒山义愤填膺，有点激动，那眼神，突然就射出犀利的光芒，这气势，哪里像七八十岁的老人？惊得狗蛋二人连忙挺了挺腰板，大气不敢喘，差点从沙发上滑落下来。

听到那矿工如狗般背着背篓爬出矿洞，朱恒山便心如刀割，大半辈子的拼搏，不就是为了解放受苦受难的人们，给他们好日子过吗？这都几十年过去了，竟还有这样的事情存在，实在是气愤难平，雷霆万钧之怒将要迸发出来，看了看眼前这两位小年轻，感觉不应该跟他们说这些，便慢慢压下火去。

刘大校端一杯水给朱老喝了下去，顺势冲狗蛋使了使眼色，意思是差不多就行了，换个话题，或者就干脆走人得了。

狗蛋哪敢接这样的话题，可他也没看明白刘大校眼神里的意思，回头瞅了瞅张曼玲，她正襟危坐，看起来严肃认真跟小学生似的。她不好参与这样的讨论，不过可以说几句话缓和一下这份凝重。

"谢运昌，我看你毕业后就回中州去，你那份调查报告最后的建议或措施啥的，看起来是很有道理，你得回去把那些想法变为现实，还万虎山原来的绿水青山，更要想办法让老百姓富起来。那些想法只停留在纸面上，那不是纸上谈兵吗？"张曼玲开口就说，本来她对狗蛋充满了期待，见朱老跟他聊得如此投机，心底更是佩服万分。

"嗯，等后年俺毕业了，也申请回到中州县，陪你去万虎山种树去，顺便逮几个打架斗殴、搞黑社会的犯罪分子，哈。"张曼玲满脸开心，继续说道。

这小妮子倒会安排，三言两语就将自己的前途交代到朱恒山面前了，狗蛋咋说？虽然自己也是这样打算的，可总得自己说出来吧？那才显得跟表决心扛艰难似的雄赳赳，老人听起来会多高兴？

"呵呵，我看很好。能还万虎山一片蓝天一份净土，那可不是随便说说这样简单，豪言壮语是不顶用的，需要脚踏实地下真功夫，世上无难事，只怕有心人嘛。小谢，你有没有这个决心？"朱恒山微笑着问狗蛋，脸色中透露着一份慈祥和喜爱。

此刻，狗蛋的脑海里禁不住涌现出东水河那美好的仲秋夜晚，在那黑漆漆的天穹上，在那片刻恼人的寂静中，满天金色的星星在调皮地眨着眼睛，有颗流星飞速陨落下来，那好看的闪光弧线映在东水河的急流上。从山林里吹来干燥、温暖的熏风，把浓烈的野菊花的芬芳送到人烟稠密的小山村，而河边草地上却是一片露湿的青草、黏泥和潮湿气味，水鸡在不停地鸣叫，近河一带的树林完全沐浴在银色的雾里，宛如梦幻仙境。狗蛋想到这里，赶紧打住思绪，声音洪亮地回答着朱老的问话。

"俺听您的，毕业后坚决回乡，投身于家乡的经济建设和发展，努力实现这一梦想。"狗蛋说完有点心虚，毕业后顶多是政府机关的小科员，轮到自己说了算的时候，还不知道猴年马月，咋个实现啊？

"小谢啊，有理想就有未来，不要小瞧了自己，更不要高估了困难，我跟你说啊，像你这样大的时候，我已经领着一团人马过草地了，那么多艰辛不一样走了过来？"朱恒山看出来狗蛋的不自在，勉励他道，"参加工作后，也许你会感觉自己很渺小或微不足道，但是，任何人都是这样过来的，谁也不可能一步登天。咬定青山不放松，志怀高远在心中，只要你坚持，总有那么一天，你会实现这个目标的。"

"嗯，任何时候都不能放弃自己的信念，心底有目标，脚下不停留，哪有干不成的事？"张曼玲插话说，"咱年轻人就应该理想更远大一点，敢想敢干才算英才，是吧？"

张曼玲瞧了狗蛋一眼，正想继续说下去，突然就闭上了嘴巴向门口张望。狗蛋随她目光看向门口，却见一位青春女孩正向客厅走来，长发披肩，模样俊俏，仪态万千，很是眼熟。印象中突然就出现一个人来，不免诧异，这不是大一下学期参加辩论赛时，京南大学政法系的一辩手朱小嘉吗？

"爷爷，我回来了。"朱小嘉欢快地跑到朱恒山身边，亲昵地搂了下他的脖子，随即站在狗蛋面前，伸出手握了一下，"哈，谢运昌，欢迎你和你的朋友来我家做客。"

"你好，朱小嘉，这位是我老乡、警察大学的张曼玲。"狗蛋站起身来说道，顺便把张曼玲介绍给她。张曼玲大大方方地起身，跟朱小嘉打了声招呼，微笑着又坐了下来。

"啊，小谢，这下你知道我为啥看到你那篇社会调查了吧？"朱恒山满脸慈祥地笑着说道，"你跟小嘉是校友呢。"

看了下手表，不知不觉已经跟朱老聊了两个小时，这么大的人物，能心平气和地跟自己谈些浅显的话题，已经很是不可想象，狗蛋不敢再坐下去，凡事适可而止，再待下去就影响朱老休息了，便拉张曼玲站起身来，跟朱老道别。

"既然来了，就安心地在这吃顿饭再回去，你们几个同龄小青年在一起聊聊，我进屋休息一会儿，吃饭时叫我一声就可以了。"朱恒山说完，刘大校就搀扶他起身，踱步走进书房，留下三人大眼瞪小眼，突然，就同时扑哧一笑，那氛围便开始轻松起来。

在狗蛋的心目中，这样人家的女孩子，应该是高高在上，傲气冲天，出门有人保护，进门有人伺候的，见到他和张曼玲这样的，能搭眼瞧你一眼算是很不错了。绝对没有想到的是，那位慷慨激昂、俊俏文雅的一辩手竟是朱恒山的孙女，如此随和可亲，全然不是自己所想象的那飞扬跋扈的样子。

"你们老家的风景真的很漂亮，是吧？爷爷整天念叨万虎山这好那好的，搞得我都想去那转转看看去。"朱小嘉说。

"万虎山里面啊，物华天宝，天然氧吧，绝美的景色随处可见。就说秀女峰吧，远远望去，就像仙女在梳妆，峰下的水湾如一面镜子，很清晰地照出秀女的婀娜身姿。漫山青松仿佛满头秀发，十几棵参天大树如把梳子插入秀女头发之中，微风吹来，长发飞舞，惟妙惟肖，叹为观止。"张曼玲口才练得很好，秀女峰被她描绘得让朱小嘉万分地向往，"什么时候去，我陪你去山里面逛逛。"

"听你这么说，还真的想去看看，有机会吧，一定去山南万虎山看看，咱让谢运昌跟着，得有个给咱们提溜东西的，是吧？"朱小嘉笑嘻嘻地说道。

"嘿嘿，那俺一定和你们一起去，到时候俺请你吃万虎山特色大餐，管饱。"狗蛋忙不迭地答应下来。

张曼玲学的是刑侦，朱小嘉学的是法律，两人的专业相近，都跟政法有关，聊着聊着便有了很多的共同语言，慢慢地就有点将狗蛋晾在一边的架势。

狗蛋插不上嘴，就坐那干听、随喜、赔笑呗，左看看，又瞅瞅，目光便定焦在正面墙上悬挂的一幅图画上。

画面中一个山岗之上，树木茂盛，怪石嶙峋，一轮红日在彩霞陪伴下正欲升起，一只斑额猛虎，双目怒睁，王字清晰可见，前腿跃起、后腿离地，呈下山捕食、不可阻挡之势，扣人心弦，神形具备。

这应该是某位书画大家的作品吧，红霞萦绕，猛虎下山，动人心魄，真乃极品。挂在墙上，映出满堂豪情，照出一屋精神，狗蛋便沉浸其中不可自拔。

"刚才你们在议论学刊里面你那个报告是吧？爷爷念叨过你好几次，说是在黑虎山一个山坡上结识的你，很投缘呢。正好是你写的，我就拿回来给他看了，这下可好，气得爷爷好几天没睡好觉，幸好你来了能给他说说情况，不然的话，恐怕是要有人倒大霉了呢。等会儿吃饭时别光捡不好的事说，喂，说你呢，听见了没？"朱小嘉声音便大了一些，一幅画有啥好瞅的，本姑娘跟你说话没听到吗？

狗蛋听她跟自己说话，赶紧回过神来，这妮子脾气还挺大，"嘿嘿，俺本来就不想说那些事的，朱爷爷慢慢地就自己说出来了。他当年还在张曼玲那个村里住过呢，等会儿吃饭时，你问问爷爷，他住过的那家院子啊，听说有好几百年历史了，比京城一些前朝王府建的都气派。"

嗯，这样的话题好，等会儿跟他说说万虎山的风土人情啥的，朱老爷子肯定开心，只是要把住嘴巴，不要提及马占彪，省得老人又要伤怀。

说说笑笑间，晚饭的时间到了。

几人来到餐厅，见朱恒山已经坐在那儿，微笑着等他们到来，刘大校站立在身后伺候着。餐桌上一碟辣椒，几碟小菜，几盘家常菜，中间端放一盆热气腾腾的小米稀饭，普普通通就如山里人家，根本就不是狗蛋想象的山珍海味或满汉全席，不免惊诧。

"这些菜啊，都是我在院子里自己种的，不用去街上买，小谢啊，你们放开吃。"朱恒山拿起筷子，乐呵呵地对他说道。

桌上一瓶白酒，国酒茅台，刘大校给朱恒山斟了半杯，朱恒山便说："也给小谢倒上，万虎山出来的男子，都是天生的好酒量。"

　　这个，看着刘大校在一旁伺候着，狗蛋感觉很不好意思，可是太客气了又显得小气，他也不知道朱家大院的规矩，狗蛋也便沉下心去陪朱老吃饭。

　　端起酒杯，一股醇香扑鼻，吃进口中，余味悠长，愈品愈香，与虎头大曲那份辛辣与狂野相比，却是另一番滋味。

　　"呵呵，这酒比虎头大曲好喝点吧？你们中州地界那现在还生产虎头大曲吗？"朱恒山问。

　　"嗯，一直生产着呢，品种还很多。现在最流行的是虎头特曲，那是万虎山地区最好的酒呢，走亲串邻、逢年过节时，乡亲们手里提溜着的基本上都是虎头特曲。不过呢，俺村里上岁数的老人还是喜欢喝虎头大曲。"狗蛋对此倒也了解，去张曼玲家就带了四瓶虎头特曲。

　　"哦？"提起虎头大曲，朱恒山声音一下子高出了很多，满眼的开心和自豪，"当初我们酿造的虎头大曲，在江南敌占区，可是抢手货，也给我们换回来不少应急药品，可顶了大用处。"

　　"朱爷爷，俺听村里老人说，那时候叫八爷酒呢，是吧？"张曼玲眼里充满了好奇和崇拜。

　　"是啊，也有的叫抗日酒。咱们酿的虎头大曲，纯粮酿造，度数高，味道辛辣，喝进去后让人热血沸腾，豪气满天，还不上头，江南那边很少有这样的酒。所以啊，不少人都是冒着生命危险跑过封锁线来买酒。当时还想办个卷烟厂呢，结果听说新四军那边有个飞马卷烟厂已经建起来了，还很畅销，就没搞那个。"朱恒山说起来话就长了，看起来老人很开心，他很乐意将那些传奇讲给这几个年轻人听。

　　"这个虎头大曲啊，开头可是你们村柳老举人家的自酿酒，配方、工艺、窖藏啥的，都是柳老举人派人手把手教出来的。"朱恒山对张曼玲说。

　　虎头大曲竟然源自张柳屯，张曼玲却是第一次听说，不由得挺了挺腰板，很是自豪，"哦，这个真是没听人说过。朱爷爷，俺以后再来看您，一定给您带几瓶虎头特曲尝尝。"

"呵呵，欢迎你们来我这做客，特曲、大曲都行。可惜哦，年纪大了，再也不能大碗喝酒大口吃肉了，小口抿抿也知足了。"朱恒山很想念在万虎山大碗喝酒大口吃肉的岁月。

一罐子虎头大曲，足足有三斤多吧？室外冰天雪地，室内的热炕头上温暖如春，和马占彪相对而坐，一人一碗，边喝边聊，跟玩似的很快就见底。喝进去的，是激情，吐出来的，是豪气啊。

"八爷酒，四爷烟，听起来还很好玩哩，嘻嘻。"朱小嘉插口说道，"爷爷，既然虎头大曲那么好喝，俺咋看你常喝茅台呢？"

"这个说起来话更长。当时我们长征时打下茅台镇，在那休整好几天，这茅台酒啊，遍布全镇，同志们买回去放开喝，医生们拿它当药水用，在那时候就对它有感情了。"那段历史，朱恒山永远记在心底，也更是思念与马占彪一起，在热炕头上品着虎头大曲争论工作的情景，不免叹息一声。

狗蛋拿起酒瓶，想给朱恒山再倒上一点，却被刘大校立刻拦住："呵呵，小兄弟，酒量大的话，咱俩以后找地方好好喝一顿，首长喝一杯就可以了。"

朱老不喝，狗蛋便也不能自己再喝，那就只好吃饭了。饭更是简单，小米稀饭、花卷、馒头，竟然还有几个谢家坡老百姓这几年都不吃的棒子面窝窝头。

老前辈生活也太简单了吧？狗蛋是不知道，屈指可数的几位开国元勋，吃什么喝什么，都有严格的营养设定的，不允许服务人员随便改动。就是刚才那小一杯酒，应该也是老人家为他破例了吧。

吃饱喝足，狗蛋便起身跟朱老告别，却听老人说道："哈哈，别慌着走，我听说你还有两下子，给我老头子比画两下子看看再走不迟。"说着，朱恒山就走出门外。

有人搬一把躺椅放在门廊之中，老人端坐其中，狗蛋和张曼玲分站在朱老两侧，有工作人员上前拍了几张照片，这个真棒，狗蛋心想，等照片拿到手以后，可以当作传家宝了，侧面看张曼玲，两眼掩饰不住的幸福和快乐。

朱恒山眼瞅着狗蛋和刘大校，意思是二位该到院里面比画比画了吧？别让老头子干等着了。

啊，估计是刘振雷将进门时跟狗蛋握手的感觉跟朱老说了，朱恒山便想亲眼看看狗蛋的能耐，朱小嘉更是兴高采烈，她是没想到谢运昌还会有这一手，拍着双手欢跳着，催狗蛋赶紧到院子里露几手给大伙看看。

回头看大校刘振雷，已经站在院子中间，笑眯眯地注视着狗蛋："小兄弟，下来比画几下子，权当活动活动，消化消化食。"刘振雷大校想的是，朱恒山好久没这么放松过了，这小子来了后，老人家那是满心愉悦兴致勃勃，怎么着也得跟这家伙过上几招，让首长更开心一些。

看这阵势，是无法避开了。狗蛋也只好走进院内，躬身向刘振雷致意："俺也就是只学了点皮毛，还请您手下留情。"

站稳脚跟，凝神聚力，双拳化为掌立于胸前，狗蛋便双目精光，浑身瞬间焕发出另一番气质。

眼见狗蛋气场惊人，刘振雷不敢大意，扎稳马步，气压丹田，左手为拳，右手为掌："小兄弟，承让了。"他知道狗蛋不会先出第一拳，便移步游走，一拳挥出，击向狗蛋。一拳既出，也便是开始，狗蛋闪身躲过，顺势一掌劈去，二人你来我往，战在一起。

开始只是试探，慢慢地二人加快了脚步和出拳速度，但见刘大校身手如电，拳脚如风，招招精彩，谢运昌左躲右闪灵活如猴，突又如猛虎般动作迅疾，看的张曼玲和朱小嘉是眼花缭乱瞠目结舌。

院子里围满了旁观的士兵和服务人员，也在不停地低声叫好，应该是不敢大声叫喊，也不敢可劲地拍手，怕影响了老首长的兴致。

朱恒山端坐阁中，一手轻拍椅子把手，一手挥舞折扇，两眼放光优哉游哉。刘振雷跟他说起谢运昌可能有一身功夫在手的时候，他当时还真的不相信，白面书生、乡土青年，怎么可能会有功夫在身？

可眼前的这一幕让老人甚至不敢相信自己的眼睛，谢运昌这小子功夫真的很不错。刘振雷表演的成分多了些，当然不会下狠手出重拳，却也是吼声如雷、步步生风，那是使出了看家本事，而谢运昌看起来却是游刃有余、轻松自如，大多时候是躲避着刘振雷的拳脚，偶尔才有分寸地进攻几招，却也是点到为止，动作中透露出虎虎生气，眼神中洋溢着青春蓬勃。

外行看热闹，内行看门道。表面看似二人旗鼓相当、难分胜负，朱老可是一眼就看穿了，黑虎山下的这个小青年，功夫只在刘振雷之上，只是碍于面子，不想给刘振雷难堪而已。

在朱老心底，黑虎山下的谢运昌又增加了不少的分量。只要刘振雷不主动停止，这样的交手下去，将不可能分出胜负，本来就是想看看谢运昌是不是真的有一套，事实既然在这摆着，也就没有了再比画下去的必要。

朱恒山拍了拍手，朗声说道："好功夫，可以了。"意思就是告诉他们适可而止，该收手了。

朱老声音传来时，刘振雷正以黑虎掏心之势击向狗蛋，狗蛋手疾眼快，伸手便握住刘大校的冲拳，刘振雷正想抽出，却感觉到一股强大的内力喷涌而出，再也抵挡不住，禁不住拉着狗蛋倒退两步，顺势就要倒下，突然感觉拳头一松，赶紧压住丹田站稳脚跟，但见谢运昌一个踉跄，擦身倒在地上。

刘振雷伸手扶起了他，低声说道："小兄弟好身手，老哥领情了。"狗蛋忙道："承让，承让，多谢您手下留情。"

狗蛋不好意思地站起身来说，"朱爷爷，刘大校太厉害，俺就只有招架之功而无还手之力了，您老别笑话俺呀，俺这点花架子，真格地是班门弄斧，贻笑大方了。"

"好久没见过这样精彩的场面了，真痛快。小谢啊，我就不留你们了，欢迎常来我这看看。"朱恒山哈哈大笑，扭身离去。

是该走了，夕阳都要落下山了，院子内的灯都亮了起来。

大院门口，刘振雷握手跟狗蛋道别，顺手塞给他一张纸条，"小谢兄弟，这是我的联系方式，以后有什么事需要帮忙的话，可以随时找我，千万不要客气。"

"谢谢您，也欢迎您有时间去黑虎山下做客，到时俺陪您去大山里面打野猪。"狗蛋真诚地对刘振雷说。

朱小嘉非要再送他们一段，两个丫头脾气相投，手牵着手，有说有笑地走在胡同里，引来不少路人的目光。

刘振雷就像自己的长辈，打小记事起，他就在这个院子里当警卫员，慢慢地成了爷爷的贴身护卫，还兼任办公室主任。他的功夫绝对是大内高手级别的，谢运昌能跟他斗得难分难解几乎不分上下，今儿个算是大开眼界。短短的几个小时，朱小嘉对狗蛋有了更直观深刻的认识，再也不是当初辩论赛上那青涩的山村青年了。

爷爷常念叨的来自黑虎山下的这位校友，看来是真的有一身本事。这个年代，学问高的有的是，可学问高武艺又这么高强的，还真的是稀罕见到，朱小嘉不由得多瞟了几眼狗蛋，越发感觉这小子顺眼，暗叹爷爷看人眼光真的独到。

"朱小嘉，那位刘大校是爷爷的警卫吧？好棒的身手。"张曼玲满脑子的好奇，终于想探问个明白。

"嗯，听刘叔叔讲，他是出身于武术世家，参军后被选拔到警卫部队，在我家待了都快二十年了。爷爷前段时间要放他出去干省军区司令，他还不乐意去，呵呵，刘叔叔正纠结着呢。"朱小嘉稍微说了下刘振雷的情况，她倒是没有察觉到张曼玲的变化。

"省军区司令？那军衔应该是少将吧？刘大校还不是呢。"狗蛋对军衔还是有研究的，忍不住说道。

"哈，他怕的是爷爷撵他走呢。"朱小嘉骄傲地说，听起来她跟刘振雷的感情很深。

天已擦黑，胡同里面的路灯都亮了起来，两侧店铺霓虹灯闪烁起来，更映出几处深宅大院的高墙伟岸，院内幽深，却是另一番景致，让人流连忘返。

朱小嘉再送就送到大街上去了，"你回吧，我们坐地铁回学校了，那个照片别忘了给俺几张啊。"狗蛋跟她道别，没忘了跟朱老的合影，那可是值得珍藏的好东西。

"好的，照片洗好了后我给你们送去，欢迎有时间再来我家做客啊。"朱小嘉说罢便转身离去。

待朱小嘉走远，狗蛋便笑嘻嘻地对张曼玲说："我说，咱下午来这儿的时候打的啥赌来？请问您老人家还记得不？"

"哼，不是本事很大吗，怎么还被人摔倒在地？俺都替你脸红了，让我说啊，你得背着我走一段再说，算是惩罚你刚才的落败。"张曼玲娇声说道。

刚才那场对决，她看出来狗蛋是有意地谦让，也看出来朱恒山老前辈的开心和对狗蛋的欣赏，满腹自豪不以言表。

今天的事是丫头做梦都想不到的，实在是不可思议，跟电影、小说里面的故事一般传奇，要是自己写出来发表出去，肯定绝大多数读者都会骂她胡编乱造，可真格地是实实在在地映在自己的眼睛里，发生在自己和自己最深爱的人身上，心头便柔意绵绵感慨万千。

她拍了一下狗蛋肩膀，"蹲下来，背着俺走一段，跟你玩了一天了，可把俺累坏了，嘻嘻。"

路边人不是很多，狗蛋也不用担心被人笑话，赶紧弯了一下身子，张曼玲就顺势跃到狗蛋背上。

"运昌，我看你毕业后转行得了，不然就亏了你一身的功夫。"趴在狗蛋背上一晃一晃地，张曼玲感觉像坐在山里面的土轿子上，舒服极了，就是街灯有些耀眼，水泥味和脂粉的气息很浓，远没有家乡的空气清新。

"啊，转行干啥？跟你当警察逮小偷去？"狗蛋问道。

"是啊，咱得找时间去看望一下罗杰厅长，人家对你有恩呢。"张曼玲说道。

也是，眨眼好几年过去了，从来就没有跟罗杰联系过，是应该探望一下人家的，只是跨专业当警察这一点，自己可从来没有想过，离自己的志向太远，心里也明白丫头这是在开玩笑，"哈，那你干啥跟朱爷爷建议我毕业后立志回中州整理万虎山呢？咋说变又变了呢？"

"嘻嘻，俺不是怕你忘了人家嘛。放假的时候，咱应该在安南下车，顺路看望一下罗厅长，可不能让他以为咱是白眼狼。"张曼玲说。

"嗯，俺觉得也应该探望他一次了，那就按你说的办。我说，你先别扯别的，先说怎么愿赌服输吧？嘿嘿。"

"哈，不就是想吃我吗？给你吃。"丫头趴在他耳边轻声对他说，话音未落，一只手使劲地搂住狗蛋的脖子，另一只手便伸到狗蛋嘴边，"你咬啊，看好吃不？"

狗蛋可舍不得咬下去，不过送上门来的温软可不能放过，背着丫头快速寻觅到路边树丛阴暗处，顺手放下张曼玲，二人就紧紧地搂在了一起。

还没等他动作，丫头那湿润的嘴唇就凑了上去，二人就深深地吻在一起，老半天才依依不舍地分开。

"你说，我是送你回学校呢，还是咱找个地方住下来，明天接着逛呢？"狗蛋轻声问张曼玲，他的意思其实就是找个地方住下来，好好地跟她亲热一番，该吃的还没吃上，心有不甘。

"逛什么逛？送我回去，就你小子歪歪肠子多，想的是啥俺还不知道吗？"话是这么说，张曼玲心底却是甜蜜蜜的，可又不想这么便宜地就随了他的意，狗蛋便感觉后背上的肉又被张曼玲卷了好几卷，生疼生疼地。

这一下便把狗蛋的美好向往化为了泡影，丫头心里头犟着呢，她说过的，要等娶她进家门以后再给他，在此以前，狗蛋是想也别想了。咋办？送她回去，然后自个儿围着京南大学的操场跑圈？有点不情愿。

"不带你这样的，愿赌服输这个道理你总得知道吧？"狗蛋有些委屈，心里巴不得张曼玲答应下来。

"傻样。"张曼玲温软地抱紧他，轻轻地说，"咱早说好了，等你把俺娶进家门，俺就给你，你就再坚持一年吧，等俺毕业参加工作以后，乖。"

也只好这么办了，狗蛋是一点儿招也没有，即便张曼玲同意跟他找地方住下，估计也会跟上次在白虎山那样，自己有劲使不上，干着急出洋相，还不如回去耍一通拳脚、围着操场跑几圈那样痛快。

送丫头回到了学校，狗蛋自个儿落寞地坐车返回京南大学。躺在床上，狗蛋好久都在兴奋之中，朱恒山的话语一直在脑中回响，模糊中，他仿佛回到了那个战火纷飞的岁月。

从开始带着那百八十人的小队伍进驻万虎山开始，马占彪就与朱恒山携手共进，发展队伍、开拓根据地、面对日伪顽和国军三面围堵，多少次争吵辩论而又和好，多少次血雨腥风满目萧瑟，二人分工明确而又配合默契，经历了无数辛酸和艰难，慢慢将根据地发展壮大，成就了一段传奇辉煌。在那段岁月里，万虎山地区朱马不相分，老百姓都视他们为一人。

朱恒山老了，可他依然胸怀天下，激昂澎湃。小煤窑的调查、万虎山的现状，在他眼里或许不是什么大事，老人看到的是大局，但他也时刻关注着万虎山的发展，他希望看到的是，那儿的山美水秀，老百姓也要过上好日子，眼光里充满了对自己的期待，那是一份诚挚的寄托，希望他能踏实地找出一条更合理的发展道路。

马占彪早已逝去，可那不朽的灵魂，却附着在自己身上，催促着自己走向成熟，激励着自己奋力向前，延续着那一辈人尚未完成的使命。那使命便是努力建设好家乡，让老百姓不再过苦日子。

将来的路怎么走，今天的一席话已经做出了选择，有志不在年少，心怀高远但路在脚下，再远也要一步步地走，那么毕业时自己要坚决回到中州，脚踏实地地实现这一梦想。

想通了这些，狗蛋便感觉前面一片亮堂。事情不是自己想象得那么简单，但也绝不是遥不可及，他不相信自己以后的路能难过红军的爬雪山过草地，更难不过那被日本鬼子扫荡时最艰难的东躲西藏的打游击岁月，当年马占彪和朱恒山做到的那些，他也一定能够做到。

荷花湖畔

时光飞梭，转眼就到了炎热的夏季。

毕业前夕，系里征求狗蛋的意见，依照他的毕业成绩，可以被推荐到国家部委机关，或者推荐其去山南省经济厅，那儿专门来学校要了几个人。

进京城或省城的大机关工作，那是无数人梦寐以求的理想，狗蛋坚决地拒绝了系领导的好意举荐，在分配志愿上，坚定地写下了返回中州工作的志向。

他一想到那难以忘怀的万虎山，似乎就有一只温柔而冷静的手在悄悄抚慰他心田似的。他看得见谢家坡村口那棵苍老高大的古槐在秋天转红的树叶掩映间向他频频招手欢迎，他感觉得到黑虎山下黄昏时的宁静气氛笼罩在他身边，感觉得到落在大片的绿红相映的红高粱田里的正滚动着的晶莹露水，看得见跌宕起伏的山峦上那些赤裸的土地和郁郁葱葱的苍松翠柏。

四年的京南大学生活将要结束，校园里充满了离别的惆怅。即将踏入社会的众多学子，此时也盈满了对未来期望的激动，人生新的一页即将掀开，任谁也抑制不住内心对未来的豪迈。

戴着学士帽，同学们在教学楼前、荷花湖边留几张毕业合影，将校园中的美好在胶卷之中定格。夜晚的小广场上燃起了篝火，放起了欢快的音乐，举杯相碰道离别，俯首私语同学情，就此一别，便是天南地北，还有几位将远赴大洋彼岸，再次相见不知是在何时。

有位同学弹起了吉他，唱的是村里有个姑娘叫小芳，吉他清纯委婉，歌声悠扬动听，引起阵阵叫好，让狗蛋一下子就想起了张晓娟的样子，二人在铁板桥畔的分别场景便浮现在眼前。只是，东水河的水已经变质，河畔林木逐年减少，而张晓娟却早已不是那梳着大辫子的娇羞村姑，安南的繁华，多年的磨砺，早已将她变成一位人人羡慕的都市丽人。

另一首优美的歌曲则让同学们拥抱着哭成一团。睡在我上铺的兄弟，刚刚传唱进京南大学的校园，便被那位文艺同学弹唱得淋漓尽致。朴实的歌词，淡淡忧伤的曲调，不经意间就击中了每个人柔软的内心。那塞满衣服鞋袜的床架、旧暖瓶、破茶缸，还有那把黄色的木吉他，点点滴滴，都将成青春永久的记忆。

夕阳西下，三五成群的，漫步荷花湖畔，徜徉校园林中，一草一木、一阶一凳，都那么的让人留恋。再转几圈吧，看一眼图书馆，望一下教学楼，这儿的一切美好或者忧伤，都将是梦中挥之不去的铭记。

毕业证、派遣证拿到手，同学们纷纷告别，相约明天，宿舍里的床铺越来越空，狗蛋也可以随时离校了。离张曼玲放假还有一周的时间，狗蛋不能立刻离开，他要等丫头放假后一起坐火车回家。

这一天上午，狗蛋在宿舍里正待的无聊，突然有人喊他去楼下，说是有人找，便赶紧跑下楼去。

远远看去，朱小嘉正在宿舍楼前一处阴凉地独自徘徊，一辆挂着军牌的豪华丰田越野车停在一旁。朱小嘉手里拿着一个大信封，长发挽起，遮挡在太阳帽下，一身休闲打扮，青春四溢，清纯宜人，一副墨镜戴在眼上，更显出京城女孩的洒脱飞扬。

狗蛋这才想起来，跟朱老的合影，还没有拿到手，她应该就是来送照片的吧。

朱小嘉笑吟吟地迎了上来，问他在忙什么，狗蛋说什么也没忙，就等着张曼玲放假后一起回中州了。朱小嘉说，嗯，我给你送照片来了。

"谢谢你啊，爷爷身体还好吧？"狗蛋连声称谢。

"爷爷身体好着呢，有时还念叨你啥时候再去俺家做客呢，呵呵。"朱小嘉微笑着说，"这大热天的，你在宿舍里养金鱼吗？也不出去活动活动？"

狗蛋有点不好意思，"嘿嘿，同学们大都离开了，张曼玲还要一周后放假，俺自己也不知道去哪逛逛好，只好在宿舍待着了，看会儿书写点儿东西，也挺好的。"

从那次探望朱恒山以后，朱小嘉从来没有主动找过他，狗蛋也感觉两人家境悬殊，而且不是一般的差距，在一起也不见得能聊得来，基本上也是跟她没有联系。偶尔在校园中相遇，微笑示意，点头之交，仅此而已。

"要不你陪俺出去遛遛？"朱小嘉对他说。

"啊，这大热天的，你不赶紧回家凉快，出来晒太阳捂痱子啊？"狗蛋问她。

"切，我主要是怕你在宿舍里捂的长毛，回你们老家后又说京城的人不热情。陪我去爬爬长城吧，算是尽尽地主之谊，怎么样？"朱小嘉笑嘻嘻地说。

朱小嘉既然发出了邀请，狗蛋也不能不出去，那就显出了他的小气。这个，不去是不行了，她这语气就带着不容置疑。"没问题，反正这几天也没什么事。"狗蛋痛快地答应了下来。

回到宿舍，狗蛋将照片小心地放在包里，这可是很值得珍藏的宝贝，狗蛋不希望被别人看到，那是他自己的秘密。

换了一身干净利索的衣服，狗蛋便走了下去。

"去庸谷关那爬长城吧，八达岭那边我都爬好几次了，都看腻歪了。上车再说话。"朱小嘉催他道。

去庸谷关爬长城？狗蛋眼珠子都快瞪出来了。去八达岭的时候就路过庸谷关，他见到的是残缺不全、遍体鳞伤、漫山狼藉，全然没有巍巍长城的壮观，满眼都是萧瑟的震撼。

去那看什么，看历史的沧桑？看岁月的一地鸡毛？狗蛋不知道该咋问。陪你逛逛，可以，怎么也得挑个山清水秀的好地方吧，十三陵皇帝老儿睡觉的地方也可以啊，他有点无语，这丫头咋想的？

那就不问，上车跟着走呗，反正不用大热天的挤公交，权当一次舒坦的免费郊游。上车坐哪？坐副驾驶那儿还是坐在后面？狗蛋还没有琢磨明白，就被朱小嘉拉上了后面座位上，二人并排坐下。

关上车门，车子就起步跑开。车内空间宽敞，空气清新，一阵凉爽，远不是京城公交车上那如热锅蚂蚁般人挤人的感觉可比拟，这样的感觉，狗蛋是从来没有过的。

"你被分到哪个单位了？"狗蛋问。朱小嘉肯定是被分到京城部委的大单位，学政法的，应该是高级法院或者检察院之类的吧，具体是什么单位狗蛋还真的不知道。

"我吧，开头把我分到京城政法委了，不过呢，俺不想在大机关当葱花，就重新选择了京东区中级人民法院，下周报到后就可以上班了。"朱小嘉说。

人往高处走，水往低处流，谁不想高高在上？这丫头还挺有想法，偏往下面走。人家这条件，想去哪不是一句话的事？"哈，在大机关就是当葱花啊？俺想当葱花人家还不要俺哩。"狗蛋开玩笑说。

"拉倒吧，你是不愿意留京，也不能留，心里想着你老家的煤窑和山水呢，是吧，运昌同志？我是想从基层干起，书记员、审判员啊啥的，都体验一把，总得有个过程不是？再说了，在小单位相对自由一些，烦了我就请假溜出去转转，说不定哪天就转到你们黑虎山了，到你那一亩三分地的时候，可别说不认识我哦，我还想去看看你们那儿的白龙洞呢。"朱小嘉道，"你说我要是在大机关，能这样自由不？"

"嘿嘿，哪能呢？我在中州随时欢迎你的到来，还要陪你去逛万虎山腹地，只怕你不去呢。"狗蛋还记得朱小嘉和张曼玲说过的话，到时他要给那二位背行李当保镖的。

狗蛋琢磨，她选择去基层法院，有自己的道理。要是在大机关，聚光灯下的工作和生活也不是那么的自在。隐瞒个身份，在小单位的环境工作生活反而会宽松许多。

司机是位三十岁左右的年轻人，挂着上尉衔，一路上神情严肃不言一语，偶尔的，露出一丝微笑，回头看二人两眼便又聚精会神。京南大学到庸谷关要七十多公里，车速平稳而迅速，感觉没过多久，汽车便穿行于群山之中，山势雄伟，层峦叠嶂，树木葱郁，隐约的、蜿蜒绵长的古长城忽隐忽现，很是壮观。

庸谷关两旁山势雄伟，中间有长达数十里的溪谷，俗称"关沟"。它有两个关口，北面的就是八达岭了，俗称"北关"，南面的称之为"南关"。历史记载，这里山峦间花木郁茂葱茏，仿佛碧波翠浪，故有"庸谷叠翠"之称，花木繁茂，山鸟齐鸣，自金代起，便被列为"京师十景"之一。

越野车在庸谷关南城门处停下，二人下车正欲沿阶上行，被两名执勤士兵拦住，说是里面部队正在施工，严禁参观。啊，这事闹的，不能白来一次吧？再说了，施工还不是乱七八糟的，有什么看头？

狗蛋正要开口问朱小嘉咋办，上尉下车来到执勤士兵面前，掏出证件小声交代几句，士兵便立刻举手敬礼，拿出两个标志牌让狗蛋二人挂在胸前，随即示意放行，同时嘱咐二人一定要注意安全。

站在庸谷关下，环顾四周，景色远非书中所描述般精彩。走进关口，南城门门洞拱券开裂，拱中及两侧三道通缝有的已发展到城台表面，瓮城城墙严重臌肚开裂、变形，墙顶已有多处横向裂缝。

北城门城台上垛口宇墙已无，荆棘丛生，城墙坍落，外墙砖被人拆除，残留在悬崖上的年久失修城墙，正处在去八达岭旅游的必经之路上方，无数车辆在下面飞驰而过，感觉十分惊险。

穿过瓮城，拾级而上，便站在了古长城上。映入眼帘的是一处繁忙的施工工地，炎炎烈日下，数不清的士兵正在忙碌着整修城墙，肩扛手拉，挥汗如雨。

朱小嘉说，正在施工的，是一支工兵部队，政府自今年夏季开始，已经着手恢复庸谷关以往的雄伟，这样艰巨的任务，若想按期高质量完成，非工兵不可。

穿过正在整修的那段长城，沿着山势继续上行，慢慢便察觉，城墙已经没有了原有的气势，墙砖脱落，石阶损坏，墙垛坍塌，古长城无声地述说着历史的沧桑。

登到一处烽火台，台侧有一角楼，踱步其中，很是阴凉，四面瞭望窗口，微风吹来，顿时一阵凉爽。放眼远望，巨龙般城墙蜿蜒伸向远方，山势雄奇，山花野草郁郁葱葱，令人神往不止。回首刚才走过的路，只见到那忙碌的人群，如工蚁一般不知疲倦。也许，当年修筑长城时也是这般场景吧，风雨无阻，众志成城。

"运昌同志，有何感想？"擦一把汗水，朱小嘉笑吟吟地对狗蛋说。

"啊，若说感想，一时难以言尽，总之是有无限的感慨。"眼瞅着远处被岁月和风霜削矮的长城，那层层斑驳，仿佛就在述说它往日的辉煌和沧桑，不能不让他感叹祖先的伟大，抑或是无奈的抗争，千百年来，早已成华夏民族的图腾。

"庸谷关，你知道是怎么个来历吗？"朱小嘉问。

这个狗蛋还真的不知道，朱小嘉告诉他，当年秦始皇修长城时，将因犯、士卒和强征来的民夫徙居于此山谷，后取"徙居庸谷"之意，故名"庸谷关"。

挠了挠头皮，狗蛋不好意思地说："原来如此。只是秦始皇老祖宗万万没有想到，此处溪谷幽深，两侧层峦叠嶂，山势险峻，本应是边关要塞遍地狼烟，有朝一日却要成为后世游览观光的风景区。"

"是啊，长城万里横亘祖国东西，饱经千年风霜，在此屹立不倒，这承载了多少历史传奇啊。"朱小嘉说道。

她的话还很深刻，感觉朱小嘉不像那么简单地让自己陪她来闲逛，倒像是在试探自己的内心刻度，狗蛋也便认真起来，心底涌起一股豪迈，"嗯，虽然现在长城不能再如以往阻挡外敌的入侵，但我们内心还是要筑起一堵城墙的，这堵墙，应该就是做人的原则、做事的磅礴。"

"有点虚了啊，呵呵，来点实在的。你对刚才看到的修复城墙的队伍有什么看法？"朱小嘉问道。

这个应该就是此行的目的吧？莫非跟自己毕业回乡有关？狗蛋突然豁然开朗，可不能被她考倒，"我想这段长城，应该是明朝末年满人进关后就开始荒废了吧，一晃就是几百年，风雨沧桑，日月更迭，曾血雨腥风的古战场变成了这般模样。但我们没有忘却它曾经的辉煌，刚才我们见到的，便是又要重新找回它往昔的雄壮。"

"嗯，你说的有道理，我想几年后庸谷关便会重现它曾经的壮观，包括我们现在所站的地方。"朱小嘉说，"修复的不仅仅是迷人的风景，更是人们对历史的记忆，前事不忘后事之师啊。"

"是的，这就让我想起了万虎山的遍体鳞伤。这段长城历经几百年的风雨侵袭、烽火洗礼，虽说现在破烂不堪，可一旦决定修复，马上就千军万马齐上阵，一年后就可以旧貌换新颜。万虎山上那几个山头，才开始破坏两三年的环境，再恢复过来又有何难？只要我们选准方向，下定决心，时间很快就会给我们合格的答案。"想通了这些，狗蛋觉得，在白虎山上所看到的一切困难，包括自己人生中遇到的困惑，克服起来便不再那么的高不可攀。

"比起历史长河的变迁，我们的今生，也许只是一个短短的瞬间，但是我们要在心底筑起一道长城，那就是信念，是坚持，是实现理想的步伐不可停息，同样，也能在历史的天空中留下自己的绚烂。"狗蛋认真地说。

"嗯，万里长城是一块砖一块砖垒起来的，我们的人生也要一步一步地走出，共勉吧。"朱小嘉正色道。

朱小嘉刚说毕，狗蛋便笑出声来，哈，来这是陪你逛风景的呢还是抒发壮志豪情的呢？怎么搞得像入党宣誓似的那么郑重其事？

"我说咱俩就别酸了吧，指导员同志。你看沟底面那条小溪水，还很澄清，要不要下去洗把脸泡泡脚啥的，凉快凉快？"狗蛋问朱小嘉。

"批准，呵呵。"朱小嘉娇声笑道，她也感觉这样说话比较累人，又不是上政治课，差不多就行了。

修复城墙的队伍还没有施工到这个地段，向北望，山脊处长城蜿蜒如长蛇般伸向遥远，蓝天白云下寂静异常，不见一人。山涧溪水淙淙，鸟语花香，树木幽深，到谷底探寻一番应该是别有情趣。

找到一个城墙豁口，狗蛋在前先走，朱小嘉紧随其后，二人沿着山体下行。乱石堆积野草繁茂，山花烂漫蝴蝶飞舞，骄阳下那溪水反射出耀眼的光芒，不时有一两只野兔在草丛中惊起飞奔，惹得朱小嘉一阵欢呼。

突然的一个趔趄，朱小嘉眼看就要摔倒在荆棘之中，狗蛋手疾眼快，一个转身将其拦腰抱住，待她站稳后随即分开："嘿嘿，你可要小心呢。"

"我看这根本就没有路，怪难走的，要不咱回吧？"狗蛋说道，他还真担心朱小嘉被磕着碰着的，人家可是金枝玉叶，受点伤啥的说不定自己就摊上大事了。

"回什么回？鲁迅先生不是讲过吗，世上本没有路，走的人多了，也便成了路。咱俩今天就给这里踩出一条新路来，嘻嘻。"不由分说，朱小嘉便拽住了狗蛋的胳膊，这小子功夫高深，靠紧他更有安全感。

如果她是张曼玲，狗蛋就直接抱起了她走过这段荆棘丛，但她是朱恒山的孙女，一直敬而远之，狗蛋不想跟人家太近乎了，只好小心翼翼地搀扶着朱小嘉的胳膊，好歹算是下到了谷底。

谷底杂草横生，间或几块古砖碎瓦散落在乱石之中，那是千年祖先留下的痕迹。涓涓细流，从山坡上流淌下来，汇成一条小河，溪水清澈见底，欢快地顺山势远去。

几棵白杨郁郁葱葱，矗立在小溪之畔，溪水在此形成一湾小湖，偶有山风吹来远处士兵们搬运石块的号子声，更衬托出此地的静谧。掬一把捧在手心冰凉宜人，捧几口进肚，便冲散了浑身的炎热，一阵清爽。

"啊，没想到谷底还有这么凉快的地方，只凭感觉看来不行，有些事还是要身体力行的。"朱小嘉感慨道，摘下太阳帽扇了几下，一头秀发松散在胸前，少女的清香便一阵子地飘到狗蛋身边。

"可不，没有调查就没有发言权吗，不经历艰险怎么享受清凉？"狗蛋嘿嘿一笑。

"切，那等会儿你就自己留在这，傍晚来场风雨啥的，你还能见彩虹呢。"朱小嘉笑呵呵地说，"当年修长城的时候，你说那些庸徒杂役是不是就住在谷底？"

"应该是吧。当年修筑这么伟大的工程，全指望人拿肩扛，夫役漫山遍野，万人挥汗如雨，身后还站着手拿钢刀、皮鞭的监工，实在是描述不出来那个场景。这是人们的血泪还是民族的辉煌？"抬头回望，骄阳下的古城墙，巍巍屹立于山端，沿着山脊向两旁延伸，绵绵无尽头，无声地述说着千古传奇。

"时过境迁，仅此而已。你无法想象两千年前的情况，也许，这是始皇帝当时最好的选择。"说着说着又跑到了比较严肃的话题。

朱小嘉感觉跟谢运昌还比较有共同语言，不似很多的年轻人，眼里全是时髦的物质追求和攀比，嘴里全是流行的歌曲和话语。追求不同，想法自然不同，她不认为自己观念守旧，只是比其他女孩子更深刻一些而已，打小就在爷爷身边，潜移默化地，也便留下了那红色的深深痕迹。

"万里长城今犹在，不见当日秦始皇。千百年来，指望长城真正抵御过几次外族入侵？真正的长城，应该是民心所望万众一心。"狗蛋说道，"失去了民心，再坚固的城池也会被摧毁，赢得了民心，没有高墙壁垒照样可以赶出侵略者。"

"是呢，我看你可以当政治老师了，干脆回去教书吧，哈哈。"朱小嘉取笑他道，其实她骨子里也是个很传统的人，虽然比无数少女更有条件享受当今的繁华，她却选择了远离喧嚣，过快乐的自己。

什么叫快乐？自己喜欢的，那就是最快乐的，这个，她更有条件选择。

山谷两侧青翠满目，溪水潺潺芳草萋萋，二人坐在溪边，将脚放进小溪，感受那水流的洗礼，朱小嘉心底泛起了涟漪，回头看狗蛋，他正若有所思，"嘿，你想啥呢？"

"没想啥。"狗蛋的思绪被她从遥远中唤醒。此地的场景，让他想起来铁板桥边、东水河畔，年少时和娟子在那割草的情景，只叹岁月悠悠，多少往事都随时光飘散，存留在心底的，唯有那份清纯的回忆。

这次邀请他来此闲逛，是爷爷交给朱小嘉的一个小任务，目的是让他感悟到一些东西，侧面观察一下谢运昌的悟性。当然，她绝对不会告诉他这些的。

短短的半天接触，几次试探性的交流，没想到的是，好几次谢运昌都一下子就说到了点子上，自己感觉很是投缘，若换成爷爷的话来讲，那就是孺子真可教也。

虽然对他一直有个好印象，但二人生活在不同的环境，以后也将天各一方，至多算是曾经的校友，自己对他可是没有任何想法的，何况他心里还有个张曼玲。

辩论赛时他留给她的只是模糊的印象，谢运昌那时在她眼里普普通通，还带着一份山里的羞涩。真正的印象深刻，那是在家里看到了他跟爷爷的高谈阔论不卑不亢，不要说是不谙世事的学生，即便是省部级领导，有几个在爷爷面前能做到平和自然？哪一个不是战战兢兢？还有那饭后跟刘叔叔的那一场比试，一招一式干净利索，看似最后落败，实则一点儿不处下风，这些都让她莫名地为之心动。

眼前的谢运昌儒雅大气，眼神中透出一股刚毅和沉稳，让她突然的悸动不安，心底不免感叹一下，如果他也是高官子弟多好，甚至，他能留在京城也行啊。

至于张曼玲，啊，本小姐是谁？这些，朱小嘉也就是想想而已，可不好意思说出来。年轻人，火花四射，激情满怀，有时候思绪，那是难免的天马行空、不可理喻。

追她的人多了去了，自己都数不清，但从没有一个让自己心动过。身边这位万虎山里的青年，却是越看越顺眼，不经意间就走进了她的内心。

"谢运昌，如果，我说的是如果，如果你重新选择，我可以帮你留在一个大机关，用不了多少年，在政策制定和发展方向上，也许你就有了发言权，我想，其实你留在京城也一样能改变你的家乡。"朱小嘉认真地说，也是试探他的想法。

"这个吧，系里面也找过我，可是我感觉还是回去得好，俺不是已经跟朱爷爷说好了吗？俺要回万虎山。"狗蛋也知道留在京城或省城大机关的好处，但他心底想的是回到万虎山，用自己的智慧和汗水探索出一条家乡发展更好的路，"俺认为，有些事情，只有自己亲手去干，才能知道其中的规律，更或者，才能找出更好的路。即便是失败，也可以当作一个反面的教材让别人引以为戒。"

"啊，你倒也是个犟驴子，不撞南墙不回头，是吧？"朱小嘉笑道，"你以为只凭热情就能实现理想了？事情很复杂，过程很艰辛，结果呢，也不见得就是咱想象的那样。"

"嗯，《平凡的世界》你看了吧？我想无论如何咱都会比那里面的主人翁条件好吧？俺就是一山里孩子，再大的苦都能吃得下，俺坚信，一切都会如我们所愿。"留在大机关，狗蛋想都不去想，他渴望的是如马占彪、朱恒山当年横刀立马指点万虎山的激情岁月，只有亲身经历，才能体会到的美妙感受，就如自己当年苦练功夫，牵着黑瞎子满山转那般的豪爽。

"哈，等工作都安顿好了，俺一定去中州看你。"朱小嘉眼里充满了期待。

"没问题，咱们顺便去万虎山里面看看，白龙泉瀑布和山里面的东水河，可比这儿的小溪水气派得多，保证让你流连忘返。"朱小嘉说的那些，狗蛋也没想那么多，京城再好也美不过家乡，那儿才是他的根。

"去你那看看那是肯定的，如果你有事需要帮忙，也别不好意思哈。"朱小嘉真诚地说，"预祝你回去后有个好的开始，顺心如意地去完成你那宏伟理想。"

太阳已经偏西，隐隐有点想坠入山那边的感觉，能够远远地看到，庸谷关在夕阳下的伟岸，再扯下去的话估计那位上尉该带着人来寻找了。

"谢谢你，以后的工作生活中，真若遇到难题，俺绝对会麻烦你。呵呵，咱该回了吧？"狗蛋建议。

返回庸谷关下时，太阳已落到山峦后面去了。在这黄昏时分，山沟里已渐渐升腾起薄纱似的淡淡暮霭，青青的野草气味越来越浓郁，但已没有正午那样苦涩辛辣，变得柔和耐闻了。炎热消散。施工的大兵们已经开始收工，很快就消失在弯弯曲曲的林荫山道上。开着紫红色小花的茯苢秧叶尖上闪着火焰似的红光，蜂蝶在草丛上空飞舞，归巢的山雀子一声声地呼唤着，向远方山岩的白桦林飞去。

走出庸谷关，简单地在部队食堂吃了顿饭，这天的行程也便结束了。

把狗蛋送到京南大学，临分别时，狗蛋对朱小嘉说："谢谢你，祝你以后顺利开心，也请你给朱老带好，请他老人家放心，再过些年，万虎山必定也会像庸谷关那样的，重新焕发青春。"

他没敢说欢迎朱老等几年后再回万虎山看一眼，家乡的变化也许不是自己的责任，甚至他都不知道，回去后自己要干什么，可大话自己说出去了，如果万虎山没有一点儿改变，那就是他的责任。

看似简单的庸谷关之行，无形中给狗蛋增加了不小的压力，四年的大学生活，学到的悟到的，到底能给家乡带来什么？一切都将在今后的日子中展开，考验才刚刚开始，咬紧牙向前闯吧。

张曼玲放假那天，狗蛋早早地就来到警察大学，车票已经买好，带好行李，二人便坐上了返回中州的火车。

车到中州，先赶到县人事局报到。狗蛋将毕业证、派遣证、粮油关系等一众证件交到人事调配科，经办人告诉他，具体到哪个单位上班，需要县里开会统一研究，一周后来此听候安排。

送张曼玲回家后，天已经擦黑了，推辞掉丫头父母的坚决强留，狗蛋怀着急迫的心情连夜赶回谢家坡，半年未见奶和娘，心里怪想的。

次日，狗蛋抬腿走出谢家坡，缓步登上那似乎有些陌生的黑虎山，站立在山崖杨树林的绿荫下，微风吹来，树叶的背面像波浪似的翻滚起来，闪耀着蓝白色的光亮，和谐、低沉地沙沙作响。从东水河对岸的山涧里，从白亮的云边向大地上飘洒着迷蒙的斜雨，绚丽的彩虹像一条五色的带子缠绕着细细的雨丝，狗蛋感到很惬意。

昨夜一场大雨，冲刷了谢家坡周边道路上撒满的碳粉，原来的小树林处山花烂漫，青草繁茂，东水河里的漩涡滚滚向南，铁板桥上的龙头也唱出久违的欢快，四处散发出别样的清新。

晨曦初升，鸟语花香，气象万千，不知不觉走向山坡。抬头望，黑虎山清幽雄壮，将军碑巍然矗立，不免兴致大开，扯开喉咙大喊，"黑虎山，我回来啦。"山谷回荡着狗蛋的声音，远远的，便看见师弟李小强开心地迎了过来，隐约听得到，狗熊在笼子里兴奋地低吼。

师父身体很好，只是头上已经长满了白发，额头的皱纹又增加了许多，眼神依然犀利，腰板已经不再那么的挺直，见他归来，谢广田慌忙出门。

"回来啦？"师父问。

"嗯，回来啦。"狗蛋乐呵呵地回答。

"还走不？"师父的意思是，你小子是不是毕业后留在大城市了？这次是来跟老头子正儿八经地道别的。

"不走了，师父。这不，昨天就在中州人事局报到了。"狗蛋赶紧给师父一颗定心丸。

"回来了就好，不走了，更好。"师父脸上的皱纹便绽放开来，像一朵浓密的山花盛开。

看到狗蛋归来，黑瞎子兴奋地撞击着笼子，巴不得立刻出来撒欢，牵出狗熊，这家伙站立起来已经超出他一头以上，足足五百斤以上，毛发溜光、黑得透亮，胸前那丛白毛，流露出霸王般的风范，来一番久违的争斗，弥补了半年的缺憾。

李小强告诉他，自己已在山南体育大学就读，在学校主攻的是武术专业。

"啊，还武术专业，那功夫练得怎么样了？"狗蛋问。

"嘿嘿，马马虎虎，参加省里传统武术比赛，就得了一块金牌。"李小强倒是不谦虚。

不错，狗蛋还从来没参加过什么武术比赛，那先比画比画，试试师弟的功力如何。说来就来，走到屋前空地，二人便切磋起来，你来我往，拳脚腾挪，倒也热闹。

眼见身边两位小年轻生机勃勃身手矫健，师父开心得不得了，亲自进山，逮了只山鸡，逮几条白鲢，采几把嫩蘑、野菜，亲自动手拾掇出一桌好菜，师徒三人美美地喝了一顿。

"回来也好，在外千般好，不如家乡亲。"师父说。

"嗯，俺这不是想着回来能离您老人家近些吗。"狗蛋说的倒也是实情，奶年纪大了，师父也白发苍苍，在外面工作还真的无法照顾这几位老人。

　　谢广田心头不免感叹一番，这孩子没白疼，这么多年的默默付出，不就是希望他能健康的成长吗？诚恳、上进而又不失万虎山子弟的淳朴，等老长官回到故里，亲眼见到狗蛋这般出息，心中会多么的开怀？到那时，自个儿的任务才算是真的完成了。

　　岁月轮回、时光如梭。波澜壮阔的改革开放史，是华夏民族生活由贫穷走向富裕的奋斗史。在改革的大潮中，谢运昌由一个懵懂的乡野少年，成长为一名怀揣梦想的俊朗青年，他带着自己的梦想，走进了这个伟大的时代。理想很丰满、现实很骨感，面对广阔的社会大舞台，尤其是在那个改革开放继续深入的九十年代，他将如何面对全新的环境与挑战？我们拭目以待！

（下篇）

还乡入职

　　初秋的黄昏，坑塘的青蛙在拼命聒噪，他们或许是在欣喜地迎接雨天的到来。果然，一大早天就下起了凉爽的蒙蒙细雨，树叶、山花和青草上都滚动着晶莹的水珠。很快，村街上就飘散着草木的芳香，还有细雨浸透泥土的气息。谢运昌思念田爷心切，哪顾上老天刮风下雨，就一溜儿小跑上了黑虎山去看望田爷。

　　师父身体看起来还不错，只是已经长满了白发，额头的皱纹又增加了许多，眼神依然犀利、腰板却不再挺拔，听见谢运昌那几声吆喝，谢广田慌忙出门。

　　"回来啦？"师父问。

　　"嗯，回来啦。"狗蛋乐呵呵地回答。

　　"还走不？"师父的意思是，你小子是不是毕业后留在大城市了？这次是来跟老头子正儿八经道别的。

　　"不走了，师父。这不，过几天我就要去中州人事局报到了。"谢运昌赶紧给师父一颗定心丸。

　　"回来了就好，不走了，更好！"师父脸上的皱纹便绽放开来，像一朵灿烂的山菊花。

　　看到谢运昌归来，黑瞎子兴奋地撞击着笼子，巴不得立刻爬出来撒欢。谢运昌牵出狗熊，这家伙站起来已经超出他一头以上，足足四百斤，毛发溜光、黑得透亮，胸前那丛白毛，流露出霸王般的风范。

　　李小强也赶了过来，告诉他，自己已在山南体育大学就读，在学校主攻的是武术专业。

　　"啊，还武术专业，那功夫练得怎么样了？"谢运昌问。

"嘿嘿，马马虎虎，参加过一次省里传统武术比赛，就得了一块金牌。"李小强倒是不谦虚。

不错，谢运昌还从来没参加过什么武术比赛，那就先比画比画，试试金牌得主的功力进步如何。说来就来，走到屋前空地，二人便切磋起来，你来我往，拳脚腾挪，倒也热闹。

眼见身边两位小年轻龙腾虎跃、身手矫健，谢广田心底无比的欣慰，立刻进山，逮了只山鸡，钓几条白鲢，采几把嫩蘑、野菜，亲自动手拾掇出一桌好菜，师徒三人美美地喝了一顿。

"回来也好，在外千般好、不如家乡亲。"师父说。

"嗯，俺这不是想着回来能离您老人家近些吗。"狗蛋说的倒也是实情。奶年纪大了，师父也白发苍苍，在外面工作还真的无法照顾这几位老人。

谢广田心头不免感叹一番，这孩子没白疼，这么多年的默默付出，不就是希望他能健康成长吗？诚恳、上进而又不失万虎山子弟的淳朴，等哪天老长官回到故里，亲眼见到狗蛋这般出息，心中会多么的开怀？到那时，自个儿的任务才算是真的完成了。

"我还能照顾自己，有这只狗黑子在，我根本就闲不住，呵呵。"谢广田说道，"参加工作后，你要好好规划以后的路，无论干什么，都要算好良心这本账，不要将我这把老骨头放在心上。"师父端起酒杯一饮而尽。

也对，狗黑子这么大的个头，一天要吃多少东西？动物园要了好几次了，师父都舍不得给，又不能把它放到大山里面去，估计整天也就忙活着伺候它了。有它拽着，师父哪能闲得住？

"放心吧，师父，我会用心去考虑以后的。"谢运昌不想给师父说起自己跟朱恒山在此地开始的相识，也不想说自己心底的抱负，与马占彪的渊源，更是提也不能提。说得再好，不如踏踏实实去做给师父看，希望他老人家长寿，能够亲眼看到，家乡的今后，将在自己与师弟这一代人的努力奋斗中发生巨大的改变。

"小强啊，你学的是武术专业，可要记住，学武不是为了打败别人，也不是为了争夺什么金牌，而是强身健体、磨炼心智，那些乱七八糟的比赛，不参加也罢。对以后，也要有个长远的规划。"师父告诫李小强说。

"嗯，我记住了，等毕业后我就如师兄一样返乡，就做个体育教师吧，我想让更多的孩子们学习传统武术，万虎山的武魂要在我的努力下发扬光大。"李小强认真地说。

这小子抱负还挺大，听起来也不是不靠谱，报纸上都登了，少林寺附近的武术学校搞起来好几家了，学生们既学武术，又不耽误学习文化课，师弟这想法不错。

不是怕你口气大，怕的是你连心底最小的志向都不敢说出来，师父很欣慰："行，那你就努力按着自己的想法去做。说出来的话泼出去的水，敢想、能实现，这才是真爷们儿。"

饭后谢运昌独自一人漫步将军碑，马占彪雕塑那威严的眼神凝重地注视着前方，碑前的广场已经铺成了水泥地，那些无名的烈士坟，也都个个竖立起了小石碑，鲜花朵朵、冬青丛丛，比以往是改观了许多，这一片热土的确是受到了县里面的高度重视。

四年的京城求学，帝都的繁华没有改变他乡村青年的质朴，城里的安乐没有留下他的脚步，谢运昌心底牢记着的，是多年前在此地萌发的豪情，最惦念的，还是黑虎山下这一片热土，还有那滚滚东流的东水河。

面对着马占彪的雕像，谢运昌默默叨念，我回来了。壮怀激烈往昔是，跃马扬鞭万虎山；莫愁前路无坦途，踏实向前不回头。此情此景，只有他知道那是跨越时空的交流，隔世的心灵沟通，给了他坚强的信念，既然抛弃了安逸选择了艰难，即便是跪着、爬着，也要到达终点。

县城中心大街的两旁，商家林立、绿树成荫，一个大大的花坛位列街心，车辆轰鸣、行人匆匆。

中州县委县政府机关大院位于大街的东侧，大门两侧悬挂着五大机关的匾额。走进院内，一座假山，几眼喷泉，冬青夏草，繁花似锦，一个硕大的国徽高悬办公楼正中央，静谧而又庄严。

踏入社会的第一步，人生掀开了新篇章。手持报到证，怀揣着激动和期冀，迈着轻快的步伐，谢运昌就要走进中州县政府大院。

谢运昌抬头看下那挂着中州县委县政府的大牌子，忽然想起，很久以前，当少小的他心地还很单纯的时候，也在这儿，正吃力拉着地排车的他，放慢脚步看着中州县委县政府庄严而又静谧的机关大院，那一个个挺胸鼓肚夹着公文包进进出出这大院的官员们，心中即浮现出一种羡慕之情。可瞬间，他的心中又顿生一种凌云壮志，看着吧，俺也要好好读书，将来也要到县政府大院来上班。那时，秋风也是这样吹动他湿润的额上的头发和他那被汗水渌湿的破烂外衣；而且也有这样的一只白鸽惊恐地从他头顶飞过。他不仅想起了十六岁拉地排车路过县府时的情景，而且觉得自己像当年一样更加豪情满怀，心地单纯，胸怀大志。毕竟自己已是好梦成真，他感到无比的欢欣和自豪。

"你好，谢运昌同志，欢迎你的到来。"一名中年男子微笑着握着他的手招呼他坐下，接待他的是县政府办公室主任郭景水。

"谢谢领导，一切听领导安排。"谢运昌将报到手续交到郭景水的手中。

"呵呵，不要那么客气，以后我们就是工作在一起的同事了。经研究决定，安排你到秘书二科工作，先给你指派一名老师跟班学习，今后视具体情况再决定具体岗位，就这样吧。"郭景水体态略胖，满面红光，站起身来便带谢运昌赶到秘书科。

见郭景水带着谢运昌到来，办公室的几个人便赶紧起身欢迎。

啊，这几个人倒也有趣，老中青结合，老年的那位戴着厚厚的眼镜，满头白发，一脸凝重；中年的那位满脸谄笑，小眼珠子骨碌碌乱转，搭眼一瞧就贼精；好在还有一位年轻人，应该比谢运昌大几岁，不苟言笑，微微点头示意，看不出是真欢迎还是假欢迎。

"老赵啊，交给你一个学生带带，谢运昌，京南大学的高才生哦，来我们办公室工作，是上级对我们工作的高度重视，也是对我们的信任。"郭景水对那位老者吩咐，言语郑重。

　　"好说好说，我叫赵坤，欢迎你，小谢。"赵坤脸上便露出了微笑，伸出手去表示欢迎，谢运昌赶紧上前双手握住了赵坤的手，"您好，赵老师，还请您多加关照。"

　　"嗯，我说小李啊，你们秘书科现在是兵强马壮，老中青结合，搭配合理，别的我就不多说了，希望以后要干出成绩，让领导放心。"这话意味深长，那位中年人忙着不断地点头，"谢谢领导对我们科工作的支持和鼓励，我们一定吸取教训，团结一致，坚决完成好各项任务。"此人便是秘书二科的科长李存宽了。

　　"你好，我叫孟子林，欢迎你的到来。"那位年轻人主动地伸手过来跟谢运昌打了一下招呼。

　　"呵呵，科里现在增加人手了，这办公室是不是需要重新布置一下？"送走郭景水，李存宽坐下来问赵坤和孟子林。

　　科长的办公桌面对门口，赵坤和孟子林的桌子紧靠在墙边，再加一张桌子的话，真的需要重新摆放一下。

　　"让赵老师跟您打对桌，我和小谢打对桌怎么样？"孟子林说道。

　　"不行不行，我这样办公好几十年了，习惯了靠墙，正好我要带小谢一段时间，我看小孟跟科长打一下对桌吧，我跟小谢打一下对桌"赵坤忙摇头拒绝。

　　"你们商量着来吧，这算不得什么大事。"李存宽随手递给谢运昌一摞文件，"这是县委办公室与我们科的规章制度、工作职责，安顿好后你学习一下，不懂的地方，要多请教赵老师。赵老师可是我们县有名的大笔杆子，一定要好好跟赵老师学习，抓紧适应工作。我有些事情要出去办理，你们先把办公室整理好吧。"李存宽简单地嘱咐了几句，便走出门外。

　　说话间，新的办公用品便被勤杂人员搬了过来，一桌一椅，还有笔墨纸张，三人便忙活着搬桌挪椅。孟子林嚷嚷着让赵坤搬到科长对面，老头很犟，坚决不去，非要跟小谢打对桌，孟子林嘴里叹息一声，低头便把自己的桌子摆在了李存宽的对面。

眼见地面一片狼藉，谢运昌忙将地面打扫一遍，再用墩布拖了一遍地板，顺便整理了一下杂乱无章的报纸杂志，打来两壶热水，给赵坤倒上一杯，孟子林那儿就不倒了吧，那么年轻，自个儿倒去。

坐下来深吸几口气，谢运昌静下心来将工作职责和规章制度认真地翻阅了一遍，办公室下设部门很多，秘书二科主要负责工业、经贸、交通、环境保护、安全生产等方面的文电、会务和督查工作，确切地讲，应该是做好上传下达、服务好分管领导的工作。

具体联系的单位很多，有些局、办他都没有听说过，好在经贸、工业等部门与自己的专业对口，谢运昌突然感觉一个广阔的舞台展现在自己眼前，一切都是新的开始，一切都靠自己把握，心底一阵激动，忙掏出笔来，在日记本上记下这一刻的心情。

第二天，谢运昌早早地就来到了办公室，进门看，孟子林已经待在了里面，办公桌却换了位置。科长的对面还是冲着门，孟子林和赵坤打起了对桌，谢运昌的桌子，便横着摆放在了二人的侧面。

"哈，你来得挺早的。"谢运昌微笑着跟他打招呼，孟子林低头在琢磨着什么，见他到来，便淡淡地说："没什么的，一般都是这个点过来。"

打水、拖地，整理房间，谢运昌动手就忙活起来，捎带着将科长和赵坤的办公桌面整理得干干净净，这样的事吧，不用人专门交代，谢运昌知道怎么去做，也必须要做，新人新单位，这都是必须的。

"嗯，不错，这样的布置很不错哦。"上班的铃声响起之前，李存宽笑呵呵走进了办公室，他对办公桌的布局安排很满意。

孟子林开口说道："我们三人在一起，可以商量着一起办事，也不影响科长的工作思路，挺好的。"

赵坤点燃一根香烟，低头开始查阅资料写起东西，对科长的话不置可否。

谢运昌现在还没有资格议论此事，端坐桌前，看老师有什么吩咐，眼见赵坤笔走神蛇、龙飞凤舞，不知道他现在写的是什么，他不吩咐，自己也就不便多问，便将各种规章制度又重新学习了一遍。

孟子林这年轻人挺有意思，看来是想跟科长打对桌，回去后琢磨了大半夜，又后悔了，估计是怕暴露了自己的小心思吧。

郭景水昨天送自己过来的时候对赵坤交代的几句，谢运昌心里面一直在琢磨，为什么他要点出是上级领导对办公室的工作信任？难道还有哪个单位能比得上县领导对办公室更重视的吗？为什么科长说要吸取教训？谢运昌自个儿也搞不明白，郭主任为什么要这样说。

科小乾坤大，潭小却幽深，尤其是在领导身边工作，学问更大，奥妙很多。他不想考虑那么多与工作无关的事情，跟着赵坤先干着，老师让干啥，自己就去干，多看看、多听听，慢慢地，谢运昌便进入了角色。

这一日，李存宽吩咐赵坤："王县长下午去工业局调研，郭主任安排你跟着去，顺便带上谢运昌，让他也触摸一下实际性的工作。"

"好的，我准备一下。小谢，你先收集熟悉一下我们县工业系统的资料。告诉你啊，我们二科的人虽然不是领导的贴身秘书，但是专业性的知识可是一定要熟悉的，领导问起什么事来，不能一问三不知，那可是做秘书工作的大忌。"赵坤嘱咐谢运昌。

孟子林抬起头来望了科长一眼，随即便垂下头去，他这段时间正忙着赶写一篇关于中州县煤炭经济发展的调研报告，听说是郭主任点名要谢运昌跟县长去调研，表面上看不出来，心头却一阵嫉恨。心想，随便，王县长关注的是县里的煤炭经济发展，工业方面不是他关注的要点，一定要将此篇调研写好，你们爱谁去谁去。

到县政府上班，谢运昌也就是在上下班的路上跟王三强见过几次面，仅此而已，领导工作繁忙，他不想打搅。

谢运昌能到县政府办公室，那是王三强亲自打的招呼。这小子留给王三强的印象很深刻，黑虎山烈士碑下谢运昌与朱恒山亲切对话的影子一直印在脑海里，挥也挥不去。东阳市王市长私下也跟他提起过多次，没想到他能回中州。如果真是人才而又有大背景的话，是应该好好培养，还要仔细观察，真若是投脾气而又乖巧懂事的话，做自己的乘龙快婿，那也是很不错的。王三强心里面还有其他的打算，谢运昌不知道，别人更不会知道。

中州县地下资源丰富，以盛产优质煤和铝矿名满华夏，工业相对较薄弱。仅有的几家大企业，这几年经济效益出现了下滑，原来在东阳地区赫赫有名的中州钢铁厂和化工厂，事故频发，品种单一，成本居高不下，问题很多，已经到了工人要静坐上访的境地。

谢运昌仔细地阅读了办公室的一份民情通报，心中便有了些底气，估计县里面遇到了不小的压力，如果企业停产，仅那么多国企工人的重新安置，就会让县领导挠破了头皮，这次王县长去工业局，应该就是摸底调查的吧。

下午上班，赵坤和谢运昌早早地等在了办公大院，王三强在副县长潘志强的陪同下，走出大楼。

"呵呵，走吧！"王三强跟大伙打了声招呼，微笑的眼神掠过谢运昌的眼睛，随即上车而去。随同调研的人员便上了一辆中巴，跟在领导小车后面，向工业局赶去。

工业局长姓王，梳着一个大背头，矮胖的身躯，大大的肚子，满脸的堆笑，引领众人在门前迎接，谢运昌都替他那大腹便便的样子担心，这要是遇到地震了、发大水了、失大火了啥的，咋个逃命哦。

走进会议室，每人分发到了一份汇报材料，谢运昌粗略地读了一遍，写的不少，大多数内容都是空洞的，除了感谢党就是感谢县委县政府，正题呢？局里的工业统计数据，都是每年上升的，问题是存在的，解决是有思路的，决心很大，办法很多，只需要政府的理解和财政上的支持。

环顾一圈，参加会议的人正襟危坐，每人都表情严肃地注视着主席台，静等领导发言。

突然，谢运昌脑子里一阵混乱，心底止不住的疼痛，禁不住颤抖了几下，赵坤伸手摸了下他的额头，"怎么了？没发烧感冒啊，别紧张啊，小谢。参加这样的会议，就是我们的工作，将来你还要学会组织开会呢。"赵坤以为谢运昌第一次参加这样的会议有些紧张，忙嘱咐他。

赵坤不知道谢运昌情绪反常的原因，那是他不知道谢运昌与吴大飙当年的恩怨，时间最容易让人忘掉过去，与己无关的事情再大，一两年后也都会随风而去、再也无人提及。但谢运昌不能，紧靠着工业局王局长身旁坐着一人面前的标牌上，清晰地写着"吴天贵"三个字，这不就是当年陷害自己的吴大飙的亲爹吗？多年前岳王台那一幕恶斗与派出所的遭遇便浮现在眼前。

此刻，谢运昌盼望能逃离这个现场，躲到白龙泉畔的花草丛中，闭上眼睛美美睡上一觉该有多好啊！然后再爬起来，在山坳刚翻起的松软田垄里发疯般奔跑。跑累了，就孩童般的吹着口哨跟着扶犁农夫撵牛的鞭声，一圈又一圈地顺着墒沟紧走，听着长空里雁阵的鸣叫声，不经意间从脸颊上拂去红褐色的土尘，贪婪地闻着犁起的葡萄美酒般的秋天泥土的香味，那种没有怨恨，没有烦恼，全身心的放松状态才是一种最美好的精神享受。

钻研业务

政府机构改革，原来的工业一局与二局合并成工业局。

吴天贵没能当上副县长，就连工业局长的位置也未能干上，二局撤销，他最终成了新合并的工业局常务副局长。

儿子吴大飙和兄弟吴天利当年惹的事的确直接影响到他的仕途，否则的话，他早就做到了副县长的位置上。怪自己时运不济？还是怪自己教子无方？这些都不重要了，重要的是他失去了那次机会，而且负面影响太大，费尽九牛二虎之力才保住了当初的位置。

吴天贵绝没有想到的是，当年的谢运昌会突然地就坐在眼前，更没想到，时过境迁、造化弄人，这小子竟然成了跟在领导身边的人，如若他知道谢运昌此时正坐在台下颤抖着心灵，我们一定猜不出他会发出怎么样的感慨。

谢运昌铺开会议记录，努力地控制住自己的情绪，回头对赵坤淡淡一笑道："没事了，赵老师，可能是我真的太激动的缘故吧。"

尽管这些都过去了，可是心灵深处好像仍有什么锋利的东西在隐隐地刺痛他，折磨着他。就像被牲畜践踏的庄稼一样，虽然雨露阳光，使倒伏在地上的庄稼又重新挺立起来，白昼又照样照耀着它，风又照样吹得它摇曳多姿。可它那曾遭受过致命创伤的躯干，却仍留有昔日的踩踏伤痕，一遇狂风暴雨的恶劣天气，就最易引发旧茬再度发生变故。

往事如梦，却实在是不可能忘却，那刻骨铭心的伤害任再大的风也吹不散，但现实必须面对，今后，他少不了跟基层领导打交道，那是工作的必须，只是没想到，第一次接触到实际的工作，就遇到了吴天贵。

郭景水主持会议，宣布会议开始，王局长底气十足，照本宣科，抑扬顿挫地向领导汇报开来，读到半途，已是满头大汗，气势渐消。

"我看你就不要汇报了。"王三强说道，"今天来这，不是听你们总结工作的，你就介绍一下我们县工业系统存在什么问题，需要县里面帮助解决什么？"

"各位领导，县里的两大支柱企业，钢铁厂和化工厂，目前最需要的是周转资金，目前看，化工厂还好过些，中州钢铁厂已经连续三个月只能给工人发生活费了，急需县里面的财政支持。"王局长点出了要害。

"哦？前几个月拨给钢铁厂五百万资金，都起了什么作用？李厂长在啊，那好，你现在就讲讲。"王三强问钢铁厂李厂长。

中州钢铁厂厂长姓李，是当年给吴大飙出馊主意的李二霞的父亲，李存喜。见县长问话，李存喜忙起身答道，"现在主要面临的问题是原料价格上涨造成的生产成本增加，前期厂里欠一千多万矿石款，付账后又面临着青黄不接，工作十分被动。"

"拨款给你们只是让厂里还账吗？照这个形势下去，拨再多的款也是打水漂，县里接到那么多举报信，举报矿石存在严重的质量问题，造成生产事故层出不穷，产品质量下滑，李厂长，这也跟资金短缺有关系吗？"王三强严肃地问道。

"这个吧，我倒是可以讲一讲。"吴天贵见李存喜已经满头大汗不敢答话，便接过话茬，"矿石质量下滑，和钢铁厂不能按时拨款给供货方是有一定关系的，这就导致了一连串的反应。李厂长，你回去后立即组织班子开会，要狠抓内部管理，注意引导好职工情绪，局里面会充分考虑到你们的困难也会及时向县政府汇报的，但是你们还是要立足于自救。"

轻描淡写的，吴天贵便将中州钢铁厂的问题搪塞过去，至于以后怎么办，回去县长办公会你们几位领导研究去呗，五六千人的大企业，真垮了的话，王县长你也坐不稳，到时谁最难受？反正轮不到他出头受上下责备。

化工厂厂长汇报的是厂里的设备更新问题，目前的生产，只能维持，急需县里支持贷款更新装备、扩大产能。其他一些小厂，更是问题多多，大都处于破产的边缘，职工入不敷出，怨声载道，很多人已经骑起了三轮车，在大街上拉起了客。

"问题是不少，但也要一个个的解决。"王三强说，"我们躲避不开。企业的运转正常与否，直接关系到千家万户的职工生活，我希望工业局的同志们开动脑筋，大胆创新，不要总想着县里财政补贴，要敢于承担嘛。中央倡导企业改制，中州为什么不可以先行一步？"

"今天的调研，主要是征求大家对今后工作的意见，请大家各抒己见，不要只提困难，要向前看，开动脑筋多想办法，当然，有些困难县里要研究尽量协助解决，不要让职工群众看不到希望，不能让一名职工吃不上饭，一句话：决不能因此影响大局的稳定。"王三强喝了口水，继续强调，"关于企业改革的问题，我看完全可以拿出一两家企业做试点，放手引进外来资金和管理思路，至于选择哪家，王局长，你们事后拿出方案报县里审批。"

谢运昌坐在旁听席上，扭头看身边的赵坤，正唰唰唰地记录着在座各位的发言，正襟而坐、一丝不苟。见谢运昌有些走神，便小声提醒他道："小谢，任何人的发言都不要错过，这是我们这次调研的最基本资料，另外啊，你一定要注意领导讲话的语气，不然你搞不明白这次调研的目的是什么，还怎么写？"

谢运昌是第一次听王三强讲话，也在用心琢磨着会场的气氛。王局长大腹便便、官气十足，吴天贵精明强干、盛气凌人，看起来县长对中州的工业现状不是很满意，此次调研，或许是为了拉开中州工业企业改革的序幕，但又觉得，两大支柱产业的不景气并不是县长关注的主要的矛盾，主要的，应该是首先保证职工的生活必需、稳定住职工群众的情绪。

散会后回到办公大院，已到下班时间，赵坤对谢运昌说："如果晚上没什么事，就按自己的想法整理出一份调研报告，领导安排我们去，其实就是让我们代笔的，要写到领导的心里去，明白？明天拿来我看看。"

会议的情况谢运昌了解得很详细，把每个人的发言写出来，然后是领导的总结发言，这个简单得很，但这不是调研报告，这样写那是报社记者们干的事。

秘书二科干的，是代替领导写出面临的问题和解决问题的措施，好在重要场合拿出来亮相，的确马虎不得。

在食堂简单地吃完晚饭，谢运昌没有急着赶回宿舍，他要加班去写材料。华灯初上，中心大街的两旁空地上摆满了小吃摊，音乐声、吆喝声此起彼伏，人行道上人流不断，行走其间倒也很是悠闲。脑子里琢磨着那份调研报告如何开头，参加工作后第一份作业要如何写好，的确需要认真思索，谢运昌便对眼前的一切浑然无觉，踱步慢行。

"嘿，谢运昌，你掉魂了吗？"一声招呼将他从沉思中惊醒，眼前却是王晓梅，一袭长裙，秀发披肩，别样清新，手臂挎在一位中年女士身上，正微笑着注视着他。

"哈，原来是你，吓俺一跳，阿姨您好。"那位女士应该是王晓梅的妈妈吧，谢运昌点头示意问好。

"妈，这位是我的高中同学谢运昌，现在在县政府办公室上班。"王晓梅给她妈妈介绍道。

"呵呵，老王说的那位小谢就是你啊？去年还唠叨你要去我们家做客呢，小伙子啊，你咋没过来呢？"中年女士很和蔼可亲，眼里看不出一点县长夫人的跋扈。

听同学们说过，王晓梅的母亲在县人民医院做大夫，是一个很让患者和同事尊敬的医生，现在看到的，的确是一位气质端庄、稳重大方的女士，不由得对王县长多了一份敬重。

"阿姨，实在对不起，是俺少不更事，胡乱答应了王县长，您放心吧，俺一定在方便的时候登门拜访谢罪。"谢运昌听王晓梅的妈妈这么讲，脸都红了，幸亏是天黑灯暗看不清楚。

当初自己可是以为王县长酒后随口说说的，没有当真，他哪好意思随便登县长家的大门，也绝没想到王三强是这样认真的，他这样的看重自己，反而是自个儿小家子气了。

"没什么的，欢迎你以后来啊，俺爸那几瓶酒还留着呢。"王晓梅脆生生地答道，然后说声再见，母女相依继续散步前行。

谢运昌不想去王三强家做客，跟王晓梅有直接关系的。在一起上学的时候就没有什么来往，现在，他更不希望跟她有任何瓜葛。何况，王晓梅与自己根本就不是一路人，人家是什么家庭出身？高高在上的感觉谈不上，但相隔千里、无从交流的感觉是有的，他压根儿就没想过会跟她有什么交集，突然地去她家做客，自个儿感觉那肯定是别扭得很。

王县长看起来是稳重正直之人，绝没有想象中的、古装戏里面的县官那般霸气外露，这样一来，不去的话，便感觉对不住人家的厚爱，这倒是跟王晓梅无关。

做客这事先放一边，还是得继续考虑那份赵老师布置的作业如何完成，王三强在会议总结发言时说了，要拿一两个企业试点改制，这不就是县里的态度吗？鼓励企业改制，减少政府干预，让企业在市场中独立发展，就按这个思路纵贯全篇。

谢运昌回到办公室，快捷铺开稿纸，就要开始动笔。却感到浑身发热，思绪时断时续，就又重新起身踱步到窗口。他双手轻轻打开窗子，心不在焉地朝窗外那大片绿地观望。这是一个空气清新而没有一丝风的月夜，在街上响起几声汽车的鸣笛声，而后是一片寂静。窗外那棵高大的银杏树，正落叶的树枝纵横交错，把影子清晰地投落在月色笼罩下的草坪上。右后方是县委的高高楼顶，在明亮的月光照耀下像洒落的一层霜雪。他望着月光下的绿地和煞白的楼顶，望着斑驳的树影，吸着沁人肺腑的空气，心中顿时敞亮起来，脑海里的写作灵感也在骤然生发，他赶紧收回目光，快步落座伏案疾书。

三个小时过后，一篇关于中州县工业现状和未来的调研报告的初稿便写成了。

第二日上班，谢运昌将厚厚的一摞报告交给赵坤，老头接过来，戴上老花镜，点上一根烟，认真地翻阅了起来，期间还不住地点头微笑，让他不知道老师是夸他写得好还是笑话他写得哪里不对。反正整整大半天，赵坤就没再搭理他，一直伏在桌子上，修改着他写的东西。

下午下班后，赵坤将修改后的报告塞到谢运昌的手中，二人一起走出办公室，"小谢啊，晚饭你就别在食堂将就了，走，我请你找地方喝二两。来这么久了，还没给你接风，你看我这老师当得，呵呵。"赵老头笑起来也是很可爱的。

"那谢谢赵老师了，我请客，嘿嘿。"谢运昌兜里有钱，就在来中州上班前，他取出来干爷爷寄过来的一些钱放在身边，表面上看他是个穷酸小子，其实，他是不想显摆。

一家中州老菜馆，坐落于小巷深处，招牌陈旧、字迹遒劲，走进店内，幽静雅致，窗明几净，却是闹市中一个好去处，看来赵坤常来此地小坐。

"店家，来一盘猪头肉拌黄瓜、两盘热炒时下菜，一瓶虎头特酿。"找到一处雅座，赵老头摇头晃脑大声吆喝，就差穿上大褂、裹上头巾穿越到宋朝去了，谢运昌自个儿笑个不停，老赵头却端坐在椅子上，吆喝完毕便板起脸来，一言不发、有板有眼。

更雷人的是店老板，见到赵坤到来，满脸开心，立马将毛巾向肩膀上一搭，亲手沏一壶好茶端放在桌子上，倒茶的同时，便扯开嗓门高声喊叫起来，"青菜两盘，猪头肉半斤，虎头特酿一瓶嘞。"嗓门洪亮而悠长，余音绕梁，那样子便像极了古代酒楼上的店小二，惹起不少食客的拍手叫好，谢运昌浑身的疲倦便一扫而光，这份默契和谐与自然坦诚，需要老赵头在此吃多少顿、花多少银子才养成这样的场景啊？

不长时间，酒菜上桌，二人边吃边聊。

眨眼间太阳仿佛钻到一片冷酷的乌云背后去了，城区顿时陷入了黑影之中，西水河、六峰山、银口坝，连同高高低低的城市建筑物也都失去了光彩。那些新生的刚刚还闪着晶亮的绿叶也没有了生气，百日红变得苍白了，山楂花刚才还那么娇艳，现在也突然凋谢了。

"小谢啊，你这篇报告晚上再琢磨琢磨，我把修改意见都写在上面了，当然了，那只是给你的参考。"赵坤对谢运昌言道。

"谢谢老师，我一定要认真按您的意见进行修改。"谢运昌恭敬地回答，毕竟现在已经在政府机关上班，领导不是老师，公文写作或调研报告自然与在学校写作文不一样，有它自己的规则和模式，谢运昌在这方面只是个小学生，需要学习的地方还很多。

"呵呵，我说过了，只是参考，今天郭主任专门交代我，说县长的意思是我们俩各写各的，明天都要交上去，我也就是在你那文稿里面增加了几段文字，你看着不合理完全可以不要。"赵坤给谢运昌透露了领导的意思。

谢运昌的报告内容翔实，基本上点明了中州工业界存在的各类问题，详细指出了当前国企中普遍存在的管理腐败、技术落后、观念陈旧等现象，又较为明确地说明，解决这一问题的最佳途径便是改变经营机制，引进民营资本，鼓励职工参股进行公司化改造。

赵坤看了后拍案叫绝，其中的措施如果得以实施，必然会给中州工业系统带来巨大的变化，有些问题，他本人想都不敢想，这小子却阐述得头头是道，有理有据。

本以为谢运昌是某一位领导的亲戚，来此也就是为了镀金，没想到这位小伙子不愧是名牌大学毕业生，真材实料，有棱有角，有点当年自己的影子，对其便产生了爱护之心，这才有了此次的品酒言欢、相互交流。

"我说小谢啊，我们做政府文字工作的，开头和结尾都要注意一点，那就是一定要穿靴戴帽，至于穿多少戴多高，这个就看你发挥了。"赵坤告诉谢运昌，其实也不用明说，点开即可，这是必需的，不然会被批评政治不成熟。

"嗯，以后我会注意的。"谢运昌点头感谢，端起酒杯一饮而尽，敬了赵坤一杯。

"呵呵，酒量还行。内容我看了，很切中要害，但是你想过没有，你说的那些，县领导会想不到？也许县领导比你感悟的还要透彻，思路更全面，他们开会研究后决定实施就可以了，那样就不会有那么多问题存在。"赵坤微笑着看下谢运昌的反应。

老赵头说的这些，谢运昌还真的没考虑到："嗯，应该是这样的吧？"

"我们递上去的报告，领导可能要在大会上用作发言稿的，你再想想，你写的这份报告，领导敢用吗？他要是读了，就代表县委县政府的意见，这就要牵涉到方方面面的利益，那不是要掀起轩然大波吗？"

"是的，赵老师说的对。"谢运昌这才明白，作为县政府的笔杆子，并不是想怎么写就怎么写的，首先要考虑透领导是怎么想的，然后再写到领导的心眼里去，不然，就是给领导添乱。

几杯虎头大曲下去，老赵头有点晃荡，满脸红光，眼神中隐约漏出曾经的霸气，话便多了起来："呵呵，我是看你很不错，那位小孟，可远没有你实诚，我也就是想让你少走点弯路而已。不怕你笑话，这样的亏，我老赵可是吃了一辈子。"

孟子林是什么样的人，谢运昌不想追问，干好各自的工作便是，下班后完全可以互不相干。

谢运昌早就看出赵坤身上藏满了故事，喝到这个份上，一瓶酒就不够了，再要一瓶，二人越说越开心，倒也很是投机。

想不到的是，赵坤竟然是复旦大学中文系高才生，毕业后就一直在中州县政府工作，文笔犀利，观点尖锐，伺候了无数领导，这么多年下来，他曾带的实习生杨子海，都成了县委书记，而他还在秘书二科待着，真可谓是县政府大院的一道奇景。

怪不得这家饭店的老板在他老人家面前，摆出的是一副店小二的表现，正儿八经的中州老前辈啊。好在，县里最后给他了个正科级主任科员的待遇，也算是一个认可，按老赵头的说法，他对此是不屑一顾的。

这位老兄啥都明白，就是管不了自己的笔，也管不住自己的嘴，教育起小年轻的，竟然很是在理、头头是道，奇人怪才，却是值得交往的坦率之友。谢运昌认为，小城狂士，世外高人，这位赵老头要是生在鲁迅年代，说不定能跟大文豪成为哥们。

"赵老师，谢谢您给我讲了那么多，我想我会认真按照您的意见进行修改的。"谢运昌恭敬地跟赵坤说。

"哈哈，你自己看着办，该说的我都告诉了你。实话说，按我说的去改，我是真的不开心，你这个性子，我喜欢。可是你不改，我更不开心，那样会被小人钻了空子。"赵坤这是话里有话，好像是科里的哪位人士惹他生了大气。谢运昌不好细问。

中州城的上空一片灰色的黄昏。大雁在春汛泛滥的西水河湾里惊鸣，苍白暗淡的月亮从六峰山的白桦林后面爬上来，山路上映出一条月光铺出的波光涟漪的浅绿色小径。浩瀚的天空渐渐变得晴朗，眨着眼睛的星星透过淡淡的云层露了出来，小夜风驱散了云片，夜空用无数只金色的眼睛深情地注视着大地万物。

天色已是很晚，店内食客已无，店老板坐在柜台内昏昏欲睡却又似在倾听两人言语，老前辈眉飞色舞说得正开心，酒到酣处早已忘了请他客的事，再聊下去就耽误修改作业了，谢运昌便起身结账，搀扶着他离开菜馆。

回到宿舍，取出调研报告，谢运昌便看到赵坤给他修改的密密麻麻的内容了。开头增加了在中央、省、市、县各级党委政府的正确领导下，怎么样怎么样，内容中增添了具体的政策条文及法规依据，结尾处补充了类似的大帽子，表一番决心、喊一番口号，关于工业企业改制的措施和建议，被他换成了领导的语言加以修饰，整体看起来，与自己写的原文完全不是一个味道。

在进行试点改制这一重要环节上，赵坤选择了一家集体制的小企业，对试点工作提出具体的要求，明确了改制试点的意义，整篇文章便完全变了风格，最关键的是，谢运昌文中刻意点出中州钢铁厂存在的诸多问题，被他全部删除了，取而代之的，是对中州工业系统比较笼统、点到即止的评价。

谢运昌很是感激赵坤的鼎力相助，但他自有主见，绝不想让自己的想法束之高阁。

中州县工业系统面临的问题很严重，比如中州钢铁厂，就是在会议的公开场所，也能感觉到里面的问题很多，不进行体制改革，企业经营将更加困难，也将成为县财政的无底洞。

赵老前辈今日所改，应该是教给他如何写好工作报告，谢运昌感谢他的点拨，翔实调查、掌握政策，不然肯定提供不出领导所需要的材料。

洗了一把脸，泡上一杯茶，谢运昌端坐桌前，参照赵坤修改的模式，重新撰写了一份调研报告，自己的那一篇写满赵坤修改意见的文稿，便锁进了抽屉里。

忙完这些，天已三更，躺在床上，谢运昌毫无睡意。及时捕捉国家发展大方向的信息、多学习掌握相关法律和政策，应该是特别重要的事情，在深入厂矿、企业了解具体情况的基础上，再重新撰写这一篇文章，想必能得到赵老前辈的认可。也希望到时候县里的主要领导能够看到，即便不会得到采纳，也一定会是十分重要的决策依据。

上班后，谢运昌便将修改后的调研报告交给赵坤，老头戴上老花镜认真地阅读了一遍，点头微笑，冲李存宽说："不错不错，李科长，我们科里还真来了位人才哩，你看看谢运昌写的这份调研报告，质量上乘哦。"

李存宽接过报告，仔细地浏览了一遍，格式正确，字迹工整，语言简练而符合报告要求，估计领导看了会很高兴，再看了一遍，好歹挑出两个错别字，还有三个写错的标点符号，用红笔修改过来。

"嗯，大体上还算可以吧，小谢，咱这秘书二科的文稿，可是要印发成县政府文件下发的，一个字一个标点符号都不能错，你按我修改的重新抄写一遍，我签字后送打印室印刷，然后送交郭主任转县领导审批。"李存宽表情严肃地对谢运昌说，"老赵那篇报告我就不审了，等会儿你一并送到打印室。"

"科长就是科长，业务精练、火眼金睛，一点小错都逃不过你的眼睛，看来我们一定要小心谨慎哪！"孟子林笑呵呵地插话道，李存宽听了后便挺了挺腰板，端起茶杯品了几口。

赵坤那报告，李存宽是从来不审的，县委书记都让他三分，自己不能惹火烧身。领导们喜欢拿赵坤写的东西当作内参，他的文稿针针见血，虽能治病却如毒药，绝不会轻易采纳，这老头爱咋写咋写，交上去让办公室主任自己看着办。以前倒是有位县领导特别赏识过他的，几次大会发言引用了赵坤的文章，结果很快便得罪了一半以上的坐地虎，不出两年，便灰溜溜地从中州官场走人。

李存宽关心的是谢运昌写的东西，中州钢铁厂厂长李存喜是他亲兄长，这份报告的内容将涉及企业改制试点的敏感话题，直接影响到县委县政府的决策，他不能不关心，刚才阅读了两遍，没发现任何涉及钢铁厂的问题，也便放下心来。他随之心想道，谢运昌也就是这个水平吧，唉，年轻人没有点锋芒，也不是好事。

科长这么布置，谢运昌说不出什么来，拿出稿纸便认真地重新誊写了一遍，赵坤啥话也没有，低头抽烟喝茶看报纸。

第一份作业便这样完成了，至于好坏，谢运昌说了不算，如果印刷成文件，那便是领导的认可。

不几天，还真的以红头文件的形式下发了这篇调研报告，县政府隆重召开中州工业经济会议，郑重宣布，以中州农具厂为改制试点，启动了工业企业改革的序幕。

拜访县长

从西水河吹来的清新、令人神爽的微风，在碰到高大的建筑物，就被切割成零乱的细流。灰褐色的略带点儿紫色的昏暗的晨空中，乌云正向南飘去，城市的上空笼罩着雨前的闷热，弥漫着沥青和淡淡的汽油烟，以及一切人烟密集的大城市所特有的那种混为一体的怪味。很快，西水河对面的天空就被染成浅蓝色、朱红色和铁锈色，地平线上的每一根线条都是那么缥缈、虚幻，让人如坠雾里云烟。

转眼间，谢运昌已经在秘书二科工作了小半年，基本熟悉了具体的工作流程与内容，按科长的话说，该独立挑大梁了。

很快，郭景水便亲自到科里面主持开会，对秘书二科的工作进行了重新分工，孟子林负责跑教育、卫生、公安等系统，谢运昌负责工业、农业和商业等系统的文稿，赵坤老先生就灵活一些，大领导咋安排，他就到哪里去。

这样的分工倒是很贴近谢运昌的专业，只是跑工业这一块时，就不可避免地要与吴天贵碰面，过去的那场恩怨，吴天贵自然不会提及，心知肚明，不提也罢，但吴副局长那皮笑肉不笑的表情着实让谢运昌感觉很是怪异，这是工作，他躲避不开，得适应、得面对，偶尔的会议后聚餐，还要微笑着敬他一杯酒。

将屈辱的过去压在心底，笑脸相对仇人之父兄，这算是人生的一次磨炼吗？谢运昌不知道是应该找机会对他发作一次，还是彻底地将过去忘掉，从此以后真诚地面对吴天贵。吴大飙的爹是谢运昌的一块心病，是道躲不过去的坎。

这是一个初冬周末的下午，快要下班时，突然接到王晓梅的电话，"谢运昌，你不是要去我家做客吗？怎么又没动静了？"

王晓梅在县委办公大楼上班，虽说离得不远，但各忙各的，平时很少能碰得到面，不知道她为啥突然问起这件事来，"哎哟，你看我这脑子，不好意思啊，俺是担心冒昧登门给领导和阿姨添麻烦。"

"哦，是你自己嫌麻烦吧？事不少。说准了啊，下班后过去。"王晓梅随即放下了电话，这个，不去也得去了。

谢运昌跟王晓梅认识这么多年，其实没说过几句话，印象中还是高中时那位尖尖的嗓门、不苟言笑、一点儿小事便认真到底的女班长形象，绝对不会认为她说的是玩笑话。

挂了电话咋行？你老人家得告诉俺你家在哪栋楼哪户住啊，赶紧给王晓梅回拨过去，"嘿嘿，俺还不知道你家住哪呢，麻烦你告诉俺，行不？"

王三强那儿，的确应该登门拜访一次，换成其他人，那是想去都极难进得去门的。谢运昌这几个月的侧面观察，包括机关同事们的私下议论，大多都说他正直稳重，是个想干实在事的好县长，只是中州事情太过复杂，有的部委办局领导思想僵化、得过且过，有的人骨子里就反对改革，还有人暗地造谣、挑拨他与县委书记的关系，个中关系层峦纷杂，王县长有点力不从心。

那次工业系统的调研报告备份，谢运昌通过这几个月的摸底调查，认真进行了修改，文字中所指的内容，不敢说囊括了中州工业系统最真实的现状，也基本上反映了问题的客观存在，在借鉴南方县市先进经验的基础上，结合中州实际认真提出了自己的观点或者建议，多余的废话一个字都没有。

能不能给王县长看看？谢运昌下班后回到宿舍琢磨了一会儿，先装兜里吧，如果聊得投机，拿出来给他看看未尝不可。

去县长家拜访，不能空着手吧？谢运昌便赶到商店，多了少了都不好看，极品虎头特酿两瓶，中华烟两条塞到酒盒子里，简简单单，提起来还顺手。

王晓梅的家，在县委家属院的一栋新建楼房的二楼上，放松一下神经，谢运昌敲了几下门，门开了，王晓梅俏生生地站立在门口，"请进，欢迎你来我家做客。爸，谢运昌来了。"

一百五十多平方米的房子，客厅宽敞，白瓷砖铺地，几幅山水画悬挂墙壁，一圈沙发一个茶几，侧面是一书橱，前面便是一台电视机。室内布置简洁大方，散发着浓浓典雅的文化气息。

王三强闻声便从书房走出，"呵呵，小谢来了，好，好。晓梅，你去陪你妈做饭，我陪小谢拉拉呱。"

王晓梅的妈妈围着围裙，从厨房里走了出来，微笑着看看谢运昌，"来就来吧，还拿什么东西？赶紧坐下歇会儿。"

"王县长好，阿姨好，打搅了。"谢运昌是真的感觉自己不够场面，王三强去年就邀请过他，虽然不知道王三强当时的目的是什么，但起码是人家对自己的真情实意。

"呵呵，到家了，叫叔叔吧，县长的称呼放到外面喊去。"眼前的谢运昌形态俊朗、面目清秀，文雅而又富有朝气，身怀绝技而不露于外，王三强是越看越喜欢。

一套精致的茶具摆在茶几上，茶已泡好，谢运昌端起茶壶，给王三强浅倒了一杯。酒要满，茶要浅，这是师父嘱咐自己在场面上的时候一定要注意的，这个不经意的小细节被王三强看在眼里，心想，这孩子真的有心。

"小谢啊，在单位的工作感觉怎么样？适应过来了吗？"王三强问他。

"嗯，单位的环境很好的，能适应过来。我现在主要负责工业、农业和商业这几方面的文稿，这几个月下来可真的是学习了不少东西，感觉自己欠缺的地方越来越多。"谢运昌答道。

负责这几个系统的文稿撰写，不下功夫研究中州这十几年的经济发展和国家的相关法律政策，是根本无法入手的，王三强点了点头。谢运昌这孩子看来是真的用心了，未来的发展方向和国际大环境的变化，都必须认真学习了解，不然怎么体现领导的认知高度？如何让县域经济跟得上形势的发展？

春天在人们不知不觉中已经脚步匆匆地到来，随之而来的是几场温暖的春雨，粉红的桃花在浩荡的东风中纷纷绽放，鹅蛋黄的迎春花将城市的广场装点起来。西水河边的依依杨柳正轻轻摆动着嫩黄的满头秀发，欢快地迎接春姑娘的到来。站立中州高处放眼远望，早已是春满古城了。

"只有立足现实，摸透实情，才能更全面地掌握情况。小谢，时代脉搏的把握，你一定要注意，前瞻后顾、登高望远很有助于你今后的工作。"王三强提醒他道。

"嗯，顺应历史潮流，站在时代前沿，这样才能走在前面。虽然改变一个地方固化的局面很难，但只要敢想敢干，肯定能闯出一条新路来。"王三强的点拨其实也是谢运昌最近考虑的内容，中州的工农业现状，自己并不是真的了解实情，没有扑下身子去摸底，提出的意见或措施也便浮在表面，解决不了多少实际问题。

"呵呵，老王啊，别光顾着说话了，吃饭吃饭。"朱阿姨乐呵呵地催他们洗手吃饭。

王晓梅告诉过谢运昌，她妈妈姓朱，谢运昌早就耳闻朱阿姨的医术和医德，没几个病人不竖大拇指。高中时王晓梅的书香气息和稳重大方，看来不仅仅是后天努力，良好的家风氛围的确能和谐幸福，绝对没有传说中官场或富贵人家的冷漠、多疑和乖张。

六菜一汤摆放在餐桌上，散发着浓浓的香味，素荤相间，搭配合理，谢运昌的口水一下子就溢出了心田。

王三强取出两瓶茅台酒放在桌子上，对谢运昌说，"呵呵，小谢啊，今儿个你就放开喝，我尽全力陪你，喝没了这两瓶，我橱柜里还有两瓶五粮液。"

"你想干啥？喝这么多伤坏了身体怎么办？小谢，别听他的，你能喝多少酒喝多少。"朱阿姨嗔怪一句。

"哈哈，这个你就不知道了，小谢是世外高人呢，别看他年纪轻轻，等会儿你就知道了。"王三强哈哈大笑，端起酒杯一饮而尽，"走一杯，咱先喝着。"

谢运昌被王三强的真诚和豪爽深深地打动了，他没有立即举杯，而是拿起酒瓶，给朱阿姨倒满一杯，"阿姨，谢谢您的招待，俺敬您一杯。"

嗯，谢运昌不是自己想象的那样古板，也没有其他乡村孩子出身那般的扭捏，王晓梅眼里看到的，哪里还是多年前在一个教室里默默求学的那位乡土少年？跟换了一个人似的，落落大方，不卑不亢，眼神清澈露出精光，一副悠然在胸自信满满的样子，怪不得老爹常提起他，这小子真的是深藏不露啊。

爹刚才说他是世外高人，不就是抓过几个强盗打过几个流氓吗？打起架来敢拼命，这样的人多了去了，算不得高人，那他还有啥让老爹夸奖的？王晓梅充满了好奇，微笑着旁观。

边喝边聊，聊的是谢运昌和王晓梅的高中还有大学生活，聊的是万虎山的风土人情，还有中州的人文地貌，王三强一点工作上的事情都不再谈，朱阿姨也时不时插话，不知不觉，两瓶酒还真的干光了。

"啊，跟你在一块喝酒，我的酒量都见长了，等会儿啊，我再去拿那两瓶。"王三强起身就去拿酒，拦都拦不住。两人都有数，说着笑着，酒喝起来便是温馨自在，何况谢运昌喝了一多半，王三强喝到这个程度，恰到好处，正是开心的时刻。

"小谢，家里有几口人啊？"朱阿姨微笑着问谢运昌，"吃菜吃菜，别闲着。"

"阿姨，我家有奶奶和父亲母亲，父亲常年在外。"谢运昌告诉朱阿姨。

"上大学谈女朋友了吗？"这个话题也许是朱阿姨最关心的吧？谢运昌听了后便脸红脖子粗。跟张曼玲的相识、相知这么多年，那可是比女朋友还要女朋友，直接叫未婚妻都差不离，看今晚这阵势有点丈母娘相女婿的味道，这事可得干净利索，不能给人家带来误会。

谢运昌刚要回答，王晓梅接过话去，"妈，你问那么多干啥？这是人家谢运昌的私事，知道不？"看起来有些不开心，起身就想离开，看了谢运昌一眼，又坐了下来。班长同学说话还是那么的一本正经，看来上学时的表情不是装的。

妈妈问他这个是啥意思？撮合我们俩？王晓梅是知道谢运昌和张曼玲当初的事情的，那姓张的女生个性十足，为了救他可是豁了出去，至今还有人提及中州一中那次传奇。

听说张曼玲现在在京城华夏警察大学就读，如果回中州工作的话，估计谢运昌娶她是一定的，所以王晓梅很是慎重，也绝无其他想法，即便老爹把他说成了一朵花。

"这妮子，不就是拉家常吗，是吧？小谢，那就不问了，呵呵。"朱阿姨很开通，年轻人的事，做父母的少掺和，谁知道人家是怎么想的？要是人家回答有了，这心里还真有点不舒服，谁让老王这人常把这小子挂在嘴边上呢？没有，更好，看这样子，闺女是有点动心了。

说话间，王三强就拿上两瓶五粮液，"去年就给你留着，你没有来，这次全补上，呵呵。"

他这是想要干啥呢？谢运昌有些纳闷，把自己灌醉了套他的话？自己出身贫寒，刚参加工作不久，没背景没实力，帮不上他什么大忙啊。

当年谢家坡将军碑下，中央大佬朱恒山和谢运昌亲热交流的场景，这几年一直是王三强挥之不去的记忆，如果谢运昌真的有背景，为何大学毕业后又回到了中州？再加上听到、看到的谢运昌的一些传奇之事，更感觉他浑身都是秘密，便对他有了浓厚的兴趣。

可咋个提及呢？总不能直接地问他跟朱老有什么关系吧？得有个由头，让他自己说出来显得顺理成章，毕竟自己是县长吗，哪能这样不沉稳？

"来，咱爷俩继续喝，不要客气吗。"王三强微笑着看下谢运昌，端起酒杯继续进行，"我半杯，你一杯，待会儿要要你的功夫让你朱阿姨看看。"

"喝酒还用得着要功夫？"朱阿姨满脸的惊奇。

"可不，小谢的功夫你想都想不到，高深得很，这酒量那更是深不可测的，要不我怎么把好酒都留下来等他来喝呢？"王三强满脸的开心，这句话半真半假，心里咋想的，跟老婆孩子也不能说。

"爸，你也看武侠小说？"王晓梅对老爸的话有些不相信，金庸笔下的大内高手才可以用内功去拼酒的，那是虚构的人物和故事，现实中哪有？

"嘿嘿，朱阿姨，实话跟您讲，俺真的是用内功把酒逼出体内来的。"听王县长这么讲，不如自己主动的实话实说，显得更加实诚，于是便告诉了朱阿姨这功夫学来的经历。

此时，王晓梅身上那件没有皱褶的雪白连衣裙紧裹着她那苗条的腰肢，腰里系着一根浅蓝色带子，仿佛她生下来就该穿着这样的可体衣裳。乌黑的头发上扎着一个鲜红的蝴蝶结，显得十分俏丽。她看一眼谢运昌脸就红了。谢运昌装作没看到，继续和朱阿姨交谈。

"哦，这在中医理论上能讲得通的，但是再高深的内功，也不可能将酒全部逼出，过量后会更加的伤身，所以你不要轻易使用。"朱阿姨对谢运昌刚才的回答很是满意，这孩子实在，让喝就喝，一点儿不要滑头，小小年纪，练就这样一身功夫，可是很不容易，得受多大的罪啊？

"嗯，阿姨，我一定记住的，酒多误事，话多伤人。可县长让我喝我就得使劲喝。"谢运昌话音刚落，王三强哈哈大笑，"人事局把毕业分配方案报上来后，我就发现你回到了中州，当时是把你分到了中州化工厂，赶紧给他们局长打了招呼，京南大学高才生，分到小企业里，那是屈你的才了，呵呵，来县政府办公室上班，总会有你的用武之地吧？"

哦？谢运昌如梦初醒，毕业后被分到政府办公室，原来是王县长给帮的忙，他不说出来，自己永远不知道怎么回事，这可得认真地感谢他一番。

站起身来，手握酒瓶，给王三强和朱阿姨斟满，恭恭敬敬地自己连干三杯，"千恩万谢，都在酒中。阿姨，您随意，王县长，俺三杯您一杯。"

反正刚才都跟朱阿姨说了用内功逼酒的事，谢运昌也就放松下来了，稍稍用功，汗水夹杂着酒液便涌出体表，汗衫湿透，那可是不能脱下来的，就这样穿着吧。

酒足饭饱，王三强带谢运昌来到他的书房，朱阿姨端来两杯茶，"看你热的，把衣服脱下来，光着膀子就行，呵呵。"随手递给他一把蒲扇，便带上了门离开。

"小谢啊，在京南大学这几年也交了不少朋友、长了不少见识吧？"王三强慢慢向自己关心的那个话题上靠拢。

"嗯，同学们来自全国各地，是结识了不少，不过几个比较优秀的都出国留学深造了。要说见识的话，也就是视野更开阔了，俺就是希望能用所学的知识建设家乡。"谢运昌不敢说自己改造万虎山的梦想，煤炭经济那是王三强一手抓起来的，到处乱挖的小煤窑和山区环境的恶劣变化他肯定也知道，说出来县长脸上会很难堪。

"能想到回乡参加建设，很纯粹也是很崇高的理想，这不，王晓梅不也与你一样的回来了吗。以后的时代，是属于你们这些年轻人的，一定要把握好自己的发展方向。"王三强感慨了几句。

王晓梅为什么回来，谢运昌不知道，毕竟她是县长的闺女，谢运昌的那几个同学还真的靠不上边，所以，也没人跟他提起过。

王晓梅在大学期间表现优秀，作为优秀大学毕业生被直接推荐到省直部门工作，这样的机会可谓是天上掉馅饼的大好事，即便她爹是县长，如果她不优秀，也是极难得以进去。只可惜，与她热恋的男孩，一位十分优秀的安南学子，在毕业前夕突然遭遇不测，为了抢救一名即将被卷入车轮下的小女孩，献出了自己的生命，安南也便成了王晓梅的伤心之地。

那几个月的悲伤是怎么熬过来的，只有王晓梅自己知道。安南的山、安南的水，每一处都留给她甜美的回忆；安南的白羊大街、青牛湖畔，处处都洒过他们的欢声笑语，天降霹雳、人隔阴阳，一切的美好都随着初恋的逝去而变成刻骨铭心的伤痛。

王三强老两口为了让她尽快从情网、悲伤中挣脱出来，费劲了万般心思，回到中州父母身边工作，也便是王晓梅最好的选择。

关于王晓梅的事情，王三强不便跟谢运昌说起。

"你们老家黑虎山上的将军碑和烈士陵园，县里面进行了大规模的整修，不知这段时间你去看了没有？"王三强说道，"下一步，县里还要做进一步的规划，要将将军碑附近建设成一个重要的革命教育基地，如果能复原当年万虎山纵队司令部，这样就更有看头了。"

"嗯，俺师父现在就在那看守陵园，我每次回家都要去那转转，的确有了很大的变化。"谢运昌回答道。将军碑附近发生了巨大的变化，广场上铺就了水泥地面，上山的路得到了硬化，就连那些无名烈士坟茔也得到了充分的修缮。

"不忘过去，才能展望未来嘛。"王三强说道，"当年马占彪和朱恒山在万虎山区叱咤风云十余年，留下来无数的热血传奇，我们有责任将他们的精神传承下去，在这一点上，我和杜书记是不谋而合的。"

"等抗战胜利五十周年的时候，黑虎山革命教育基地便可全部竣工，如若朱恒山老首长能回来参加揭幕仪式，那可是锦上添花、求之不得了，呵呵。"王三强说得很随意，他观察着谢运昌的神色，这小子如果真的跟朱恒山有深厚的关系，那他听到这儿时的表情肯定会不自然。

果不其然，谢运昌沉默了好一会儿也没有应对。他在想，王县长咋老是跟他提起朱恒山来啊，他不会怀疑自己跟朱老有啥关系吧？是不是想借自己这层关系走近朱恒山？作为老根据地的县太爷，完全可以光明正大地去京城拜访老前辈吗，不至于这么复杂吧？

谢运昌的表情告诉了王三强，这小子和朱老相识是肯定的了，至于什么情谊，他不说，自己也没法追问，这就够了。黑虎山烈士陵园建好后，如果能把朱恒山请来，那是再好不过，他更希望的是，能通过谢运昌与朱老单独汇报一下工作，那绝对是锦上添花。

王三强很开心，这事却不能跟谢运昌说得太明白。这小子还需要继续观察，还不到跟他提起自己心思的时候，希望他的表现真如自己所愿。

"呵呵，你跟省警察厅的罗厅长还有联系吗？"王三强换了个话题。

"好多年没有联系了。"王县长提起了罗厅长，让谢运昌满脸的愧疚，"去年倒是专门去安南看了他一次，结果他出差去了外地，没有见到，今年毕业时想顺路去安南探望，又逢上了天降大雨、铁路塌方，干脆坐车直接回中州了。"

"哦，罗副厅长当初为了救你，其实是担了很大的风险。"王三强叹息道，"牵一发而动全身，他敢揭开盖子那是得罪了一大帮人。慢慢你就了解社会了，很复杂，有的时候也很无奈。"罗杰与谢运昌的渊源他早有耳闻，也便随口嘱咐他一定不要忘了罗杰的救命之恩。

"嗯，受人滴水之恩当以涌泉相报，何况是救命之恩？"谢运昌用力地点了点头，他在心底盘算好了，等张曼玲明年大学毕业，一定要和她一起再去探望罗厅长。丫头若想在将来做一名好警察，那是必须跟罗厅长学习的，当然，自己更应该学习他那骨子里敦厚、正直的气魄。

王三强不知道谢运昌是怎么想的，但是他也在通过这事来判断谢运昌是怎么样的一个年轻人。探望救命恩人，换成谁都应该去做，那他的救命恩人如果是高官显贵呢？或许有的人早就三天两头的赶去借机套近乎、谋富贵了。这孩子，倒是有点骨气。

罗杰刚刚被任命为省警察厅常务副厅长，年富力强、仕途看好，这是谢运昌不知道的，王三强这样层次的领导，对更上层的人事变动很是关注，突然想起他们之间的渊源，便心动了一下，更为当时果断地将谢运昌调整到政府办公室工作而欣慰不已。

"县里的工业系统会议你也参加了，那个报告是你写的吧？"王三强终于说到了谢运昌的工作上。

"嗯，第一次写政府调研报告，赵坤老师给出了不少的指导意见，肯定也让您见笑了。"谢运昌有些不好意思，他也不知道王三强满意还是不满意。

"老赵头能帮你改成那样，的确不容易。他那个人啊，一贯的桀骜不驯、天马行空，看来是对你印象不错，还知道引导你不走他的老路。"赵坤的名声远播，笔锋淋漓，他写的东西一针见血，王三强倒是常看，但是仅作为内参，那是坚决不能用作红头文件的。

"俺才入行，不懂的地方太多，哪里做得不对的，还请县长多多指正。"谢运昌感觉，王三强如果对那篇调研报告没有意见，自己裤兜里面的备份便没有了拿出来的必要。

"年轻人嘛，都是这样过来的，你这几个月的表现，听郭主任讲，是很不错的。"王三强微笑着说，"中州县的工业形势，目前看，举步维艰，难题很多，书面上的东西那是为了稳定大局，真正地解决问题，还是需要大刀阔斧的。你这高才生，就没什么好的建议？"

谢运昌看王三强对工业系统存在的问题很重视，并不是自己想的那样浮在表面，便说："王县长，针对咱们县目前的工业形势，我自己又重新写了一份分析文稿，也不知道写的怎么样，想请您过目一下。"掏出文稿，谢运昌递到王三强的手中。

"哈，我就说嘛，堂堂京南大学高才生，看待问题不会只停留在会议记录和摘抄的水平上，你先歇会儿，我看看写的都是啥。"王三强满眼的欣慰，这才是年轻人的样子嘛，老气横秋、按部就班的格式虽然中规中矩，可却点不出关键问题来呢。

中州工业系统各个企业的现状和困难，历史回顾和未来发展方向，尤其是对钢铁厂、化工厂这样目前亏损严重的龙头企业，谢运昌在报告中重点进行了系统的分析，提出了具体的建议和操作措施，那就是下决心全面进行现代企业制度改革，引进外来资金和先进技术，以阵痛换来企业经营的长期流畅。

虽然涉及的内容读起来略显空泛，但也是思路清晰，基本上点出了中州工业的要害，放下文稿，王三强点燃一支香烟，深深地吸了几口，"嗯，分析的基本上到位，提出的措施很有可行性，只是有些问题你还没有真正摸透，企业改制，牵扯方方面面，哪有这么简单？毕竟你还年轻，对中州的具体情况还不是很熟悉，但能考虑这么细致，已经很不错了。"

王三强的评价很中肯，谢运昌写的这些，很多都是他经常考虑到的，只是没有谢运昌写得这么专业和细致，如若这小子再锻炼几年，必将是一员冲锋陷阵的大将。

嗯，要是自家闺女与他情投意合的话，那可是再好不过了，王三强内心有点这个想法了。

时针已经指向九点，再不走就影响王晓梅一家休息了，谢运昌起身告别，王三强送他到门口，对他说："不要着急，凡事都要有个过程，有机会的话，必须深入基层，多调查多摸底，多走近群众，你会感触更多，以后还是要多用心，我就不送了。"

朱阿姨站在门口微笑着对王晓梅说："你去送送小谢吧，我们就不下楼了。"谢运昌听罢急忙摆手制止，"阿姨，打搅你们了，请早点休息吧，用不着送我的，谢谢您。"说罢，便要转身离去。

王晓梅本不想出门的，见谢运昌如此紧张，突然就产生了让谢运昌陪自己散散步的念头，随即莞尔一笑，"啊，那么着急着走干啥？等我一会儿。"扭头返回卧室找外套去了。

这一段时间，王晓梅一直在挣扎着过去的悲伤，虽然已是过去，却不是那么轻易地就能挣脱出来。她理解爹妈的用意，但是用这个办法给自己疗伤，不是乱点鸳鸯谱吗？当然，她更排斥中州县甚至东阳市达官贵人托人来提亲，见都不见，更别提进一步的了解，不然，父母也不会如此在意谢运昌。

这次家庭晚宴，是王晓梅与谢运昌的第一次面对面的交流，突然就发觉，他的言谈举止，包括气质，与逝去的男友竟有几分的相像，哀叹过后，心底顿生波澜。谢运昌跟她虽是泛泛之交，毕竟也曾同学一场，让他陪着在街头走走，也算是心灵深处的一种安慰。

谢运昌没想到王晓梅此时会有这样的举动，内心很是纠结。送他出门再一起散散步的话，那自己当然还要送她回来，家属院的人势必会看到，人家一定会以为自己是看上了县长家的闺女，攀龙附凤、靠上大树，这不是谢运昌想去做的，也不希望背后被别人议论。

他心里装着张曼玲，遥远的记忆中还有与张晓娟曾经的甜蜜，绝不敢对王晓梅有任何的想法，但若再次拒绝，倒显得自己没出息了，毕竟是多年的同学，偶尔的散一次步又有何妨？也便候她出门，一起走出家属院。

今天上午，老天下了第一场淅淅沥沥的春雨。小河畔、银口坝旁、广场边，连同古城还没有硬化的地面，一下子都长出了嫩绿的青草。公园里的杨柳树枝上布满了翠绿的茸毛，杏花树上开满了粉红色的鲜亮花朵，夜色的街巷里飘散着淡淡的不知名的花的清香。

中州县城的夜晚，街灯昏暗、行人稀疏，两人各怀心思漫步街头，有一搭无一搭地聊着工作中遇到的事情，在旁人眼里，却也是寒冬中一道让人羡慕的风景。

前些日子，谢运昌分到了一间宿舍，就在县政府不远处一条胡同里，这在那个年代是很了不得的事。今晚他知晓了，如果没有王县长的格外垂青，参加工作后不久就能在县城里拥有自己的居住空间，那纯粹是痴心妄想了。

一辆高级轿车停在那条胡同口附近，隐隐约约看到副驾驶处坐着一位长发女郎，谢运昌仿佛感觉到女孩的眼睛正散发出灼热的光芒，直射向自己，让他心头猛一悸动。

王晓梅立刻察觉到谢运昌的异样，伸手便在他肩膀上拍了两下，"不会是感冒了吧？要不就回去吧，你也早些休息。"谢运昌答应一声，扭身返回，只觉得后背冷飕飕的，如同万道白光袭来，这是怎么回事？猛一个回头，那辆车静静地停在那儿，车里面一片黑暗。

带着心头的疑惑，谢运昌送王晓梅回到家中，再回到胡同口的时候，轿车已经不见，如同幻觉一般，使劲掐了自己一把，真的没有喝醉。

与王三强这次深入的交流，让他感触很多，谢运昌回到住处后久久未能入睡。县长的意思他揣摩个差不多，那就是通过自己与朱老的关系，引起上层对他的关注，纠结是否领悟县长的意思并帮他如意，更纠结真若有机会在朱老面前提起王三强，会不会惹老人家生气并改变对自己的看法。

脑海里又滚动出夜色中轿车里面射出的诡异目光，谢运昌百思不得其解。

模模糊糊看到的那位女孩，是不是认识自己？为什么突然就感觉到那道目光似火炬般灼热、又如疾电般犀利？

好不容易进入梦乡，梦到自己刚刚走过铁板桥，一位白衣女子突然从树丛中冲出，手持利剑向自己袭来，正要闪身躲过，却听一声惊叫，张曼玲飞身上前挡住了剑锋，慢慢地倒在了自己的怀里。谢运昌大喝一声，顿时惊起，大汗淋漓、再无睡意。

这是什么征兆？莫非张曼玲遇到了危险？前几天刚收到她的信，没看出她的不开心啊。那袭击自己的又是何人？为何是在铁板桥上？一个名字突然闪现出来，张晓娟？那位坐在车内的女子不会是娟子吧？如若真的是她，为什么不下车相认？

谢运昌心底一阵慌乱，索性披衣下床，端坐桌前，将当晚与王三强的对话，还有这诡异的梦境都记录下来。合上日记，提笔给张曼玲写了一封信，一别就是小半年，两人虽书信不断，但刚才那一个噩梦让谢运昌心底突然就牵挂起了头，嘱咐她在京城一定要注意安全，不要独自外出校园，这封信要挂号，谢运昌巴不得张曼玲当天就能收到。

不知不觉，天已放亮，谢运昌慢跑到银口坝，在岸边一处僻静地要了一通拳脚，心情逐渐平静下来，给张曼玲寄出信后，他决定立刻回老家一趟。

谢运昌想去黑虎山上看望师父，还想在将军碑前平静一下紊乱的心情。另一个原因，自己都不愿意面对，但必须问问娘，娟子是否真的回来过，如若她没回来，昨晚那道诡异的目光必须要引起警惕。

骑车经过铁板桥的时候，谢运昌在桥端驻足片刻。

桥两侧的龙头蒙上了薄薄的煤灰，那垂在龙口下的冰凌，就如黑乎乎而又浓密密的胡子，绝不再是儿时见到的那透明清澈的龙须模样。严冬中的东水河已经结冰，只是冰不再玉洁，那冰下的流水呢？谢运昌不敢下河去观望。刻意观察了四处，那两岸凋零的小树丛中，怎么可能有白衣女子的身影？不免叹息一声，惆怅万分。

"运昌回来了？这么冷的天，在这站着干吗？赶紧回家暖和暖和。"一位赶着装满了煤块的马车经过桥的老汉立即喝住了牲畜，热情地掏烟跟他打招呼。

"这不是运昌兄弟吗？跟我到家里喝酒吧，这不，我刚从集市上割了半斤肉，让你嫂子给我们包水饺吃。"另一位骑车经过的大哥赶紧下车要邀请他去做客。

虽然是没有任何级别的小秘书，但谢运昌在村里人眼里，却已是小山村里出来的大干部，谢家坡本族的人都引以为豪，在县政府上班的，能是小干部？看到谢运昌，一张张笑脸、一句句问候便接踵而来，也将他从忧思中带回现实，忙笑脸相迎，寒暄着向村中赶去。

远远地，便看到奶站在胡同口，正向着村口张望，这是老人家巴望着自己回家来呢，谢运昌心底顿时暖意涌来，疾步上前搀住奶奶，"奶，俺回来了，咱回家吧。"

"狗蛋哎，你都几个星期没回来了？棉坎肩我早就给你做好了，这次回去一定要穿上啊！"奶嗔怪着、幸福着、叨唠着。

这一声"狗蛋哎"差点让谢运昌流出泪来，从此后，也就只有奶奶如此称呼自己了，亲切而又令他回味无穷。刚开始上班的时候，谢运昌每个周末都要回家一次，慢慢地，工作内容、交往事情多了，也就不那么按时了，可是奶已经养成了每个周末等待他回家的习惯。

那寒风中焦急期盼的花白的头发，让谢运昌心底很是愧疚，"奶，俺有工作要做呢，也是没办法。您真想俺的话，以后俺每个星期都回来看您，成不？"

"那不成，干工作要紧呢，成了公家的人，就得受公家的管。"奶立马就变了口气，"可不能犯错误。"

屋内烧起了热炕，娘正忙活着包水饺，见他归来，开心地说："你这熊孩子有口福，赶紧上炕暖和暖和，等会儿娘下好了水饺再喊你。"

炕上，铺着当年师父送给奶奶的那只熊皮做成的褥子，那只逮回来的小熊，陪伴着自己成长，现在已是威风凛凛的大熊了，在这寒冷的季节，又陪伴着师父在黑虎山半山腰度过一个个孤寂的日夜。往事如梦、今生有幸，坐在炕上感受着大熊妈妈传来的热度，谢运昌禁不住感慨万分。

扭头看墙角橱柜处，摆放着几盒印着英文字母的高级礼品，引起谢运昌的注意，急忙下炕，细读却是产自美国的几种保健品，这样的礼品，甭说是万虎山区，就是在安南市，也极难买到，还能是谁送的？谢运昌一阵眩晕，疾步出屋奔向厨房，声音有些变调，"娘，那几盒美国的礼品是咋回事？"

此刻，谢运昌心里一片恍恍惚惚的麻木，但他很快就意识到，这种漠然会很快变为阵阵剧痛的，就像肌肉被锋利的刀具突然切割开时，最初一刹那是没有感觉的，接着才是撕心裂肺般的剧烈疼痛。

娟子回乡

娘端着水饺正准备下锅，被谢运昌这慌张的一问，差点将水饺撒落在地，回头望了他一眼，看似漫不经心却又有些慌乱，"你二生爷爷家的娟子回来了，你说的那几盒礼品，那是娟子带回来送给你奶的补品，上面都是洋码子字，听你二生奶奶说很值钱，俺也读不懂咋个吃法，正想等你回来后让你教教你奶咋吃呢。"

昨日夜晚那车内注视着自己的女孩，看来是没有猜测错的，就是娟子了。谢运昌脑海里顿时如滔滔巨浪涌起、心头似被雷击般震动不已。

如今每当他回想起张晓娟，她那俏丽的容颜就会清晰地浮现在他的面前，那满头乌黑光滑的长发，那身材苗条高高隆起的诱人胸部，那个泛起红晕的白净光滑脸蛋，那双黑水潭似的脉脉含情的眼睛，她那纯洁无瑕炽热的少女的爱，都会勾起他无限的遐思，令他难以忘怀。

他不好意思让娘看到自己此时凌乱的心迹，忙稳了稳神，"俺没听说过咱家有美国的亲戚啊，还以为是干爷爷托人带回来的呢，嘿嘿，真的没想到是娟子送过来的。娘，娟子是啥时候回来的？还在二生奶奶家待着吗？"

娘将水饺下到锅里，盖上锅盖，"娟子就在家待了两天，还没跟她爷爷和奶奶热乎过来，就着急着走了，你回屋暖和去，别在这添乱，等会儿让你奶跟你说说，你奶好打听事。"娘轻轻地叹了口气，扭身坐在了锅灶前烧起了火。

娘知道谢运昌与娟子青梅竹马、两小无猜的情谊有多么的深厚，两人当年自以为很秘密的事情娘也是心知肚明，为了孩子的自尊又不好一语点破，但纯净可人的娟子早已入了娘的眼心，做梦都希望那俊俏伶俐的丫头有一天能成为自己的儿媳。谢运昌真的不知道，娘心里有数，娟子不知道给她带来多少开心的安慰。

可是，人再算也算不过天，娟子突然就去了安南，做富贵人家的大小姐了，后来又听说远去了外国留学，那娟子与狗蛋，不仅不可能有未来，就连再见上一面，都是天方夜谭了。从此后，娘不敢在谢运昌面前提起娟子，那是她自己想起来都心酸的难受，提起来更会揪起儿子心头的疼。

后来那位叫曼玲的姑娘突然不请自来，让娘的心里慢慢开怀。曼玲姑娘不仅凭自己的本事考上了警察大学，还对运昌情深义厚，也不知道狗蛋这熊孩子上辈子修了什么福，娘是看在眼里、喜在心里，也便慢慢淡化了对娟子的想念。

娟子的归来，起初并没有让娘多么的兴奋，毕竟，娟子现在是大城市富贵人家的孩子，又喝过了几年洋墨水，想必早已将往事忘却，此次回来，也就是风风光光地看看故乡人、说说客套话，然后就离开，仅此而已吧？

没想到那丫头却是拿着那么贵重的礼品来到自家，进家门的时候兴致勃勃，说是要在谢家坡待上个把月再走，还大大方方地说要等她运昌哥回来，陪她去万虎山里好好地转转、看看，没想到走出家门的时候，娟子满面的忧伤，眼里含满了泪花，第二天就离别了谢家坡。

娘不知道自家哪个地方触碰了娟子的神经，想了再想，才厘清点头绪，应该是自己在厨房里烧水的时候，老太太跟娟子说了啥让她不愿意听到的话吧？娟子巨大的情绪变化让娘的心里很是不安，不会是当初狗蛋许诺给娟子过什么吧？如若真是，那运昌这熊孩子可就亏娟子的心了。

运昌现已长大成人、参加工作了，感情的事，他自己看着办，娘下定决心不去掺和。吃饭的时候，果然是奶奶，兴致勃勃地跟谢运昌讲起了张晓娟前两日回到谢家坡的情景。

只是，有些事，奶奶知道；有些事情，谢运昌却一下子就能想到。这顿饺子，谢运昌吃得很是沉闷，如鲠在喉、毫无滋味可言，娘也没有说话的兴致，眼里隐隐地噙着泪花，心里其实更纠结，娟子临走时留给谢运昌的那封信，是给，还是不给他。

就在两天前的中午时分，一辆高级轿车绕过黑虎山、驶过铁板桥，缓缓地停在谢家坡的村口，车上，下来一位长发飘逸、气质富贵而非凡的姑娘，村里人远远地观望着、议论着，眼看着她一步三环顾，步履轻快而又激动地向张二生的家走去。

走时少不更事、来时却心事连连，谈不上衣锦还乡，却也算是风风光光，离别多年后，张晓娟回来了。这是生她养她的地方、是她朝思暮想的故乡，多少次魂牵梦绕、多少次彻夜难眠，如今，终于让长梦成圆。

娟子家搬离后，爹娘虽然没少给奶奶寄钱，却真的是一次也没有回来过，不然狗蛋奶不会说娟子爹是小公鸡尾巴长、混了好事忘了娘。奶奶要的不是钱，她盼的是一大家子的人围在自己身边，那懂事的孙女和那满屋的欢笑，数星星盼月亮，奶奶都快哭瞎了眼。

突然看到娟子俏生生地像仙女下凡那样地站在门前，身后还有几个俊男靓女陪同，老人家实在不敢相信自己的眼睛，差点就一屁股蹲在了地上，紧跟着号啕大哭起来，"俺的娟儿呀，你终于回来了，老头子，快出来接，咱大孙女回来啦。"

语未出，泪先流。

张二生听见了动静，颤巍巍地跑了出来，见到娟子，嘴唇哆嗦了半天，一句话都没有说出来，那泪花，顺着苍老的脸颊，便止不住地滑落下来。

语未出、泪已流，娟子紧紧地抱住奶奶，稍稍安慰一下她那颗悲苦思念的心。这才多少年啊，奶的背已驼了，头发全白了，脸上也布满了皱纹，这还是俺那干净利索的好奶奶吗？

"爷、奶，俺回来看你们了，爷爷身体还好吧？"走进屋内，娟子搀扶着爷爷奶奶坐在椅子上，深深地给二老鞠了一躬，身后几个提着大包小包的礼物随在身后的男女也随声问好。

"你爷好着呢，就是整天盼着你们回来。娟儿啊，这么多年，可把奶想坏了，快坐下歇会儿，我喊你叔叔婶婶都过来，咱要吃个团圆饭。"奶奶一会儿哭，一会儿笑，一时都不知道咋个招待娟子的那几个随从人员。

谢家坡突然开来了辆高级小轿车，停在了张二生老汉的家门口，一位看似大城市来的漂亮姑娘走进了张二生的院子，这消息如一股风似的就传遍了全村，远在安南做大小姐的娟子回来了，左邻右舍的人们，便纷纷前来探望。

吃饭的时候，叔叔在门外燃放了一挂长长的鞭炮，爷爷含着泪花，颤抖着端起了酒，连喝了好几杯，奶奶那满脸的皱纹，笑起来像盛开了的一朵老菊花。

一声问候，一个微笑，都是至真至纯。

一句祝福，一份牵挂，都是真挚无限。

亲人哪，我拿什么回报你们？娟子眼里噙满了泪水，以茶代酒，挨个的回敬大家。一顿团圆饭，几多相思情，多少的想念和牵盼，都在欢声笑语中烟消云散。

晚上，娟子就跟奶奶住在了一起，躺在奶奶的怀里，说起来没完，仿佛又回到了从前，每晚都缠着奶奶讲故事，那狐狸精、大耗子、山鬼、老虎、白龙泉的龙，一个个的都活灵活现，想起来是那么的亲切自然。

当年，奶奶跳着脚在狗蛋家门口大骂狗蛋欺负她家孙女的场景，出现在了娟子的梦里，那场景清晰而又甜蜜，让她仿佛又回到了从前。

第二天一早，娟子便跟着爷爷奶奶来到了原来的家，她想看看曾经泡豆芽菜的大水缸、自己住过的小屋，还有院子里那棵香椿树，是不是还在，那盛满童年欢笑和少女情怀的小院子，是不是还如梦中一般。

奶奶说，那宅院很多人想买下来，你爷爷坚决不同意，说是万一娟子一家回来，没地方住怎么行？不仅不卖，两位老人每天都将院子打扫得干干净净，期盼着娟子一家随时归来。

这么多年没有住人，院子里应该是落叶遍地、一片狼藉吧？娟子没用抱任何的希望。她只是想走进去看看，找寻儿时的回忆，顺便，就带着礼物去趟对门谢运昌的家，这是她此行的一个重要目的。

走进院子，娟子瞪大了不可思议的双眼。眼前的一幕，让她再一次泪流满面。

院子里，没有一株杂草，虽然谈不上一尘不染，却被爷爷奶奶打扫得干干净净，香椿树已经高大了许多，仿佛闻到当年它散发出的那诱人芳香，就连泡豆芽菜的大水缸，都原样地摆着，里面盛满着清水，仿佛里面装满了泡好的豆芽，正等着爹取出来去卖。

屋内的摆设，如同娟子一家还在那住着一般，窗明几净、利利索索，就像娟子爹娘刚收拾完家务、去赶集卖豆芽菜去了那般。娟子的小屋内，书桌上摆放着她曾读过的书，床上被子叠得整整齐齐，就像她正在大孟乡中学读书，家里人正等她回来过周末那样。

可怜的老人，用最朴实的方式寄托着对亲人的思念，娟子的心底，万般内疚涌上心头。这十多年里，爷爷奶奶是如何过来的啊？每当走进这个院子，两位老人是欢喜还是悲痛？

回头看，爷爷腰身已不再挺拔，奶奶也是满头白发，娟子搂着奶奶，郑重地说："爷、奶，这所院子，就继续保留吧。等几年后我要重回谢家坡，到时我住这儿就不走了，陪伴二老安度晚年。"娟子在心底默默许下了夙愿，等条件具备、时机成熟，她要回乡投资开发黑虎山。

听娟子这么说，奶奶又要哭了。多么懂事的孩子啊，奶奶只需要她一句话，见到她平安幸福，就心满意足了。至于她说的回来投资或者居住，老人根本就不去奢望。

娟子想在谢家坡多待些时日，好好陪陪爷爷奶奶，想走走那留下深刻而美好记忆的铁板桥，想再去看看那曾大受惊吓而又留下幸福无比记忆的白龙泉，其实，她更想尽快地知道那无数次走进自己梦里面的运昌哥的消息，那是她心底的秘密，谁也不告诉。

小树林里面的看瓜小屋，还在吗？那抱回来的小熊，长大了吗？运昌哥，你在哪里？自安南一别，已是八年未见，你还记得当初说过的话吗？我想在谢家坡长住一段时间呢，无论你在哪，可要赶紧回来，好好陪陪我。

　　爷爷奶奶开心地忙活着打扫院子，娟子拎着一大包礼物，怀揣着激动的心情就向运昌家走去。

　　这黑虎山的无边春色或许是太养眼了，晓娟站在村东头运昌家门前，兴趣很高地欣赏着这美好的春光。此时，空中的彩云正在无拘无束地舒卷，一群百灵鸟正向高空鸣叫着飞翔；树林里的白桦和青冈树都已生发出绿亮的翠绿枝叶，绿油油的山坡上一群群牛羊正在啃草；春播的田野上，穿红戴绿的农民正紧张有序地忙碌着。她看着看着，禁不住唱起，"二月里来好风光——"

　　破旧的大门、房屋已被修缮一新，不再是记忆中的模样，院落里面鸡飞狗跳猪在叫，一个富裕的农家小院感觉扑面而来，看来是运昌哥现在能挣钱养家了呢，只指望着大娘一个人，怎么可能会是现在这个模样？娟子仿佛闻到了谢运昌的气息。

　　推门而入，见狗蛋奶和娘正围着火炉唠家常，忙向她们问好："奶，大娘，这几年过得都还好吧？"

　　好在家里的条件比以前好多了，换了一组木质的沙发，也用不着专门拿块毛巾、垫子啊啥的垫在黑乎乎的板凳上了，狗蛋奶忙起身让座，拉着她的手开心地说道："哎哟，娟子成大姑娘了呢，模样比以前可更好看了呢，真俊，要不是在咱家，都不敢认你了。"

　　现在的丫头不再是记忆中的样子了，张晓娟长发披肩富贵袭人，言谈举止落落大方，态度和气却如同从前，狗蛋娘看在眼里也是开心在心底，毕竟与自家儿子是一起长大的，眼看着就如此地洋气出息了，心底里为她高兴万分。

　　张晓娟一脸羞涩，她不是来这听老人家夸奖的，但那亲切的笑脸让她感动："奶，您的身子骨还这么硬朗，真好。大娘，院子里收拾的那么利索，您还是那么的能干。"走出谢家坡之前谢运昌的家境娟子比谁都清楚，那是多么的艰难，全靠着他娘苦苦地支撑，娟子在心底尊敬着运昌娘。

　　"孩子啊，可把你盼回来了，那年你们说走就走了，一下子就把我的心抽空了，好几年也没缓过劲来。"运昌娘眼里含着泪花，"你先陪着奶奶拉拉呱，今儿个就在这吃饭了，我出去一趟，马上就回来。"运昌娘立刻出门小跑着向商店赶，她想买些瓜子、花生之类女孩爱吃的东西回来，然后再做一顿好菜，她要好好地跟娟子拉拉家常。

"奶，怎么没见到运昌哥啊？"丫头来这就是想问清楚谢运昌情况的，多年不见，他过得怎么样呢？看看他又变成什么样了？那年在铁板桥畔送给他的手绢，还留着吗？那年在青牛湖边他说过的话，他还记得吗？娟子想尽快见到谢运昌，想知道，他是否在等着她归来。

"啊，你运昌哥现在在中州县政府上班了，两三个星期才回来一次，听说工作很忙。"提起谢运昌，运昌奶的眼里散发出自豪的光芒，"娟儿呀，你运昌哥是名牌大学毕业的呢……"娟子还没来得及问，运昌奶就兴奋地将运昌这几年的情况讲了出来。

京南大学毕业、县政府办公室上班，这样的消息着实让娟子开心而又沉重，她相信谢运昌的能力，更相信他的努力和坚持。可是，当初他在青牛湖畔亲口对她说要考上安南的大学的，还说过要陪她在安南多看风景的，运昌哥，你都忘了吗？

娟子是今年夏天的时候回到安南的。干练清爽、学业有成，张晓娟的归来给高氏家族的产业经营带来新鲜的血液，更带来深厚的人脉关系，那就是，与她一起归来的，还有那位在海外一起留学的高官子弟，两人看起来像是建立了恋爱关系。

高老太爷喜不自胜，娟子爹更是乐上眉梢，商议着年前就把两人的婚事定下来，没想到娟子却提出来要回万虎山谢家坡小住一段时间，订婚的事要等她回来再说。娟子想陪奶奶住一段时间，她更想确认一下谢运昌是否真的如爹说的那样，早已忘掉了自己。

娟子长大了，有主心骨了，娟子爹心知阻止不了闺女的归意，也便安排了几个人陪同她一起归来，交代他们随时汇报行程，闺女真若与谢运昌那小子重拾旧情，就是绑，也要把她绑回来。

张晓娟听了运昌奶唠叨的谢运昌与张曼玲的婚恋关系，进一步证实了谢运昌着实另有了意中人，原本开心的笑容已然不见，忧伤失落的眼神跃然脸庞。运昌娘猜测到老太太一定是跟她拉起了运昌的婚事，惹得晓娟一脸忧色，只好陪她坐下嗑着瓜子另找话题。

张晓娟从与运昌奶的交谈中得知了运昌的婚恋情况，她的心里像猫抓狗挠似的难受，接着胸腔里憋闷的十分难受，她愣愣地看着冬日惨淡的阳光从房檐上悄然消失，冷气和黑暗一起笼罩了屋内，久久没有言语。

抱着一丝憧憬或者是满腔的热忱归来，现实，却冷酷地将她的希望之火浇灭，张晓娟的心底如打翻了的五味瓶，个中滋味只有她自己能够品尝了。

谢运昌就在中州上班，找到他很容易。可是，梦中淳朴、清瘦的运昌哥，已然心属别人，即便他能陪伴自己故地重游，又有什么意义？张晓娟突然感觉一阵的心凉，冬日里的黑虎山不再壮丽，那红日下的谢家坡，再也没有了想象中的温暖。

睹物思人、睹景更伤心，不若归去，从此后再也不见。张晓娟擦了把脸，劝慰爷爷奶奶不要太在意，自己不过是耍了一次小性子而已，随即坐在桌前，提笔给谢运昌写下最后一封信，这封信马上就交到了狗蛋娘的手里，相信他这次一定能够看到。

谢家坡娟子是一刻也不想待了，陪着爷爷奶奶吃完下午饭，张晓娟通知随行人员，整理行李立刻返程回安南。爷爷奶奶是经常要回来探望的，只是，再次归来时，心底已不是为了谢运昌。

路过中州县城的时候，已是黄昏，张晓娟的心底又起了波澜。运昌哥就在这小县城里面工作和生活呢，这街边的小道上，是否有他漫步的身影？那机关大院的宁静中，是否有他开怀的笑容？

找到他，当面对他的未来表示祝福；找到他，当面问他为什么不给自己写信；找到他，绝不问他为什么将自己忘掉，但要对无数的牵念做一个了结，从此以后，那美好的回忆就埋葬在心底，再也不会提及。

　　娟子想到做到，马上安排一名随行人员去机关大院打听谢运昌的工作地点和生活住址。随行人员的办事能力很不一般，进门就塞给门卫两条进口香烟，外加二百元的帮忙费，半小时不到，谢运昌的工作地点、住处，甚至包括他现在去县长家里拜访都搞得清清楚楚。

　　娟子很是理解谢运昌的做法，将车停在他住处的胡同口，娟子嘱咐身边人随便找个暖和地方去喝茶、休息，想一个人坐在车内静静地等待谢运昌的归来，待见面后也方便说话。

　　时光，可以冲淡过去；岁月，可以改变人生。运昌哥，我的心没有变呢，还是原来的我，你真的变了吗？你可知道，海外那么多年，任那异国优秀的青年再如何的诱惑，还有那位高官子弟的苦苦追求，我都严词拒绝了，那最珍贵的一切，依然在为你守候。

　　等待的滋味，漫长而又寂寞，无数的往事便如电影镜头般涌向心头，一拨又一拨再也阻挡不住，任泪水悄悄地滑落，娟子环顾着四周，生怕错过了谢运昌的身影，心底却充满了热望。

　　阴暗的人行道上，缓缓地走来两位年轻人，这寒冬深夜的街头，也只有相互深爱着的情侣能有如此的兴致了，娟子轻轻地叹了口气，唉，不知是否还有这样的一天，运昌哥也能如此陪伴着自己，漫步在铁板桥畔、安南街头，偎依在花前月下。

　　两个身影慢慢地走至车前，娟子忽然瞪大了双眼，虽然多年不见，娟子却一眼就认出了，那陪伴在女孩身边轻声说话的男子，不正是朝思暮想的运昌哥吗？娟子在车内拼命抑制着自己的激动，观望着他们慢慢地靠近。

　　期盼着运昌哥孤独地走来，自己突然下车给他一个天大的惊喜，渴望着追问他为何这么久失去了联系，再问问那位叫曼玲的姑娘，真的就是他的选择吗？如若是，那就给他一个真诚的祝福，然后优雅着离开。可是，事实不是自己想象的那样啊，此时，谢运昌的身边，怎么又多了一位女孩？

联想到谢运昌这么晚了去县长家做客，身边这位女孩，不会是县长家的女儿吧。谈什么对你未来的祝福？论什么重逢后的开怀？运昌哥，你是真的变了呀，变得如此令我心寒，不仅辜负了我的感情，你也背叛了那位曼玲姑娘，你这是靠上了县长家的女儿，贪图荣华富贵去了。

实在是想不到啊，运昌哥，你竟然是水性杨花、三心二意的俗人一个，娟子的眼里再也没有了忧伤，愤怒的目光如箭一般射向谢运昌，恨不得马上下车，痛快淋漓地将其质问一番，给他一个此生永远都不能忘却的难堪。

就在娟子将要推门而出的时候，那位姑娘亲昵地拍了谢运昌两下，两人转身离去，留给娟子的，是再也没有了温暖的、陌生的背影。

张晓娟望着车窗外那番意想不到的情景，听着城区远远近近传来的各种纷杂的声音，她直勾勾地木呆了许久。尽管车窗外飘进来春天的清新空气和阵阵迎春花的淡淡芳香，夜风轻轻地吹动她额头上的一缕散发，痛心至极的她仍对着夜灯昏暗的空旷小街，凝视了许久许久。

罢了，罢了，既然他不再是梦中的运昌哥，又何必喝住他继续追问，那计划好的祝福，或许还有憧憬着再次相逢的开怀，就当是美梦一场吧。张晓娟再也不想在中州停留片刻，掏出电话，通知随行人员立刻过来开车，吩咐马上动身，连夜返回安南。

早知如此，为何非要在中州停留？一路上，娟子一语不发、浮想联翩，别了，谢运昌；别了，那纯真而甜蜜的往事，东水河、万虎山、小黑熊、白龙泉，那曾经的过去，从此以后连梦里都不要出现。

就这样，谢运昌错过了与张晓娟重逢的机会。是误会？还是命运的必然？奶奶絮叨的，远远不如谢运昌想象的那么多，他很清楚，昨晚那车内的目光，一定就是娟子了，那么的犀利、痛苦，直刺到他的心底，触动着他的心弦。

谢运昌强装着笑脸，陪着娘和奶吃完了午饭，随后推门而出，默默地走向黑虎山。西北风呼呼地刮了起来，天突然就阴的厉害，一阵冷雨过后，便是漫天雪花，大雪，说下就下了起来，谢运昌禁不住打了几个寒战，情绪低落到了极点，再无心情欣赏这雪中黑虎山的壮观。

师父的小屋内燃起了炉火，虽在半山腰风口处，却也暖意浓浓，见他满面忧伤地敲门进来，师父忙道："运昌啊，你这是为何事而心事重重？快坐下暖和暖和，待我收拾几个菜，咱爷俩喝两盅。"

谢广田是知道张晓娟归来的，他更清楚，这也一定会给谢运昌带来心里的波动，只是年轻人情感上的事，老人家不便多问，何去何从都是自己的选择，只要他做人正直、不走邪路，不必多加干涉。

做好当下

室外大雪纷飞、室内暖意融融，谢运昌怕辜负了师父的心意，也就没跟师父说自己刚刚吃过饭。工作上的事情，师父从不过问，感情上的事，自己更不愿意跟师父提起，随便地聊着烈士碑周围的建设，还有谢家坡新近发生的几件小事，几个小菜便拾掇齐了。

"生活没有曾经，也没有过去，只有当下，你把当下做好了就了不得。"师父没有追问他为什么如此的消沉，只是在酒到酣处的时候，随口问了他一句，"一个人活在世上，最难做的一件事是什么？"

是昧着良心虚伪地做人做事？是舍弃个人努力而拥有的富贵生活？还是明明自己学富五车还要装憨卖呆？这个问题，谢运昌还真的不知道该如何回答。

"是放下。"谢广田重重地将酒杯放在桌上，严肃地看着他，"放下你心底的包袱，放下你曾经的一切，包括你的高学历、硬功夫，摆正自己的心态，好好地做好你的当下。"

当下是什么？是工作、生活中最真实地面对，是每日扎扎实实地朝着自己梦想的远方而前行的努力，绝不是沉浸在自己的过去，无论是忧伤，还是辉煌。

谢运昌听懂了师父的话，无言以对，默默地端起酒杯一饮而尽，心说，师父哎，得看什么事啊，哪有这么简单的忘记？那曾出现在生命中最甜蜜的温柔，从此后，一定是最美、最痛的点缀。

谁也无法躲避生活带给自己的事实，于是，每个人都在时光的流逝中随时调整着自己的姿态、变换着自己的身份，面对一个又一个不得不面对的问题，这就是人生的真实，只有放下过去，才能迎接更广阔的未来。谢广田对人生的感悟比谢运昌要深得多，但真正的领悟，还是要靠他自己通过生活的磨砺才能够琢磨出来。

雪下的正紧，如鹅毛般，纷纷扬扬飘落下来，一顿饭的工夫，黑虎山就变了颜色，天地之间浑然成一色，遍野皑皑如同仙境。琼枝玉叶、粉妆玉砌，千石万树银装素裹，眼前的一切分外妖娆，那遍山的草木披上了银色的盔甲，就如将要随同马占彪出征的将士，蔚为壮观。

"儿女情长、英雄气短。"仿佛一个声音传到他的耳边，谢运昌一个激灵，抬头看，马占彪雕像傲然矗立于风雪之中，目光坚毅直视远方、岿然不动大气磅礴，一股英雄之气扑面而出，不由得心生震撼，顿觉心胸大开。

儿女情长，人之常情，但无论娟子这次归来是什么目的，无论她对自己是爱、是恨、是追忆，总归都已成为过去，考虑再多还有什么意义？放下过去，做好当下，更要牢记当初在马占彪雕像下默念的理想，就让那风花雪月的往事，随风而去，不然，还真的就是小家子气。

谢运昌回到家中，就要冒雪赶回中州，再不走，第二日的路上就寸步难行了。娘见他心情好了许多，也便放下心来，临出门的时候，嘱咐他路上一定注意安全，随后就将娟子的信交给了他，"娟子临离开谢家坡的时候，给你写了一封信，带到中州去看吧，俺也不知道写的啥。"

接过信来，娟秀而端庄的"运昌哥收"几个字眼写在信封上，谢运昌仿佛看到了娟子的笑脸，瞬间温暖了起来。是带走还是不带走？犹豫了片刻，谢运昌旋即回屋，拿出当年娟子送给他的手绢、写满对她思念的日记，连同这一封信，都装在了一个包裹里，锁进了书柜深处的角落里。

当初在安南那一别，就已经在心底有了抉择，与娟子家境的天壤之别，早已成了他不可逾越的鸿沟，何况，一别后再无她的消息，昨晚那刺入骨髓的目光，更让谢运昌心中不安。此时的谢运昌不想知道张晓娟在信里面说的是什么，既然已经过去，那就彻底放下，回到中州，专心干好自己的工作、实现远大的理想才是硬道理。

一周以后，谢运昌收到了张曼玲的信，那时还没有速递一说，最快的信笺就是航空邮件了。

张曼玲劈头就说，她吃得香、睡得美啥事没有，为啥凭空这么担心她？是不是做亏心事了？赶紧回信坦白，不然就等着寒假的时候挨收拾吧，末尾也捎带着表扬了他一下，牵挂就是爱、算你有良心。

这封信好回，为啥牵挂她不能说得太明白，但真的是做了场噩梦后才有的担心。无论你多么的坚强，内心中总会有一块柔软，触摸起来会很疼很疼，谢运昌自己都不敢再想起，更不会在张曼玲面前提起娟子。

尽管是这样，谢运昌仍然相信娟子是在爱着他的。在这点上他是不会错的，直觉比理智更可信赖，而从经验中产生的意识也告诉他晓娟没有忘却他。只是一次次的错觉，致使他们那种火热的情爱不时降温。不知有多少次，她都用那种既不朦胧也不疏远却是带着热切而凄楚的神情望着他，使他不知所措。运昌一想到这些心中又感到十分的矛盾，这真是扯不断，理还乱。

爱莫能助

淡忘掉娟子归来之事，最好的办法就是将精力集中在工作和学习上，隔三岔五的，邀几位同学聚聚会，或者请赵老夫子啜上一顿，听他讲讲中州的野史，也是一种快活。业余生活安排的蛮丰富，慢慢地，谢运昌的心态调整了过来。

这一天下班后，却见张晓波正心事重重地在宿舍门口等着他，很是纳闷，"怎么了？不会是田同学回来了吧？"张晓波正在追求一位女孩子，谢运昌却知道，他真心惦记着的，还是那位高考后被朱大志拐跑了的田广芬。

"哪跟哪啊，呵呵，根本就不是你想的那回事。"张晓波干笑两声，"我跟张立伟说好了，咱们去吃火锅，正好有些事情要跟你商量商量。"

中州大酒店的旁边，新开了一家火锅店，据说老板神通广大，从内蒙古运来的活羊，现宰现做，专门请来了四川成都的大师傅负责管理，所以生意火爆、顿顿爆满。

谢运昌虽有耳闻，却未曾来过，走进店内，果然是熙来攘往、热火朝天，一桌桌觥筹交错、热闹非凡。张立伟正在大厅角落的一个方桌处等候，见他们过来，忙起身招呼，"嘿嘿，不提前来占位置，就得排好长时间的队看人家吃了。"

人应该都有从众性吧？何况中州人对穿着不讲究，却对吃喝特别钟情，热气腾腾的氛围、猜拳划掌的热闹，很快将三人感染，边吃边聊，一瓶酒很快下肚，张晓波终于道出心声。

这一年国家机构改革，中州县物资局马上就要撤销，张晓波所在的金属物资调配站，要成立物流公司，自负盈亏，这小子本想着拼命干上两三年混个副站长干干，再活动活动调进局机关做个科长啥的就能步入仕途了，这一下，彻底没了希望。

谢运昌毕竟是在县政府核心部门上班，据说是王县长眼里的人才，张晓波想请他拿个主意，最好是能给县长添上话，趁机构改革方案还没有正式公布，就把他调到局机关去。

随着改革的不断深入，原本的管理模式已经跟不上国家经济形势的发展，政府机构改革势在必行，谢运昌早已知道中州县的改革方案，不仅物资局要撤销，张立伟所在的商业局，也同时撤销了，具体的方案在公布之前，他不会跟他们说，但他理解张晓波的心情，可又爱莫能助。

"机构改革的事情，县里面应该早就定下了方案，人员也一定是冻结了的，晓波，我倒是很想帮你一把，但别说我这无职无权的小秘书，就是你们局长，估计也办不成。真的很抱歉，我不能帮倒忙啊。"张晓波的这件事情，谢运昌万万不敢随便答应，答应了办不好还不如干脆拒绝。

谢运昌提醒张晓波自己去找王晓梅，托她帮帮忙，毕竟，都曾是一个班上的同学。

"王晓梅就那么好找？我跟她又没有任何的交集。算了，听天由命吧，喝酒、喝酒。"张晓波听了谢运昌的表态后很是失望，举起酒杯一饮而尽。

"我跟她也没有任何交集啊。"这句话有点不对味，谢运昌一头雾水，却又不好追问，举起酒杯回敬他一杯，"干杯，下次聚会，你们都带着小嫂子一起来啊，我也认识认识，哈哈。"扭头冲张立伟挤了挤眼，意思是，你倒是跟上话啊，也替我解解围，别让这小子误会我不仗义。

张立伟马上就领会了谢运昌的眨眼，立刻劝张晓波道，"别想那么多了，物资局下属那么多单位那么多人，又不是针对咱自己，商业局不也一样要被撤销了吗？我就想开了，只要咱胸怀梦想、扎实努力，任何环境、身份都阻止不了我们实现自身价值的脚步。"

窗外，潮湿却又温暖。昏暗路灯下的街市上，弥漫着白茫茫的薄雾。在早春的二月天里，这样的夜雾或许能融化残雪，这不，不远处的西水河，正传来一种咔嚓的脆响声，那是杨柳返青后冰层破裂的撞击声音。

"你小子站着说话不腰痛。"张晓波心里面稍微平衡了一点，谢运昌毕竟是跟自己一样刚刚参加工作、根基不牢的农村孩子，不能强人所难，便转移了话题，"运昌，你知道不？立伟这家伙以后要赚大了。"

张立伟现在是中州商厦一个普通的业务员，能有多大的赚头？谢运昌有点不明白，更有些着急，"我可把话说到前面，张立伟，咱赚钱要赚到明处，如果你将来贪污受贿、中饱私囊犯错误，可别怪我不认识你。"

"等你将来做大领导了再说这话，立伟就听你的了。"张晓波哈哈大笑，"立伟这家伙近期桃花泛滥，中州商厦的大经理要做他的丈母爹了，运昌，你还不知道吧？"

张立伟跟商厦经理的女儿谈起了恋爱，据说已到了谈婚论嫁的地步，在那里混的是风生水起、有滋有味，这件事谢运昌真的没听说过，可是他知道商厦经理官职虽然不大，却是人人都奉承巴结、仰慕万分的角色。

这两年，人们的生活水平慢慢地提高，冰箱、彩电开始走进家庭，却是稀有紧缺的商品，没有商厦经理或商业局领导的签条，即便你再有钱也未必能买得到。中州商厦将要脱离商业局而独立经营了，张立伟若做了大经理的乘龙快婿，若再去做电器专柜的业务，真的就如张晓波所说的那样，他会赚老鼻子钱的。

"哦，这样啊！"谢运昌呵呵一笑，忙举杯表示祝贺，"我说立伟咋红光满面、印堂发亮呢？真的是好事临门啊，必须要祝贺一番。"怪不得商业局将要解体，他不但不着急还慷慨激昂地劝说张晓波，原来这小子有底气啊。

仕途之梦刚刚开始就要被现实阻断，谢运昌完全理解张晓波的心情，有一天，自己是否也如他这样的，面对人生的抉择？谢运昌不敢去想象。不过刚才张立伟说得很有道理，无论处在怎样的环境中，不论自己是什么样的身份，只要不放弃心底的梦，只要持之以恒去努力拼搏，就一定能实现个人的价值。

"晓波，物资局撤销，你看似吃不上财政饭了，也许就是机遇的开始，我们左右不了大形势，但能左右自己的行动，说不定将来你的成就比我们还要大呢。"谢运昌真诚地说，"如果你想自己创业遇到困难的话，我会尽我所能相帮，真的希望你不要太在意这次变动。"

这是个破旧迎新的时代，也是勇者的战场，谢运昌仿佛看到华夏大地上处处战鼓擂擂、红旗招展的场景，那是各显其能、奋勇争先的经济战场，能投入其中、勿论败赢，将是多么的豪迈？

谢运昌跟张立伟一样的站着说话不腰疼，是用不着担心自己的前途，可你能体会到吗？被人家承包经营、自负盈亏后的单位，能有什么前途？自己创业，说起来简单，你创创试试啊。再多说就伤了和气，不如沉默，前面的路还是靠自己走吧，看来是谁也指望不上，张晓波咧了咧嘴，心生埋怨。

谢运昌与王晓梅的关系机关大院里都传开了，同学圈里也就是张曼玲不知道而已，等哪天她回来知道了一切，看你到时候怎么收场。你嘴上是冠冕堂皇，背后又是一套了，没想到却是这样的人，张晓波的心底便对谢运昌有了些鄙视。

张晓波也不能说出口的，便叹了口气道："只能这样了，单位将来如果真的不景气，我就要做自己的生意了，到时候兄弟们要多帮忙。"

谢运昌不知道张晓波对自己已经很有意见，见他如此表态，也算是放下一个心思，到时候这个忙是一定要帮的，只要他现在能想得开。

酒足饭饱、事情说完，三人正要步出室外，却见几人簇拥着一位小年轻迎面走来，此人趾高气扬，很是威风，迎宾员弯腰鞠躬齐声致敬："老板好。"

这人怎么如此眼熟？谢运昌心底一愣，不由自主地停住了脚步，凝神细看，不就是吴大飙吗，火锅店是他开的？怪不得名叫"吴家肥羊"呢。

这俩伙计也不打听清楚这是谁家的店，早知是吴大飙家开的，说什么也不会来啊，谢运昌心底先埋怨了张晓波他们一番，眼神继而犀利起来，一道精光便直射向吴大飙。

吴天贵早就跟儿子说起过，谢运昌已经在中州参加了工作，岗位关键、位置重要，今非昔比，说不定前途还很广大，告诫他最好不要跟谢运昌打照面，你做你的生意、他搞他的仕途，忘掉过去、两不相干。

吴大飙心底对谢运昌是充满仇恨而又心有余悸的，自然更希望离他远远的，却想不到该来的总会来，想躲还真的躲不开，与谢运昌在此地就来了个面对面，这算是狭路相逢吗？他更是一愣，后退两步才站稳了脚跟。

火锅店门口的氛围顿时诡异无比，吴大飙身后几人立刻紧张起来，只待他一声吩咐便要掏出家伙先下手为强了。

此刻，空气像死一般沉闷，在傍晚的血盆似的夕阳下，街道旁的草坪、绿化树、建筑物都被涂抹上了一层刺眼的橘红色。尽管在这个时点，街道上没有尖锐的汽车鸣笛声，相对显得很平静，但那种不祥的平静，给现场增添了不安、恐惧的氛围。

虽然已是立冬时节，但小城里的街道和绿化带里的绿化树，依然是满树碧绿，一派深秋景象。天宇上的云彩格外引人注目，刚才还是棉絮般的白云随风飘动，宛若大草原上正啃草的片片羊群，眨眼间就不知被哪位天仙撕扯成细碎的棉朵，撒在高寒的天空底片上，而一朵朵淡淡的被阳光斜射的白云，又透出柔和的光芒。这样的云天，似乎和初冬的天气极不协调。

事情虽然过去好多年，谢运昌也不可能越过心里面这道坎，总想着忘掉过去，见不到这小子就算是忘掉了，可已经碰到了，那痛苦的往事便源源不断地涌向心头，根本就无法抑制内心的激动。

深呼一口气，双拳暗暗握紧，集聚起内力，浑身上下顿时充满了力量，谢运昌目光如箭一般直视吴大飙，一旦察觉对方有动手的苗头，那就要如老鹰般迅猛出击，让他们这一次彻底记住，今后远远地见到自己就应该立马滚蛋，省得见到这帮家伙心烦意乱。

吴大飙眼神稍一恍惚，继而挺了挺腰板，与谢运昌一样的无语，但也摆出毫不示弱的架势。谢运昌的功夫有多的厉害他是亲身领教过的，他可以对其横眉冷对，但绝不敢让身边的人动手，动起手来，那就要送他们去医院动手术，自己的手术会更大。

若让吴大飙对谢运昌示好，也是万万办不到的，好歹自己在中州生意场上也算是有身份的人，即便他将来做了大领导又能如何？不见得比自己风光。这气势坚决不能输，只要他先动手，宁肯自己再次住院，也要拼命砍他几刀，不然的话，会被人很看不起、很看不起。

谁也不张口说话，谁的心里都翻江倒海，两人就这样的，近在咫尺、怒目相对。凌厉的西北风呼啸而来，这寒夜的中州街头，吴记肥羊店的门口，正要上演一出大戏。

谢运昌与吴大飙是有深仇大恨的，张晓波很清楚，"大意了呢，怎么会是这样？"他酒劲全消、很是内疚，为啥自己就没打听一下这火锅店是谁开的？张立伟这小子也是的，你消息比我灵通，为啥也疏忽了呢？早知这店是吴大飙开的，说什么也要离这儿远远的哦。

张晓波与张立伟绝想不到会遇到这样的局面。冤家路窄，眼红是必须的，仇人相见立即剑拔弩张，看这阵势分明是要恶战一场了，只好陪在谢运昌身后紧张地站着，他俩正在做着激烈的思想斗争，旁观者是做不成了，躲避又是不可能，万一打起来，应该操什么家伙？

这肃杀的气氛迅速弥漫到火锅店内，原本嘈杂的大厅顿时安静下来，食客们停止了喧闹，齐刷刷将目光投向了门口，正在有人不怀好意地等着好戏开演，或者有人真心地不希望两拨人大打出手的时候，几声爽朗的笑声，突然打破了这一刻的宁静。

"哈哈，谢运昌，你也来吃内蒙古肥羊了？我本想着先来品尝一下然后再邀你前来呢，没想到你也来了，怎么样？这儿的环境和味道很不错吧？"谢运昌扭头一看，却是赵坤老先生晕晕乎乎地从火锅店一单间内阔步走来，挽起他的胳膊，不由分说，将其亲热地拽出火锅店。

"你小子啊，让我说你什么好？"待拽出谢运昌老远后，赵坤松开了他，"到底是年轻啊，呵呵。"

"我说赵老师，你来火锅店吃好的，咋就不提前告诉我一声呢？"谢运昌嘿嘿一笑，算是摆脱了刚才那愤怒而紧张的尴尬。

赵坤虽然喝得有点多，刚才那场景却是一眼看穿，谢运昌与饭店老板正邪分明、势不两立，但这架，是万万打不得的。县政府的笔杆子，在街头跟小混混打群架，后果可真的就糟透了，"不是跟你说了吗？我品尝后感觉味道可以了才邀你过去，这下知道了，这家火锅店的羊肉一点儿都不好吃，还是中州老菜馆的菜地道。"

　　张晓波二人见谢运昌被一老头有说有笑地搀走，急忙跟了过去，陪他走过一段路，观察谢运昌不再那么的冲动，后面也没了什么情况，也便辞别而去。这一关，总算是过去了，刚才后背全凉了，两人深深地松了一口气，刀枪剑影的场面，还是去电视、小说里面欣赏吧。

　　吴大飙见一位老者搀着谢运昌走出，就如一颗大石头落在了心里，抬腿还让出了两步，算是给他们一个面子，但话是不能说的，开口便是认输。

　　真的挺佩服自己刚才的表现，咬牙坚持、临危不惧，这才是大哥风范，吴大飙进大厅后立刻摆出老板的架势，双手抱拳大声吆喝一声："兄弟爷们，感谢大伙的光临，今儿个啤酒免费，可劲地喝啊，哈哈。"

　　第二天一大早，吴大飙便将偶遇谢运昌的事情跟他叔吴天利说了，吴天利嘴里叼着一支大雪茄，坐在老板椅上转悠了好几圈后慢慢说道："大飙啊，昨晚你做得很棒，很长老吴家的志气，只是以后要注意策略。中州县城就这么屁大点地方，经常遇到他那是必然的，主动跟谢运昌打声招呼又有什么？千万别忘了，咱做的是大生意，大人大量、不计前嫌嘛，哈哈。"

　　曾经呼风唤雨、威风凛凛的城区派出所所长，因为这小子，不仅身败名裂失去大好前途，还蹲了两年监狱，谢运昌更是扎在吴天利心底的一根刺，想起来就生疼，暗暗在心底发狠，早晚要让谢运昌品尝到人生失败的滋味，来日方长，等着吧。

　　"赵老师，谢谢你啊。"谢运昌告别赵坤时，冲他笑了笑，不好意思地说，"如果没有您赶得那么巧，这场架肯定是打定了，嘿嘿。"

"嗯，打了是痛快了，可紧跟着副作用也来了。堂堂县委大院的笔杆子，跟一帮小流氓在街头干仗，即便你把他们全打趴下，也掉了自己身价。"赵坤摇头叹息、不屑一说，"后果想过没有？如何收场哦，谢运昌同志。"

"装作不认识、低头走过，就将往事彻底遗忘，才是真正地放下。"谢运昌回头想，"各做各的事情，井水不犯河水，有必要如此置气吗？"便为刚才的冲动后悔，以后说不定哪天还会遇到吴大飚，当作不认识也是个解决纠结的方式。

进了腊月，办公室要求各部门抓紧撰写全年工作总结，县委县政府要召开全年总结表彰大会。

谢运昌负责的几个口的总结都已报了上来，简单地翻阅了一遍，每个口都超额完成了全年任务，各项工作都是稳步推进、万民满意，他可以简单汇总一下重点便完成了任务，但觉得不加落实就将原文照搬进政府的全年总结，未免太不负责，不如抽出几天的时间，挨个地去核实一下重点数据，也算是对分管工作有更深一层的了解。

跟科长说了自己的意见，李存宽淡淡地点了一下头，没说同意，也没说不同意，赵坤听后也是不置可否，这阵势应该是不支持下去摸底了。谢运昌便没有了把握，这去还是不去？正纠结着，一股春风扑来，却是王晓梅推门而入。

见王晓梅进来，李存宽急忙起身笑脸相迎，"晓梅同志，欢迎欢迎，快请坐、快请坐。"县长千金在组织部调配科工作，秘书二科却是从来没有来过，这突然的大驾光临，办公室内顿感光鲜万分。

"晓梅同志，有何指示？"李存宽倒过一杯热水端到王晓梅身边，有些小激动。当干部的最害怕的是纪委相邀，最欢迎的是组织部来人，甭管她是来做客闲聊还是来谈工作，都真心欢迎。

"哪敢有啥指示啊，李科长别客气了。"王晓梅扭头看了谢运昌一眼，微微一笑，"我这是路过此处，顺便看看谢运昌在忙活啥，呵呵。"

听闻王晓梅是来看望谢运昌的，孟子林脸上带着同龄人纯洁欢迎的微笑，心底却嘀咕着，这小子凭啥得到王县长的欣赏？原来传言属实，人比人气死人哦，羡慕嫉妒恨便一股股地袭到心来。

这一段时间，谢运昌最不敢见到的，就是王晓梅，那个夜晚娟子的目光太犀利太刺骨，应该就是因为王晓梅陪伴在自己身边，这深入骨髓的疼，让他不敢去回忆，好不容易懂得了放下，绝不能让王晓梅帮他捡拾了起来。

怕见到，她就主动来了，咋办？起码的礼貌得有，总不能扭头就跑吧？谢运昌就有点不自然，"还能忙活啥啊？正准备汇总各部门总结呢，你不写总结吗？"

"我们的总结得等两天，部里面今年搞了一个小创新，准备深入到各单位去摸底职工群众意见，各个口都要走一圈。"实际的工作毕竟很历练人，半年的时光也应该能消除她心底许多的忧伤，王晓梅坐在沙发上，姿态优雅从容、气质脱俗逼人，怎么看怎么让人心动，谢运昌却万万不敢妄想。

"李科长，还真的有事跟您说一下。"王晓梅扭头对李存宽说，"我所在的那个小组呢，正好跟谢运昌负责的口对应，组长跟部长申请了，请谢运昌参加我们小组的工作，得借用他几天。"

县府大院内，各单位抽人组成联合工作组是常有的事，何况是组织部组织的？那代表的就是县委大领导，李存宽想都不想，立刻表态，"一定支持、一定支持。运昌啊，你把手头上的工作赶紧做完了，主任来通知后就去那报到吧，记住，一定要配合好晓梅同志的工作啊，哈哈。"

王晓梅这句话让谢运昌彻底蒙了，本想离她远远的，没承想却越来越接近，心里面那道坎真的很难过啊。即便跟王晓梅没什么感情纠葛，这未婚青年男女，又是老同学，早晚会引起误会，张曼玲知道后一定会发飙，他太了解丫头的脾气。

那晚遭遇的只是娟子眼神的犀利与无奈，如若是张曼玲，那说不定就是地动山摇的闹腾，眼看着就要毕业了，可不能毁了她的前程，更不能辜负她对自己的那一份真情。

谢运昌打定主意，"老同学，俺手底下有一大堆的工作没完成呢，您看看能不能给部领导申请一下，让小孟老师代替我去，怎么样？"孟子林的总结已经写完交到了李存宽手里，这也算是一个很好的借口。

王晓梅一愣，没想到谢运昌会这么说。什么意思？排斥我吗？还是对我有意见？有意见明说，别窝在心里，正好借这一起工作的机会摸摸你到底是咋想的，你还非去不可了，"啊，这是组长的意见，我说了不算啊，谢运昌同志。"说罢扭身离去。

而后，谢运昌也礼节地将晓梅送出室外。此时，二秘科的办事人员的心中顿时骚动起来，传出一阵嘈嘈杂杂低沉议论声。就像站在村街上观赏大火的奇观。火焰像瞬息万变的飞上高空的礼花炸开，时而带着哨音喷吐着耀眼的火花，时而斑斓多彩、变化万千，时而呼啸怒放，时而像竞放的菊花和千树万树盛开的洁白梨花。

深入调研

李存宽也没想到谢运昌会这么说，这绝不是谦虚，而是有意的拒绝。王晓梅要模样有模样、要背景有背景，中州县城多少青年才俊对其朝思暮想？却连边都沾不上，姑娘这明摆着是对你有意思，你却不识抬举，心里面不会是有鬼吧？得留意一下，说不定哪天会给县长解决一个大问题。

下午刚上班，办公室郭主任的电话就来了，通知谢运昌马上去县委第三调研组报到，他不去也得去了。

既然躲避不了，不如正确面对，何况，自己不正想去这几个部门核实一下重点数据吗？科长看来不是很支持，参加调研组正好师出有名，借机摸一下各部门的底，也算尽到自己的责任。

谢运昌跟科长告别时说，分管各部门的总结汇总一定认真、按时完成，绝不会影响大局，请领导放心。

第三调研组组长是组织部副部长冯大斌，组员分别从组织部、纪委、办公室抽调一人，谢运昌去找冯大斌报到的时候，王晓梅和一位中年男子已经坐在了他的办公室里面。

"啊，你不是忙着写总结脱不开身吗？怎么又来报到了？"王晓梅摆出一副严肃的表情，望着谢运昌，心底很乐却又不好意思笑出来。

"嘿嘿，个人服从组织、下级服从上级嘛。"谢运昌怕刚报到就在冯部长面前落下不好的印象，急忙双脚并拢，腰板一挺朗声表态，"坚决听从领导安排，冯部长您好，谢运昌前来报到，请指示。"

王晓梅再也忍不住，扑哧一声差点笑出来声，失态不是她的作风，忙捂住了嘴东张西望一番。

"欢迎运昌同志加入我们这个临时的小团队。"冯大斌也是一乐，这小伙子有点意思，站起身来表示欢迎，"又不是去前线打仗，用不着如此紧张，哈哈。"

中年男子是县纪委监察二室副主任乔志勇，谢运昌与他有过几次工作接触，用不着介绍的，但也要客气一番，相互握手致意。

面对面地与基层干部群众座谈，是了解舆情、稳定民心的重要工作措施，听取职工群众对各部门领导班子的意见，是年底评选先进单位的重要依据，"老百姓说你好你才好，老百姓说你不行，你的年底总结材料写的天花乱坠，也要大打折扣。"冯大斌严肃地说道，随后将此次调研的意义和具体步骤简单地介绍了一下，算是开了个小会，第三调研组便正式开展工作了。

四人各有分工，冯部长居首主持，乔主任协助组长抓好与群众和部门领导的谈话活动，谢运昌与王晓梅干的便是发通知、做记录、查资料、整理材料等琐碎的工作了。

中州行政机构大改革，县商业局与物资局合并成立了县贸易局，新的领导班子、新的工作职责，机关人员刚从调整的混乱中稳定下来，冯部长说，第一站就选择贸易局，了解一下群众对机构改革的想法，顺便看看他们的工作进展如何。

县委调研组的到来是贸易局的一件大事，局长姓姜，接到通知后十分的重视，马上布置按通知要求去落实。

第二日，调研组的小车刚驰入大门，局长便领着班子成员快步迎来，热情地簇拥着冯部长等人走进会客室，水果、茶水早已准备好，只待调研组大驾光临了。

"呵呵，我们不是来做客。"寒暄几句后，冯大斌将调研任务简单地介绍了一下，随后起身，"去大会议室跟同志们见见面，然后按县委的要求分头进行吧"

姜局长点头答应，随即笑容可掬地陪着他们走向会议室，谢运昌观察到，进门后他的眼神突然凌厉无比，只是挥起手鼓一下掌，会议室内所有人员便如听到命令一般，立刻齐刷刷站立起来，掌声顿时热烈响起、欢迎之声震耳欲聋。

谢运昌向后排走去，他想着随便找个空座先做好会议记录，刚走几步，便被贸易局办公室主任拦住，言辞恳切地请他去主席台。

写着他名字的标牌，红底黑字，与王晓梅的并排放在一起，虽是最边缘，却散发出耀眼的光芒，照得谢运昌的小心脏差点蹦跶出来。无职无权的小秘书一个，即便是放在主席台最不起眼之处，那儿也不是自己坐的地方啊，腿就有些发软。

抬头看，王晓梅已经坐了下来，姿态优雅而端庄、表情大气而自然，颇有点女领导的风范了，自己若是一副小家子气，那就真的有损调研组的形象了，也便鼓足勇气走上台去。

待调研组成员与局领导在主席台上各自坐下，姜局长双手抬起向下一压，轻咳一声，"现在开会。"全场人员立刻停止鼓掌与欢呼，纷纷落座，会议室内顿时鸦雀无声。

这热烈欢迎而又令行禁止的场景让谢运昌心头一震，刚合并组建不久的新单位，说不定很多人都不认识局长，却能让他们如此地有纪律性，看来这位姜局长很有一套。

会议室门关闭，正要宣布议程开始，却见一人推开后门猫着腰钻了进来，想必是迟到的了。

"这位同志请站住，哪个单位的？几点开会没通知到吗？哦，你有工作要处理，在座的这么多同志就没有工作？"姜局长语气很严厉，"我再强调一遍，转变工作作风、加强工作纪律，必须先从会风抓起。办公室的同志注意检查，任何人都不允许违反贸易局会议制度，凡是迟到、早退、打瞌睡的，一律记录在案、通报批评，扣罚当月奖金。"

随后，姜局长宣布会议开始，他提议用热烈的掌声对县委调研组的到来表示热烈的欢迎，室内顿时掌声一片，"请冯部长作指示。"掌声再次响起。

谢运昌觉得，姜局长这场面搞得太过严肃了，就如隆重召开全员大会一样的，就差奏国歌、升国旗了。不就是一次简单的基层调研吗？贸易局搞得就如迎接大领导一般，按部就班、有板有眼。

调研组的几人，看似组织部副部长带着几位不起眼的小年轻，却是代表着县委、县政府，姜局长看来是希望借此机会，将贸易局的形象展示出来，让他们在汇报时告诉县委领导，虽然是刚组建的新单位，却纪律严明、作风优良，充满着激情的新希望。

他慢慢就体会到了，会议的现场纪律如何，却能真实地反映出一个单位的精神面貌，也能体现出这个单位一把手的能力如何。连会场局势都控制不住的领导，他的管理和领导水平便可想而知了。

"谈不上指示，姜局长言重了，呵呵。大家好，我代表第三调研组全体同志祝大家新年快乐、工作顺利、阖家幸福。"元旦刚过，也算是又一年新的开始，冯大斌起身致敬。他没有传达县委领导讲话精神的任务，更不敢代表县委乱讲，因为他不是常委，但代表调研组是无可非议的。

此次活动的重要意义冯部长讲得很清楚，具体如何进行呢？既然是与基层群众的座谈，各位局领导就请离席、各忙各的吧，调研组成员也走下主席台，坐在了贸易局与会人员中间，座谈会正式开始。

问起他们对局领导班子的看法，没一个说孬的，刚整合不久的单位，分管的具体工作还没真正的开始，想说谁有不足也找不到理由啊。

关于贸易局今后工作的开展，大伙反而谈了很多，对机构改革很是支持，各部门的职责依照国家贸易部的要求也基本制定完毕，正在努力学习、熟悉中，大伙表态坚决，一定认真履行职责，促进全县贸易工作跟得上形势、再上一层楼。

谢运昌边记录边琢磨，贸易局刚起步，商业局、物资局已经撤销，再核实他们的数据已经毫无意义，只是此次调研的一个重要事宜是征询群众对班子成员的看法，但这样的场合与方式，却有点形式主义。即便是领导真有问题，当着这么多人的面，哪个敢提？除非某人与某领导有深仇旧怨，趁这个机会来个掀旧账、拼个鱼死网破，这个概率接近于零。

能不能换种方式摸清群众对领导的看法呢？一个念头突然浮现在脑海里，就如推荐先进、评选优秀那般的，设计一张表格，将部门领导列上，基础群众不是只拣好听的说吗？让他们无记名性质地偷偷填去，想写什么就写什么。另外，参加座谈的人员，不能由部门去安排，调研组到了后要全员花名册，随机抽，抽到谁，甭管是干吗的，马上通知到位，这样才能摸到第一手资料。

可这主意可以出，但却不能办。要办也得王晓梅或者乔科长去跟冯部长说，他是办公室的小秘书，管的不是干部提拔或惩罚的事。谢运昌考虑了好久，感觉还是跟王晓梅说，毕竟跟乔科长不熟悉，担心人家怪自己多事。

第二天冯部长要去东阳市参加一个重要的学习活动，调研任务推迟两日进行，冯大斌临出门的时候交代说，"昨日贸易局这一家的座谈进行得很不错，运昌、晓梅，你们抓紧整理出调研报告，一定要将贸易局严格的纪律性、积极向上的工作作风体现出来。"姜局长精明强干、雷厉风行的作风不仅给谢运昌留下深刻的印象，也让冯部长深有感触，老姜，还是那么的辣呀。

整理资料的事与乔科长无关，他便回了自己的办公室，谢运昌就将自己的想法跟王晓梅说了。

"这主意是不错，操作性也很强，组织严密的话，一张表格就可以反映出很多的问题。"王晓梅听了很是赞同，"其实你说的这种方式乔科长跟冯部长也讨论过，这样一来就拿到了第一手资料，但冯部长觉得这样做关系重大，需要拿到县委常委会上去研究，他是不敢擅自做主的。"

"回家后你跟你爹提提呗，问问他这样做行不？"谢运昌想到了王三强，如果县长支持这样做，下一个单位的座谈，就可能能用得上了。

"我爹不是县委书记，我也不当你的传话筒，想征求他的意见，你自己去。"王晓梅当即拒绝，继而莞尔一笑，"要不，下班后去我家吃饭吧，你不是酒量大吗？陪他喝高兴了，说不定会支持你的想法。"

听她这样一说，谢运昌的头又大了。

"嘿嘿，这应该是你的本职工作，我跟你爸去说这些反而喧宾夺主了。"谢运昌觉得这个理由很充分，"万一别人知道了，一定会认为我是瞎操心、野心大，这样不好呢。"

"既然你考虑那么细、担心那么多，干脆回你的黑虎山下种地去得了，那样就没人在背后议论你了。"王晓梅有点严肃，眼神就不那么柔和了，"你敢想为啥就不敢去做？做了又能怎么样？不就是一次小小的群众调查创新吗？有你想得那么复杂吗？"一连几个反问，将谢运昌说的是脸红脖子粗、坐立不安。

"参与这样的调研活动，对我们本身就是一次很好的锻炼，并不是谁都有这样的机会。心里面那个想法既然出来，落实不到实际之中，你肯定也很是不甘心，事实上我也认为，用书面的调查比空泛的谈话更有针对意义。"王晓梅见他很是不好意思，放缓语气表示继续支持，捎带着又教育了谢运昌一番。

跟王县长谈谈肯定不是坏事，即便是很肤浅的看法，也可能让领导认为自己有思路，稍微点拨几句就会有很大的提高，何况王三强对他有知遇之恩。谢运昌觉得自己真的想多了，"班长同志，你教育的对着呢，俺再琢磨琢磨那个方案，行不？"

"这就对了嘛。"王晓梅淡淡一笑，回头给他倒了一杯水，"你先设计着表格，我给我妈打个电话，让她回家后做点好吃的。"

谢运昌不好意思空着手去县长家，更不敢随着王晓梅一起过去，下班后，他推说要回宿舍换身衣服，又去商店买了两瓶好酒，直到夜幕完全降临，才小心翼翼地赶往王三强家。

谢运昌提着去王县长家的礼物，走在亮着路灯的大街上，寒冷而潮湿的晚风吹拂着他的面孔，城市的夜晚被包围在满天浓雾中。他穿过一道亮亮的大街，进入忽明忽暗的街巷里，小街两旁的房子里全都亮着灯，灯光透过窗口投射到街心，与浓雾无力地相拼搏，金黄色的光线尽力地穿透迷蒙的夜雾，在路人的身影上闪动着。但很快，他又步入到路灯明亮的繁华街市。

室外寒风刺骨，室内饭香扑鼻、温暖异常，朱阿姨解下围裙，笑吟吟地欢迎他到来，王三强见他到来，踱步餐桌旁，"哈，以后就不要这么客气了，想喝酒解馋的话，下班后直接过来就行，晓梅，别忙活了，过来吃饭啦。"

"来啦，来啦。"王晓梅端着一盘热腾腾的红烧鱼从厨房里轻快地走出，马尾辫随便地梳在脑后，淡紫的毛衣下衬出绰约多姿的风采，开心的笑意挂在脸上，清秀端庄、丽质天成，引出谢运昌心中无限的感慨，"哪个小子有福气能娶得这样的女子，祖坟上可是烧高香了。"

当然，自己祖坟上烧的也很旺呢，张工头虽然不是县长，但丫头却也是万里挑一的好女孩，自己可不能三心二意。谢运昌打定主意，跟王县长只汇报工作、交流思想，但若朱阿姨问起自己的感情私事，一定要坦白地说出来，决不能含糊。

吃饭的时候，果然只是探讨谢运昌提出的那个方案，王三强面前摆着那几张表格，边喝边聊，与两位小年轻交流了好多，让王晓梅跟着也受益匪浅，朱阿姨制止了好几次，都没制止得住。

"有利于工作的事情，县委为什么不支持？不仅仅是你们这一次的群众调研，我看对各局委班子的考核都可以引用，明日我找时间与云生书记交换一下意见。你们就当是一次探索，认真筹划、大胆去干，但一定要总结出经验，以便推广。"他们提出的事情不算什么大事，当然要支持，王三强不仅是支持，还要帮他们整出大动静来。

万一这俩孩子摸出基层干部群众对局委办领导的真实意见出来，这可是比信访局、纪委提供的匿名信要强得多，问题集中而又有针对性，王三强心里面盘算着，这就等于握住了很多人的命脉，特别是表面奉迎、背后不配合自己工作的那几个人。

望着眼前的谢运昌与自家闺女，朱阿姨是越看越般配、越看越喜欢，晓梅的心结看来这小子能打得开，真若有位这样的女婿，也是不错的，甭管他是什么出身。

朱阿姨很开心，见他们聊的投机，也陪着喝了两杯，让谢运昌受宠若惊，忙起身回敬。这样的家宴，给了谢运昌从来没有过的温暖，换成别人，那真的是奢望而难求的了，可他不行，真的不能让她误解。

饭后没再陪王三强喝茶聊天，谢运昌起身告别，愣是没给朱阿姨一个询问他个人情况的机会，自己与张曼玲的事情，王晓梅一定跟她说起过，那不是秘密，让他们自己琢磨去吧。

可是他不知道，朱阿姨与王三强不仅知道他与张曼玲的感情，更知道，自家闺女这半年多来之所以忧伤淡淡消失，就是因为谢运昌给了王晓梅不一样的感觉，那种感觉，做父母的能理解，那是一种寄托，或者说，是黑暗中的一盏灯火，让女儿能慢慢地走出悲痛而伤心的过去，就如今晚这般星光璀璨。

摸底问卷

隔一日，冯大斌自东阳学习归来，上班后就将谢运昌召进办公室："呵呵，你小子行啊，有那么多思路也不跟我说，直接找县长了。"

谢运昌就怕领导这么说，急忙想辩解一番，冯部长挥挥手让他坐下："有想法是好事情，当年我比你还冲呢，年轻人就应该积极上进嘛。下一家调研，我们就采用这个方案，你还有什么建议吗？说来听听。"

谢运昌稍微安下心来，心知冯部长专门找自己过来，是为了更好地进行下一步工作的，并非给他穿小鞋："每个单位都有不同的情况，我认为保密和区别对待同等重要，另外，参与调研摸底的群众必须我们自己去选，坚决不能受制于被调研单位。"

保密自不用说，搞党务、行政工作的都应该视保密为最严肃的纪律，至于区别对待，其实就是一个单位一种表格、一个单位一种方式，绝不重样，谢运昌娓娓道来。

冯部长听后不由得点了好几下头，这小子看来是真的有思路，单纯地用一种表格去摸底，其他的单位会后就会知晓，若是提前将应对措施安排好了，这种方式也便流于形式，真正掌握群众心里话的，只能是第一家，一定是很不公平的了。

"部长已经同意咱们小组按照这个方案进行，考虑到基层群众可能真的要反映出很多事情出来，那就影响到个别干部的前途，所以专门指示，一定要认真严肃地对待，摸出经验、搞出实效，这也是县委领导对我们的信任。"冯部长最后这句话很严肃，也很无奈。

这样的搞法，纯粹是给自己添乱，老好人是做不成了，最后手里面还要攘着一大堆的麻烦，冯部长很是无语，可又不得不表态支持。年轻人啊，这中州县城看似不大，可官场那盘根错节的复杂性，你是不清楚的了，环环相扣、利益均摊，等你搞明白的那一天，说不定别人早已将你发配回老家该干啥干啥去了。

王晓梅与乔科长到了后，冯部长将分工做了个调整："摸底调查的工作与汇总报告由小谢与晓梅负责，我与乔科长负责与各部门领导谈话，年轻人，就按你们的思路，放开干。"

冯大斌还是有点私心，这问卷摸底搞不好就是烫手的红芋头，黏上就很难甩下，就让这俩小年轻去蹚浑水吧，说不定是王三强想闹点啥动静呢，他得看明白再决定是否参与。

其实谢运昌的心里面还有一个想法没有说出来，那就是，应该将群众提出的意见公示于众，然后逐条对应地去查证、核实，真若那样的话，这中州县可就热闹了，估计王县长不可能支持，杜云生书记也一定不会同意。

下一站选择的是工业局，调研组到工业局的时候，那肥头大耳的王局长与吴天贵等人等候多时了，这样的调研每年都要搞上一两次，程序是固定的，人员也早已安排好，将调研组这几人伺候好定会万事大吉，王局长很有信心。

工业局所辖单位众多，各企业与会人员坐满了大会议室，室内烟雾弥漫、乱哄哄一团，众人正抽着烟品着茶高谈阔论，一行人在主席台上坐下，王局长敲着麦克风咳嗽了好几声，才算安静了下来。

这工业局的会场纪律与贸易局一比，便见分晓了，谢运昌也坐在了主席台上，待到冯部长开始宣读本次调研的工作意义时，看到会议室的后门依然有人昂首挺胸走了进来，如在大街上散步一般，自由自在。

隔着一位副局长的另一人，正是吴天贵，不知道他见到自己与他同台是什么感想，谢运昌扭头看了他一眼，却见吴天贵严肃地望着台下，毫无表情。放下过去、坦然未来，谢运昌挺了挺胸膛，在心底告诫自己，一定要大气，决不能失态。

尽管谢运昌已看到了吴天贵因仇恨在胸而板起的脸膛，他那张书生般的面容被邪恶的气色映照得十分鲜明，就像五谷画上流淌出的一个头像似的那样美丽，微笑中带有宽容大度的色彩。尽管吴天贵眼里闪着怒火般吓人的神色。但运昌却像是没有看到一般，显得十分自然和轻蔑，仿佛压根儿就没发生过任何过结似的，仿佛他十分喜欢他所面对的这个心狠手辣的对手。

稀稀拉拉的掌声中，冯部长结束了他的发言，工业局班子成员陪着他与乔科长去了休息室，留下吴天贵协助谢运昌与王晓梅开始了正式的摸底调查。领导真会安排，谢运昌眼前一黑，"换个人吧"这句话差点脱口而出，但这行不通。他不得不接受这个事实，吴天贵是工业局党组书记兼第一副局长，理应由他协助。

"吴局长您好，请安排人将局里所有人员的花名册取过来，我们要从中随机抽取五十名同志参加这次调研。"谢运昌起身与他握了下手，将接下来的程序详细地介绍清楚。

与谢运昌已经在工作上打过好几次交道，吴天贵表面上还算说得过去，不卑不亢、客客气气，本以为陪着他们跟与会人员座谈上个把小时就算是完成了任务，没想到谢运昌竟然提出这样的要求，这小子是想干吗？专门来找我茬儿了？脸色顿时就阴沉下来。

"晓梅同志，你们通知里面没说要随机抽人啊，你也知道，我们局下属的单位基本上都是企业，现在生产任务那么紧张，随机抽人是要严重影响工作的，我担不起这个责任。"吴天贵索性不再搭理谢运昌，潜意识里便是不配合了。

"吴书记，这个安排之所以没有提前通知，是县委调研组的工作要求，我们只是执行任务而已，还请理解并配合好工作。"王晓梅表情严肃、落落大方，颇有点代表县委组织部的感觉。

"能不能考虑一下我们的实际情况？你们将问卷交给我们，由局党组负责组织落实？"别看王晓梅年纪轻轻，可她不仅仅是县长的女儿，现在还真的是在代表上级部门工作，吴天贵不敢直接拒绝，"毕竟，重新通知人员到场，要耽误很多工作呢，真的不好组织啊，晓梅同志。"

"谢秘书，你的意见呢？"王晓梅扭头对谢运昌说。没有提前将事情给工业局交代清楚，吴天贵摆出这样的理由也在理，她还真有点犹豫，稍微变通一下，就让在场的这些人填写问卷也不是不可以。

"严格按县委组织部的要求去做，我们没有权力改变工作方式。"与会人员肯定都是工业局下属单位的骨干力量，说到底，都应该是局领导们眼里的自己人，让他们去提领导们的意见，可能吗？谢运昌态度坚决、语气便有些强硬，"花名册请抓紧拿过来，我们随机选择基层骨干人员，两小时内全部到位。"

中州县城不大，即便是临时性的通知，两个小时内也绝对可以到位，既然冯部长安排他们负责这件事，那就索性摆出点调研组主要成员的架势，谢运昌没有丝毫的通融，抬起手腕看了看时间，"就这样吧，我们在这里等着。"

吴天贵觉得再争执也不会改变谢运昌这小子的指令，他的思维又迅速回到了从前遭受重创的场景。那时他着实是太小看谢家这小子了，一时的失误竟导致了终身的悔恨。此刻，他在用一种奇异的眼神瞧着谢运昌，那双最善于掩饰情绪的奸诈眼睛睁得大大的，毫无遮掩，里面分明饱含着一种痛苦绝望的神情。

看来谢运昌这小子是铁了心要找自己的麻烦，但这也不是跟他翻脸的场合呢，吴天贵强压住心头的怒火，起身对与会人员宣布，"县委调研组的意见是，重新选择人员参与本次调研，请各单位主要负责人马上回办公室听候电话通知，散会。"

乳臭未干的穷小子，真不知道天高地厚了，当初在派出所怎么就没弄死你？吴天贵拉着个脸边吩咐身边人协助落实人员，边抽着烟生起了闷气。

反了吧！冤冤相报何时了？谢运昌既然想忘掉过去，也便没往坏处去想，以为他只是对临时的变动不理解，便想着与他交流一下，吴天贵勉强挤出笑容，"完全理解、支持嘛，谢秘书少年老成、才华横溢，他日必当前途无量，值得祝贺。"这语气便有些意味深长。

王晓梅拽了拽谢运昌的衣袖，示意他出去走走："不能怪老吴生气，我们考虑的是不充分呢，下一家的人员安排，一定要提前交代明白，先给我们提供花名册，去之前一小时就选好了，这样就主动了。"

"嗯，毕竟是第一次搞这样的活动呢，有问题很正常，但不能改变我们的初衷。"谢运昌叹了一口气，"你又不是不知道，本来就与吴天贵的兄弟、儿子有深仇大恨，这下好了，刚刚想放下过去，他肯定又开始恨上我了。"

"真如你说的，那他也一定捎带着恨上我，可是，这又有什么？我们在正常地履行职责，仅此而已，我看吴书记也算是很配合的了，你也别想多了。"王晓梅当然知道谢运昌的过去，那曾闹得满城风雨的冤屈，放谁身上都是忘不了的噩梦，"这个方案是我们一起做的，谢运昌，我有决心把它继续完善，你也要有信心。"

希望如此吧，谢运昌当然有信心落实自己的思路，就如王晓梅说的，这是一次机会难得的锻炼与学习的机会，路过接待室的时候，看到冯部长与工业局班子成员谈的正热火朝天，这表明他是不会参与此次摸底了，谢运昌横下一条心，管他什么吴局长、李经理呢，就蹚一次浑水了。

两人有说有笑地回到会议室，吴天贵客气地点了下头，脸上并没有显出恶意，谢运昌稍微放下了担忧，或许，他也想放下过去、坦然面对未来吧。

人员陆陆续续地到位后，谢运昌宣布问卷摸底开始。他与王晓梅设计的表格简便而又很有针对性，比如局里上报的先进个人，只需要填写同意或者不同意就可以了，又比如对局领导班子的摸底，一张表格一个人，好坏自己去填写。当然，也有一些具体数据的摸底，基层骨干不见得能掌握，谢运昌在选人的时候，刻意选了五六位财务、统计人员，相信他们对此很敏感。

参加人员按比例分配，代表性十分的广泛，相信这样的问卷，大家会认真地对待，无记名填写、不用担心事后打击报复。谢运昌先做了个开场白，王晓梅随后介绍了填写说明，给大家半小时时间，随便找地方去填，完事后投到箱子里即可。

待最后一人将摸底问卷投到意见箱，已是中午十二点了，王晓梅起身将冯部长请过来，当着众人的面将其整理后装到文件袋密封，工业局的调研总算是到了尾声。

中午这顿饭就由工业局安排了。

"工作餐嘛，简单点就可以了，决不能铺张浪费。"冯部长没有推辞，看来今日与他们谈得很不错。

谢运昌曾经在工业局餐厅吃过几次招待餐，简单的四菜一汤，倒也可口，但没想到，餐厅二楼一间不起眼的房间，却是如此的奢华，中州大酒店最好的房间也不过如此了。

待到饭菜上来，更是开了眼界，凉拼八盘精心调制、荤素搭配、鸡鸭鱼肉色味俱全，几瓶茅台酒端放桌上还未启开，每人面前已摆上一份鲍鱼、一小碗鱼翅，王局长笑容可掬，起身表示欢迎，感谢领导莅临指导，自家单位的餐厅，简单几个菜而已，招待不周多多原谅。

怪不得王局长如此肥头大耳呢，有这样的条件、这么个吃法，不胖都对不起美酒佳肴。联想到今日会场的纪律，这工业局内部看来是很不一般的浑水啊，谢运昌脑海中也只能琢磨琢磨，等回去看看书面问卷或许问题更多，身边坐着的王晓梅仿佛经常遇到这样的场景似的，不动声色但又在桌下偷偷踩了他一下，提醒他静听冯部长发言。

"不是说简简单单的一个工作餐吗？搞得这么隆重，我要批评你了，老王，老战友来了也不能这样招待啊，下不为例啊，呵呵。"冯大斌举起酒杯哈哈一笑，继续发言，"听取了你们一上午的汇报，今年工业局成绩不错嘛，这样严峻的经济形势下，工业系统没有一名职工下岗，没有一家单位破产，这就是对中州县的最大贡献，我借花献佛了，代表调研组全体同志表示祝贺，干杯！"

席间就再也不谈工作，只谈中州的风土人情，或者逸事、新闻，酒是好酒、菜更可口，冯部长显得很开心，众人也便跟着热闹起来，一位副局长竟然问起了王晓梅的感情问题："晓梅，前段时间我介绍的那位小伙子，可是东阳市中心医院很有名气的外科大夫呢，呵呵，你们现在还联系着吗？"他这摆明了就是跟王三强不一般的关系了。

"让您费心了，李叔叔。"王晓梅没接他这个茬，只是扭头望了谢运昌一眼，随后不再言语。

这一眼意味深长，吴天贵全看在了眼里，其他人也都心知肚明了，县长千金现在是名花有主了，这位谢秘书或许就是王晓梅的意中人了。这个问题就此打住，毕竟这是县长千金的私事，谢运昌正在身边，谁知道是不是真的，再议论就把两人都得罪了。

王晓梅这一眼让谢运昌一阵的尴尬，还真有点自作多情的心动，这可如何是好？你说你为啥非要看俺这一眼呢？他没法辩白，这种事只能越描越黑，只好在心里面盼着这次调研抓紧结束，赶紧回到自己单位，离王晓梅远点、再远点。

该面对的，永远躲不开，谁让世界这么小呢，愣是让当年陷害自己的吴大飙他爹坐在了一起，那可是因张曼玲而起，而又因她而脱离困境，想起往事，谢运昌心里暖暖的，丫头，你放心吧，我不会辜负你的。

酒到三巡也便乱了秩序，谢运昌端起酒杯走向吴天贵，他想好了，以后跟他是少不了的工作接触，曾经的隔阂与恩怨趁着这个氛围讲开吧，当着众位领导的面跟吴天贵谈开，一起向前看，过去的就当是做梦，效果或许更好，"很感谢吴书记的配合，今天的工作十分顺利，我敬您一杯。"

吴天贵呵呵一笑，"谢秘书青年才俊，我老吴不敢当啊，请回、请回。"还未等他走到近前，吴天贵一杯酒已经下肚，这就让谢运昌没有了再继续说下去的理由。

有些事不能提，更不能在这样的场合下提及，谢运昌真的是低估了吴天贵，远不知他的内心正如海浪般翻腾。当他端着酒杯走过来的时候，吴天贵就猜测得到，谢运昌想说什么了。

儿子当年与谢运昌那一番遭遇，是吴天贵官场的滑铁卢，彻底改变了他一家的命运，是你简单几句话就能过去的吗？大飚与天利现在的生意越来越大，王红红火火，你若当着冯部长和纪委乔科长的面提起这事，可不就是想陷我于不利之地吗？

吴天贵越琢磨越觉得谢运昌这次是有备而来，没想到年纪不大、心机够深，不可小觑啊，是得抓紧开个家庭会议研究一下应对措施了。

虽然不能与吴天贵一起展望未来，但忘掉过去总会有可能的吧？这只是谢运昌的一厢情愿。午餐后送走冯大斌一行人，吴天贵就来到了吴天利的公司，"我看谢运昌跟王三强的闺女关系很不一般，等他翅膀硬了我们家可能有大麻烦，得想办法让他成不了气候，把他赶出中州城最好。你跟大飚商量着办，要尽快，我看到这小子就心烦。"

吴天利能将生意做得风生水起，背靠的还是吴天贵这棵老树。姜是老的辣，吴天贵算计的很长远，当年结下的梁子太深，如若谢运昌将来飞黄腾达，定会捡起仇恨，自家背景再深厚，也会有被他击破的那一天。

李存喜是他一手提拔为中州钢铁厂厂长的，他的亲弟弟就是谢运昌的顶头上司李存宽，通过他可以随时掌握谢运昌的消息，要尽快跟李存喜交代清楚，吴天贵提醒道。

吴天利点了点头，心底一阵发狠。他本以为事情已经过去，大路朝天、各走一边呢，没想到谢运昌这小子还没什么权势呢，就如此地咄咄逼人，那是真的应该教训教训他了。明着找他麻烦显得太没智慧，暗地让他触几个霉头却是手到擒来，他很有信心。

下午回到办公室，冯部长对他们说："和工业局班子成员的谈话记录由乔科长负责整理，问卷由小谢和晓梅负责汇总，抓紧落实，我要给部长汇报。"

冯大斌心里很清楚，这两位年轻人是信心满满地想干成点事，可这样的公开问卷，必然会生出很多事端，王局长跟他是关系很铁的老战友，事情发酵以后必然要来责问自己，他是这个组的组长，根本就不可能置身事外，那到时只能尽量帮忙了。

　　事实真如冯大斌所料，问卷统计出来后，果然是与群众当面座谈绝不可能得来的信息。

　　有人明确提出，坚决反对中州钢铁厂厂长李存喜推荐为县劳动模范，同时列出他勾结不法商人严重损害企业利益的几条线索；有人说工业局全年效益严重失实，大多数企业都处于半停产状态，哪来的几千万利润增长？有人说塑胶厂虽然没有职工下岗，却是连续半年只发基本生活费，跟下岗差不多；有人说局领导带头腐败，脱离群众、贪图享受；还有的指名道姓某某领导包养女人、作风败坏……

　　也不全是负面的消息，有人就说化工厂改革效果很好、职工群众很满意；有人说农机厂厂长以厂为家、特别能干，完全可以当劳模……

　　原原本本地将这些交给领导，估计杜书记也会头大，反映的问题如若查实的话，工业局领导班子一定是要大换血了，怪不得冯部长不想参与书面问卷呢，"咱们只负责统计上报，其余的事情交给组织去做。"王晓梅理解谢运昌的想法，冲他说道，"想那么多干啥？接下来的事不是我们考虑的范畴。"

　　说不参与是假的，问卷摆在冯大斌桌上的时候，他立刻拿起来看了一遍，一下子掌握这么多信息，也是很难得的机会，"嗯，效果很不错嘛。提醒你们一下，反映的这些问题无论真假，都要守口如瓶，保密纪律我就不多讲了，你们再优化优化调研方案，一定要吸取今天的经验。"

　　初生牛犊不怕虎，这两位果然敢想敢干，冯部长勉励他俩几句，拿着问卷去找组织部部长汇报去了。里面涉及的问题太多，他可不能捂在手里，当然，能提前帮王局长垫上好话的，还是要提前垫，晚一步都不行。

　　下一家要去煤炭局，煤炭局下属的煤矿分布在中州各地，这个调研方案有点难做，每个煤矿都去的话，那是考察煤矿，而不是煤炭局，如何临时性选择参与人员是件麻烦事。

　　工业局的这次书面摸底格式，肯定也传到了其他单位，也应该考虑到他们的应对。

待两人商量好方案走出县委大院，天已经全黑了，谢运昌正要跟王晓梅道别，王晓梅开口却道，"这黑天冰地的，你不怕我滑倒，也不担心我被人抢了吗？"

"你是大领导家的千金，谁敢抢你呢？"谢运昌嘿嘿一笑，又觉不妥，路灯怎么就没亮起来呢？眼前真的是昏天黑地，只有街边几家还在营业的门头房，透出或明或暗的光亮，真的是应该送她回家了。

寒冬腊月，商户白日里在路面上泼洒的水，已经结上了冰，王晓梅小心翼翼地走在谢运昌一旁，还是差点摔了跤。怎么办？谢运昌是躲不过去了，只好伸出胳膊，让她搀扶着继续前行，慢慢地，王晓梅就挎住了谢运昌，两人越挨越近，颇有些情侣亲昵散步的味道了。

突遭暗算

城区高楼大厦上映照的殷红的晚霞正在暗淡下去，透明的天空上，横着一片片连动都不动的紫红色云彩，远处西水河对岸黑秃秃的白杨上，归巢的乌鸦像是受到不安的惊吓，正在时不时鸣叫着飞落。在这迷蒙、渐渐趋于平静的城市黄昏时分，每一声巨响都显得那么清晰、肃穆和令人不安。

夜色中的中州街头，寒风阵阵，行人稀少而脚步匆忙，间或有一两辆汽车驶过的灯光，更映出大树枯枝的萧瑟，此时，与最心爱、最疼爱自己的人在一起，必定是最温暖的渴望。

真希望上天有眼，那逝去的灵魂就附在了谢运昌的身上，挎住谢运昌的胳膊，踏实而又温暖的气息，让王晓梅的心底慢慢升腾起未来的希望。

中学三年，谢运昌给她没留下很深的印象，可京南大学四年的学习生活、参加工作后这半年的历练，真的让他完全脱去了乡野少年的青涩，王晓梅越来越觉得，谢运昌的气质、形象，就是很像那逝去的男友，一举一动，都让她心疼而又心动。

王晓梅知道谢运昌与张曼玲的过去，可是，张曼玲这样的学校与专业，毕业后不大可能回到中州，虽然，谢运昌的心里想的是她，真正属于他的，并不见得是她。但，她也不会主动地说出心里话，只是，将身子温柔地靠紧他，享受这一刻的温暖。

谢运昌的心底也是浮想联翩，身边的姑娘已经发出明确的信号，是逼他选择呢，接受还是拒绝。谢运昌纠结着、忐忑着，这可如何是好？此时无声胜有声，仿佛都能听到对方的心跳。

这几天工作的接触，王晓梅留给他的是精干、大气的印象，去他家做客时，那温柔、贤淑的影子也让他心动，可是，他不能开口求爱呢，更不能用另一只手臂揽住她的腰。虽然，两人贴得很近很近，那柔顺的长发散发出的清新气息令他陶醉不已。

一阵轰鸣之声隐隐传来，打破了这一刻的宁静。谢运昌回头看，刺眼的灯光下，一辆摩托车飞速驶来，他急忙拉起王晓梅向一旁躲去，天黑路滑，这辆摩托车还开这么快，不要命了吗？

还真的是不要命的骑法，当摩托车骑到两人附近时，终于像是失去了控制，只听摩托车手大叫一声，"快闪开，我控制不住了。"速度却丝毫未减，仿佛就是想撞倒两人似的，直奔二人冲去。

这辆车是够大的，压在谁的身上，都可能伤筋动骨，是无意还是故意？是结冰路滑而倒还是恶意袭击而倒？两人刚才已躲到了墙根，不能眼睁睁就被撞在身上，谢运昌来不及想这些，伸手抱起王晓梅纵身一跃，就想跳出摩托车的冲击范围。

可是，事情来得太突然，如若王晓梅不在身边，谢运昌可以很轻松地跳出几米之外，但他绝不会独自脱身。当他抱起王晓梅向外跳的时候，寒冰与耀眼的灯光真的影响了他的发挥，脚下打滑，一个趔趄，两人差点同时倒地，谢运昌急忙双臂用力，迅速将王晓梅推出几米开外，那摩托车也重重地撞到了他的身上。

车主与摩托车一起压在了他的身上，感觉是一阵的生疼，估计撞得不轻。王晓梅急忙上前，先将摩托车手扶到一旁，待要扶起摩托车时，却没有那么大的力气。谢运昌叹息一声，示意她躲开，用力一把便将摩托车推开。

空有一身的功夫，却躲不开这么简单的交通事故，谢运昌是一阵的懊恼，恨不得一把抓住摩托车手狠狠地揍他一顿，走到他近前，只听那摩托车手正捂着脑袋不停地呻吟，边诅咒这寒冷的天气，边不停地道歉："大哥，对不起啊，路太滑了，俺实在是控制不住了呀，如果去医院的话，俺付您医药费啊……"

"运昌，你没事吧？"王晓梅搀扶住谢运昌，满腔的焦急，关键时刻，自已被推出危险境地，而谢运昌却被撞倒在地，姑娘心底是满满的感激与欣慰，这小子，够爷们，我就没看错人。

习武这么多年，早已练就了如大黑熊般的力气，更清楚关键时刻如何保护自己，摩托车撞向自己的时候，谢运昌已经做好了防备，只是没机会跳出去而已。

谢运昌慢慢调整了一下气息，甩甩胳膊、踢踢腿，问题不大，起码不会骨折，只是胸口有点闷，应该不会是肋骨骨折，"刚才那劲用得有点猛，你没摔疼吧？"

"我没事的，要不咱们去医院检查一下吧？"都撞成这样了，还在关心自己，王晓梅眼泪差点掉下来，现在是真的心疼谢运昌了。

回头看摩托车手的狼狈样，应该不是故意的。

"这么黑的天，你还骑这么猛，不是自找挨摔吗？再这样的骑法，非出大事不可。你走吧，以后注意点啊！"谢运昌这一说，摩托车手是万分的感激，一个骨碌便爬起身来，启动摩托车绝尘而去。

不对啊，望着摩托车远去的灯光，谢运昌心头一愣，不会真的是故意的吧？如果是无意的话，应该留下联系方式才对，毕竟是撞倒了自己，无论如何都应该找个机会赔个礼、道个歉啥的嘛。

矿区调研

在县委组织部组织的问卷事宜完成之后，冯大斌又安排王晓梅和谢运昌对县域的小煤窑主对煤炭局领导进行摸底问卷。王晓梅和谢运昌作为主要成员，就带领煤炭局的陈科长直奔白虎山区的小煤窑，一路上谢运昌对李家鑫的煤窑谈了很多情况。王晓梅听后感到很纳闷，这个谢运昌，可没听说他有个李家鑫大哥啊，这是哪来的一门子大哥啊？他们第一站就去了李家鑫的煤矿，当到了家鑫煤窑办公室，王晓梅趁着陈科长不在场，终于道出疑问，"谢运昌，你这是哪来的大哥？看起来关系很深哦。"

"嗯，是不一般的深呢，多年前我在白虎山一个小煤窑里面打工，老板就是他，没想到今日重逢。"谢运昌轻轻地叹了一口气，貌似在感慨往日的艰难，却是真的想起在小煤窑打工的时光、想起张曼玲的温暖、想起那晚丫头发飙痛斥王立强一伙的豪迈，心底便泛起了涟漪。

王晓梅不是想知道怎么回事吗？今儿个这酒是喝定了，到时李家鑫自己就会说出来，这老哥一定也会问起张曼玲的情况，估计到时就够你琢磨的，也省得我再解释了。想到这，谢运昌顿觉轻松。只是他没想到，短短几年时间，李家鑫的产业竟然拓展这么大，这老哥的经营才能很不一般，得单独问问他是如何折腾的。

午饭安排得很丰盛，酒桌上李家鑫表现很拘谨，没有谢运昌想象的那样开怀地陪他喝到一塌糊涂，或许是有煤炭局的陈科长与王晓梅在场的缘故吧？担心话多了不好。

其实，让李家鑫放不开的缘故是，这组织部的晓梅同志话语沉稳、气质高雅，他望着谢运昌的眼神，温柔而又亲近，就让他想起来那位给他留下深刻印象的、英姿飒爽的张丫头，谢运昌这小子不会是变心了吧？

陈科长给王晓梅敬了一杯酒，貌似玩笑地说了句，"能与县长千金共事两天，很高兴。"李家鑫听到后更是在心底相信，谢运昌这是要攀附高枝了。

谢运昌越盼着他趁机提起张曼玲，可李家鑫越不提，咋提啊？我当她的面提起张丫头，不就把你得罪了？任谢运昌如何回忆当初挖煤打工时开怀或艰苦的岁月，李家鑫都没怎么接茬。这顿饭吃得挺饱，但不热闹，谢运昌很是意犹未尽。

饭后陈科长问下一步的打算，王晓梅便转过头去，"谢运昌，是回中州还是现在就去下一家？咱们商量一下。"

"晓梅同志，冯部长不是说给我们两天的时间吗？这才半天呢，下一家明天一早再定好吗？"谢运昌琢磨的是，时间很充足，今儿个就住在白虎山了，想跟李家鑫好好地拉拉呱，问问他是咋干起来的，经营情况到底怎么样，"我看这样吧，下午我想去矿井里回味一下往日的挖煤生活，晚上就住在白虎山了，你跟陈科长回中州吧，明天一早咱们还是在这碰头。"

"哈，那我也不走了，陈科长，如果你很忙的话，就回局里吧，明天一早过来接我们。"听到谢运昌想去矿井，王晓梅顿时来了兴致，这煤炭是怎么挖出来的、矿井里面到底是什么样的工作场景，对她来讲的确是个稀奇事。

听她这么一说，谢运昌便头大了，姑奶奶，你凑什么热闹？"小煤窑低矮阴暗，旷工进出如狗爬，不是你进的地方，我的大小姐，您老人家还是回中州吧。"

"陈科长，就这样定了，我和谢运昌留下来，你带车回中州吧。"王晓梅对陈科长说话就比较严肃了。

组织部领导发话，陈科长当然得听，何况谢运昌这小子跟矿老板关系很不一般，摸底问卷也不让自己在现场，也不知人家反映的是什么问题，得赶紧回去跟领导汇报一下，让局长有个思想准备。

李家鑫很是开怀，谢老弟还是原来的谢老弟啊，一点儿没变，他哪里是想钻小煤窑，分明是想留下来陪我聊聊知心话啊，待将陈科长送出院外，李家鑫上前便抱住谢运昌，哈哈大笑，"老弟啊，我真为你自豪。"单凭伴在他身边的女孩，就足以让李家鑫为他骄傲了，甭管是张丫头，还是晓梅同志。

"嘿嘿，你自豪个毛吆，我就是想看看你的小煤窑变啥样了，还是如狗爬似的向外拖煤吗？"谢运昌懒得细问，李老哥这是心思想歪了吧？

"走，上车，不是去看矿井吗？我带你们去矿里看看。"李家鑫拉开一辆半新的轿车门，请二位坐进来，"别嫌车不好啊，二手的，凑合着开。"

"看你这一身行头，整个一土豪啊，跟这车很配套啊。"汽车一路颠簸前行，谢运昌跟他开起了玩笑，"士别三日当刮目相看，李哥，佩服你呢，得好好跟你学学生意经。"

"别挖苦老哥了，这衣服都是你嫂子逼着穿的，说是当老板的穿得窝窝囊囊的，会让客户瞧不起，你以为我愿意穿啊？这年月煤炭行业难做啊，既然折腾起来了，只能咬牙前行了。还有这辆车，哥也买不起哦，是顶账顶回来的。"李家鑫没再视王晓梅为外人，叹了一口气，实话实说。

二十世纪九十年代中期的煤炭行情其实并不景气，五六十元一吨的价格卖出，但挖出来、运出去，再洗煤筛选、发货装车，再加上各种税费，折腾下来不赔本就烧高香了。谢运昌觉得，这才是印象中的李家鑫，便对他有了些理解。

县政府内部通报，因为严重亏损、资不抵债，今年跑路的煤老板很多，南方外来投资建矿的好几家都灰溜溜地走人了事，不少的集体煤矿也关门大吉，并不是煤炭局资料上说的一片大好，这种形势下，规模越大亏损不越多吗？

莫非，他藏着很多故事？

山路上并没有雪，想必是有人组织清理过的，估计用不着组织，但凡是在山上有矿井的老板，都会主动地参与，这是将煤送下山的命脉线。

沿着狭窄而又陡峭的山路缓慢前行，汽车就驰入了白虎山，路面十分的狭窄，经过运煤车来回碾压，更是破烂不堪，本应傲立在山上的青松，早已被粉尘摧残得不成模样，厚厚的积雪上布满煤尘，就如一袭白衣被均匀地涂上了墨汁。

一个又一个井口不时地进入谢运昌的视线，放眼望去，附近的山脉千疮百孔，白虎山曾经的雄姿已经不在，谢运昌一阵叹息，这白虎山变成了地道的黑虎山，可是，黑虎山上有烈士陵园和马占彪坐镇呢，比白虎山要幸运得多。

行驶到一处山坡，谢运昌曾经打过工的小煤窑就出现在眼前，洞口比以前大了许多，时不时有人拖煤而出，堆满了原煤的平地处，几辆车正排队装车，粗犷而原始的工作场景，却也有热火朝天的感觉。

"谢运昌，你还真的在这挖过煤啊？"衣衫褴褛、疲惫不堪地拖煤走出洞口的矿工身影，给了王晓梅巨大的视觉冲击，还没有钻进煤窑，便受到深深的震撼。

"那是当然了，因为我干得好，李老板还让我负责管理了好多天呢。"想起往事，谢运昌有些感慨，"洞口大了好多，看来是用不着如狗爬似的向外拖煤了，你是不知道那种滋味啊，晓梅同志。"

那是自然的，王晓梅自小在中州县城长大，谈不上娇生惯养，却也算生在了福窝，参加工作这半年，领导也没安排她深入过这样的基层，眼前的这一切，让她想都想不到，"走，你带我进洞里看看咋个挖煤法。"既然谢运昌说用不着狗爬式地进洞了，王晓梅就真的想进去了。

"我是想回味当初狗爬的感觉呢，既然不用狗爬了，那就算了吧，呵呵。"谢运昌拒绝了她的提议。

这小煤窑比不得国营大矿，能舍得多用几根木头撑顶，就是矿老板最大的良心了，巷道内阴暗潮湿、危险重重，绝不能带她进去，"晓梅同志，小煤窑生产方式极其原始，不值得一看，等有机会你去张庄煤矿吧，在那儿一定会让你大开眼界。"这个理由更充分。

李家鑫安排了几项工作后走到他们身边，"谢老弟，洞口比你在这干的时候大了很多吧？今年我在洞里面又开出好几条巷道，出煤量也增加了不少。走，带你们去另外一个煤窑看看。"不由分说，拉着谢运昌就上车。

李家鑫也担心谢运昌钻进洞里。他若钻进去，这晓梅同志肯定也会跟着进去，万一出点事故可了不得，自个儿承担不起，也会连累了谢老弟，不如溜之大吉。

"李哥，我就纳闷了，就凭你这个小煤窑，一年能挣这么多钱？那么多矿老板停产、跑路，你反而扩大了规模，我有点不理解，很不理解。"谢运昌终于忍不住问起了李家鑫。

"这还是得感谢老弟你啊。"眼瞅着王晓梅与谢运昌关系不一般，便不拿她为外人，李家鑫打开了话匣，"自从你那次制服王立强后，我的小煤窑经营不仅少了很多麻烦，还得到了他的不少帮助，很快就有了利润。别忘了哥是教师出身啊，思路和办法总比那些大老粗多，呵呵。"

谢运昌离别几个月后，与李家鑫相邻的那个小煤窑出了一次大事故，老板便不干了，王立强找到李家鑫，问他敢不敢接手，李家鑫有求于他，算计着也合适，便点头同意，在王立强的幕后操作下，李家鑫用极少的代价便将这个煤窑接收过来。

一个人忙不过来，李家鑫高薪聘请了位退休国营煤矿的矿长协助管理，这人经验丰富、思维超群，两个煤窑统一制度，来了个三班运作、连续生产，产量一下子翻了好几番。李家鑫负责外围，退休矿长负责生产，再加上王立强的暗中协助，投入不多、效果极佳。

产量不是一般的提高，成本便大幅度下降，别人卖出一吨煤亏两块钱，他不仅不亏，还能盈利一块，半年下来，一切走向良性循环，李家鑫很是兴奋，紧跟着用同样的办法接手了老板跑路的另一家小煤窑和他的洗煤厂，索性成立了家欣矿业公司，竟然成了中州县煤炭局重点扶持的对象。

此时，谢运昌非常明白，任何情感或理智上的力量都已无法使一个冷酷的头脑改变它的判决。他感觉到了一个奋斗者身上的那种坚强不屈、毫不妥协的优良品质。

有些话李家鑫没有说，是因为王晓梅在场，毕竟她爹是县长，还涉及张曼玲。王立强给李家鑫帮忙绝不是白帮的，谢运昌的面子在利益面前不值钱，可是，李家鑫也跟他说了，公司利润中有谢运昌的两成，你想多拿可以，咱得跟谢运昌和小张警官当面说明白。

想起谢运昌与张警官那两尊小神，王立强就十分地心惊胆战，琢磨了老半天，他没敢对李家鑫狮子大开口。既然家欣矿业里面有谢运昌的两成股份，那就拿一成好了。

李家鑫这伙计可能是个经营奇才，说不定真的可以将事业做大，一成利润到时就是了不得的数字，关键是以后谢运昌和张曼玲与他是同一个战壕的战友了，万一这两人飞黄腾达，自己可就跟着赚大发了。

考虑充分了，王立强便与李家鑫签订了一个书面协议，家欣矿业百分之十的原始股份转到王立强名下，这些股份属于李家鑫本人，与谢运昌无关，随附一个资金注入凭证，走了正规的公司股份改变程序，也不怕他日后发达不认账。

公司来往账目得按时过目，协助公司跑社会关系、幕后操作的钱当然由公司报销，他的分成每月按理论利润现金支付，这些都详细地列在书面文件上，王立强考虑得很周全，当然，帮起李家鑫来，也算是尽心尽力，真的让他少了很多头疼事。

谢运昌的那两成分红，当初李家鑫只是口头说说，他是拒绝了的，但李家鑫既然跟王立强挑明了此事，便要认真对待，这不是开玩笑。只是煤好出不好卖，卖出去的钱也很难要，扣除王立强每月的提成，基本能维持正常运转，比惨淡经营好一些，再给谢运昌留出分红的钱就极难极难了。

参考消息看的多、财经类的新闻也是每日必看，综合国际与国内经济信息，教师出身的李家鑫看到了华夏经济正蓄势待发，再坚持几年，煤炭需求或许会彻底爆发，这是他高人一等的地方，有文化就是不一般，要不说王立强都认为他是经营奇才呢。

李家鑫知道此时将这些事说出来的后果，谢运昌这老弟还不立刻发飙？甚至会与他彻底决裂，如若此时在谢运昌身边的是张曼玲，多好？待会儿来个家庭聚餐，开怀中就将事情说开了，可惜，张曼玲不在，此时谢运昌身边陪伴的，是县长千金、组织部的干部王晓梅，在未摸清他们的关系之前，万万不能乱说。

谢运昌不知道李家鑫肚子里藏着这么多事，正在替他的生意着急："李哥，这三个小煤窑，二十四小时连续生产的话，你还能挖多久？越向里挖，危险系数越大啊。""兄弟，咱们这几个矿，储煤量特别的丰富，向里、向下挖上几百米都是好煤，如果按现在这样用镐刨、用人工拖的土办法，我也不知道多久才能挖完。我计划着向洞内铺设导轨，采用机械掘进的办法，同时增加必要的安全设施投入，向规范化采煤发展，只是一下子投资太大，咱们现在还搞不起。"李家鑫很羡慕那几个国营大矿，可正规挖掘的话，那笔投入绝对不是小数目。

另外两个矿与刚才那个规模差不多，当初那名旷工受伤、张曼玲偷拍照片的那一个矿也在其中，几人在矿洞口处转了转，一切正常，李家鑫便带他们下山。

谢运昌在心里算了一笔账，每个矿洞都连续生产的话，三个矿每天可以出二百多吨煤，一个月下来就是六千吨，一年就是七八万吨产能，中州县张庄煤矿一年不就是二十多万吨吗？可他的投入怎么可能与这几个小煤窑相比？李家鑫这位老哥看来是想大干一场了，只是隐隐的感觉有些不踏实，他哪有这么大的能量一下子就搞这么大？那跪在王立强等人面前头破血流、任人欺负的可怜场景便浮现在眼前，这才过去多长时间？

"李哥，王立强那伙人没再找你麻烦吧？"路上，谢运昌问李家鑫。

"没有，不仅没再找我们麻烦，还给我帮了不少忙，所以，我要好好谢谢老弟啊。不说这个了，咱们回家，请晓梅同志尝尝你嫂子做的农家宴，呵呵。"股份的事总会跟谢运昌讲明白，但现在绝对不能提。

李家鑫当初在白郎乡中学教书，他的家就安在了乡驻地。车到胡同口，几位中年妇女正在闲聊，李家鑫摇下车窗，乐呵呵地说道，"还在闲扯，你看看谁来了？"

阵起的朔风肆虐地在万虎山峰峦间疯狂奔驰，迟来的大雪填平了峡谷和山涧。山路上像是被风舔过一样光溜溜的，银装素裹的逶迤群山蜡像般静默不语。偶尔有一只苍鹰从高空飞过，更显示出山峡的空旷、幽深。好在不远处的光秃秃桦树林，几只乌鸦喳喳地叫着在树杈间飞来飞去。乌鸦的啼叫声在放着哨音的寒风中飘飞得很远，久久地、忧伤地在山涧回荡，就像在雪夜中无意触动了忧伤的琴弦。

李家嫂子冲副驾驶位置一看，"哎哟，这不是运昌兄弟吗？"正要拉开车门让他下来，突然见后座上还有一位美女，她以为是张曼玲也跟着来了，边拉车门边开心得大笑，兴奋得有些夸张，"一定是小张妹妹吧？哈哈，距那一次离别可是有些日子了，都想坏嫂子了，快下车、快下车，咱姐俩回家好好叙叙。"说这话便要搀扶着王晓梅的胳膊请她下车，继而尴尬不已。

谢运昌心头一乐，正想坐在车座上看王晓梅如何应对，李家鑫却是很不好意思，下车冲媳妇责备道，"我给你介绍介绍，这位是县委组织部的王主任，不是你的小张妹妹，你这是什么眼神？晓梅同志，这是我爱人，让你见笑了，请下车。"

这一声"小张妹妹"让王晓梅心底很是一疼，装着收拾文件，调整了片刻后表情才恢复了自然，下车后跟李嫂子握了下手，"嫂子你好，我叫王晓梅，是谢运昌的同事，认识你很高兴。"姑娘大气自然、姿态优雅，惹得旁边几位妇女侧目观望、揣测不已。

"那咱家可是贵客临门了，刚才我是看花了眼，不好意思啊，王同志。"李家嫂子很爽快，刚才那一瞬间的尴尬便抛之脑外，"你也不给我提前打个电话，我也好收拾一下家里嘛。"边引领王晓梅回家便冲着李家鑫与谢运昌唠叨，"运昌兄弟，你现在在哪里上班啊？小张妹妹也该毕业了吧？下次一定要带她过来，好多事我还要跟她唠唠呢。"

"嫂子，我在县政府上班了，小张明年才能毕业，到时候我一定带她过来看你。"李家嫂子既然提起来了张曼玲，谢运昌便有了在王晓梅面前谈开的想法，扭头看，姑娘的眼神里幽怨浮现，这样的谈开对她是不是太狠心？

听谢运昌如此说，王晓梅更是心疼，可她毕竟是大家闺秀，转过身去掏出手绢，不经意地擦去眼角的泪水，"嫂子，我跟谢运昌是高中的同班同学，你说的那位小张妹妹，我也认识呢。"

这一幕李家鑫都看在了眼里，这臭婆娘真是哪壶不开提哪壶，气得狠狠地瞪了她一眼，"你话怎么这么多？赶紧回家做饭去。"

趁着老婆去厨房做饭，李家鑫赶过去跟她交代，这位晓梅同志，不仅是县委组织部的干部，还是中州县长家的千金，看他与谢运昌的关系有些不对劲，可千万别瞎说啊，公司股份、小张丫头这几件事情连提都不要提了。

李家嫂子轻轻地叹了口气，刚才那兴奋劲便彻底降了下来，她的厨艺的确很不错，六菜一汤、热气腾腾、荤素搭配、色味俱佳，只是因为她放不开手脚了，开饭后气氛便有些沉闷。

"李经理，感谢你的招待，嫂子，辛苦你了，我敬你们一杯。"王晓梅心知是何缘故，如果自己端着架子，这饭吃的便毫无味道了，举起酒杯一饮而尽，与其心酸痛苦，不如趁此大醉一回。

李家鑫一看王晓梅如此的痛快，焉能不干？李家嫂子急忙也随着干了这一杯，紧跟着，王晓梅又来了第二杯，"谢运昌，是你敬我？还是我敬你？"眼神中透露出一丝忧伤、几缕豪迈。

山坡上星星点点地散落着数十家亮着灯光的客店，沟谷里黄色的风雪在咆哮，万木凋零。雾霭中的红柳抵不住雾水的沐浴，枝干上正缓缓滴落着血汁般殷红的水滴。十年九不遇的暖冬，温柔地笼罩着散发着淡淡的土腥味的大地。

"晓梅同志，当然是我敬你了，今儿个随我来白虎山，真的让你吃苦了。"谢运昌抢过她的酒一饮而尽，随后又干了自己那一杯。"前提是，我敬你的、你敬我的，包括你敬大哥与嫂子的，我都替你喝了，就这么办。"

高度的虎头大曲，一杯就一两多，姑娘这么喝下去，非得大醉不可，王县长与朱阿姨若是知道了，肯定对他有意见，趁着她还没喝多，得交代她几句，"今天你不回中州，还没跟朱阿姨说吧？用李大哥家的电话，给家里说声，省得两位老人担心。"

谢运昌不知道王三强家的电话，更不知道如何跟朱阿姨联系，即便是知道，也不能自己打啊，通过办公室领导转告的话，更是不妥当了，只能王晓梅自己跟父母说。

"我用你管？嫂子，您做的菜真好吃，比俺妈做的有滋味多了。"王晓梅根本就没提跟爹娘请假的事，却夸奖了李家嫂子一顿，继而又紧紧攥住酒杯，"谢运昌，我不用你替，今天我高兴了。"随后跟李家嫂子又干了一杯。既然这么想喝，那就随她吧，谢运昌宁肯自己受疼，也不想让王晓梅那刚刚开朗的心灵再插上一把尖刀，真希望她从今以后就如今日这般豪爽，一定能抛却很多的烦恼。

"没想到晓梅妹子如此的豪放，运昌兄弟，你也别替她喝了，妹子，你也别一杯一杯地干了，咱们小口细饮，慢慢喝、慢慢聊。"李家嫂子两杯白酒进肚，兴奋点一打开，就开讲起白虎山周边发生的稀奇事，老李交代的那几件事不提，她有的是王晓梅没有听说过的故事，气氛便活络起来。

气氛活络起来，话题就多了，喝着聊着、开心着，不知不觉，就到晚上八九点了，除了谢运昌，三人便都有些醉了，谢运昌眼看着王晓梅脸蛋通红、眼神迷离、坐立不稳，再喝下去就要出丑了，便站起身来，"嫂子，差不多就行了，给我们找好休息的地方了吗？你们也早些休息。"

白虎山附近煤矿众多，来往的外地人也多，白朗乡街上便有了好几家像样的宾馆，李家鑫已经在一家宾馆订好了房间，当然是两间。李家嫂子搀扶着王晓梅走进房间，嘱咐她躺下好好休息，随即关上房门走进谢运昌的房间。

"兄弟啊，你可真行。"李家嫂子终于有了冲他发牢骚的机会，借着酒劲便教训起他来，"我看这姑娘对你用情不浅，如果跟小张妹妹没有断的话，你就是脚踏两只船，兄弟，你可不能三心二意。"那手指头差点就戳到了谢运昌的鼻头。

"不是你想的那样啊，嫂子。"谢运昌想跟李家鑫两口子解释解释，他心里想的还是张曼玲，跟王晓梅真的没有确定关系，正想给他们倒杯水坐下来细细说明，李家鑫却催着老婆子赶紧出门，"别啰唆啦，运昌兄弟不比你明白？你好好休息吧，明天早上我过来接你们。"

"兄弟，晓梅妹子喝的不少，你可要记得喊她起来喝水。"嫂子挣脱李家鑫的拽扯走进王晓梅的房间，出来后将房间钥匙交到谢运昌手里，又唠叨起来，"刚才她被子都蹬地上了，别冻着她，待会儿你进去看看。"

李家鑫心中一乐，自家婆娘不傻嘛，还知道将钥匙给谢运昌，"呵呵，走吧，别啰唆了。"说着便拉着老婆离开。

送走两人，谢运昌冲了个热水澡，躺在床上静听隔壁的动静，今晚喝了那么多酒，王晓梅肯定是很难受，是很不放心呢，正琢磨着是否过去看看，就听到隔壁传来异常的动静，不会是摔倒了吧？急忙翻身下床，不去也得去了。

打开房间，就看到王晓梅那凌乱的长发遮掩着清秀的面庞，手扶着洗手盆正摇摇晃晃，水管哗哗地流淌，冲刷着刚刚呕吐的东西，不免有些心疼，"高兴也不能喝那么多啊，多难受啊，快躺床上去，我给你倒杯水解解酒。"

王晓梅见他进来，酒劲忽然爆发，那眼泪便扑哧扑哧地流淌下来，"谢运昌，你心里真的没有我吗？"这话该如何回答？她喝这么多酒，应该就是要逼问自己的态度了，谢运昌一时语塞，支支吾吾道，"咱们是老同学，又是好同事，心里面怎么会没有你啊？"

"你心里只有张曼玲，根本就没有我，呜呜——"淤积在王晓梅心底的忧伤终于借着酒劲发泄出来，"我知道你跟张曼玲好，我知道你有一身的好功夫，我也知道我们门不当、户不对，可是，谢运昌，你知道我心里一直都有你吗？为什么你非要回到中州？见不到你，我随便找个人嫁了，没那么多烦心事，呜呜——"

"谢运昌，你知道吗？我在大学时热恋的男友，他去天堂了，没有带上我，我心里苦啊，呜呜——"王晓梅看来是真的醉了，不然，她是绝对不可能如此的坦露心迹，"原本我以为，你跟他气质很像，可是，我自己明白，不是因为你像他，而是因为他像你啊。"

这个，谢运昌还真的是第一次知道，没有人告诉过他，原来王晓梅在大学时曾有过一段热恋，那热恋的对象竟然与自己有几分的相像，怪不得当初见到她时，她是那么的忧伤，热恋的人突然地离去，任谁都会痛苦万分。

"唉，晓梅，我不知道你还有这事，真抱歉，你一定要想开啊！""可是，我们真的是门户不对呢，我也从来没敢对你有过特殊的想法。"县领导家的闺女，正儿八经的白富美，何况她本身又那么的优秀，即便谢运昌身边没有张曼玲，他也万万不可能对她产生想法。

"呜呜——"王晓梅又哭上了，"当时我想出国留学，我爸爸怕我独自在外想不开，我也放不下我妈妈，这才回到了中州，谁知道又遇到了你，偏偏你又那么地入我爸的眼，你这是折磨我啊。"

西南风已经呼呼地刮了一天一夜，万虎山野的积雪开始消融。山涧的小溪里已有山泉水在淙淙流淌，峰峦上的山水也都急匆匆奔流向洼地和沟壑。清晨的雾霭笼罩了山野，野芦苇丛闪着晶亮的银光，莽原、山峰、桦林、山村，全都笼罩在雾蒙蒙、湿漉漉的对面都看不清人脸的大雾中。但弥天大雾并没有持续多久，就被突起的劲风刮散，很快东水河畔的广阔山野上就呈现出一片蔚蓝色的响晴天气。

"还记得你当时住院的时候吗？那几个照顾你的同学，都是我找班主任安排的，呜呜——我还让护士捎过去好多次排骨汤，这些，你都不知道，呜呜——"王晓梅的心里话伴着酒劲和盘托出，心里面舒服了很多，"谢运昌，你真的不知道啊？"

当初在医院陪伴自己的陆小利，本以为是班主任派来的呢，原来是王晓梅要求的，那隔三岔五的排骨汤，是医护人员送来的，没说是谁，此时才明白，原来是王晓梅专门安排的，谢运昌的心底如海浪般翻滚，真的是想不到啊，那时王晓梅来医院看望自己时的目光里面，却饱含着这么多深意。

　　谢运昌在心底暗暗地叹息不已，挺了挺腰板，既然她已经说开，就要如李家嫂子说的那样，必须给她一个真诚的交代，决不能再这样的暧昧下去了。"晓梅，我真的很感谢你对我这么好，我和张曼玲双方家长都是见过面的，也算是订婚了的，很抱歉，我真的对不起了。"谢运昌说。

　　两行热泪顺着脸庞慢慢地滚落下来，王晓梅没有了刚才的激动，脸色充满了幽怨，轻轻地叹息一声："谢运昌，很不好意思，我刚才说醉话了吧？让你笑话了，你回去休息吧，明天还要工作。"

　　谢运昌泡了一杯茶，放到她的床头："喝点水再休息吧，以后千万别喝那么多了。"王晓梅点了点头："放心吧，我现在感觉好受多了，待会儿给我妈打个电话，估计他们正在着急呢，你回吧。"

　　王晓梅能如此说，说明她已经冷静了许多，更令谢运昌感动，今晚姑娘道出的这些，需要多大的勇气啊？你谢运昌何德何能？能让眼前这位优雅、稳重的女孩如此的惦记在心底？

　　走到门口的时候，谢运昌疾步转身又来到王晓梅身旁，双手搭在她的肩上，严肃真诚、一字一顿："晓梅，你记住，从此后，我就是你的亲哥，哪个敢对你不敬，我绝不手软，无论他是谁，无论他官多大。"

　　是命运的安排？还是痛苦的折磨？将事情说开了，谢运昌的心里面却又空荡了许多，从此以后，还能看到王晓梅那愉快的笑容吗？那晾在宿舍的臭袜子里还有着姑娘的手香、余温，就这样随便一句"我就是你的亲哥"便让她又陷入无限的忧伤中，真的就是孽缘吗？

例行公务

"晓梅同志，小地方条件有限，肯定没休息好吧？招待不周还请多多担待啊。"眼瞅着两人面容憔悴、毫无悦色，氛围不是想象的那么亲密融洽，李家鑫也只能这么问候了。

他怀着尴尬的热望眼神扫描着她，仿佛头一次看到晓梅那两道柳叶般的清秀眉毛是那样的好看。她似乎有些忧愁，木呆呆地在思索着什么，可那亭亭玉立的身躯却充分体现出大家闺秀的高贵和尊严，哪怕是一身褴褛也掩盖不住她的超凡气质。当他的目光同她的目光碰在了一起，他觉得自己的目光流露出抱歉和期望之情，而晓梅的眼神却像湛蓝的天空下远山中的湖泊那么遥远。

"休息很好的，谢谢您和嫂子的招待。"谢运昌很是尴尬，更担心王晓梅会失态，事实上，他纯粹是多虑了，王晓梅捋了捋额前的刘海，若无其事地淡淡一笑，"谢运昌，走吧，陈科长应该在矿业公司门口等候我们了。"

"运昌兄弟，过年的时候我要去你家去喝酒，呵呵，你在家等着我啊。"股份的事，包括跟王立强合作的事，要跟他说明白，不能再拖了，再拖下去就要有大误会了，路上，李家鑫对谢运昌说。

"那肯定欢迎了，哈哈，说不定我提前就拜访你老哥了呢。"谢运昌说这话的时候，李家鑫就想起来张曼玲，带着丫头一起过来岂不更好？正要开口，便看到王晓梅那略带忧伤的脸庞，硬生生将话咽进了肚里。

与陈科长会合后，谢运昌便将今日的行程做了安排。大孟乡谢家坡煤矿，体现的是中州县集体矿的经营水平，应该很有代表性，更重要的，他是想趁机会真实地了解老家门口的煤矿到底是个什么样："我的老家就是谢家坡的。"这事他得提前说明，"到那后就到我家了，都别见外啊，哈哈。"

　　驰过铁板桥，便到了谢家坡的地界，谢运昌兴致勃勃地跟两人介绍起黑虎山的壮丽、铁板桥的来历，王晓梅的心里却是止不住的悸动，脑海中便闪现出谢运昌儿时流着鼻涕在山野中长大的情景，这冰雪封冻的东水河两岸，还有那近在眼前的黑虎山，想必是他幼时玩耍的乐园吧？

　　本想与他探讨些儿时的趣事，昨晚那哀怨的一幕又禁不住浮现在眼前，王晓梅暗自惆怅，责备自己酒后说得太多，心迹如若不表露出来，隐藏在心底也算是一种幸福的轻松，绝不会如此的酸楚。

　　东水河畔的大树已砍伐殆尽，荒草满目，当年与娟子在河滩伴着青草看小鱼儿游动的场景便似梦一般的，再也回不到从前，谢运昌的心底也是感慨万千，扭头看王晓梅，正襟危坐而微闭双眼，不知在想些什么，也便没有了给她讲解的兴致。

　　沿着东水河畔蜿蜒南行三里，谢家坡煤矿便出现在眼前，原本是一片果树园，紧挨着的便是谢家坡砖窑厂，这两处早已被夷为平地，平地上堆满了煤炭，四周用围墙圈起，车辆来往不断，煤场的边缘处，有座两层的小楼，想必是煤矿办公室了，颇有些荒野起高楼、僻处有酒家的感觉，倒也是一派红火的热闹景象，怪不得陈科长专门提起了此处，或许，谢老黑搞的真不错。

　　车到门口被人拦下，一位留着长发、目光不善的精壮男子走向前来，谢运昌却不认识，陈科长下车给他出示了煤炭局的工作证，那人脸色便和缓了许多，请他们进院，随后疾步奔办公楼而去。

　　谈不上衣锦还乡，却又真的是因为工作缘故回到了老家，谢运昌正幻想着谢老黑见到自己时会是怎么样激动的表情时，出来迎接他们的却是谢秃子，紧随其后的，便是谢坏三，残缺的那半只耳郭掩饰在他长长的头发之中，目光虽是阴冷，却增添了许多的沉稳。

　　谢坏三没想到来的是谢运昌，谢运昌也绝想不到他竟然在村里的矿上，相互都是诧异了一番。环顾了一圈，除了谢秃子父子外，没有一个认识的，谢家坡煤矿是村里的集体产业，至少要有几位村干部坐镇才对，怎么会是他们父子？

莫非，谢秃子一家控制了谢家坡煤矿？谢运昌心头疑惑顿起。

"陈科长，欢迎您，得有一个多月没来我们矿指导工作了吧？今儿个一定要好好喝点，哈哈。"看起来谢秃子跟陈科长很是相熟，握着陈科长的手使劲儿地摇晃着，语气亲热得很，看起来就像是做给谢运昌看的。

"谢经理，这位是组织部的晓梅同志，这位是政府办公室的谢秘书，我这次是来配合他们工作的，呵呵，完全听从这两位领导的安排。"陈科长尴尬地抽出手来，急忙将两人介绍给谢秃子。

"运昌不是外人，陈科长，你就不知道了吧？他可是在我眼皮底下长大的了，哈哈。"转瞬间谢秃子便换了语气，"运昌，当初我就认准你一准有出息，这才几年啊？一定要好好干，也给咱谢家坡争口气。"

谢坏三站在一旁赔着笑脸，"欢迎领导来我们这儿指导工作，快请进。"说着话，他便向王晓梅伸出了双手，想握一下姑娘的素手表示一下敬意，王晓梅俏眉微皱侧步一走，没给他这个机会，扭头却跟谢运昌说起来话："运昌，调研工作争取在上午完成，结束后我想顺便去你家里看看。"

"哈，那俺家可就贵客临门了。"王晓梅提出去家里看看，或许心里的情结在慢慢打开，她不提这事才可能是想得多了，谢运昌很开心，走进办公室，还没有坐下，便对陈科长说："谢家坡煤矿是集体所有制的，麻烦你通知一下谢家坡村委，让他们组织村民代表到矿上来参加会议，人数不能少于二十人，抓紧吧，一个小时后正式开始。"

选择从村民代表中摸底，是谢运昌出其不意的一招，这个矿是村集体的，绝不是谢秃子自家的，不然，陈科长也不会介绍说是一家很优秀的集体制企业。当然，也不能完全撇开谢秃子父子，谢运昌说，来此的目的只是摸底而不是调查，煤炭局的领导专门提到，相比其他已经关门大吉的集体矿来讲，谢家坡煤矿经营得当，值得一来。

谢运昌不解释还好，越解释，谢秃子父子越是心惊，老秃子的笑意还挂在脸上，谢坏三那脸就拉得比驴脸还要长了，谢运昌这小子是想干啥？什么冠冕堂皇的调研？这不明明是存心回来找碴儿报复的吗？当初怎么就没弄死你？想想缺了一大块肉的耳朵，谢坏三更是心恨，只是此时不是发怒的场合。

"各位领导，先坐下喝口水。"谢坏三觉得不把话挑明了，暗地的那些事儿就真的要被谢运昌搞清楚了，鬼知道他想了解什么事情，"运昌，你不大回村，不知道咱们矿上的事情，其实咱们这个矿名义上是集体的，村委去年就承包给我们经营了，我们这里有合同，请领导们看看。"

"晓梅同志、陈科长，虽然我们承包了谢家坡煤矿，但在合同上也明确指明了的，法人还是谢主任，村里另委派七名代表监督矿上的经营，销售数量、利润状况，代表们每月都要详查过问的。"既然儿子挑明了，谢秃子也便拿出了承包合同，指着条文给他们看。

新春就要到来，天气又骤然降温。凛冽的寒风从山套里刮过来浸入煤矿的屋里，把窗玻璃刮得咯咯地响个不停。室外光秃秃的桦树枝头，连最后一片黄叶也被强劲的老朔风给吹落掉，只有松柏依然苍翠，昂首挺立，在衬托着灰蒙蒙的天空。近处的山峦被冻得更加坚硬，料峭的北风在肆虐地扫荡着黑虎山。

怪不得来此熟悉的面孔只有谢秃子父子呢，原来，谢家坡煤矿的经营权到了他们的手里，摆出来合同，那意思就是村里无权参与经营了，更没有了组织村民代表的必要，他们也不懂经营。

没想到会是这样，王晓梅看了陈科长一眼，心说，你不是说这是一家优秀的集体矿吗？咋觉得就是他们自家的呢？"这样吧，谢经理，你通知那七位代表来吧，再挑选十几位矿上的骨干人员，来此调研是县委交给我们的任务，必须尽快完成。"

听王晓梅如此安排，谢秃子便放下心来，急忙布置下去，待会儿召集过来的，都是自己能把握住的人了。

七位谢家坡的代表，谢运昌大都不熟悉，一个个带着笑脸信步走来，更有几位手臂摆动时露出明晃晃的手表，与粗糙干瘪的手掌、黑黢黢的手腕相搭配，不伦不类、反差极大，但那手表一看就价值不菲，最希望见到的马三亨、谢老黑却没在其中。

一场座谈下来，稍后便是问卷，这样的调研必定是落入俗套了，却又显得郑重其事。大伙说，经济形势不好，煤炭经营十分困难，谢秃子爷几个兢兢业业，克服了无数的困难，保持住谢家坡煤矿这杆大旗未倒，功不可没。

问起集体没有回报时，有人说，矿上经营那么艰难，逢年过节还要挤出钱来给村里每一位孤寡老人送一桶油一袋面，秧歌队的开支也都由矿上出了，等形势好了效益上去了，矿上还计划给村里铺好一条路，重修铁板桥。

陈科长悄声对两位说："大多数村办矿都下马了，谢家坡煤矿能维持住也算是他们有本事了。"听起来很是那么回事，如若没有谢秃子父子，那谢家坡煤矿早就封井停产了，人家承包以后不仅没停产，反而搞的有模有样，的确算是集体企业与个人合作的典范。

站在二楼的走廊上举目望去，煤场外还有一处院落，想必是矿工们的生活区，矿井的出口与煤场有一段不小的距离，隐约看到来回巡视的身影，那挖出的煤，却是从矿井出口处集中运到了存煤场。

"广军，咱村的煤矿我一次没来过呢，没想到你能参与其中搞这么好，很不错。"人都会变的，如果他真的合法经营而又能反馈乡邻，往日的恩怨又为何不能随风而去？整理好资料，谢运昌转身来到谢坏三面前，"陪我参观一下矿区怎么样？"

谢家坡煤矿建在黑虎山下、东水河畔的平地，比李家鑫的那几个小煤窑要大得多，谢运昌真的希望能钻到矿里面，看看家乡地下的煤层，那里面，也有自己的热望。

谢广军没有丝毫的犹豫，拒绝得很干脆："运昌，你现在是县里握笔杆子的大干部了，矿井里面又脏又危险，有什么好看头？再说了，今天矿上停产检修设备，我们也下不去，想看的话，等下次吧。"

山路弯弯、小道悠长，松柏青青，山峰傲立，冬日的空气浸入肺腑、清新无比，沿山路蜿蜒前行，奇石不绝、怪木林立，几只小鸟振翅而过，惊起树梢上薄雪纷飞，更显清幽，王晓梅初到黑虎山，便被这优美的景色迷住了。

"真没想到，黑虎山的景色这么好，昨天咱们去的白虎山可就比这儿差远了。"王晓梅感叹道，"运昌，黑虎山上没开挖小煤窑吗？"

"是哦，如果开挖小煤窑的话，你就见不到这样的景致了。不是他们不想挖，是因为黑虎山有烈士碑镇着呢，他们现在还不敢动。"谢运昌微微叹息，回头指向远方，"你看那山脚下、村落旁，原本都是一片片的树林的，东水河畔，更是树木茂盛、清丽无比，可惜啊，都已被砍伐殆尽，去做矿井里面的桩木了。"

几声嘶吼隐约传来，打破此时的宁静，定是大黑熊闻到了谢运昌的气息，迫不及待地打起了招呼，吓得王晓梅急忙攥紧他的胳膊："运昌，这是什么声音？"

"别害怕，这是师父养的大黑熊，跟我感情好着呢，待会儿你就知道了。"谢运昌安慰她道。

山腰处闪现出一间小屋，在大山中瑟瑟的寒风下尤显孤零，只有那烟囱里冒出的黑烟才给了谢运昌些许的温暖，"我师父就住在这儿，再向上走，就是烈士陵园了。"往事悠悠如梦，而今自己已经成人，山下的小树林却已荡然无存，如若没有大黑的陪伴，师父该如何度过这么多寂寞的日夜？

"运昌回来了？"谢广田开心地推门而出，朗声说道，忽见他身边有位漂亮的姑娘，想起屋内乱糟糟的样子，便有些不好意思，"下雪不冷化雪冷，这两天山上风大更冷，我把大黑熊拴屋里了，运昌，先带你朋友在附近转转，我把它牵出来你们再进屋暖和。"

"师父，我来吧。"谢运昌忙说，"晓梅，你离的远一点儿，大黑熊可能认生，别让它碰到你。"说着话便走进屋内。王晓梅听后心惊肉跳，忙闪到谢广田的身后，"爷爷好，我叫王晓梅，来看看您老人家。"说话有些哆嗦，却没忘了跟老汉问好。

"姑娘，这黑熊是跟运昌一起长大的，你甭害怕。"谢广田捋着胡子乐呵呵地说，话音刚落，大黑熊就随着谢运昌夺门而出，紧跟着就是一场精彩异常的搏斗，刹那间你吼我叫、地摇山动，小鸟惊鸣、薄雪纷飞，看的王晓梅是大汗淋漓、目瞪口呆。

那黑熊双耳竖立、胸前白毛乍起，后肢着地如山鬼一般，一巴掌下去足以拍死一头大水牛，万一打在谢运昌身上，还不立刻要了他的命？

"爷爷，运昌没事吧？快去救救他呀。"王晓梅浑身发抖，紧张得快要哭出声来，恨不得手中立刻有一杆枪，一枪撂倒了黑熊。

"放心吧姑娘，他如果打不过黑熊，就不配做我徒弟了。"谢广田一把将王晓梅拦在身后，"你可千万别靠前，待会儿它就老实了。"

一袋烟的工夫，大黑熊果然哼哧哼哧地败下阵来，四蹄着地如条大狗一般亲昵地对谢运昌撒起娇来，忽而又冲王晓梅装模作样地吼叫一声，作势若扑向前，却被谢运昌轻轻拍了一下耳朵根，继而老老实实地被牵到了室外的铁笼内。

"运昌，你没事吧？"王晓梅焦急万分、疾步向前，谢运昌啥事没有，虽满头大汗却是威武而又俊朗，神采奕奕、气势阳刚，全然没有了上班时的那份谨小慎微，心底便涌出万般感慨。

妈呀，这是那腼腆低调的谢运昌吗？什么时候练就了如此高深莫测的功夫？再看眼前这老汉，平和的眼神下隐藏着犀利的光芒，瘦弱的身子骨里面是否蕴藏着无限的力量？真的是传说中的武林大侠吗？能将大黑熊如狗一般地养在身边，金庸小说里面才能出现吧？

这一次，王晓梅算是大开了眼界，也对谢运昌多了一层认识，很深刻很深刻，只是，遗憾更多。想多了心里会很疼、很疼。

因为大黑熊与师父同住了几日，小屋内很是脏乱无章，谢运昌让师父先在室外活动活动，甩开臂膀便打扫起卫生来，王晓梅也放掉了县长千金的架子，拖地抹桌、擦窗洗碗，将这小屋来了个彻底的大扫除，谢广田在一旁是乐在心头、暖泪涟涟。

"师父，年三十我直接来贴春联就可以了。"环顾了一番，谢运昌感觉很满意，忙活完这一通比跟狗熊打斗一场都要累，回头看王晓梅，长发上沾满了灰尘，那秀丽的脸庞上几道汗水流过，如村妇一般地蓬头垢面，却又是那么地淳朴、自然，心底一阵感动，"谢谢你啊，晓梅同志。"

"客气什么呢？爷爷一个人在这不容易，这也是我们做小辈的应该做的。"王晓梅发自肺腑地说道，"你还是想办法让大黑熊的那铁笼子里暖和一些吧，省得爷爷再牵它进屋。狗熊跟爷爷关系再好，也不是人啊，是吧？运昌。"

王晓梅这一番话说的谢运昌眼里湿漉漉的，这么多年了，怎么就没有想到这一点呢，自己只知道随意地来跟大黑熊打闹，何曾想到过师父这么多年养育大黑的艰辛？这一切默默地付出，却都是为了自己。

再看师父，身子骨明显的不如从前了，那曾经挺直的腰板已是驼了很多，布满沟壑的脸上沧桑更显，偶尔的几声咳嗽，更令他心疼万分，节气不饶苗、岁月不饶人，再刚强的汉子也要向时光服软呢。

"师父，这个周末我就回来给狗熊重新搭窝，您老多保重身体。"谢运昌有些哽咽，"晓梅，咱走吧？陈科长还在矿上等我们呢。"

"运昌，我猜你师父一定是位世外高人，老人家真伟大。"夕阳已经西下，大山绵绵巍峨，几道彩虹绕过，宛如镶嵌金边，更显壮观，驻足观望，眼前的景色让王晓梅目不暇接、流连忘返，"等有机会你一定要陪我去大山里看看，大山里面肯定会有更美的风景。"

"我师父的经历，小说都编不出来的传奇。"谢运昌叹息一声，"风风雨雨一辈子，不容易啊。"

群山连绵、奇峰秀丽，炊烟袅袅、田陌纵横，这就是富满生机而又美丽的家乡，还有那抚育他成长的亲人，无不令他感慨万千，"总有一天，我要将自己的所有，贡献给这一片炙热的天地！"谢运昌眺望远方，眼神凝重。

"远离故土，并非一定是真正的走远，通过我们自己的努力让家乡变得富强，或许会让我们的心灵走得更远。"谢运昌这一副表情严肃、端正纯净的眼神给了王晓梅另一种震撼，她这一句感悟更是给了谢运昌更深的坚定，前程维艰、志在远方，此生有此知己，是幸运，更应珍惜，坦荡面对，何必再纠结儿女情长？

回到谢家坡煤矿的时候，陈科长与谢秃子爷俩聊的正热火朝天，见他们归来，便开心地说："晓梅同志，谢秘书家里今日肯定很热闹吧？哈哈，吃饱了没？没吃饱的话回到县城让谢秘书再请你一顿。"王晓梅与谢运昌一起在外一夜未归，今日又去谢运昌的老家待了老半天，两人是什么关系陈科长连猜都不用猜了。

"陈科长，不好意思，让您久等了。"谢运昌急忙接过话来，他这么问会让王晓梅很是尴尬，毕竟，两人不是他想象的那种关系，"时间很晚了咱回吧。"

"运昌，家里有啥事需要帮忙吗？马上就要过年了，我看你家主屋该粉刷了，明天我让你三哥带人去家里看看？"道别的时候，谢秃子热情地握着谢运昌的手很客气。

"别！"谢运昌拒绝的很坚决，"我准岳父不是搞建筑的吗？他早就说了，明年开春给我们家翻盖房子，就不麻烦您了。"

王县长不是他准岳父？这话听的陈科长晕头转向，扭头看王晓梅，表情很是不自然，心里便明白了几分，原来谢运昌并不是县长家的乘龙快婿，谢坏三听了后却是释怀了许多，看来这小子跟县长并没有什么深厚的关系，跟吴天利合作的事情，还是要按部就班。

车到中州，已是天黑，送王晓梅回到家中，谢运昌便返回了宿舍，刚打开灯想洗漱一下，隔壁邻居便敲门而入，递给他一张纸条，告诉他有位女孩这两天过来，已是找过他好几趟了。

接过纸条一看，却是张曼玲放假回来了，纸条上说，昨日下了火车就过来找他了，单位和宿舍都没有找到他，便回家了，今日来中州找他又是没有找到，便到一位同学家借住了，如果回来了就去同学家接她，末尾留着同学家的地址。

怎么就那么巧？谢运昌有些头大。早知她昨日归来，说什么也不能在白郎乡李家鑫那儿住下啊，若是张曼玲知道了这两日一直是与王晓梅在一起，更是解释不清了。

好在自己没有乱了心智，更没有做对不住张曼玲的事情。

谢运昌顾不得收拾房间，急忙按着地址找去，离的不是很远，很快便找到了家门。

敲门而入的时候，张曼玲正与女同学聊得开心，见他进来，俏脸一红，起身便冲他一拳过去："你这浑小子，怎么才来？再不来我就不理你了。"泪水在眼里转着圈便要滚落下来。

"俺也不知道您老人家回来的那么巧，参加工作后第一次下乡调研就让您碰上了，抱歉抱歉。"谢运昌急忙弯腰致意，"这不，刚回来就跑过来接您了，咱走吧？"

"我老人家生气了，你得背着我回去。"看到谢运昌那窘迫的样子，张曼玲破涕而笑，一切不快烟消云散，回首跟同学致谢道别，两人牵手而去。

顿生疑虑

半年来日夜的相思，多少个情深的追忆，今日，终于又相逢在一起，张曼玲心底充满了甜蜜，再优美的文字、再甜美的话语，也抵不住真切地偎依在一起。

"背着我，你说的。"临近年关，街灯闪烁、灯笼高挂，零星的鞭炮、孩子们开心的笑语时不时传入耳边，张曼玲二话不说便跳到了谢运昌的背上，"想我了吗？狗蛋哥。"张曼玲口中的热气温软地传入耳中，痒痒的、暖暖的。

"你狗蛋哥没想你，我想你了，一直都想你。"就这样一直把张曼玲背回宿舍，谢运昌放下张曼玲，一把将其搂过，低头便深深地吻住了她，"很想，很想。"

这是张曼玲第一次走进谢运昌的宿舍，片刻温存过后，张曼玲轻轻挣脱了谢运昌紧紧的拥抱，开心地打量着屋内的一切。那个年代，能在县城分到一间集体宿舍那是乡村孩子的奢望，谢运昌却能独处一间，就如自己在县城有了家一样，虽然清冷无比，张曼玲的心底却充满了憧憬。

用职业的目光扫视了一圈，甜蜜的笑容慢慢消失，源自女孩心思的细微，还有那警官大学生的第一流警觉，张曼玲一眼便看出来谢运昌的宿舍里来过女孩子，而且，那位女孩还帮他整理了房间、洗了一堆臭袜子。

今日再去谢运昌办公室找他的时候，他的领导不阴不阳的一句话，如一盆凉水浇在了张曼玲的心底。那人说，谢运昌昨晚就没有回来，和他在一起的组织部的王晓梅也没有回来，只要不耽误工作，小年轻的事情领导不便过问。

王晓梅她是知道的，谢运昌当初高中的班长，县领导家的孩子，那人话里带话，是想告诉自己什么信息？谢运昌跟王晓梅谈起了恋爱？

张曼玲不相信谢运昌会如此的对待感情，可是，她心里就如揣了好几只兔子，七上八下很不是滋味，见到谢运昌如果不问个明白，她如何能安心下来？可是，她又不想冤枉了谢运昌，万一两人真的只是工作关系呢？张曼玲便把这些事压在心底。

眼前的一切，张曼玲开怀幸福的心情跌落到谷底，令她不得不认真地对待，"坦白从宽，谢运昌，你坦白吧。"张曼玲的目光注视着书桌上一副小巧漂亮的女士手套，干干净净的房屋内，七八双袜子整整齐齐地挂在晾衣绳上，隐约能嗅闻到女孩子的气息。

"坦白？俺没做亏心事坦白什么？"谢运昌最看不得丫头的严肃，她那风风火火、干脆利索的行事风格，一旦发作起来绝对会让他招架不住，急忙环顾后懊丧万分，原来前几日王晓梅给他送排骨汤时，手套落在了这里，自己却未曾留意。

"这副手套是谁的？凭你那窝囊劲，袜子能洗得这么干净？你当我是傻瓜？"张曼玲的泪水顿时涌满了眼眶，心底充满了忧伤，原来谢运昌的领导并不是空穴来潮的胡说八道，他真的是变了心。

脑海中还存留着王晓梅这几日的温暖，还有在黑虎山上那真诚的笑容，深爱的丫头却又真实地来到了身边，谢运昌不知道该如何平复自己的心情，好在坚决地拒绝了王晓梅的好意，可是，面对张曼玲的突然质问，真的不知道该如何开口是好。

一股伤心和怨恨很快就浮上她的心头，"别解释了，我也不想听。"想到谢运昌与王晓梅一起外出而彻夜不归，张曼玲的心底像打破了八瓶子老陈醋一般，酸意再也忍耐不住，迅疾夺门而出。

运昌真想不到像她这样性格爽朗的人居然也会轻易流泪，这时他心中涌起一股怜爱之情。他心疼的靠近她，立即把她紧紧地揽在怀里，亲切地抚慰着，声音柔软地安慰道："小玲！别这样！你听俺给你解释呀！"此刻，他感觉到曼玲的身子骨在他的怀抱中颤动起来，那窈窕的身躯有一股狂热和魅力，那双正含着眼泪的黑亮大眼睛注视着他，散发着深情而又温柔的光芒。运昌感觉到，周围已不再是寒冷的严冬，春天已经轮回，那个姹紫嫣红的明媚春天，那种年轻人的青春活力和情爱的渴望又在她身上激荡起来。但很快，张曼玲又理智地回复了平静，她极力挣脱开谢运昌正搂抱着她的手臂。

"小玲，你听我解释解释行不？"天色已是很晚，无论如何也不能让她走向这深冬的街头，谢运昌也是急了，一把便将张曼玲拉回，"不是你想的那样，真的不是。"

事实是什么不重要，重要的是，张曼玲的心底已经有了很深的阴影，她相信自己的直觉，还有那专业的判断，无论谢运昌如何的解释，他的身边，已经有了别的女孩，这个女孩子，就是王晓梅。

本应是长久思念之后甜蜜的重逢，多少心里话想倾诉给他听，多少开心的故事想告诉他，可是，这一夜，张曼玲心事重重，再也没有了与他相拥缠绵、彻夜畅谈的兴致，就这样浑浑噩噩地度过，直到黎明。

这一夜，谢运昌更是难熬，怎么解释呢？告诉丫头王晓梅与自己这一段时间走得很近？告诉自己已经拒绝了她？可昨夜明明就是与王晓梅单独在白郎乡住下了，还带她爬上了黑虎山，这不恰恰证明自己已经与她走到了一起？

"你上班去吧，别耽误工作。"天亮之后，张曼玲面无表情，淡淡地对谢运昌说，丫头一刻钟也不想待在这间小屋，"哦，对了，等会儿我要找一下王晓梅，要跟她好好谈谈，听说她在县委组织部上班。"随后甩门而出。

找王晓梅谈谈？丫头怎么知道这手套就是她的？谢运昌一阵迷糊而又心虚，急忙出门追上："曼玲，今天我不上班了，请假陪你在中州转转吧！"丫头那泼辣的性子一旦发作，搞不好会在县委大院闹出一个特大新闻，自己还有什么脸面在大院工作？无论如何，今日不能让她与王晓梅见面。

主动坦白与王晓梅这一段的交往，彻底消除丫头心底的误会，这才是当下最应该做的："我真的没做对不起你的事，上天可鉴、天地良心啊，相信我，好吗？"言语诚恳、双眼通红，谢运昌抓住张曼玲的手，眼泪都快流下来了。

"谢运昌，不是我不相信你，是有证据证明了你跟王晓梅关系已是很不一般，你让我以后怎么办？"张曼玲的泪水终于哗哗地流了下来，心底揪心的疼痛，"蛛丝马迹都走不了我的眼，何况是那么的明显？别忘了本姑娘是学什么的。唉，我看错你了。"

这话是重呢？还是刺激起谢运昌心中的底气？谢运昌一把将张曼玲抱起，快步走回宿舍："曼玲，我本不想给你解释太多，就担心你想多了，可是，今天我必须跟你说明白，我真的没有对不起你。"重重地将门关上后，谢运昌将王晓梅与他这几个月的来往坦白得清清楚楚，只是，忽略了街头娟子那令他心惊的目光。

"你们领导跟我说过的，她是你女朋友，那我又是你什么人？"丫头相信自己的眼光，当初认准的人，有到什么时候都改变不了的淳朴、真挚的品质，可是，那屋内的手套与整齐悬挂的七八双袜子，却又实实在在地扎着她的心。

"他说是就是啊？今天我和她去谢家坡煤矿工作，临走的时候还跟他们说俺老丈人是你爹呢，王晓梅可是听得很明白的。"领导怎么这样喜欢嚼舌头？这一段时间的确跟王晓梅走得太近，任何人都会感觉两人就是恋人的关系，议论议论也是正常的，谢运昌没往深处想。

只是谢运昌不知道，科长李存宽说给丫头的话，是添油加醋的刻意挑拨，更不知道的是，李存宽已经受到吴天利的托请，暗地里关注着自己的一举一动，丫头的到来，立刻就给了他一次极好的机会，即便丫头不误会他，那吃着碗里瞧着锅里、脚踏两只船的形象已经开始在县委大院里传播开来。爱情虽然是个人的私事，但对恋人不忠，却暗示着对人不诚，这已是从政者的大敌。

如若谢运昌刚才不坚决地将其拦回，张曼玲是铁了心的要去找王晓梅教训她一番了，大不了被学校开除回家种地，身边没有了谢运昌，那将来的警官还做的开心吗？

这家伙还算有良心，听他说的一切，倒是符合他的性格，丫头脸色平和了许多，继而又生气起来，"我现在又不能帮你洗袜子、打扫房子，你自己就不会勤快点？她凭什么给你洗？以后再有类似的事情发生，我可就对不起了，哼。"

"您老人家是干吗的？以后是腰里别着枪的警察呢，谁还敢哦。"谢运昌急忙赔出笑脸，心说，姑奶奶，您可是消了气了，待会儿就陪她逛逛中州吧，顺便给张工头带些年货回去。

寒冬腊月里，难得有这么一个好天气，院内的干枯树枝纹丝不动，晃晃的太阳暖烘烘地照耀着大地，差不多就和早春二月时节一般，虽然城区街道的绿化树刚返青，早已枯萎的小草还在萌芽之中，仍看不出一点点黄绿色的春意，但西水河边的杨柳已挣脱开严寒的束缚，真实地在向人们报告着新春的信息。此刻，开朗而又善解人意的曼玲也早已转怒为喜，正有说有笑地坐在一片照耀着阳光的椅子上。

"对了，那天晚上摩托车撞倒你们的事情，一定事出有因，不可大意。"张曼玲说，"是不是吴大飙他们干的不好说，这要有证据，你多留意些。"

"嗯，没有证据的事情不必瞎琢磨，以后留神便是，等你毕业参加工作了，这样的事我就不麻烦警察局了。"谢运昌点了点头，突然想起来京城那位老人，"这半年你见过朱小嘉吗？她工作情况怎么样？"

"什么意思？一个王晓梅不够你挂念的？竟然还惦记着朱家大小姐？胆量真不小。"张曼玲呵呵一笑，心知他牵念的是朱老，"朱小嘉真的找我玩了两次，她现在在京师郊区一基层法庭工作，干得很开心呢。听她说，朱爷爷念叨你好多次了，你小子参加工作后也不给老人家写封信汇报一下思想，真是白眼狼一个。"

这半年一直在努力地适应工作环境，一切都是刚刚开始，没有任何值得骄傲的事情，还真的不知道该如何跟朱老汇报，远在京师的朱老竟然还在挂念着如此平凡的自己，谢运昌心底充满了温暖，巨大的压力却又扑面而来，做不出成绩，有何颜面面对朱老？

规避嫌疑

"我随便逛逛就可以，你去上班吧，别耽误工作。"心底的疑惑一旦解开，丫头也便开怀起来，"家里的事你甭管，我抽时间就去谢家坡帮家里收拾一下卫生。"王晓梅来此打扫宿舍这事深深地刺激了张曼玲，她要在贤惠方面下点功夫。

"你真好！"谢运昌如释重负，起身便紧紧地搂住丫头，张曼玲细软清新、娇羞异常的身子，谢运昌附耳细语、激动不已，"要不，你在这住两天吧，咱俩很多话还没有开说呢。"

"净想好事，哼，才不呢。"这个房间里还飘荡着另一位女孩的气息，张曼玲想起来就来气，突然就俏眉冷对，伸手掐了他一把，"你还是好好地考虑考虑咋给朱老写封信吧，开学的时候我给你捎过去。工作上没成绩、思想上没进步，看你怎么给他老人家交代。"说罢脱身而去。

谢运昌赶到组织部冯部长办公室的时候，王晓梅正将这两日的资料摆到了领导的桌面上，见谢运昌走来，冯部长笑容满面、和蔼可亲："小谢，快坐下，咱们小组的任务已经结束，这些资料部里面会整理上报给县委。这几天你们辛苦了，这样吧，今天放你们一天的假，明天再回各自单位上班。今儿个你就陪着晓梅同志出去逛逛，置办个年货啥的，也好准备回家过年嘛，呵呵。"

早知领导要放他们一天的假，就陪张曼玲逛街去了，谢运昌后悔没拦住丫头，可眼瞅着冯部长的眼神不对呢，怎么看怎么像正做媒的大媒公。那一夜的不归和这几日的共处，他不会是真的以为王晓梅与自己已经确立恋爱关系了吧？

这可咋办？谢运昌有些尴尬地看了看王晓梅，王晓梅却点头同意、大大方方地说："谢谢领导，那我们就偷一天懒了。"起身拽起谢运昌，"走吧，别影响冯部长工作了。"

"姑奶奶，事情不是都说开了吗？你怎么不拒绝领导的好意呢？陪你去逛街，万一再碰上张曼玲，那就真的是再也解释不清了。"谢运昌越琢磨越不对劲，走出冯部长办公室后，立刻开口，"老同学，今天真的不能陪你去逛街，我得赶紧回科里，领导交代的好几项工作我还没完成呢，抱歉啊。"

王晓梅甩出这两句赌气的话语后，内心隐隐地感到些许宽慰，因此心头的难堪和任性也顿时减轻了许多。她愣愣地呆站了片刻，迅速回忆近前的一些破碎的细节，尤其是夜宿家鑫煤矿那段难以回首的刺心片段，还有自己一次次的痴心示爱，都遭其婉拒，内心委屈得难以抑制，就突然极想去见妈妈，就像自己幼小时期需要母亲呵护那样，她真想跑回家去一头就撞进慈爱母亲那温暖的怀抱里，让她亲昵地用那粗糙的大手，一遍遍的来抚摩自己的额头，抚慰她那屡屡遭受创伤的委屈心田，直到自己破涕为笑。

"不愿意去拉倒，谁稀罕你陪，我自己逛逛挺好的。"王晓梅甩给他一个白眼，分明是含着泪花，扔下谢运昌扬长而去。

看着王晓梅远去的身影，一股牵挂的忧伤突然涌向谢运昌的心头，陪她去逛逛又何妨？不是给她说了今后要视她为亲妹子吗？可是，没有人会认可这样的关系的，尤其是在这精英荟萃、乌龙混杂的机关大院里，再交往下去势必骑虎难下，谢运昌不再纠结，抬步走回秘书二科。

"运昌回来了？这几日收获很大的吧？把握住机会，你一定大有前途。"李存宽笑呵呵地表示欢迎，顺便鼓励了他几句，听起来有些别扭。

"嗯，调研工作结束了，科长，我的总结还没完成呢，得赶紧完成，争取明天一早交给您，您看行不？"摸底情况的很多数据，谢运昌计划着写在总结报告里面，今日终于腾出了时间。

"小谢啊，咱们科分管的总结报告，郭主任催得很紧，我看你实在是没空，就由孟秘书帮你完成交上了，孟秘书可是加了两个夜班帮你完成的呢，你得好好谢谢他。"李存宽说道。

怎么不让赵老师完成呢？扭头看老赵头，赵坤摘下老花镜，眯缝着双眼看了谢运昌片刻，继而又埋头在报纸之中，未发一言。还能咋说，虽然打乱了自己的计划，但谢运昌也只能谢谢领导的关心，还有孟子林的辛苦。

时光飞快，年关说到就到，再过几日，就该放年假了。这几日，谢运昌心里总是忐忑不安，说不出是什么感觉，总觉得背后有很多双眼睛在关注自己，反思再三也没想出是哪里出了问题。

深入那几个局委摸底调查，虽说是自己提出来的匿名问卷，但一切都按程序由几人共同完成的，调查结果恐怕也只能是几位大领导知晓。不会是泄露了消息，有人盯上自己了吧？无职无权的小秘书一个，是不是真的操了不该操的心？

又或者，大院的人在议论自己与王晓梅的那一次彻夜不归？即便是两人真的建立了恋爱关系，也是很正常的事情，不值得大惊小怪啊。

想起张曼玲说过的，朱老还关注着自己，而自己却浑浑噩噩、毫无建树，谢运昌更是提不起情绪，铺下的纸稿写了个开头后便无从写起。

时间就像风儿吹皱一池春水那样，把日子一天天刮走。一年一度的春节前，天气骤然变暖，六峰山上融化的雪水，沿着溪谷奔流而下汇聚到西水河，澎湃的西水河吐着白沫拍击着褐紫色的堤岸。正复苏的山崖上，越过严冬的小草已开始泛青，广袤的光秃的黄褐色土地散发出一种说不出的甜软软气息。

中州县年底总结及表彰大会已经隆重举行，形势一片大好、前途无限光明，谢运昌参与摸底调研的一切，本以为会引发一场不大不小的震动，却如一颗小石子投入茫茫大海，没留任何的痕迹。

要不要把工作跟朱老汇报呢？跟他老人家说什么好呢？朱老不要他华丽的辞藻、虚无的激情，要的是黑虎山地区最真实的情况与他最诚恳的感悟和进步，可是，自己心底的疑惑又怎么可能跟朱老说出？浅薄的见识、毫无建树的工作，怎么好意思跟老人家提及？

正浑浑噩噩之时，王晓梅拿着一个大包裹推门而入，"啊，晓梅同志是来给我们科送年货来了？欢迎、欢迎！"李科长马上起身表示欢迎，王晓梅淡淡一笑："组织部不负责年货发放，但我可以代表本人提前给同志们拜个早年。"说罢便将包裹放在了谢运昌面前。

"我给谢爷爷买了一件羽绒服，麻烦你回家过年时捎给他老人家。"躲都躲不开，她竟直接送东西过来了，谢运昌正在胡思乱想，却听王晓梅大大方方地说道："黑虎山上太冷了，老人家独自在山上住，多受罪啊，算是我的一份心意，等有时间我再去看望老人家。"

没想到王晓梅心思如此的细密、有爱，谢运昌心底一阵感激，继而更是愧疚万分，这么多年了，师父为了自己倾尽全力，而自己怎么就没体谅到师父独处的艰辛呢？急忙起身道谢，满眼的真诚，"谢谢你啊，老同学，礼物和你的问候我一定带给老人家。"

"想怎么谢我？哈，关键看行动！"话音刚落，如一阵清风迅速飘过，王晓梅随即离去，留下谢运昌一脸的尴尬。

"运昌，你好有福气哦，打开看看羽绒服是啥牌子的？大伙一块儿欣赏欣赏嘛。"掩饰着羡慕嫉妒恨的眼神，孟子林也开起玩笑来。

包裹很大，绝对不只是给师父的一件羽绒服，谢运昌心知包裹里还有其他的东西，不能在此打开的，"这跟福气不沾边，你们没去过黑虎山，不知道山上住着一位可敬的孤独老人，晓梅同志这是扶贫献爱心呢。"

这个理由比较充分，李存宽也打消了想看看包裹内东西的念头，眼瞅着那大大的包裹，心底便有些郁闷，没想到谢运昌与王晓梅的关系深厚到她给他家置办年货的地步了，莫非她不还知晓这小子脚踏两只船？看来得继续做工作。

好不容易挨到下班，谢运昌提起包裹回到宿舍，迫不及待地打开，更是温暖万分，却又纠结起来，有来必有往、势必牵扯不断，这可如何是好？总不能给她送回去吧？

　　两件羽绒服，看来是师父和奶奶各一件，一看价值就不菲，谢运昌两个月的工资一分不花，也就能买一件吧。

　　傻子牌瓜子、西式糖果又是满满一大包，是山村小店买也买不到的稀罕物。

　　一张信纸折叠成鸽状，放在糖果包内，拆开看，字迹娟秀、情谊深厚：情怀多少事、都在心之间，初心不可改、坦然对未来！

　　一语惊醒梦中人，细读几遍，谢运昌顿觉豁然开朗。

　　多日的迷茫如拨云见日、顿见光明，是自己考虑得太多了吧？因卑微而小气，因纠结而迷茫，太在意大院里面别人的眼光与议论，太在意自己的未来，殊不知有些事情完全可以深藏在心底，有些事情根本就不必当回事，坦然地面对现实，昂首走出自己的精彩人生。

　　心底坦荡天自宽，哪里来的那么多拘束？心灵的一切纠结与枷锁，其实就是源自自己，而非外在的环境与别人。

　　还能有什么行动来表达对她的感激？谢运昌一阵的感慨，唯有挺起胸膛、昂首向前，便是最好的行动。

　　时光虽流逝，岁月会证明。此生，有此知己，虽是红颜，却也足矣！

年关时节

流言止于智者，但不会止于小人，虽然谢运昌已经想得很开，却挡不住别有用心的人煽风点火。

第二天就是腊月二十八了，科里布置春节值班的事情，李科长说，"小谢，今年就不安排你值班了，为什么？还用问？晓梅同志不是说让你好好谢谢她吗？那就趁过年的机会好好表现，我也是从年轻时候过来的嘛，哈哈，你的班我替你值了，我还等着喝喜酒呢。"

李存宽这是公开地宣布谢运昌与王晓梅有恋爱关系了，听起来是如此地充满了关爱，却又真的是莫名其妙，谢运昌不胜其烦、有口难辩，王晓梅是真的当面说过这样的话的，虽然只是个场面上的玩笑话。

"谢谢科长，那我就服从安排了。"解释什么？根本没必要，谢运昌微微一笑，起身道谢，心说，不让值班正好可以在老家多陪师父和奶奶几天，你爱值班你就值，反正不是我主动要求的。

机关大院开始发放年货的福利了，一个个欢天喜地，心思早已飘到了各家，谢运昌中午下班后也踏上了回家的路。

娘在厨房内忙着做饭，见他归来，满脸开心，"你进屋看看谁来了？"

走进大门的那一刻，谢运昌就察觉到院内的变化，那棵老枣树干瘪的树枝上，竟然缠绕着几根霓虹管，一根电线胡乱地耷拉在地上，若是通上电，定是色彩斑斓、喜气冲天吧。除了张曼玲，还能有谁？

急忙推门而入，果真是她，正坐在炕沿陪奶奶说话，满屋的温暖开怀。

"啊，大干部回家过年了？发那么多年货，有俺一份吗？"张曼玲起身接过包裹，笑逐颜开。

　　"怎么会没你的呢，净瞎扯，俺还预备了年三十后你给我拜年的压岁钱呢，哈哈，就等待几天后你给我磕头了。"谢运昌早已计划好，单位发的年货一半要给张工头送过去，没想到张曼玲在这，心底幸福满满。

　　"臭狗蛋，去死吧你。"张曼玲上前便是狠狠地一扭，这一扭可是伸进了谢运昌的棉衣里面，疼得他龇牙咧嘴，回头瞧着奶奶乐呵呵地看着，有些害羞，忙松开了手，"竟敢跟本警官开玩笑，你活腻歪了，哼！"

　　"你这是想在俺家过年吗？你爹愿意不？"今年是小年，腊月二十九便是春节了，张曼玲咋不着急回家？谢运昌都替她着急。

　　"在哪过不是过？俺就想陪着奶奶过年了，咋？你有本事去俺家过年去。"张曼玲嘴巴伶俐，反语相讥，心底充满了甜蜜。

　　"你这熊孩子。"奶奶有些嗔怪，"曼玲在家里忙活好几天了，你没看见家里这么干净？再胡说八道就撵你去山上陪黑瞎子过年去。"

　　话是这么说，张曼玲还是要回家的，不然他爹一准找上门来，谢运昌计划好了，饭后便带着年货送张曼玲回家。

　　霓虹管的线路还没有接通，张曼玲打下手，谢运昌爬上爬下正忙得不亦乐乎，就听到胡同里传来小汽车的鸣笛，紧跟着便是几句询问声，"这是运昌兄弟的家吧？哦，那谢谢啊。"

　　谢运昌一愣，这是谁？刚要过去，就看到李家鑫夫妻二人，拎着大包小包走进院内，见到谢运昌便嗓门大开、分外亲切："运昌兄弟在家啊，真巧，你嫂子非要来认认家门，我就带她过来了。咦，这不是张妹子吗？我可是好几年没见你了，可想、可想。"

　　李家嫂子紧跟着打起了招呼，心里面便将张曼玲和王晓梅做起了比较，张曼玲被她打量得很是不好意思："嫂子，你不认得我了？"

　　李家嫂子一愣，急忙说道："怎么会不记得你呐？我的大妹子，你是不知道嫂子有多么的想你，可是你越长越好看、美貌赛天仙，我都看花了眼呢。"婆娘应变的还挺逗，这番话引得李家鑫哈哈大笑，继而又给她使了好几个眼色，告诫她千万不要胡说。

张曼玲是学什么的？片刻之间便有了异样的察觉，不对，这里面有故事。

婉拒干股

一连阴了好几天，老天终于吝啬地从云缝里泻下一抹羞怯的阳光，洒在湿漉漉的山村的房顶上，让憋屈了多日的山民心胸舒畅了许多。就连多日不见的花喜鹊，也迎着有些灿烂的阳光飞上梨树枝头，喜喳喳地叫个不停，给沉闷了多日的山村无端地增添了些许生机。

"李大哥，你真的是客气了，我应该去给你们拜年的，没想到你俩却先来了，还没吃饭吧？"贵客临门、喜不自胜，谢运昌急忙将李家鑫两口请进屋内，边说着话边拿出男主人的架势，"曼玲，你不知道呢，大哥和嫂子一直都念叨着你呢，赶紧的，倒茶、端菜、取酒，陪嫂子好好聊聊。"

"运昌，我们是吃过饭后过来的呢，你就不要这么客气了。"李家鑫急忙制止，"这次我们就是来给老人们拜个早年的，酒以后有的是喝，呵呵。"

与奶和娘略作寒暄，李家鑫便告辞而去，分别的时候刻意交代谢运昌，带来的礼品盒里，有专门给他准备的礼物，是什么？他没有说。

"还专门给你准备了礼物，哼，怎么没有我的？"张曼玲小嘴一嘟，回屋后就打开了礼品盒，厚厚的一叠人民币端放其中，谢运昌也倒吸了一口凉气，这是什么意思？忙示意张曼玲不要声张，这事跟娘和奶解释不清，更没必要让她们知道。

"咱去山上请师父回家吃饭吧，顺便把年货给他送去。"羽绒服是王晓梅买的，神州极品烟、虎头特酿酒是自己送给师父的礼物，谢运昌将年货打起包来，拉着张曼玲直奔黑虎山而去。

"谢运昌，不错啊，还没混个一官半职呢，就有人上门行贿了。"出了门后，张曼玲便彻底放开、言语凝重而充满了讽讥，"那一大摞人民币，少说得有两三万吧？够你在县城买套房子了。"

谢运昌很是无语，家欣矿业公司跟他没有任何关系，李家鑫这是要陷自己于水火之地啊，"本来我计划着年后咱俩一起去给他拜年呢，哪知道他竟然送来这个，不行，咱得给他送回去。"

"你爱送不送，与我无关！"张曼玲心里面很是愤懑，女孩的心理本来就敏感，那李家嫂子的眼神里面，分明是隐藏了很多东西，不会是与王晓梅有关吧？

谢运昌跟自己坦白的一切，是不是欺骗了自己？张曼玲心底便是一愣，回首的眼神便溢满了泪花，"你说，羽绒服是谁买的？年货里面的精美食品，就凭你土里土气、粗粗拉拉，会买那些东西？"

谢运昌这下是彻底无语，姑奶奶，不是已经跟你说明白了吗？你就不会装点傻、来点小天真吗？

"羽绒服是我替你买的，上山后你送给师父，年货是单位发的，这你还不相信我？"谢运昌急忙说道，这个理由有点牵强，但绝不能实话实说。

"运昌，我怕你真的变了。"眼瞅着谢运昌尴尬的表情，张曼玲没再为难他，"李大哥的钱，绝不能收，无论你帮他做过什么。"换成另一个话题，氛围便稍微宽松。

"你忘了当时李大哥是怎么说的了？"谢运昌提醒张曼玲，"前些年咱们在白虎山下救了他，他是当面说的，煤窑生意的收益里面，有咱俩的两成。我想，他应该是以这个名义送来的钱。"

"是，我当然记得那件事，但那是我们自身正义力量的释放，只是因为遇到了他，换成别人，也一样地冲向前。但若收了这笔钱，你将来就成了他的保护伞，还有何颜面与资格跟朱老汇报思想？"张曼玲语气郑重、一字一顿，"如若你将来真的成了别人谋财的工具，别怪我到时翻脸不认人。"

还没真的受贿呢就被张曼玲上了一堂政治课，谢运昌一身冷汗又满是温暖。

松柏静立山道弯弯，夕阳西下彩虹漫天，映出黑虎山一派雄伟壮观，谢运昌扭身便握紧了张曼玲的双手："你放心，我知道以后怎么做，包括，好好爱你。"

谢运昌何时认真地对自己说过一个"爱"字？这是情感郑重的承诺，一声"好好爱你"立刻将张曼玲的心焐热，俏脸一红，紧靠在谢运昌的怀里："臭狗蛋，我知道你没变的，我也会好好爱你。"

"嗯，我没什么可变的，永远是你当初认识时的我。"谢运昌轻柔地说。张曼玲的爱深沉而执着，有什么理由不好好珍惜？找准自己的方向，便是生命的归宿，在岁月的长河里，幸福与远方其实就在自己真诚的把握里。

师父没在屋内，透过窗户看去，大黑熊正蜷缩在铁笼子里昏昏睡去，两人走到将军碑下，只见谢广田正清扫着广场的落叶，身影孤寂、枯叶飞舞，只有那高大的马占彪雕塑默默地陪伴，一阵凄凉。

谢运昌的记忆里，每逢春节来临，谢家坡的人们都在老支书谢子峰的带领下，来此清理卫生，进行着纪念烈士仪式的准备，那是谢家坡盛大的节日，大人们严肃地忙碌、孩子们开心地欢闹，长眠于此的烈士们，早已被谢家坡视为亲人。

这年秋天，老支书病故了，没有了他的张罗，佳节时的烈士坟前，顿时冷清下来，谢广田见两人走来，缓缓停下了忙碌，"人哪，都钻钱眼里去了，还有谁能记得这些打江山的人呢？可是我不能忘啊。"师父叹息道。

是啊，长眠于此的烈士们，都应该是师父的同龄人，虽然当时不是一个阵营，但却有着共同的敌人，没有谁能理解老支书、师父对烈士们的深厚感情，那是血与火的抗争中永恒在心底的记忆。

"师父，曼玲给你买来的羽绒服，您穿穿看合适不？"谢运昌走向前去，接过师父的工具，张曼玲没有任何的犹豫，大大方方地帮师父将外套脱去，师父穿上羽绒服，立刻便换了模样，精神了许多，只是那脏脏的粗布棉裤、粗糙的棉鞋，搭配起火红的羽绒服，很是不协调。

"爷爷，你真是位老帅哥。"张曼玲后退两步端详了片刻，开心地脱口而出，"运昌，今儿个我不走了，明天你就陪我去赶集，我要给爷爷再买条裤子、买双棉皮鞋。"

谢广田嘴角抖动了起来，沟壑般的眼角顿时泛起了泪花："有你俩这份心就够了，我半截子入土的人了，穿那么好还怎么干活？走，回家吃饭去。"

晚饭吃得很是开怀，师父胃口大开，喝了足足一瓶酒，谢运昌也想尽情地喝上一斤多，但张曼玲一直把着酒瓶，只让他喝了半瓶不到："年轻人，就不能学当醉汉，你这酒量怎么能跟爷爷比？"张曼玲小嘴不停，奶奶和娘听得心儿都醉了。

"闺女，让运昌送你回家吧，咱不能冒犯了风俗呢。"饭后，奶奶催着谢运昌送张曼玲回家，"等来年你过门后啊，想回家过年也不行的喽。"

还是奶奶想得周到，来年两人真若结婚，那这个春节就是张曼玲陪着爹娘过的最后一个了，她若不回家，张工头明日一准会找上门来。

天色已黑，老梨树上的霓虹管闪烁起光芒，小院内顿时五彩缤纷，街面上传来零星的鞭炮声与孩子们的欢笑声，又磨蹭了好一会儿，张曼玲才依依不舍地与奶奶告别，临出门时没忘了跟谢广田说："爷爷，我年后把鞋子和裤子给您送到山上去。"

万虎山刮了一天的暖风，山谷咆哮起来，东水河解冻了，冰排发出巨大的响声，相互碰撞的冰块在河心汹涌奔流着。乌鸦在山巅上呱呱哀叫，东水河岸边的白桦树，被呼呼声响的南风吹拂的东倒西歪，不住地摇曳。夜晚月黑风高的光秃秃山岗，显得很诡秘、恐惧。

张曼玲坐在自行车的后座上，紧搂着谢运昌的腰，两人有说有笑地向铁板桥奔去。

空气清冷、繁星点点，夜色中的东水河畔杳无人迹，只有那谢家坡的煤场处，隐约看到闪烁的灯光。突然，几声惨叫自黑暗中传来，夹杂着粗暴的呵斥声、混乱的脚步声、痛苦的呻吟声隐约传来。

勇斗恶人

突如其来的惊叫，顿时让两人警觉起来。换作普通路人，多一事不如少一事，远远避之为上策，何况是这已近年关的冬夜，但这两位却大有不同。

张曼玲"嗖"的一下跳下车来，"运昌，有情况，快下车。"动作干净利索，说话间就奔黑暗而去，谢运昌急忙将车放在桥旁追了上去，一把拉住了张曼玲，"别着急，先看清楚咋回事再说。"

手电筒的灯光如鬼火一般，在东水河岸堤的深处隐约闪烁，是抢劫？还是仇斗？两人熄灭手电筒，借着星光、顺着河岸，悄悄摸了过去。

枯树旁、河滩上，三五个大汉将一个人围在中间，那人头破血流，正跪地抱头求饶，"大哥，求你们放了俺吧，俺还有八十多岁的老娘等俺回去过年哪……"

"放了你？想得美，老实跟我们回去，不然，就把你埋在这里。"一名壮汉说着话便抡起棍打向那人，紧跟着便是更加凄厉的惨叫声。

谢运昌握紧了拳头，怒火在心头燃烧，张曼玲更是义愤填膺，虽然没听清那人为何挨打，但这几人分明是在欺凌弱小呢。

张曼玲附耳对谢运昌轻声几句，嘱咐他先埋伏在侧不要出现，继而伴随着清脆的一声怒喝："住手！"张曼玲自黑暗中挺身而出，那挥棒之人猝不及防，惊的是连退几步。

挨打之人以为来了救星，正想起身借机逃离，定睛一看，却是一身板羸弱的年轻姑娘，急忙又跪在地上不敢言语，那几人见状也松了一口气，忽又围拢过来，"姑娘，这黑灯瞎火的，你来这干啥？不会是白蛇精转世，来救许仙的吧？哈哈，真有神通，给大爷过几招！"说着话便要对张曼玲动手动脚。

"啪啪"几巴掌过去，正靠近张曼玲的一人便眼冒金星，扑通一声蹲在地上，另一人见状不妙挥棒抡来，张曼玲一脚踹起，正中那人心窝，继而飞身上前，锁喉、擒拿，那人便双手反剪，来了个地道的猪啃泥，再也威风不起来。

　　风冷星高、偏僻地；荒野深夜、母夜叉，这是什么来路？

　　剩余几位再也没敢放肆，其中一位却扭头跑开，速度飞快，转瞬间便消失在黑暗中。

　　"说吧，怎么回事？"张曼玲扶起挨打之人，摆出一副警官问案的架势，虽然她还不是。

　　"俺从安徽老家带来二十多个兄弟到此挖煤，说好了前天给钱回家过年的，可老板不仅一分不给，还把兄弟们都关在矿洞里面了，说是再要钱就一个都甭想活着出来。我趁夜偷跑出来想去报警，结果就被他们追上了，姑娘，你可给我做主啊！"这人看出来了，张曼玲要么是警察、要么是高人，一定能帮他大忙。

　　"哦？是这样吗？"张曼玲冲蹲在地上那人喝问，"这都什么社会了？你们老板还想做黄世仁吗？不知道你们已经犯罪了吗？"

　　"姑娘，你也别单听他一面之词。"那人低声说道，"矿上从不欠他们工钱，是他们自己手脚不干净，偷运矿上的设备被我们发现了，你说，我们怎么能放他们走呢，正想着明天去报警让警察处理呢，结果他就想跑，唉！"边说边冲同伙偷偷使眼色，一人从怀中悄悄取出尖刀，寒光一闪，便向张曼玲后心猛刺过来。

　　谢运昌伏在一旁看得真真切切，没想到谢家坡煤矿竟然有如此恶毒之人，这让他想起来多年前与娟子在此附近的遭遇，顿时激愤万分，随手捡起一块石头扑面向其砸去，那人哎呀一声仰面倒地、满地找牙去了。

　　尖刀坠地，蹦出一片火星，张曼玲心底一惊，继而会心而笑，臭狗蛋的功夫看来是没倒退，这突然一下，足够那家伙养半年的了，只是没想到此人会下狠手，如若谢运昌没在身边事先埋伏，自己一定是凶多吉少了，不免更是气愤，那好吧，姑奶奶要先体验一把做警官的瘾。

夜幕之下、东水河岸，寒风乍起、灯火诡异，突如其来的这位女神仙，还有刚才那莫名一击，让行凶的一伙人真的是吓破了胆，全都老老实实地蹲了下来接受审问，但口径却出奇的一致，一口咬定那人偷了矿上的东西。

真若是对方理亏，为何又要对自己下死手？张曼玲当然不相信那是真的，正琢磨着是否要喊谢运昌出来帮忙，将这伙人全都带到派出所交给正儿八经的警察去审问，却听得马达轰鸣、车灯耀眼，一辆越野车顺着河岸飞驰而来，未等车辆停稳，几位大汉即跳下车围拢过来。

见到几位壮汉蹲在地上痛苦万分，正唯唯诺诺听一位娇弱女子训话，带头之人勃然大怒，伸手拽起一人劈脸便给了他一巴掌："怎么养了你们这一堆废物，一个小娘们就把你们打成这样？真他妈丢人现眼，老板还不如多养几只狗！"

不问青红皂白，不知天高地厚，更敢直呼她为小娘们，让张曼玲愤怒又刺耳："非法拘禁他人，还想置人于死地，看来你老板很厉害、很土匪啊！"俏脸一怒、双拳紧握，张曼玲便要发作起来。

那人言语低沉："臭婆娘，你该干啥干啥去，想找死可以，别怪爷们没提醒你！"说罢，挥舞起大刀冲张曼玲劈面砍来。

张曼玲早已料到他会动手，撤步急闪，伸手便扣住那人手腕，一拧、一摁、一绊、一扭，顺势将其压倒在地，猛一用力，娇声怒喝，"看来你真的应该进监狱过年了！"一脚踏上其背，只听咔吧一声，那人胳膊便脱了臼。

只一招，领头的便被制服在地，吓得另外几人目瞪口呆，再也不敢向前。

越野车前门大开，车门处一道寒光突然闪现，对准张曼玲的方向，暗箭？枪支？谢运昌伏在一旁看得仔细，嗖地一下便跳出来，带头之人正趴在地上哀号，转瞬之间双手便被抓起，如扔布袋一般凌空飞掷，砰的一声，就砸向了越野车。

"曼玲，你小心，他们可能带着枪。"谢运昌伸手将张曼玲护在身后，冲越野车方向喊道："出来吧，谢广军，我知道你来了。"

刚才的一幕清楚地看在眼中，被张曼玲扭断胳膊的，不正是前些年跟着谢坏三差点要了自己性命的李大雷吗？今晚的事情也便猜得八九不离十，这帮人背后的撑腰就是谢坏三，躲在汽车处瞄准张曼玲的，一定就是他了。

碰上了，便躲不过去，无论是谢运昌还是谢坏三，何况事情都到了如此的地步。

本以为一枪过去万事了结，没想到半路蹦出来个程咬金，谢坏三正恨得正咬牙，却又不能再责备手下的无能，只能怪冤家路窄，遇到了实在是不该遇到的人。摆平今晚这件事虽然要麻烦了许多，但真的不能来硬的了。

枪，不是随便放的，得选准时机。

"运昌在这啊？哎呀，真没想到，这位是你女朋友吧？果真是女中豪杰，幸会幸会，我叫谢广军，跟运昌一块儿光腚长大的呢，哈哈！"谢坏三掩饰着尴尬、强装着笑脸走了过来。

张曼玲没接他的近乎，冷笑道："你的矿上非法拘禁了二十多个人，这位大哥想跑出去报警，被你派人追杀，是这样的吧？"

被追打之人见到谢坏三走来，吓得浑身哆嗦，目光怜悯而又无助。

"哎呀，这话可冤枉死我了，咱谢家坡煤矿一贯守法经营，是县上刚隆重表彰过的优秀集体企业，怎么会做违法的事情呢？不信你问问运昌，前些天他还带着县委组织部的王干事到咱矿上调研来着。"谢运昌早就跟县长闺女好上了，你是要多傻有多傻，给你讲讲王晓梅与谢运昌感情多么多么的好？打击一下你这嚣张？坏三突然就有了点底气。

只是他不知道，张曼玲早已知道王晓梅来这儿调研了，张曼玲声色未动、更加沉着，"那你应该是一位遵法守纪的人了？嗯，真是佩服得很啊，模范企业家培养了一帮无法无天的暴徒。"

谢坏三扯着嗓门急忙辩白，"他们偷了矿上的东西，被我们发现后马上报案了，这不，警察还没来这人就想跑路，兄弟们当然不让，结果却与你俩闹出这么多误会，真是抱歉得很。"

明明是克扣旷工工钱、非法拘禁、殴打他人，还倒打一耙、强词夺理，理由竟那么的充分，张曼玲听的都恶心，"既然你们报了警，那就由警察处理好了，现在就去派出所，我们一起去。"

岁月悠悠、人生无常，谢运昌静静地站在一旁，冷观着坏三尽情地表演，多年前的往事便时不时浮现在眼前。只是，现在的自己，已经不需要师父的保护，而娟子，却成远梦、淡若白云、果敢刚烈、英姿飒爽的张曼玲，在他的心底，成为另一种温柔。

坏三见谢运昌一句话也不说，心里面忐忑不安，这小子身怀绝技、今非昔比，万一真与今晚的事较真，再提出带着这疯狂的张曼玲一起到矿里面找被关着的那些矿工的话，后果就比较严重了。

庆幸提前做好了安排，谢坏三当即同意了张曼玲的意见："听你的，带上这人，咱们一起去派出所，你和运昌正好做个见证人。"扭头冲正疼痛不已、咬牙忍耐的李大雷等人喝道，"你们几个就别跟着丢人现眼了，该干啥干啥去。"

李大雷等人鼻青脸肿、疼痛难忍，算是白挨两人一顿教训了。事实是，再给他们几个胆儿，也不敢在警察面前与两人公开对质了，咋办？慢慢养好后，离这二位远着点。听坏三如此吩咐，急忙相互搀扶、连滚带爬奔煤矿而去。

这几个人走就走吧，张曼玲没去阻拦，虽然他们曾想对自己下狠手，却已被谢运昌狠狠地教训一顿，一两年之内看来是张扬不起来了，两清。

挨打那人舍命跑出来不就是为了报警吗？真如他说的那样，一切交给警察处理就可以了。

张曼玲马上同意坏三的意见，拉起那人扭头就走："运昌，我们去桥边等他。"

沿着河滩走到铁板桥边时，坏三的汽车已经到了："都上来，我开车拉你们去乡派出所。"他倒是很客气。

若坐坏三的车，自行车咋办？张曼玲正欲问谢运昌，却听得警笛刺耳，一辆警车闪着耀眼的警灯快速开来，稳稳地停在了东水河畔。

　　"谁是谢家坡煤矿的谢经理？哦，你好、你好，是你们煤矿报的警吧？我们下午有紧急任务，没来得及赶过来，这不，完成任务就过来了。"车上下来一位警官与坏三握手联系，另有几名联防队员手持警棍紧张兮兮。

　　接下来就是很正规的办案程序了，至少张曼玲看起来是比较符合规范的，虽然，这深夜的铁板桥上，繁星看起来都那么的诡异。

　　几人逐一接受讯问，挨打之人说被克扣工资、非法拘禁，坏三说他们因盗窃矿上的东西被抓了现行，谢运昌两人将见证的一切也都说得清清楚楚。

　　笔录确认、签字认可，就在这东水河畔、阴冷之间，一场问案别开生面。

　　"谢秘书、张同学，谢谢你们的证词，请回家休息吧，我们一定会认真查实、依法办案的，绝不允许任何犯罪分子逍遥法外。"讯问完毕，警官已知两人的身份，很是客气。

　　这就完事了张曼玲有些不可思议，刚要问他接下来该怎么办，不会的话她可以教教他呢，没想到警官根本就不给她机会，又让她感觉做得很不到位。

　　"把他带上警车。"警官指着挨打之人喝道，紧跟着又是一个命令，"你们几个上谢经理的车，带他们去矿上现场查证，继续深入调查。"

　　尽管严冬腊月即将过尽，东水河边的依依杨柳也已萌发着鹅蛋黄色的芽孢，但晚间料峭的北风依然刮得黑虎山套里很冷，归巢的山鸟在寒风里喳喳叫个不停，不远处的河床里冰块的撞击声在寒夜里传得很远很远。河岸边的芦苇不停地摇曳，不知道它是想把穗头上仅存的芦花刮个一干二净，还是在不服输地一次次挺直那干枯的身躯与朔风进行着不懈的抗争。

　　两辆汽车轰鸣而起，迅速消失在了黑暗里，张曼玲摇头叹息，"运昌，如果咱们不赶巧碰上，那人会不会丧命？"

　　"说不准，但一定是他噩梦一场。"谢运昌跨上自行车，挽张曼玲坐了上去，"既然交给了警察，就与我们无关了，你就别瞎操心了。我估摸着你爹正在家里蹦高，得赶紧送你回去，走吧！"

"你那个发小谢广军看起来就不像个好人，你注意了没？他咋就缺一个耳朵。"张曼玲搂紧谢运昌的腰，还在感慨，"他另一只耳朵哪里去了呢？不会被狗吃了吧？"

自行车一个趔趄，差点将张曼玲摔了下来，谢运昌一身的冷汗便出来了，人家刚刚说你是白蛇精，你还真是啊？

"今晚俺是免费看了场惊险纷呈、刺激无比的武打大片，跟做梦似的呢。侠女张曼玲、神勇无人比、夜斗猖狂徒、威名传十里……"谢运昌正想继续编呢，张曼玲就揪紧了谢运昌肚皮上一块肉，狠狠地掐了下去，"本姑娘这威名在你嘴里才能传十里？为啥就不能传千里？"

路见不平拔刀相助、救人一命胜造七级浮屠，这武侠小说里面才能描绘出的场景，未承想就发生在自己身上，那传说中的古墓侠侣，也就是这样的神勇吧？张曼玲还在兴奋之中，"若不是警察来了，我还以为你变成哑巴了呢，是不是想包庇你发小？"

谢运昌哑然失笑："我与他本是两路人，嘛关系没有。"张曼玲的表现透着正义的率真，那凌厉的拳脚更让他欣赏不已，只是丫头不知道，原来与谢坏三的恩怨本以为烟消云散，但今晚她的壮举，却又与坏三结下更深的怨恨。

到张柳屯的时候，已是深夜，张曼玲好不容易才喊开大门："爹啊，你是不是打算把俺泼出去了？那俺去谢家坡过年去了。运昌，带我回去，再也不来张柳屯了。"张曼玲本以为家里会亮着灯、虚掩着门等着她归来呢，结果不是想象的那样，便有些伤心。

"哈哈，反正你早晚要去谢家坡，我和你娘着哪门子急？"张工头和老伴见谢运昌陪伴闺女归来，很是开怀，"这么晚了，就在你家多待一天嘛，在哪过年不是过？赶紧进屋暖和暖和。"

拎着年货走进屋内，略作寒暄，谢运昌便告辞而去："大爷、大娘，过年后我再来给您二老拜年，你们早休息吧！"他倒是想留下来陪张工头聊聊天，如若能在丫头那闺房温暖一宿那是更好不过，但没跟奶和娘提前说好，再晚也要回去。

第二日，便到了年关，一大早爹就打来电话，这段时间来上清宫烧香礼拜的人特别多，道观烦琐的事情让他实在是离不开，就不回家过年了。娘听到后淡然得很，可谢运昌能从眼神中读出娘心底的忧伤，这个，没法儿劝，只能自己好好表现。

中午时分，谢运昌去祖坟请了祖宗三代先人回家过年。

夜幕降临，伴着礼花绽放、鞭炮齐鸣，挂在老梨树上的霓虹管闪烁出更开心的光亮，张曼玲在家这几日陪伴的喜悦还在心底荡漾，奶奶开心的合不拢嘴，娘更像是年轻了好几岁，竟然掏出来一个大红包硬塞给谢运昌，"等曼玲过门了，就没你的份了，傻小子。"

师父却不以为然，待到祭奠完毕，端坐在太师椅上，捋着那花白的胡须，郑重地接受谢运昌的跪拜，随手给他十块钱："孩子，只要我不闭眼，每年都有你的压岁钱。"

谢运昌满含热泪，俯首跪拜、低头接过师父的这一份心意。

这个年关，不温不火，又在洋溢着温馨的热望中度过。

家传珍宝

大年初三的时候，谢运昌与张曼玲相约去李家鑫家拜年，他知道，李家鑫有话要对自己说，应该是，还要当着张曼玲的面说。

"大哥，你们辛辛苦苦赚钱不容易，我们又没投入任何的资金帮助，怎么可以要这个钱？"吃饭的时候，谢运昌将钱递到李家鑫手里。

"兄弟，如果没有你俩当初相救，我能干到现在的这个光景吗？"李家鑫急忙推脱，眼神里充满了真诚，却是真的担心谢运昌不收下这份心意，那就意味着，家欣矿业与他没有任何的关系，没有他俩的帮助，王立强怎么可能与自己合作？

李家嫂子很有眼色，立刻接上话："兄弟，你还没做大领导吧？妹妹，你现在也还没做警官吧？你们都没利用职权帮我们做违法的事情吧？这钱你哥挣得干干净净，只是我们的一份心意，甭想那么多。"

"那也不行，李大哥、嫂子，如果你们真要硬给，那是太拿我们见外了。"丫头张口就来、干脆利索，"谢运昌，我当着大哥、嫂子的面给你说开，以后甭管你做多大官、干多大事，谁的钱都不能要，否则，后果很严重，你懂得。"

这话看似说给谢运昌的，实则是坚决拒绝了李家鑫送二人干股的思路，李家鑫脸上便有些挂不住，李家嫂子见状，忙起身伸手将钱接过："运昌兄弟啊，你这是哪辈子修来的福气哦，这么识大体的妹妹天上也很难掉下来的呢。"边说边抹起了欣慰的泪花，心底却在埋怨李家鑫太心急，等谢运昌结婚以后体会到过日子不易的时候再提也不迟啊。

"嫂子哦，曼玲真的是天上掉下来的话，我若没本事接住她，那得摔成什么样子？"话音刚落，丫头一拳打将过来，"我用你接？"几句玩笑话开过，气氛便和缓了许多，接下来便是过年时每家都差不多的热闹景象了。

"年前谢家坡煤矿出了点事，你听说了吗？"东水河畔那晚的事情，几天过去，谢家坡街头上平静如水，如什么事都没有发生一般，谢运昌很是疑惑。

"哦，你说的是一帮外地旷工偷矿上的东西那件事吧？昨天去大孟乡一位领导家拜年，他给我讲过的。"李家鑫点燃一支烟，深深地吸了一口，"本来是要将他们都拘留了的，听说谢家坡煤矿的经理很讲面，反而替他们求情，说了不少好话，结果大事化小，都回家过年去了。"

就这么简单？谢运昌脑子里打了好几个问号，张曼玲更是义愤填膺，啪的一下就将筷子摔在桌上，吓了李家嫂子一跳，"妹妹，你没事吧？"

是有点失态，张曼玲脸蛋一红，忙又拿起筷子，装模作样地捡口菜吃了进去："李大哥，这事我是知道一些的，只是与你听说的不太一样。"说罢，便将那晚的遭遇叙说了一遍，听得李家嫂子是胆战心惊、惊讶万分，不知道将张曼玲和王晓梅在心底比较了多少遍，最后确认丫头才真的是谢运昌的正牌，越看也越是心暖，立刻起身，回屋去拿出一个精致的盒子，摆在了张曼玲的面前。

打开盒子，一块玲珑精巧的碧玉映入眼帘，细眼看，晶莹剔透，玉质温润如羊脂，仿佛都浸着水一样，又有虹光萦绕，散发出若有若无的灵气，映出满室皆辉，张曼玲虽不识玉，却一眼便能看出，这绝对是一块上佳的玉石。

刚推掉了李家鑫的那笔钱，李家嫂子又拿出来如此精致的东西，这是什么意思？刚要开口，李家嫂子取出玉石，不由分说便戴在张曼玲的脖子上，"妹妹，这块玉是请隆兴寺大和尚开过光的，可抵邪魔、能避瘴气，嫂子还有一块，这一块就送你了，保佑你以后平平安安、长命百岁。"

谢运昌顿时眼前一亮，心说，嫂子真的是善解人意，怪不得李大哥能做成这么大的事业，自己怎么就没想到要送张曼玲一块美玉呢？精品碧玉通透无瑕、温香软润，却又在纤纤弱质中铭刻着凛然风骨，温柔婉约中饱含着坚定的拒绝。

玉可碎、不可亵，张曼玲不就是这样的风骨吗？伴自己一路走来，玉壶冰清、不染风尘，这样的礼物，怎么再好意思拒绝？

这美玉戴在张曼玲身上，那飒爽之气顿时增添了无限的温婉，柔刚相济、熠熠生辉，却又真的是性格的互补、和谐的完美："妹妹，这玉看来与你有缘呢，我都不知道该如何评说了。戴在你嫂子身上，那是白瞎了。"李家鑫眼睛都快看直了，被媳妇偷偷扭了一下，方缓过神来恭维一番。

谢运昌也打定主意不再拂了嫂子的美意，这个礼物不在珍贵与否，而在于李家鑫一家真诚而又厚重的情谊："曼玲，俺看着也怪好看呢，要不，咱就收下吧。"

女孩子都是爱美的，尤其是张曼玲这样如花似玉的年岁，被人夸赞，心底更是美滋滋的，可真若要了，那就是横刀夺爱，即便嫂子是真心送给她，也不能答应。

张曼玲打定了主意，随手将碧玉摘下来仔细地放在盒子里："谢运昌，说你是猪脑袋你还不信，你知道一玉只伴一人、可一不可再二吗？你知道如何养玉吗？你知道玉的骨气多么的可贵吗……"

不言自明，这玉石再漂亮与珍贵，张曼玲也不会要的了。一连串的几个"你知道吗"喷向谢运昌，顿让他哑口无言，又令他自豪无比，张曼玲真若收下这个礼物，那就不是她了，这正是玉儿的本色，冰清玉洁、不染凡尘，以往是，将来也不会变。

李家鑫在心底也只能叹息，这个妹妹实在是不能小看了呢，单凭她刚刚说的、做的，简简单单一个小礼物，透露着极难见到的大风范，将来做出的事业，谢运昌未必就一定能赶得上。人生中能遇到这样的兄弟、妹子，是幸运，不一般的幸运，随即便很是抒怀，起身与张曼玲认认真真地碰了一杯："妹子，哥祝你学业有成、事业成功。"

各有各的道、各赚各的钱，谢家坡煤矿的事情李家鑫虽有所耳闻，却不想过多的提及："这事吧，我看你们就甭过问了，安生上你的班、读你的书，真若里面有问题，将来自有报应，再说了，这也不是你们现在能管的事啊，是不是？"

话是这个理，张曼玲却将那位缺了半只耳朵的谢坏三记住了："运昌，你们村矿上那位谢经理，俺看着可是恶毒的很，相由心生、恶人恶面，你以后要留意些他。"

张曼玲倒是看人很准，只是他开他的矿、我上我的班，两不相干，留意他什么呢？但那晚事情的蹊跷谢运昌却是暗暗地记在心底，只是李家鑫再也无法提起送两人两成干股的事情了。

王立强那伙人已经渗透到家欣矿业的各种经营之中，搞不好他最终是白忙活一场，很不甘心，如若谢运昌同意参与经营，一切便迎刃而解，多好？李家鑫琢磨着，找时间还是要跟他将事情单独谈开，真若与王立强撕破脸的时候，还得指望这两位小救星。

快乐轻松的时光总是很短暂，还没来得及细品这节日中的幸福，假日便要结束了。

这一日，谢运昌踏上返回中州的路途，顺道去了张曼玲家："离开学还有不少时间，你跟我去中州待几天？"

"不去！"张曼玲拒绝的很干脆，"就你那一间小破屋，我去那咋睡？你还想非法同居咋的？"话音刚落那经典狠狠一扭的动作便做了出来，好在谢运昌早有防备，侧身避开，"嘿嘿，不去就不去呗，干吗那么凶。"伸手从怀里掏出一件东西，"看，这是什么？"

张曼玲接过那物件仔细端详一番，突然惊呼一声，差点跳将起来："福禄寿手镯？这是无价之宝啊！谢运昌，你这是从哪偷来的？"

那天自李家鑫那回家后，他便将丫头拒绝李家嫂子那块玉的事情说给奶奶听了，奶奶听后很是开怀，娘也点头称赞，这玉啊首饰啊什么的，就是不能要人家的呢。

今日出门前，奶奶翻箱倒柜老大一会儿，最后在一处旮旯里找出来这个手镯，郑重地交到谢运昌的手里，"孩子，咱家不能亏待了曼玲呢，这个孙媳妇，我认定了。这手镯是个宝贝，就把这个传给她，狗蛋娘，你没意见吧？"

轻轻拂去上面的灰尘，一个色泽鲜阳、红绿紫分布适当的翡翠手镯顿时出现在眼前，深藏在家这么多年，依然散发着富贵的光芒。

娘过惯了苦日子，整日地在地里忙活，风里来雨里去，对这玩意一点儿兴趣没有，想必是给她都不见得会戴，当然啥意见也没有，何况是心底早就认准了张曼玲这未来的儿媳，只是见老太太突然翻出来一件宝贝，却是从来没听她提过，便很是心酸吃味："俺能有什么意见啊？只是您老人家太偏心眼，这手镯俺都没见过，怎么着俺也得戴上几天，也算是俺传给曼玲的。咱不隔辈传，行不？娘。"

娘这一句话出口，惹得奶奶顿时落泪："是我老糊涂了哦，狗蛋娘，你说的对。"老太太颤抖着握住娘的手，认真地将手镯戴在娘的手上，"这么多年，这个家，全靠你啊，老谢家对不住你哦。"

那饱经风雨、万般辛劳而失去光泽润滑的手在翡翠手镯的映衬下，就如一幅厚重悠远而又布满沧桑的岁月画卷，娘的脸通红的就如刚出嫁的姑娘般羞涩起来，眼眶里含着泪水，言语中满是幸福的满足："谢谢娘。"

谢运昌的眼泪也夺眶而出："娘，这手镯就是你的了，俺们不要，等以后你再传给你孙媳妇吧。曼玲是警察，她大大咧咧的，也不喜欢这个的。"

"傻孩子，你知道啥？刚才我逗你奶开心呢。"娘抹了一把眼泪，嗔怪道，"咱家原来宝贝很多的，当年都被抄家抄走了，这一个手镯是你奶拼死保存下来的祖传宝贝。娘是干粗活的庄稼人，没福气戴这宝贝的。曼玲是个好姑娘，你可不要辜负她。"说着便把手镯摘了下来，郑重地交到谢运昌的手上，"这是你奶的心意，一定要好好地交到姑娘手里。"

"嗯。"谢运昌重重地点了下头，"等我有钱了送您二老比这个更好的宝贝，嘿嘿。"

什么样的宝贝能比得上祖传的物品呢？哪怕是极其普通的用品。这小小的手镯，凝聚着先辈殷殷的温度、浓缩着岁月久久的记忆，只有最亲近、最有缘的人，才足以传承这贵重的希望吧？"曼玲，你有资格承接这份爱。"

谢运昌不想跟张曼玲絮叨在家中发生的事情："能哪里来的啊？这是奶奶和娘送给你的礼物，听说你没要李家嫂子的玉，老人家一高兴就奖励给你的。"他不想多说，其实是不想让丫头想得太多，说多了丫头就不敢轻易戴了。

京师警官大学的高才生，学习的不仅是破案理论、擒拿格斗，形形色色常识性、偏僻性的常识，那是一股脑地被迫灌进脑子里，手镯的这红、绿、紫三种颜色可是"健康长寿、升官发财"的兆头，在自然界极难觅到，张曼玲一眼便判断出，这是世间极难再寻的极品。

张曼玲娇柔一笑，将手镯戴在手腕上，粉臂玉肤熠熠生辉，顿时心情大开："怪不得奶叫你傻狗蛋呢，你知道个啥哦，抱我一下，快，抱紧我……"这份礼物太过珍贵，那是谢家对自己最正式的认可，绝胜过八抬大轿、绸罗锦缎的相求，瞅着大门紧闭老爹老娘不在家，丫头第一次跟谢运昌发动了温柔攻势，任谢运昌抱得再紧、吻得再深，却没了那习惯性的狠狠一扭。

福禄寿手镯，指的是手镯中具有三种颜色，最为合衬的是红、绿、紫三种颜色，这是比较难得的三种颜色。中国人常把这三种颜色当作"健康长寿、升官发财"的兆头，所以十分喜爱，尤其是这三种颜色分布得当。

当然，还要看这三种颜色的深浅和鲜阳度。如果红、绿、紫三色分布适当，色彩又很鲜阳，再加上种好、质好，这样的翡翠手镯可以说是无价之宝，在自然界很难寻觅得到。

丫头讲过的这些，谢运昌还真的不知道，再看那佩戴着手镯的人儿，越发显得典雅、富贵："你将来不是要抓贼吗？戴这玩意多耽误事？我看还是还给奶奶好了。"突然蹦出来这么一句话，让他自己也感觉有点大煞风景，后悔却是晚了，那狠狠地一扭迅速袭来，"我不会在下班后戴啊？你安的是什么心，哎哟啥？活该！"

不忘初心

早春二月，尽管乍暖还寒，可春天毕竟还是来到了。阳光和煦，路沟旁、山脚下、林荫道旁、河岸边，一些不知名的小草都在尽力萌生。凡是小草能生长的地方，都呈现出一片片翠绿，生机盎然。山峦上的桦树，河岸边的红柳也都争相抽出鲜亮的嫩叶，在向人们报告着春天的信息。山雀子和花喜鹊感到春天已经来了，都在欢乐地进行搭窝筑巢，就连白鸽也成群地亮着翅膀追逐，而后又嬉戏着朝天飞翔。

幸福地依偎着谢运昌，张曼玲再也不顾忌邻居大嫂、二婶之类的讥笑，大方地跟她们打着招呼，一路送他到了村口的大柳树旁，"你那间屋子啊，脏死了，开学前我去帮你打扫一下，臭袜子你可要自己洗哦。"年前在那里发生的不快早已被她抛向了九霄云外。

依依惜别、挥手好久，谢运昌心底涌起无限的甜蜜，踏上了去向中州县城的路，走过一段回首再望，张曼玲依旧站在大柳树下，不禁哑然失笑，这感觉咋如电影中送情郎上战场时的情景呢？

新的一年，新的开始，定是有新的未知的挑战，人生漫漫，何处都是战场呢，那敌人又是谁？不见得是现实的艰难与困惑，或许，就是自己内心的不敢直面吧。

年后上班的节奏是舒缓而又轻松的，一年工作真正的开始，便放在正月十五以后了，这期间，谢运昌去王县长家拜了个年。

或许王晓梅跟父母说过什么，朱阿姨便少了许多的热情，倒是王县长没有表现出什么，见他到来，很是开怀："小谢，听晓梅说你在老家山上养着只大黑熊，你师父那年纪了，还能照应得了吗？养黑熊按说是违法的，那是保护动物。"

谢运昌没想到王三强见面就提起了师父和黑熊，这是咋回事？他不会要派人将黑熊带到动物园里去吧？抬头看王晓梅，姑娘淡然一笑，明白他的求援："野猪也是保护动物呢，我听说还有人规模养殖呢，是吧？爸。"这一句顶的上谢运昌一百句的解释，王三强哈哈大笑。

"黑熊怎么能跟野猪相提并论？你们好好学习《动物保护法》再说吧！"看来这只是王县长说话的引子，话题一转，王三强便有些严肃了，"小谢，你们老家黑虎山上的烈士陵园建设改造，县里将其列为今年十大工程之一，你有什么看法？放开谈谈。"

"嘿嘿，领导们决策的问题，俺哪有什么看法？坚决拥护。可是俺真的高兴得很，那是俺家门口的建设呢。"烈士陵园真若展开建设，黑虎山定是保留住了那最美最纯的精致，再努力一下的话，东水河畔都可能回归到它原本的清澈，谢运昌听后真的很开心，"王县长，真若重新建设黑虎山烈士陵园，俺申请参与到建设之中。"

"嗯，很好，这个申请我批准，到时我会建议你参加这项工程的领导小组。"王三强需要的不是谢运昌参与建设，而是确认他与京城里面那位大领导的关系是否真的深厚，待烈士陵园建设完毕，他能请到朱老亲自参加落成典礼，那是再好不过的事情。

他不是没做过这样的努力。就在年前，王三强代表中州县人民专程去京城探望朱老，费尽周折才与老人家见了十几分钟的面，拜年祝福的话说完，当提出邀请朱老来中州视察工作民情的时候，朱恒山轻轻摆手表示拒绝："集中精力发展经济、全心全意建设中州，人民在看着哪。"这是端茶送客的节奏，赶紧起身道别。

出门前朱老孙女的一句话却是让王三强很是震惊："我一位叫谢运昌的朋友在你们县里上班呢，给捎个信呗，抽时间我去中州找他聊聊。"看来这小子与朱老家真的有交情呢，好在自己早有思想准备，只是朱家千金托他捎的话此时不想说，也不能给别人说。自家闺女过年期间郁郁寡欢，晓梅与谢运昌的关系绝不是老两口想象的那样，怪不得他如此的不识抬举，背景惊人哪。

"唉！"王三强只能在心底深深叹息，"小谢，工作上有什么难事的话，直接找我就可以，我能帮的，尽量帮。"这话说出口，便是将他视为心腹对象了，谢运昌灵透得很，一定明白自己的用意，却是不能成为自家乘龙快婿，的确很是遗憾。

王县长能这么说，换作别的年轻人，应该是祖坟上冒青烟的节奏吧？谢运昌却仿佛没有听到一般无动于衷，此时，他已经沉浸在能有机会参与到黑虎山烈士陵园大规模修缮的喜悦之中了。

幼时在黑虎山烈士碑下那诡异的一梦，至今依然萦绕在谢运昌的脑海里挥之不去，乃至在安南工地时送张工头妻子回四川银阳时知晓那是马占彪的老家，继而又有烈士陵园下与他的老战友朱恒山的奇遇，这一幕幕的，似梦非梦、亦真亦幻，真实而又神圣。

这是他永藏的秘密，任谁也不会说起。突然间听闻自己能参与到烈士陵园的重修建设之中，没有谁能体会到他心底的情怀，回味无穷、感慨万千。

能参与其中定当是人生的快意，谢运昌仿佛看到，重修后的烈士陵园背靠巍峨高耸的黑虎山，广场开阔、绿树成荫，马占彪那威武的雕塑在青山绿水的环绕下重新焕发出绚烂的青春，那刚强的眼神俯视着充满希望与辉煌的一切，将是多么的快意、祥和。

迷迷糊糊中，谢运昌的眼神突然便放出不一样的光芒，忽而凌厉、忽而柔和，王晓梅在一旁看得有些害怕，急忙上前轻轻拍了他一下："喂，你发什么呆呢？梦游去了？呵呵。"

这一拍，瞬间便把谢运昌从冥想之中惊醒，不由得一身冷汗："嘿嘿，真不好意思，俺走神了呢。"的确是失礼了，虽然他还没领会到王三强的真实用意，但他的表情变化，王三强却看得真真切切，不免暗自感叹，"这小子，有点深度呢。"

"谢谢您，我一定努力学习，绝不辜负您的厚爱。"王三强刚才那番话语，的确让谢运昌感激，回过神来，谢运昌将要起身告别时在心里说。并不是谁都可以得到县长最真切的关怀，何况，他并没有与王晓梅建立恋爱关系，也便与他无亲无故，谢运昌心里面有数。

回到住处，谢运昌掩饰不住心底的激动，提笔给朱老写起了信。经历了节前节后与张曼玲一起经历的几件事情，尤其是今日王县长对自己的鼓励，谢运昌顿觉豁然开朗。

自己对工作与现实的认知错与对不重要，成绩大小也不重要，重要的是向朱老实实在在地汇报踏入社会后所做的、所看的、所想的，不需要华丽的辞藻，只需要自己的真诚，不需要虚伪的奉承，只需要源自内心的祝福。

这样的信是不可能寄到朱老手里的，谢运昌仔细地将其装入信封，留待张曼玲开学后捎到京师，托朱小嘉带给朱老。

谢运昌利用难得的周末时间，忙中偷闲地走上了黑虎山，他举目眺望着巍巍群山的美好景色，贪婪地呼吸着山林中的新鲜空气。此刻，他多想就这样永远隐居黑虎山，远离纷乱的滚滚红尘，隐居在这充满各种奇妙声音的山林里，过着富有生命力的原始生活。山巅上流淌下的春水浸透了山涧的草地，日渐萌发着各种奇花异草，它们尽力为壮丽的黑虎山装扮着妩媚春色，谢运昌看着眼前的这一切有些眼花缭乱，目不暇接。他抚下额头被山风吹乱的一缕长发，脸上露出了会心的微笑。

万虎山依然壮美、黑虎山依旧巍峨，东水河畔的人民，还是那样的淳朴、热血。谢运昌浮想联翩，待到烈士陵园大规模的修缮以后，能邀请朱老再来黑虎山看看，那该有多好啊！

时光飞快，转眼便是春暖花开，中州大地处处焕发着生机，这一段时间，谢运昌按部就班地做着自己的工作，静静地等待着黑虎山烈士陵园开建的消息。

果然，他被列入建设指挥部成员之列，主抓安全与质量工作。

接下来，谢运昌要面对什么呢？他与谢坏三的矛盾、与吴天利的矛盾，要有一个小爆发，这要如何做？

偷工减料、工程质量不达标，为此受到威胁而得罪了人。紧跟着一次爆破事故恶意发生，导致三人死亡，他被追责。他应该受到一次极大的挫折。不仅撤职，还被调查。

干爷爷劝他出国，他犹豫挣扎，最终拒绝。从哪里跌倒，便从哪里爬起来。

爆破死亡事件最终不了了之，却是一个巨大的阴影，笼罩着谢运昌。

他跟干爷爷请求，要他捐给家乡一笔款，修一条通往烈士碑的大路，了却他的心愿。

郁闷、委屈，只能憋在心底。今后谢运昌要建设好黑虎山，就必须回到家乡，他会以怎么样的身份回来呢？此时，他下定决心，要去建设家乡。他要成立谢家坡企业集团，黑虎山下，要有飞机场，万虎山畔，又一个春天。

夏初时节，黑虎山变得明亮、轻盈。松涛阵阵，层林尽染，泉水叮咚，山花烂漫。因近期的充沛雨水，白虎谷、黄虎崖、金虎山等七沟八壑的积水，和着原始的山泉，像千军万马般呐喊着从悬崖、山涧、丛林，汇集到白虎山的白龙洞，从数百米高的崖壁上飞流直下，形成一道闪亮的银链倾泻进白龙泉，撞击出丈余高缤纷无限的亮丽水花，那声响震耳欲聋，回荡在山谷。白龙泉聚集的浩浩山水，争先恐后地向岩壁下多处山溪奔流，缓冲后的溪水，一路叮咚地流向了东水河。

黑虎山接连几天都在下雨，远山近岱一片迷蒙，山路有些泥泞。

几天来，谢广田没能出门去巡山，一直都窝在屋内。不知是阴雨不停的原因，还是身体方面的缘故，他总觉着那颗苍老的心田里，急躁不安，似十五只吊桶打水——七上八下，像要出现什么不测似的。他前思后想，自己这辈子没做什么亏心事，能会发生什么不好的事呢？他很快把这种担心，转移到狗蛋、狗蛋奶、娟子和曼玲的身上。小狗蛋自从进了县政府，因为官身不自由，得有月把没来了,也不知这小子忙得嘛。还有,不知道他的婚姻大事是怎么定的。嘿!他想到这里,苦笑着在心里叫了声,这孩子真叫人琢磨不透,他到底是咋想的。不想他了,都大学毕业上班了,还能老是提溜着心系子不放啊!此刻,他最关心的就是狗蛋奶了,他俩虽然不能算是青梅竹马,可自从谢师长让他领着狗蛋奶,从东阳城谢家公馆来到谢家坡后,这狗蛋奶可没少关照了自己。对这一点,别人心里有数没数他不知道,可自己心里是最清楚不过了。不知道这几天连阴雨,老妈子的老寒腿病犯没犯,自己又没法儿去照顾她。哎,人老了有什么好处。再说这个娟子小姑娘,你怎么说走就走呢,大城市里也难说就比乡下好处。张曼玲这个小妮子,你哪里都好,就不该在狗蛋和娟子两人当间插这一杠子,这年轻人的事真是不好说。他似乎有些累了,不愿再多想什么,翻了两个身就睡着了,接着做起梦来。在瀑布飞溅的白龙泉边,正在巡山的他突遇小黑熊的妈妈大黑熊。只见那浑身血淋淋的大黑熊,抱着它的烂肉和碎骨,迅捷窜蹦起来,拦住他怒吼着:你个挨千刀的恶人,还我命来,还我命来!谢广田见状,就有些惊慌地左躲右闪,想快快进行规避,没想到还是叫大黑熊来了个黑虎掏心,他趔趄着栽倒在地,就再也没能爬起。谢广田的噩梦做到这里,早已惊出一身冷汗。他抹了下额头的汗水,稳了稳心神说,怎么做起这样的梦来了,这都是八年前的熊事啦,真是怪了!是不是老天爷要怪罪自己啊,不该杀生!人家都说做梦和现实是相反哩,要那样说,自己近期就是吉祥安康,更不会有事的。

好在老天刮起了西北风,绵绵细雨终于停了下来,云缝间透射出了久违的阳光。

田爷举头看了看天际,心情极好地说道:"老天爷可睁眼了,也该上山透透气了!"

他背上粪箕子,拿上一把镰刀就要出门上山。没走几步,他又倒转回来,因为忘了给铁笼中的小黑熊告一声别。

真是无巧不成书,正当田爷再度迈开步子,要去巡山的这刻,他的弟子李小强慌忙赶奔过来,"哎,田爷,田爷,您别慌上山!"

"吆，是你小子啊？！"转过身来的谢广田，见小强来了就又拐了回去。

"您这是要进黑虎山，田爷？"

"怎么，黑虎山俺还进不得啊？"

"不是的田爷，近两天在网上看到不少帖子，说是黑虎山里发现了不少野物，都跑进了山村里啃猪、背羊和毁坏庄稼。您老人家可得当心哪！最好带上那柄钢叉，也好是个招呼！"

"别狗日的大白天净说瞎话了，俺怎么就没遇见呢？"

"不行的，田爷！一定要安全第一，您这天天都上山，就得带上家伙才好！"

谢广田见李小强一直在劝着自己，也就做出了让步："好，师父听你的，今天就带上那把钢叉。"谢广田说着放下粪箕和镰刀，顺手推开了屋门："你小子，这大老远的来啦，总得进屋来坐坐喝杯热水吧！"

"田爷，那就不用了，您巡山回来我再陪您喝水、练拳也不迟！"

黑熊兽性

谢广田见徒弟小强执意不肯进屋，就自己到了屋内，翻箱倒柜，费了九牛二虎之力，才从床下拽出那把封存了多年的锈迹斑斑的钢叉。这些年来，广田老汉每次出门前，总是要走到小黑熊的铁笼前，与它挥挥手说声再见。当然，这次巡山他也不例外。

谢广田提着那把钢叉依偎到铁笼前，那黑熊就一改往日的温驯，像是有什么东西刺激到了它，猛然打了一个激灵，就躁动起来，怒吼着发威。对于黑熊的这一反常举动，喂养了它八年的谢广田，可并没在意，以为黑熊是因为这多日的连阴雨，不能出来溜达憋得难受。他便随手拍下铁笼，安慰它说："唵，黑熊你可得听话，等您田爷巡山回来，再放你出来溜溜好吧！"说着就转身离去。他可没有发现，咆哮了一阵子的黑熊，那圆溜溜的黑眼圈里像是有些潮湿。

原来，窝曲在这铁笼中的小黑熊，因为它妈的惨死被惊吓得失忆，是谢广田那把留有血腥气味的钢叉，刺激了那已是空白状态的大脑，唤醒了它的记忆。睹物生情，它终于记起八年前那段充满血腥的残忍场景。

当谢广田和小强巡山回来，两人就慌忙来到小黑熊的铁笼前。田爷习惯了，在每次上山回来，都要放它出来兜兜风，活动活动肢体。小强急着性子来到铁笼前，是想让二师兄和自己进行对打、陪练。

当谢广田一打开铁笼，那黑熊就猛地窜蹦出来，凶狠地扑了上来，广田来个迅猛闪身，黑熊扑了个空。此时的谢广田，没有怪黑熊，以为他是在与自己进行陪练呢，就劝它说："别出重手，来点温柔的！"

黑熊见广田没有中招，又贯足气力使劲挥动右掌，朝着他的前胸拍来，谢广田先是一个老道蹲桩，继而又借势来了招老和尚撞金钟，黑熊被他一头撞出了好几步。

"黑熊，你今天怎么啦，长脾气了是吧？！"谢广田仍在微笑地问道。

此时的黑熊，狂甩着拴在脖项间的那条铁链，步步紧逼。谢广田从小习练七节鞭、九节龙，很知道怎么用软功夫来对付这宗器械。正在他不断敏捷地躲闪之际，黑熊脖项间那条甩舞的铁链，正缠绕在铁笼旁那棵青冈树上，只见黑熊狂吼一声，猛来一个仙人拉钻，就听"嘎嘣"一声脆响，脖颈间那条铁链就被挣开，碗口般的青冈树，也在这同时"咔嚓"一声，被拦腰折断，震得临近的树枝在簌簌落叶。谢广田见状厉声惊叫："黑熊疯了，小强快躲！"

这时的黑熊，再次挥起右掌，凶狠地来了个黑虎掏心架势，谢广田高叫："哎呀，不——！"谢广田话没说完，就被黑熊给拍出六七米远，连翻两个跟头，发出声闷叫，口吐鲜血倒地，脊背上被小黑熊的钢钩利爪，拍抓出盆口般大小皮开肉绽的掌痕。

此时，李小强已疾步进屋，瞬间就掭出那杆五连发猎枪，熟练的子弹上膛，瞄向了黑熊。

就在这时，谢广田不知哪来的一股气力，迅速一个鲤鱼打挺，起身箭步向前，飞起一脚将小强手中的猎枪踢飞，而后随着惯性一头栽地，不省人事。

黑熊仰天长吼一声，就狂奔向郁郁葱葱的山林，很快没了影。

当老广田知道那小黑熊发了疯，早已晚了三春，还未等他运足气力，小黑熊就朝着老广田的后背猛拍一掌，老广田"哎呀"一声，跌跌撞撞向前"扑通"一声重重倒地。熊狂奔，不见了踪影。

此时，目睹了全过程的李小强，见师父被小黑熊给拍抓出好几步之远，一时惊呆了。他迅速反应过来，便快捷冲向前去，抱起师父急切地喊道："师父，师父，您快醒醒，醒醒啊！"

这时，只见老广田额头、面部都是土尘，嘴唇出血，双眼紧闭，眉宇紧锁，脸色蜡黄，下颚至颧骨间那根暴起的青筋在不时颤动，一副痛苦表情。小强再转脸看看师父的后背，更叫他大吃一惊，他那昔日习惯穿着的短袖白色衣衫，已被扯烂，露出了像小盆口大小正渗着鲜血的脊背。

小强见师父没有应声，就又是一阵晃动带喊叫，就见广田那两道长寿眉耸动了一下，血红的嘴唇微微张合，突出的喉结上下滚动，瞬间，他才出了一口长气，睁开双眼看了看眼前，声音很低地说："小强——"

这时的李小强已被吓得脸色煞白，见师父终于醒了过来，才由悲变喜地说道："哎哟，您可醒了师父，快把俺给吓死了！"

"不，不怕，师父死……死不了！"

小强见师父的神情渐渐稳定下来，就找出一片苇席，让他侧身躺了下来，说："师父，您先躺会儿，我得赶紧下山喊人，送您上医院！"

"不，不用。"

李小强没听从师父的话，慌忙跑下山去喊人，来抢救老广田。

尽管小强不是谢家坡人，可几年来他没少在谢家坡转悠了，也认识了不少村民尤其是村上的一帮年轻人。他跑到街上，见人就喊，逢人便叫，很快就招呼了七八人。谢子虎急忙套上马车，打下响鞭，那马车就拉着人们上了山。

小强领着人们上山后，便七手八脚把重伤的广田抬上马车，小强精心守候在师父的身旁。

谢子虎见老广田已经躺好，便扬鞭打马匆匆下山赶往县城医院。马铃声响个不断，很快就到了县医院。

李小强在谢子虎的协助下，背上师父一溜儿小跑奔向急救室。小强先让谢子虎照料着师父，他火速赶到县政府大院去找谢运昌。

"小强，你怎么找到这里来了？"谢运昌一见到李小强就十分惊奇地问道。

"哎呀，可急死俺了，田爷正在医院抢救，你得抓紧过去！"小强语气急速地说道。

谢运昌火速赶到县医院，便一溜儿小跑地进了急救室。映入他眼帘的是，师父正侧身躺在病床上，手臂上挂着点滴。他还没走到师父近前，就哽咽起来："田爷、田爷——！"

老广田并没有应声，连一丝听到的表情都没有，这更叫运昌不知所措。此时，满头白发的师父，面部没有一点血色，那张老脸上像沟沟汊汊的皱纹紧绷着，他双眼紧闭，那因牙齿脱落而瘪进去的嘴巴周围，钢针似的灰白胡茬子也铺散开来，较之前几天苍老了许多。运昌轻轻抹拉下师父的额头，忽的发现了那块涂着药物的破伤脊梁，他更为之心疼。

"小强，师父到底是怎么遭此大难的？"运昌急切地问。

李小强听后运昌的问话，便把小黑熊发疯伤害师父，并窜奔山林的经过述说了一遍，谢运昌悔恨地连连叫道："都怨俺，都怨俺，是俺伤害了师父！"

就在这时，田爷出口长气，缓缓睁开双眼，他看了看天花板，又看下病床周围，有气无力地说："你俩都，都在，俺，俺没事！"

"师父，您可醒了，可把俺吓坏了！"小强出了口长气告诉师父。

"师父，"谢运昌见田爷醒了过来，就趴在他的耳旁愧疚地说，"田爷，叫您受了这等大罪，都怨俺，都怨俺！"运昌在内疚地自责着自己，谁叫你和晓娟去的白龙泉，你为何惹火大黑熊，又抱回小黑熊这个丧门星，你个混蛋！真想连扇自己两个耳光来替师父解解恨。

"运昌，别、别难受，这是天意啊！什么事都有前因后果，俺心里有、有数，早晚得有这一遭！"谢广田不愿运昌难过，尽力劝说着运昌。

"你不要再跟病人讲话了，他的伤势相当严重，不光是脊背上的外伤，他的五脏六腑都遭到了严重创伤，正高烧不退，需要静养，请你们赶紧出去！"那护士强行将他俩推出急救室。

田爷又开始昏迷，他很快梦幻般地沿着他人生的足迹飘忽起来。

那是一九四二年的暮春，谢子龙师长带进公馆一个年轻貌美的女子，要纳她为二姨太。这位操着川北口音的年轻女子，高挑的个头，肚子微微隆起，俏丽的瓜子脸上，生着一对深水潭似的大眼睛，高高的鼻梁，樱桃小口旁旋着一对浅浅的酒窝，尽管白皙粉嫩的脸腮因为身孕生了些许褐斑，但仍透出她俏美、风韵的冷美人气质。

那天，李海棠跟随纵队司政后机关人员，转移到白虎山就被日军的先头部队给冲散了，慌乱中她随着溃散人员朝前奔跑，因为身孕便渐渐被抛在了后边。海棠在费力跑过一道山涧后，再也跑不动了，就躲进了一丛酸枣棵夹杂着高高荒草的僻静山岩边。在等到枪声渐远，她正寻路逃难时被谢子龙的属下，当作奸细抓起来交给了他们的师座。

"大姐，您都三天没进汤水了，这样会败坏自己身体的，况且您肚中还有没出生的孩子！"谢子龙的用人小丁香关切地劝道。

"我就是不吃不喝，死也不做二姨太！"海棠语气刚强地答道。

"你叫什么名字？"谢师长的警卫参谋广田问。

"我没有名字，叫小狗、小猫什么都行！"

"你不说，我也知道，你叫李海棠，是八路军司令马占彪的夫人——"

"你是怎么知道的？"李海棠睁大眼睛惊恐地问道。

"刚才，谢长官的同乡，也就是马占彪的同乡朱恒山打来电话，告知师座不要虐待马司令的夫人，他很快就来和你见面。"

海棠听完这番话，便在心里犯起了嘀咕，朱恒山不就是那天接待自己的纵队政委吗，他要过来，那马占彪怎么不来啊？或许他军务缠身没有时间，才派朱政委过来的。

果真没待多时，朱恒山就打马来到了谢子龙的师部。

朱恒山在谢子龙的陪同下，一同来到后花园见到李海棠，相互进行介绍后，朱恒山声音低沉地说："海棠嫂子，我有件事想告诉您。"朱恒山说到这里停住话头，像是很为难的样子。海棠那正悬着的心顿时不安起来，难道是占彪有什么不测？正在她胡思乱想之时，一脸肃穆的朱恒山又开了口："海棠嫂子，我不得不告诉您，占彪哥，他已不幸殉国。"

海棠听到这个消息，如五雷轰顶，击打得她摇摇晃晃不能站立，险些晕倒在地，幸被一旁的谢广田给扶住。她嘴唇哆嗦着，憋屈了好长时间，才失声顿足痛哭起来。她想不到，自己跋山涉水，风餐露宿，费尽周折，千里迢迢跑来黑虎山找他，得到的竟是这样的悲惨结局——连丈夫的面都没能见到，就天各一方、永远诀别。

"海棠嫂子，您不要过度悲伤，为了自己的身体和腹中占彪哥的遗孤，您要挺住！"朱恒山说着就将马占彪的遗物双手交给了她，声音呜咽地说，"海棠嫂子，这是占彪哥牺牲前交给我的，请您收好！"海棠颤抖着双手接过恒山递过的红布兜，非常吃力地取出一枚血染的银圆和一支金笔，用那闪着泪光的双眼看了看，又小心翼翼地装了进去。而后，便深情地将那红布兜紧紧拥抱在自己胸口，就像搂抱住了丈夫马占彪般，她久久地揉搓着那红布兜不肯放手。

海棠稳了稳情绪，轻轻抹去泪水，清了清嘶哑的嗓音问道："恒山兄弟，我想知道，占彪是怎么阵亡的？"

"他是在与日军交战最为惨烈的时刻，被敌人的弹片击中而牺牲的。"朱恒山说。

"我还想知道，占彪被埋葬在哪里，很想去看看他的坟墓，顺便送些纸钱给他！"

朱恒山思索了一下，才说："海棠嫂子，这事就不必了，东阳城离黑虎山占彪哥的墓茔还有七八十里，眼下战事频繁，局势混乱，来去是很不安全的，等到局势稳定，再带您去看望占彪哥。"

"恒山兄弟，我还有个请求，想跟你上部队！"海棠没有半点含糊地要求道。

"什么，你想上部队？"恒山瞪大眼睛看着她："那是绝对不行的，部队跋山涉水，还要打仗，你这有着身孕的一个女人家，这是怎么也没法儿带你去的。"朱恒山为难地说到这里，看下她又安慰道："海棠嫂子，为了你肚里的孩子，该放下的就放下吧！"

李海棠看了下朱恒山那副无奈的样子，没有言语。沉默了片刻，才不情愿地点了下头，以作认可。

"海棠妹子，误会了，这真是大水冲了龙王庙，一家人不识一家人了。马司令为国尽忠，可歌可泣，你要节哀才是。如你愿意随恒山一同离开，这就去收拾下行李；要是恒山不方便把你带走，你就继续留下来，有小丁香和广田伺候，反正没人敢欺负你的。"谢子龙上前说道。

　　此时同日军频繁交战，朱恒山无法带着她到万虎山，只好拜托谢子龙继续照料李海棠。

　　时光是会磨淡一切的。

　　李海棠萦绕在心头的痛苦与哀伤，渐渐淡化开，就连她对谢子龙以及其家人与属下的敌视情绪，也在日渐淡化。她很清楚眼前自己的处境，实在是寻找不到比这更好的安身之地，也只能是这样随遇而安了。

　　太阳透过灰白色的云片，把烟雾朦胧的、扇形的折射光线洒在远方黛青色的山峰上、山林上，洒在东水河的青青芦苇和村庄上。

　　山坳里小麦正吮吸着土壤里的养料，抽穗扬花，麦穗罩上了一层金黄的花粉；麦粒灌满了香喷喷、甜丝丝的乳浆。但不幸被乱军践踏得东倒西歪，一片狼藉。

　　七月的一个早晨，海棠腹中的孩子降世了。小丁香看着那喜人的胖小子，说："海棠大姐，给您儿子起个什么名字啊？"

　　海棠看了看胖乎乎的儿子，说："他出生时下着大雨，又听说血流成河的战场上，雨水都被鲜血给染红了，那就叫红雨吧！"

　　这天，从战场上回来的谢子龙，看到海棠那银娃娃般的胖小子，眼馋得不得了，几次都想抱起他来摇晃上几圈。

　　海棠看着谢子龙喜见这孩子，就说："谢师长，您喜爱这孩子，就让他认您当干爹吧！"

　　"哎哟，那敢情是怪好，我正好没个男孩子呢！叫啥子名字来着？"

　　"叫红雨！"

　　"那大号叫马红雨。"谢子龙很认真地看着海棠说道。

海棠细细琢磨，如今局势动荡不安，这马占彪的遗属遗孤难免遭厄运，还是委曲求全，跟着这个国军师长姓谢吧。她想到这里，很果断地说："跟着您这个干爹姓谢，就叫谢红雨！"

谢子龙听后哈哈大笑，说："没想到，我半路上又拾了个儿子！等到百天后，我要大摆筵席，庆贺儿子长命百岁！"

两年后，海棠不愿老待在这令她伤透心的黑虎山地区，几次向谢子龙提出要回川北的要求，都被他婉言拒绝。

在这期间，朱恒山没少做谢子龙的思想工作，眼看着策反成功的谢子龙，由于朱恒山，奉命突调东北漠北军区任职，未来得及为其办理交接，使谢子龙像断了线的风筝，摇摆不定地找不到了方向。

恰在这时，国民党上层派来军统要员到万虎山地区，将师以上军官集中到黑虎山，又统一登车到安南，再换乘飞机上南京去听老头子训诫。

谢子龙知道大事不好，已预料到他和朱恒山、谢广田和李海棠将要天各一方，再难有重逢的时日，心中相当的惆怅。于是，他在省府安南机场附近，寻机借用一个好友的电话，简要叮嘱谢广田，海棠是马将军的夫人，虽然没做成我的二姨太，可她是我的救命恩人。你呢，跟随我多年，鞍前马后地没少为我效力。此次，我上南京要是一去不回了，你们就大胆处理房产、变卖浮财，而后领着海棠、丁香带上所有的细软，去黑虎山谢家坡。你是知道的，那里有谢家置下的千余亩上好田园和百余间房产，你们一辈子也吃不清用不完，至于你和海棠两人的私事，你们就自己拿主意吧。谢子龙话还没说完，那头就卡死了电话。

谢广田听完谢子龙的安排，就和海棠匆忙处理上百间房产和商铺，又抓紧变卖了所有浮财。而后，套上马车拉上海棠母子和丁香，带上所有细软赶奔黑虎山谢家坡。

躺在急救室病床上的老广田，突然在昏迷中叫喊着海棠、海棠，这令病床边的小强和运昌大惑不解。当昏迷中的谢广田在喊叫过后，又不断睁开紧闭的老眼看向门口时，运昌就明白了几分。

于是，他让小强暂且守候在病床前，自己就匆忙赶回谢家坡。

"运昌，你怎么这时候来啦？"运昌奶颤巍巍地站起来，手扶门框问着走进当院的运昌。

"广田爷爷病了，想接您上医院去看看他。"

"怪不得，这两天俺心里老是不着稳，百爪挠心、眼皮直跳，寻思着就没有好事，那咱快点上医院！"

当运昌奶一步门里一步门外走进急救室，就见田爷眉头舒展，脸膛发亮，睁大双眼，惊喜地紧盯着走近病床的她。

此时的运昌奶，十分稳重地抬起双手，拢了拢那满头的银发，快步走到他的跟前，伸出满是老年斑的手臂，紧紧抓住田爷那双宽厚的大手，悲切切叫了声："田哥！"就已是泪流满面。

已昏迷多时不能言语的老广田，这刻竟出奇地睁开那双昏花的老眼，叫了声："海棠妹子！"两双苍老的手相互抓得很紧，且不时抖动着。昔日快乐时光，美好年华，心心相印，就是万千言语，也表达不尽对流逝岁月的追忆情怀。

可此时，他俩只能是泪眼相对却默默无语。当运昌奶抹把老泪，声音呜咽地询问和安慰着老广田时，老广田已是胸闷气短，不能言语，一副无望、苦痛的复杂表情。

"田哥、田哥，你醒醒，醒醒啊，也不能说走就走啊！"在这生离死别的时刻，运昌奶仍紧攥着田爷的手不肯放松，用那凄楚、哀伤的声音在哭叫着。

田爷印堂发亮，满脸地瓜沟似的纵横纹络缓缓舒展开来，无力地慢慢松开那双紧抓着运昌奶的手，抖下膀子，喉咙响痰，脑袋一歪，闭合上了那浑浊、模糊的双眼，面容安详辞世。

谢广田死后，埋葬在了黑虎山他日夜守护的山林边，离马占彪将军的烈士墓碑仅百米之远。

故地重游

一次，谢运昌向朱恒山汇报了自己将参与重修马占彪公墓一事，朱恒山非常赞许，和谢运昌约定下时间，回黑虎山拜祭。

谢运昌纠结了一段时间，还是在征得朱恒山允许后，将朱恒山回黑虎山一事汇报给了王三强。

王三强得知此事后，更进一步确认了时间安排，想自己尽量做得周到。

对朱老将军此行，王三强很是高兴。当朱老将军和陪同人员风尘仆仆来到中州县政府之后，王三强代表县委、县府举行了最高规格的欢迎。朱老将军一行在王三强等人的引领下，走进县委招待所稳稳落座。他不太喜欢这高规格的迎来送往，只是抱着自己的玻璃杯不时喝水。

稍稍休息一阵，他很随和地开始讲话。他说："谢谢中州县各位领导，对我和陪同人员盛情接待。我这次专程从京都到中州来，就是太想念这个地方了。因为，我曾在中州生活过、战斗过，在这里吃过煎饼卷大葱，啃过地瓜蛋，喝过红米汤；渡过东水河，钻过黑虎山；负过伤、流过血。因而，我对这块血染的黝黑的土地，有着深深的情感，真是魂牵梦绕，中州就是我的第二故乡。这次来中州有个任务，那就是祭拜老战友马占彪的陵墓。我喜欢快刀快斧，要不咱现在就启程！"

大家相继上车，朱老将军隔着车窗不时朝外观望，宽阔硬化的街道、高高的楼房、茂盛的绿化树，以及路两旁那整洁、明亮的豪华门面楼，和他记忆中的小城境况无与伦比。那时的中州县机关驻地，说是个县城其实也比现在的小镇大不了多少，坎坷不平的弯曲街道，三三两两的低矮、破旧民房，灰头土脸的稀疏行人，小街上过辆大汽车都使人感到稀奇。县城太小了，要是城东门高声吆喝，城西门都能听得到。他看到眼前的这一切，禁不住在心中感叹：中州变化太大了，真是翻天覆地啊！

"朱老，这中州城还有您老的记忆吗？"王三强打断朱老将军的思绪。

"这中州变化太大了，变化太大了——！"老将军啧啧赞叹道。

是的，在中州这片滚烫的热土，正乘着改革开放的春风，快速崛起。

在那蔚蓝的天空上，被风吹散的云片懒洋洋地爬着，晨风从褐紫色的山岩上吹来，东水河上雾气蒸腾，在陡峭的山峰斜坡上弥漫开来。山峦下的河汊、沙滩、溪流、苇塘和闪着晶亮露珠的山林，都笼罩在一片凉爽迷人的朝霞里。山岩上，一只苍鹰箭一般俯冲下来，又重新飞上山峰稳稳地落下。那弥漫的雾霭已经散去许久，太阳才有些害羞似的，从地平线后面不慌不忙地爬了上来。

坐在车上的王三强，心中一直都没有平静下来，很想和朱恒山老将军进行一番交流。可在他几次下定决心要开口时，都瞥见朱老将军微闭着眼睛，一番疲倦模样，他就把已到嘴头的话语，不情愿地吞咽回去。或许是老将军一路劳顿需要休息。他不敢再去打扰了，只好再找机会向他汇报。

此时，朱恒山不是劳累的缘故，而是因为重游这片熟悉却又陌生的土地，让他浮想联翩不能自已，他不愿让别人打扰自己，他在静静地追忆铁血纷飞战斗岁月里，那段难忘的战地生活片段。

那是一九四二年，抗日战争进入最为艰难的僵持阶段。日本侵略者对我抗日根据地进行了铁箍似的合围分割，企图一举消灭万虎山抗日主力部队。也就在这时，八路军总部决定从晋察冀军区抽调他到万虎山地区，领导武装力量，配合主力部队开展敌后反扫荡。万虎山纵队司令员马占彪，接到总部的电令后，就带上两名警卫参谋，纵身上马快速赶往黄虎崖，去迎接穿过敌占区层层关卡、来到万虎山地区的朱恒山。

马蹄嘚嘚，思绪泉涌。马占彪想不到，分手五年的老同乡老战友今天就要重逢了，他按捺不住自己的激动和喜悦之情，禁不住扬鞭轻轻打下马背，那马偎"咴儿咴儿"地嘶鸣着扬蹄奔跑，山道上留下一串急促的马蹄声。过了银虎山、白虎山、金虎山就到了黄虎崖，远远看到大树下商人打扮的朱恒山，正和他的贴身警卫朝着山路观望。当他和两名警卫参谋跑至朱恒山近前，就迅速勒住马缰翻身下马。

"吆，你个山伢子！"马占彪跳下马来竟扯开高嗓门喊叫起朱恒山的乳名。

"黑牛哥——"还没等朱恒山也叫着马占彪的小名再说什么，马占彪就一把搂住了他紧紧拥抱起来，并相互捶打着对方的脊背。这两个已分离五年，再次相会在万虎山的老战友，在历经湘江之战、四渡赤水、两过草地、保卫延安，万虎山创建抗日武装根据地等战斗战役的腥风血雨，今天又走在了一起，成为一个战壕的战友，能不情绪激动吗？

许久，他俩才又紧紧握住对方的手摇晃起来。马占彪这才端详起朱恒山，他还是那张书生似的瓜子脸，两只黑亮的眼睛透着精明，鼻子微翘，薄薄的嘴唇紧抿着，战火中的硝烟为他的面容涂抹上了一层聪慧的老成。朱恒山也在打量着马占彪，他还是那张有棱有角的四方脸膛，浓眉大眼，蒜头鼻子，阔大的嘴巴，厚厚的嘴唇微微外翻，那眉宇间微蹙的川字形皱纹，显示出他的刚毅和胆略。

"你看，我们都三十了，就要老了！"

"不，占彪哥，战火中的青春永远年轻！"

"还是秀才啊，说话就是文绉绉的！"

"我做梦也没想到，咱俩又能一个锅里抢勺子！"朱恒山变换了下话题说。

"小时一起放牛，一起割草，一起参加少年国际师，现在又把咱俩栓在一个槽里啃草嚼料，这真是天意、天意啊！"

朱恒山看着远山彩云下转动的高高风车，心中在憧憬着美好的未来，他意味深长地说："我想等到刀枪入库，马放南山那一天，咱俩一同回到家乡办个风力发电站，给乡民们安上电灯照明，来个万家灯火，那该多好啊！"

"我们一定要等到，一定会等到那一天！"马占彪说到这里抬头看了看西斜的日头，说："走，老伙计，上马回司令部！"

"朱老将军，要不要休息一下。"王三强唯恐累着了朱恒山，想停车做暂短的休息，就轻轻地问道。

朱恒山被王三强的叫声惊回到现实，他在慌乱中睁开眼睛看下车外，才知越野车已进入万虎山腹地。

"首长，要不要休息一下？"坐在副驾上的少将警卫参谋转脸向后，也十分关切地征询着朱恒山的意见。

"不碍事的，我已迷糊了一觉，继续前行吧！"朱恒山回话道。

车队，在散落着大小不等石子的山路上颠簸行驶，弯弯的盘山路上扬起土尘。车队在缓慢过了红石口之后，就又加速前行，路旁的山岩、松柏、白桦林都被急速地闪在了车后。

"哎，王书记，你今年多大岁数？"朱恒山睁开眼睛问了起来。

"朱老将军，我今年刚刚三十六岁，是三十岁进入县政府班子的。"

"进步好快啊，真是年轻有为！"朱恒山说到这里沉思片刻，问道："中州县的企业发展怎样，有多少乡镇企业啊？"

"朱老将军，您老清楚，中州地处万虎山腹地，企业的个数倒是不少，但发展都不是太好。"

"现在全县的总经济收入是多少？"朱恒山问。

王三强对于这个敏感的问题，没有马上回答，他沉思了一下才说道："还算不错，在东阳地区排个中上游。"不知是害怕那触及神经的话题再向纵深发展，还是担心朱恒山身心健康的缘故，他关切地说道："朱老将军，您再休息一下吧。"

朱恒山心中明白，王三强对数字概念，还是比较敏感和慎重的，自己问了以上两个问题，他都含糊其词，没有报出个准确的数据。既然不方便深度谈下去，那就打住为好吧。朱恒山就顺水推舟地说："那好，我再迷糊一阵。"

　　朱恒山看着尘土迷蒙的车窗外的山山水水、沟沟坎坎，那段难忘的烽火岁月又历历在目。在黄虎崖，他和马占彪策马奔跑在山路上，那正是暮春时节，松涛阵阵，溪水潺潺，山花烂漫，缠裹着浓浓花草芳香的春风不时掀开他的衣襟。铁血纷飞的滚滚硝烟，已磨洗掉了他不少的诗文书生之气，把他淬炼成一个骁勇善战的儒将。

　　烈士墓群到了，朱恒山从回忆中被惊醒。陪同老将军的大员也相继下车，朝着朱恒山聚拢过来。

　　朱恒山下了车并没有马上行走，他举目凝视着马占彪的墓碑。

　　此时，充满活力的朝阳正照在青松翠柏环抱的烈士墓碑上，微微的山风吹过，缭绕在烈士墓茔上薄纱似的雾霭正渐渐散去。此间，有啼血的杜鹃鸣叫着飞过，给烈士墓群增添了一种壮丽和肃穆的神色。

　　朱老将军收回目光，扫视下陪同人员，在警卫参谋的搀扶下拾级而上。很快走完了几十级台阶，就到了马占彪的墓碑前。

　　朱恒山缓步走到老战友的墓碑下，轻轻摘下军帽交给警卫参谋，而后稳重地向马占彪墓碑三鞠躬，站在他背后的陪同人员，也都行了鞠躬礼。接着，朱恒山手掌心深情地抚摸着墓碑上马占彪的名字。许久，又伸出双手搂抱着马占彪的墓碑，用那低沉、凄婉的声音告慰道："占彪，我的好战友，今天，恒山又来看您了！每次来到您的墓碑前，我都是怀有深深的愧疚感，因为至今还没有找到您的遗孀和遗孤——"朱恒山说到这里，禁不住老泪纵横，几滴泪水滴落在了墓碑之上。

　　警卫参谋见状，赶紧向前将朱老将军搀扶到墓旁的一块石头上坐下。老将军喘息了好长一段时间，才稳定下悲伤的情绪。

　　"朱老将军，我们光知道马将军在黑虎山为国捐躯，可不知道他到底是怎么牺牲的。另外，还很想知道他牺牲时的那些感人故事。"

　　朱恒山听了王三强的话，说道："那我今天就把这段故事讲给大家听听。"

朱恒山清了清嗓子讲起那段悲壮的战斗场面。

那是一九四一年的深秋，路过他家乡王家屿的马占彪，回家和新婚的爱人仅过了一夜，就匆匆带着警卫奔向万虎山，去发展和建立抗日武装根据地。

半年后，他的爱人李海棠，忍受不了地主还乡团的骚扰和恫吓，只身打听着寻找到黑虎山马占彪所在的司令部驻地。

可此时，正是大战在即，马占彪正在部署作战任务，是我接待了她并告知了占彪。马司令听说久别的爱人海棠已有了身孕，甭提多高兴了。也就在老马要去和海棠会面时，总部发来急电，要纵队司令部机关和后勤人员抓紧转移，华北冈村宁次的第15独立混合旅团，已在大汉奸柳龟田的引导下，逼近万虎山腹地正向黑虎山行进。这个柳龟田可算是华北最牛的大汉奸，他曾卖掉祖上数千亩田园、千余间房产，为日本人购买了两架飞机来轰炸中国人。可惜，直到现在还没有抓捕着他。在激烈的战斗进行了五个小时后，险情出现了，柳龟田已带领数百人的鬼子别动队，突破了纵队设置的最后一道防线，进入了黑虎山盆地的纵队司令部驻地。此时，在福地洞天的山垭口，马占彪正指挥部队和根据地武装英勇抗击。敌人的炮火打得十分密集，不断有炮弹在他身边爆炸，掀起的阵阵尘土，在前沿阵地随风弥漫，可他仍站在山坡上，指挥纵队机关人员快速突围，完全将自身安全置之度外。突然，一发迫击炮弹在马司令身旁炸响，他的喊声戛然而止，滚滚的硝烟散后，山峦上已不见了他的身影。当我跑至山垭口一看，弹片击中了他的胸部，沁出一大片殷红的鲜血。他从那被鲜血浸透了的左上衣口袋里，吃力地摸索出一枚血染的银圆和一支派克钢笔，手臂颤抖着递给了我，就一拧脖子永别了黑虎山。

他最终没能见到仅一夜姻缘的爱人，更没能把想交代的最后遗言叮嘱给我。

在鬼子大扫荡之后，我通过内线得知，老马的爱人李海棠，被东阳驻防的国军少将师长、我的同乡，其实也是马占彪的同乡谢子龙抓走，要逼她做二姨太。于是，我赶紧和谢子龙通了电话，叫他不要伤害马占彪的夫人，并快马赶奔东阳去见了李海棠。从那次到现在，因为种种原因，我再也没有见到她，不知她到底流落到何方。尽管，解放后和前几年，我曾专程来到黑虎山地区寻找烈士的遗孀和遗孤，但一直都没能寻找到他们的下落。对此，我的内心深感愧疚。

朱恒山讲到这里，用手抹了把潮湿的眼窝，告诫陪同人员："马占彪将军和成千上万的英烈们，为了中华民族，为了解放天下的劳苦大众，大义慷慨捐躯。我们继承烈士的遗志，告慰英烈的最好方式，就是要乘借改革开放的东风，用我们的勤劳双手把祖国建设得更加美丽富强，让他屹立于世界民族之林。中州县应该把马占彪烈士墓群整修好、建设好，让它成为教育和培养后代人的红色经典基地！"

了却心愿

朱恒山回到京都后，接到电话，请他去参加一个在公安部大礼堂举办的全国政法战线英模大会。没多时，一位身着正装的主持人，款款走上台来。在一串甜润的开场白后，很快切入正题："出席今天大会的英模人物，有来自大小兴安岭勇扑山火的消防官兵，有见义勇为的人民公安，有为保护国家财产身负重伤的武警战士。另外，这里还有一位不是人民公安，胜似人民公安的烈士后代，在看不见的战线上，历尽八年的漫长时光，终于抓获华北最大的汉奸柳龟田。"美女主持人说到这里，变换下语气，用饱含深情的诗朗诵般语言说道，"虽然抗日战争的硝烟远远散去，但是我相信，一提起万虎山血战，在此激战中幸存下来的将士们，一定会很快燃起那烽火岁月的印痕火花，忆起那段血染风采的壮丽片段。一九四二年三月十三日，大汉奸柳龟田，引领日军一个旅团摸进万虎山。在这次激战中，曾是红军师长的抗日名将马占彪司令员，纵队政委朱恒山，率领万余部队和地方武装进行英勇抗击。激战中，马占彪不幸壮烈殉国，四千多名军民不幸战死，现在就要出场的这位，就是三一三战事中烈士的后代！"她说到这里，看下静默的会场，又庄重地说道："有请英模人物出场，掌声欢迎！"

在一阵山响般的掌声中，一位瘦高身材的中年汉子大步走上台来。主持人走至他的身旁，让他做个自我介绍。

"俺叫谢红雨，"那中年人介绍说，"是黑虎山谢家坡人，烈士的后代。"

朱恒山听到这里，顿觉眼睛一亮，难道他就是马占彪烈士的后代？不对，人家已经报了姓名，叫谢红雨。可他很快又疑虑起来，那这位中年汉子，为什么要利用八年的时间，去寻找这个大汉奸呢？这里面一定还有讲不清的精彩故事。不行，会后我要把他留下来，与他好好聊聊，看看能不能从中寻找到马占彪将军一些新的线索。他想到这里，就让会务人员通知了他。

刚一散会，朱恒山就快步走至后台接待室，见到了谢红雨。

"我是中顾委机关的，老朱。"他先做了下自我介绍，就又抬起头来打量着谢红雨，"你是哪里人？"

"回首长，我是黑虎山谢家坡人。"

"你是哪年生人？"

"回首长，是一九四二年七月十三日。"

朱恒山听后频频点头，接着又问："那你父亲叫什么名字？"

"马占彪，他早已在三一三血战中殉国。"谢红雨的话还没说完，朱恒山就上前一把抱住了他，用那厚重的大手细细地抚摸着红雨的额头，深情地说道："孩子，我可找到你了，这四十多年叫我找得好苦啊？"

谢红雨抬起脸来看着眼窝湿润的朱恒山，问道："您是？"

"我是你父亲的战友、同村老乡朱恒山！"

谢红雨一听是娘常提起的朱恒山，急切地叫了声"朱叔"便泪流满面地趴在他的肩头好一阵痛哭。

"孩子，不要哭了，您朱叔看着心里难受啊！"心中深感内疚的朱恒山心疼地为红雨抹着满脸的泪水说。

在两人激动的情绪逐渐稳定下来之后，朱恒山问道："孩子，您母亲的身体还好吗？"

"还好，朱叔，只是因受到了惊吓留下病根，一受刺激就好昏厥！"

"现在家中几口人？"朱老关切地问道。

"回朱叔，家中一共四口人，还有媳妇和一个儿子。"

"儿子多大了？在干什么？"

"儿子叫谢运昌，今年二十多岁，在县政府干秘书。"

朱恒山听后，心里想，谢运昌，这名字好熟啊。朱恒山拍下红雨的肩膀，又说："这两天，我想领你逛逛京城，再带你去认下我的家门，以后好来往方便，好吗？"

"不啦，朱叔，我要赶紧回去，家里还有不少事要急着去办呢！"

朱恒山不愿难为谢红雨，沉思下说："那我也和你一同上谢家坡！"

黑虎山起伏的山岗那边，人们在忙着翻犁田地，不时响起赶牲口的鞭子声。通往谢家坡的山道边，长满了已呈灰绿色的苍耳，被山羊啃过的野菊花，弯着伤残的腰在秋风中不住晃动。山脚下，还没有收获的大片红高粱，翻动着火样的波浪，染红了掠过的阵阵秋风。

刘振雷精心开着车子往谢家坡驶去，东绕西拐一阵子到了谢红雨的家门口。

在他停下车，扶着朱恒山下车后，谢红雨急忙跑进家门，欣喜地连连高声叫道："娘来、娘来，您看谁来了？！"

已走进院内的朱恒山，仔细地端详着红雨娘，看着她那迟缓的动作，蹒跚的步履，山核桃似的面容，明显驼背的身姿，心中顿生一股凄楚、怜惜之情。海棠嫂子老了，她已不是四十年前的丰润少妇了，无情岁月的风刀霜剑，已把她打磨成了这般苍老模样。他两步走到她的近前，亮开嗓门问道："老嫂子，您还认得我吗？"

她没有回答，撩下飘散在额前的一绺白发，又向前走了半小步，瞪着那双有些昏花的老眼看了许久，陌生地摇了摇头，又左右摆了摆手，说道："不认得。"

"您再看看！"朱恒山见红雨母亲没有认出自己，就再次叫她进行辨认。

老人家听后用那右手撩起衣袖，擦了擦那满是皱纹的深陷眼窝，睁大双目尽力观望了很久，仍失望地摇了摇头。

"海棠嫂子，"朱恒山不愿再为难她了，就自报家门地说，"我是朱恒山！"

"唵，你是朱恒山啊。"红雨母亲话还没说完，就"哎哟"一声，跌跌撞撞向后歪去，幸被身旁的红雨给一把抱住。

"娘、娘，您醒醒！"红雨抱着娘使劲叫喊着。

红雨母亲睁开双眼，出口长气，挣脱开儿子的双手，又上前了半小步，抓住朱恒山的手臂，一脸惊奇地叫道："俺的老天爷来，你怎么来啦？"

"这在京城，有幸碰到了红雨，就找您来了！"朱恒山拽着红雨娘的手说道。

这时，红雨就朝着屋里喊开了："运昌她娘，咱朱叔来啦，快泡茶！"

在大家相继进屋后，朱恒山打量下屋内一番摆设就坐了下来，两眼凝视着红雨母亲，急切地问了起来："老嫂子，这些年，您娘俩到底跑哪去了，叫我好找啊！"

海棠告诉朱恒山，自从那次分手之后，她就想去川北老家。没几天，就听老家人给带来了口信，说是婆家占彪的两个哥哥，一个妹妹都叫白狗子给杀了，他父母也很快去世。自己娘家那边，仅有的两个哥哥，都加入了川陕陈赓的部队，一直没有音信。

朱恒山听完她的这段话也告诉海棠，自从那次分手后，他就奉命急调到东北，走得那个慌忙，哪有能再见面的机会。解放后，他专程从京都来了一趟，到东阳专署公安部门，翻看了好几个县的档案，都没有查找到您的住址、姓名，只好失望地又回了京都。

"哎，恒山兄弟，你上哪里找我去！当时，不是谢广田领着到了谢家大院吗，又有宅子又有地，又带了一些钱财，乡民们就误认为我是谢子龙二姨太。土改时，被划成了地主成分，我就成了自己说不清道不明的地主婆。为了不影响马占彪的声名，不连累当时已是地委书记的我的大哥，我就把李海棠改成了谢李氏。"

"怪不得寻找不到您的下落，您把李海棠改成了谢李氏，那我就是有天大的本事，也找不到您娘俩啊！"朱恒山恍然大悟地说。

"恒山兄弟，当时我被划成了地主，心里觉着可憋闷、可委屈了。"她说着就转身进屋，很快拿出丈夫那装着银圆、派克钢笔遗物的红布兜，抖动着双手交给了朱恒山，"我不知道怀揣着这个红布兜，偷偷跑到占彪的墓前哭过多少次。抱怨老天爷对我不公，我嫌自己的命运不济。就多次给你打信，想叫你给出面证明一下自己的身份，也一直接不到你的回音。自己劝着自己，认命吧，地主婆就地主婆吧，活该倒霉！"

好在日本鬼子一缴械，李海棠就把谢子龙的千多亩田园散给了佃户，倒是挨斗不是太多。可最让她心如刀绞的是，不少人骂红雨是没爹的孩子，受到欺负哭着回家的小红雨，每次都要问娘要爹。看着可怜巴巴的儿子，她真想理直气壮地对他说，孩子，黑虎山上的马占彪就是你的亲爹！可她不能，因为人们绝对是不会相信，并且还会大肆嘲笑他，一个地主羔子，还想攀附马将军的高枝哩，别净羞辱抗日名将了！她是在红雨十八岁时，正式告知他的，马占彪就是你的亲爹！但不许告诉任何人，就连运昌也不要跟他说，免得招来麻烦。

　　朱恒山很虔诚地轻轻拽出战友的遗物，瞪大眼睛看了许久才说道："没想到，老嫂子落到了这个地步，拉扯着孩子们过得这般不易！让我不能理解的是，红军师长、抗日名将马占彪的遗孀、遗孤竟成了地主婆、地主狗崽子，这是多么的悲哀啊！我真对不起我的战友马占彪，对不起您娘俩啊！"

　　朱恒山同李海棠这两个分离了四十多年的老人，有幸相会黑虎山，又追忆了那魂牵梦萦的历历往事之后，又一起来到马将军的墓茔前，告慰了一番烈士的英灵。

　　三个月后，谢运昌奶奶因病而死，终年六十五岁。她死后被埋葬在黑虎山下，距她丈夫马占彪的烈士墓仅有六十米之远。

命运多舛

　　春雨潇潇，桃花艳艳，紫燕斜飞，山野迷蒙，漫山遍野盛开的牵牛花，像幅宣纸水墨画洇透的底色，在迷茫的山野间显示着若隐若现的朦胧色彩，巍巍群山显得分外妖娆。

　　今天是个星期天，难得能回家休班的谢运昌起得很早，在东方刚刚彩霞飞时，他就顶着细雨徒步赶到了黑虎山。先是在奶奶的坟前弯腰跪下，深深地为奶叩头祈祷一番，又轻轻走到田爷那已长满萋萋花草的坟前，告慰了一阵，又拾级而上来到马占彪将军的墓茔前，庄重地向爷爷三鞠躬，他深情地默念道：安息吧，爷爷，您为之殉国的黑虎山，现已是山清水秀，巍峨壮美。您尽可静观融融山月，静听叮咚流淌的泉水声响，安息在天的不朽英灵。运昌告慰爷爷的誓言默语还没道完，他那挂在腰间的传呼机就响了起来。他慌忙拽出呼机一看，见是办公室打来的，就知道科里肯定又有了重要事务。他不敢怠慢，慌忙顺着斜风细雨的山道大步往家走去。

　　当他到家后，母亲已将早饭做好，她看下被细细春雨打湿了头发的儿子，说道："看你这孩子，怎么外出连把雨伞都不带，不知道大雨哗哗响，小雨淋衣裳啊？快洗把脸，娘去给你盛饭！"

　　"娘来，不用盛了，科里打来了传呼，肯定是又有急事了，俺得赶紧回县城！"

　　"你看这孩子，轻易不在家吃顿可口饭，这娘都做好了，又要走，就不能扒拉几口再走？"

　　"那是不行娘来，俺不光走，还得要抓紧哩！"谢运昌说着就骑车出了大门。

　　谢运昌一路猛蹬，很快就到了县府大院，匆匆进了第二秘书科，见科长李存宽正在办公室等他。

"小谢，来得够快的？"李科长问道。

"接到传呼，哪敢怠慢，就抓紧往这赶呗！"谢运昌抹下脸上的汗水，喘口粗气问道，"李科长，这是哪位县长又有吩咐了，这么急？"

"不是秘书科的事，"李科长的话还没说完，谢运昌就心急地问了起来："那是什么事？"

"是纪委刘主任找你落实件事儿，要你抓紧过去一趟。"李科长很平静地告诉运昌。

谢运昌出了办公室，便向县委大楼奔去。其实，县委大楼和政府大楼就在一个大院，只是在中间隔条六米宽的柏油路面。他抬头看下楼前沐浴着细雨的春意盎然的绿地花木，要是在平时，应该是很惬意的，因为他最喜欢在春雨中散步，尤其是在百花争艳的幽雅县府大院里，情致会更好。此时，他可真没这个心情，因为心里像开锅似的，沸沸腾腾不得稳。

谢运昌到了县纪委纪检监察室。敲门进去，就见一位中年人正在办公桌前坐着。

"您就是刘书记吧？俺是谢运昌。"

刘书记很客气地为运昌倒上杯水，又拉过一把椅子让他坐下，"运昌，先喝口水，消停下再说。"

谢运昌不知有什么事，就急着问："刘书记，您找我有事，还是先说事吧。"

"好的，是这样。昨天纪检监察室接到一封举报信，检举你连续两年受贿家欣煤业老板四万元干股款。"他说到这里，看下运昌，又说，"你就实话实说吧。"

谢运昌听完刘书记这番话，很快脸色就变得煞白，气喘变粗。他知道这是王立强和吴天利、吴大飙这几个混蛋，在寻机报复、栽赃自己，真够歹毒的！

运昌端起杯子喝了口水，稳定下情绪，就把去年学校要写毕业论文，他去李家鑫煤窑体验生活，和京都警察大学女朋友张曼玲，怎样为强制收取保护费的土霸王拍照。随后，土霸王王立强领着一帮拿着砍刀、钢管的不法之人，如何追打他俩，并要砸烂照相机，毁掉照片。在他俩制服王立强一帮霸头后，就和李家鑫见了面，李家鑫万分感激，当即提出要每年给他一成两万元的干股，运昌当即予以拒绝。去年年关，李家鑫夫妇果然到了运昌家，送去两万元干股款，运昌坚决拒收。

刘书记的秘书做好笔录后，让运昌看了一遍，并签了字，说："运昌，我们将会同检察院、公安局联合进行调查。请你相信，组织上是不会冤枉一个好人，也不会放过一个坏人的！"

五天后，县纪委通过联合办公，弄清真相，谢运昌受贿四万元干股，纯属子虚乌有的栽赃陷害，还了谢运昌一个清白。

尽管是这样，运昌脸上却仍没有一丝笑容，心里感到拔凉拔凉的，真没想到人心是这样的险恶，官场是这般的难混，心中又浮出强烈的建设黑虎山的想法。

在黑虎山红色经典革命教育基地正式开工后，县长兼工程总指挥潘志强，亲自带领指挥部一室四组人员上山安营扎寨，面对面进行科学调度。

此刻，谢老黑正挺着大肚子，双手掐腰站在马占彪将军烈士墓群广场工地上，像个指挥部官员一般指指点点。他负责召集的机械手、建筑工人正在进行紧张施工。

县委书记王三强，一直把黑虎山工程，当作中州十大工程的闪光点，他期盼朱恒山能在工程全面竣工之际前来揭幕。因而，他很关注黑虎山工程的进展，不时上山进行视察、指导，有力地调动了干部和施工人员的积极性，烈士广场扩容工程进度很快。

王三强站在苏州雕刻家完工的汉白玉浮雕前，看着那块八米高、十二米宽的烈士群雕像，尤其是右侧的马占彪将军雕像，在硝烟弥漫的山垭口，正手拿高倍望远镜指挥将士们，与日军进行决战的半身特写，会让人联想到共和国的旗帜上有他们血染的风采，这更给烈士广场增添了几分肃穆和壮美。

在烈士广场完工之后，迅速转入盘山路的拓宽工程。这个路段拓宽工程，主要是以开山放炮和大型机械的作业，当然也有少数工人参与其间。由于指挥部主要领导，光叫马奔跑，不给马吃草，开山爆破人员和机械手情绪低落，工程进度明显下降，很叫指挥部领导感到恼火。

在拓宽盘山公路中，连出两次哑炮事故。这次爆破的雷管又没引爆炸药，爆破手赶紧请示谢运昌，是否要排除哑炮，运昌态度果断，坚决要求进行哑炮排除。恰在这时，谢老黑慌忙赶了过来，在问清炮手情况后，他黄眼珠子一瞪，说："不用排除，抓紧装炮爆破，不能耽误工期！"

"可谢组长已发话，一定要先排除哑炮，再施工！"爆破手的话还没说完，谢老黑就接过话茬子："是他说了算，还是俺说了算？抓紧给俺装炮爆破！"

就在大型机械轰鸣着清理大石、碎块时，险情出现了，哑炮突然炸响，造成三人死亡。正在现场的谢运昌赶紧拨打 120 呼叫救护车，接着就急忙向指挥部报告情况。

首先赶来的是潘志强，他看到这个惨状大发雷霆，此时，谢运昌并不害怕，据实复述。潘县长听后更是怒气冲天，他有些失态地推了把运昌，怒斥道："你不要强词夺理，栽赃陷害，你惹下的这天大的乱子，责任你是推卸不了的。我现在就撤了你的职，你要抓紧写出深刻检查，好好反省自己，虚心接受组织的严肃处理！"

尽管谢运昌的小组成员，也都向潘县长如实反映了情况，证实了他果断要求炮手排除哑炮的现场指令，以及谢大奎强制炮手不排除哑炮，继续装炮爆破的瞎指挥，但潘志强根本就不听，认定谢运昌就是这一恶性事故的渎职第一人。

潘县长迅速回到县政府，与王三强见了面，要求追求谢运昌的刑事责任。王三强听后说："潘县长，没这么严重吧，谢运昌没有组织炮手作业，他只是一名负责质检安全的小组长，只能从失职角度进行行政处理，构不成刑事犯罪案件，要是按你说的那样，那我们县里主要领导同志都要进行追责的！"

潘志强听完王三强的那番话很不高兴，我不管他是谁的乘龙快婿，也不管他是谁的孙子，该怎么处理就怎么处理，绝不姑息迁就！他想到这里说："王书记，俺看最轻也要给他个开除留用处分，不能再轻了！"

"等开个书记办公会，研究后再定吧！目前急需商定的是这起事故的善后处理问题。"

在黑虎山红色经典革命教育基地出现安全事故，再加财政资金紧张原因，潘县长宣布黑虎山工程整体停工整顿。

山南省公安厅副厅长罗杰因为抓捕省内一帮有名的黑恶势力团伙，遭人栽赃陷害，已停职检查接受组织调查月余时间。近期，经上级纪委进行彻查和取证，终于弄清举报事实真相，原来是一宗冤假错案，还罗杰一个清白。罗杰打黑除霸有功，很快就被提拔为省公安厅厅长。在他主政省厅之后，围绕打造一支素质高、战斗力强的省级公安队伍这个思路，大力整顿机关人员思想作风，强化组织纪律，选能任贤，并决定从京都警察大学招收数名德才兼备的大学生，充实省厅公安队伍。罗杰对这次人员招聘十分重视，亲自带队到京都警察大学。这期间，张曼玲正要离校回家等待分配，见山南公安厅来校招聘公安人员，其中就有刑侦破案专业。她本来不想应聘的，耐不住同学们的一再相劝，就决定不妨试它一下，要是真的落聘再回中州也不迟。谁知，张曼玲很幸运被山南公安厅经济犯罪侦查总队正式录用。她在办好了所有上岗手续后，就急忙赶回中州谢家坡，她要向谢运昌报告这一好消息。

张曼玲匆匆进了谢运昌的家门，见到了运昌的母亲，忙甜甜地叫了声："大娘好？"曼玲扫瞄下屋内见没有运昌，就问道："大娘，运昌到哪去了？"

"他去黑虎山看看，想自己筹资修盘山路！"

"好嘞，大娘，那我就上山去找他！"这是运昌多年的心愿，张曼玲说着就一溜儿小跑出了家门。

运昌母亲看着跑出家门的未来儿媳妇，自语着说："看这姑娘疯得哟，真是喜见人！"

张曼玲一溜儿小跑到了黑虎山下，只见运昌正站在高高盘山路的拐弯处，不时地进行观望。此时，曼玲亮开甜润洪亮的嗓门，高叫着："谢运昌、谢运昌——！"并高举起胳臂向运昌挥手。其实，运昌早已看到了张曼玲，他见她又喊又叫，也就双手卷成喇叭状，使劲高喊："曼玲，曼玲——！"边喊边快速向山下跑来。在相距仅有五米远距离时，两人跨步向前，双双张开臂膀使劲拥抱起来。两人亲热了许久，才松开紧抱着的手，运昌首先开腔："曼玲，你怎么连个电话都不打，就窜来了？"

"不是你说想要从县政府辞职吗？怕你想不开，跳了黑石崖！"

"去你的，俺是那样小肚鸡肠的人吗？再说了，想回黑虎山是本人老久的打算！"他说到这里又冷不防地亲了下曼玲的嘴巴说："张曼玲，看你这个高兴劲儿，今天来谢家坡，肯定还有别的喜事要说！"

"你可真会猜，我才不关心你辞职不辞职那事哩，我这次来，是想给你报个喜讯，罗杰提拔为正厅长了！"

谢运昌看了下张曼玲，奇怪地问道："你是怎么知道的？"

"前段时间，罗厅长到京都警察大学去招干警，才有幸得知的。还想告诉你，我已被招录到山南公安厅经济犯罪侦查总队了！"

谢运昌听说后竟高兴地双手抱起曼玲，而后扛着她走了好几步才放下，说："走，曼玲，俺先领你去看下给爷爷马占彪新修的烈士墓广场，咱再去白龙泉！"

白龙泉尽管遭到煤窑开采的轻微破坏，可依然是飞流直下数百米，瀑布的落水声响在山谷中回荡。张曼玲看着那飞溅的水花，听着耳旁不时阵起的松涛，呼吸着那萋萋芳草地上的浓浓清香，感到浑身很舒爽。

两人牵手走在那坑洼不平且又散落着大小不一乱石的山路上，运昌不时叹息。他告诉曼玲，"俺自筹资金，整修好县上撂下的盘山路这个半拉子工程，也算是告慰爷爷和众多抗日烈士的在天之灵！"

两人手牵手不时晃动着，谈笑风生朝前走着，很快就来到了村头。

辞职修路

谢运昌在被潘志强猛批了一顿之后，像被打败的鸭子斗败的鸡一般狼狈不堪，因为工程指挥部已经没有他的小组长位置了，他只能回县政府二秘科听候处理。其实运昌并没有回县政府，他直奔了黑虎山白龙泉，因为他将要面临最严重的行政处分，需要好好静思一下。在这人生的十字路口上，自己到底是留还是走，要很好地进行一番决断。

运昌来到这熟悉而又陌生的白龙泉边，有些憔悴地躺在了柔软的青青芳草地上。他厘清了思路，决心辞职。要是撂下这份职位另谋职业，那就意味着十年的寒窗苦读前功尽弃。想到这里，他觉着心中涌上一阵酸楚的感觉，很有些对不起逝去的奶奶和田爷，尤其是愧对了含辛茹苦的父母。但这种念想一闪即逝，他很快就想起自己不知多少次在马占彪爷爷坟茔前的誓言，他更没有忘记朱恒山爷爷的谆谆教诲，"空话连篇的豪言壮语是永远也建设不好家乡的！"

运昌回到家里，给张曼玲打了个电话，告诉她自己目前所面临的处境与抉择。张曼玲很快回电，明快简洁告诉他，"尊重你的选择，只要是金子在哪里都能闪烁光芒！"

那就一锤定音：辞职回黑虎山！

谢运昌打定主意，便回到县政府二秘科办公室，孟子林用那种冷冷但却又充满着嘲笑的神色问道："谢组长大驾光临，请坐！"

谢运昌没有回话，只是愣愣地看了他好长一段时间，才答道："喝高了是吧？怎净说醉话！"谢运昌说完就趴在自己的办公桌前开始奋笔疾书。

谢运昌很快写好检讨和辞职书后，走到李存宽的桌前，说："李科长，这是俺的检讨和辞职书，请您交给郭主任！"

李存宽把手中的辞职书和检讨掂了两掂，又进行了最后仁至义尽地相劝："小谢啊，就非一头撞在南墙上吗？可不要意气用事，现在回心转意还来得及！"

"李科长，我绝不后悔，就递上去吧！"

李存宽听后就快步走出办公室，去给主任郭景水递送运昌的辞职书和检讨。

郭景水接过谢运昌的检讨和辞职书，看了看十分惋惜地说："这个孩子，倒是个好苗子，可惜年少之际不得志啊！你先放在这里吧，等下我呈报给潘县长！"

潘县长接到郭景水呈报的辞职书和检讨，看了看，就挥动大笔，写下：建议开除公职。潘志强签阅完，就将谢运昌的这两个材料交给自己的生活秘书，让他呈报给王三强。

王三强接过县政府秘书呈送来的谢运昌的检讨和辞职书，细细看了看，自语着，这个潘志强未免下手有些太狠了吧，就这行政责任事故，值得这么大动肝火吗？小青年犯个差错，在所难免，就不会手下留情放他一马吗？不管他，先放在这里，等书记办公会集体研究意见再说吧！

谢运昌交上书面检查和辞职书后，就收拾着自己的物品回到谢家坡。

谢运昌从县政府辞职回家并没有清闲下来，他围绕拓宽黑虎山盘山公路的问题，正在东奔西走地忙活着。

对拓宽黑虎山盘山公路，谢运昌也想了很多。他知道这个谢老黑肯定会在修路中给使绊脚的，因为一来他是谢家坡的村支书，捞不到出头露面是会吃味的。再说，这黑虎山红色经典革命教育基地可是他一手承包的，要是自己筹资拓宽了这半拉子修路工程，他会认为自己抢了他的头功。不管他，反正谢家坡的广大村民对于续修盘山公路的呼声很高，因为村民没法上山，尤其是白虎山的一些小煤窑更是因路段不通，造成煤炭积压，焦躁万分。当前，尽快修好黑虎山公路，是大势所趋，民心所向。谢运昌想到这里，就决定要抓紧时间跑趟白虎山小煤窑，他要向李家鑫等窑主求助些赞助费。

这天吃完早饭，谢运昌就去了白虎山李家鑫煤窑。当运昌见了李家鑫还没有提起修路筹款的事，他就开了口："谢秘书，我正想找你呢，你看这挖出的煤堆得有多高了，你替俺呼吁呼吁，让小煤窑出资，抓紧修好那段盘山路，咱好朝外拉煤也！"

"李老板，你可能不知道吧，俺已从县政府辞职了，就不要再喊俺谢秘书，就叫运昌好了。"谢运昌向他解释着。

"哎，县政府这么好的地方，怎么就辞职了？"李家鑫有些不解地问道。

"跟您学的呗！"谢运昌没有一点儿后悔之意地悄悄说道。

"李老板，俺今天就是为修路的事，前来筹些款的，想尽快修好那段盘山公路！"谢运昌如实将修路的意图向李家鑫说明。

李家鑫听后说道："这太好了，我正想为修路的事找你呢，你说吧，叫我赞助多少钱？"

"李老板，我是不会向你下赞助指标的，你自己看着拿就行！"

"那俺拿三十万少吧？"

"三十万可真不少，那就谢谢你！"李家鑫说到这里很感激地抬起头来，又说，"我这光出钱了，还要不要再派出些矿工去干活？"

"那劳力就不用出了，俺知道，你这里一个萝卜顶一个坑，人是抽不得的！"谢运昌说着站起身来，向李家鑫告辞。

谢运昌又连跑了几个小煤窑，窑主们也都多多少少地进行了赞助。对于续修黑虎山盘山路捐款，大家都是举双手赞同，很是给运昌面子。

谢老黑也是在家坐不住了，在县城和他的一帮狐朋狗友喝了酒，又到红磨坊小芳那里借酒舒服了一阵子，才开上他那辆破吉普去了县政府。

谢老黑进了潘县长办公室，第一句话就是："潘县长，俺是想跟你说，谢运昌那小子要出资续修黑虎山盘山公路！"谢老黑有些面带神秘感地告诉他。

潘志强听后没有表态，沉思许久才说："这小子哪来的钱啊？"

"说是前段时间，他马来西亚的干爷爷给汇来些钱，他又到白虎山拉了些赞助，是用这些钱来修路的。"

"那是好事啊！一来为县政府破解了资金短缺难题，二来能解决村民行路难问题！"

谢老黑没想到潘县长不仅没对此进行阻止，还大加赞赏，很失望地说道："那政府就同意他修了？"

"谢大奎，你脑子要多转几个弯儿。对于谢运昌自己出资修路，不光不要从中作梗，还要积极出面予以支持，不然你这个村支书是会很没面子的，明白吗？"潘志强本来就怕黑虎山半拉子工程，会引发村民集体上访事件，正盼着有人出资续搞黑虎山工程。

谢老黑回到家吃罢晚饭，他就按照潘志强的旨意，匆匆去找谢运昌。

谢运昌见谢老黑进了自己的家门，知道他准是为续修盘山公路的事而来，仍是一脸微笑地给谢老黑让座，倒水。在谢老黑坐下没多久，就开始发话："运昌老弟，听说你要续修黑虎山公路，怎么也没跟您哥通报一声啊？"

"你看你这大领导，整天都忙得跟二梭子样，俺也就是自己出钱修下盘山路，哪敢惊动你支书的大驾也！"谢运昌毕竟是经多见广，立马就对谢老黑来了阵冷嘲热讽的话语。

谢老黑听后心中很不是滋味，但他一点儿招数也没有，仍厚着面容说道："这样吧，运昌，你也知道目前咱村里资金状况，不能拿钱赞助，为了表示下村两委的心意，俺要求全村的党员干部，上山进行义务劳动这样可以吗？"

谢运昌听后思忖下，能出动劳力也好，修好这山路反正大家伙都要走的，集体不出钱再不出些劳力，那你谢老黑还要脸不要脸啊！谢运昌看下他，说："那就这样定喽，咱三天后可就正式开工！"

"好好，那俺就抓紧下通知，确保以上人员准时上工！"谢老黑很干脆地向运昌表着态。

黑虎山盘山公路开工这天清晨，鞭炮齐鸣，机械轰响，人欢马叫，谢运昌带领众乡邻开始动工续修盘山路。

痛彻心扉

天有不测风云，这天谢运昌心神不宁，多次联系曼玲未果。

盘山路畅通的事还未来得及与曼玲分享，谢运昌却收到了张曼玲在追捕一帮贩毒分子时不幸牺牲的消息。

当运昌听到这一噩耗之后，就像五雷轰顶，险些栽倒在地。

谢运昌没能抵御住这巨大的精神打击，病倒了。

"运昌，你已两天没进汤水儿了，就喝口鸡蛋白汤吧？"满头灰白的母亲端着那碗汤弯腰凑近儿子的病床前，一副悲苦的样子在劝说着。

运昌无力地睁开那苦涩的眼睛，艰难地苦笑下看着娘，声音极低地说道："俺不喝。"

"运昌哥，大娘都给你端过来了，就喝它几口吧！"站在一旁的小强也在劝着他。

谢运昌没再回话，看下娘和小强轻轻叹息后，便疲倦地闭上了眼睛，那眼眶里像是有泪在淌。

站在一旁的谢红雨，见儿子已不吃不喝两天多了，对小强说："要不，你就喊老秋送他上医院吧。"

小强默认地点下头，匆匆跑了出去喊来老秋，两人用地排车拉着运昌上了县医院。

阴历三月三这天，是晓娟爷爷的八十大寿，他专程从省城赶来了谢家坡，要为爷爷庆寿。

当她的车刚行驶到黑虎山下，还没有开进谢家坡，便赶上了正拉着地排车的李小强。

她停住轿车落下车窗，转脸朝着车后叫喊道："李小强，你做什么去了？"

　　小强见是张晓娟，忙撂下地排车向着她惊异地叫道："哎呀，是娟姐，运昌哥，住院了，俺送他去医院。"

　　张晓娟一听这话忙拉开车门下来，有些不安地问道：

　　"运昌怎么了？"

　　小强便把张曼玲的事说了一遍。张晓娟把车停在自家大门外，慌忙拿出给爷爷带来的寿糕和鸡鱼肉一宗食品，声称外出有点事就去了县城。

　　张晓娟到了县医院，走进谢运昌的病房，见他正挂着点滴。

　　"运昌哥，你不要自己作践自己，安心静养。等过个两三天，我再专门来看你。"她说到这里，转身抓住运昌娘那双皱巴巴的老手，十分亲切地对她说道："大娘，今天爷爷过生日，我要抓紧赶回谢家坡。"

　　"妮儿来，那你就抓紧回家吧。"运昌娘拍着晓娟的手臂说道。

取缔煤窑

严冬过尽绽春蕾。尽管黑虎山下仍在响着过年的零星爆竹声，不少山民仍沉浸在庆贺新春佳节的浓厚氛围中，但那东水河畔呈现着鹅蛋黄色的柔柔杨柳枝条，已在向人们传递着早春的信息。河套内不少调皮的孩童，正在争先恐后地往树上攀爬，去采折柳枝做成柳哨吹响。河床内那冰封的河面已经开裂，那宛如巨舰般的冰块正在顺着汹涌的激流，匆匆地向前漂流，把河中漂浮的碎小冰块和杂草撞击得七零八落，但它很快就在脆响的破裂声中骤然飘散，惊得两只捞鱼鹳勾勾地叫着飞向东风浩荡的高空。

春节过后，中州县按照上级指示精神，对辖区小煤窑进行统一治理，凡六证不全乱开乱挖的小煤窑一律取缔。

当县煤炭局给谢家坡小煤窑下发了专门通知后，谢秃子不以为然，"管他个球，看他们还敢给堵了窑门子，大不了再把这煤窑交给谢老黑！"

没过多久，谢秃子的煤矿发生了瓦斯爆炸，在这爆炸的混乱中，有两个背着煤筐，将要爬至煤洞口被震昏的煤黑子，幸运地苏醒过来，趁煤窑混乱之际逃脱报了案。

中州公安局接到报案，迅速联系消防队，驱车联合赶往黑虎山谢家坡煤矿。

谢秃子听到隐隐约约传来了警笛声，就知警方赶过来了，知道自己跋扈的日子到头了。

中州警察局和消防队员火速赶到现场后，抓捕了谢秃子一众人，在几名滞留在现场的矿工指点下，迅速进入煤窑开展救治。

天亮后，煤炭局、公安局、安监局等部门，便联合对这起煤矿瓦斯爆炸事故，进行了深入细致的调查。

通过调查确认，这起瓦斯爆炸事故，主要是煤矿承包人谢秃子，不按煤矿操作流程办事所致，导致这次人身重大伤亡事故的发生，谢家坡村委也负有连带责任，谢秃子被捕。

投资建厂

张晓娟回到安南，草草处理了一些急办的公务，便匆忙开车赶往中州医院再次来看运昌。

"运昌哥，你好些了吧？"他一走进病房便朝着运昌问道。

此时的谢运昌，在经过两天多的治疗已基本康复，正斜躺在被褥上接受医务人员的检查。他见晓娟已来到了病床前询问自己的病情，客气地回话道："好了，已经好了。"

张晓娟在和运昌的谈话间，瞥见他依然是眉头紧锁，谈吐不快，便开导道："运昌，我知道你心里的阴影，是一时很难抹掉的，可你要敞开心扉，尽快走出困惑，去迎接新的生活！"

"晓娟，我常听收音机和电视上讲，要想富先修路，不少地方正乘着改革开放的东风，开足马力铺修道路，俺看公路机械制造业是个冷门。"谢运昌说。

张晓娟听后没有吭声，她从床沿上站起身来，迈动碎步沉思了一会儿，才回话道："运昌，你别说公路机械制造业，还是蛮好的，要不就在谢家坡办个公路机械制造企业，也算是我造福一方吧！"

谢运昌一听她要在家乡投资建厂，心中又燃起了一团火。厂的选址是个问题，他很快想起谢老黑，那快搁置半年多的抛荒试验田。于是，他就急忙叫道："有地方，有地方，谢家坡那三百亩荒着的试验田，谢老黑正愁没法儿处理呢！"

"那太好了，你出院后就快去找谢老黑，拿下那块试验田！"张晓娟非常兴奋地催促道。

"不过，"运昌有些担心地告诉晓娟，"你也知道谢老黑，这人太黑了，你别看他想急着把那块烫手的山芋抛出去，可你一说要买那片地，他肯定会狮子大开口！"

"运昌哥，我想找机会回报下父老乡亲，多付些地款少付些地款的没什么，反正肉烂了都在锅里！"

运昌很快出了院，回到家中的头一件事，就是去找谢老黑购买场地。

当运昌找到谢老黑说明来意，他那心中立时乐开了花。谢运昌你个老小子，俺看你是喝了迷魂汤了，你愿意上钩，那就叫你脱不开，吞不下，来个死活受！他想到这里，忙板起脸来，故作深沉地抽口香烟，悠然自得吐口烟雾，才张开那老鼠嘴，说道："俺实话实说吧，那三百亩试验田，在前段时间，江南又来考察了翻子，想再次投资办厂。"他说到这里抽口香烟，又轻轻弹下烟灰，

"不过，咱还是要近水楼台先得月，村民优先，不看僧面，看佛面嘛，那江南大老板得靠后了。"

谢运昌知道他是在故弄玄虚，想哄抬下地款而已。他不愿再听老黑的猫上树，便直来直去地问道："大奎哥，那试验田一亩要多少钱？"

谢大奎没有开价，而是再度弹弹烟灰，说道："这地款可是不低，俺现在还不能跟你报价，得跟村两委成员商定下再给你回话。"

谢运昌心中很清楚，尽管是国有企业购买土地，但一系列的办理手续也是难度不小的，需要经过中州土地局、规划局等一些单位的审批。对此，他跟谢老黑说："奎哥，我可有话在先，购买土地方，不介入土地办理的任何程序，只管一手交款用地。假如你不认可此提议，那咱就免谈。"

谢老黑听后哈哈大笑了几声，一本正经地跟运昌叫开了点，"运昌老弟，你尽管放心好了，这土地购买的一切手续，俺一包全管行了吧，还能因为这手续的事差了买卖？"

运昌见老黑拍着胸脯在为他打着保票，便不露声色地说道："那就听奎哥的了，我只管交钱用地！"谢运昌说完即离开了村委会。

谢老黑对如何报价，着实思考和打听了一番，当谢老黑按照每亩七万元，给报了价格后，运昌进行了一番讨价还价，并且给他亮了购买的底线，谢老黑

唯恐这块肥肉落到乌鸦的嘴里，忙送个人情，"看在咱老街邻的面子上，你就不要再上一嘴下一嘴了，就一巴掌！"

谢运昌见老黑不再松价，也只好按照每亩五万元的价格，向张晓娟说明情况。

张晓娟听了后忙跟他交代道："你抓紧去找谢老黑，可以按照每亩五万元，买断那三百亩试验田。"她说到这里沉思一阵子，"不过，咱要与他签订好企业用地的相关合同，尤其是要叫村上确保企业用电用水和道路畅通等条款。"

横加干扰

在买下谢家坡三百亩试验田之后，张晓娟便和运昌选定良辰吉日，让李小强、老秋、谢天顺等人，燃放了长时间的鞭炮，开始破土动工，兴建山南路桥工程有限公司。

谢家坡不少人知道了这震天的鞭炮，是张晓娟和谢运昌开工建厂燃放的，都高兴地奔走相告。这些面朝黄土背朝天的憨厚山民深信，晓娟和运昌是会给他们带来福祉的。

张晓娟在工程全面展开后，感到这新建的路桥工程公司事务繁多，真有些自顾不暇的感觉。于是，他对运昌说道："运昌哥，现在企业的整体建设已拉开了序幕，工作千头万绪。说实话，我还不能老蹲坐在这里，还要以安南总部业务为主，要不就把福运叔请过来，让他做路桥工程公司的顾问，也好为你打个下手。"

运昌一听要请谢福运过来当顾问，那是太高兴了，他人品好，懂企业，且又会管理。他来不及多想忙回话道："要是能叫福运大叔过来，那新生的路桥工程公司，可就是如虎添翼了！"

谢福运没有让晓娟和运昌两人失望，未提任何条件爽快出山相助。

晓娟、运昌和谢福运，带领工地建设工程技术人员，没黑没白地紧锣密鼓突击兴建，新的企业已是厂房片片初具规模。

谢老黑看着试验田那高起的楼房，气派的厂区，实在是坐不住龙王殿了，他便和吴天贵策划于密室。

"吴局，咱不能眼看着他俩顺顺当当建新厂，也该动手给他搅和了吧？"谢老黑撇着那张老鼠嘴嫉妒万分地问道。

"是时候了，你给大孟乡农电站长送份厚礼，让他以主线路维修的理由，给那建设工地断电。只要停了电，也就等于断了水，那可就有好戏看了！"

当热火朝天的建设工地突然停了电，那建设现场是一片混乱。

"停电了，停电了！"

"刚才还好好的，怎么说没电就没电了？"

谢运昌见现场一片叫嚷，忙带领电工慌忙跑到供电室，经快速检测，不是线路出了故障，而是整条线路停了电。他愣愣地呆望了一会儿变压器，十分生气地骂道："卖地合同上说的，村上要保证企业正常用电，这还没开始生产呢，就停了电，我得去找谢老黑！"

当谢运昌在村委办公室找到谢老黑，说明停电的情况后，老黑不仅没做任何解释，反而倒打一耙，"你这不来找俺，俺正想要去找你呢！农电站以你建设工地用电量大为理由，给咱这整条输电线路都断了电。"他说完便假装地叹息下，"哎，叫你们连累得全村都没了电，不光夜晚要黑灯瞎火，就连吃水也成了问题。"

谢运昌似乎已意识到，这肯定是谢老黑在从中捣鬼，就问道："奎哥，这卖地合同上可是白纸黑字地写着，村上要确保企业正常用电，你这不是违约吗？"

"看你运昌说的，这是农电站在停电，不是谢家坡给你断了电。"

"那我们买的是谢家坡的土地，你作为村的一把手，就有责任协调企业正常用电。"

谢老黑被运昌怒怼的一时无语，只好答应，"那咱就一同到农电站去协调供电的事宜。"

谢老黑和谢运昌开车到了大孟乡农电站，很快在站长办公室找到了马小伟。他知道这谢运昌是为停电的事而来的，看在本村的面子上，仍是故作镇静地给老黑和运昌让座。

"小伟，这是咋回事啊，咱谢家坡怎么都停了电？"谢老黑有些装憨地问道。

"就是的，怎么谢家坡说停电就都停了电，这是哪门子事也？"谢运昌也有些着急地接着问道。

马小伟十分郑重地说道："谢家坡的变压器才一百三，你们用电量太大，站里的总闸老是跳。我们从安全角度进行考虑，那没有办法，只好全线断电。"

运昌说道："小伟哥，农电站要是老这样停电，我们怎么建厂生产哪？"

马小伟摸出支香烟，使劲抽了两口，说道："你们必须要增容，最好要上两台各是三百多的变压器，才够你们新厂使用。"他说到这里悠然地弹下烟灰，又有些为难地说道："不过，增容也要进行层层申请，领导审批"，还未等马小伟把话说完，运昌就不耐烦地插了话，"小伟哥，我们早已安装了两台三百多的变压器，你派人给接上火不就完活了吗？"

马小伟听后很是不高兴，他连抽了几口香烟，板起脸来说道："谢运昌，你怎么说话跟吃灯草灰般容易，站着说话不腰疼，你说接火就给你接火啊！"他说着使劲甩掉那还未燃尽的烟把儿，"那变压器需要专业人员进行质量认定、检测，增容还要经县级以上供电部门，进行层层审批，这都需要时间、费用，你认为接上火就万事大吉，供电系统程序复杂，没你想得那么简单！"

"小伟哥，那还有什么捷径可循哪？"运昌有些焦躁地再度问道。

"没有什么好法儿，那只有拿时间来换空间了。"马小伟打着官腔答复道。

谢运昌厌恶地看着马小伟那装腔作势的架势，他没再跟马小伟掰扯，说声，"马站长，那就这样吧！"转身离开了农电站。

谢运昌内心五味杂陈，他不能就此放弃。为家乡造福，为父老乡亲做点事的信念支撑着他，他给远方的朱恒山打电话求助。

没出三天，中州县供电局领导，就派员到建设现场，快速启动了两台新上的变压器，山南路桥工程公司建设工地，很快又是人欢马叫，机械轰鸣。

谢老黑的倒行逆施，激怒了运昌和福运。对此，他们要联合众多村民收集证据，上告谢老黑。

谢运昌回到山南路桥工程公司，见不知什么原因，又给停了电，他就去找谢福运。他告诉说，从早上停电，直到现在还没来电呢，急得工程技术人员团团转。不过，这企业建设现场你不要担心，俺会科学处理的。

"这都是老黑捣得鬼，不扳倒这个恶霸，村民总会遭殃的，山南路桥公司别想正常投产。"运昌气愤地说道。

"运昌，俺看不要歪了磨，砸了碾，硬碰硬了，要另辟个蹊径才好。"福运看着这漫漫上访路，依然还没出现一丁点儿转机，有些心疼地提醒道。

"除了上告，还能有什么好法儿！"运昌有些灰心丧气地回话道。

正在他俩说话间，张晓娟开车来到了近前，"不是已启动那两台新上变压器了吗，怎么仍在停电啊？再去求求朱老吧！"

"求也白搭，铁路上的巡警，各管一段。这谢老黑伙同农电站，出个理由，就会给咱今天停，明天停的。"运昌接着话头说道。

"哎，我听说，谢家坡正在上告老黑，进展如何呢？"晓娟很感兴趣地问道。

"进展缓慢，但我还要告他，不把老黑扳倒我誓不罢休！"

"你可够坚决的，不过这样光上访没结果，也不是个办法嘛！"她说到这里瞪大了那双黑水潭似的大眼睛，"俺看你运昌，真是聪明一时，糊涂一时，你的忘年交罗杰，你何不去找他相助呢！"

运昌听后竟高兴得几乎跳了起来，他一拍大腿，说道："你真是一语惊醒梦中人，我怎么就没想到他呢！不行，我得赶快整份材料，上省城找罗书记去告状！"

谢运昌整理好村霸谢老黑的犯罪材料后，又跟老秋、谢天顺等人做了一番交代后，喊上谢显武开车去了省城。

谢运昌昔日的忘年交罗杰，可是一身正气，疾恶如仇。罗杰一定会伸张正义，给谢家坡众村民一个公道的答复！

运昌的车子开得很快，没过三个小时，就到了省委驻地。他在省委纪委门前做了登记之后，便阔步走进罗杰的办公室。

罗杰一见谢运昌，便非常热情地叫道："欢迎我的忘年交到来！"他说着又是让座，又是倒水的。而后，便开门见山地问道："运昌，你到了这里，有话就直说吧。"

谢运昌没有穿靴戴帽，而是把谢家坡村霸谢大奎，如何贪占巨额地款，众村民如何上访，县长潘志强和大孟乡主要领导，如何充当黑恶势力的保护伞，他和三名上访村民，如何被公安上铐子关押的经过，简洁述说了一遍。接着，他又将那份五百户主联名，并摁有手印的状告材料，双手十分庄重地递交给罗书记。

罗杰接过那份写有谢大奎十大罪状的上告材料，在聚精会神地进行着审阅，他那宽阔光洁，但却显现出细细纹路的额头，在渐渐紧蹙起来，不时自语着，"这是一个典型的村霸、蛀虫，说不定能从这个案件里，挖出一串贪官！"当他看完了那份上告材料，就有些怒发冲冠地猛拍下桌子，怒叫道："一个县乡的主要领导，竟敢贪赃枉法，充当村霸的保护伞，真是胆大妄为，一定要严惩不贷！"罗杰稳了稳那过激的情绪，才扬起脸来说道："运昌，你们就先回去吧，省纪委一定要派员尽快立案查处，还谢家坡一个公道！"

罗杰将中州县谢家坡村霸如何私吞巨款，横行乡间，县乡主要领导充当保护伞的犯罪案卷，向省委主要领导作了专题汇报后，便派出专案组密查村霸谢大奎。很快查出谢大奎私吞地款八百万，向县长潘志强行贿一百八十万，除此外，他还流氓成性，乱砍滥伐山林等。

在村霸谢大奎侵吞巨款案快速侦破之后，潘志强已被移送司法机关，继续接受审查；农电站长马小伟已被刑拘；村霸谢大奎已被公安机关依法逮捕，等待他们的将是法律的严惩。

惠及乡邻

这是一个乌云翻滚，雷声轰鸣的雨前天气，一阵东南风突起，滂沱大雨从天而降。混浊的山水顺着峰峦、山坡，沟壑，咆哮着向低处的东水河流淌。很快，大雨骤然停下，太阳从云缝间钻了出来。暴风雨洗礼过的山野，青翠欲滴，一道亮丽的彩虹，从远山的密林间一直横架到东水河面上，给乱云飞渡的天宇，增添了一道亮丽的风景线，让雨后的孩子们，看着这一奇观好一阵欢呼。

在村霸谢大奎被公安机关依法逮捕之后，沉寂多时的谢家坡一片欢腾。人们高兴至极，弹冠相庆，就像过年一般燃放烟花爆竹，欢闹至夜半。

对此，在山南路桥工程公司建设工地上的谢运昌、张晓娟和谢福运，似乎显得很平静，他们只是欣喜地朝谢家坡观望了一阵子，就又投入到紧张的工程建设上去了。

"这下好了，没了干扰，咱们可以放心大胆的干事创业了！"张晓娟转脸看下谢家坡上空不时爆燃的璀璨礼花欣喜地说道。

"告倒了谢老黑，大快人心事，这真比过年还高兴呢！要不是靠在这建设工地上，我真要燃放它几个小时的烟花爆竹，再请上两台戏班子，唱上几天大戏，好好欢闹它一阵子，才尽兴呢！"谢运昌听了晓娟的话后道出了自己一番心底的话语。

"运昌，这下也行了，谢家坡欢腾得都快闹翻天了，你这还不尽兴吗？就使出你的全身气力，抓紧叫企业出新产品吧。"福运笑着对他说道。

"那是的，福运叔，扫清了前进路上的拦路虎，我们就要一门心事抓经济，鼓足干劲搞建设嘛！"运昌抑制住自己有些过激的情绪，心平气和地表态道。

山南路桥工程有限公司的兴建，在经过近期的日夜突击，车间的机器安装、搅拌站的最后调试，科室的仪器定位也都到了收尾阶段。

　　晓娟带领运昌和福运，在焕然一新的厂区细细巡视着，她在气派的办公楼前站住脚步，看着楼顶上那广聚天下贤才，博引世上资金，争创人间佳绩的钛金企业信条，有些不放心地说道："不知专家公寓的配套设施，近日能不能完工，国内几所名牌大学的专家和科研人员，很快就要到位，催促他们一下，要昼夜突击安装，一定要按照预期的时间交工。"

　　运昌见晓娟有些心躁，忙安慰道："对于这事，你就尽可放心，我来监管、督促，保证不拉企业整体建设的后腿儿。"

　　"福运叔，京都、江东两市的机械模型、图纸，还有沥青混凝土、水泥混凝土、水稳碎石的化验样品，来到没有？"

　　"这两边都已来函，说最近两天就可发来，你不要担心，我今天再催促一下。"

　　"运昌哥，员工招聘的情况如何？"

　　"晓娟，不算专家和高科人员，正式聘定了一百三十人，还有六十多人在待聘。"

　　在山南路桥工程有限公司的工程建设，紧锣密鼓地完成了整体的最后冲刺，董事会决定要举行开业庆典仪式。

　　习惯于低调处事的张晓娟，和运昌、福运商量，决定不惊动政界，不给任何单位下请柬，不邀请新闻媒体，简洁又要隆重开业。

　　十月一日国庆节这天，晴空万里，秋风送爽，广袤的山野色彩斑驳，像是一幅博大的水彩画卷。在这如诗如画的大背景下，山南路桥工程有限公司门前，鲜花点缀，彩旗飘飘，锣鼓阵响，彩门屹立。电唱机高唱，"今天又是个好日子"。

　　稳稳站立在红地毯上的张晓娟，健步走到立式话筒前，用她那洪亮且又圆润的嗓音，庄严宣布，山南路桥工程有限公司开业庆典仪式开始，"鸣炮奏乐！"

　　当她那话音一落，公司大门前鞭炮齐鸣，锣鼓喧天，歌声阵起。在这洋溢着一片欢快、和谐、激情的氛围中，张晓娟进行讲话。

站在晓娟身后的谢运昌，猛然发现，有人在为开业仪式拍摄着现场。他感到很奇怪，在开业仪式结束后，他和晓娟才知道，这是中州电视台闻讯专程赶来的，他们要为山南路桥工程有限公司向上传发这条重要新闻。

在沥青混凝土、水泥混凝土、水稳碎石的新产品以及新潮公路机械相继问世之后，中央省市县新闻媒体纷纷赶来抢抓新闻热点，很快引起了国家有关部委和山南省、东阳市有关领导的关注。

对此，不少高层领导陆续赶来观摩。这天，行管部长给她打电话，说是有位省里的领导想来公司看看，晓娟回话道："我不是跟你说过多遍了，要压缩陪同，就说我不在家！"

就在她回绝视察之后，运昌慌忙跑到她的跟前，"晓娟，刚才你回绝的那位省级领导，是罗杰！"

晓娟听后忙"咯咯"地笑了起来，"看这才好哩，叫我把你的忘年交，给挡在了大门外，快快给罗书记回话，我们热烈欢迎他！"

当罗杰的车还未驶进公司大门，早已等候在大门口的谢运昌、张晓娟和谢福运急忙上前迎接，走在最前面的谢运昌，大步上前，十分亲切地叫喊道：

"欢迎您，罗书记！"

罗杰在一片热烈欢迎的浓厚氛围中，稳步走进公司，他告诉运昌，他是去江南开会，顺路来看看新建的企业。罗杰欣喜地看下运昌："这扳倒了村霸，你们应该大刀阔斧地猛干一场了吧？"

"是的罗书记，铲除了村霸谢大奎，没了绊脚石，我们能开足马力搞建设，才确保了企业的快速投产。"运昌的话音刚落地，陪同在罗杰身旁的晓娟，就十分兴奋地接着说道："这多亏您罗书记的关照，要不，我们还不知猴年马月才能建成这公司呢！"

罗杰转脸看下这年轻的董事长，意味深长地说："天道是公正的，就应该恢复它本来的面目！"他说到这里不经意地看下晓娟，"祝贺你，年轻的董事长！"

罗杰深知新兴企业的繁忙，围着气派的山南路桥工程有限公司转了一圈，连办公楼都没上，就声称还有公务待办匆匆离去。

三年后，快速发展的山南路桥工程有限公司，已造福一方。该公司总经理谢运昌，被评选为全国劳动模范。

秋天悄无声息地来了，广袤的田野，高高的峰峦，硕果累累的果园，都披上了一层迷人的秋色。清柔爽朗的秋风，从山林间飘来，悄悄拂过姑娘的脸庞，又不经意地撩动她们的发丝。湛蓝的天宇上，几片飘动的洁白云朵，在毫无方向地飞渡着，那份散漫和潇洒，让人看着心旷神怡。

万虎山腹地的黑虎山、白虎山，层林尽染。山脚下，硕果累累，柿子颤动着橘黄色的脸蛋儿，向秋姑娘点头致谢；红通通的苹果把树枝压弯，黄金梨随秋风诱人般的晃动着，在尽力向人们展示着自己的鲜润风采。

在山脚下无垠的果林里，谢家坡的众多村民正在廉价采摘着各种果品，而后再到山外高价卖出。

"老少爷们，不要慌，你们也都知道，咱黑虎山周围的山脚下，都是栽的果树，有大家采摘的，不用抢！"谢运昌见大家争抢着采摘果子，就向大伙解释起来。

"谢运昌，你怎么还不娶媳妇，也该喝喜酒了吧？"村街老槐树下外号叫笑嫂的杏花，没有看到跟随在后的张晓娟，停下正采摘苹果的细长手指，转脸看下他问道。

运昌低头钻过两三株被果子坠弯枝头的苹果树，继续朝前走着。醉人的金风，很快让他浮想联翩起来。

几年来，自己以山养山，以企业养山，已初见成效。如今，能让三里五村的山民，围着果林挣些钱，这是自己梦寐以求的设想，也是自己最乐意看到的场面。

　　"晓娟，在这较低的山岭上，怕是摘不到山枣了，那红石岩上肯定是会有的！"他牵着晓娟的手说道。

　　他俩东绕西转好不容易才登上了红石岩，仔细观望那陡峭的山崖边，还真有不少红鼻儿的大山枣呢！他快步走至挂满山枣的小树前，一手拽着带刺的树枝，一手麻利地摘着成熟山枣。尽管尖利的枣圪针不时扎疼他的小手，可他仍不以为然地继续采摘着。当他探着身子，伸长手臂，想采摘到更鲜红的那颗大个山枣时，脚下一滑，就从山崖上的山枣树丛中滚落下去。好在崖壁上的灌木丛，一次又一次地拦挡住了他，跌落在山涧里的运昌，衣衫被刮破多处，胳臂、脊背和脸上被荆棘、碎石划出多道血口子。

　　此时，他隐约听到晓娟在号哭着尖叫自己的名字，他不想让她担惊受怕，慌忙抹了下脸上的尘土，再按下脸腮上那多条生疼的血口子，拽下扯破的衣衫，便一咕噜爬了起来，快步朝山崖上爬去。

　　当他从那棵山枣树丛中，一露出被刮破的灰头土脸的小脑袋时，正在山崖上哭叫着的晓娟，立时破涕为笑，上前一把揪住他的衣领往上拽，"运昌哥，可叫你吓死俺了！"

　　他没述说自己跌落山涧下的经过，而是张开那紧攥的小拳头，亮着两颗通红的大山枣对晓娟说道："就只剩这两颗了，那些都在掉下山崖时撒落了！"他说着将那两颗通红的山枣，一把捂在了她的小手心里，深情地说，"给！"

　　晓娟眨巴下那被泪水打湿的睫毛，忽闪下那双水灵灵的大眼睛，没有任何迟疑地抓起一颗最大的山枣，深情地说道："运昌哥，看你刮得这样，还是你先尝尝吧！"她说着就把那颗山枣塞进他的嘴巴里。而后，才将留在小掌心的那颗填进自己的樱桃小口里。

　　运昌细嚼慢咽地吃下那颗山枣后，抬头看下满目的山峦，拍着自己的小胸脯，说道："晓娟，你看着吧，等俺长大了，一定要在这黑虎山上，栽满圆铃枣、桃梨、苹果、石榴和麦黄杏等果树，让你吃个够！"

　　运昌漫无边际地走着，"嘭"的一声，他的额头被挂得很低的黄金梨，给碰了一下，他定睛看下时过境迁的眼前，对紧随身后的晓娟说道："你还记得小时候，采摘山枣的那个片段吗？"

"当然记得呢，并且记忆犹新！"晓娟忽闪着那双黑亮的大眼睛说道。

"这黑虎山的果子都熟了，晓娟，你就在这山林里吃个够吧！"

张晓娟没有回话，而是欢快地伸出她那长长的手臂，摘下一个硕大的黄金梨，"嘎嘣"一口啃了起来，脸腮上随之溢出了会心的笑意。

运昌和晓娟转过一个小山岭，就见小强从忙碌的果品采摘现场，一边跑着一边叫喊着，"大师兄、大师兄！"当跑到他的近前，急切地向运昌提示道，"那几车果品箱都快用完了，你要抓紧催促箱子，免得误事！"

"好的，我这就打电话催货！"

"那俺就忙去了！"小强说完向运昌、晓娟挥挥手，便一溜烟地奔跑着，很快消失在茂密果林里的火热劳作现场。

此时，谢运昌仿佛看到张曼玲在果树下对自己欣慰地微笑，有思念，更多的是祝福。

黑虎山硕果累累的苹果树下，男男女女正提篮端筐采装果实，不远处的果林里，响起了时高时低的欢快歌声："翠绿的山岗一望无边，鲜红的果实，沉呀沉甸甸；枝头挂满红苹果，摘呀摘不完；欢乐的丰收歌飘扬在果园……"

（完）